ENFANCE, AU FÉMININ

Née en 1962, médecin de formation, Taslima Nasreen, âgée de trente-deux ans, se consacrait au journalisme et à la littérature lorsque la publication de *Lajja* (décrit comme pornographique et blasphématoire) a soulevé la colère des fondamentalistes du Bangladesh, dont les plus zélés ont obtenu qu'elle soit l'objet d'une *fatwa* la condamnant à mort.

Réfugiée en Suède, elle tente, à travers l'écriture (*Un retour* suivi de *Scènes de mariage*, *Une jeune femme en colère*) et le soutien aux causes humanitaires, de donner un sens à cette vie d'exil.

TASLIMA NASREEN

Enfance, au féminin

TRADUIT DU BENGALI PAR PHILIPPE BENOÎT

STOCK

Titre original :

AMAR MEEBELA

Préface

Déjà connue comme romancière, essayiste, poète, chroniqueur de presse, Taslima Nasreen, avec cette *Enfance, au féminin*[1], cultive un nouveau genre : l'autobiographie. Il s'agit de son premier livre écrit de l'exil auquel l'a condamnée la fatwa d'un groupe de musulmans fanatiques et, jusqu'à très récemment, l'attitude du gouvernement de son pays.

Comme elle l'explique dans son avant-propos, elle a éprouvé le besoin vital, dans les déchirements de cet exil, de fouiller son passé et plus encore son enfance, où est enraciné son moi véritable.

Le souci de maintenir le lien avec ce moi authentique ne relève pas ici du syndrome de l'exilée, loin de sa terre natale, où le retour officiel semble hautement improbable. L'œuvre et la personnalité de l'écrivain sont, depuis l'affaire de *Lajja* (La Honte), en 1993-1994, devenues un symbole de la revendication des droits fondamentaux de la personne humaine, une pièce sur l'échiquier de la bataille des idées entre humanisme et fanatisme, avec le risque toujours en arrière-plan d'une récupération au nom

1. Le titre original est *Amar meebela*. Il comporte un jeu de mots critique, intraduisible littéralement : en bengali, l'enfance se dit ordinairement *chelebela*, mot composé dont le premier terme *chele* signifie « garçon », « fils » et le second *bela* « période », « époque » ; l'auteur récuse ce terme dans le cas où c'est une fille qui parle de son enfance et le remplace par *meebela*, substituant *mee*, dont le sens est « fille », à *chele*. *Amar* signifie « mon ».

d'intérêts géopolitiques. Ce sort amer pour quelqu'un dont l'art de vivre est d'écrire – se retrouver
abominée ou adulée pour ses engagements, la force
qu'elle incarne, bien plus que pour son talent, son
style d'écrivain – entretient un grand péril : celui
d'être emportée, bon gré mal gré, dans une tourmente qui dépasse l'être humain, avec son origina-
lité irréductible, ses émotions, ses faiblesses, son
jardin secret.

La passion que l'on sentira dans ces pages, appliquée à faire revivre dans les mots le monde originel
du moi intime, est nourrie par la détermination à
ne pas laisser doubler l'exil physique par un exil
intérieur, qui couperait l'écrivain des sources où le
moi puise sa vigueur constitutive. Car l'enjeu de ce
retour sur les origines, c'est directement de renouer
avec la création littéraire, après le traumatisme de
la clandestinité et de l'exil, la tournée des tribunes
internationales pour défendre la cause des femmes
et de la liberté d'expression.

Dans cette *Enfance, au féminin*, les retrouvailles
avec les racines du moi s'expriment en une langue à
la forte saveur de terroir, incomparable. En effet,
quand les personnages prennent la parole, ils le font
tout naturellement dans le dialecte de la région de
Mymensingh, au nord de Dhaka, où l'auteur est né
et a vécu tout le premier âge de sa vie. Ces passages
en dialecte s'écartent sensiblement du bengali stan-
dard, aussi bien du point de vue phonétique que
pour ce qui est du vocabulaire. De ce registre tout à
fait délectable dans le texte original, la traduction
est impuissante à rendre précisément compte, son
seul recours étant de cultiver autant que possible la
familiarité, la vivacité du style, qui sont en fait un
trait dominant de l'ensemble du livre, et non seulement des *morceaux parlés*.

Un autre aspect du texte original qui défie la traduction, c'est l'abondance de mots arabes ou d'origine arabe. Ils sont nombreux en bengali, surtout,
bien naturellement, lorsqu'on parle de la religion

islamique, avec ses concepts et usages particuliers. Tout en étant familiers au Bengali musulman, ils gardent une saveur particulière, aussi bien pour leurs sonorités que pour le sens qu'ils véhiculent. Il arrive maintes fois à l'auteur d'utiliser côte à côte, pour exprimer la même idée, le mot bengali d'origine indo-aryenne (ce qui est le cas de la grande majorité des mots du bengali) appartenant au registre général, et le mot correspondant d'origine arabe, plus spécifiquement adapté au registre islamique. Cette richesse du lexique bengali, qui donne la ressource d'exploiter deux mines de vocabulaire tout à fait hétérogènes, ne transparaît pas dans la traduction. Sachant bien que nous sacrifiions là une part de la valeur stylistique du texte de l'auteur, nous avons jugé préférable de ne pas encombrer la version française de termes qui auraient appelé un grand nombre de notes ou un glossaire volumineux, et qui auraient donné à l'œuvre un caractère exotique – trahison pour le coup bien plus grave de l'original.

Malgré ces deux insuffisances de la traduction, nous espérons qu'elle saura communiquer au lecteur français une bonne part du charme qui nous a ravi à la lecture du texte bengali. Le charme d'un ton leste et vigoureux, le rythme sautillant du parcours de la mémoire à la recherche d'émotions, de souvenirs lointains, qui, aux tours et détours des phrases, reprennent vie intensément, avec chair et sang, rires et larmes.

Philippe BENOÎT.

À mon père

Pourquoi ce regard en arrière

Alors que la plupart de mes semblables ne se pré-occupent que de l'avenir, voici que je me retourne sur mon passé. Car, derrière moi, c'est toute une vie que j'ai laissée. Cette vie, je ne peux faire autrement que la regarder, puisque c'est elle qui est vraiment moi. Le moi qui, partout en Occident, reçoit un accueil chaleureux, donne des conférences du haut de toutes sortes de tribunes, ce n'est pas mon véri-table moi.

Du temps où je vivais dans mon pays, je n'ai jamais rêvé de venir m'établir ici. Ce dont je rêvais, c'était de mener ma vie sur la terre où j'avais vu le jour, en y semant les graines de tous les espoirs que j'avais, que je nourrissais au plus profond de moi-même depuis cet âge de petite fille qui m'a faite ce que je suis. Façonnée d'un côté par la rude autorité paternelle, de l'autre par la tendresse maternelle, je ne tardai pas à m'émanciper de la mainmise sur mon existence d'une religion que s'efforçait de m'imposer ma mère, pour m'avancer à son insu pas à pas sur le chemin de la raison qu'éclairait mon père. C'est ainsi qu'animée, dans le secret de mon cœur, tour à tour par un sentiment d'amour ou de haine à l'égard de l'un et l'autre de mes parents, je me suis peu à peu construit mon monde à part, rien qu'à moi – un univers fait d'amour aussi bien que de raison.

Je puis dire que, dès l'âge de six ans, j'avais com-

pris la très grande cruauté de ce monde, ce monde
dans lequel il n'est guère de plus grande misère que
de vivre au féminin. Ma vie d'adulte m'a généreusement donné l'occasion d'approfondir ma connaissance des hommes, tels ces inconnus qui s'étaient
un jour amusés à palper mes seins naissants d'adolescente, alors que je me promenais tranquillement
au bord du Brahmapoutre, dans ma ville de Mymensingh. Trop longtemps, je les ai pris pour des amis,
oubliant que le chemin de la vie n'est jamais
douillet aux femmes et qu'il leur faut s'y avancer en
écartant les ronces à mains nues. Toutes ont à survivre en empruntant un chemin semblable – dans la
mesure où il leur est possible de survivre.

Pour ma part, je n'ai su me satisfaire d'un état de
survie. J'ai voulu me dresser contre les discriminations dans la nasse desquelles les femmes souvent
se laissent prendre, en s'imaginant que tel est leur
destin. J'ai vivement dénoncé toutes les injustices,
tous les crimes. Le résultat ? Les masses de suppôts
de la religion que compte mon pays ont voulu m'éli-
miner et, pour sauver ma vie, je me suis vue
contrainte à l'exil, loin de ma terre natale. Dans
mon combat pour l'égalité, j'ai perdu tout ce que
j'avais, ma terre, mon peuple, ma famille. Je ne sais
ce que la barbarie humaine me réserve encore de
déchirements. Pourtant je garde fermement au
cœur l'espoir de rejoindre un jour les miens, de les
prendre par la main, pour les emmener loin des
ténèbres, sur le chemin de la lumière.

Je suis à présent coupée de mes racines, mais
partout dans le monde j'ai trouvé des gens par milliers qui partagent mes rêves d'égalité, de beauté.
Auprès de ceux-là, qui se dressent comme moi
contre toutes les impostures, je puise quotidiennement l'envie de continuer à vivre. C'est à eux que je
dois d'être encore vivante. Et comme je continue à
vivre, je ne puis faire autrement que me retourner
souvent pour regarder la vie que j'ai laissée derrière
moi, cette vie qui m'a faite telle que je suis. Afin de

ne pas oublier qui je suis, afin de ne pas oublier ces millions de femmes, mes semblables. Afin de garder une main sur leur épaule, en leur éternelle misère, afin d'essuyer les larmes de leurs yeux. Je sais que, si j'y échouais, ma vie n'aurait plus le moindre prix.

(New York, juillet 1998.)

Année de guerre

1

La guerre fait rage dans le pays. Partout une rumeur insistante. Partout une tension qui monte – dans les cours des maisons, dans les champs, aux croisements des rues. L'anxiété déforme les visages, les tord, les allonge, les rend méconnaissables. Tout le monde guette, épie en tremblant. Partout on voit des gens courir, courir au grand jour, courir la nuit. Courir avec des enfants, des balluchons sous les bras, sur les épaules. S'enfuir. Fuir la ville pour la campagne. Quitter le chef-lieu du district, Mymensingh, pour les villages environnants : Phulpur, Dhobaura, Nandaïl... Déserter les immeubles, les boutiques, les écoles, le théâtre, pour courir se cacher de l'autre côté du fleuve, dans les rizières, dans les champs étendus à perte de vue, dans les bois touffus. Même ceux qui d'habitude ne mettent jamais un pied hors de chez eux nouent précipitamment leur balluchon, sous l'effet de l'agitation ambiante. Partout les vautours charrient au bec l'odeur de cadavre. Sans cesse le bruit des balles vient affoler les ailes des pigeons. Les gens fuient la ville par tous les moyens – à pied, en train, en bateau. Les maisons sont vidées de leurs habitants : déjà l'herbe envahit les cours où traînent à l'abandon toutes sortes d'ustensiles domestiques, parmi lesquels errent des chats désemparés.

Deux rickshaws motorisés s'arrêtent devant le portail de notre maison, à la tombée de la nuit.

Pour nous aussi, l'heure du départ a sonné : les deux véhicules brinquebalants doivent nous emmener jusqu'à Madarinogor, un village situé au sud de la bourgade de Panchrukhi Bazar. Mais, à peine avons-nous atteint Sambhugonj, juste après avoir traversé en bac le Brahmapoutre, que, bondissant des fourrés, un groupe de six jeunes gens, la taille ceinte d'une pièce de coton coloré, fait irruption sur la route devant nous. Tandis que je m'accroche à ma mère de toute la force de mes bras, j'écarquille les yeux sur les fusils posés sur leurs épaules. Est-ce donc cela, la guerre – arrêter les gens au bord de la route et les abattre sans autre forme de procès ?

L'un des jeunes gens, porteur d'une fine moustache noire, passe la tête sous la bâche du rickshaw pour nous lancer : « Pourquoi diable laissez-vous ainsi la ville sans âme qui vive ? Si tout le monde s'en va, pour qui allons-nous donc nous battre, nous autres ? Allez, rentrez chez vous ! »

Sur un ton mélangé d'un soupçon de colère et de deux soupçons de prière, ma mère s'écrie, après avoir relevé le voile de son *burkha* : « Qu'est-ce que vous nous dites là ? Vous avez bien laissé passer le rickshaw qui roulait devant nous ! Ce sont mes fils qui sont dedans. Laissez-nous passer nous aussi, s'il vous plaît ! »

Le moustachu ne se laisse pas attendrir. « Pas question de vous permettre d'avancer d'un pouce ! Allez, demi-tour ! » gronde-t-il, en appuyant son fusil à terre.

Après avoir fait demi-tour, après avoir rembarqué son véhicule sur le bac, le chauffeur aux cheveux poivre et sel allume un *bidi* et nous explique en crachant une fumée âcre : « Ce sont des Bengalis, ce sont des nôtres, pas des Penjabis, vous n'avez rien à craindre. »

Moi, j'ai le cœur qui bat la chamade, comme si, tirées des six fusils, six balles allaient dans l'instant me crever la poitrine. Coincée sur le siège du rickshaw, entre deux formes dissimulées sous un amas de voiles noirs – ma mère et ma grand-mère – je les écoute marmonner des versets du Coran qui se perdent dans les pétarades de l'auto-rickshaw, tandis que nous traversons les uns après les autres les faubourgs de Mymensingh : Jubli Ghat, Golpukur Par... Un silence absolu nous entoure, troublé seulement par le battement accéléré de nos cœurs, le marmonnement de la récitation et les explosions du moteur. Blottie sous la couverture de la nuit, toutes lumières éteintes, la ville entière s'est endormie.

Cette même nuit, après notre départ manqué, mon père nous confie de nouveau au rickshaw à moteur, avec mission de nous conduire à l'ouest au lieu de l'est, au village de Begunbari, à la place de Madarinogor. Tassés sur la banquette, ma petite sœur Yasmine et mon cousin Chotku dorment profondément, ma mère somnole ; seule ma grand-mère reste éveillée comme moi. Grand-mère serre contre elle un cabas en plastique bleu.

« Qu'est-ce qu'il y a dedans, Grand-mère ?

– Des flocons de riz et des morceaux de mélasse », répond-elle imperturbablement.

Arrivés dans le village de Begunbari, notre chauffeur fumeur de bidis nous arrête près d'une maison enfouie sous les bananiers : c'est là qu'habitent les beaux-parents de tante Runu, une des sœurs de ma mère.

Une foule de gens est sortie dans la cour, comme des fourmis d'une fourmilière. Tous nous observent à la lueur des lampes à huile qu'ils tendent en direction de nos visages.

« Voilà les parents de la ville qui arrivent...! Va vite tirer de l'eau au puits ! Va faire cuire du riz ! Et toi, va préparer les chiques de bétel ! Et toi, occupe-toi de leur faire un lit ! Va donc prendre des éventails pour leur donner de l'air ! » Tels sont les ordres dont à l'instant résonne la maison.

On a installé un lit supplémentaire pour les parents de la ville, c'est-à-dire nous. Vu notre nombre, nous

devons nous y coucher dans le sens de la largeur.
Chotku dort comme une masse, ses jambes sur les
miennes. Quand je tente de les repousser, c'est pour
recevoir un coup de genou dans le ventre, de la part
de Yasmine, tout aussi profondément endormie.
Aplatie comme une crêpe, je me mets à pleurnicher,
me plaignant de ne pas arriver à m'endormir si je ne
peux me caler les jambes sur un coussin, selon mon
habitude.

D'une voix étouffée, Maman rabroue sa gei-
gnarde de fille, tout en éventant son corps couvert
de boutons de chaleur : «Tu n'as aucun besoin de
coussin ! Qu'est-ce que c'est que ces manières ?»

Ainsi rembarrée, la pauvre crêpe n'a plus qu'à se
taire. Grand-mère s'est pelotonnée à l'une des extré-
mités du lit, la tête cachée sous le pan de son sari à
bordure noire, serrant toujours très fort contre elle
son cabas en plastique, rempli de sa provision de flocons de riz et de morceaux de mélasse. La lueur
vacillante de la lampe à huile éclaire le chambranle
de la porte. Sur la cloison de tôle, elle projette
l'ombre des cinq bras et des cinq jambes d'un fantôme qui danse en appelant : «Hou…! houhou…!
houhou…!» Je me fourre aussitôt la tête entre les
genoux, en haletant : «Maman! Maman! J'ai peur,
Maman!»

Pas de réponse. Elle aussi s'est endormie comme
une masse.

«Grand-mère! Oh! Grand-mère!»

Elle non plus ne réagit pas.

C'est à l'un de mes oncles maternels, oncle Shoraf, que je dois mon initiation à la science des fantômes. Un soir, il était rentré à la maison tout
essoufflé, en criant : «J'ai vu une goule, là, debout au
bord de l'étang! Elle avait un sari tout blanc; elle
m'a aperçu, et alors… elle a lancé un éclair en ma
direction… et… j'ai pris mes jambes à mon cou!»

À peine avait-il lâché ces mots à toute vitesse
qu'oncle Shoraf s'était précipité sous la couverture,
tout tremblant, et moi à sa suite. J'avais passé la

nuit entière recroquevillée dans le lit, comme un escargot dans sa coquille, sans oser faire le moindre mouvement.

Le lendemain soir, même genre d'incident. Alors que mon oncle rentrait à la maison en passant par le bois de bambous, absolument désert à cette heure, voilà qu'un redoutable esprit des arbres avait crié derrière lui d'une voix nasillarde : « Qu'einst-ce que tun faint Shonranf ? Où tun cours comme çan ? Viens donc panr inci ! »

Revenu à la maison en courant à perdre haleine, oncle Shoraf, pour calmer sa peur, avait pris une douche froide, par cette nuit d'hiver glaciale. Ce genre d'expérience a eu tôt fait de lui valoir un grand prestige parmi nous. Avec mes autres oncles, Felu et Tutu, j'ai passé de longues soirées à écouter le récit de ses rencontres avec des fantômes. Tante Parul était là aussi, qui l'éventait pendant qu'il racontait. Même Grand-mère écoutait sans perdre un mot, tout en servant à ce fils si familier des fantômes sa portion de riz chaud et de curry de poisson, sans oublier une pincée de sel au bord de l'assiette.

« Oncle Kana attrapait toujours des poissons gros comme ça au bout de son hameçon. Mais il n'a jamais pu en rapporter un entier chez lui, pas un seul. Un soir, alors qu'il revenait de l'étang, une perche sur l'épaule, avec, suspendue au bout, une belle prise, il a remarqué qu'un chat le suivait. Il allait arriver à la maison, quand tout d'un coup il sent le poids diminuer sur son épaule. Il se retourne… et qu'est-ce qu'il voit ? Il n'y a plus qu'une moitié de poisson… Quant au chat, disparu, envolé ! C'est que ce n'était pas un chat en vérité, mais un esprit dévoreur de poisson qui avait pris l'apparence d'un chat pour se repaître du produit de la pêche », nous racontait oncle Shoraf tout en vidant son assiette.

Ces histoires me glaçaient d'effroi. Non seulement de nuit, mais même en plein jour, je n'osais frôler toute seule l'ombre du bois de bambous qui

se trouvait derrière chez nous. Le soir tombé, je ne
mettais plus le nez dehors, même pas pour satisfaire mes besoins naturels. Quand je ne pouvais
vraiment plus me retenir, il fallait qu'un des adultes
de la maisonnée m'accompagne, m'ouvrant le chemin à la lueur d'une lampe tempête. Moi je le sui-
vais pas à pas sans cesser un instant de jeter des
coups d'œil affolés, de tendre l'oreille au moindre
froissement de feuilles, et, dès que j'avais fini ce que
j'avais à faire, je rentrais à la maison en courant à
me rompre le cou.

Lorsque nous quittâmes la maison de ma grand-
mère maternelle pour nous installer dans le quartier d'Amlapara, je devais aller sur mes huit ans.
Papa avait consulté ses deux fils l'un après l'autre
au sujet du nom dont il convenait de baptiser la
nouvelle résidence de la famille. Dada proposait
« Sans-Souci », Chotda « Blue Heaven ». Bien qu'on
ne m'eût nullement demandé mon avis, j'avançai
moi aussi ma proposition : mon choix s'était porté
sur « Rojonigondha[1] ». Finalement ce fut le nom
suggéré par Dada qui fut gravé sur une plaque de
marbre blanc, laquelle fut apposée sur le mur d'enceinte de la propriété, à côté du grand portail noir
qui y donnait accès.

La maison était immense, avec une porte monu-
mentale dans un encadrement de colonnes ouvra-
gées. Les plafonds étaient si démesurément hauts
qu'ils semblaient monter jusqu'au ciel – un ciel
décoré de solives peintes en vert. Le bois des solives
était lui-même orné de feuilles stylisées en métal,
disposées dans le sens de la largeur, ce qui évoquait
les traverses d'une voie ferrée, sur lesquelles aurait
à tout moment pu déboucher un train sifflant et
chuintant.

Sous le feuillage d'un grand *bilva*, tournait en

---

1. Nom d'une fleur blanche très odorante, assez commune et
très appréciée au Bengale, qui dégage son parfum à la tombée
de la nuit. (Toutes les notes sont du traducteur.)

colimaçon l'escalier qui permettait d'accéder au vaste toit en terrasse. De là-haut, accoudé à la balustrade finement ajourée, on jouissait d'une vue panoramique sur tout le quartier. Le terrain qui entourait la maison était bordé d'une rangée de cocotiers et d'aréquiers. Devant la maison s'étendait un verger plein de manguiers, jambosiers, jaquiers, goyaviers, oliviers et autres grenadiers. Mes deux grands frères, Yasmine et moi avions de quoi nous ébattre et jouer tout notre soûl !

Nous étions bien loin de la vieille maison de Grand-mère[1], le long de sa mare à carpes, au fond de sa venelle aveugle. Finis les tournois de billes, là-bas sous le banyan au pied duquel nous avions creusé des trous pour nos parties ! Fini, le temps où nous nous éclairions avec des lampes-tempête, dont il fallait tous les jours avec de vieux chiffons essuyer le verre encrassé de suie ! Finies, les soirées passées assis sur des nattes dans la cour, à répéter avec nos jeunes oncles «*Et virevolte de boucle en boucle notre petite rivière*[2]...» en appuyant notre récitation de balancements du corps d'avant en arrière ! Finis, les petits déjeuners de crêpes de riz cuites à la vapeur, fourrées à la sève de dattier. Il n'y eut qu'une seule chose que j'emportai de chez Grand-mère : ce fut cette terreur des fantômes qui me glaçait jusqu'à la moelle. Cette peur qui me poursuivait jusque dans cette maison de Begunbari, où nous nous étions réfugiés quelque temps pendant la guerre. Où il me semble entendre encore la voix d'oncle Shoraf déclamer : «Dès que la nuit touche à sa fin, les fantômes retournent dans leur monde.»

1. Le terme qui désigne cette demeure, *tchooutchala*, indique qu'il s'agit d'une maison en terre ou en plaques de tôle, pourvue d'un toit à quatre pans inclinés, selon l'architecture rurale traditionnelle du Bengale ; ce n'est donc pas une maison ordinaire, une chaumière de pauvres, qui n'aurait qu'un toit à deux versants.
2. Vers d'un poème de Tagore que tous les écoliers bengalis apprennent.

À mon réveil le matin, je constate qu'effectivement le fantôme à cinq jambes n'est plus là. Il n'y a
plus que les rayons du soleil qui, passant par les
fentes de la tôle, chauffent la pièce. Maman, Grand-
mère et la belle-mère de tante Runu bavardent,
assises sur des tabourets dans la cour. C'est la première fois que je quitte notre ville de Mymensingh,
à l'exception d'un voyage en train jusqu'à Dhaka,
un trajet interminable que j'avais passé à imiter
sans cesse le bruit de la locomotive à vapeur, au
rythme des roues sur les rails. Nous allions en visite
chez l'aîné de nos oncles maternels, dont le logement se situait près d'un champ de terre rouge
étendu jusqu'à l'horizon. Là-bas j'avais eu envie de
jouer à chat perché avec les petits nuages en m'éle-
vant tel un cerf-volant dans le ciel infini.

Tout en me récurant les dents à la poudre de
charbon, assise sur la véranda, je me prends à penser que la guerre a du bon : tout à coup, plus
d'école, plus rien à faire que de passer tout mon
temps à jouer à la poupée sur la terrasse. Les seules
choses qui viennent nous déranger parfois, ce sont
les avions, au bruit desquels nous devons ventre à
terre redescendre dans la maison. Maman, après
nous avoir rempli les oreilles de coton, nous envoie
nous cacher sous le lit pendant qu'elle récite à voix
basse des versets du Coran. Au bout de quelque
temps, mon père a fini par faire creuser une longue
tranchée dans notre terrain, et dès qu'une alerte est
donnée nous courons nous y abriter. C'est après le
bombardement de l'hôpital que Papa, considérant
que la ville était devenue vraiment trop dangereuse,
nous a expédiés à la campagne, à bord de deux rickshaws : dans le premier, parti à destination de
Madarinogor, ont pris place les garçons – Dada,
Chotda, oncle Shoraf, oncle Felu, oncle Tutu. Le
nôtre, à la suite de l'incident que l'on sait, nous a
déposés ici, à Begunbari. Papa, lui, est resté en
ville, bien décidé à ne fermer et à n'abandonner la
maison que si la situation tournait encore plus mal.

Je me rince la bouche à l'eau du puits, puis je respire à pleins poumons la brise matinale, emplie d'un doux parfum de citronnier. Finies les réprimandes de Papa, ses «fais pas ci, fais pas ça» continuels, les claques et les taloches pour un oui ou pour un non ! Que demander de mieux dans la vie ? Désormais, je puis danser comme il me plaît avec le vent, sur les chemins dans la campagne en chantonnant : «*À l'ombre des arbres, de liane en branche, je m'ébats sans souci dans les bois. Tendre la main devant soi suffit pour cueillir abondance de pois. Au feu de chaume les rôtirons et à les manger ensemble tous les pastoureaux inviterons.*» Quel bonheur !

«Viens, Chotku ! On va aller à l'épicerie, acheter un peu de tamarin.»

À peine lui ai-je communiqué ma proposition que Chotku se lève droit comme une tige de bambou. L'idée de me régaler de tamarin me fait déjà saliver. La cour est entourée d'une haie de bananiers. Nous nous glissons à travers pour prendre le chemin qui court sur les diguettes entre les rizières. C'est moi qui ouvre la marche, suivie par Chotku. Nous sommes sur le point d'atteindre la grand-route, lorsque se dresse devant nous comme un épouvantail le dénommé Hasou, un garçon à la solide carrure, vêtu seulement d'un *lunghi* rabattu sur la taille.

«Chotku peut aller à l'épicerie, mais pas toi. Tu es une fille ! Les filles ne doivent pas aller se montrer dans les magasins ! nous lance-t-il en faisant tournoyer une branche morte entre ses mains.

— Et pourquoi ça ? Moi, je vais souvent faire des courses ! je rétorque à ce péquenaud avec un rictus de dédain, pour bien lui signifier que je ne suis pas disposée à me laisser impressionner.

— Tu peux faire ça à la ville, si ça te chante, mais ici, on est dans un village. À la campagne. Chez nous, à la campagne, les filles restent à la maison. Elles ne sortent pas de chez elles !»

Et sur ces mots, l'affreux épouvantail avance

dans ma direction, l'air menaçant. Sortant de ses orbites, deux rats voraces montrent leur museau gris. J'ai lu dans mes livres tant de descriptions de belles et paisibles campagnes verdoyantes, regorgeant de moissons dorées, que j'avais vraiment grande envie de le voir de mes yeux, ce pays de cocagne. M'y voici, et pourtant je ne danse pas avec les tiges de riz mûr, puisque je ne peux aller où bon me semble, dans les bois et les bosquets, près des étangs et des mares. Je n'aurai pas la douce expérience de me perdre dans les prés et d'y être soudain attirée par la mélodie de la flûte d'un jeune bouvier. Au contraire, il me faut commencer ma journée par un face-à-face avec des têtes de rat, ces rats méchants qui sortent par les yeux de ce Hasou, qui, de plus, appartient à la famille, cette famille qui nous a accueillis ! J'en ai la gorge nouée. Rebroussant chemin, je cours me jeter dans les bras de ma mère, pour lui confier mes malheurs. Tout en chiffonnant la bordure de son sari entre mes doigts, je dis à Maman qui ne s'est pas encore changée et garde couverts ses cheveux qu'elle n'a pas encore coiffés[1] : « On m'a empêchée d'aller jusqu'à l'épicerie… »

Maman ne réagit pas. Des deux mains je lui attrape le menton, pour la forcer à me regarder : « C'est ce Hasou… Il m'a empêchée d'aller acheter du tamarin !

– Quel besoin as-tu de t'empiffrer de tamarin ? me rabroue-t-elle en se dégageant le menton. Ça fait tourner le sang en eau de manger acide ! »

Tel était en effet le sempiternel grief de ma mère à l'encontre du tamarin. Pour éviter ses regards, c'est assise sur l'escalier de la terrasse que je suçais

---

1. Cette attitude de la mère est due au fait qu'elle se trouve dans une maison étrangère – celle de parents par alliance – où s'impose un strict respect des convenances de la société bengali, qui veulent qu'une femme ne montre pas ses cheveux à des hommes qui ne sont pas de très proches parents, plus jeunes qu'elle. Chez elle, la mère ne devait pas se couvrir ainsi les cheveux, surtout avant d'avoir pris sa douche et s'être coiffée.

des pépins de tamarin macérés dans le sel. De la pulpe me restait collée au pouce que je léchais avec délectation, en émettant force claquements de langue, tant c'était acide! Tant pis si j'en avais la langue toute blanche, les dents irritées, le sang qui tournait en eau... Ensuite j'avais peur de me couper, de m'écorcher, craignant que ne se révèle alors ma désobéissance, lorsqu'on verrait de la plaie couler de l'eau au lieu du sang. Mais je ne tardais pas à être rassurée: quand je me coupais le pied à un tesson de verre, à une coquille d'escargot ou à un éclat de brique dans la cour, quand je me piquais le doigt à une épine de rose, c'était bien du sang qui sortait. Maman, après avoir essuyé le sang, nettoyait l'entaille au Dettol, puis me faisait un pansement avec un lambeau de tissu. En ces moments-là, je me retenais à grand-peine de sourire, ravie de voir que mon sang n'était pas devenu eau.

La maison de Begunbari où nous avons trouvé refuge abrite déjà en temps normal une famille très nombreuse. Toutes les filles sont affublées de noms de fruits: Orange, Goyave, Grenade... Quant aux garçons, ils portent tous des noms en «ou»: Hasou, Kasou, Basou, Rasou... Rasou, le mari de ma tante, habite en temps normal à la ville; il l'a fuie dès les premiers signes de guerre, mais personne ne sait où il est parti se cacher.

La belle-mère de tante Runu a toujours du bétel plein la bouche, qui lui coule aux commissures des lèvres. La chaux vive qu'on met dans les chiques lui blanchit en permanence le bout de l'index. Je la revois prendre délicatement, de ses autres doigts épargnés par la chaux, une chique de bétel sur le plateau et se l'insérer dans la bouche qu'elle a toute gonflée car elle mâche encore la chique précédente. Elle se penche vers l'oreille de Grand-mère pour articuler avec le plus grand mal: «Dieu seul sait où il a bien pu passer, ce Rasou! S'il est mort ou vif, à

présent ! On dit que les Penjabis massacrent tous les
gens qu'ils trouvent en ville... »

Assise sur son tabouret au ras du sol, engoncée dans
son sari, Grand-mère me fait penser à une espèce de
balluchon. Ledit balluchon, drapé d'un sari blanc à
bordure noire, ne bronche pas, et en abrite un autre –
le cabas en plastique bleu, contenant la provision de
riz soufflé et de mélasse. Dans les yeux de Grand-
mère, les deux pupilles demeurent aussi immobiles
que des pierres. Elles semblent contempler encore
cette scène au cours de laquelle, par une profonde
nuit, Hashem, le troisième fils de Grand-mère, est
venu frapper à la porte. Elle n'avait pas plutôt ouvert
qu'elle a entendu, aussitôt fracassée sous la rumeur
lointaine d'un train, la voix de Hashem qui annonçait :

« Maman, je m'en vais... !

– Que se passe-t-il donc ? avait demandé Grand-
mère, en augmentant la mèche de la lampe à
pétrole, tout en descendant les marches de l'entrée.

– Au revoir ! avait lancé oncle Hashem sans se
retourner, alors que, déjà, il longeait la mare près
de la maison.

– Mais où t'en vas-tu si tard ? Arrête-toi ! avait
insisté Grand-mère en courant derrière lui.

– Je pars à la guerre. Je reviendrai quand le pays
sera libre ! avait crié oncle Hashem sans jeter un
regard en arrière.

– Attends, Hashem ! Écoute-moi ! » continuait à
hurler Grand-mère à l'adresse de ce fils décidé à n'en
faire qu'à sa tête. Elle l'avait appelé jusqu'à ce qu'il
disparaisse complètement dans le ventre de la nuit.

Puis elle était restée là, incapable de bouger, le
cœur battant à se rompre dans cette poitrine qui
avait réchauffé, qui avait nourri de son lait ce fils né
en pleine famine de quarante-trois[1], à une époque

---

1. La grande famine de 1943 au Bengale, qui fit au moins
trois millions de victimes, a laissé des traces encore vives dans
la mémoire des Bengalis. Le pouvoir colonial de l'époque porte
une lourde responsabilité dans l'ampleur de la catastrophe.

où les jeunes enfants avaient si peu de chances de
survivre. Sur le seuil de la petite maison où ils
demeuraient, juste à côté de chez Grand-mère, tante
Parul, la jeune épouse d'oncle Hashem, pleurait à
gros sanglots. Tout le monde dit que la femme d'oncle
Hashem est belle comme un ange. Selon Grand-
mère, c'est la clarté de la lune qui rayonne du corps
de tante Parul, tant son teint brille dans la nuit ! Oui,
un vrai clair de lune !... Où cacher cette lune, désormais, pour la protéger de tous les dangers qui guettent
les jeunes femmes, particulièrement en ces temps de
guerre ? Qui plus est, Parul est la maman d'une petite
fille d'à peine six mois. Comment un homme peut-il
avoir le cœur d'abandonner pareil foyer sans crier
gare ? Comment retrouver Hashem dans de si
épaisses ténèbres ? Ce n'est pas que cette guerre
impressionne outre mesure Grand-mère, qui a vécu
la Seconde Guerre mondiale. À l'époque le pays a
subi les bombardements des Japonais... Mais, même
alors, la famille n'a jamais été déchirée à ce point !

Dès l'aube, Grand-mère avait mis tante Parul en
sûreté chez le père de celle-ci. Puis, avec ses quatre
fils restants et un cabas de plastique bleu, elle
s'était présentée chez sa fille, à Sans-Souci, pour
décider de la conduite à tenir, se réfugiant un premier temps dans cette grande maison de brique, qui
paraissait plus sûre que sa vieille baraque aux murs
de tôle plus ou moins disjoints. Son gendre, c'est-à-
dire mon père, lui avait conseillé d'aller se mettre à
l'abri à la campagne, étant donné la tension qui
s'aggravait de jour en jour par toute la ville.

Et voilà qu'en chemin pour le refuge campagnard,
Grand-mère a perdu la trace de trois autres de ses
fils. Il ne lui reste plus que le petit dernier – son véritable dernier-né, puisqu'elle sait qu'elle ne pourra
plus avoir d'autres enfants –, le dénommé Chotku,
plus jeune que la plus jeune de ses petites-filles.

Tandis que, sans nouvelles de son fils Rasou, la
belle-mère de tante Runu ne cesse de se lamenter,

grand-mère Balluchon, assise à côté d'elle, le dos
au soleil, ne souffle mot, bien qu'elle ait un fils à la
guerre. Elle semble résignée d'avance à ne jamais le
voir revenir. Et son regard demeure impénétrable,
sans le moindre mouvement de pupille.

2

Le beau-père de tante Runu a appris que des soldats s'avançaient en direction de Begunbari. Six
têtes humaines ont été trouvées à moins de cinq
cents mètres du village, dans un champ de jute.
Beaucoup de gens courent voir la macabre découverte. Beaucoup d'autres aussi fuient précipitamment dans la direction opposée, leur balluchon à la
main. Il est décidé, pour ce qui nous concerne, nous
les parents de la ville, de nous cacher dans un village encore plus reculé. Nous quittons donc Begunbari au beau milieu de la nuit, en char à buffles,
pour gagner Hanspukur.

C'est Kasou, l'un des frères de Hasou, qui montre
le chemin au charretier. Tout à coup, alors que nous
traversons une épaisse forêt, toute bruissante du
chant des grillons, ponctué par les hurlements des
chacals et les hululements des hiboux, les buffles
refusent d'avancer. Morte de peur, je me recroqueville le plus que je peux contre les fesses de Maman.
Oncle Shoraf disait que tous les fantômes sortent de
leurs repaires, la nuit venue, pour enlever les
humains et les dévorer sans laisser de traces. Selon
lui, c'est la cime des arbres qui est l'endroit favori
des esprits. Et voici justement que notre char à
buffles s'est immobilisé sous un arbre gigantesque,
par une nuit sans lune. Il me semble que j'entends
des pas précipités se rapprocher de nous. Le charretier a beau taper à grands coups de bâton sur
l'échine de ses buffles, ceux-ci refusent obstinément
de bouger. On entend le bruit du bâton qui s'abat
sur le dos des animaux, les claquements de langue

du charretier. Puis, brusquement, les buffles se mettent à galoper en direction d'un bois de bambous en
bordure du chemin, dans lequel ils s'enfoncent à
toute vitesse. Le toit de paille qui recouvre le char
ne tarde pas à s'affaisser sur nous. Des brins de
paille nous piquent les sourcils, le crâne, nous rentrent dans les yeux, autant de désagréments qui sus-
citent les gémissements aigus de Chotku. De
nouveau retentissent les cris du charretier – «Allez!
Allez! Hue! Hue!» – et le bruit du bâton sur les
échines. De nouveau je crois distinguer le même
bruit de pas. Chotku s'agrippe à Grand-mère de
toute la force de ses petites mains maigrelettes.
Grand-mère serre de toutes ses forces son cabas en
plastique. Sa provision de flocons de riz et de
mélasse.

À Hanspukur, nous allons chez les beaux-parents
de Grenade, l'une des sœurs de Kasou. Couchés
dans le champ qui jouxte la maison, les deux buffles
prennent un repos bien mérité, de même que notre
charretier. Kasou montre le chemin à ses parents
de la ville qui marchent derrière lui. Il se retourne
de temps à autre, pour s'assurer que nous le sui-
vons. Lui n'a pas dans les yeux d'horribles rats gris,
comme ceux qui sortaient des orbites de son frère
Hasou.

Horreur! une paire de rats dans les yeux de Hasou;
Sauve qui peut à Hanspukur, par le bois de bambous!

À Hanspukur, tout le monde est très impressionné
par ces habitants de la ville que nous sommes: il
faut dire qu'on n'a guère l'habitude d'y voir des
gens tels que nous, qui vont à l'école, habitent des
maisons en dur, circulent dans des automobiles. On
nous laisse la plus grande pièce de la maison. On
sort pour nous de l'armoire des verres ornés de
fleurs et de feuilles vivement colorées, de la vaisselle en faïence. On nous confectionne de délicieux
currys de poissons pêchés dans l'étang d'à côté. Dès

que c'est prêt, on nous appelle et nous allons tous en groupe dans la cuisine nous asseoir sur les tabourets bas qui y sont disposés. Ce n'est qu'après avoir nourri les hôtes, les enfants, les hommes de retour des champs, que les femmes de la maison prennent leur repas, l'après-midi déjà largement entamé. On a recouvert les lits à notre intention de couvertures piquées, ornées de belles broderies, et pris soin d'envelopper nos oreillers de taies sur lesquelles sont brodées en lettres bleues et rouges des phrases du genre : « Ne m'oublie pas ! » Mais voilà : il n'y a qu'un oreiller par personne... Pour trouver le sommeil, je n'ai d'autre ressource que de me caler les jambes sur le mien : toutes les guerres du monde ne me feront pas perdre mes petites habitudes de confort ! Dans mes rêves, je flotte comme un canard, sur les mares de Hanspukur[1], je m'envole avec le vent, comme le cerf-volant rouge de Chotku et Kasou.

Chez nos hôtes de Hanspukur, les filles de mon âge sont déjà toutes en sari, qu'elles portent sans le froncer sur le devant, à la façon des vieilles. Certaines même sont déjà mariées, ai-je entendu dire[2]. Debout dès l'aube, elles vaquent aussitôt à toutes les tâches domestiques : ouvrir le poulailler, souffler sur les braises pour faire prendre le feu, écraser les épices, vanner et décortiquer le riz... Quand je leur propose de jouer avec moi à la marelle, elles se mordent les lèvres pour ne pas rire. Aucune ne vient se joindre à moi. Quant aux garçons, ils passent leurs journées à grimper aux arbres, cueillir des mangues, des mangoustes, des noix de coco. Moi aussi j'ai bien envie de monter aux arbres, mais dès qu'ils me voient essayer, ils poussent de grands cris : « Ça fait crever les arbres, quand une fille monte dessus ! »

---

1. Il y a ici un jeu de mots sur le nom du village « Hanspukur », qui signifie en fait « Mare-aux-Canards ».
2. Leur mariage a été célébré, mais elles continuent à vivre chez leurs parents, en attendant d'avoir atteint l'âge nubile, où elles rejoindront leur époux et sa famille.

Les garçons jouent aussi à *hadoudou* [1], en relevant leurs lunghis sur la taille. Si je demande à participer, ils me rabrouent par ces mots : «C'est pas un jeu de filles, ça!»

Un *gamcha* sur l'épaule, ils vont souvent pêcher dans les étangs tout autour du village. Comme je me mets en tête de les suivre, ils se retournent et me jettent : «La pêche, c'est pas pour les filles!»

Toujours la même chose. «Les cerfs-volants non plus, ce n'est pas pour les filles?

— Bien sûr que non!

— Et depuis quand?» je m'insurge, les poings sur les hanches, le buste en avant.

Un des garçons revient sur ses pas : «Tu n'es même pas capable de répéter très vite : *"Katcha gab paka gab, katcha gab paka gab* [2]*"*, je parie!» me lance-t-il, tout maculé de boue, noir comme un four, avec un sourire de défi qui découvre deux rangs de dents toutes jaunes.

Dans l'espoir que les garçons me prennent avec eux à la pêche, je tente ma chance : «*Katchagabpatchabapkakapap…*», je bredouille lamentablement. Dents-Jaunes se tient les côtes de rire, et ses camarades avec lui, avant de m'abandonner là et de reprendre le chemin des étangs. Et je reste seule, désemparée, moi la citadine, dans ma petite robe de confection.

Les débuts d'après-midi, les filles de la maison prennent leur bain dans l'étang attenant. Elles s'amusent à traverser la mare d'un seul élan; tout à coup, je les vois disparaître au milieu, puis, l'instant d'après, sortir la tête de l'eau tout près du bord. Assise sur les marches qui descendent à l'étang, je les regarde, émerveillée. Moi qui ose tout juste trem-

1. Jeu de garçons : deux groupes s'opposent, avec chacun son territoire; il faut essayer de traverser le camp adverse en criant *hadoudoudoudou…* sans perdre haleine; les joueurs du camp opposé doivent tenter d'intercepter l'intrus et de lui faire perdre souffle, ce qui l'éliminera du jeu.

2. Équivalent bengali de : «Un chasseur sachant chasser sans son chien…»; la traduction littérale serait «mangouste verte» (katcha gab), «mangouste mûre» (paka gab).

per les jambes! Le fait que je sois torse nu suscite les
commentaires : «Vous avez vu, cette grande perche
n'a même pas encore de poitrine, à son âge! »

Shoraf-*mama*, qui, pour le plus grand malheur
des jacinthes d'eau, s'exerçait à la nage sur le dos et
à la brasse coulée dans la mare à carpes, à côté de
chez Grand-mère, me criait, en me voyant assise
sur le bord, les yeux pleins d'envie : «Tu veux
apprendre à nager? Alors, la seule solution, c'est
que tu manges des fourmis, beaucoup de fourmis! »
Que de fois je me suis essayée à nager, après avoir
ingurgité quantité de fourmis mélangées à du sucre
ou de la mélasse. En vain : mes jambes étaient irré-
sistiblement entraînées au fond et je buvais la tasse.

J'ai terriblement honte de moi, quand je vois les
petits enfants de Hanspukur plonger nus dans les
étangs. À mon âge et malgré mon caractère aventu-
reux, je ne suis capable que de faire trempette jusqu'à
la taille, droite telle une tige de roseau! Pourtant, j'ai
drôlement envie de nager comme eux d'un bout à
l'autre de l'étang. Quel plus grand plaisir en effet que
de s'ébattre à loisir dans l'eau fraîche par un brûlant
après-midi d'été?

Maman m'envoie dire que si je reste trop longtemps
dans l'eau je vais m'enrhumer et avoir de la fièvre.
Pauvre petite infirme de la ville qui doit remonter sur
la berge! Tu parles d'une berge! Un vrai four, oui!

La berge est brûlante, ô combien! Les Penjabis
mettent le feu aux maisons, partout où ils passent.
On voit les femmes des localités environnantes,
dont les maisons ont été incendiées, faire le tour des
demeures de Hanspukur en se frappant le front.
Tout le village tremble de peur, comme si des
bombes allaient sous peu lui faire tomber le ciel sur
la tête. À Hanspukur, seules deux familles possèdent un poste de radio. Celle où nous avons débarqué à l'improviste, Maman, Grand-mère, Chotku,
Yasmine et moi, ainsi que celle d'une des notabilités
du coin, Kasem Sikdar. Tous les soirs, une foule

anxieuse se rassemble dans chacune des deux maisons, pour écouter les bulletins d'informations.

Les hommes du village s'assoient dans la cour sur
des nattes disposées là à leur intention. Tout en
écoutant les nouvelles, ils se passent le *houka* de l'un
à l'autre. Voilà bientôt deux mois que nous sommes
à Hanspukur, et depuis deux mois un homme
chauve, aux joues rebondies, toujours vêtu du même
lunghi vert, répète chaque soir : « La radio du Bangladesh libre annonce que l'Armée de libération ne
va pas tarder à arriver. Nous sommes bientôt au
bout de nos peines ! »

Assis sur un tabouret bas, le beau-père de ma cousine Grenade se donne des coups de serviette pour
chasser les moustiques acharnés sur son dos, qu'il a
noir comme du charbon. Tout en caressant sa barbiche blanche, il fait observer :

« Je ne vois pas ce que ton "Armée de libération"
peut faire contre les soldats pakistanais ! C'est vrai
qu'ils sont entraînés en Inde, à ce qu'on dit. Et qu'il y
a pas mal de gars, au village, qui sont partis se battre
à leurs côtés. Jomirali, Tourab, Jobbor, Dhonu
Mian... ils y sont tous allés ! Mais ce sont des gosses !
Ils tétaient encore le sein de leurs mères, il n'y a pas
si longtemps ! Je ne les vois pas faire la guerre. Toute
la ville de Dhaka n'est plus qu'un cimetière ! Les
Pakistanais, ces sauvages, brûlent les villages les uns
après les autres. Ce sont de vrais fauves assoiffés de
sang. Un jour, au bazar de Trishal, il y en a un qui
m'a demandé en ourdou comment je m'appelais :
« *Apka nam kya hai ?* » Si vous aviez vu comme je l'ai
mouché ! Qu'est-ce que ça peut te faire, comment je
m'appelle, enfoiré ? lui ai-je répondu dans notre
langue[1]. Le même jour, j'ai eu un choc, en aperce-
vant l'imam de la mosquée de Tchantara, qui suivait
les soldats comme un petit chien. »

---

1. Les soldats pakistanais ne comprenaient pas le bengali,
étant pour la plupart originaires du Pakistan occidental ; ils parlaient principalement ourdou et penjabi, langues très différentes
du bengali, et que la plupart des habitants du Bengale ignoraient.

Taru le tailleur écoute en poussant de profonds
soupirs. Presque aveugle, ce vieillard se déplace toujours avec une canne de bambou. Le tee-shirt qui lui
couvre le torse est tout déchiré, presque en lambeaux.
Pourtant, tout le monde dit qu'il est cousu d'or. Il
aurait fait d'excellentes affaires, comme tailleur au
bazar de Trishal. Lorsqu'il a perdu l'usage de son œil
gauche, il a dû quitter la profession et il est venu s'installer chez son fils, à Hanspukur. Il lui arrive périodi-
quement de disparaître de la maison, sans que
personne ne sache où il va. Il reste absent un bon
mois, puis on le voit un beau jour réapparaître. Mais
depuis le début de la guerre, Taru le tailleur n'a plus
quitté le village. Il vient tous les soirs écouter les
informations à la radio. Il n'est pas homme à parler
d'abondance ; la plupart du temps, il se contente
d'écouter ce que les autres disent, en penchant la tête
sur l'épaule droite en signe d'approbation. Sa
manière de manifester son désaccord, c'est de lâcher
des « hum ! » à répétition. Puis, si l'occasion d'un bref
silence se présente, il émet éventuellement son avis,
de manière toujours très modérée. Mais, le plus souvent, Taru le tailleur, après quelques « hum ! » bien
appuyés, se contente de faire chanter son houka.
    Le chauve aux joues rebondies, vêtu d'un lunghi
vert, qui tournait le dos à Taru le tailleur, s'assoit de
manière à lui faire face, tandis que le vieillard lâche
encore une série de « hum ! », avant de se décider à
dire : « Les *Muktibahini* finiront par libérer le pays,
c'est sûr ! Notre guérilla remporte déjà pas mal de
succès. Si besoin est, l'Inde enverra son armée à la
rescousse. Ce pays sera enfin le nôtre ! Le cheikh
Mujibur le gouvernera. C'en sera fini des Ayyub[1] et
des Yahia[2] ! Pour toujours ! »

    1. Ayyub Khan : maréchal pakistanais, qui imposa au pays
une dictature militaire, particulièrement répressive au Pakistan
oriental d'alors, le Bangladesh d'aujourd'hui. Il dirigea l'État
pakistanais de 1958 à 1969.
    2. Yahia Khan : général, successeur d'Ayyub Khan à la tête
du Pakistan, de 1969 à 1971 ; c'est sous son pouvoir qu'eut lieu
la sécession du Pakistan oriental.

Mais ces propos prémonitoires de Taru le tailleur ne reçoivent pas d'autre écho que la voix du lunghi vert, qu'on entend crier : «Eh! Siraj, apporte-moi donc un éventail!»

Aussitôt, le garçon aux dents jaunes bondit de l'endroit où il était et rapporte quelques instants plus tard un éventail en feuilles de palmier pour le lunghi vert. Aujourd'hui, Dents-Jaunes n'est pas maculé de boue, il a dû prendre un bon bain après sa partie de pêche. Lunghi-Vert d'une main se gratte et de l'autre s'évente.

L'oreille collée à la palissade qui les protège des regards, les femmes de la maison suivent la conversation des hommes. Grand-mère est restée à l'intérieur, assise sur le lit, toujours semblable à un balluchon, le regard constamment fixe.

Outre la peur des fantômes, c'est maintenant la peur des militaires qui, tel un tisserin, construit son nid dans mon cœur.

Taru le tailleur avait raison : les Muktibahini ont fini par libérer le pays. À la fin de la guerre, nous sommes dans un village nommé Dapuniya.

C'est un beau matin d'hiver. Assis sur la véranda de la salle de séjour, nous prenons le soleil. Dès que nous ouvrons la bouche, un nuage de vapeur s'en échappe. Soudain, on entend de grands cris. Tous les enfants courent en direction de la grand-route, pour se renseigner. La plus grande curiosité se lit sur tous les visages. Chacun se demande ce qui se passe, qui va encore envahir le village. Va-t-on de nouveau apprendre qu'une maison a été brûlée, qu'un cadavre a été retrouvé quelque part? Durant les sept derniers jours, des bruits de tirs n'ont pas cessé de résonner dans les environs. Tout le village en a encore les oreilles qui sifflent. D'angoisse, de frayeur, Dapuniya n'a cessé de retenir son souffle. Que va-t-il nous arriver cette fois-ci? Quels sont ces gens qui arrivent ce matin sur la grand-route? Des militaires, à nouveau? Non, ce n'est pas le raffut

ordinaire que font des soldats. Derrière les fenêtres,
les femmes de la maison écartent les rideaux, pour
mieux y voir. Mais sans succès.

Pour ma part, je ne saurais me contenter de
regarder par une fente de rideaux! Je fais encore
assez gamine, moi la grande perche dont les seins
n'ont pas même commencé à pousser, pour pouvoir
aller au-devant des cris, en me mêlant à la foule des
enfants. Ces cris qui se rapprochent ne sont pas
habituels; on a la chair de poule, à les entendre…
on est soulevé par un espoir… J'ai cent colombes
qui s'envolent dans la tête!

Ça y est! On distingue une vingtaine de jeunes
gens brandissant des fusils. Ils ressemblent à ces
jeunes hommes qui avaient arrêté notre véhicule,
sur la route de Sambhugonj. Debout sur le camion,
ils hurlent: «*Joy Bangla! Joy Bangla*[1]!» Quel spectacle impressionnant! Quelle excitation irrépres-
sible! Balayé, le calme habituel de Dapuniya! C'est
comme si les gens ressortaient d'une caverne tout à
fait obscure, où ils auraient encore dû passer de
nombreuses années, et retrouvaient soudain un
monde scintillant de lumière. C'est comme si un
homme en train de se noyer dans des eaux glacées
voyait tout à coup une barque faire voile en sa direction. Pendant des mois les habitants de Dapuniya
n'ont pu crier: «Joy Bangla!» que dans leurs cœurs,
à la rigueur se le murmurer à l'oreille. Aujourd'hui,
c'est au grand jour qu'ils entendent scander ce cri de
fierté. Rejetant le voile de la terreur, les gens de ce
pays peuvent enfin crier: «Joy Bangla!» à gorge
déployée. Et c'est ce que je fais moi aussi: «Joy Bangla! Joy Bangla!» Comme les autres, je crie en
levant le poing de la victoire. Toute une foule court
derrière le camion, derrière *Joy Bangla!*, derrière la
liberté. Prenant mes jambes à mon cou, je retourne à

---

1. Vive le Bengale! Tel était le cri de ralliement des combattants de la libération et de la lutte contre l'occupant pakistanais.

la maison pour avertir Maman de la grande nouvelle. Maman est debout à la fenêtre.

«Maman! Maman! Crie: "Joy Bangla" toi aussi!
Nous sommes libres!» je lui hurle en dansant.

Maman rit et pleure en même temps. Des larmes
de joie lui ruissellent sur les joues. Elle s'essuie avec
le pan de son sari, mais il en coule toujours! Et elle
continue à rire tout en pleurs! Il n'y a que Grand-
mère qui reste imperturbable; pas le moindre frémissement de joie pour animer les pupilles de ses
yeux! Il y a si longtemps qu'elle est ainsi, plus
insensible qu'une pierre, dirait-on. Pourquoi donc
ne rit-elle pas de toutes ses dents brunies par le
bétel? Est-ce le chagrin de n'avoir plus son cabas
de plastique bleu à serrer contre elle? Souhaitait-
elle pour le restant de ses jours ressembler à un
gros balluchon serrant très fort contre son ventre
un balluchon plus petit?

Les rues de Dapuniya ne cessent de se remplir
d'une foule en liesse. Les gens courent de tous côtés.
Hier encore, on n'entendait que le sifflement des
balles, les plaintes de deuil; aujourd'hui, on n'entend plus que des rires, des cris de joie; aujourd'hui,
tout le pays est en fête. Joy Bangla! Joy Bangla!,
cela signifie qu'il n'y aura plus de maisons incendiées, que plus personne ne tirera sur quiconque,
qu'il ne tombera plus de bombes nulle part, que
plus personne ne sera emmené, yeux bandés, pour
être fusillé, que l'air ne charriera plus une odeur de
cadavre, qu'on ne verra plus de bandes de vautours
dans le ciel, que nous retournerons dans notre maison, à la ville, que je pourrai de nouveau dormir
dans ma chambre, quittée il y a si longtemps, dormir avec deux oreillers – un sous la tête et un autre
serré dans mes bras, selon ma chère habitude –,
que je retrouverai mes poupées – Maman poupée,
petite poupée, qui doivent être en train de dormir
depuis tout ce temps... je pourrai enfin les réveiller!

Est-ce l'enthousiasme général qui me poursuit,
ou moi qui cours à sa poursuite? Est-ce moi qui le

porte sur mes épaules, ou suis-je juchée sur les
siennes ? Peu importe, je cours dans le sens de la
foule, je rejoins le cortège de la victoire, je le
dépasse. En tête, il y a ce garçon nommé Khaled ; il
brandit une canne de bambou, au bout de laquelle
flotte un drapeau : un drapeau tout vert, avec au
centre un rond rouge ; sur le rouge est cousu un
morceau de tissu jaune, aux contours compliqués[1].
Derrière Khaled accourent tous les garçons du village, tous les adolescents, tous les jeunes hommes.
Dans la foule, j'aperçois même Chotku qui brandit
lui aussi un drapeau identique. Moi aussi j'aimerais
bien en tenir un, de drapeau ! C'est un drapeau
complètement nouveau. Jusqu'à présent, à l'école,
nous devions chanter : «*Pak sar zamin shad bad*[2]»,
debout face au drapeau vert à étoile et croissant de
lune blancs du Pakistan. Un jour, à l'époque où
Chotda manifestait en criant : «À bas Ayyub !», il
était sorti de la maison en emportant ce drapeau
que nous gardions sous un matelas. Le soir, lorsqu'il était revenu de la manifestation, il nous avait
raconté qu'ils avaient brûlé le drapeau dans la rue.

Avant que le cortège ne s'arrête, Khaled, monté
sur le tronc d'un jaquier au bord de la route, pro-
clame en brandissant le nouveau drapeau devant la
foule : «Voilà le drapeau de la victoire ! Joy Bangla !
À partir de ce jour, c'est notre drapeau à tous. La
couleur verte représente le vert de nos rizières ; le
rond rouge au milieu, c'est le soleil ; et au centre du
rouge, c'est la carte de notre pays. Après neuf mois
de guerre, nous avons enfin conquis un pays à
nous ; à partir de ce jour, notre pays ne s'appelle
plus Pakistan oriental, il s'appelle Joy Bangla !
Allez, tous avec moi : Joy Bangla ! Joy Bangla !»

Tout le monde reprend : «Joy Bangla ! Joy Ban-

1. Le drapeau du nouvel État indépendant comportait à
l'époque en son centre la forme découpée du pays.
2. Premiers mots de l'hymne national du Pakistan : «Bonheur à notre terre de Pakistan...»

gla!» Khaled redescend de l'arbre. Il est vêtu d'un lunghi blanc, d'une chemise blanche aussi. Il a les cheveux très noirs, le teint très foncé, le visage couvert d'acné. Il a de grands yeux, comme deux abeilles noires[1].

Je me souviens qu'une nuit, alors que toute la maison dormait à poings fermés, je m'étais brusquement réveillée; levant un peu la tête, j'avais eu la grande stupeur de me trouver nez à nez avec un fusil appuyé à la cloison, juste au chevet du lit. Entendant un bruit de pas, je m'étais aussitôt jetée sous la couverture que trois secondes plus tard, j'avais un peu écartée... J'avais alors vu briller les deux abeilles et entendu Khaled me demander : «Tu sais ce que c'est, ça?

– Oui, un fusil!

– Ça, tu vois, c'est la crosse. Et c'est ici qu'on met les balles. Et ce crochet, là, ça s'appelle la détente. Si on appuie dessus, ça fait partir les balles.

– Est-ce que vous tuez des gens avec le fusil? avais-je demandé, débordante de curiosité.

– Oui, des ennemis» avait-il répondu, avec un sourire. Puis il était sorti de la chambre, le fusil à la main, en se baissant pour franchir la porte, car il est très grand.

Le fusil était caché depuis longtemps sous la paille – la paille sur laquelle nous avions fait notre lit! Personne n'était au courant. Et voilà que cette nuit-là, soudain Khaled était venu le sortir de sa cachette, avant de repartir, enveloppé dans un châle noir, fusil en main.

Khaled, que je vois aujourd'hui pour la seconde fois, ressemble à oncle Hashem. Tout le monde dit qu'ils sont comme cul et chemise. Ils allaient dans la même école. Ils ont mangé dans la même assiette.

---

1. La comparaison, surprenante pour le lecteur français, n'a rien de bizarre en bengali : elle illustre la vivacité, la profondeur du noir – bref, la beauté de ce regard.

Quand il a su qu'oncle Hashem était parti se battre,
Khaled y est bien évidemment allé lui aussi.

    Emmitouflée dans la couverture, sur ma paillasse,
je savoure le confort d'avoir bien chaud par une
froide nuit d'hiver. Chotku dort comme une masse
à côté de moi.
    Cette nuit-là aussi, il dormait de cette façon ; dès
qu'il met la tête sur l'oreiller, il sombre dans un
profond sommeil. Ils auraient sûrement déchargé
leurs fusils sur lui, s'il n'avait pas été endormi...
Pas seulement sur lui, sur tous ceux qui étaient couchés dans ce lit, sur Yasmine, sur moi... Moi, bien
sûr, je ne dormais pas, je faisais semblant, comme
si je jouais à la balançoire avec la fée du sommeil
au royaume des rêves, comme si je n'étais pas en ce
monde, comme si je ne remarquais rien de ce qui
se passait dans la chambre, soudain envahie par
des hommes bottés, casqués, fusil à l'épaule. Des
hommes qui pouvaient à n'importe quel moment,
en riant, en bavardant, en plaisantant, tuer quelqu'un, lui éclater le crâne, ou l'emmener au camp,
où ils le roueraient de coups de fouet, avant de lui
hacher le corps avec leurs baïonnettes. Quoi que
fassent les bottés-casqués, surtout feins de dormir,
petite fille, surtout ne remue pas les paupières, ne
fais pas le moindre mouvement, ne bouge pas
même le petit doigt, ne tremble pas, ne soulève pas
la poitrine pour respirer, car s'ils la voyaient frémir, quand ils soulèveront la moustiquaire pour
t'examiner, ils deviendraient ivres, ivres de rage,
fous de colère ; du feu sortirait de leurs bouches, ils
se mettraient à crier dans une langue que tu ne
comprendrais pas et ils jetteraient sur toi la lumière
de leurs torches – sur ton visage, sur ta poitrine, tes
cuisses. Surtout qu'ils ne te remarquent pas, toi la
grande perche dont les seins n'ont même pas commencé à pousser !
    C'était comme la froideur d'un serpent qui m'au-
rait rampé sur le corps, qui aurait enroulé ses

anneaux autour de mon cou, m'empêchant de respirer... Je respirais quand même imperceptible-
ment; mes paupières avaient du mal à ne pas
tressaillir sous la lueur aveuglante de la torche,
pourtant j'arrivais à les garder bien jointes. Chotku
avait une jambe sur moi; je me gardais bien de la
repousser. J'avais une main sur le ventre de Yasmine; je me gardais bien de l'enlever. L'oreiller sur
lequel j'avais l'habitude de me caler les jambes
m'avait glissé derrière le dos; je me gardais bien
d'essayer de le remettre au bon endroit.

Juste après le départ de Khaled, le fusil à la main,
qui avait dû se baisser pour passer la porte, à cause
de sa grande taille, j'avais de nouveau senti cette
froideur de serpent m'envahir jusqu'au fond des os.
Je m'étais efforcée de garder les yeux ouverts, au
cas où l'un des bottés-casqués-kaki reviendrait. Malgré la chaleur de la paillasse et de la couverture, je
n'arrivais pas à réchauffer mon corps glacé.

J'avais dû rester longtemps ainsi éveillée, à faire
semblant de dormir. On aurait dit qu'il se passait
des années, et les bottés-casqués étaient toujours là,
je percevais toujours la clarté de leurs torches, leurs
mains soulevaient toujours la moustiquaire. J'avais
l'impression que j'allais mourir à force de me
refroidir. Mon corps se faisait léger, léger telle une
plume de tourterelle. Comme si je n'étais plus couchée entre Yasmine et Chotku endormi comme une
masse et qu'un vent audacieux m'emmenât jusque
sur la lune, loin, très loin, où, devenue invisible, je
pourrais échapper à tous les soldats!

La vieille de la lune filant à son rouet[1] me fait
signe et me dit d'approcher. «Ô la vieille, j'ai tellement soif! Tu peux me donner un peu d'eau?

– De l'eau? Mais il n'y a pas d'eau sur la lune!

– Qu'est-ce que tu racontes? Il n'y a pas d'eau
sur la lune?... Mais je vais mourir, alors!»

1. Les Bengalis voient dans les taches de la lune la silhouette
d'une vieille filant au rouet.

J'ai la gorge toute desséchée. Enfin le bruit de
bottes s'éloigne. Ils doivent fouiller une autre pièce.

« Ouvre donc les yeux, petite fille ! me dit la vieille
de la lune. Pourquoi es-tu en sueur par une nuit
d'hiver ?

– Non, la vieille, je ne veux pas ouvrir les yeux. Si
je les ouvre, je verrai les flammes dans leurs regards
et la bave à leurs bouches ! Je verrai un serpent tout
froid ramper sur moi, non, je ne veux pas ! »

Je reste donc les yeux clos, une main sur le ventre
de Yasmine, avec le poids d'une des jambes de
Chotku sur une des miennes.

De très loin vient un air de flûte. Qui cela peut-il
bien être ? Qui cherche donc à me réveiller en
pleine nuit ? Je veux m'endormir pour de vrai à présent. Dans le calme revenu de la nuit, il est temps
de t'endormir, de fermer les yeux pour de bon. Et le
nuage du sommeil t'emportera par les airs jusqu'au
pays de la lune. La vieille ne pipera mot cette fois ;
elle laissera son ouvrage et elle aussi viendra s'as-
soupir dans les bras du nuage.

Ce que j'avais pris pour une flûte, c'est Maman
qui pleure en gémissant. Où est-elle donc ?...

Des nouvelles sont arrivées de la ville, selon lesquelles la situation redevient normale. Bientôt sur-
git aussi Grand-père, dans un froissement de lunghi
familier, marchant selon son habitude en agitant les
bras comme s'il ramait. Il se présente chez les
parents de Khaled, près du bazar de Dapuniya,
dans un état de grande excitation : « Allez ! Allez ! Il
est temps de retourner à la maison ! Tout rentre dans
l'ordre à présent », s'écrie-t-il, la barbiche flottant au
vent. À ces mots, grand-mère Balluchon, avec son
cabas de plastique bleu, Maman, Chotku, Yasmine et
moi, nous prenons le chemin du retour. Grand-mère
rentre chez elle, au fond de la venelle aveugle, près
de la mare à carpes, dans sa vieille maison à toit de
quatre pans. Quant à Maman, accompagnée de ses
deux filles, dès qu'elle franchit le portail noir de

Sans-Souci, elle entend Papa lui reprocher : « Qu'est-ce que tu fais ici ? La guerre n'est pas finie ! »

Nous l'avions déjà remarqué à notre arrivée, que la guerre n'était pas terminée. Les maisons de nos voisins hindous, les Ortchona, les Profullo, sont toujours désertes. Quant à la maison des Bibha, elle est occupée par des inconnus, qui ne parlent pas bengali.

Papa explique : « Ce sont des *Biharis* ; ils ont occupé la plupart des maisons hindoues. »

Chez nous, dans la cour, l'herbe a poussé aussi haut que moi, comme si les lieux étaient abandonnés depuis des années. La maison me rappelle désormais la demeure en ruine du *zamindar* de Muktagatcha, avec son crépi qui se détachait par plaques, ses briques disjointes, elle était devenue un repaire de serpents, qu'on entendait filer de partout dès qu'on s'approchait. On entendait aussi, venant de l'intérieur, les hurlements que faisait le vent en jouant à bousculer les fantômes.

Rongé d'inquiétude, Papa déclare : « La situation en ville n'est pas rassurante du tout. Le *Dak Bungalow* déborde de militaires. Vous repartirez toutes les trois dès demain matin ! »

Tel était le plan. Maman envoie notre frère aîné chez Grand-mère, pour qu'il la ramène à Sans-Souci. La vieille maison à toit de quatre pans est si croulante qu'on hésite à frapper à la porte, de peur que toute la bâtisse ne s'effondre. On n'imagine que trop ce qui se passerait en cas d'attaque de brigands. Grand-mère, montée sur un rickshaw, serrant toujours contre elle son cabas de plastique bleu, revient donc se mettre en sûreté dans notre grande maison de brique. Nous devons repartir pour Dapuniya dès le lendemain matin. Dans la maison toute silencieuse, Grand-mère a étendu son tapis à prière. Elle a posé le fameux cabas de plastique bleu tout près d'elle, contre le mur. Le cabas plein de flocons de riz et de mélasse. Même pendant sa prière, Grand-

mère jette quelques coups d'œil dans sa direction,
pour le surveiller.

Je me souviens qu'un jour, du temps que nous
étions réfugiés à Hanspukur, poussée par une petite
faim, je m'étais avisée de glisser la main dans le
cabas... Bien qu'elle fût en plein milieu de sa
prière[1], Grand-mère avait fondu sur moi comme un
rapace pour me retirer le cabas des mains.

«J'avais envie de manger des flocons, avais-je
protesté.

– Ce n'est pas le moment! Fiche-moi le camp
d'ici!» m'avait-elle rabrouée durement.

Grand-mère a presque terminé sa séance de prière,
quand nous entendons un grand fracas au portail
noir. Un vacarme terrible, comme si un troupeau
d'éléphants sauvages se précipitait sur un bosquet
de bananiers.

C'est oncle Rasou qui vient nous avertir de courir
nous cacher: «Vite! Partez! Les militaires! Vite!»

Maman est en train de lire le Coran dans la
chambre où Chotku, Yasmine et moi, venions à
peine de nous coucher. Dès qu'elle a entendu les
cris d'oncle Rasou, elle a laissé tomber le livre ainsi
que ses bracelets d'or ciselés qu'elle avait posés dessus, et nous a fait lever: «Allez! Debout! Debout!»

Nous quittons la maison, par la porte de derrière,
et nous nous glissons dans l'obscurité, pour nous
cacher dans la demeure déserte de nos voisins Profullo.

Lorsque nous osons regagner la maison, quelques
heures plus tard, nous trouvons Papa assommé,
étendu par terre, qui revient lentement à lui. Grand-
mère se précipite à l'endroit où elle avait déroulé
son tapis de prière. Elle tâtonne dans la pénombre

---

1. En bonne pratique religieuse, rien ne saurait distraire
quelqu'un pendant le temps de la prière: on ne doit s'interrompre sous aucun prétexte, ni pour s'occuper d'autre chose, ni
pour répondre à une autre personne, par exemple.

en marmonnant sans cesse : « Mon cabas, où est passé mon cabas ? Rasou, Idun, où est mon cabas ?

– Ils ont pillé toute la maison », murmure alors oncle Rasou.

Maman fait le tour des pièces, une bougie à la main. Elle ouvre l'armoire : l'argent a disparu. Seul gît à terre le Coran. Les bracelets ont disparu eux aussi, de même que le cabas en plastique de Grand-mère.

« Tout s'est passé si vite ! Ils ont d'abord assommé le père de Noman[1], puis ils ont tout emporté. Qu'est-ce qui nous a pris de revenir en ville ? Que va-t-il nous arriver maintenant ? » ne cesse de répéter Maman en sanglotant.

Grand-mère, elle, continue à chercher à tâtons dans toute la pièce. En vain. Papa réclame de l'eau en gémissant. Oncle Rasou lui verse de l'eau dans la bouche. Papa ne fait pas un mouvement, seules ses lèvres remuent. Oncle Rasou tremble de frayeur. Après avoir envoyé les femmes se cacher hors de la maison, sachant combien les militaires les convoitaient – dès qu'ils en apercevaient une, qu'elle soit jeune ou mûre, ils se débraguetaient et sortaient leur engin –, il s'était lui-même rapidement dissimulé sous un lit enveloppé dans une couverture, et ne cessant de se réciter des passages du Coran, convaincu que sa dernière heure était venue. Il n'avait quitté sa cachette que lorsqu'il avait entendu les bruits de bottes s'éloigner au-delà du portail noir. Il en tremble encore…

De désespoir, Maman se laisse tomber par terre : « Quel malheur ! Le cabas de Grand-mère contenait pour plus d'une centaine d'onces d'or de bijoux et vingt mille *takas*. Et voici qu'il a disparu !

– D'où vient que vous ayez eu tout cet or ? demande stupéfait oncle Rasou.

---

1. Une femme bengali, selon les convenances, n'appelle pas son mari par son nom : elle parle souvent de lui comme du père de ses enfants. Noman est le nom du frère aîné, le *dada*, de l'auteur.

– C'étaient tous les bijoux de toutes les femmes de la famille, et des voisines aussi, explique Maman, d'une voix fluette, quasi fantomatique. Parul, Fozli, Runu, Jhunu, la mère de Soheli, la mère de Sulekha, mes belles-sœurs… toutes avaient confié leurs bijoux à ma mère. Du coup, elle n'en fermait plus l'œil. Elle a tout fait pour se montrer digne de la confiance que les autres avaient placée en elle… »

Dans la pièce, la flamme de la bougie vacille, menaçant de s'éteindre. Maman reste par terre sans bouger à sangloter près de Papa, lui aussi immobile.

« Tout le monde a enterré ses bijoux, son argent. *Amma*, quelle idée de se déplacer avec tout ça sur vous ! Vous auriez pu vous faire tuer ! Enfin, vous êtes vivante et votre honneur de femme est sauf, c'est là le principal ! » soupire oncle Rasou à titre de consolation.

Grand-mère poursuit ses recherches à tâtons. Sous le lit, sous le canapé, sous le tapis de prière. Le cabas reste introuvable, mais elle s'obstine à chercher.

3

La guerre est finie… Mais Grand-mère cherche toujours – autre chose.

Du puits de la grande mosquée de Mymensingh, on a sorti quantité d'ossements. Des milliers et des milliers. Des foules innombrables se pressent pour les voir. Les restes d'un mari, d'un fils disparu. Grand-mère est dans cette foule, qui regarde ces amas de tibias, de côtes, d'omoplates, de crânes… Elle voudrait retrouver les restes de son fils Hashem. Le soleil se couche. La nuit s'épaissit. Chacun s'en retourne chez soi en s'essuyant les yeux avec son mouchoir. Grand-mère reste assise sur la margelle du puits, scrutant la montagne d'ossements où elle espère reconnaître les restes de son fils.

Naissance et petite enfance

Ma mère avait déjà donné le jour à deux fils, avant ma naissance. C'était pour elle une sécurité. En l'absence de fils, dit-on, s'éteint la flamme de la lignée, car ce n'est pas le rôle des filles que de l'entretenir. Elles, elles sont là pour accroître l'éclat du foyer, pour aider leur mère, puis leur belle-mère, aux travaux ménagers, pour assurer aux hommes de la famille l'agrément de vivre dans une maison bien tenue.

Après avoir eu deux fils, mon père décréta qu'il lui fallait une fille. Sitôt dit sitôt fait. Mais sa fille vint au monde à reculons. Jambes premières, tête dernière.

La chambre d'accouchement était une espèce de hutte située à côté de la maison à toit de quatre pans où habitait ma grand-mère, au bord de la mare à carpes, au fond de sa venelle aveugle. C'est le logis qui avait été attribué à ma mère, contre versement par Rojob Ali, notre futur père, d'une provision d'une valeur de cinquante takas au titre de l'allocation due par le mari à l'épouse. À l'époque du mariage, Rojob Ali, qui était étudiant en médecine, vivait chez une certaine famille Moktar, où, en qualité de répétiteur des enfants du foyer, logement et nourriture lui étaient assurés. Après son union avec Idul Wara Begum, notre future mère, c'est chez ses beaux-parents qu'il vint s'installer, étant convenu qu'il se logerait par ses propres moyens, dès qu'il aurait terminé ses études avec succès.

Rojob Ali réussit ses examens, trouve un emploi, a deux fils, nés l'un comme l'autre dans la petite hutte, il met sa femme enceinte une troisième fois… sans qu'il soit question de déménagement. Les voisins ne se privent pas d'émettre tout haut leurs critiques : «Comment se fait-il que votre gendre s'incruste ainsi chez vous ?»

Sous l'opprobre, Maman ne sait plus où se mettre. Dès que l'occasion se présente, elle explique à son mari : «Te voilà docteur, maintenant ; tu gagnes bien ta vie ; n'est-ce pas le moment de te trouver un logement, pour toi et les tiens ? Tu ne vas pas vivre éternellement chez tes beaux-parents ! Les gens ne voient pas ça d'un bon œil.»

Après avoir couvert le ventre de Maman avec des lambeaux de sari, Sarojini, la sage-femme, lui passe dessus une marmite remplie de braises. Maman était en train de manger dans la cuisine, quand les douleurs l'ont prise. Repoussant son assiette et se relevant du tabouret bas sur lequel elle était assise, elle est allée dans la chambre à coucher, où elle s'est allongée sur le dos. Et, les douleurs augmentant, elle s'est mise à geindre. Grand-mère, accourue à son chevet, lui fait de l'air tout en lui répétant : «Sois forte, ma fille ! Une femme doit être forte face à la douleur !»

De son côté, Grand-père s'en est précipitamment allé chercher la sage-femme. La dernière fois que Sarojini est venue dans cette maison remonte à trois mois à peine. C'était le jour où Grand-mère a accouché d'oncle Felu. Grand-mère accouche en silence. Les voisins, même les gens de la maison n'en remarquent rien. Dès que les douleurs commencent, elle étend une natte par terre, dans la cuisine, et se couche là. À son arrivée, Sarojini prend des braises sur le fourneau et en remplit le fond d'une marmite avec laquelle elle lui masse délicatement le ventre. Après tant de naissances, Sarojini n'a plus besoin d'encourager Grand-mère en lui répétant : « Soyez forte, *mashi* ! » Grand-mère sait puiser cette force en elle-même. Allongée sur la natte, elle serre les dents. Quand on a donné le jour à seize enfants, il n'y a pas de quoi être impressionnée ! Certes non, mais toujours est-il qu'elle aimerait bien s'en tenir là désormais, elle qui a déjà des petits-enfants grandets, la famille croissant et se multipliant d'année en année comme les jacinthes d'eau sur un étang. C'est le temps où ses filles mariées et ses belles-filles mettent au monde à leur tour des petits, et voilà qu'elle-même, à son âge, accouche encore tous les ans.

« La chaleur, ça diminue la douleur, explique Sarojini. L'enfant est en train de descendre. Aie encore un peu de patience, Idun[1] Ça vient ! »

De retour à la maison, Papa sort de sa mallette de cuir ses ciseaux et ses bistouris. C'est Papa qui a lui-même accouché Maman de ses deux garçons. Cette fois-ci, ce sera une fille, selon ses vœux. Sarojini n'a plus rien à faire que s'asseoir au chevet du lit. Papa avance une main entre les cuisses de Maman, il l'enfonce à l'intérieur. Un liquide visqueux s'écoule en abondance. « Elle perd les eaux ! Il n'y en a plus pour longtemps ! » s'exclame Sarojini.

Papa pénètre encore plus profond avec la main, jusqu'à l'utérus. De grosses gouttes de sueur lui perlent sur le front. Sa main tremble. Il la ressort et va jusqu'au puits. Il monte un seau d'eau pour se laver les mains. Grand-mère le regarde avec des yeux ronds : pourquoi Rojob Ali se lave-t-il les mains maintenant, alors que l'accouchement n'est pas fini ?

« Amma, il faut transporter Idun à l'hôpital ! lui dit-il. Elle ne pourra pas accoucher ici.

— Comment ? Mais elle a bien accouché ici les

deux premières fois ! fait observer Grand-mère, se
retenant de pousser un cri malgré sa stupéfaction.

– Aujourd'hui, l'enfant se présente à l'envers. Il
faut absolument opérer. Ce serait très risqué de ne
pas la transporter à l'hôpital ! » explique mon père
en s'essuyant le front avec la manche de sa chemise.

Depuis qu'elle a perdu les eaux, Maman meugle
comme une vache à l'abattoir. Toute la maison est
réveillée, bientôt tout le voisinage, et même Felu, le
petit dernier de Grand-mère, âgé d'à peine trois
mois.

Revenu dans la chambre, Papa constate que le
nouvel arrivant a sorti une jambe.

« Si par malheur l'enfant mourait pendant le
transport à l'hôpital ! » s'alarme Sarojini, le front
plissé d'inquiétude. Par contagion, les mêmes symp-
tômes gagnent le visage de Papa. Ses épais sourcils
noirs, qui lui dessinent comme une paire de scorpions sur le front, se rejoignent sous l'effet de l'angoisse. Stéthoscope aux oreilles, il écoute les
battements du cœur de l'enfant : ils sont irréguliers
– *lab da… b la… b dab la* – *b da* – *b lab da* ———*b
la* – *b dab la* ———*b da* ———*b*… Papa transpire
tellement que sa chemise blanche lui colle au dos.
Papa est spécialiste d'anatomie ; il enseigne à la
Lytton Medical School ; devant ses étudiants à la
morgue, il procède à des autopsies pour leur
apprendre à connaître l'emplacement des muscles,
des artères, des veines et des nerfs, ou bien il leur
montre des cœurs, des foies, des utérus conservés
dans le formol, que l'on apporte sur des plateaux,
comme on servirait du thé et des gâteaux. Papa
n'est donc pas très expérimenté en matière d'accouchement et d'obstétrique. Pourtant, il lui faut
prendre le risque, il n'a pas le choix ! Et il n'est pas
homme à lâcher la barre dans le danger.

De nouveau il avance la main, les doigts tremblant d'appréhension ; il parvient à extraire l'autre
jambe, qui était pliée à hauteur du genou. Cette
fois, les deux jambes pendent à l'extérieur. Papa se

demande comment il sera possible de mener à bien
cet accouchement difficile, dans cette petite hutte où
il ne dispose de rien d'autre qu'une petite paire de
ciseaux, deux bistouris, des aiguilles et un peu de fil.
Gêné par la sueur, il enlève sa chemise toute trempée, en observant avec anxiété les deux jambes à
l'air. Pendant ce temps, Maman crie à fendre l'âme,
les yeux rivés sur les mains croisées de Sarojini.

Finalement, quittant le chevet, la sage-femme
vient s'asseoir au pied de la couche. «Docteur, vous
devriez attraper ces jambes et tirer un bon coup!»
conseille-t-elle. Mais que se passera-t-il alors? se
demande Papa. Ne serait-ce pas faire courir un danger mortel au bébé? Il se souvient d'avoir lu qu'en
pareil cas l'enfant court deux risques: être étranglé
par le cordon ou bien mourir des suites de la trop
forte pression subie au niveau du crâne. Il n'y a donc
pas d'autre solution que d'intervenir, soit en recou-
rant au forceps, soit en pratiquant une césarienne.
Sortant précipitamment, il appelle Grand-mère:
«Envoyez quelqu'un chercher un rickshaw! Il faut
l'emmener à l'hôpital de toute urgence!»

De retour dans la chambre, il fait les cent pas. Il
ne cesse de ressasser ce qu'on lui a enseigné pendant ses études: il sait que, s'il tire sur les jambes
du bébé, il verra apparaître son derrière et son dos.
Il se risque à tirer les deux jambes vers lui et effectivement le derrière vient.

«Pousse bien fort vers le bas, tu m'entends? dit-il
à ma mère en desserrant à peine les dents. Serre
très fort les mâchoires et pousse un grand coup, tu
m'entends!»

Cette fois-ci, c'est tout le corps du bébé qui est
éjecté jusqu'au cou. Aussitôt, Sarojini s'exclame:
«C'est une fille! C'est une fille! Vous vouliez une
fille, eh bien! vous avez gagné!»

Oui, c'est bien beau, mais le visage de la petite
princesse ne voit toujours pas la lumière de ce
monde. Les souvenirs de cours et de lectures se
bousculent dans la tête du brillant ex-étudiant en

médecine. Le réputé professeur d'anatomie se trouve dans l'inconfortable situation d'avoir à exercer sa science sur sa propre épouse. Il se décide à vérifier si l'enfant est encore en vie, en appuyant sur le cordon ombilical au niveau de la poitrine : oui, il est vivant ! Alors, des deux mains, il attrape la tête du bébé de chaque côté puis, avançant prudemment un doigt, comme un enfant pour prendre un peu de beurre, s'efforce de desserrer le cordon qui entoure le cou.

« Prie Dieu [1], Idun ! conseille Sarojini à ma mère, pour l'encourager.

– Oui, appelle Allah à ton secours ! Implore le secours d'Allah, Idun ! » renchérit Grand-mère, qui assiste à la scène du seuil de la pièce.

Et Maman de commencer à crier de toutes ses forces « Ô Allah ! Ô Allah ! »

Quelques instants après, j'atterris enfin en ce monde, non sans avoir beaucoup de mal à respirer normalement et à reprendre un rythme cardiaque régulier. Peu à peu, mes vagissements recouvrent les invocations de ma mère à l'adresse d'Allah. Déjà, Sarojini est en train de me laver dans une bassine d'eau tiède.

Elle n'a pas plutôt fini que tante Runu vient m'arracher de là. Et sans délai je passe de ses bras à ceux de tante Jhunu, puis à ceux de mon *boromama* qui déclare : « En voici, une vraie petite princesse ! Quel événement ! Une princesse est née ici, chez nous ! »

Je suis née juste aux premières lueurs de l'aube. Aussitôt, toute la cour de la maison résonne d'exclamations de joie. Après deux fils, une fille ! Tout le monde accourt pour voir sa frimousse : oncle Hashem, oncle Tutu, oncle Shoraf… Avant même de

---

1. La sage-femme, qui comme son nom – Sarojini – l'indique, vient d'une famille hindoue, utilise bien sûr un terme typiquement hindou pour désigner Dieu.

me regarder, tante Fozli, très excitée, vient déclarer
à Maman : « Quelle chance, belle-sœur ! Ta fille n'aurait pas pu naître un jour plus faste qu'aujourd'hui !
Nous sommes le douzième jour de Robi-ul-Awal.
C'est l'anniversaire de la naissance du prophète
Muhammad. Ta fille sera certainement une très
grande croyante ! »

Dans la matinée, Grand-père rapporte à la maison une énorme boîte de confiseries et, de tout le
voisinage, les gens se pressent pour voir la petite
princesse née le même jour que le Prophète.

Plus grande, je demandais souvent à Maman de
me raconter l'histoire de ma naissance. Je me souviens qu'elle me disait toujours : « Une fois, pendant
que je t'attendais, j'ai glissé et je suis tombée, en
allant chercher de l'eau à la pompe. C'est à ce
moment-là que tu t'es retournée les pieds devant
dans mon ventre. Je te posais sur la table ronde, tu
sais, cette énorme table ; eh bien ! dès ta naissance,
tu en faisais déjà la moitié ! Personne n'a jamais vu
de bébé si grand ! Maman me répétait sans cesse de
bien t'envelopper dans des linges, de ne pas oublier
de te faire une tache noire sur le front, avec de la
suie, pour te protéger du mauvais œil. Elle redoutait
le regard des gens, des fois qu'on t'aurait jeté un
sort. Quand elle t'a vue à deux jours, la mère de
Soheli n'en voulait pas croire ses yeux ; elle était persuadée que tu avais déjà au moins trois ou quatre
mois ! Quant à la mère de Monu, elle avait trouvé ta
tête pourtant bien ronde – le pamplemousse comme
elle disait – un peu cabossée. "Mais ce n'est rien !"
s'était-elle aussitôt empressée d'ajouter [1]. »

Je me revois, le menton posé sur le ventre de
Maman allongée sur le lit, lui poser la question :
« Maman, ça vient comment, les enfants ?

– Par ici, me répond-elle après avoir écarté un

---

1. Il est d'usage, pour ne pas tenter le mauvais œil, de ne pas
faire de compliments trop appuyés au sujet des nouveau-nés ni
d'émettre la moindre critique sur leur conformation.

peu son sari, pour me montrer son bas-ventre, mou comme de la glaise. Ton papa est docteur, tu sais bien ; il a coupé la peau ici, pour sortir le bébé ! »

Et, me montrant une à une les traces blanches sur son ventre, elle ajoute : « Celle-ci, c'était pour Noman ; et celle-ci, pour Kamal ; et voici la tienne, et là, celle de Yasmine. »

Les yeux débordants de compassion, je regarde longuement lesdites traces blanches. Je les caresse doucement avec le doigt. Je me sens envahie de pitié pour Maman. « Oh là là ! Mais tu as dû saigner ?

– Bien sûr ! répond-elle, un sourire aux lèvres, en me gratifiant d'une pichenette sur le menton. Mais on m'a recousue, et après, j'ai guéri, tu vois ? »

Puis, après un moment de silence, elle me demande à brûle-pourpoint, en me serrant sur son cœur : « Dis, si je mourais, tu aurais du chagrin, mon poussin ?

– Mais tu ne mourras jamais, Maman ! Si tu mourais, je mourrais moi aussi ! » lui dis-je avec conviction, en secouant la tête, comme pour chasser bien loin cette horrible pensée.

Maman, sa « fille-à-l'envers » sur les genoux, épluche les légumes, bourre le foyer du fourneau de branches de bois, tandis que la fumée lui fait monter les larmes aux yeux. Serrée contre sa poitrine, sa petite fille, qui s'était endormie, est bientôt réveillée par le mélange des odeurs du curcuma, du piment, de l'oignon et de la sueur maternelle – ou par le raffut des corbeaux et des chiens.

Pendant que Maman se douche dans la salle de bains, sa petite fille reste assise toute seule au milieu de la cour, dans le pipi et la poussière, appliquée à se remplir la bouche de poudre de brique, de sable ou de feuilles mortes. De retour de l'école, ses grands frères la portent sur la hanche pour lui faire faire le tour de la cour. Chotda pose sa petite sœur d'à peine six mois sur la margelle du puits, pendant qu'il rattache la ficelle qui tient ses culottes courtes.

Il suffirait d'un mouvement pour qu'elle tombe au
fond et se noie... Mais non! Une enfant à la naissance aussi périlleuse ne va tout de même pas mourir comme ça, au fond d'un puits. Et ainsi grandit
de jour en jour la petite princesse, adorée, choyée...
négligée!

Oui, elle grandit, la princesse! Quand elle atteint
l'âge de onze ans, sa maman lui confectionne deux
paires de pyjamas, à grands cliquetis de machine à
coudre. «Tu n'as plus l'âge de te balader en culottes
courtes!» lui explique-t-elle. C'est ainsi que la petite
fille commence à comprendre qu'elle a grandi. Et
aussi quand, un après-midi de cafard, sa mère, assise
à la fenêtre, lui confie, le regard pensif: «En ce
temps-là, j'avais comme perdu la tête! Je passais mes
journées à pleurer. C'était l'époque où ton père était
tombé amoureux de cette Raziya Begum... Presque
tous les jours, quand je lavais ses chemises, je trouvais dans les poches des billets doux. J'étais distraite
au point qu'un jour où, tombée du lit, tu t'étais ouvert
le front, je n'avais même pas pensé à m'occuper de
toi! Je n'arrivais à m'intéresser à rien... Ton père
rentrait à la maison à point d'heure...»

Raziya Begum était une belle femme. C'est-à-dire,
selon les critères de Maman, qu'elle avait le teint
clair et des yeux très noirs, grands comme des soucoupes! Elle avait les lèvres pulpeuses, et de longs
et épais cheveux noirs qui lui descendaient jusqu'aux
reins, mais qu'elle relevait souvent en une sorte de
chignon qui lui faisait comme un petit panier sur la
tête. Elle avait les seins si gros qu'on aurait dit
qu'elle avait du mal à les porter, à l'instar des vaches
du Sindh qui marchent difficilement, tant elles ont
de gros pis. Voilà l'image que je m'étais faite de cette
Raziya Begum, d'après les dires de Maman. Je
croyais dur comme fer qu'on devait pouvoir lui tirer
au moins deux seaux de lait des tétons. Ce devait
être une vraie montagne, cette femme! La terre
devait trembler sous son poids!

Maman s'est toujours jugée laide: trop noire, les

cheveux pas assez drus, rêches comme des fibres de
noix de coco, les yeux trop petits, le nez trop épaté,
les jambes grêles comme des pattes de sauterelle…
Pas étonnant que son mari la laisse tomber! En son
désarroi, elle confie à tous les gens qu'elle rencontre: «Quel malheur! Mais qu'est-ce que je vais
devenir? Voilà que le père de Noman s'est mis en
tête d'épouser la femme Chakladar[1]! Où puis-je
bien aller, avec les enfants?»

En ces temps de grande détresse, Maman avait
plutôt tendance à oublier de s'occuper de moi: ma
tête ne tarda pas à perdre de cette rondeur qui avait
fait l'admiration de tous à ma naissance. Avec du lait
caillé et de la bouillie de tapioca ou d'orge perlé pour
pitance, souvent dans les bras de mon frère aîné dont
je suçais le petit doigt en guise de tétine, j'arrivais à
l'âge de onze mois lorsque Papa reçut sa mutation.
Pour lui, ce fut pire que d'être précipité dans les
flammes de l'enfer. Pour Maman, en revanche, ce fut
comme si un ange venait lui annoncer qu'elle avait
gagné une place au paradis. Elle en dansait de joie. Il
y avait si longtemps qu'elle rêvait d'un foyer bien à
elle. Balayés, les commérages! Les critiques des voisins sur le compte de Papa, accusé de s'incruster
indûment chez ses beaux-parents[2]! Fini de vivre
dans cette maison sombre et exiguë, au bord de cette
mare à carpes au fond de sa venelle aveugle. Jeté au
caniveau, ce cauchemar dénommé Raziya Begum!
Voilà tout ce que signifiait pour Maman le départ
pour une autre ville, bien loin de Mymensingh.

Elle ne fut pas déçue. Elle obtint un très joli loge-

1. Nom de famille du mari de Raziya Begum: celle-ci est en
effet déjà mariée. Mymensingh est une assez petite ville: tout le
monde sait qui est ce Chakladar!
2. Il est très inhabituel, dans la société bengali, qu'un homme
vive chez ses beaux-parents: c'est normalement le contraire, la
femme suit son mari dans la famille de celui-ci. Il existe un
terme en bengali, moqueur, voire insultant – *ghorjamaï*: littéralement le «gendre au foyer» –, qui s'applique à l'homme qui
s'installe ainsi chez les parents de sa femme.

ment à l'intérieur de la prison où Papa avait été
affecté. Matin et soir, les prisonniers étaient là pour
exécuter toutes sortes de petits travaux chez nous.
Certains me prenaient dans leurs bras pour me promener dans le jardin, et, bien qu'ils fussent tous des
voleurs et des bandits, pas un ne s'avisa de dérober
la chaîne en or qui me pendait au cou. Maman avait
tout le temps de se coiffer, de se mettre du khôl aux
paupières, de se poudrer, de se faire élégante en soi-
gnant le froncis de ses saris aux couleurs vives. Pas
de Raziya Begum, ici, à Pabna! Papa ne rentrait
plus à la maison en pleine nuit. Il ne tombait plus de
billets doux des poches de ses chemises. Maman
s'était fait des amies dans le voisinage, qui l'invi-
taient fréquemment. L'*épouse du docteur*, comme
tout le monde l'appelait, nageait alors en plein bonheur. Un bonheur précieux, qu'elle ne voulait surtout pas perdre.

Pourtant, au plus profond d'elle-même, couvait la
maladie. Dans l'envoûtement du bonheur, naissait
le doute ; dans le jardin des délices, poussait le
désespoir. Son mari est un très bel homme ; on le
remarquerait entre mille ! Et de plus médecin ! Elle,
elle n'est qu'une pauvre fille moche et noire, qui n'a
pas étudié au-delà de la cinquième, puisqu'on l'a
retirée de l'école dès l'âge de treize ans pour la
marier, sans lui demander son avis.

Quand son fils aîné avait commencé à aller à
l'école, elle s'était mis dans la tête de reprendre ses
études. Papa la conduisait à ses cours sur son vélo
de marque Hercule flambant neuf. Mais Grand-père
n'avait pas tardé à manifester haut et fort sa désap-
probation : «Tu dois rester à la maison pour élever
tes enfants ! Pour t'occuper de ton mari ! Les femmes
n'ont pas besoin d'être si instruites !» Et voilà, il
avait fallu de nouveau renoncer aux études.

Pendant que Papa ne cessait de gravir les éche-
lons du savoir, Maman restait dans les ténèbres de
l'ignorance, stagnant au niveau d'une élève de cinquième. De temps en temps, quand elle époussetait

l'étagère, elle feuilletait les gros livres de médecine
de Papa ; elle se rendait compte qu'en comparaison
de son mari elle était nulle, méprisable. C'est pourquoi elle vivait dans la hantise qu'un jour il l'abandonne pour une autre. Elle tentait désespérément
de s'agrandir les yeux avec du khôl, dans l'espoir
d'atténuer quelque peu sa laideur. Mais elle avait
beau se poudrer, elle ne parvenait pas à cacher les
ravages de l'angoisse sur son visage.

Une année à peine s'est écoulée quand le séjour
au paradis prend fin. Maman quitte Pabna contrainte
et forcée, comme si on la traînait par les cheveux :
adieu, foyer de ses rêves, tout harmonie et bonheur !
Pas moyen d'échapper à Raziya Begum : Papa a fait
toutes les démarches pour être muté de nouveau à
Mymensingh, et ça y est ! À peine le temps de faire
ses malles pour reprendre le chemin de cette ville,
de cette maison trop connues. Un grand vent de
tempête vient emporter le rêve secret nourri par la
pauvre femme sans qualités.

Mais, cette fois-ci, pas question de mendier le logement à Grand-mère. Ni de faire cuisine commune.
Chacun se préparera ses repas de son côté, chacun
aura sa cour séparée. À cet effet, Papa achète comptant deux petits logis qui donnent sur la cour côté est
de la maison de Grand-mère. Mais même la pensée
que les voisins ne pourront plus dire du mal de Papa
ne suffit pas à rassurer Maman. Ce retour, pour elle,
équivaut à se retrouver derrière les barreaux après
une évasion ratée, alors que la vraie prison de Pabna
lui avait semblé un univers de liberté extraordinaire.
Dès son entrée dans la maison de Mymensingh,
Maman fond en larmes. Toute la famille interprète
ces larmes comme une manifestation de joie – la joie
de la fille réunie à ses parents après une longue
absence, soupire Grand-père, attendri.

Papa, quant à lui, vaque de nouveau à ses occupations, toujours pressé, incapable de remarquer à
quel point sa femme souffre de son éloignement.
Sans doute n'a-t-il même pas le temps d'y prêter

attention. Les après-midi, dès qu'il a fini de donner ses cours aux étudiants, il court au petit cabinet, situé à l'intérieur de la pharmacie *Taj*, dans lequel il examine les malades jusqu'à neuf heures du soir. On entre dans la minuscule pièce en soulevant un rideau portant la mention «Docteur». Vers six ans, j'ai dû aller souvent en cet endroit, pour recevoir des piqûres dans le ventre, après que j'eus été mordue par un chien. Je l'avais surpris couché dans notre cour, à mon retour de l'école, et je l'avais visé avec une moitié de brique. Tous les enfants du quartier le bombardaient de la sorte, dès qu'il se pointait, galeux et couvert de plaies. J'avais voulu faire comme eux. Mal m'en avait pris : à peine avais-je lancé ma brique qu'il m'avait foncé dessus et m'avait planté ses crocs dans la cuisse, me faisant une belle entaille. On m'avait aussitôt conduite au cabinet de Papa. Ce jour-là, il m'avait fait une injection dans chaque bras et une près du nombril. Puis, ensuite, une par jour pendant deux semaines. Après chaque piqûre, Papa m'achetait à la confiserie d'à côté, Shri Krishno Mishtanno Bhandar, des *rosogollas* que, assise sur une chaise, balançant les pieds dans le vide, je dégustais avec délices. J'étais folle de joie, lorsque l'après-midi, dans l'ivresse du vent, le rickshaw m'emmenait chez Papa. Je ne redoutais pas plus la piqûre de l'aiguille qu'une morsure de fourmi noire.

Assise dans l'officine pleine d'odeurs de Swadeshi Bazar[1], j'observe les malades venus consulter Papa. Je le regarde, lui, les ausculter, leur palper le ventre, écouter leurs battements de cœur, griffonner ses ordonnances. Je découvre un autre aspect de mon père, profondément différent de l'individu qui rentre tard le soir à la maison, fatigué, irrité. Je suis soudain prise d'une grande tendresse à son égard, bien qu'il ne soit pas un homme facile à aimer, pour aucun d'entre nous.

1. Nom d'un quartier central de Mymensingh.

Mais il peut se révéler brusquement tout autre, comme s'il avait changé de peau.

Ainsi, après avoir acheté tout le nécessaire pour notre nouveau logis, de retour à Mymensingh, il demande à Maman : «Tu es contente, maintenant ? Personne ne m'accusera plus de jouer les parasites chez tes parents, n'est-ce pas ? »

Maman, qui s'est maquillé les lèvres avec un rouge bon marché, répond, dans le tintement des bracelets de verroterie qui ornent ses bras : «À quoi bon me dire tout ça ? Qu'est-ce que ça peut bien me faire ? Ça n'empêchera pas qu'on me méprise moi, moche comme je suis, et qui n'ai pas fait d'études, toujours aussi ignare…

– Mais tu es la mère de trois enfants ! Tu dois remplir ton devoir de mère : élever tes enfants ! Inquiète-toi plutôt de leurs études à eux ; c'est ça qui te donnera le plus de satisfactions. Que tu sois laide ou ignare ne m'a pas empêché de t'épouser… n'est-ce pas ? » tente de la rasséréner Papa en lui chatouillant légèrement la taille.

Mais ni les belles paroles ni les gestes de tendresse de Papa ne suffisent à rassurer Maman. Elle est obsédée par la crainte que Raziya Begum ne lui remette le grappin dessus et ne finisse par obtenir qu'il l'épouse. Les jours se passent et elle continue à attendre anxieusement que son mari rentre à la maison tard dans la nuit. Dehors on n'entend plus que le chant des grillons, les hurlements des chiens. La nuit s'avance, toujours plus solitaire. Maman a si peur que le bruit de son propre souffle l'empêche d'entendre celui du heurtoir à la porte, qu'elle se retient même de respirer. Elle finit par aller réveiller Grand-mère : «Maman, le père de Noman n'est toujours pas rentré ! Il est onze heures passées. Je n'ai aucune idée d'où il peut être. Qui sait s'il n'est pas allé passer la nuit chez cette femme… ?

– Veux-tu bien aller te coucher ? réplique Grand-mère, fâchée. Quand tu auras fini de te lamenter à cause de ton mari… ! Pense un peu à toi de temps

en temps ! À ton intérêt ! Qu'est-ce que tu gagnes à
pleurer tout le temps ? Est-ce cela qui le fera revenir
à toi ? »

Mais Maman se souvient encore des pleurs de sa
mère, le jour où Grand-père était revenu à la maison avec une nouvelle épouse. Comme si de rien
n'était, il s'était mis au lit avec sa nouvelle femme,
tandis que Grand-mère passait la nuit à pleurer
toutes les larmes de son corps. « Pourquoi pleures-
tu comme ça ? lui avait demandé Maman.

– Tu comprendras quand tu seras grande, lui
avait répondu Grand-mère. Tu comprendras qu'on
ne peut pas faire confiance aux hommes. Ils sont
capables de tout ! »

Cette nuit-là, Papa rentre à la maison à deux
heures du matin. Maman ne dort toujours pas. « J'ai
été retenu chez un malade, explique-t-il. On craignait
pour sa vie. J'ai dû l'emmener jusqu'à l'hôpital. »

Le lendemain soir, même histoire ! En désespoir
de cause, Maman réveille Chotda : « Viens avec moi !
Non, ce n'est pas la peine de te changer. Allez, vite ! »

Et, prenant Chotda par la main, Maman longe
précipitamment la mare, à la lueur d'une torche.
Elle réussit à trouver un rickshaw sur la grand-route,
qui la conduit, en pleine nuit, jusqu'au numéro
quinze, Potcha Poukour Par[1]. Assis sur la véranda
devant la maison, un vieil homme torse nu, en lunghi, prend le frais. « Qui est là ? s'enquiert-il d'une
voix peu aimable.

– Suis-je bien chez Chakladar ? demande Maman.

– Oui, c'est moi ! Qui êtes-vous ? rétorque l'autre,
toujours aussi peu amène.

– Monsieur, pouvez-vous me dire si mon mari est
chez vous ? dit Maman, déjà montée sur la véranda.
Le Dr Rojob Ali ? »

Elle voit les os remuer sous la poitrine décharnée
de Chakladar. « Non, il n'est pas là ! » lance-t-il tout
en se levant pour bloquer le passage de la porte.

1. Quartier de Mymensingh.

Mais Maman a tôt fait de bousculer ce vieillard malingre et de pénétrer malgré lui dans la maison. Elle traverse la salle de séjour, pour atteindre la chambre à coucher. Il n'y a pas de lumière dans la pièce. Mais, à la faible lueur du réverbère de la rue, elle entrevoit la moustiquaire tendue au-dessus du lit. Elle la soulève et allume la torche électrique qu'elle tenait à la main. Papa est là, couché à côté de Raziya Begum les seins à l'air. Papa sursaute, puis se lève, non sans mal. Il se dépêche de s'habiller, de mettre ses chaussures, sans un mot. «Allez! Rentrons!» dit Maman.

Papa suit Maman et Chotda jusqu'au rickshaw, où ils s'installent tous les trois. Personne ne souffle mot pendant tout le trajet. Chotda, assis sur les genoux de Maman, passe son temps à allumer puis à éteindre la torche.

À la maison, je me suis réveillée et je pleure à chaudes larmes, en appelant Maman. Dada essaie de me calmer en me donnant son petit doigt à sucer, ce qui a un certain succès. Pendant ce temps, le rickshaw se rapproche de chez nous, dans le clignotement de la torche de Chotda.

2

Papa est né dans une famille de paysans, habitant un village reculé – Madarinogor, au sud de la localité de Panchrukhi Bazar, qui dépend du commissariat de Nandaïl. Son père, Jonab Ali, propriétaire de quelques rizières et de quelques vaches, était, dans sa jeunesse, un gros travailleur qui n'avait pas peur de labourer lui-même avec ses bœufs. Il emmenait souvent Papa aux champs avec lui, pour exécuter les menus travaux. Il le voyait déjà labourer lui aussi, faire les semailles – un fils de paysan ne saurait être que paysan. Mais ne voilà-t-il pas qu'un soir, pendant qu'il fumait le houka sur la véranda de la maison, Jaffar Ali Sarkar, le père de mon grand-père, conseilla à celui-ci d'envoyer son fils à l'école du village !

« Mais pourquoi l'envoyer à l'école, quand il y a déjà tant à faire à la maison ? répliqua le jeune fermier en se frappant le dos à grands coups de gamcha pour chasser les moustiques.

– S'il va à l'école, il deviendra savant ! insista avec prudence Jaffar Ali Sarkar, lui-même maître d'école à Madarinogor. Il gagnera le respect de tous. S'il étudie bien, il trouvera un emploi. Oui, si tu veux mon avis, tu devrais l'envoyer à l'école. Tu vois, par exemple, le père de Khushi, il est allé à l'école, pas vrai ? Eh bien, maintenant, il travaille à la ville, dans un bureau. Petit à petit il rachète toutes les terres du village.

– J'ai commencé comme métayer, répond Jonab Ali, les yeux fixés sur le mur de l'étable au toit presque effondré. Longtemps j'ai tiré le diable par la queue. Mais, à force de travailler, j'ai réussi à acheter un peu de terre. À présent, Rojob Ali est en train d'apprendre le métier. Il conduira bientôt lui-même la charrue. Quand le père et le fils travailleront tous les deux ensemble, ils pourront acheter encore plus de terre !

– Jonab Ali, les temps changent ! Ils sont nombreux, au village, à être partis faire des études à Calcutta : Shashikanto, Rajanikanto, Nirod, Jyotirmoy… De nos jours, il faut être instruit pour être respecté. Un fils instruit te vaudra à toi aussi le respect. Et puis, Rojob Ali pourra toujours t'aider aux travaux des champs, l'après-midi, après la classe. Il ne s'agit pas de l'envoyer à Calcutta tout de même ! »

Sur quoi, Jaffar Ali tend le houka à son fils à l'adresse duquel il ajoute, en lui tapotant affectueusement le dos : « Prends un peu de temps pour réfléchir à la question, Jonab Ali ! »

Le clair de lune éclaire doucement la cour. Rojob Ali, occupé à verser de l'eau salée dans l'auge des vaches, jette des coups d'œil discrets en direction

de son père et de son grand-père. Il ne se sent plus
de joie.

«Rojob Ali! Rojob Ali, où es-tu?» appelle son
grand-père.

Rojob Ali accourt aussitôt, en essuyant ses mains
pleines de sel à son lunghi.

«Dis-moi, mon petit, ça te dirait d'aller à l'école?
– Oui!» répond le petit garçon en secouant énergiquement la tête, pendant qu'on entend gar-
gouiller le houka de son père.

Dès le lendemain, Jaffar Ali rapporte de Panchrukhi Bazar pour son petit-fils une chemise blanche,
un *dhoti* neuf et un syllabaire de Vidyasagar[1]. Et le
surlendemain, après s'être lesté le ventre d'une
bonne ration de *pantabhat*, avoir trait les vaches,
coupé du foin pour garnir leur auge, s'être baigné
dans l'étang et avoir passé son dhoti et sa chemise
neufs, Rojob Ali, pieds nus, des feuilles de bananier[2]
et un calame de bambou sous le bras, prend le chemin de l'école, par les diguettes des rizières. Le
maître d'école enseigne. «*Une fois un, un!*» Les
élèves s'égosillent: «*Une fois un, un! Deux fois un,
deux, trois fois un, trois!*» Le soir, dans la cour de la
maison, Rojob Ali déroule une natte, sur laquelle il
s'installe pour feuilleter son syllabaire. Ah! si seulement il pouvait l'apprendre en entier d'une seule
traite. Il verse un peu d'huile de moutarde sur une
feuille de jaquier, puis tient pendant un moment
cette feuille au-dessus de la flamme d'une lampe à
huile, de manière à former une couche de suie.
C'est en diluant cette suie dans de l'eau que Rojob
Ali se fabrique de l'encre, dans laquelle il trempe

---

1. Premier livre d'apprentissage de la lecture et de l'écriture
pour des générations d'écoliers bengalis, œuvre du célèbre éru-
dit, grammairien et réformateur social Ishwar Chandra Vidyasagar (1820-1891) qui joua un grand rôle dans l'évolution de la
langue bengali et de l'enseignement au Bengale.
2. On ne trouvait pas de papier dans les villages bengalis de
l'époque, qui se situe avant les indépendances de 1947; les écoliers écrivaient sur des feuilles végétales.

son calame de bambou, pour écrire sur ses feuilles de bananier «O, A[1]...» Il ne tient pas en place, tant son impatience est grande de retourner à l'école le lendemain matin, si bien qu'il se fait gronder par son père, Jonab Ali : «Éteins cette lampe, Rojob Ali ! Tu dépenses de l'huile !»

Jaffar Ali, qui ne touche que cinq takas de salaire mensuel, va acheter un flacon de kérosène à Panchrukhi Bazar, en racontant à tout le monde : «J'ai inscrit mon petit-fils à l'école. Il étudie ses livres le soir et son père trouve que ça lui fait dépenser trop d'huile... Tu verras, un jour, quand il sera grand, Rojob Ali travaillera comme employé dans un bureau anglais !»

Grâce à la bienveillance de son grand-père, Rojob Ali progresse à toute vitesse dans ses études. Assis sur sa natte, il a déjà fini son syllabaire et s'attaque à *Balloshikkha*[2] : «*Gopal est un garçon docile ; il mange ce qu'il y a dans son assiette*[3].» Jaffar Ali, non loin de là, fume son houka et écoute attentivement son petit-fils. Déjà il se dit qu'il faudrait envoyer Rojob Ali à l'école secondaire, à Chondipasha.

Et bientôt Rojob Ali fait chaque jour à pied dix kilomètres pour y suivre la classe. Il ne tarde pas à dépasser les élèves les plus brillants – Kalicharan, Balaram, Nishikanto... Lorsque le directeur lui remet les résultats du brevet, il l'encourage par ces mots : «Rojob Ali, surtout n'arrête pas tes études ! Continue !»

Et Rojob Ali continue. Comme son père refuse de le laisser partir étudier en ville, le directeur de l'école vient le trouver chez lui pour tenter de le convaincre : «Votre fils deviendra sûrement juge ou avocat ! Quel prestige pour toute la famille ! Laissez-le donc partir !»

1. Les deux premières voyelles de l'alphabet bengali.
2. Autre célèbre livre de lecture, pour élèves sachant déjà bien déchiffrer l'alphabet bengali.
3. Première phrase du premier texte de ce manuel de lecture.

Et voilà notre Rojob Ali prenant le chemin de la ville – Mymensingh – avec dans son balluchon deux chemises, un pyjama, une paire de chaussures en caoutchouc noir, un flacon d'huile de moutarde, et dans sa poche un viatique rondelet d'un quart de taka! Arrivé à la ville, il cherche une famille qui lui offre gîte et couvert en échange de leçons aux enfants. Il ne tarde pas à trouver ce genre d'arrangement, chez les Moktar, grâce à une de ses connaissances. Ayant brillamment réussi à l'examen d'entrée, il se retrouve bientôt inscrit à la Lytton Medical School. Lui qui n'a ni parents ni amis à Mymensingh passe tout son temps à étudier et à enseigner chez cette famille Moktar qui l'héberge. Jusqu'au jour où il rencontre Moniruddin Munsi, à Notun Bazar[1].

Installé dans son restaurant, Munsi, toujours le cœur sur la main, nourrissait gratis les mendiants qui passaient par là. C'est cela qui avait intrigué Papa. Maman avait coutume de dire : «Pardi que ça a dû l'attirer! Ton père a toujours été quelqu'un de très intéressé. Lui qui avait débarqué en ville avec pour seul bien une vieille couverture toute rapiécée, c'est mon père qui lui a payé sa médecine! Oui, parfaitement, c'est grâce à l'argent de mon père qu'il a pu devenir médecin! Bien sûr, il ne se souvient plus de rien, maintenant! Ah! on peut dire qu'il m'en fait voir…!»

Est-il vrai que Papa ait effectivement pensé à l'époque que, s'il arrivait à gagner la pitié de Moniruddin Munsi, il n'aurait plus à payer ses études de médecine avec les bénéfices de la vente du riz de la propriété paternelle? Est-ce pour cela qu'à partir de ce jour il s'est mis à suivre partout le généreux Munsi?

«Pas du tout! toujours selon Maman. Ton père n'avait jamais rien reçu de chez lui. C'était plutôt lui qui devait envoyer de l'argent à sa famille. De toute façon, il ne dépensait guère pour son compte;

1. Un des quartiers commerçants de Mymensingh.

il n'a jamais fumé ni chiqué! Il recevait une bourse à son école. Il n'avait pas besoin de tout dépenser pour ses études.»

Ainsi donc Papa se payait ses études, grâce à l'argent de la bourse, et il avait le toit et les repas dans cette famille dont il aidait les enfants à faire leurs devoirs. Il avait donc largement de quoi vivre et même envoyer de l'argent à la maison. Il n'avait nul besoin d'aller tendre la main.

«Et l'argent de poche? poursuit Maman. Si tu avais vu tout ce que mon père lui offrait à manger à l'œil! Papa avait acheté un petit salon de coiffure; eh bien! c'est ton père qui encaissait le loyer! Après notre mariage, Papa l'avait emmené à Dhaka afin de lui acheter du tissu pour faire un costume. Il n'arrêtait pas de lui refiler de l'argent pour ses faux frais! Pendant que lui envoyait tout le montant de sa bourse à la famille! C'est toujours mon père qui lui a acheté les livres et cahiers dont il avait besoin! Lui, il venait se jeter à ses pieds au moins deux fois par jour: "Je n ai personne d'autre que vous ici. Mon père habite dans un village très éloigné et il est si pauvre! Si vous n'y voyez pas d'objection, j'aimerais vous appeler papa!" lui répétait-il pour l'attendrir.»

Non, Moniruddin Munsi ne voit aucune objection à ce que Rojob Ali l'appelle papa. Au contraire, il l'invite chez lui pour lui offrir les meilleurs poissons, et, au moment du départ, il lui fourre dans la poche un petit billet: «Tu t'achèteras ce qui te fera plaisir…!» Leur relation devient de plus en plus forte, au point que Rojob Ali vient presque tous les jours chez son père d'adoption. Le soir, debout près de la fenêtre, il observe Idul Wara, tandis qu'elle prend sa leçon avec son répétiteur. Celui-ci pose un chapeau de papier sur le tube de la lampe à pétrole, afin que Rojob Ali puisse, sans s'aveugler, contempler à loisir de sa fenêtre le visage d'Idul Wara. Ce qu'il ne se prive pas de faire! Idul Wara aime beaucoup les études; il l'entend qui lit rapidement à

haute voix, il la voit copier dans son cahier en
grosses lettres bien rondes ses leçons d'histoire.

Il ne faut pas longtemps pour que Rojob Ali
demande lui-même[1] en mariage cette fille malingre
à son père, Moniruddin Munsi. Il a de bonnes qualités de gendre : il est bien fait de sa personne, poli,
étudiant en médecine... Moniruddin Munsi accueille
favorablement la requête. Et le mariage a lieu sans
grande cérémonie : la fille est revêtue d'un sari de
soie rouge, on invite quelques voisins à manger un
pulao. Et voilà ! Moniruddin a marié sa fille trop
noire, au nez camus, à un beau garçon clair à souhait, au nez bien droit !

Tournée, la page Moktar ! Rojob Ali vient s'installer
chez Moniruddin Munsi. Celui-ci, après l'avoir fait
aménager, offre à sa fille et à son « gendre au foyer » le
logis où il hébergeait jusqu'alors de jeunes étudiants,
en échange de quelques leçons pour ses enfants. Idul
Wara, de toute façon, a fini d'étudier, puisqu'elle est
mariée. Elle n'a plus besoin de cours particuliers.
Rojob Ali est ravi de ce changement dans sa vie : il
mange incomparablement mieux, il reçoit infiniment
plus d'affection, est l'objet de tellement plus de soin
chez ses beaux-parents que chez les Moktar où on ne
le nourrissait pas vraiment à sa faim. Désormais, il se
régale des *kormas*, *kaliyas* et autres petits plats mijo-
tés par sa belle-mère, qui n'oublie jamais de l'éventer
pendant qu'il prend ses repas. Quand on a une belle-
famille si gentille, beaux-parents, beaux-frères et
belles-sœurs aux petits soins, on ne va pas faire le difficile sur la beauté de sa femme. Rojob Ali recher-
chait avant tout une famille en ville, où il se sente
bien, au moral comme au physique.

C'est dans le logis cédé par mon grand-père à son
si beau gendre, futur docteur, que nous sommes nés
tous les trois, Dada, Chotda et moi. Pour la naissance de mes frères, Grand-père, monté sur les

---

1. Habituellement, selon les convenances de la société bengali, la demande en mariage est faite par un tiers.

marches qui conduisaient à notre logis, avait appelé
tout le voisinage à la prière, au cri de : « *Allah-u-
akbar !* » On ne fit pas tant de raffut pour moi : à
quoi bon, puisque j'étais une fille ? Pas question de
louer Dieu pour pareille naissance ! J'eus droit, par
contre, à une belle fête, selon la coutume, sept jours
après ma naissance, à l'occasion de ma première
sortie de la chambre d'accouchement. Mes frères
avaient illuminé toute la maison en allumant des
bougies sur tous les murs. Les amis de Papa étaient
tous venus les bras chargés de cadeaux et repartis
en faisant des compliments sur l'excellent repas
préparé par le cuisinier engagé pour la circonstance. Le jour de cette fête, où Maman avait enfin le
droit de sortir de la chambre d'accouchement, on
avait lavé toute la maison et tous les vêtements, tout
le monde s'était baigné pour se purifier et reprendre
la vie habituelle, après ce grand événement.

La fête suivante dans la vie des enfants, c'est
l'*akika*. Pour mes grands frères, on avait sacrifié un
bœuf à cette occasion. Pour moi, on se limitera à un
chevreau castré. Ce qui est pleinement conforme
à la coutume établissant cette différence dans la
manière de fêter garçons et filles. Juste avant
l'akika, la famille tient conseil pour me choisir un
nom. Boro-mama suggère Usha, tante Runu propose Shobha, tante Jhunu, Papri.
Debout à la porte, Dada ne cesse de racler la
pointe de son pouce sur le bois du chambranle.
Aucun des noms avancés ne lui convient. Personne
dans la pièce n'a remarqué qu'il commence à perdre
patience. Qui ferait attention à lui ? Le choix du nom
d'un enfant, c'est l'affaire des grandes personnes.
Les petits n'ont pas à y mettre leur grain de sel !
Dada mâche des cacahuètes : soudain il ouvre une
bouche aussi grande qu'un bec de héron tout en
remuant la langue, ce qui a immanquablement pour
effet de projeter les cacahuètes en même temps que
quelques borborygmes bien difficiles à distinguer du

vacarme qui monte de la cour de la maison – un mélange d'aboiements, miaulements, croassements, braillements d'enfants... Pourtant, tante Runu a identifié l'origine de ces grognements à peine perceptibles.

Promptement, elle en saisit l'auteur par les épaules et l'amène au centre de la pièce, à côté du pilier de bois qui soutient le plafond. Tous les yeux – ceux de Boro-mama, de tante Jhunu, de Grand-mère, de Maman, d'oncle Hashem – se fixent sur la bouche de Dada, grande ouverte jusqu'à la luette, encore pleine de morceaux de cacahuètes. Toutes les oreilles se tendent en sa direction.

« Pourquoi pleures-tu ? Quelqu'un t'a frappé ? lui demande tante Runu en lui relevant le menton.

– Je veux que ma sœur s'appelle Nasreen ! » s'écrie alors Dada, en essuyant ses larmes d'un revers de main.

Cette intervention déchaîne une tempête de rires chez les oncles et tantes, qui se lancent des coups d'œil interrogateurs. On les croirait au cirque, en train de regarder un spectacle de clown.

Dada a réussi son entrée en piste ! On l'y accueille bien volontiers. Boro-mama, oncle Hashem, tante Runu et tante Jhunu se font les meneurs de jeu : « Pourquoi Nasreen ? Où as-tu entendu ce nom ? Qui te l'a soufflé ? »

Pour encourager Dada à répondre à ce mitraillage de questions, on lui met dans les mains un autre cornet de cacahuètes. Tout en les décortiquant entre ses dents, et sans quitter le cornet des yeux, il entreprend de s'expliquer : « Dans mon école, il y a une fille très belle qui s'appelle Nasreen... »

Cette fois, le public réprime ses rires, dans l'espoir d'en apprendre davantage : « Et où habite-t-elle, cette Nasreen ? Où est sa maison ? veut savoir oncle Hashem.

– Pas question de lui donner ce nom de Nasreen ! Cette enfant s'appellera Usha ! » intervient Boro-mama, avant même de laisser Dada répondre.

Celui-ci lance alors violemment son cornet de cacahuètes contre le coffre de bambou, puis il sort à toutes jambes et va dans une autre pièce chercher des vêtements dont il fait un balluchon. On le voit réapparaître un instant plus tard et décréter : « Adieu ! Je pars !

– Eh ! Où vas-tu comme ça ? Veux-tu bien rester ici ! lui ordonne Maman.

– J'irai où je veux », réplique résolument Dada en filant, l'air digne.

Et il quitte la maison. Tout le monde, persuadé qu'il ne tardera pas à revenir sur ses pas, après avoir longé la mare, s'attend à le voir resurgir d'un instant à l'autre. Pourtant, le temps passe... Toujours pas de Dada !

La nuit tombe et Maman commence à s'alarmer sérieusement. Boro-mama et oncle Hashem partent à la recherche de leur neveu. Grand-père, alerté, se met en route lui aussi.

Ce n'est qu'à dix heures du soir qu'oncle Hashem revient à la maison, après voir retrouvé l'enfant entêté dans le bois de Hajibari, à la sortie de la ville. Pressant Dada contre elle, Maman s'écrie, en larmes : « Ne t'en fais pas, mon petit, on lui donnera le nom que tu veux, à ta petite sœur ! »

« L'enfant s'appellera Nasreen, selon le vœu de son frère aîné », annonce Papa dès le lendemain matin à toute la maison. Les oncles font la tête, déçus que la petite princesse soit affublée d'un nom si commun, si insignifiant. Dada, lui, le pouce dans la bouche, contemple l'assistance avec un sourire radieux.

« Alors, tu vas l'appeler comment, ta sœur, hein, espèce de petit char à caca ? l'interpelle tante Jhunu, occupée à faire tomber des mangues avec une gaule de l'arbre à côté de la pompe.

– Nasreen Jahan Taslima ! » répond Dada, l'air réjoui, et cessant de sucer son pouce.

Assise dans un coin de la cour, tante Runu, qui coupe les mangues pour en faire une compote, demande : « Cette petite fille à l'école, qui s'appelle Nasreen, elle te plaît ?

– Oui, répond Dada en souriant de toutes ses dents.

– Tu veux te marier avec elle ? »

Tout en renfournant son pouce dans la bouche, Dada un rien embarrassé, fait oui de la tête ; la ficelle qui tient ses culottes courtes pend jusqu'aux genoux.

Tante Jhunu s'approche de lui, et le gratifie d'une petite tape sur le menton : « Elle voudra pas se marier avec toi, cette Nasreen, dit-elle, taquine. Toi qui as encore fait dans ta culotte, l'autre jour à l'école ! La belle est au courant, figure-toi ! »

À ces mots, Dada court trouver Maman qu'il tire par le pan de son sari. Devant ses larmes, Maman l'interroge en lui caressant les cheveux : « Que t'arrive-t-il ? Pourquoi pleures-tu ?

– Tante Jhunu m'appelle Char-à-caca ! »

Maman descend dans la cour pour faire semblant de gronder tante Jhunu : « Ne le fais pas pleurer comme ça, le pauvre ! Il a souvent mal au ventre depuis qu'il est tout petit. On lui a fait prendre un tas de remèdes, pourtant. En vain. Il a sans arrêt la courante ! »

Maintenant qu'on m'a trouvé un nom pour pouvoir célébrer mon akika, voilà que Papa décide de retarder la fête ! S'il est trop soucieux pour penser à s'amuser, c'est que la récolte de riz a été mauvaise, cette année, à Madarinogor. Quelques mois plus tard, arrive enfin une bonne moisson, mais c'est juste le moment où Papa est de nouveau muté à Pabna. La mort dans l'âme, il se voit contraint encore une fois de retarder mon akika. Il faudra qu'il retrouve un poste à Mymensingh pour qu'on envisage de nouveau de faire la fête. Entre-temps, deux ans se sont écoulés.

Lorsque le jour de mon akika arrive enfin, mes tantes s'appliquent dès tôt le matin à orner le sol de la maison de beaux motifs blancs stylisés[1], et à confectionner des guirlandes de papier coloré, qu'elles tendent d'un pilier à l'autre. Tous les invités viennent avec les présents de rigueur : l'un offre une bague, l'autre une chaîne en or, qui un vase en étain, qui un syllabaire, qui encore une chemise, une paire de chaussures, un exemplaire du Coran, un bol ou une assiette, une petite valise. Le cuisinier engagé pour préparer le repas mitonne dans de grandes marmites posées sur des fourneaux creusés à même le sol un succulent pulao servi avec un korma de viande, qui remplit toute la maison d'un alléchant parfum. Grand-père a acheté quantité de confiseries. Mais le plus affairé, le jour de mon akika, c'est certainement Dada ! Tout de neuf vêtu et chaussé, les cheveux impeccablement tirés en arrière, il accueille les invités avec des sourires avenants, les emmenant dans un coin les uns après les autres, pour leur révéler sous le sceau du secret que le véritable responsable du choix du nom de sa sœur n'est autre que lui-même, les propositions des autres membres de la famille ayant été jugées désastreuses.

Les quatre petites valises que l'on m'avait offertes à l'occasion de mon akika, Maman les rangea sur l'armoire. Le vase en étain prit la direction de la cuisine, où on lui avait trouvé utilité. Les vêtements et chaussures furent entreposés dans le placard, ainsi que les exemplaires du Coran, les assiettes et les bols. Maman mit les bagues et chaînes en or dans un tiroir dont elle accrocha la clé au pan de son sari[2], après l'avoir soigneusement refermé. Plus tard, on ne me laissa toucher qu'aux livres. À l'époque, toute la maison voulait prendre en charge

1. Décoration provisoire des jours de fête, réalisée avec une pâte blanche à base de poudre de riz.
2. Les maîtresses de maison bengalis ont pour usage d'accrocher leur trousseau de clés à l'extrémité du pan de leur sari rejetée par-dessus l'épaule.

mon éducation. Dès qu'on me vit penchée sur un
bouquin on ne me laissa plus en paix jusqu'à ce que
je sois capable de réciter l'alphabet du début à la
fin. Avec la meilleure volonté du monde, je répétais
tout ce qu'on me faisait dire.

Avant même que je me sois essayée à écrire sur une
ardoise, on me disait : « Allez ! Lis : *"Moy akar, ma* [1] *!"* »

Et j'ânonnais : « *Moy akar, ma.* »

« *Ko lo mo, kolom*, me disait-on.

– *Ko lo mo, kolom* », je répétais, comme le mainate de la maison, enfermé dans sa cage suspendue
à une branche dans la cour. Mes plus jeunes oncles,
Shoraf et Felu, n'avaient à l'époque encore jamais
eu un livre entre les mains que je savais déjà par
cœur mon premier syllabaire.

C'est juste quelques jours après mon akika que
mon grand-père, sans en informer personne dans la
famille, vendit toute la propriété à un certain Bosiruddin. Lorsque celui-ci se présenta pour prendre
possession de la maison, ce fut pour ma grand-mère
comme si le ciel lui tombait sur la tête. Pourtant, il
était toujours à la même place, le ciel. Et Grand-
mère était toujours en vie. Quoi qu'il en soit, impossible d'obtenir la moindre information sur ce que
Grand-père avait fait de l'argent de la vente ni sur
l'identité du bénéficiaire. Après avoir prié le visiteur
de s'asseoir sur la meilleure chaise et lui avoir servi
le thé, Grand-mère lui dit, du ton le plus aimable
possible : « *Bhaïjan*, il ne serait pas admissible que
toute une famille souffre des suites de la folie d'un
seul de ses membres ! J'ai beaucoup d'enfants, comme
vous voyez. Je ne vais tout de même pas me retrouver à la rue avec tout ce monde. Ne vous inquiétez
pas, je vous rembourserai petit à petit.

– Je veux être payé en une seule fois ! répond
Bosiruddin après s'être éclairci la gorge. Je veux

---

1. Manière d'épeler en bengali le mot *ma* – « maman ».

bien vous revendre la maison, puisque c'est vous qui me le demandez, mais je veux tout mon argent en une seule fois!

– Mais où voulez-vous que je trouve une somme pareille tout de suite? s'écrie Grand-mère, de derrière le rideau où elle se dissimule aux regards du visiteur. Voyez un peu la situation où je me trouve! Moi, une pauvre femme sans défense! Donnez-moi au moins quelques jours pour me retourner!

– Non, non, non! s'exclame l'autre tout en portant la tasse de thé à ses lèvres. Comment pourrais-je vous laisser du temps? Ça ne se fabrique pas, le temps! C'est Dieu qui le mesure, le temps qu'il nous est donné à chacun de passer sur terre! Je veux bien vous vendre la maison, mais à condition que vous me payiez la totalité de la somme d'ici demain... ou après-demain à la rigueur. Sinon, je suis désolé, je ne peux rien faire!»

Grand-mère envoie oncle Shoraf chercher du bétel pour Bosiruddin, qui, ayant fini son thé, s'enfourne une chique dans la bouche et prend un peu de chaux vive sur le bout du doigt. Tout en regardant en direction de la volaille qui s'ébat dans la cour, il conclut: «Alors, c'est entendu, je reviendrai demain après-midi?»

Bosiruddin parti, Grand-mère sort de derrière son rideau. Elle vide le contenu du coffre de bambou, fouille toutes les cachettes de la maison... pour ne réunir que cinquante takas. Se recouvrant de son burkha, elle part solliciter l'aide des voisins – la mère de Sulekha, la mère de Monu, Sahabuddin... – et ne revient que tard le soir. Elle fonce tout droit chez nous, alors que Papa est à peine rentré de son cabinet.

«Vous savez la nouvelle? Avez-vous une idée de ce que je peux faire?» lui demande anxieusement Grand-mère.

Papa est au courant, Maman lui a tout raconté dès qu'il a franchi le seuil de la maison: «Mon père a vendu la propriété à un certain Bosiruddin, qui s'est présenté aujourd'hui pour en prendre possession!

Maman veut la lui racheter. Mais Dieu sait comment. Où trouvera-t-elle une somme pareille ? Bosiruddin exige d'être payé en une seule fois. Il veut son
argent d'ici demain, après-demain au plus tard ! »

Pourtant, devant Grand-mère, Papa fait comme s'il
ne savait rien encore : « Quel bon vent vous amène ?
Tout va bien au moins ? » dit-il d'un ton dégagé.

Grand-mère et Papa sont assis chacun à une
extrémité du lit. « Votre beau-père a vendu la maison, lâche Grand-mère.

– Quelle maison ? La maison de qui ? demande
Papa, qui s'était déjà mis en lunghi.

– Comment ça, quelle maison ? Mais la nôtre !
s'impatiente Grand-mère.

– Pourquoi ? Pourquoi l'a-t-il vendue ?

– Comment le saurais-je ? Il ne me dit jamais
rien ! Cet homme est vraiment fou. Je me demande
ce qu'il a dans la tête ! Et impossible de savoir ce
qu'il a fait de l'argent !

Papa se gratte les jambes sous son lunghi.

– J'ai dit à Bosiruddin que je voulais lui racheter
la maison, continue Grand-mère...

– C'est qui, ça, Bosiruddin ? s'énerve Papa.

– Mais l'homme à qui il a vendu la maison, bien
sûr !

– Et où habite-t-il, ce Bosiruddin ?

– Quelque part du côté de Notun Bazar, répond
Grand-mère en dépliant son mouchoir, d'où elle sort
une chique de bétel dont elle se remplit la bouche.

– Et qu'est-ce qu'il fait dans la vie ?

– Je n'en sais rien. Il est juste venu ici ce matin.
Il voulait prendre possession des lieux. Je lui ai dit
que je le paierai petit à petit, mais que je voulais
racheter la maison.

– Où est le problème ? Faites comme vous avez
dit payez-le petit à petit, dit Papa du ton le plus
calme qui soit.

– Oui, mais Bosiruddin ne veut pas entendre parler
d'un tel arrangement ! Il exige que je le paye en une
seule fois, explique Grand-mère, près de s'emporter.

– Eh bien! payez-le en une seule fois, dans ce cas! reprend Papa, comme amusé.

– Est-ce que ça pousse sur les arbres, l'argent? Où voulez-vous que je trouve six mille takas? s'écrie Grand-mère en jetant des regards de détresse en direction de son gendre.

– Idun, sers-nous donc du thé! demande Papa. Amma, vous prendrez bien une tasse de thé avec moi! »

Grand-mère secoue la tête; non, elle n'a pas envie de thé!

« Qu'est-ce qui vous ferait plaisir, alors? Voulez-vous manger quelque chose? insiste Papa.

– Non, non, je n'ai envie de rien! s'écrie Grand-mère, excédée.

– Apporte tout de suite des biscuits et du *chanachur*, demande Papa à Maman.

– Non! Non! Non! » fait Grand-mère en arrêtant Maman d'un geste de la main.

Papa et Grand-mère sont toujours assis, chacun à une extrémité du lit. Maman et moi sur le lit d'en face. Le silence s'installe.

Enfin, au bout d'un moment, Grand-mère demande à mon père d'une voix brisée : « Est-ce qu'il vous serait possible de me prêter au moins cinq mille takas? Où irai-je avec mes enfants si je n'ai plus de toit? »

Papa ne répond rien.

« Ne vous inquiétez pas, je vous rembourserai un peu chaque mois… », ajoute Grand-mère, sur le ton du désespoir.

Ne pouvant supporter le silence de Papa, Maman intervient : « Mon père a toujours tant fait pour nous! dit-elle. Et maintenant que Maman se trouve dans les pires difficultés, il n'y a personne pour lui venir en aide! Quand tu étais à Rajshahi pour tes études et que je n'avais même pas de quoi acheter du lait pour les enfants, c'est Papa qui est allé acheter de sa poche de grandes boîtes de lait en poudre. Depuis notre mariage, nous avons toujours été hébergés chez lui… »

Grand-mère essuie ses lunettes au pan de son sari. Puis, les ayant remises sur le nez, elle insiste, anxieuse : « Donnez-moi une réponse ! Bosiruddin doit revenir demain ! »

Papa ne donna aucune réponse ce soir-là. Au moment où Grand-mère repartait en soupirant, Papa lui dit simplement en se grattant le cou : « Amma, je viendrai parler avec vous, demain soir. »

Finalement, Papa prêta l'argent et Grand-mère le remboursa en trois ans, par mensualités. La réaction de Grand-père fut simplement de dire : « Khayrunnesa sait faire des miracles, quand elle veut obtenir quelque chose ! »

Grand-père n'est pas homme à compter l'argent. C'est aussi un bon vivant. Rien ne saurait lui donner plus de plaisir que de faire un bon repas et aussi de régaler les autres des meilleurs mets. Si Grand-mère n'avait pas été là pour tenir la barre, il y a belle lurette que toute possibilité de se réjouir aurait disparu dans la famille.

Originaire de Bikrampur, Grand-père avait eu une jeunesse vagabonde. À l'âge de treize ans, il avait forcé le coffre de son père et volé toutes les économies de la famille, en possession desquelles il avait pris la fuite. Après avoir erré de ville en ville, il avait débarqué à Mymensingh, où, un beau jour, il s'était retrouvé sans le sou. Incapable de payer une pension, il dormait la nuit et prenait ses repas dans les mosquées, où, avec une bande de mendiants et de pauvres fous, il passait son temps à raconter des histoires d'Arabie. Les gens qui fréquentaient la mosquée lui donnaient quelques pièces par-ci, par-là. Dès qu'il avait un sou en poche, il se prenait pour un vrai prince ! S'il apercevait quelqu'un en train de demander l'aumône dans la rue, il lui demandait : « Tu n'as pas de maison ? As-tu au moins quelque chose à te mettre sous la dent ? » Et, bouleversé par le récit du mendiant qui lui décrivait son dénuement, sa faim perpétuelle, il fondait en larmes, avant de

finir par remettre au malheureux tout ce qu'il avait
dans les poches.

C'est ainsi que le nouvel imam de la mosquée de
Tchantara, au carrefour de l'école de district, commença à remarquer Grand-père, qui venait tous les
vendredis pour la prière avec une véritable cohorte
de mendiants. Il s'installait dans un coin en leur
compagnie pour prier.

Intrigué, un jour l'imam se décide à l'appeler:
«Eh là! comment tu t'appelles, toi?

– Je m'appelle Moniruddin, répond Grand-père
avec un grand sourire.

– Où est ta maison?

– Je n'en ai pas.

– Comment s'appelle ton père?

– J'ai oublié.

– Où loges-tu?

– Il ne manque pas d'endroits où se loger en ce
vaste monde!

– Tu sais lire et écrire?»

Moniruddin a un sourire embarrassé, qui accen-
tue sa pâleur. Il ne répond pas.

L'imam conçoit alors l'idée de faire de ce vagabond un père de famille. Il a lui-même justement
une fille d'une douzaine d'années qu'il est temps de
marier. Il attend patiemment le moment où il tiendra Moniruddin à sa merci. Ce qui arrive par une
nuit d'hiver glaciale, où le jeune homme s'est abrité
à l'intérieur de la mosquée; l'imam le surprend
dormant à même le sol sans couverture, tout recro-
quevillé, pour se garder tant bien que mal des morsures du froid.

«Viens avec moi, Moniruddin; tu dormiras chez
moi sur un lit, dans des couvertures!» lui propose-t-il.

Moniruddin paraît ne pas entendre.

«Allez! Viens! Tu auras du riz bien chaud à manger, avec un bon curry de viande.»

Là, Moniruddin se redresse.

«Elle est loin, votre maison, imam *sahib*?»
demande-t-il.

Et voici que l'imam l'emmène chez lui. Il le ras-
sasie de riz bien chaud agrémenté d'un curry de
viande et le couche sous des couvertures douillettes
dans un vrai lit, installé dans la salle extérieure[1] de
la maison.

Moniruddin dort d'une seule traite jusqu'au lendemain midi. Il n'avait plus dormi si confortablement depuis qu'il avait dû fuir la maison paternelle
pour échapper à une méchante marâtre. Cette nuit
chez l'imam lui rappelle le temps où sa mère était
encore là pour lui donner un bon bol de riz trempé
dans du lait chaud, au moment de le coucher.

Après s'être étiré un grand coup, Moniruddin se
lève. Il aperçoit dans la cour l'imam qui s'acquitte
de l'ablution rituelle en versant l'eau d'une cruche à
bec fin. Il revoit son père qui lui aussi se lavait les
pieds en faisant couler l'eau d'une semblable aiguière.
Moniruddin s'approche, prend la cruche des mains
de l'imam et commence à lui arroser les pieds, en un
geste plein d'égards, comme s'il retrouvait un père
dont il aurait été séparé depuis de trop nombreuses
années. Et, ce faisant, il éclate en sanglots.

«Pourquoi pleures-tu? Que t'arrive-t-il, Moniruddin?» s'étonne l'imam.

Sans répondre, le visage caché entre ses paumes,
Moniruddin quitte la maison de l'imam. Il ne réapparaît qu'un mois plus tard, tout sourire, une boîte
de confiseries à la main.

«Imam sahib, voici pour vous, vous m'en direz des
nouvelles! Des rosogollas bien chauds. Comme à
Calcutta!»

La famille de l'imam se régale. Tout en dégustant
les confiseries, l'imam propose à Moniruddin: «Tu
veux bien épouser ma fille, Khayrunnesa?

---

1. Il s'agit précisément de la *barbari* – la «pièce extérieure»,
c'est-à-dire ouvrant directement sur la rue – qui sert à accueillir
les hommes étrangers à la famille, qui ne doivent pas voir les
femmes de la maison; celles-ci restent en effet dans l'*antarma-
hal* – les «appartements intérieurs».

« – Moi, me marier ? sursaute le garçon. Mais… où est-ce que j'irais habiter avec ma femme ? Dans les mosquées ?

– Ne t'inquiète pas pour ça ! J'ai bien assez de terrain pour vous arranger un logis ! » le rassure l'imam en posant une main sur l'épaule de son futur gendre.

Moniruddin ne se sent plus de joie ! Pas question de tergiverser. Et, avant même la tombée de la nuit, on appelle le *kazi* pour procéder au mariage. Khayrunnesa n'a pas eu l'occasion de voir son futur époux ; elle n'a pas la moindre idée de son aspect physique, encore moins de son caractère. Khayrunnesa a reçu une bonne instruction : ainsi, elle sait même lire la poésie en scandant comme il convient. Et la voilà mariée à cet analphabète complet, avant même d'avoir digéré ses confiseries. Elle aurait mérité meilleure union ! Seulement voilà : son imam de père est persuadé que Moniruddin a un cœur d'or – alors, tant pis s'il n'a ni argent ni maison. Car le saint homme sait, par expérience, qu'il n'est rien de plus précieux en ce monde qu'un bon cœur.

L'imam a déjà un fils, mais c'est comme s'il n'existait pas. Ce fils a la passion de la jungle. Il passe son temps à chasser dans toutes les forêts de l'Inde. C'est à peine s'il reste à la maison un mois ou deux par an, avant de s'évanouir de nouveau dans la nature. Sans plus d'espoir au sujet de ce fils aventurier, l'imam, lorsqu'il sent sa fin venue, confie la responsabilité de tous ses biens à Moniruddin avec ces mots : « C'est toi qui es mon véritable fils ! »

Moniruddin pouvait certes faire un bon fils, mais il ne saurait changer son tempérament. Un an ne s'était pas écoulé depuis la mort de l'imam qu'il avait déjà vendu la moitié des terres, au profit des mendiants de la ville. Sur le peu qui restait, une partie fut l'objet d'une préemption publique, en vue de la construction d'un internat pour l'école voisine. C'est sur le lopin rescapé que Khayrunnesa prit racine, en y faisant planter des arbres et construire quelques bâtisses en tôle pour abriter la famille.

C'était une manière de s'accrocher à la terre, pour éviter que le bon cœur de son époux ne la transforme en mendiante, maintenant qu'elle avait un enfant tous les ans et qu'il fallait nourrir toute cette marmaille qui ouvrait des becs de cigogneaux affamés.

À défaut d'une vraie belle maison, la famille avait au moins un toit à se mettre sur la tête. Restait maintenant à assurer les dépenses du ménage. C'était bien là le cadet des soucis de Moniruddin, qui passait son temps à goûter aux joies de la vie loin du foyer. À vrai dire, il y revenait bien de temps en temps, au foyer – quand il avait tout dépensé. À peine franchi le seuil de la maison, il s'écriait, réveillant comme à coups de paires de claques toute la maisonnée engourdie : « Oh là ! Khayrunnesa ! Qu'y a-t-il à manger ? Eh ! les enfants, où êtes-vous ? Allez ! Venez vite ! »

Visage fermé, Khayrunnesa sert à manger à son mari et à ses enfants, jusqu'au jour où elle se révolte : « Il n'y a plus rien à manger… ! » Maman devait avoir dans les quatre ans. « Qu'est-ce que tu dis ? Plus rien à manger ! » sursaute Grand-père. « Non, plus rien ! Ni riz ni lentilles ! Ça fait déjà plusieurs jours que je nourris les enfants en faisant bouillir des herbes sauvages », explique d'une voix glaciale Grand-mère assise sur son tabouret devant le fourneau éteint.

Moniruddin va se coucher, ulcéré. Il ne se lève pas de deux jours, jusqu'à ce que Khayrunnesa qui, entre-temps, a préparé des confiseries avec les noix de coco du jardin, le force à quitter son lit : « Va vendre ces confiseries au marché et acheter du riz et des lentilles avec ce que ça rapportera ! » lui ordonne-t-elle. Et voilà Grand-père parti avec sur la tête une boîte pleine de ces friandises, pour les vendre au marché, en face du tribunal.

À partir de là, Khayrunnesa confectionne chaque jour de quoi gagner au marché la subsistance de la famille. Moniruddin garde pour lui une petite partie de l'argent ainsi récolté, et donne le reste à sa femme. Celle-ci, à coups de quarts de taka, économise chaque jour en cachette ; et lorsque sa fille Idul Wara atteint l'âge de cinq ans, elle casse sa tirelire et en remet, plié dans un mouchoir, le contenu à son mari en lui disant : «Ouvre donc un petit restaurant avec cet argent ! »

En bon mari obéissant, notre Moniruddin entreprit donc d'ouvrir un restaurant. Il installa des tables et des chaises dans la boutique qu'il avait achetée. Il engagea un cuisinier. Et tout marcha à merveille : l'endroit, admirablement situé en plein Notun Bazar, ne désemplissait pas. C'était encore du temps des Anglais, à une époque où les gens ne décoléraient pas contre le colonisateur. Moniruddin, lui, n'était en colère contre personne ! Il était incapable de voir le mal chez qui que ce fût. Même sa marâtre trouvait des excuses à ses yeux ! Il bavardait avec tous les clients du restaurant, toujours accueillis comme des rois. Il traitait en amis même les pires aigrefins. Bref, dès que la faim leur tenaillait le ventre, tous les chats et chiens errants de la ville se pressaient dans la cuisine du restaurant de Moniruddin, sachant bien qu'il y aurait toujours quelques os et arêtes pour eux. Grand-père ne pouvait pas voir passer un mendiant ou un fou sans lui donner à manger, ni entendre le récit des malheurs de quelqu'un sans lui remplir les poches d'une poignée de takas puisée dans la caisse. S'il apercevait un vendeur ambulant ruisselant de sueur devant son restaurant, il le hélait : «Eh ! *bhaï-sab*, où courez-vous comme ça ? Venez donc vous asseoir un moment ! Vous reprendrez votre chemin quand vous vous serez un peu reposé…» Et, après s'être agréablement reposés, les vendeurs ne repartaient jamais sans s'être vu offert un verre de sirop. «Ah ! ce n'est pas un restaurant chez vous, c'est un véritable havre ! » étaient-ils nombreux à dire.

Khayrunnesa envoyait Idul Wara, accompagnée de son frère Siddiq, balayer la salle du restaurant et nettoyer les tables et les chaises. Pendant que sa sœur balayait, Siddiq, assis sur la chaise haute d'où son père trônait sur la boutique, passait son temps

à manger des *jalebis* bien chaudes. Puis, après avoir
nourri son fils et sa fille d'une bonne assiettée de riz
et de poisson, Moniruddin les renvoyait à la maison
avant la tombée de la nuit. Lui-même ne rentrait
que très tard. Khayrunnesa l'attendait, à la lueur
vacillante de la lampe à pétrole, prête à s'offrir sur
l'autel du désir jamais assouvi de l'époux, dans l'espoir d'enfermer pour toujours l'oiseau sauvage
dans la cage du bonheur familial, fait de prospérité,
d'enfants et de jouissance. Elle ne pouvait, en tant
que femme, sortir de la maison pour aller surveiller
elle-même comment marchaient les affaires. Elle
devait se contenter d'économiser les pièces une à
une, et de les déposer dans une section de branche
de bambou évidée qu'elle cachait enterrée dans un
coin du sol de la maison. Et de conseiller le soir la
modération dans les dépenses à son époux allongé à
côté d'elle. Moniruddin n'avait jamais eu l'habitude
de compter l'argent ; il ne savait le manipuler que
par brassées. Bien des choses lui étaient sans doute
possibles, sauf d'apprendre à compter ses sous !

C'est alors que survint la famine de 1943. On vit
bientôt partout des gens mourir de faim. Des squelettes quémander un bol d'écume de riz à la porte
des maisons. N'y tenant plus, Moniruddin arrêta la
restauration pour ouvrir une soupe populaire, où il
servait lui-même aux affamés un mélange de riz,
lentilles et légumes cuisiné de ses propres mains.
De l'argent en poche, il parcourait les marchés de
toute la ville, à la recherche de ravitaillement, afin
de faire tourner son entreprise de charité. En vain :
le riz devenait introuvable. En désespoir de cause,
Grand-père fit le tour des mosquées, ne voyant plus
d'autre solution que de prier Dieu de venir à son
aide : « Il n'y a point d'autre puissance que Toi,
ilaha illallah, il n'est point d'autre secours que Toi,
ilaha illallah… », suppliait-il en pleurant à gros sanglots, les joues ruisselantes de larmes. Il ne cessa
pour ainsi dire de pleurer toute l'année que dura la

famine, jusqu'à ce que des avions parachutent des sacs de riz et des boîtes de «lait américain».

Khayrunnesa, quant à elle, parvint à faire traverser aux siens cette période sans trop de mal, car elle avait eu, en ces temps troublés, la bonne idée de faire de grosses provisions de riz. Mesurant avec soin les rations, elle réussit à tenir jusqu'au retour à la normale, ne nourrissant son plus jeune enfant que de son lait. Il est vrai que, sans elle à la barre, la famille aurait sombré depuis longtemps. Elle était parvenue à garder Moniruddin au foyer, envers et contre tout. Mais la crainte l'habitait toujours que l'oiseau un jour ne s'échappe de la cage.

On s'était tellement bien amusés, le jour de mon akika, que personne n'avait remarqué que mon arrière-grand-mère, la mère de ma grand-mère, était morte sans faire de bruit dans la cuisine. Grand-mère l'avait prise chez elle, après qu'elle fut devenue veuve. Elle préférait rester auprès de sa fille plutôt qu'être laissée aux soins de son chasseur de fils. Certes, cela contrevenait à l'usage qui veut que la femme trouve refuge auprès de son père, pendant son enfance, de son mari à l'âge adulte, de son fils en sa vieillesse. À la vue de sa belle-mère raide sur son lit de mort, Grand-père s'était laissé tomber à terre, pleurant à chaudes larmes, autant qu'il aurait pleuré sa propre mère.

Mais ainsi va la vie : à la peine et à la misère succède un jour le bonheur, si varié! Tôt ou tard vient le moment où les pluies de la mousson lavent les cendres de l'incendie. Debout à la fenêtre, tante Jhunu regarde le jeu des gouttes de pluie qui tombent sur l'eau de la mare. Sur le toit de tôle tambourine l'averse. L'eau s'amuse avec l'eau, la musique de la pluie met tout le monde d'humeur légère. C'est le paon qui fait sa roue dans toutes les têtes! Tante Jhunu a envie de chanter. Dans la cour vite inondée, les garçons – oncle Shoraf, oncle Tutu, oncle Felu – courent en tout sens.

Appuyé à un pilier, assis sur un tabouret, Kana-
mama, dans la pièce au sol orné des décorations de
la fête, essaie de chasser le chagrin dont l'a empli la
mort de l'aïeule. On dirait que ses yeux fixent la
lueur du jour dans la cour. «Ça ne suffit pas de
chanter, Runu ! Danse aussi ! »

Tante Jhunu était sur le point de lui dire : «Mais,
vous qui êtes aveugle, Kana-mama, comment pouvez-vous vous intéresser à la danse ? » Elle se retient
à temps. Elle fixe à sa taille le pan de son sari et se
passe aux chevilles des anneaux avec de petites clochettes. «*Sur le flanc de la montagne bleue, à la
lisière du bois de* mahuas, *quel est ce son de flûte
envoûtant ? Qui le fait résonner sans cesse à l'orée de
ce bois ? C'est l'oiseau qui appelle, en sa douleur, à
faire monter les larmes dans mes yeux* », chante Kana-
mama en battant la mesure avec sa canne sur le sol.

Il n'y a que Papa qui, fatigué, irrité, paraisse
indifférent à la joie du début de la saison des pluies.
Il semble que tout lui soit égal, sécheresse ou pluie.
La sécheresse qui craquelle les sols, étiole les tiges ;
la pluie qui inonde les champs, détruisant la récolte.
Il envoie tout son salaire au village de Madarinogor, à sa famille, ainsi qu'une lettre à son frère aîné
pour lui dire : «Ne tardez pas à acheter au père de
Khushi la terre qui se trouve au sud de nos champs.
Je vous enverrai une somme plus importante le
mois prochain. » Papa gagne largement sa vie désormais. Il est monté en grade. Sa réputation s'étend.
Il s'est fait fabriquer un nouveau tampon : *Dr Moh.
Rojob Ali, Docteur en médecine.* Après avoir prêté
les cinq mille takas à Grand-mère pour qu'elle
rachète sa maison, il lui a loué les cinq pièces donnant sur la cour centrale : salle de séjour, chambre
à coucher, cuisine, grange, débarras – des pièces au
sol en dur, avec toit de tôle pour les unes, de tuile
pour les autres, et murs de brique. Quant au logis
où nous habitions jusque-là, dont Papa était propriétaire, il a été aménagé pour mes frères.

Danse, chant, jeux, tout cela n'est qu'agitation sans
intérêt, aux yeux de Papa. S'il me voit m'amuser sous
la pluie, toute trempée, il vient m'attraper par la
peau du cou pour me faire rentrer à la maison. J'en
suis raide de peur. Jamais je n'oserais lui demander
de me raconter un conte de fées, comme je l'exige
souvent de Maman. Chaque fois que l'idée m'en traverse l'esprit, j'ai tôt fait de ravaler mon audace. Je
n'ose même pas croiser son regard, tant il m'impressionne, tant est grande la distance entre nous.

Pourtant, à ce que j'ai entendu dire, il n'en a pas
toujours été ainsi. Jusqu'à son départ pour son séjour
d'études à Rajshahi, c'était une adoration mutuelle.
Nous venions de quitter la prison de Pabna et de nous
réinstaller à Mymensingh. Dès qu'il rentrait à la maison, je lui sautais au cou en le suppliant : « Dis, Papa,
tu m'emmènes p'omener au bo'd de la 'iviè'e ! »

À force de repousser au lendemain, Papa ne m'a
jamais emmenée au bord de la rivière. Maman, en
me pinçant doucement la joue, alors que j'étais
dans les bras de Papa, me disait pour me détourner
de mon projet : « Les enfants ne doivent pas y aller,
au bo'd de la 'iviè'e ! Il y a des gens qui enlèvent les
enfants là-bas, tu ne le sais pas ?

– Mais ils ne me prendront pas moi ! Ils ne prennent que les garçons ! répliquais-je, bien décidée à
ne pas quitter les bras de mon père, qui ne pouvait
se retenir de rire aux éclats.

– Au bo'd de la 'iviè'e, y a le Foting-ting qui
habite ! Avec ses trois têtes coupées, il parle avec les
pieds... », expliquais-je le plus sérieusement du
monde, comme pour faire peur à Papa, répétant
l'histoire qu'on m'avait racontée un jour. Mais, sans
doute pour me faire sortir de la tête ces histoires de
Foting-ting, Papa me couvrait de baisers le front,
les joues : « Dis-moi, ma chérie, qui tu es, toi !
s'amusait-il à me demander.

– Je suis ta maman », aimais-je à répondre,
comme il m'avait appris à le faire. Et ma réponse
suscitait une nouvelle pluie de baisers sonores. De

sa main, il rejetait mes cheveux emmêlés derrière
mes oreilles. J'étais alors une petite fille impossible
à tenir en place, trop gâtée. Après deux fils, Papa
avait souhaité une fille – cette fille, c'était moi, avec
mes joues roses couvertes de taches de rousseur,
qui me présentais comme la maman de mon papa !
Et ne voilà-t-il pas que moi, cette même petite fille,
deux ans plus tard, après son retour de Rajshahi, où
il avait suivi un cours intensif pour passer son doctorat[1], je ne le reconnaissais plus pour mon père,
comme si je voyais en lui une créature étrange,
tombée du ciel dans notre maison. Lorsque Papa
m'appelait pour que je vienne sur ses genoux, je
courais me cacher. Je ne l'appelais même plus
papa. Je ne lui disais ni tu ni vous. Cet embarras
pour m'adresser à lui n'a pas cessé jusqu'à aujour-
d'hui. Mon père m'était devenu un étranger, un être
inconnu. Alors que je me sentais indiscutablement
proche de gens tels que Grand-mère, tante Runu,
tante Jhunu, oncle Hashem, oncle Shoraf, oncle
Felu, et même mon vagabond de grand-père, je ne
parvenais pas à combler la distance qui me séparait
de mon père. Comme si je regrettais son retour à la
maison, comme si son retour perturbait le merveilleux bonheur qui nous unissait, Maman, mes
frères et moi. Ce retour, c'était comme une pierre
lancée sur la tranquille surface d'un étang. Jamais
cette distance entre mon père et moi ne s'est
réduite. Aujourd'hui encore, quand il me dit de
venir près de lui en m'appelant tendrement *petite
mère*, je me raidis malgré moi. Un mur invisible
s'élève entre nous, qui nous sépare, même lorsqu'il
me prend affectueusement dans ses bras.

---

1. Jusque-là, le père de Taslima exerçait la médecine sans
avoir le titre de docteur, ce qui était possible selon l'organisation
des études médicales en vigueur à l'époque.

Grandir

Ainsi, j'étais née un jour saint entre tous, le jour anniversaire de la naissance du Prophète, un lundi, quelques instants avant l'aube. Voilà bien de quoi louer le Seigneur en récitant : «*La ilaha illallaha muhamadur rasulullah*[1].» On dit que cette louange de la grandeur divine franchit les lèvres des élus de Dieu dès leur venue au monde. Lorsqu'elle m'a vue pour la première fois, tante Fozli s'est écriée : «Ah! quel visage lumineux! Mais quoi d'étonnant, pour une fille née un jour si pur!»

Pourtant, sous le soleil brûlant, le teint immaculé de la petite fille va vite prendre des reflets bien cuivrés. Il faut dire qu'elle n'arrête pas de courir derrière ses oncles, Shoraf, Felu et Tutu. Dès le milieu de l'après-midi, règne l'excitation d'une partie d'«au voleur», dont le centre est le vieux banyan dans la cour. L'un des enfants est le voleur; il doit courir après les autres et celui qu'il touche devient le voleur à son tour. Comme mes oncles sont nettement plus âgés que moi, ils courent beaucoup plus vite. C'est donc le plus souvent à mon tour d'être dans la situation du voleur. Oncle Tutu a une façon de courir en zigzag qui fait que je ne parviens jamais à lui échapper. Oncle Felu, lui, court aussi vite qu'un lièvre : je pourrais passer ma journée à essayer de le rattraper sans y parvenir.

1. «Il n'y a qu'un Dieu, Allah, et Mahomet est son prophète.»

Au *danguti* non plus je n'ai aucune chance de
gagner et je passe mon temps à courir. En effet, c'est
moi qui lance le petit bâton, et c'est oncle Shoraf ou
bien oncle Felu qui, d'un coup de grand bâton, le
renvoie dans les broussailles, hors du terrain où
nous jouons. J'aimerais que, pour une fois, ce soit le
contraire, ne pas être toujours la seule à me déme-
ner. Bien sûr, il m'arrive parfois, un instant, de
manier le grand bâton, mais ça ne dure jamais longtemps : je me débrouille pour rater mon coup !
Même histoire aux billes, où mes oncles réussissent
invariablement à gagner les miennes. Oncle Shoraf
en a toute une collection qu'il garde dans un vase en
verre. Il les compte souvent, après avoir renversé le
contenu du vase sur le lit. Je regarde avec fascina-
tion les petites boules brillantes. Je n'ai que le droit
de regarder, surtout pas celui de toucher. Le jour où
je me suis avisée d'avancer la main, mal m'en a pris :
Shoraf m'a flanqué un de ces coups dans le dos !

Même les paquets de cigarettes vides que nous
nous amusions à ramasser dans la rue pour en faire
la collection – Boga, Sizer, Bristol et autres Caps-
tain –, je finissais par les perdre au jeu de palets,
qui nous occupait si fréquemment, et dont ces
paquets devenaient l'enjeu : nous délimitions d'abord
un espace quadrangulaire sur le sol de la cour ; nous
nous mettions debout à l'intérieur de cet espace et
l'un d'entre nous lançait son palet au loin ; nous
avions serré dans le poing autant de vieux paquets
de cigarettes que nous voulions, puis les avions
cachés entre les cuisses. Celui qui avait lancé le premier criait aussitôt : « Sous le trou du cul ! » C'était
là la façon consacrée de défier l'adversaire : si ton
palet s'approche à une distance de moins de quatre
doigts du mien, je devrai te donner tout ce que je
me suis caché juste sous le trou de balle, sinon c'est
toi qui devras me donner ce que, toi, tu t'es caché
au même endroit ! Eh bien ! à ce jeu-là aussi, c'est
toujours moi qui devais donner les vieux paquets
que j'avais sous les fesses !

À force de jouer au voleur, au danguti, aux billes et aux palets, ce ne sont pas seulement mes mises que je perdais, mais aussi le bel éclat lumineux de mon visage, fortement hâlé par le soleil. Mais cela n'empêchait nullement tante Fozli de garder le ferme espoir qu'une fois grande je suivrais le chemin de Dieu.

C'est après mon retour d'un voyage à Nandibari que l'espoir de tante Fozli se renforça. Tante Runu avait une amie, Shormila, qui était originaire d'un endroit nommé Nandibari, situé près de la jungle des collines de Hajibari, non loin de Mymensingh. Elle nous avait invitées à l'accompagner là-bas, tante Runu et moi.

Le crépi de la maison, qui était très vieille, partait par plaques. On aurait dit un manoir hanté, dont les murs auraient renfermé des serpents chargés de défendre des jarres remplies de pièces d'or. On s'attendait à y voir un banyan qui aurait planté ses racines sur la façade. On imaginait qu'à minuit son toit en terrasse devait résonner du tintement des anneaux de chevilles portés par une jeune fille à la beauté prodigieuse y exécutant une danse merveilleuse – une jeune fille qui se fondrait dans le vent, dès qu'on chercherait à approcher d'elle la lueur d'une lampe.

La maison était entourée de nombreux litchis dont les branches croulaient sous les fruits – spécialité de la région. Mais j'avais peur de tendre la main vers ces arbres, craignant toujours qu'un cobra ne m'observât du mur de la maison hantée. Il y avait aussi un étang magnifique, juste devant l'escalier qui conduisait à l'entrée. Son eau était si pure qu'on pouvait facilement voir la terre au fond. Je passais de longs moments à contempler mon visage dans le miroir de l'eau, guettant le moment où, à un frémissement de la surface, il frémirait lui aussi, comme une chevelure au vent. Je ne riais pas, et pourtant mon image dans l'eau semblait rire à me voir.

Le soir venu, Shormila, à la lueur tremblotante

d'une lampe-tempête, nous avait offert du riz au lait. Or j'avais absolument refusé d'y toucher. Impossible de me convaincre d'en prendre ne serait-ce qu'une cuillerée.

«Pourquoi ne veux-tu pas manger?» m'avait demandé notre hôtesse.

Je restai sans rien répondre, lèvres serrées. En fait, c'était la peur des serpents, des djinns et des fantômes qui me rendait incapable de prononcer le moindre son.

Shormila était d'une incroyable beauté. Selon moi, la danseuse de minuit, sur le toit de la maison, devait lui ressembler. Elle avait de longs cheveux noirs qui lui descendaient jusqu'aux genoux et vivait seule dans cette grande maison, toujours vêtue d'un sari blanc. Je la revois, assise sur un fauteuil en rotin, cheveux défaits, abandonnée à la douceur du moment. Entrée par la fenêtre, la forte brise du soir vient défaire un peu plus ses cheveux. Dans la pénombre, brillent ses yeux sans khôl, très noirs, au regard lointain, comme détaché de ce monde.

Quand Shormila ouvre les lèvres, on dirait que ses paroles descendent du ciel sur les ailes d'un grand oiseau blanc: «Qu'elle est mignonne, cette petite fille! Quel est ton nom?» me demande-t-elle.

Si l'on écoute bien, on perçoit, dans les paroles de Shormila, le tintement des clochettes aux chevilles de la danseuse. Enfin... moi je les entends!

Tante Runu répond à ma place: «Elle s'appelle Sobha.

– Mange un peu, Sobha!» me dit Shormila en me souriant gentiment.

Je voudrais bien lui dire que ce n'est pas vrai, que je ne m'appelle pas Sobha. Mais rien à faire! Certes, je trouve le nom de Sobha beaucoup plus joli que mon vrai nom, mais, quoi qu'il en soit, ce n'est pas le mien. Je suis vraiment décontenancée de m'entendre appeler par ce nom. Y répondre me ferait passer pour une menteuse à mes propres yeux, une

voleuse, qui aurait dérobé le nom d'une autre pour
se l'approprier.

« Allez, viens ! Rentrons à la maison ! » dis-je en
pressant la main de tante Runu.

Soudain, après avoir longtemps vacillé, la flamme
de la lampe s'éteint. Mais toute la pièce resplendit
de la clarté que diffuse Shormila.

Illuminant et embaumant l'espace autour d'elle,
Shormila dit : « La lune va se lever dans un instant. La
nuit sera très claire aujourd'hui. Nous allons chanter,
assises dans cette lumière. Et toi aussi tu vas chanter
avec nous. » Et à ces mots elle éclate en un rire
sonore. Moi, je me colle contre tante Runu et lui murmure : « Allez ! Tante Runu, rentrons à la maison ! »

Cette nuit-là, sur le chemin du retour, je vois un
étrange spectacle : la lune nous suit dans le ciel,
depuis la maison de Shormila jusqu'à la nôtre. Je
prends la main de tante Runu en m'écriant : « Eh !
regarde ! regarde ! La lune nous accompagne ! » Cela
ne semble lui faire ni chaud ni froid, à tante Runu.
Aussi, dès mon arrivée je me précipite pour dire à
Maman : « Maman ! Maman ! tu sais, la lune nous a
suivies pendant tout notre trajet ! Depuis Nandibari
jusqu'ici, à Akua ! »

Nouvelle déception : Maman, à ma révélation,
n'est pas plus émue que tante Runu. « Qu'est-ce
qu'on vous a offert à manger, chez Shormila ? » pré-
fère-t-elle me demander.

Toute fière, tante Runu répond à ma place : « Ta
fille n'a rien voulu manger. C'est sûrement parce
que ce sont des hindous. » Et voilà ! La légende est
née : je refuse de manger quoi que ce soit chez des
hindous. C'est pour la même raison, pense Maman
– parce que je suis née le jour de la naissance du
Prophète –, que je détourne la tête lorsqu'elle veut
m'orner le front d'un point rouge[1]. Du coup, trois

1. Pratique des femmes hindoues, mais les femmes musulmanes, au Bengale, s'ornent aussi volontiers le front d'une
marque de couleur.

ou quatre jours à peine après mon retour de chez
Shormila, elle explique à tante Fozli : « Ma fille est
née un jour si pur, vois-tu, qu'elle refuse tout ce qui
vient d'eux : la nourriture aussi bien que les cou-
tumes ! »

Tante Fozli traversait souvent les bois de Hajibari
pour nous rendre visite. À son arrivée, elle enlevait
le burkha qui la recouvrait de la tête aux pieds et
faisait le tour de la maison, allant dans la cuisine
soulever le couvercle de toutes les casseroles, pour
voir ce qui était prêt ou mijotait encore. Elle les sou-
levait en fronçant systématiquement le nez, même
devant les meilleurs mets – friture d'alose ou filets
de tanche panés. Comme si tout cela puait affreuse-
ment ! Comme si elle trouvait là tout ce qu'elle
détestait le plus voir arriver dans son assiette. À
l'heure du repas, Grand-mère prenait soin de lui
servir les plus fins morceaux : elle lui réservait la
partie le plus charnue des poissons, entre la tête et
la queue ; elle évitait de lui donner le riz trop cuit
du fond de la marmite, ou le riz refroidi du dessus ;
elle choisissait pour elle les beignets d'aubergine
cuits à point, les plus joliment ronds, qu'elle accompagnait d'une poignée d'oignons frits. Cela n'empêchait pas tante Fozli de continuer à tordre le nez
pendant tout le temps qu'elle mangeait. Comme si
elle faisait un grand sacrifice en se privant pour un
repas de la délicieuse cuisine qu'elle avait l'habitude de manger dans la famille de son mari.
Comme si elle n'avalait ce qu'on lui donnait ici que
par un scrupule extrême de politesse et parce
qu'elle ne pouvait pas faire autrement, vu l'heure,
que d'accepter l'invitation à déjeuner ! D'ailleurs,
elle ne se contentait pas de pincer les narines ; il fallait aussi qu'elle dise : « Ces épinards, qui donc les a
préparés ? Ils sont pleins de sable ! Tiens, on dirait
qu'on a oublié le *garam-masala* dans la viande ! Ma
parole, on n'a pas mis assez d'huile pour frire le
poisson… » Les critiques n'en finissaient plus.

Quand Maman lui parla de mon refus d'absorber de la nourriture chez des hindous et de m'orner le front à leur manière, tante Fozli venait de prendre son repas à la maison. Elle mâchait son bétel digestif, allongée sur le lit, encore toute fâchée du prétendu manque d'ail dans le curry de pigeon. Elle en avait fait tant d'histoires que Grand-mère avait fini par lui mettre quatre gousses d'ail crues dans son assiette en lui lançant, excédée : « Dis-moi si la sauce a assez de goût pour toi avec ça ! »

– Mais enfin, quelle idée, Maman ! s'était exclamée tante Fozli, avec un sourire pincé. L'ail cru, c'est pas ça qui changera le goût de la viande. Celle-ci est cuite à point, c'est déjà quelque chose ! Dieu a dit que pour combler la faim il suffisait de manger un peu, peu importe la qualité. Dieu n'aime pas la gourmandise. Le Prophète était très frugal. »

Quelques cheveux retombent en petites boucles sur le front pâle de tante Fozli, la faisant ressembler à une image de la déesse Durga. À la révélation de Maman, sans cesser de mâcher son bétel, elle réveille toute la maison assoupie après le repas de midi en s'écriant : « Je l'avais bien dit, que cette petite serait très pieuse ! En voilà la preuve, puisque tu me dis qu'elle s'est abstenue de manger ce que lui servaient des hindous ! Puisqu'elle refuse qu'on lui orne le front comme leurs femmes en ont l'habitude. Personne ne lui a appris tout ça, alors comment faut-il penser qu'elle le sait ? En vérité, c'est Dieu Lui-même qui le lui enseigne. Je me souviens, quand elle était petite, elle avait un sourire si mignon quand elle dormait… Elle devait jouer avec les anges en son sommeil ! Tu en as de la chance, d'avoir une fille comme elle ! »

Tante Fozli a beau dire, Maman, elle, pense qu'elle n'a pas de veine. Elle qui aurait tant voulu faire des études, elle n'en a pas eu l'occasion. C'était pourtant une des meilleures élèves de son école. Grand-père exigeant que ses filles ne sortent qu'enveloppées d'un burkha, Maman obtempérait, au grand amusement de ses camarades de classe. Puis, très tôt, était arrivé le mariage, et elle avait dû abandonner ses études. Son dernier jour d'école, lors de ses adieux à ses professeurs, ceux-ci ne lui avaient pas caché leur peine et leur déception, en lui disant : « Tu avais des capacités ! Tu aurais pu aller jusqu'au bac, voire jusqu'à la licence ! Essaie tout de même de continuer tes études après ton mariage, si tu peux. »

C'est ce qu'elle avait fait, mais plusieurs années après, quand notre frère aîné avait lui-même commencé à fréquenter l'école. Papa n'y voyait pas d'inconvénient. L'opposition, c'est de Grand-père qu'elle était venue. Malgré tout, Maman n'avait pas renoncé à son désir de s'instruire. Une fois Papa parti à Rajshahi, pour y passer son doctorat, Maman se réinscrivit à l'école, sans rien dire à personne. Dada était alors en cinquième. Maman avait été admise au même niveau, dans une école qui s'appelait Mahakali. Les professeurs savaient parfaitement qu'elle était mariée, qu'elle avait des enfants. Mais tout le monde avait tu sa véritable situation auprès des autres élèves, afin que Maman pût sans aucune gêne se mêler à ses camarades, beaucoup plus jeunes qu'elle, et étudier sur les mêmes bancs en toute tranquillité. Elle avait été classée première à l'examen trimestriel. Mais le secret n'avait pu être gardé éternellement : on avait fini par en avoir vent à la maison, juste avant l'examen de fin d'année. Et Grand-père de ressortir sa rengaine : « Les filles n'ont pas besoin de pousser les études si loin ! Reste à la maison, pour t'occuper de tes enfants ! » Papa lui-même écrivit de Rajshahi pour conseiller à Maman de cesser de fréquenter l'école et de se consacrer à élever ses enfants. Ce qui revenait à passer aux pieds de la malheureuse d'invisibles fers. Encore une fois, son rêve se brisait en mille morceaux.

Non, Maman ne se considère pas chanceuse le moins du monde !

Si elle était née sous une bonne étoile, Grand-père aurait-il jamais eu besoin, en veillant à ce que personne ne le voie, d'entrer à pas de loup dans sa chambre pour lui remettre un flacon discrètement enveloppé dans du papier journal ? Pourquoi aurait-il expressément recommandé à Maman de ne surtout en parler ni de le montrer à personne, en lui murmurant, puisque, n'est-ce pas, les murs eux-mêmes ont des oreilles : « Et attention, tu dois t'en mettre tous les soirs, mais tu attendras qu'il soit très tard… »

C'était une lotion pour éclaircir le visage que Grand-père avait achetée à Maman, afin que Papa la trouve moins laide, afin qu'il ne lui vienne pas l'idée d'abandonner femme et enfants pour aller fonder un nouveau foyer ailleurs. Maman se passait donc tous les soirs la fameuse lotion sur le visage. Sans résultat. De jour en jour ses petits yeux s'enfonçaient plus profond dans ses orbites et paraissaient de plus en plus cernés ; quant à son nez, il restait aussi épaté qu'avant. Certes, à défaut de beauté, elle avait d'autres qualités : elle savait bien coudre, faire la cuisine. Mais était-elle la seule à posséder ces qualités ? Il ne devait pas manquer de perles de la cuisine et de la couture de par le monde ! Quoi qu'il en soit, se disait-elle, histoire de se rassurer, et en désespoir de cause, elle n'était pas si repoussante que ça, elle n'était ni boiteuse, ni aveugle, ni folle.

Certes, elle n'était pas folle, mais elle en donnait parfois l'impression. Du temps que Papa travaillait à Rajshahi elle était allée un beau jour toute seule là-bas, après avoir confié ses enfants à sa mère. Elle était obsédée par la crainte que Papa ne l'aime plus. En fait, la lotion offerte par Grand-père n'avait fait que renforcer ses craintes. Elle avait toujours eu tendance à voir tout de travers : dans son enfance, quand Grand-père lui achetait une robe rouge, et une robe bleue à tante Fozli, Maman, s'estimant malchanceuse, allait pleurer des heures toute seule sous le dattier. Quand Papa, après leur mariage,

allait lui acheter un sari, il avait l'habitude de dire
au vendeur qu'il cherchait un ton qui convienne à
une femme de teint foncé. Quand Maman recevait
le sari, elle ne pleurait pas, certes, mais elle se sentait envahie par la peur – la peur que son mari bientôt ne lui en préfère une autre.

C'est encore cette peur qui lui déchire le cœur, sur
la route de Rajshahi. Maman essaie tant bien que mal
de se rassurer. Mais c'est la première fois qu'elle
sort seule de Mymensingh... Qu'importe ? Il faut
bien commencer un jour ! Il n'y a pas de mal à aller
rejoindre son mari, le père de ses fils. Elle ne court
pas retrouver un amant, mais l'homme qui l'a épousée devant Dieu, elle va le retrouver avec une bonne
raison de le faire. Certes Papa ne l'a pas appelée ;
c'est elle qui a ressenti un désir profond de le
rejoindre. Papa était parti, après avoir pensé à laisser à la maison une grosse provision de riz et donné
à Maman l'argent nécessaire à l'entretien du foyer.
Mais doit-elle se satisfaire de ne pas mourir de faim ?
Il n'y a pas que l'estomac qui compte ! Même une
femme laide et sotte a ses attentes, ses espérances...
À qui pourrait-elle se confier, en l'absence de son
époux ?

Fonctionnaire, Papa était sans cesse muté d'un
endroit à un autre. Dès son arrivée à Rajshahi, il
avait entrepris des démarches pour revenir au plus
vite à Mymensingh. Mais ses supérieurs ne l'enten-
daient pas ainsi. Il lui fallait attendre. C'est sur ces
entrefaites qu'il vit débarquer sa femme, les lèvres
tartinées de rouge bon marché, le visage blanchi
par un épais plâtrage, une valise de cuir à la main,
remplie de saris colorés, de boîtes de poudre Tibet
et de flacons de toutes sortes de lotions destinées à
éclaircir le teint.

Papa sursaute comme s'il avait vu surgir un fantôme devant lui : « Que se passe-t-il ? Comment as-tu
fait pour arriver jusqu'ici ? s'exclame-t-il, interloqué.

– Je suis venue toute seule, explique Maman, l'air
penaud.

– Toute seule! De si loin, Comment est-ce possible? Et les enfants?

– Ils vont bien. Et toi, comment vas-tu? Tu n'écris pas... Est-ce que tu m'as oubliée?» ose-t-elle lancer, les yeux mouillés de larmes.

Papa s'assoit sur un siège du mobilier fourni par l'administration. «Es-tu devenue folle, pour abandonner de si jeunes enfants?

– Ne t'en fais pas, je les ai confiés à Maman.

– Tu n'as pas dépensé tout ce que je t'avais laissé...? demande Papa, inquiet.

– Si. Ce sont mon père et mes frères qui me donnent de quoi acheter du lait pour les enfants», explique-t-elle en posant ses mains sur les bras du fauteuil. Papa peut sentir le parfum dont elle s'est inondée.

«Si tu m'avais averti, je t'aurais envoyé la somme nécessaire... je vais te la donner et tu repartiras dès demain pour Mymensingh! s'exclame Papa en se levant brusquement et en enfonçant les mains dans ses poches, comme pour en ressortir l'argent tout de suite.

– Qui s'occupe de ta cuisine? veut savoir Maman. Qu'est-ce que tu manges? Tu as maigri, je vois!» ajoute-t-elle en lui caressant affectueusement le dos.

Papa ne répond rien, se contentant de froncer ses deux épais sourcils noirs, en signe d'impatience, d'irritation.

Lorsque, plus tard, Papa dut retourner à Rajshahi, pour préparer son doctorat en deux ans, il n'oublia pas de lui recommander: «Surtout, n'abandonne pas les enfants à quiconque, pour aller je ne sais où!» Et, pendant que Maman fondait en larmes, on l'entendit ajouter: «Je te laisse suffisamment d'argent pour te débrouiller. Je t'en redonnerai quand je reviendrai vous voir, dans cinq ou six mois.»

Les lettres que Papa écrivait à Maman de Rajshahi étaient toutes tournées de cette manière: «Comment vont Noman, Kamal et Nasreen? Si vous tombez à court de riz, tu enverras ton père en acheter au

dépôt de Notun Bazar. Achète tout ce qu'il te faut
pour la cuisine à l'épicerie de Monu Miah. Garde bien
l'œil sur Noman et Kamal, pour t'assurer qu'ils font
bien leurs devoirs. Répète-leur de ne pas négliger
leurs études. Je t'enverrai le mois prochain de quoi
rembourser l'argent que tu as emprunté à la mère de
Sulekha. Ne fais pas de dépenses inutiles. N'achète
rien de superflu. Prends soin de tous. Rojob Ali. »

Les lettres de Maman étaient d'un tout autre style.
Elles sentaient la citadine, qui, au début de son
mariage, avait vu au cinéma avec son mari deux ou
trois films avec Dilip Kumar et Madhubala[1]. Elle
remplissait des pages et des pages de grosses lettres
calligraphiées, qui disaient à peu près ceci :

« Très cher et tendre époux,

« Quelles nouvelles de toi ? Quand nous reviendras-
tu enfin ? Tu me manques terriblement. Je suis comme
un oiseau blessé au cœur par une flèche. Je t'en prie,
prends-moi avec toi là où tu es ! Nous vivrons heureux
tous les deux avec nos enfants. Quand tu reviendras
de Rajshahi, tu seras un grand docteur. Je l'annonce
déjà à tout le monde et j'en suis remplie de fierté. Je
sais que je ne suis pas digne de toi. Je ne suis ni
savante, ni intelligente comme toi. Je n'ai qu'une
seule richesse, c'est toi. Toi, mon bonheur. Toi, ma
sérénité. Je ne désire rien d'autre en ce monde. »

Voici le genre de réponse qu'elle recevait de Papa :

« Ne dépense pas plus de deux takas par jour pour
les courses. Si tu viens à manquer d'argent, achète
à crédit chez Monu Miah. Prends bien soin des
enfants. Note bien dans le livre de comptes les
dépenses que tu fais pour la maison. »

Maman ne tient pas le livre de comptes. Elle n'en a
aucune envie. Elle garde toujours quelques pièces
dans le nœud de son sari, pour les jours où les enfants
ont envie de manger du chanachur ou des crèmes
glacées. Souvent, le matin, elle envoie Dada acheter

---

1. Acteur et actrice célèbres du cinéma très à l'eau de rose
des années 1950.

des galettes aux lentilles bien chaudes chez le trai-
teur, pour le petit déjeuner. Si le sel ou l'huile de
moutarde viennent à manquer pour la cuisine, elle en
emprunte à Grand-mère. Parfois, ce sont les mèches
ou le kérosène qui font défaut ; elle s'arrange pour la
nuit en se faisant prêter ce qui manque par la mère de
Sulekha. Il arrive que Chotda, envoyé faire les achats
au marché, ne rentre pas. Le temps passe... impossible de commencer la cuisine. Oncle Hashem finit
par retrouver Chotda errant à un carrefour. Revenu à
la maison, on constate qu'il ne sait plus où est passé
l'argent des courses : il a dû le jeter par inadvertance,
croyant avoir en poche de vieux bouts de papier !

Lorsque, deux ans plus tard, Papa revint de Rajshahi, son diplôme de docteur en médecine brillamment obtenu, et se réinstalla à Mymensingh, nous
ressentîmes tous une énorme distance entre lui et
nous, une distance qui n'existait pas avant. Même
moi qui ne devais avoir que dans les quatre ans je
n'allais pas me frotter à lui. Entre Papa et Maman, la
relation était devenue purement domestique : qu'est-
ce qu'on mange aujourd'hui ? que faut-il acheter ?
Maman se souciait de moins en moins de se faire
belle pour son mari. Elle s'occupait surtout de lui
remettre des listes d'achats pour la famille : trois
mesures d'huile de moutarde, dix livres d'oignons,
quatre livres de sel, huit livres de lentilles corail.
Papa, après avoir parcouru la liste, la fourrait dans
son cabas et se rendait à l'épicerie. Pour le déjeuner,
Maman servait elle-même Papa, et pour le repas du
soir, elle se contentait de lui laisser un plateau plein
sur lequel elle posait un second plateau, renversé,
afin de protéger la nourriture des insectes et des
souris[1].

1. C'est là un signe d'inhabituelle négligence, car il est de
coutume que les femmes bengalis attendent le retour de leur
mari à la maison, à quelque heure que ce soit de la nuit, pour lui
servir son repas. Le plus souvent, elles ne mangent qu'après.

Souvent, on entend Papa, qui rentre tard, se laver les mains et la figure au puits, avant de prendre son repas. Un rot signale qu'il a fini de manger et qu'il va se coucher. C'est la fin d'une longue journée : il est fatigué, énervé. Il n'a pas seulement sur les épaules la responsabilité de sa femme et de ses enfants ; il n'oublie pas qu'il est fils d'un modeste paysan de Madarinogor. Après la mort de son grand-père, Jaffar Ali Sarkar, personne ne s'est beaucoup préoccupé d'envoyer à l'école les deux frères cadets de mon père, Riyazuddin et Iman Ali. Le frère aîné les a tout de suite collés à la charrue. Papa voudrait leur faire entreprendre des études. Il veut relever le flambeau de son grand-père. Il voit grand aussi pour son village, Madarinogor ; en tout cas, les visites de ses deux jeunes frères, en lunghi vert et sandales de caoutchouc, entretiennent son souci de la prospérité familiale.

« Bhaïsab, il faudrait pouvoir acheter la terre au nord de l'étang… Le père de Khushi vend des terres : si on ne se décide pas tout de suite à acheter, ça va encore tomber entre les mains du munshi !… Notre père dit qu'on aurait besoin de deux autres paires de bœufs pour les travaux des champs… »

Papa revoit dans sa tête le terrain étendu à perte de vue sur lequel il menait paître les vaches quand il était petit. Malgré toutes les années passées, il se revoit courant dans les rizières, tout gosse… Avant que Riyazuddin ne retourne là-bas, il lui donne tout l'argent qu'il peut : « Allez ! tu achèteras les terres de Khushi ! »

Tant de générosité n'échappe pas à Maman.

Aussitôt, elle prépare une très longue liste qu'elle soumet à Papa :

1) deux saris pour la maison ;

2) un jupon (blanc) ;

3) un corsage (rouge) ;

4) une paire de sandales (de marque Bata) ;

5) des boucles d'oreilles (en forme de fleurs de jasmin) ;

6) des bracelets de verroterie (très fins) ;
7) un savon pour la toilette ;
8) de l'huile pour les cheveux (Joba Kusum) ;
9) du savon pour les vêtements (570) ;
10) de la poudre à laver.

Dès qu'il a la liste sous les yeux, Papa s'écrie, le regard effaré : «Comment? Mais il n'y a même pas deux mois que je t'ai acheté des saris!

– Ils sont déjà tout déchirés, répond Maman, calmement. Un sari ne dure pas longtemps, quand on fait la cuisine avec, la vaisselle, le ménage, tout ce qu'il y a à faire à la maison! Les saris ne sont pas tissés en jute, que je sache!

– Montre-moi voir un peu ces saris déchirés!» insiste Papa, le regard soupçonneux.

Maman va chercher un vieux sari dont elle agrandit sensiblement la déchirure, avant de le montrer à Papa. Elle le regarde sans ciller, la gorge nouée de chagrin.

Papa poursuit son interrogatoire : «De l'huile de noix de coco, il me semble que j'en ai acheté l'autre jour! Elle est déjà finie?

– Oh! il y a longtemps! répond Maman.

– Montre-moi donc la bouteille! Allez! s'écrie Papa en ôtant ses lunettes.

– Je l'ai jetée», dit Maman, sur un ton indifférent.

Rechaussant ses lunettes, Papa continue à examiner la liste : «Tiens, voilà un taka pour acheter du savon pour la lessive! On n'a pas besoin du reste!» conclut-il en jetant un billet sur la table, avant de quitter la maison. Maman se garde bien de toucher à cet argent. Le billet reste sur la table. Sa seule vue donne à Maman l'impression d'être une paria dans son propre foyer. Comment, à endurer tel traitement, pourrait-elle trouver qu'elle a de la chance? Que sa fille soit née le même jour que le Prophète, voilà qui lui fait une belle jambe! «Ne me parle pas de chance, Fozli! Le bonheur, ce n'est pas pour moi, je le sais bien! s'exclame-t-elle en un profond soupir.

– Prie Dieu, et tu verras, ça te consolera. Dis à
Dulabhaï de faire lui aussi ses prières», conseille
alors tante Fozli à Maman, en posant sa main sur la
sienne.

Maman regarde un instant la main pâle de tante
Fozli, puis s'écrie : «Ton dulabhaï ne rate pas une
occasion de me dire que je suis trop noire ! Ce n'est
pas de prier Dieu qui m'éclaircira la peau !

– *Borobu*, c'est Dieu qui t'a faite noire ! Nous
devons nous satisfaire de ce que Dieu nous a donné !»
explique sentencieusement tante Fozli, avec un
geste impérieux, en soulevant la lourde masse de
son corps.

Maman est dans la situation de celui qui, emporté
par un courant violent, trouve une branche d'arbre
à laquelle s'accrocher. Ainsi donc, c'est Dieu Lui-
même qui donne leur teint aux humains ! Si tel est
le cas, cracher sur sa peau trop noire, cela revient
donc à cracher sur Dieu en personne !

Alors que j'atteins mes quatre ans, Maman, après
deux fausses couches successives, est de nouveau
enceinte. Papa est muté à Ishwargonj. Maman fait ses
valises pour le suivre là-bas avec les trois enfants.
Grand-mère vient elle-même à peine d'accoucher de
Chotku. Mère et fille mettent bas presque en même
temps, dans la famille.

L'hôpital où travaille Papa à Ishwargonj lui a
attribué une Jeep, avec laquelle il va de la maison à
son travail, en déposant au passage à l'école Dada et
Chotda. Pour ma part, je n'ai pas encore l'âge d'aller
en classe. Je dois me contenter de réviser l'alphabet
auprès de Maman, à la maison.

Peu avant que Maman accouche, Papa est allé
chercher tante Jhunu à Mymensingh, en Jeep. Elle
arrive chez nous une valise à la main, sur son trente
et un, avec un pyjama et une tunique impeccablement repassés, la poitrine et les épaules soigneusement recouvertes d'un foulard. Elle rayonne de joie
et commence aussitôt à bavarder avec mes frères,
comme si tant de choses s'étaient passées depuis six

mois à la maison que six longues années ne suffiraient pas à épuiser le sujet. Tante Jhunu n'a qu'un
an et demi de plus que mon frère aimé. Il fait pourtant vraiment gamin, à côté d'elle.

Jusqu'à plus de minuit, tante Jhunu décrit avec
force détails le nouveau répétiteur, un certain
Rasou, qui vient lui donner des leçons à la maison.
Apparemment, il ne cesse de la regarder en ouvrant
la bouche comme une grosse carpe.

Dès son arrivée, tante Jhunu entreprend d'embel-
lir notre vaste maison. «Tu devrais apprendre un
peu la décoration à ta sœur! s'exclame Papa, en
voyant la transformation du logis, qui a pris un air
si pimpant.

— Tu vois, Jhunu, rien de ce que je fais ne lui
plaît! Ne dit-on pas: "L'ennemi a tous les vices"? »
commente Maman.

Papa, qui a pris tante Jhunu sur ses genoux, lui dit
en lui chatouillant le ventre: «Eh! sais-tu que tu
deviens de jour en jour plus jolie? Il en aura de la
chance, celui qui t'épousera! » Tante Jhunu, embarrassée par le compliment, se dégage des bras de
Papa et se couvre le visage avec son foulard. Elle est
toute rouge!

Papa se plaisait encore plus à plaisanter de cette
façon avec tante Fozli, avant qu'elle se marie. Il la
tirait vers lui, sur le lit, en lui disant: «Viens un peu
vers moi, ma belle! Fais-moi au moins cette faveur
et je serai heureux, moi qui serais prêt à donner ma
vie pour toi!

— Oh! vous, vous exagérez toujours, Dulabhaï! »
s'écriait tante Fozli en pouffant de rire.

Plaisanter avec de jeunes belles-sœurs, en leur
pinçant la poitrine ou en leur faisant des chatouilles,
voilà des activités qui ont sanction divine – tous les
dulabhaï le savent bien, et ils en profitent! Personne
ne s'offusquera de quelques gaudrioles de leur part.
Pourtant, Maman trouve que Papa en fait un peu
trop, dans le genre. Dès qu'il aperçoit une peau
claire, belle-sœur ou autre, il ne se tient plus.

Les douleurs commencent six jours après l'arrivée de tante Jhunu. Prévenu aussitôt, Papa revient
en milieu de journée de l'hôpital avec sa trousse de
médecin et une infirmière. « Cette fois-ci, j'aimerais
que ce soit un garçon ! » ne cesse-t-il de répéter. La
maison est remplie des cris de Maman et de l'odeur
de Dettol. Son foulard sur les lèvres pour étouffer
son envie de rire, tante Jhunu épie par une fente de
la porte ce qui se passe dans la chambre où Maman
est enfermée. Et moi je me tiens derrière elle, sans
arrêter de lui demander : « Dis-moi, tante Jhunu, ça
se fait par où, les enfants ? » Je suis si excitée que
mon cœur en bat la chamade. Souvent, tante Jhunu
détourne la tête et je vois son visage tout rouge
secoué par un rire gêné. « Mais voyons ! tu es trop
petite pour qu'on te dise par où se font les enfants ! »
Et elle rit de plus belle, quand soudain on entend
les pleurs de l'enfant. À ce moment-là, tante Jhunu
me soulève pour que mes yeux arrivent à la hauteur
de la fente. J'aperçois Papa, les mains recouvertes de
gants ensanglantés ; je vois que l'infirmière plonge
le bébé dans une bassine. Je ne regarde pas longtemps. Je suis terrifiée et je tremble comme une
feuille. Papa a-t-il coupé le ventre de Maman, avec
tous ces ciseaux et couteaux ? Maman a le ventre qui
saigne et elle gémit ! Tante Jhunu, tenant entre les
mains la petite couverture envoyée par Grand-mère,
attend de pouvoir prendre le nouveau-né dans ses
bras. Dès que Papa sort, elle lui demande : « Qu'est-
ce que c'est, Dulabhaï ? Un garçon ou une fille ?

– Ce n'est pas ce que je souhaitais ! C'est une
fille ! répond Papa.

– Est-elle claire ou foncée ? veut savoir tante
Jhunu.

– Quelle question ! s'impatiente Papa. Une
femme toute noire peut-elle avoir une fille blanche
comme le lait ? Bon. J'ai dû quitter l'hôpital en
plein travail. Je repars ! »

Après son départ, nous prenons à tour de rôle
dans nos bras le bébé enveloppé dans la couverture.

Nous le frictionnons à l'huile de moutarde, puis le couchons dans son lit. La tête sur un petit oreiller, le corps sous un petit édredon, une petite moustiquaire par-dessus tout ça. Maman, elle, ne cesse de geindre. Dada et Chotda, bientôt rentrés de l'école, ouvrent de grands yeux ronds sur leur nouvelle petite sœur.

Le soir, tante Jhunu sert son repas à Papa, qui ne tarde pas à se coucher. Quand le bébé se met à pleurer, Papa, furieux d'être réveillé, hurle : « Faites-la taire, à la fin ! Laissez-moi dormir en paix ! » Tante Jhunu chantonne une berceuse d'une voix presque imperceptible, tout en changeant la couverture du bébé et en lui versant un peu d'eau ou de lait dans la bouche. Allongée sur mon lit, j'écoute les bruits de la maison qui me paraît bien morne. Elle me donne envie de pleurer, tant tout le monde semble triste : Papa, Maman, l'enfant, tante Jhunu…

Bientôt Papa est de nouveau nommé à Mymensingh. Puis à Thakurgan. De là, de nouveau à Mymensingh. Après un an et demi de déménagements permanents, nous voilà de retour dans notre vieille bonne maison. La maison natale. Papa nous avertit qu'à l'avenir, en cas de nouvelle mutation, il partira seul, sans femme ni enfants, de peur que les études de nos frères aînés ne pâtissent de trop fréquents changements.

J'ai pas mal grandi. On commence à parler de m'inscrire à l'école. Maman est très prise par ma petite sœur, Yasmine – tel est le nom que lui a choisi Papa, pour sa ressemblance avec Nasreen –, qu'elle passe son temps à nourrir, à baigner, à frictionner à l'huile de moutarde avant de la coucher au soleil d'hiver. Le soir venu, Dada m'installe sur une chaise, devant une table éclairée par une lampe à pétrole, et entreprend de me faire la classe. Je sais déjà lire, sans me tromper, de nombreux poèmes. De petites histoires. *Tagore facile pour les enfants.*

Mais, quand Dada se mêle de m'enseigner, je perds les pédales et mélange tout.

« Dis-moi quelle est l'année de naissance de Rabindranath Tagore, m'interroge-t-il. Épelle le mot *muhurto*. Quel est l'auteur du poème "Kajola Didi" ? »

Quand il s'agit de donner une réponse à Dada, je panique. De peur, en cas d'erreur, de recevoir une belle taloche ou de devenir la risée de toute la maison, lorsqu'il m'aura fait répéter ma bourde devant eux. Je n'ai pas oublié qu'un jour, avant notre déménagement à Ishwargonj, alors que Dada s'amusait à me faire la classe, il m'a ordonné de lire un texte en épelant les mots. C'était l'époque où, venant de terminer d'apprendre les lettres simples, je m'attaquais aux ligatures[1]. En fait, j'en étais encore à m'intéresser davantage aux images qu'aux lettres. Obéissant à Dada, j'ai pris un livre plein d'images et de textes et j'ai commencé à épeler, en suivant les lettres avec un doigt : « *Ho loï hrosho ukar do*.

– Ce qui fait ? me demande-t-il aussitôt.

– Gingembre ! » je réponds, en me fiant au dessin d'à côté.

Mon professeur de treize ans, n'y tenant plus, appelle Maman, tante Runu, tante Jhunu, Grand-mère, oncle Hashem, oncle Tutu, bref tout le monde, et les invite à s'asseoir sur la natte. « Écoutez tous un peu comment elle lit ! Allez, vas-y voir ! »

Je ne comprenais pas du tout pourquoi il fallait faire entendre à tout le monde ma manière de lire, ce qu'elle pouvait avoir d'extraordinaire ! Je finis par croire que tous voulaient me féliciter pour ma bonne lecture. Si je montrais mes talents en la matière, tante Runu me prendrait sûrement dans ses bras pour me faire danser, oncle Tutu me donnerait des bonbons, Grand-mère irait me cueillir une belle goyave dans le verger, que sais-je encore !

---

1. Elles sont nombreuses et difficiles dans l'écriture du bengali, et constituent l'une des étapes cruciales dans l'apprentissage de la lecture et de l'écriture.

Alors je m'efforçai de lire avec une parfaite articulation, toujours en mettant un doigt sous les lettres :
« *Ho loï hrosho ukar do* », puis regardant l'image d'à
côté : « Gingembre ! » Un fou rire général secoua
l'assistance. Tante Jhunu se roulait par terre, laissant glisser le foulard qui lui couvrait la poitrine et
les épaules. Tante Runu pouffait à répétition, Dada
et oncle Tutu s'esclaffaient. Grand-mère et Maman
elles-mêmes riaient bruyamment. Et moi je regardais chacun tour à tour, partageant bientôt la même
hilarité, par une sorte de contagion générale. Me
voilà seule actrice sur la petite scène familiale, avec
toute la maisonnée pour spectateurs. Sans arrêter
de rire, Grand-mère m'explique : « Si tu épelles *HO
Loï hrosho Ukar Do*, il faut lire le mot *holud*. Ce
n'est pas parce que le dessin dans le livre ressemble
à un rhizome de gingembre qu'il faut lire gingembre là où il est en fait écrit curcuma. »

Certes, mais moi, ce sont les images que je connais
par cœur ; les mots sont bien le cadet de mes soucis !
Ce sont les images que je lis, pas le texte ! Encore
loin de savoir tracer les lettres, je suis déjà experte à
dessiner des arbres, des fleurs, une rivière, une
barque sur l'eau...

Chotda m'avait inscrite au jardin d'enfants,
lorsque nous étions à Thakurgan. Le premier jour,
il m'y avait amenée en me portant dans ses bras.
Après qu'il m'eut installée dans la salle de classe, je
m'étais mise à hurler comme si on allait m'égorger !
Pour me calmer, le maître m'avait fait asseoir sur
ses genoux et m'avait chanté une chanson en ourdou : « Au clair de la lune, dans le firmament... » Je
m'étais effectivement arrêtée de pleurer et il
m'avait remise avec les autres, en disant : « Bon, les
enfants, vous allez me dessiner un vase ! »

Trois, quatre coups de crayon me suffirent pour
exaucer son vœu. Et, pour parfaire la chose, j'aju-
tai un beau bouquet. Tous mes petits camarades
délaissèrent leur travail pour venir voir mon beau
dessin. J'avais réussi à me faire un nom dès mon

premier jour de classe. Le maître me souleva par la
taille et dit à l'adresse des autres : « Regardez bien
cette petite fille, elle deviendra une grande artiste
un jour ! »

« Allez, récite-moi le poème que je t'ai fait
apprendre, me demande Dada, qui s'entête à être
mon précepteur.
   – Et tonne ! Tonne ! Et tonne !
Tambour dans le ciel résonne
Sur la terre qui s'étonne !
Voici l'aube, jeunes hommes… »
J'ai à peine débité ces premiers vers qu'il m'interrompt : « Que veut dire le mot aube ? »
Je reste muette. Dada me donne sur les doigts de
grands coups de crayon en me grondant : « Ce n'est
pas tout d'apprendre par cœur comme un perro-
quet ! Il faut comprendre le sens aussi ! »
Les jours où Dada s'entiche de pédagogie, je passe
la soirée à recevoir coups de crayon sur les doigts,
gifles sur les joues et autres claques dans le dos, jusqu'à ce que Maman nous appelle pour le dîner.
Quand Dada me laisse tranquille, je dois apprendre
des leçons en récitant à haute voix, comme les élèves
dans la classe, installés en rangs d'oignons, sur une
natte étendue dans la cour de Grand-mère, avec
mes oncles Tutu, Shoraf et Felu. Il est important de
réciter à voix très haute, de manière que les adultes
puissent savoir que nous sommes vraiment en train
d'apprendre. Assis à la lumière d'une lampe-tempête pour deux, nous récitons en balançant le corps
d'avant en arrière. Oncle Shoraf et moi déclamons
de petits poèmes au programme, tandis qu'oncle
Felu en est encore à lire des mots un par un en les
épelant. Oncle Tutu, lui, se régale à lire la même
histoire tous les jours.
   À huit heures, on nous appelle dans la cuisine.
Assis sur nos tabourets, nous mangeons notre ration
de riz avec le bouillon de lentilles et le curry de
poisson. Le repas s'achève avec une bonne rasade

de lait. À cause du manque d'espace, Yasmine dort
avec Papa et Maman, tandis que je suis obligée de
passer la nuit dans la maison au toit de quatre pans,
chez Grand-mère, où trois lits sont disposés,
accueillant mes oncles, mon grand-père, ma grand-
mère et moi.

Deux mois après notre retour de Thakurgan,
Grand-père nous inscrivit, oncle Shoraf, oncle Felu
et moi, à l'école de Rajbari. Oncle Shoraf et moi
fûmes admis en cours élémentaire, et oncle Felu en
cours préparatoire. Pour aller à l'école, Grand-père
nous acheta un parapluie noir à chacun, ayant pris
soin de faire écrire sur le tissu nos noms respectifs
en lettres blanches. Le matin, nous prenions le chemin de l'école après un petit déjeuner de riz,
mélangé de beurre clarifié et de sucre. Nous allions
jusqu'à Rajbari à pied, nous abritant des averses ou
des ardeurs du soleil sous nos parapluies. L'école
nous fournissait une collation à midi. De retour à la
maison, l'après-midi, nous prenions un repas plus
consistant, puis nous nous égaillions dans le champ
d'à côté pour jouer. Le soir venu, nous rentrions
nous débarbouiller de la poussière de nos jeux à la
pompe, dans la cour, puis il fallait allumer la lampe
à pétrole, car c'était l'heure de faire nos devoirs.

Ma vie se partageait à l'époque entre deux cours :
celle de Grand-mère et la nôtre. Mes livres et mes
cahiers, mes vêtements, mes chaussures, se répar-
tissaient entre les deux maisons. Je mangeais tantôt
ici, tantôt là. C'était bien commode, surtout à cet
âge où l'on passe facilement du rire aux larmes : en
cas de chagrin dans l'une, je courais me réfugier
dans l'autre.

De mes débuts à l'école date ma passion de manger dans des assiettes au décor de couleur, avec des
feuilles et des fleurs ; si, par malheur, je suis servie
dans une assiette toute blanche, je n'ai pas le moral
de la journée ! À l'école, dès que sonnait la cloche du
déjeuner, un des élèves de la classe venait déposer

devant chacun de nous une assiette qu'un employé
venait garnir du menu du jour : banane, œuf dur et
pain ou riz aux lentilles, par exemple. Poppy, la
meilleure élève de la classe, toujours assise au premier rang, avait toujours droit à une belle assiette
décorée. D'autant plus que l'une de ses tantes et sa
propre mère étaient institutrices dans notre école.
Pas question pour moi, pauvre âne bâté, assise au
rang du fond tête basse, de jouir d'un tel privilège !
Moi, je ne pouvais compter que sur un heureux coup
du sort pour me voir poser sous le nez une des belles
assiettes colorées. Quand par hasard cela m'arrivait,
j'en oubliais presque de manger.

L'école de Rajbari était située dans l'ancienne
demeure du raja Shashikanto. Il y avait déjà longtemps que le raja, puis la rani, puis leurs enfants
étaient partis, laissant le vaste palais à l'abandon,
lorsqu'on y avait installé des pupitres et des bancs
afin d'y ouvrir une école. Le bâtiment était entouré
de vieux banyans et, devant la façade principale,
on avait érigé une statue de la poétesse Mirabai[1],
toute blanche, toute simple. Dans la cour, s'étendait
un bassin d'eau noire comme un œil de canard,
entouré de degrés en marbre blanc. Côté jardin, un
long escalier s'enfonçait dans les herbes. La porte
d'entrée était si haute que même le gardien à la
taille immense n'aurait pu en atteindre le linteau
avec son bâton. Les plafonds auraient pu rivaliser
avec la voûte céleste. Les fenêtres avaient des vitres
à petits carreaux blancs ou colorés, certaines repré-
sentaient des arbres, voire des paysages. Franchi le
seuil de cette école, je me prenais pour une reine.
Mais c'était là une sensation de courte durée. Car,
aussitôt en classe, je me sentais seule au milieu des
autres, comme une idiote. Envoyée au tableau,
j'étais incapable de réciter un poème à haute et
intelligible voix devant mes camarades. Morte de

---

1. Mystique adoratrice de Krishna, elle vécut au Gujrat, au
XVIe siècle.

trouille et de honte, je restais les yeux rivés au sol.
On avait tôt fait de me renvoyer sur le banc du fond
avec un coup de brosse bien appliqué. Décidément,
cette fois-ci, j'étais loin de me faire un nom. Même
en cours de dessin, je ne réussissais rien de bon : ma
main se mettait à trembler, dès qu'on me disait de
dessiner un éléphant, un cheval ou une barque sur
une rivière. Mon seul titre de gloire à l'école, c'était
d'être la nièce du turbulent Shoraf, qui, avec son
compère Nassim, s'était fait punir une fois, le soir,
après la fin de la classe : les mains attachées dans le
dos, les yeux bandés de noir, on leur avait adminis-
tré une sévère correction. Voilà ce qui s'était passé :
Nassim avait volé de l'argent dans la poche de son
père, puis avait remis la somme à Shoraf, lequel, en
échange, lui avait donné son aimant. Le jour où ils
furent battus à coups de canne sur l'escalier de
l'école, du jardin, nous assistâmes à la scène, tous
les autres élèves, oncle Felu et moi, terriblement
impressionnés. Nous dûmes rentrer à la maison
tous les deux, puisque oncle Shoraf avait été gardé
en retenue à l'école. Le soir, Grand-père l'avait
ramené se tenant les côtes de douleur. Et aussitôt
rentré, il l'avait attaché à un pilier de la maison
pour lui infliger un deuxième tour de bastonnade.

Les filles de ma classe conservaient dans leurs
livres des feuilles de fougère, qu'elles appelaient
«feuilles de sapience». Cette pratique rendait savant,
prétendaient-elles. Mais j'eus beau remplir mes livres
de «feuilles de sapience», je continuais à perdre mes
moyens dès qu'on m'envoyait au tableau faire une
opération ou réciter une poésie : comme avant, je
gardais les yeux désespérément rivés au sol, comme
si tout ce que j'avais dans la tête glissait par terre,
dans la poussière.

Et virevolte de boucle en boucle notre petite rivière,
Asséchée par l'été, de l'eau jusqu'aux genoux !
Traversent les troupeaux, traversent les charrettes,

Jusqu'à ses berges hautes, aux pentes escarpées.
Partout le sable brille, nulle trace de boue,
Et sa rive étincelle sous les roseaux d'argent.
Partout des volées d'oiseaux frémit le gazouillis,
Et de loin en loin on entend hurler les chacals, la nuit [1].

Bien que je sache tout cela par cœur, il ne m'en
revient pas un traître mot, quand je dois réciter
devant le maître. Je ne garde en mémoire que les
images : la rivière, les bouviers qui la traversent, gui-
dant leur troupeau... En moi-même je pense : ah ! si
seulement c'étaient les images qu'on me demandait
de dessiner ! En attendant, la classe entière s'esclaffe
à me voir debout au tableau, muette, me faire tirer
les oreilles. Dès que la cloche sonne, tous les élèves
courent s'ébattre et jouer sur le terrain de récréation. Mais personne ne veut m'accepter dans son
jeu. Je reste assise sur un coin de l'escalier, toute
triste, en ma solitude. Comme si j'étais la bête noire
de toute l'école.

J'en viens à me prendre moi-même en grippe :

Grippe grippe grippe,
Pas de salut sans fuite !
Personne à ma suite,
Et nous voilà quitte !

À la maison aussi, je me sens seule, bien que nous
soyons une famille nombreuse. Mes oncles ne m'ad-
mettent dans leurs jeux que lorsqu'ils n'ont vraiment personne d'autre sous la main. Mais, avec
eux, je me fais battre à tous les coups, que ce soit à
la course, à la toupie ou aux billes. Quand ils grim-
pent aux arbres ou nagent dans la mare, je suis
condamnée à n'être que la spectatrice de leurs
ébats, reléguée toute seule sous mon dattier.

Dada ne s'intéresse plus aux parties de cricket

1. Poème enfantin de Rabindranath Tagore, bien connu de
tous les écoliers bengalis.

qui ont lieu sur le terrain d'à côté, depuis qu'il se consacre à un nouveau hobby : la photographie. Avec un appareil emprunté à l'un de ses amis, il va au bord du fleuve ou dans des parcs, se prendre en photo dans diverses poses et sous divers angles, habillé à la dernière mode, pantalons serrés et chaussures pointues. Il se confectionne lui-même des albums dans lesquels il colle les meilleurs tirages. Il veut bien les montrer, mais de loin. Pas question de nous les laisser toucher.

À chacun ses jeux, ses passe-temps. Une de mes tâches, à la maison, c'est, lorsque vient le soir, de nettoyer les verres des lampes tempête avec un chiffon mouillé sur lequel j'ai mis du sable ; cela fait, j'allume les mèches, remets les verres en place et procède à la distribution dans chacune des pièces. J'éprouve un réel plaisir à accomplir ce travail ! Quand je porte les lampes, je les balance à bout de bras comme un vendeur ambulant son coffret de crèmes glacées... «Crèmes glacées ! Qui veut des crèmes glacées ? » je m'amuse à crier.

C'est tante Runu qui répond la première à mon invitation. «Hep là ! par ici crèmes glacées ! Tiens, prends l'argent ; je voudrais une crème glacée à deux *paisas*. »

Rien ne saurait me causer plus de joie que d'être appelée de la sorte, comme une vraie marchande. Je m'applique à faire semblant de prendre l'argent, à faire semblant d'ouvrir le dessus de la lampe, comme pour en sortir la glace achetée... Ça, c'est mon jeu à moi, rien qu'à moi : un jeu où il n'y a ni vainqueur ni vaincu. Ni oncle Shoraf ni oncle Felu n'y trouvent le moindre intérêt. Il suscite plutôt leurs sarcasmes : «Allez ! va jouer avec Chotku ! » Chotku, leur plus jeune frère, n'a que deux ans et demi, c'est dire qu'il est beaucoup plus petit que moi !

Dans mon coin, je continue à grandir – à faire semblant seulement. Je reste toujours aussi bête, aussi peu dégourdie. Je continue à perdre tous mes

moyens, dès que je suis devant les autres. Mes oncles
ont délaissé «au voleur» pour jouer au football, au
cricket, et moi, je reste sous notre vieux banyan à
m'amuser avec Chotku à des jeux de bébé. J'en suis
encore à faire cuire sur une lampe des galettes de
papier découpées dans des journaux. J'en suis
encore, au lieu de copier mes tables d'opération, à
colorier de pleines pages de dessins enfantins : une
petite hutte, avec un bananier derrière, le ciel par-
dessus, dans lequel un oiseau s'envole, sans oublier
un soleil tout rouge, une rivière qui court devant la
hutte, une barque sur la rivière, avec un batelier
assis à la poupe, sur la berge une femme vêtue d'un
sari écarlate qui s'en vient puiser de l'eau, une
cruche sur la hanche.

Tante Fozli se demande bien pourquoi sa nièce née
le jour anniversaire de la naissance du Prophète
aime tellement dessiner. Chaque fois qu'elle me voit
représenter une figure humaine, elle s'exclame,
désolée : «Toi qui es née un jour si sacré, comment
peux-tu dessiner des êtres humains ? Te crois-tu
capable de leur donner vie ?» Je ne comprends pas
du tout ce qu'elle veut dire : quel rapport entre dessiner et donner la vie ? je me demande en tournant des
yeux interrogateurs vers son visage, sur lequel se lit
une grande inquiétude.

Pendant que j'enfreins un des plus sévères inter-
dits, Maman, elle, a la tête ailleurs : elle a de nouveau
trouvé une lettre de Raziya Begum dans une poche de
Papa. Cette découverte l'a rendue folle. Elle néglige
de se laver, de se nourrir, de se huiler et coiffer les
cheveux, de relever le pan de son sari, qui traîne à
terre. Elle passe ses journées enfermée dans sa
chambre. Au point qu'un jour, une voisine, la mère de
Soheli, vient la secouer un peu : «Tu vas finir par crever à pleurer toute la journée pour les beaux yeux de
ton mari ! Allez, remue-toi ! Il est temps de penser à
autre chose !» lance-t-elle à Maman. Sur quoi, elle
l'oblige à passer un sari propre, la coiffe convenablement, puis l'emmène voir un film, au cinéma Oloka.

C'est ainsi que Maman a pris l'habitude de filer
au cinéma, d'abord en compagnie de sa voisine, puis
bientôt seule. De faire la queue dans la foule pour
acheter un billet. De regarder son film en mangeant
des cacahuètes. Maman – le laideron tout noir, aux
cheveux ébouriffés, toujours ficelée comme l'as de
pique, chaussée de sandales bon marché – ne se soucie plus du tout ni de saris ni de bijoux. Les ornements en or que Papa avait fait faire, pour elle et
ses deux filles, elle les laisse traîner négligemment
ici et là, dans la salle de bains, sur le coin du fourneau, sous son oreiller. Désormais elle s'en fiche
complètement. Elle qui portait le burkha depuis
l'âge de douze ans oublie de se voiler pour courir
au cinéma. Elle est négligente au point de porter
une sandale de couleur différente à chaque pied.
Quelle importance ? répond-elle si on lui en fait la
remarque. Maman ne s'intéresse plus qu'à Uttam
Kumar[1]. La nuit, elle rêve qu'il vient lui passer au
cou une guirlande de fleurs[2], qu'elle s'abandonne à
la passion dans ses bras !

Moi, je n'étais encore jamais allée au cinéma.
Mes premières images je les avais vues sur la place
voisine, quand un montreur de lanterne magique
était passé par là, un après-midi d'hiver ensoleillé. Il
fallait se coller les yeux aux trous qui perçaient les
côtés d'une grosse boîte en bois, pour voir défiler un
enchaînement de scènes, pendant que le montreur
serinait l'histoire en chantonnant. À quelque temps
de là, tout le quartier s'était trouvé en ébullition,
avec l'annonce de la projection d'un film muet, sur
le terrain qui bordait la maison des Sahabuddin.
Dès la tombée de la nuit, les enfants du quartier s'y
étaient assis sur des briques pour regarder le film,
projeté sur un grand écran : installée sur ma brique,
j'avais moi aussi, bouche bée, sans y comprendre

1. Acteur célébrissime, jeune premier du cinéma bengali
grand public des années 1960.
2. Geste symbolique du mariage, dans la culture hindoue.

goutte, avalé des yeux les images de gens qui marchaient, couraient, remuaient les lèvres… À la fin
de la projection, l'aveu de mon incompréhension
n'avait fait que susciter la sentence favorite de mes
oncles à mon endroit : «Elle n'a vraiment rien dans
le citron, cette grande perche!»

Oui, c'était bien vrai, que je n'avais rien dans le
citron! Sinon, j'aurais eu le cran d'informer tout le
monde à la maison de ce qui m'était arrivé, alors
que, comme une idiote, je n'ai rien osé dire. Personne n'a donc jamais eu vent de ce qui s'était
passé à l'insu de tous, dans notre maison pleine de
monde. C'était un seize août, le seize août mil neuf
cent soixante-sept. Deux jours après la commémo-
ration annuelle de l'indépendance du Pakistan.

Rentrée de l'école, l'après-midi, j'attends le retour
de Maman, pour qu'elle me donne à manger. Dans
la maison au toit à quatre pans de Grand-mère, c'est
l'heure de la lecture. Oncle Kana est assis sur son
tabouret, adossé à un pilier ; Grand-mère mâche son
bétel, allongée sur un lit, tante Jhunu à côté d'elle ;
oncle Hashem, assis sur une chaise, les pieds posés
sur une autre, se fait de l'air avec un éventail ; quant
à tante Runu, couchée à plat ventre, la poitrine sur
un oreiller, elle lit un titre de sa série favorite : les
aventures du bandit Bahram. Telle est en effet la
scène qu'offre invariablement la maison de Grand-
mère, chaque fin d'après-midi, quand la chaleur
s'éternise, après la sieste qui a suivi le déjeuner.
Tout le monde écoute tante Runu, qui lit à haute
voix. Du public, fusent tantôt un ricanement, tantôt
une exclamation d'intérêt passionné, tantôt un marmonnement d'impatience. Il est strictement interdit
aux plus petits de venir déranger la séance.
Quand je me présente à la porte toute seule, pour
chercher Maman, qui n'est pas là, je me fais donc
sèchement envoyer paître par oncle Hashem :
«Allez, va-t'en jouer dehors!»

Je n'ai aucune envie d'aller jouer dehors : j'ai le ventre tenaillé par la faim. Maman, avant de sortir, a fermé à clé le garde-manger. Désespérée, je quitte la cour de Grand-mère, et, passant près du puits, sous le cocotier, je vais m'asseoir sur les marches de notre logis, dans notre cour déserte, les joues entre mes mains, coudes appuyés sur mes jambes écartées. C'est alors que survient oncle Shoraf, pré-textant que la balle de cricket aurait atterri de ce côté. Oncle Shoraf est nettement plus grand que moi. Je vois ses yeux marron se poser tantôt sur les feuilles des arbres, tantôt sur la porte de la maison, tantôt sur le chat, tantôt sur les chaises vides de notre salle de séjour. Il est vêtu d'un tee-shirt sans manches et d'un short blanc. « Elle est pas là, ta mère ? » s'enquiert-il.

Les joues toujours entre les mains, je secoue la tête pour lui signifier que non.

« Où est-elle allée ? » insiste-t-il, comme s'il avait un urgent besoin de la voir. Puis, il vient s'asseoir à côté de moi sur l'escalier, et, me donnant deux grandes claques dans le dos, me demande : « Qu'est-ce que tu fais ici, assise toute seule ?

– Rien », je réponds tristement.

L'instant d'après, oncle Shoraf continue son inter-rogatoire, en écartant mes mains de mes joues : « Et quand est-ce qu'elle reviendra, ta mère ? » Comme je reste silencieuse, il reprend sur un ton plein de sollicitude : « Ne te mets pas les joues entre les mains comme ça ! Ça porte malheur ! »

Moi, j'ai seulement envie de lui dire que j'ai très faim, que je n'ai rien à me mettre sous la dent, car Maman a laissé le garde-manger fermé à clé. Mais au lieu de cela, je lui dis : « Tu veux savoir où elle est allée, Maman ? »

À ma question, oncle Shoraf s'assoit encore plus près de moi. Je lui chuchote : « Tu promets de gar-der le secret, c'est entendu… ? Allez ! promets-le !

– Parle donc, je ne dirai rien à personne, s'ef-force-t-il de me rassurer.

– Promis ?

– Promis.

– Juré ?

– Juré.

– Devant Dieu ?

– Ça va, puisque je te dis que je ne le répéterai à personne ! s'écrie-t-il, perdant patience.

– Non, jure d'abord devant Dieu ! »

Je crois dur comme fer que personne n'ose jamais enfreindre la parole donnée, après avoir juré devant Dieu.

« C'est bon, juré devant Dieu ! se résout à lâcher oncle Shoraf, d'un ton grave.

– Maman est allée au cinéma », je lui murmure à l'oreille.

À ma grande surprise, ma révélation paraît ne lui faire ni chaud ni froid. Il se contente d'émettre un ah ! peu convaincu. Comme s'il s'agissait d'un événement on ne peut plus banal… Comme si je venais de lui dire que Maman est aux toilettes, ou chez la voisine !

Tout le monde sait pourtant qu'une femme comme Maman n'a pas le droit d'aller seule au cinéma. C'est là un péché. Tel est le mot que Grand-père a prononcé lorsqu'il lui a formellement interdit de fréquenter le cinéma sans escorte, sous peine de la chasser de la maison. Et voilà qu'oncle Shoraf ne manifeste pas la moindre frayeur, à l'annonce de la fantastique nouvelle : au mépris des ordres de Grand-père, Maman est encore une fois partie seule au cinéma !

« Moi aussi, je suis allé voir un film, hier ! me confie-t-il.

– Quoi ? Tu veux dire que tu es allé tout seul au cinéma ?

– Oui, me confirme-t-il, les yeux pétillant de fierté.

– Qu'est-ce qui va se passer, si Grand-père l'apprend ? je demande, déjà affolée.

– Viens ! Je vais te montrer quelque chose d'amusant ! dit-il alors, en se levant brusquement pour se diriger derrière la maison, où se trouve une espèce de cabane en tôle noirâtre. Je le suis sans crainte. La porte de devant est fermée. Mais, pour celui qui connaît le truc, celle de derrière est très facile à ouvrir. C'est là sans doute l'endroit le plus isolé de la propriété. Il y règne un calme inquiétant, à attirer les fantômes sous sa masse de plantes grimpantes ! Jamais je ne me risque de ce côté, par peur des serpents, depuis qu'un jour Chotda en a vu un filer sous les herbes. Aussi, je juge bon d'avertir oncle Shoraf : « Attention ! Il y a des serpents par ici !

— Allons ! Ne sois pas froussarde ! Qu'est-ce que tu peux être cloche ! Une vraie poule mouillée ! Avance, je te dis ! Je m'en vais te montrer quelque chose d'amusant ! Que personne n'a jamais vu ! poursuit-il en s'enfonçant dans les herbes, comme s'il savait pertinemment qu'aucun serpent ne se risque hors de son trou à cette heure.

— Dis-moi donc d'abord ce que tu veux me faire voir ! je réclame, hésitante.

— Si je te le dis à l'avance, ce ne sera plus amusant ! » me fait-il remarquer.

Après avoir réussi à ouvrir en passant les doigts entre la porte et la paroi de tôle, oncle Shoraf pénètre à l'intérieur. Et moi, d'un bond à sa suite, je franchis les hautes herbes. Je ne me serais jamais crue capable de passer ce dangereux repaire de serpents, au risque de ma vie, simplement pour voir une chose amusante. Il est vrai que mon oncle s'y connaît pour exciter ma curiosité ! Dès que j'ai franchi le seuil de la cabane, j'ai le nez assailli par une odeur de rat crevé. J'entends aussi des souris détaler de partout. D'un côté, il y a un tas de bois ; et de l'autre, une sorte de petit châlit. Redoutant de me faire traiter de froussarde et de gourde par mon oncle, pour le cas où j'avouerais la peur que je ressens, je m'abstiens d'en rien dire. Il est si audacieux, lui qui court déjà la ville tout seul, et les berges du fleuve ! Éblouie par tant de courage, réprimant ma frayeur, je m'enhardis à lui demander, rongée de curiosité : «Est-ce vrai que le Foting-ting habite là-bas, au bord du fleuve ?

— Non ! répond-il, assis au bord du châlit, jambes dans le vide.

— Dis, tu m'emmèneras un jour ? j'ose demander.

— Tu n'auras pas peur ? me réplique-t-il en me piquant le ventre du bout des doigts.

— Non…

— Je te crois pas ! Tu es une vraie pétocharde ! Tu auras peur, j'en suis sûr ! s'exclame-t-il en me flanquant une claque sur le dessus de la tête.

— Écoute, puisque je te promets que je n'aurai pas peur ! Je ne suis plus un bébé ! Je n'ai plus peur comme avant ! je tente de le convaincre.

— Je ne te crois pas ; je suis certain que tu auras peur ! persiste-t-il, tout en refermant d'un coup de pied la porte de la cabane.

— Promis, juré, juré devant Dieu que je n'aurai pas peur ! j'insiste, en lui touchant la main.

— C'est un bon endroit ici ! Tranquille ! Personne ne se doutera que nous sommes là !» pense tout haut oncle Shoraf

Il adore disparaître brusquement de cette manière. Une fois, il m'avait appelée derrière la cuisine, toujours pour me montrer une chose très intéressante… Il avait sorti de sa poche une boîte d'allumettes, puis il avait fait prendre une mince tige de jute, qu'il avait commencé à fumer comme une cigarette, recrachant une épaisse fumée âcre. «Allez, essaie !» m'avait-il dit, et j'avais moi aussi aspiré puis refoulé la fumée. «Tu ne le diras à personne, compris ?» Comme la fumée me faisait tousser, c'est d'un mouvement énergique de la tête que je lui avais promis de garder le silence.

Voilà qui illustre bien le caractère d'oncle Shoraf. Il ne craint personne à la maison. Simplement, il fait, caché dans son coin, ce qu'il a envie de faire.

«Dis, qu'est-ce que tu as fait avec l'argent de Nassim ? ai-je soudain l'idée de lui demander. Depuis le temps que cette question me travaille !

– J'ai creusé un trou et je l'ai enterré ! » me révèle-t-il, sans même prendre la peine de me faire jurer la plus absolue discrétion.

Me voici dans cet endroit isolé, où, à l'insu de tous, oncle Shoraf me promet de m'amener un jour au fleuve, me raconte qu'il a enterré son trésor – toutes choses qu'il ne révèle qu'à moi… j'ai enfin une raison de ne plus voir en moi-même qu'une grande perche sans rien dans le citron !

« Où ça ? Dans notre terrain ? je chuchote.

– Oui. Quand je serai grand, cet argent me servira à acheter un bateau.

– Un bateau ? Tu m'y feras monter, dis ? » je m'exclame en sautant de joie. Je l'ai déjà devant les yeux, cet immense navire… Il file sur le fleuve, en direction de l'océan… Accoudée sur le pont, je regarde les jeux de l'eau fendue par la coque, une eau étincelante sous les rayons du soleil. Il y a chez nous une image exactement semblable sur un calendrier offert par une firme pharmaceutique.

On dirait que des flammes dansent dans les yeux d'oncle Shoraf. Il n'a pourtant pas de tige de jute aux lèvres aujourd'hui, ni de boîte d'allumettes à la main. Peut-être a-t-il un aimant dans sa poche, qui sait ?

C'était un de ses tours favoris. À l'époque j'ignorais ce qu'était en réalité un aimant. Shoraf prenait un bout de métal tout en entonnant un abracadabra ; puis il approchait lentement le bout de fer en question du heurtoir sur la porte, du manche de la pompe, d'un seau, de l'espagnolette, et ce dernier allait brusquement s'y coller mystérieusement. Je regardais bouche bée. J'essayais d'accomplir le même prodige avec un morceau de métal quelconque ramassé dans la cour. Mais j'avais beau chantonner… il n'allait pas se coller au heurtoir. Et tous mes vains efforts faisaient bien rire le magicien.

Oui, oncle Shoraf a les pupilles qui dansent dans ses yeux. Un sourire étrange se dessine sur ses lèvres. « Cette fois-ci, je m'en vais te montrer la chose amu-

sante dont je t'ai parlé tout à l'heure », dit-il. Et voilà
qu'il me pousse jusqu'à me faire tomber sur le châlit.
Je ne suis habillée que d'un short froncé. À mon plus
grand étonnement, il me le fait glisser le long des
jambes…

« Alors, tu me la montres, cette chose si amusante !
dis-je en tentant de remonter mon short. Qu'est-ce
qui te prend de me déshabiller comme ça ? »

Mais au lieu de me répondre, oncle Shoraf, secoué
d'un drôle de ricanement, me tombe dessus. De nouveau, il tire mon short vers le bas, puis ouvrant la
braguette du sien, voilà qu'il sort son zizi et se met à
le frotter contre moi ! J'ai du mal à respirer car il
m'appuie de tout son poids sur la poitrine. J'essaie
de le repousser en m'écriant : « Mais arrête ! Qu'est-
ce que tu fais ? Arrête, oncle Shoraf ! »

Mais j'ai beau essayer de toutes mes forces de me
dégager, impossible !

« La chose amusante que je voulais te montrer, eh
bien ! c'est ça ! me dit-il en riant. Tu sais comment
ça s'appelle, ce que je te fais ? Ça s'appelle baiser !
Tout le monde baise, tu sais. Même ton père et ta
mère, et mes parents aussi… »

Il me donne ces explications sans cesser de frotter vigoureusement son zizi sur moi. Je n'aime pas
ça du tout, mais la seule chose que je peux faire,
c'est me cacher le visage entre les mains de honte.

Mais, soudain, le bruit de rats qui détalent fait sursauter oncle Shoraf, qui relâche sa pression. J'ai la
présence d'esprit d'en profiter pour me dégager d'un
bond et courir hors de la cabane en remontant mon
short sur mes hanches. Ce coup-ci, je n'ai plus
l'ombre d'une hésitation, plus un soupçon de peur,
lorsqu'il s'agit de franchir les herbes où se cachent les
serpents. Ma poitrine bat comme si une centaine de
rats y couraient à la fois. J'entends derrière moi la
voix d'oncle Shoraf qui me crie : « Surtout, ne dis rien
à personne, si tu ne veux pas t'attirer des ennuis ! »

Ma mère

1

Les jeunes gens du quartier avancent en cortège sur la grand-route, aux cris de par la lutte nous l'aurons notre Pakistan, nous, les nouveaux soldats de la guerre sainte, dans le sacrifice de nos vies ! Vive le Pakistan ! Vive le saint Coran ! Maman abandonne sa partie de marelle et court regarder passer la manifestation. Cet événement lui laisse aux lèvres un slogan – « Par la lutte nous l'aurons, notre Pakistan ! » – qu'elle répète partout, en sautant de joie. Sans rien y comprendre, à son âge ! Puis, soudain, un matin, elle entend les adultes dire que les Anglais ont quitté l'Inde, que les musulmans ont enfin obtenu une patrie, qui a pour nom Pakistan. Et les jeunes du quartier sont de nouveau sur la route, mais ils ne sont plus en colère, ils sont joyeux, au contraire, quand ils s'époumonent à clamer vive le Pakistan ! Quelques jours plus tard, à l'école, on enseigne à Maman l'hymne du nouveau pays.

La naissance du Pakistan ne devait guère changer autre chose dans la vie de ma mère et de la famille. Son frère aîné continuait à fréquenter l'école coranique de Nasirabad. Quant à elle, elle avait toujours les cours de lecture du Coran, que son professeur, Sultan Ustadji, venait lui donner à domicile. Elle eût été bien en peine de déceler la moindre différence dans sa vie. Comme avant, son père allait cinq fois par jour à la mosquée pour les prières. Personne, par le passé, n'avait jamais songé à empêcher ce

genre d'activité... Et pourtant, voilà que le peuple
s'était soulevé, pour restaurer le Coran dans toutes
ses prérogatives! Voilà que nos voisins hindous
avaient dû fuir du côté indien, en pleurant toutes les
larmes de leur corps. Maman les avait regardés partir, de dessous le vieux banyan, sans en croire ses
yeux. Ils partaient, après avoir vendu leurs propriétés pour une bouchée de pain. Maman s'était liée
d'amitié à la vie à la mort avec leur fille, Amala. Quoi
de plus normal que de se sentir le cœur comme un
désert, au moment où une amie vous quitte à
jamais? C'était bien ce que ressentait Maman, au
moment où elle assistait, muette de tristesse, à ce
départ forcé qu'elle était impuissante à empêcher.

L'école s'était vidée, avec la brusque envolée de
toutes les filles hindoues. Il n'y avait plus guère que
trois ou quatre filles musulmanes dans la classe,
pour apprendre par cœur le chapitre qu'on venait
d'ajouter au programme d'histoire: «Notre pays
s'appelle le Pakistan; Mohammad Ali Jinnah est le
père de notre nation...» De nouveaux livres de poésie firent bientôt leur apparition, où les œuvres de
poètes hindous avaient cédé la place à des textes
composés par des musulmans – Tagore étant remplacé par Kazi Nazrul Islam[1]. Cela n'empêchait pas
Maman de réciter les poèmes qu'elle avait appris
jusqu'alors. Bien longtemps après le départ de son
amie Amala, elle chantait encore cette chanson
patriotique que celle-ci lui avait si souvent fait écouter: «*Ce n'est qu'un au revoir ma mère! En montant
sur le gibet, je rirai aux yeux de toute l'humanité*[2]...»

Mais la vie continue, de petits malheurs en petits

1. Poète bengali musulman (1898-1976), surtout connu pour
ses poèmes et chants, nationalistes et lyriques, dont bon nombre
prônent l'égalité des religions ou un humanisme transcendant
les différences religieuses.
2. Chant patriotique inspiré par le sacrifice du combattant
pour l'indépendance Khudiram Bose (1889-1908), pendu par les
Anglais. Sa vie héroïque a inspiré de nombreuses chansons,
pièces de théâtre, etc.

bonheurs. Maman, comme avant, nage dans l'étang, en écartant les jacinthes d'eau envahissantes. Assise sur son tabouret bas dans la cuisine, elle mange toujours les mêmes poissons. Les pays changent de frontières en une nuit, mais les hommes, changent-ils si vite ? Dans les rues, les Anglais ont été remplacés par des Pachtos… Eux aussi, Maman les appelle des étrangers. Mais qu'importe ? Puisque, dans son petit monde rien qu'à elle, elle continue à coucher ses poupées de la même façon. La seule tristesse, c'est pour la poupée de son amie Amala, qu'elle avait mariée avec une des siennes : elle doit avoir bien du chagrin, la pauvre ! Voilà ce qui fait le plus de peine à Maman dans tout ça – une peine qu'elle garde dans le secret de son cœur.

Maman avait encore l'âge de jouer à la poupée quand on la maria à mon père, sans lui demander son avis. Au début, il lui arrivait d'insister auprès de son mari pour qu'il l'emmène à la fête foraine, faire des tours de manège, acheter des poupées, justement. Mais ces goûts enfantins durent bientôt lui passer, lorsqu'elle se retrouva, vite fait, mère d'un petit garçon, tout en chair et en os. 1952, l'année où naquit son premier fils, fut aussi l'année où les Pakistanais ourdouphones tirèrent sur une manifestation de Bengalis exigeant la reconnaissance officielle de leur langue.

Si des musulmans en arrivent à tuer leurs coreligionnaires, à quoi cela a-t-il servi de fabriquer un pays séparé pour les fidèles de l'islam ? se demandait Maman.

De nouveau, les jeunes gens descendaient dans les rues – cette fois-ci pour exiger l'application des six clauses[1]. La route sur laquelle ils défilaient quelques années avant aux cris de : « Vive le Pakistan ! » voyait de nouveau d'incessantes manifesta-

1. Ces six clauses constituaient la base d'un gouvernement autonome du Pakistan oriental.

tions d'où fusaient d'autres slogans : « À bas Ayyub !
À mort Ayyub ! » Maman ne comprend plus. Mais
comment pourrait-elle percevoir tous les changements en marche, du fond de sa venelle aveugle, au
bord de la mare à carpes !

Il y avait dans notre quartier un garçon très grand,
maigre comme un clou, que je voyais très souvent
passer dans notre venelle aller faire des courses à
l'épicerie de Monu Miah. Il habitait une toute petite
baraque en tôle sous le plus beau jujubier du coin.
Sa mère et ses frères et sœurs logeaient dans une
maison plus grande, tout près de là. L'usage, en ce
temps-là, dans les familles, voulait que l'on cédât
une pièce située à l'extérieur de la maison aux fils,
lorsqu'ils devenaient grands. C'est ce que mes
parents avaient fait pour mes frères.
Chotda avait un copain, Khokon. Tous deux étaient
absolument inséparables, au point de tomber amoureux en même temps de la même fille. Chotda me
révéla un jour que le garçon maigre était le frère
aîné de ce Khokon, et qu'il s'appelait Mintu. Mintu
donnait l'impression d'être très solitaire. C'est du
moins ce que je pensais quand je le voyais passer
devant chez nous, vêtu d'une très fine chemise
blanche et d'un lunghi bleu, ou quand je l'apercevais devant sa porte, en train de siffloter nonchalamment. Il y avait tant de jujubes bien mûrs qui
pendaient à l'arbre que je ne pouvais m'empêcher
d'aller et venir sous les branches, l'eau à la bouche.
J'avais une envie terrible de ramasser au moins
quelques fruits tombés par terre. Mais la peur que
Mintu m'attrape et me tire les oreilles me faisait
reprendre le chemin de la maison, en ravalant ma
salive. Les enfants du quartier me hélaient d'un
malicieux : « Hé ! d'où tu viens comme ça ? » Mintu,
lui, se contentait de me regarder sans rien dire. Il
devait être très timide. Bien qu'il fût du quartier, il
n'avait pas l'air comme les autres ; on aurait dit un
étranger, quelqu'un d'une autre ville... Il n'avait

pas d'amis dans le voisinage. Il passait le calme des
après-midi à se parler à lui-même. Les nuits de lune,
il couchait sous le jasmin à côté de sa chambre, à la
belle étoile.

En soixante-neuf, on m'enleva de l'école de Rajbari pour m'inscrire à Vidyamoyi, située en plein
centre ville, entre la rive de la Gangina et Notun
Bazar. Cela faisait plus loin de la maison. Le tireur
de rickshaw prenait quatre sous pour me conduire
à l'école, quatre sous pour me ramener. Papa
comptait donc chaque matin huit sous qu'il remettait à Maman pour mes frais de transport. Jusqu'à
dix heures, Maman gardait les huit sous soigneusement noués dans un coin du pan de son sari, la
classe ne commençant qu'à dix heures et demie.

Un jour, pendant le trajet, je trouvai la ville sens
dessus dessous. Elle semblait dans l'état où peut
être une femme battue, tout échevelée, marquée de
coups. Les rues étaient jonchées de morceaux de
brique et de troncs d'arbre déracinés. À chaque carrefour stationnaient des cars de police. C'était
l'époque où Chotda séchait souvent les cours pour
participer à des manifestations. J'aurais bien aimé y
aller moi aussi, dans les manifs. Chotda rentrait
très tard le soir. Papa l'attendait en faisant les cent
pas dans la cour. Maman était debout à la porte de
la salle de séjour, une lampe-tempête à la main. On
lui avait bien interdit de se joindre aux défilés, mais
Chotda, au contraire de notre frère aîné, n'était pas
le genre de garçon à obéir à ses parents. Alors que
Papa pouvait empêcher Dada de courir les rues, en
lui passant un bon savon, il ne parvenait pas à bri-
der son fils cadet, qui savait mettre la moindre
occasion à profit pour disparaître de la maison.

Ce jour-là, le vingt-quatre janvier, j'avais depuis
l'aube entendu le bruit des manifestations. Les corbeaux menaient grand raffut dans le ciel du quartier. Quelle pouvait être la raison de cette agitation
inhabituelle ? Pourquoi voyait-on tant de gens cou-

rir se joindre aux cortèges en colère ? Même Maman
avait fini par quitter sa cuisine ; sans prendre le
temps de se changer, pieds nus, cheveux défaits, le
sari tout chiffonné, les ongles puant l'oignon, les
doigts maculés d'épices, elle avait longé en courant
la venelle jusque chez les Mukul, dont la maison
donnait sur la grand-route, de l'autre côté du passage à niveau. De leur véranda ouverte, elle vit
accourir une foule de gens vers la voie ferrée, le
long des dortoirs de l'école de district, après la boutique de jalebis du père de Thanda. Avec la mère de
Mukul, celle de Shahjahan, celle de Shafiq, elle
tenta d'arrêter les jeunes garçons du quartier dans
leur course folle. Mais bientôt on amena les premiers blessés par balles, aux jambes, aux bras, aux
épaules… Des garçons de seize ou dix-sept ans,
comme Faruk, Rafiq, Chandan… Déjà, de la maison, on apportait des seaux pleins d'eau, avec des
flacons de Dettol et du coton. Les mères pansaient
les plaies de leurs fils, en arrachant des lambeaux
d'étoffe à leurs saris – les blessés les plus graves
étant naturellement envoyés à l'hôpital en rickshaw.
   Lorsque Papa rentra de son travail, en début
d'après-midi, il se dirigea, sans mot dire, vers la
maison de la famille de Mintu. Maman courait derrière lui, et moi derrière elle. Derrière encore,
affluaient la plupart des habitants du quartier. Papa
contemplait avec une infinie pitié la mère de Mintu
et la cabane en tôle où le garçon vivait. « Que s'est-il
passé ? Il est arrivé quelque chose à Mintu ? »
demanda aussitôt la malheureuse en pressant les
mains de Papa et en éclatant en sanglots. Papa avait
appris, quand des camarades l'avaient transporté à
l'hôpital, que Mintu, en tête de la manifestation,
avait été atteint par les balles de la police. Papa ne
cessait de pousser de gros soupirs sans trouver ses
mots. Nous autres étions là, tout autour de la maison, à ne savoir que faire. Monu, la sœur de Mintu,
hurlait à faire trembler tout le quartier. Dans le ciel,
le vacarme des corbeaux résonnait de plus belle. Sur

la véranda, les mères du quartier versaient de l'eau sur la tête de la maman de Mintu, évanouie à force de pleurer. Monu ne cessait de répéter à ma mère, entre deux sanglots : « Idun-*apa*, ceux qui ont tué mon frère, je les tuerai un jour ! » Elle voulait partir tout de suite à leur recherche. Maman avait toutes les peines du monde à la retenir. Comment aurait-elle pu les tuer, les assassins de son frère, armés de fusils ? Peut-on se battre à mains nues contre des armes à feu ?

Les gens du quartier, rassemblés devant la maison, échangeaient leurs informations sur ce qui s'était passé : le cortège avançait le long de l'hôpital vétérinaire ; c'est alors que, sans crier gare, les premières rafales étaient parties ; avant même d'avoir compris de quoi il s'agissait, les manifestants avaient rebroussé chemin au pas de course – tous, à l'exception de Mintu.

La foule ne cessait de grandir. Les frères de la victime – Khokon, Bacchu, Humayun – durent se frayer un passage pour rentrer chez eux. Quelques instants après, on ramena sur une civière le corps de Mintu recouvert d'un linge blanc.

Je l'avais aperçu de loin, de dessous le jujubier où je restais, désemparée. Je l'avais vu le matin même, ce garçon si timide, nonchalamment assis devant sa porte ; quand sa mère l'avait appelé pour prendre son petit déjeuner, il lui avait répondu qu'il n'avait pas le temps, qu'il devait s'absenter tout de suite, mais qu'il ne tarderait pas… Le voilà qui était revenu, inerte, sous un drap blanc. Son petit déjeuner l'attendait encore dans la cuisine.

Il y avait foule à présent, sous le jujubier. Je ne pensais pas à ramasser des fruits. Non que j'aie craint de me faire tirer les oreilles ! Simplement, je n'étais pas en état d'avoir quelque envie que ce soit. M'approchant, je vis Maman qui s'efforçait de consoler la mère de Mintu, en lui caressant les cheveux. « Ne pleurez plus ! Si vous saviez combien de ses camarades ont juré sur son sang de venger sa

mort! Tout ce cauchemar finira bien un jour!» lui
répétait-elle. Mais comment retenir ses larmes, à la
vue du cadavre de Mintu? Ce n'était pas seulement
sa mère, ses proches qui pleuraient, c'était la foule
entière rassemblée là. J'ignorais que ce garçon si
maigre fût aimé à ce point dans le quartier. Chotda
restait assis dans un coin, prostré. Il était juste à la
droite de Mintu en tête du cortège. Les balles avaient
dû le frôler au moment d'atteindre son camarade. Il
aurait pu lui aussi en mourir, comme Mintu, ou à sa
place.

Mintu fut enterré le jour même au cimetière
d'Akua. Je n'avais jamais vu notre quartier si triste.
Cet après-midi-là, aucun enfant ne sortit jouer. Des
groupes d'adultes parlaient à voix basse, au coin
des rues ou sur le pas des portes. Tout le voisinage,
eût-on dit, avait perdu le goût de manger, de rire,
de s'amuser, de dormir.

Quelques jours plus tard, le cheikh Mujibur Rahman en personne vint rendre visite à la famille de la
victime. Une foule énorme se pressa dans les ruelles
du quartier pour voir le leader du pays. «Ah! si
c'était moi qui étais mort, ce jour-là, ce serait devant
chez nous qu'il y aurait pareil rassemblement
aujourd'hui! Pour voir le cheikh Mujib!» semblait
regretter Chotda, comme s'il eut souhaité être
tombé au lieu de Mintu sous les balles de la police.
Je n'ai jamais plus vu quelqu'un se désoler à ce
point d'avoir échappé à la mort.

Moi aussi, j'allai voir le cheikh Mujib. Ce qui
n'était pas chose aisée au milieu d'une foule de plusieurs milliers de personnes. Je me haussai d'abord
sans résultat sur la pointe des pieds. Puis j'empilai
quelques briques… en vain! Enfin je montai sur un
mur. D'abord sur un petit mur, puis, au mépris de
toute peur, sur un mur très élevé… du haut duquel je
finis par apercevoir le grand homme. D'imposante
stature, il était habillé d'une longue veste noire et
portait des lunettes. Il ressemblait à M. Sahabuddin,
un de nos voisins. Mais il n'y avait jamais pareille

foule autour de ce dernier. Alors qu'en ce jour, il semblait que le quartier reçût la visite d'un ange, de quelque être céleste sans mesure avec le commun des mortels. Le cheikh Mujib posa la main sur la tête de la mère de Mintu, en geste de consolation. Ce jour-là non plus je n'eus pas un regard pour les jujubes si savoureux qui jonchaient le pied de l'arbre, près de la demeure du mort.

Mais une des règles de l'humanité veut qu'elle oublie vite ses chagrins. Un mois n'était pas passé que chacun était déjà retourné à ses occupations. De nouveau les enfants jouaient sur leur terrain favori, les hommes ramenaient du marché des cabas pleins à ras bord, les mères de famille entretenaient le feu sur les fourneaux des cuisines. Quant à moi, j'avais repris l'habitude de dérouler ma natte dans la cour, le soir venu, pour apprendre par cœur mes leçons, à la lueur d'une lampe-tempête, en me balançant vigoureusement d'avant en arrière :

Et virevolte de boucle en boucle notre petite rivière,
Asséchée par l'été, de l'eau jusqu'au genou !...

Le tragique événement que nous avions vécu ne me revenait en mémoire que lorsque je passais le long du cimetière – ce qui était mon chemin pour aller à l'école et faire des commissions chez Monu Miah ou le père de Thanda. Selon les recommandations de Maman, j'avançais là en serrant les poings et en baissant la tête, sans faire de bruit. Bien que cela ne fît pas partie des recommandations maternelles, je pris aussi l'habitude de cueillir des fleurs quand l'occasion s'en présentait, afin d'aller les porter sur la tombe de Mintu, m'imaginant qu'il pouvait sentir leur parfum, de là où il était.

Maman voit bien que le Pakistan aussi – ce nouveau pays, si fragile en réalité – finira par éclater. Les gens ne parlent plus comme avant, ils n'ont plus à la bouche que des injures à l'adresse du

maréchal Ayyub, et ils osent les proférer à voix
haute, sans se cacher. Les étudiants investissent les
rues en hurlant des slogans pour l'autonomie du
Pakistan oriental. Le gouvernement instaure des
couvre-feux à répétition ; il est interdit de sortir de
chez soi, d'allumer les lumières la nuit venue ; de
jour en jour, le pays se transforme en une geôle
obscure. Décidément, tous les gouvernants sont bien
pareils, songe-t-elle. Les Pakistanais occidentaux ne
sont pas moins redoutables que les Anglais. Toutes
les richesses du Pakistan oriental filent à l'ouest, de
même que les Anglais emportaient chez eux, à
pleines cargaisons, la plus grande part des richesses
de l'Inde. Comment éprouver, dans ces conditions,
le moindre attachement pour ce pays dont une moitié exploite l'autre sans vergogne ? Maman ne serait
donc nullement choquée si le Pakistan à son tour
était coupé en deux, déchiré, tranché à vif, du
moment que cela évite à ses fils de périr sous les
balles, au cours d'une manifestation. Qu'a-t-elle, en
effet, de plus précieux que ses enfants ? Elle ne
demande rien de plus que la possibilité de vivre en
paix avec eux. Si seulement elle avait un peu plus
d'instruction, qui lui permette de travailler, de
gagner sa vie, elle rendrait sa liberté à son mari –
elle gagnerait la sienne.

Elle est bien allée une fois jusqu'à Dhaka, avec
Chotda, dans l'idée de chercher du travail, ayant
entendu dire qu'il n'y avait qu'à se baisser pour en
trouver, là-bas, que les emplois couraient les rues.
Mais lorsqu'elle est entrée dans un hôpital, pour
demander un poste d'infirmière, le directeur lui a
répondu : « On ne devient pas infirmière comme ça,
du jour au lendemain. Vous devez d'abord continuer vos études, passer un diplôme dans une école
spécialisée… » De retour à la maison, Papa n'a pas
manqué de la faire bisquer : « Ne dit-on pas : "Qui
tient bonheur court après malheur" ? »

Maman a peur dès qu'elle ne sait plus où est
passé Chotda. Elle a peur qu'il ne subisse le même

sort que Mintu, qu'on le ramène un de ces jours à la maison, transpercé de balles. Maman ne cesse de se ronger les sangs pour ce fils qu'elle a eu tant de mal à sevrer qu'il lui a tété le sein jusqu'à l'âge de cinq ans. Elle avait dû se résoudre à suivre les conseils de Grand-mère, qui avait pour recette de s'enduire les tétons de jus de feuilles de *nim*, dont l'amertume, déplaisante aux enfants, leur faisait passer le goût du lait maternel. Chotda avait parlé très tard aussi ; à deux ans, il n'émettait encore que des ba-a ba-a, échouant à articuler «papa».

Il n'a guère brillé dans les études, pendant ses premières années d'école. À l'examen d'entrée en sixième, il n'a dû son salut qu'à l'amitié qui liait le directeur à Papa. Celui-ci lui avait offert une montre-bracelet et une boîte de géométrie pour le récompenser et lui avait dit pour l'encourager : «Si tu travailles bien en classe, tu auras un vélo.» Chotda n'a pas mis plus de trois jours pour perdre la montre-bracelet. Et bientôt les compas de la boîte de géométrie n'ont plus guère servi qu'à curer les dents de toute la maisonnée.

À vrai dire, Maman a toujours gardé un faible pour son second fils. Même grand, elle le traite comme son petit garçon préféré. Elle s'est fait beaucoup de souci pour lui, dans la crainte qu'il ne soit un peu attardé. Mais il a finalement révélé un caractère très affirmé. Alors que Dada est vraiment le fils modèle, obéissant toujours sans contester, Chotda se conduit exactement à l'opposé. Combien de fois mes parents ont-ils reçu de plaintes de la part de l'école, au motif que Chotda n'avait aucune discipline !

«Alors, qu'est-ce que j'apprends ? Tu n'as aucun égard pour la discipline ? lui lançait Papa entre quat'z'yeux, après l'avoir traîné dans la maison par le lobe de l'oreille.

— Mais si ! Mais si, que j'ai des égards ! s'écriait alors, entre deux gémissements, le coupable, furieux d'être traité de la sorte.

– Ce sont donc tes professeurs qui sont des men-
teurs ? s'énervait Papa.

– Oui ! affirmait crânement Chotda.

– Pourquoi es-tu allé casser le poste de radio
dans la classe ? demandait par exemple Papa, après
lui avoir asséné une retentissante paire de claques.

– J'étais en train d'écouter la ra-radio, quand un
garçon a essayé de me l'enlever des mains… C'est
comme ça qu'elle est tombée et qu'elle s'est cassée…, expliquait le garnement en soufflant de rage.

– Ah ! la belle excuse que voilà ! Il est intelligent,
mon fils, pour inventer des excuses, hein ? On devrait
l'en féliciter, pour un peu ! Et moi qui travaille jour
et nuit pour élever convenablement mes enfants !
Pour qu'ils fassent des études qui leur assurent un
bon avenir ! À quoi ça sert, tout ce mal que je me
donne, si c'est pour qu'ils restent de vraies bêtes,
comme toi ? Hein ? » hurlait Papa en soulevant
Chotda par le col de sa chemise pour le poser devant
sa table de travail.

« Cet enfant a été véritablement pourri par sa
mère, à force de lui passer tous ses caprices ! »

Cependant, un des usages de la famille était de
consoler le puni d'un très beau cadeau. Ainsi, le lendemain même de la sévère séance évoquée ci-des-
sus, Maman demanda à Papa de l'argent pour
acheter à Chotda une batte de cricket – avec laquelle
il découvrit bientôt qu'il était plus amusant de taper
sur les meubles de sa chambre que sur une balle.

Dès que Maman apprend que son fils fréquente
les manifestations, elle n'a de cesse, dans l'espoir
de l'en détourner au profit de la musique, de lui
faire acheter une guitare. Elle réussit à convaincre
Papa de lui donner de quoi acquérir une guitare
hawaïenne, qu'elle offre à Chotda en même temps
qu'une housse jaune, confectionnée de ses mains.

L'attention particulière dont témoigne Maman à
l'égard de Chotda n'échappe pas à notre frère aîné.
Celui-ci, en voyant arriver la guitare, réclame aussi-

tôt un violon. C'est-à-dire qu'il demande à Maman de demander à Papa de quoi l'acheter.

«Tu n'as qu'à le demander toi-même! répond-elle, agacée. Tu n'as pas de langue?»

Dada est désemparé. Il n'a pas le courage de solliciter Papa pour pareil achat. Il préfère se retirer dans sa chambre et battre la mesure de sa chanson préférée sur sa table, à défaut de violon. Il n'en connaît qu'une, d'ailleurs – celle que Maman lui a apprise quand il avait quatre ans: «*Ce n'est qu'un au revoir ma mère…!*»

Pendant ce temps, Chotda a déjà appris ses gammes et s'essaie à des airs de cinéma en vogue. Chaque mois, Maman quémande auprès de Papa l'argent des leçons que Chotda prend avec un professeur. Et chaque mois, avant de lui donner la somme requise, Papa s'informe: «J'espère au moins que tu surveilles un peu ses études! Ce n'est pas avec la musique qu'il pourra se débrouiller dans la vie! Il a déjà trois répétiteurs privés: un pour les maths, un pour l'anglais et un pour les sciences… Est-ce que tu sais s'il va chez eux régulièrement? Il étudie jusqu'à quelle heure, le soir? Les fils de Sulekha, eux, ils travaillent jusqu'à dix heures, chaque soir…»

L'argent destiné à payer le professeur de guitare, Papa ne le donne pas, il le jette sur la table, sur le lit, par terre. C'est la même histoire à la fin de chaque mois. Alors qu'il va remettre en main propre leur salaire à ceux qui enseignent les matières sérieuses.

Maman ne comprend pas l'attitude, le comportement de Papa. Elle est persuadée qu'il n'existe dans aucune autre famille de caractère si compliqué. D'un côté, il lui semble qu'il ne se soucie que du bien-être de son foyer, qu'il sacrifie tout l'avenir de ses enfants, de l'autre qu'il n'éprouve aucun sentiment pour aucun des membres de sa famille, que celle-ci n'est pour lui qu'un instrument utile pour préserver sa réputation sociale, alors qu'en réalité il s'est voué corps et âme à ses amours avec Raziya Begum.

Nouvel exemple de ce comportement bizarre aux yeux de Maman : Papa, un beau jour, ramène de son Madarinogor natal un certain Aman-ud-Daula, qu'il installe à la maison. Le soir, rentré tôt du cabinet, il tire de son cabas de jute une quantité colossale de viande de chevreau – le double de ce qu'il achète habituellement –, en disant à Maman : « Prépare cette viande dans une sauce bien goûteuse, avec beaucoup d'oignons ! Fais aussi des feuilles de courge avec des pois gourmands, et un bon *dal*, au lieu du bouillon ordinaire ! » Maman ne voit là que le signe du soin disproportionné avec lequel Papa traite ses parents de la campagne.

Avant le dîner, Papa appelle mes frères auprès de lui pour leur demander : « Dites-moi comment vont vos études ! Allez-vous bien chez vos répétiteurs ? »

Dada a soudain la tête qui lui pèse très lourd. Tout en grattant le sol de son gros orteil, il répond : « Oui, j'y vais régulièrement.

– Est-ce que tu passes plus de temps à t'amuser ou à étudier ? Allez, réponds ! insiste Papa.

– À étudier, affirme Dada, qui sait parfaitement la réponse que son père souhaite entendre.

– Qu'est-ce qui leur arrive, aux enfants qui travaillent bien à l'école ?

– Quand ils sont grands, ils roulent en belle carriole ! lâche Dada, selon le rite convenu, le regard toujours rivé à terre.

– Et toi ? demande alors Papa, en posant les yeux sur Chotda.

– Moi aussi ! » répond Chotda mécaniquement.

J'ai bien envie de dire : « Papa a très bien travaillé à l'école ; pourtant il ne roule pas en belle carriole. Ni en automobile. En rickshaw seulement. » Mais je n'ose pas. Je suis du genre à ravaler mes paroles. C'est donc ce que je fais, encore une fois.

« Hum ! fait Papa, guère convaincu par la réponse de son second fils. À partir d'aujourd'hui, une nou-

velle personne habitera ici, avec nous. Il s'appelle
Aman-ud-Daula. C'est votre oncle en fait, un de mes
frères cadets. Vous l'appellerez donc *kaku*, comme
il convient ! Vous l'appellerez comment ?

– Kaku ! réplique Chotda, appuyé au pilier de la
pièce.

– C'est cela, reprend Papa en attirant Chotda
devant lui, avant d'ajouter : Et il faut se tenir comme
ça, bien droit ! Puis à mon adresse : Et toi, là, viens
un peu par ici ! Tu l'as vu ton nouvel oncle ? Mon
jeune frère ? »

je fais signe que oui. J'ai vu.

« C'est bien. Et maintenant, allez tous vous mettre
à vos devoirs ! On va dîner dans un moment. Vous
prendrez votre repas avec votre kaku. C'est un
parent très proche. Compris ?

– Compris ! » dit Dada en hochant la tête, comme
un élève très attentif.

Papa aménage une chambre pour oncle Aman
dans la grange, en la déblayant de la paille et du
bois qui y étaient entreposés et en y installant un lit,
une table et une chaise. Après l'avoir inscrit à l'université, il annonce à toute la famille que dorénavant
oncle Aman sera chez nous comme chez lui. Et
Papa ajoute qu'il se chargera des frais de ses études
et de son entretien en totalité.

« Tu as déjà assez de dépenses avec tes propres
enfants et tu prends une autre personne à ta charge !
lui reproche Maman.

– Quoi de plus naturel ? Puisque c'est mon propre
frère ! se récrie Papa. Je ne vais tout de même pas
laisser tomber un si proche parent. Et tu verras, tu
n'auras pas à regretter sa présence : tu n'auras qu'à
l'envoyer faire les courses !

– Pour les courses, il y a Noman et Kamal ! »
réplique Maman, s'efforçant de garder son calme.

Le lendemain, Papa rapporte à Maman un sari de
coton imprimé. Elle était en train de mâcher du
bétel avec de la noix d'arec. Après avoir revêtu son
nouveau sari, elle s'approche tout près de Papa,

allongé sur le lit, et lui dit, ravie, les lèvres rougies par la chique : « C'est un très bon tissu, tu sais ! »

Sans chercher à savoir le moins du monde si le sari va bien à Maman, Papa lui demande, l'air très grave : « Tu t'occupes bien d'Aman, n'est-ce pas ? »

Ce qui revient à planter une aiguille dans le cœur de la malheureuse. Ainsi donc, ce geste qu'elle croyait d'amour, de tendresse, ce n'était que pour la pousser à bien s'occuper d'oncle Aman. Exactement comme les maîtres font de petits cadeaux à leurs domestiques, pour qu'ils travaillent avec plus d'enthousiasme, cuisinent bien, ne les volent pas. Elle n'est donc pas plus qu'une servante dans cette maison ! Papa se fiche pas mal qu'elle soit heureuse ou malheureuse.

Un jour, quelque temps après l'installation d'oncle Aman à la maison, Maman annonce à Papa : « Nous sommes invités par sa mère au mariage de Sulekha. Allez, viens !

— Pas question », rétorque Papa.

Devant l'insistance de Maman, il finit par lui dire, très contrarié : « Tiens, voilà de quoi acheter le cadeau ; tu iras toute seule ! »

Tel est l'homme étrange avec lequel Maman est condamnée à passer sa vie. Sachant qu'elle est femme d'un médecin réputé, tout le monde croit qu'elle nage dans le bonheur. Elle seule sent ce parfum d'une autre femme qui vient chasser très loin tous ses rêves de vie heureuse. Elle seule sait que son mari, après avoir sans retenue joui de son corps, se tourne de l'autre côté du lit pour dormir, pendant que, incapable de trouver le sommeil, elle passe le reste de la nuit en l'unique compagnie de ses soupirs.

Maman honore donc seule avec Chotda l'invitation au mariage de Sulekha. De plus en plus, elle ressent sa solitude. Papa rentre tard le soir, en chantonnant gaiement, les lèvres rouges de bétel. Il se couche sans toucher au repas qu'elle lui a gardé. « Chez quelle créature as-tu encore dîné ce soir, que

tu n'as même pas faim pour manger un peu de riz ?
lui décoche-t-elle.

– J'étais invité chez un de mes patients, explique-
t-il, tout sourire.

– Un patient ou une patiente ? demande Maman
en se laissant tomber sur le lit, désemparée.

– Un patient, c'est un patient ! Qu'est-ce que ça
peut faire, que ce soit un homme ou une femme ?
s'irrite Papa.

– Ne me prends pas pour une idiote ! Raziya
Begum était bien l'une de tes patientes. C'est vrai ou
non ? Ne t'ai-je pas une nuit tiré de son lit ? Tu ne vas
pas le nier ! Tu en as de la chance, d'avoir trouvé une
cruche comme moi, prête à tout gober ! Tu peux
faire tout ce que tu veux comme ça, n'est-ce pas ? se
lamente-t-elle en soupirant à fendre l'âme.

– Ah ! si seulement tu disais vrai ! Si seulement je
pouvais réellement faire tout ce qui me chante ! »
commente Papa, venu s'allonger à son côté.

Le matin, réveillé par la guitare de Chotda, sur
laquelle celui-ci s'essaie à jouer un de ses airs favoris, Papa bondit du lit, et se met à chanter. Maman
n'en revient pas de l'entendre ainsi, quand elle lui
apporte de la cuisine une assiette garnie de galettes
faites à la main et d'œufs au plat. « Mais Kamal ne
chante pas mal du tout ! s'écrie-t-il, redoublant
encore la surprise de Maman. Et tu sais, cette chanson décrit exactement ce que je ressens : *Vois-tu,
dis-moi, la défaite de la vie ? Comme elle s'en va,
grain à grain, rongée par les brûlures du chagrin, les
larmes de la peine ?…* » On lit tant et tant de nouvelles, chaque jour à pleines pages de journal. Pourtant, dans celles de la vie, demeurent tant et tant de
mystères ! »

Plus tard dans la matinée, avant de partir pour
l'hôpital, Papa appelle Chotda : « Qui est ton professeur de guitare ? C'est la fin du mois : tu dois avoir
besoin d'argent pour le payer. Il te faut combien ? »

Et, joignant le geste à la parole, il sort la somme
requise de son porte-monnaie et la donne à Chotda,

dont le visage éclate de joie. « Mais ne crois pas que
même si tu ne travailles pas bien à l'école, tu pourras toujours te débrouiller avec la musique ! ajoute
Papa. C'est pas ce qui te nourrira plus tard ! Le
matin, c'est le moment de la journée où l'esprit est
le plus clair. Je veux que tu étudies le matin, compris ? Et de manière très régulière ! Il faut un temps
pour tout : un temps pour étudier, un temps pour
manger, et un temps pour la musique ! »

Papa, ce garçon de village, ce bouvier, devenu
médecin réputé à l'hôpital public de la ville, exemple
de réussite, comment se fait-il qu'il se reconnaisse
tant dans cette chanson qui parle de la défaite et des
souffrances de la vie ? Maman se demande ce que
cela veut dire. Voilà qui ne correspond en rien à
l'image qu'elle a de son mari. Pourquoi cet homme
de pierre apparaît-il soudain si sentimental ?

Ce soir-là, Maman soigne les plis de son sari,
pour le retour de Papa. Tout en l'éventant, pendant
qu'il prend son dîner, elle m'ordonne : « Va chez
Grand-mère ! C'est l'heure de dormir ! »

Maman sait bien que je suis toujours prête à courir chez ma grand-mère. Elle est donc très surprise
que je ne m'y précipite pas, selon sa volonté.

« Allez ! Va dormir chez Grand-mère ! me répète-
t-elle.

— Non ! dis-je en secouant la tête.

— Mais qu'est-ce qui t'arrive à la fin ? insiste-t-elle.

— Non, je n'ai pas envie d'y aller !

— Mais pourquoi donc ? Quelqu'un t'a battue ?
Qui ça ? Tutu, Shoraf, Felu ?

— Non, je réponds en grattant du pouce le vernis
des montants du lit.

— Alors, pourquoi ne veux-tu pas y aller ? » dit-
elle, en me poussant vers la porte.

Je m'agrippe de toutes mes forces au battant.
Devant moi, la cour est plongée dans le noir. Maman
se désole : « Je ne sais vraiment pas quoi faire de
cette fille ! Elle n'écoute rien ! Quand je lui dis de
rester à la maison, elle s'en va jouer dehors. Comme

si elle n'avait rien d'autre à fabriquer. Et pourtant, elle n'arrête pas de pleurnicher car elle se fait tout le temps battre par les autres… Regarde-moi ça, elle n'a que la peau sur les os : elle ne mange pas, elle picore comme un oiseau ! Quand elle était petite, il fallait l'attraper à trois pour lui faire boire son lait ! Elle ne veut jamais rien, ni lait ni œuf… Elle est de plus en plus désobéissante. La preuve ! Je lui dis d'aller dormir chez sa grand-mère, et voilà qu'elle refuse. Alors que, d'habitude, tout lui est bon pour s'y précipiter en sautant de joie… »

Maman a beau dire, je reste accrochée à la porte, sans bouger d'un pouce. Changeant de tactique, elle me caresse le dos, en essayant de me convaincre, d'une voix très douce : « Vas-y donc ! Tes oncles vont te raconter des histoires. Tiens, prends des rubans. Jhunu te fera des nœuds dans les cheveux ! »

Je ne bouge toujours pas. « Laisse-la tranquille ! Puisqu'elle n'a pas envie d'y aller ! intervient Papa.

– Elle est vraiment impossible ! » s'écrie Maman.

Et il est certain qu'elle s'inquiète de plusieurs traits de mon caractère. Quand des invités viennent à la maison, je passe mon temps cachée derrière elle. Comment puis-je être à ce point peureuse, timide, farouche ? Impossible de me tirer un seul mot. Je ne suis même pas capable de raconter une histoire sans bredouiller misérablement. Je ne sais qu'écouter. Et j'ai beau écouter toutes sortes d'histoires, je reste toujours aussi empotée dès qu'il s'agit d'en raconter une moi-même. Toutes les histoires que lisent les enfants, moi je les dévore avec une voracité incroyable. Pourtant, pas question d'en lire à haute voix, pour les autres. Je suis vraiment du genre muette ; je ne dis jamais mon avis, ce que j'ai sur le cœur. Ainsi, cette histoire de ne pas vouloir aller dormir chez Grand-mère, de ne trouver aucun intérêt à aller écouter les inventions de mes oncles, je reste incapable d'en dire la véritable raison. Quand on me gronde, j'ai l'air indifférent. Qu'on me tire les oreilles, qu'on me donne des

coups du matin au soir, ce n'est pas pour autant
que je deviens loquace. Même pleurer tout mon
soûl, je n'arrive pas à le faire ! Moi, la petite fille née
le même jour que le Prophète ! Qui n'ai rien voulu
manger chez Shormila parce qu'elle est hindoue,
qui refuse de me laisser orner le front à la mode des
filles de cette religion... Je devrais au moins être
très pieuse. Et pourtant, je n'apprécie pas du tout
mes leçons d'arabe. Je saisis toujours le moindre
prétexte pour planter là mon alphabet et aller lire
des contes de fées, dessiner, courir jusqu'à la voie
ferrée, jouer dehors... On m'a tellement répété de
ne pas dessiner de figures humaines, que c'était un
péché : tu ne dessineras de figure humaine que si tu
peux leur donner vie... Peine perdue, c'est une de
mes activités favorites.

Pour tenter de remédier à tous ces défauts, Maman
rapporte une amulette de chez tante Fozli : un petit
morceau de papier sur lequel sont dessinées en
rouge les sandales du prophète Muhammad, portant
l'inscription d'un verset du Coran – le tout dans une
minuscule boîte. Maman me la suspend au cou, afin
que je sois délivrée de mes maux...

2

« Représenter figure humaine est un péché », me
serine-t-on depuis toujours. Pourtant, étrangement,
je ne peux m'empêcher d'y prendre plaisir.

Quand elle me voit acharnée à pareil crime,
Maman s'efforce de m'en détourner en me conseil-
lant : « Dessine plutôt des arbres, des fleurs ! Ne
serait-ce pas plus joli ? Puisque tu ne saurais leur
donner vie, pourquoi t'obstiner à dessiner des
figures humaines ? Ne sais-tu pas que Dieu seul a le
pouvoir de donner la vie ? »

Un beau jour, je ne peux me retenir de lui objec-
ter : « Mais les arbres que tu me dis de dessiner, ils
sont bien, eux aussi, doués de vie ! »

Maman, occupée à rajouter de faux cheveux à son chignon, me répond en pinçant les lèvres : « Fais ce que je te dis ! Ne sois pas insolente ! »

Le moyen de ne pas obéir à Maman ? Même si elle me disait de manger de la merde, je devrais m'exécuter. Pourtant, cette histoire de sacrilège qu'il y aurait à représenter la figure humaine me trotte dans la tête. Pour quelle raison devrais-je donner vie à l'être humain que je dessine ? Pourquoi Maman ne comprend-elle pas la différence qu'il y a entre dessiner sur une feuille de papier et créer un être vivant ? Ce qu'elle dit à ce sujet me semble absurde, d'autant plus que, d'après mon impression, cela sonne faux, comme si elle récitait une leçon apprise par cœur sans comprendre.

Aussi bien, même après l'interdiction formelle, je continue à dessiner des hommes, non pour le seul plaisir de représenter figure humaine, mais je ne conçois pas de dessiner, par exemple, un bateau sans y mettre un batelier. A-t-on jamais vu une barque se déplacer toute seule sur un fleuve ? Comment ne pas mettre un rameur, un pilote au gouvernail ? Lorsque ma cousine Humayra, la fille de tante Fozli, vient en visite chez Grand-mère, la vue de ce dessin suscite ses cris d'horreur, si bien que, le soir venu, après son départ, Maman me supprime crayons de couleur et papier en s'écriant : « Tu ferais mieux d'apprendre tes leçons, au lieu de gribouiller ! »

Comme je ne suis pas du genre pleureuse, je me contente de rester dans mon coin, absorbée dans mes pensées.

Maman, allongée sur son lit, près de la fenêtre ouverte, a déboutonné son corsage et gratte sa poitrine, couverte de boutons de chaleur, tandis qu'elle s'évente de l'autre main. Me supprimer mon matériel de dessin n'a, à ses yeux, pas plus d'importance que de jeter des détritus aux ordures.

« Lis à haute voix ! Je veux t'entendre ! » me crie Maman.

Du coup, je sursaute, brusquement tirée de mon abattement. Comment lire un poème à voix haute, alors que j'ai la gorge nouée de détresse ? Encore une chose dont je suis incapable.

Plus tard dans la soirée, il suffit que Maman me caresse tendrement les cheveux, au moment de m'inviter à faire la prière avec elle, pour que toute ma colère fonde aussitôt comme glace au soleil. Maman est comme ça : après gronderies et calottes, elle vous prend sur ses genoux pour vous faire un bon câlin. Le matin, elle assènera à Dada des coups de baguette à lui arracher la peau du dos, et l'après-midi elle le gratifiera d'une longue séance de massage à l'huile de moutarde.

« Si tu fais bien tes prières, Dieu t'aimera beaucoup. Il t'accordera tout ce que tu veux », me dit-elle pour m'encourager à la piété.

Émerveillée à la pensée que Dieu me donnera tout ce que je voudrai, j'imite les gestes de Maman, qui s'agenouille et se relève à plusieurs reprises. En levant les bras et en fermant les yeux, je dis mentalement – puisque Dieu entend tout, même ce que nous disons sans remuer les lèvres : « Dieu, donne-moi un grand bâton de barbe à papa ! » Mais, après avoir rebaissé les bras et rouvert les yeux, j'ai beau regarder tout autour de moi, pas le moindre filament de guimauve ! Je soulève le tapis : rien là non plus ! Des larmes de désespoir plein les yeux, je tire Maman par le bras : « Dis, Maman, Dieu, Il ne m'a pas donné ce que je Lui ai demandé !

– Tu ne l'as pas souhaité assez fort, c'est pour ça qu'Il ne t'a pas écoutée ! » me répond Maman.

À partir de ce jour-là, je fais régulièrement mes prières chaque soir, et je m'efforce de souhaiter très fort tout ce qui me fait le plus envie : une voiture avec une clé, qui, si on la remonte, marche toute seule ! De pleins vases de billes et calots ! Un ballon à flûte ! Des bonbons !

Je n'obtiens pas l'ombre d'un succès et j'ignore comment augmenter l'intensité de mes souhaits. Je

finis par croire que je suis trop mauvaise pour mériter d'être exaucée. Mais est-ce ma faute si oncle
Shoraf m'a tout d'un coup déshabillée, profitant de
ce que nous étions seuls ? Est-ce pour ce péché que
Dieu me déteste ? L'idée que cet événement puisse
expliquer l'inimitié de Dieu à mon égard me déses-
père. La nuit où Maman avait voulu m'envoyer dormir chez Grand-mère, pour mon malheur, puisque
je redoutais d'avoir à dormir si près de mes oncles,
je m'étais entêtée à refuser. Bien sûr, Maman ignorait la raison de mon obstination, puisqu'elle ignorait ce que je pouvais craindre.

Quelques jours après l'incident de la cabane, oncle
Shoraf m'avait appelée au bord de la mare, pour
me montrer un tour avec son aimant, mais j'avais
préféré ne pas y aller. Je m'en étais tirée avec une
belle claque sur le crâne. Souvent, en fin d'après-
midi, oncle Tutu, après avoir pris soin de fermer la
porte de la chambre, joue l'histoire de Siraj-ud-
Daula[1], sous les applaudissements de tous les
enfants de la maison. Tous sauf moi, car la vue de la
chambre plongée dans l'obscurité me fait fuir. J'évite
toujours de me trouver dans les coins sombres. Les
soirs, dans la cour inondée du clair de lune, oncle
Kana narre à toute la famille dans quelles circons-
tances il a perdu un œil à la chasse à l'antilope ou
raconte quelque épisode de l'histoire des califes.
J'écoute collée contre Maman, au point qu'elle finit
par se fâcher : « Lâche-moi un peu ! Il fait une de ces
chaleurs ! » Rien à faire, je m'obstine à me serrer
contre elle. Quand elle tente de s'écarter, j'ai peur
qu'aussitôt quelqu'un vienne me tirer les culottes.
Et quand elle me laisse seule à la maison pour ses
séances de cinéma, je me plains : « Ne t'en va pas,
Maman ! J'ai peur toute seule…

– La maison est pleine de monde ! Comment

---

1. Dernier nabab du Bengale, il tenta vainement de combattre
les Anglais, mais fut vaincu à la bataille de Plassey (1757), ce qui
permit au colonisateur de s'emparer de la totalité de la province.

peux-tu avoir peur ? » s'exclame-t-elle tout en me
conduisant chez Grand-mère, avant de filer voir
son film.

Grand-mère passe le plus clair de ses journées à
faire la cuisine. Je reste assise à côté d'elle, à broyer
du noir. « Va voir ailleurs si j'y suis ! Allez, ouste ! Tu
vois bien que je suis en train de travailler ! Tu me
gênes ! » ne tarde-t-elle pas à me houspiller.

Maman ne rentre pas avant que le soleil soit descendu très bas. Aussi je le fixe en le suppliant inté-
rieurement : « Descends, soleil, je t'en prie, vite ! »
Mais non, il semble qu'il se plaise à lambiner.

La cour n'est animée que par les allées et venues
du corniaud de service ou du chat galeux, les croassements obsédants des corbeaux et corneilles per-
chés dans les arbres. Un aiguiseur ambulant se
présente à la porte, puis un homme avec une pleine
caisse de bonbons, qui récupère les fripes, les vieilles
chaussures et sandales, en échange de quelques
douceurs ; après quoi on entend l'appel d'un col-
porteur avec sa boîte en bois à cadre de fer-blanc et
couvercle de verre, sous lequel étincellent bracelets
de verroterie, pendants d'oreilles et rubans, pour le
plus grand plaisir de tante Jhunu qui, assise sous un
arbre, les contemple longuement. Bientôt c'est le
tour d'un groupe de femmes romanichelles portant
sur la tête des corbeilles remplies d'anneaux de
verre coloré. Arrive aussi le vendeur de guimauve,
dont les barbes à papa toutes roses donnent l'impression de manger de l'air. Et le montreur d'ours,
le montreur de singes qui se présente en faisant
danser ses animaux vêtus de chemises rouges... Au
passage du vendeur de chanachur avec son grand
chapeau pointu sur le crâne, et tenant à la main une
baguette couverte de clochettes qu'il agite en chantant à tue-tête : « Chanachur bien chauauaud ! » Tante
Runu et tante Jhunu se ruent hors de la maison
pour lui acheter des cornets débordant de leur
péché mignon. Mais à peine est-il reparti que survient le cacahuétier, bientôt suivi par un de ses col-

lègues qui vend du riz soufflé, assaisonné à l'huile
de moutarde, au piment vert et à l'oignon, en s'annonçant lui aussi par un cri de son invention...

C'est une des activités favorites de mes oncles et
tantes, vers les fins d'après-midi, que de se procurer
toutes sortes de gourmandises. Un coup, c'est oncle
Shoraf qui rentre avec un cornet de cacahuètes
encore toutes chaudes. L'instant d'après, voilà oncle
Felu, une glace à la main. Salivant fort, je les
contemple, pitoyablement. Personne ne fait attention
à moi. Mais qui entre dans la cour cette fois-ci ? Une
charmeuse de serpents, avec son panier sur la tête !
Mes oncles et tantes accourent au spectacle. La
femme pose son panier par terre, pendant que tous
les jeunes font cercle autour d'elle. Même Grand-
mère regarde, sur le seuil de la maison. Du panier
sortent bientôt un serpent noir, un jaune, un cobra,
un énorme python qui se met à ramper en se tor-
tillant dans la cour... Je ne me souviens pas avoir
jamais vu scène plus effrayante, plus repoussante !
Quittant la margelle, je cours me réfugier auprès de
notre servante, Fulbahari, qui fume tranquillement
son bidi, assise devant la porte de la cuisine.

« Fulbahari, j'ai peur !

– T'en fais pas, y a rien à craindre ! Ces serpents-
là n'ont plus de venin. Ils leur enlèvent les crochets », cherche à me rassurer Fulbahari, son visage
très noir illuminé par un grand sourire.

Elle a beau dire, je suis terrifiée. Je continue à
avoir peur même après le départ de la charmeuse
de serpents. Je redoute de poser le pied dans la
cour ou dans le champ voisin obsédée par la vision
d'un serpent qui se dresserait soudain devant moi.
Le soir, une fois couchée, j'imagine qu'un de ces
reptiles est peut-être enroulé sous mon lit, qu'il ne
tardera pas à se réveiller et à grimper lentement
vers moi, par-dessous mon oreiller, avant de m'enserrer entre ses anneaux. Endormie, je rêve que je
suis encerclée par des serpents en furie ; je suis

toute seule, quelque part le long de la voie ferrée ou
de la grand-route, ou au bord de la mare, sous un
arbre, ou bien encore enfermée dans une pièce close,
que sais-je, quand le silence alentour est brisé par un
sifflement de serpent. J'appelle Maman au secours,
mais elle n'est pas là. Alors, au royaume des reptiles,
je me rétracte, me recroqueville, comme si je cher-
chais à rentrer en moi-même... au point que je me
réveille, les oreilles bourdonnant des battements de
mon cœur au galop.

Moi qui ai une peur panique des gens comme des
serpents, Maman veut m'envoyer dormir avec mes
oncles! Mais, puisqu'une main invisible m'a cousu
les lèvres, Maman est bien loin de se douter
qu'oncle Shoraf m'a un jour déshabillée pour frotter son zizi sur mon ventre.

Non, malgré le talisman que je porte au cou, la
peur ne me quitte pas un instant.

Depuis que Papa a loué les dépendances de la
maison de Grand-mère, il a fait mettre une table et
des chaises dans notre nouvelle cuisine, où désormais nous prenons, assis en parfaits sahibs, nos
trois repas quotidiens. Papa est en effet fasciné par
tout ce qui fait la façon de vivre des Blancs. Il ne
porte jamais que des chaussures de cuir fermées,
dont il aime entendre le crissement quand il marche.
Fini le temps où, tout mince, vêtu du pyjama et de
la tunique traditionnels, il chevauchait par n'importe
quelle route sa bicyclette Hercule. À présent, il ne
s'habille plus qu'à l'européenne, prenant soin de
rentrer sa chemise dans son pantalon, ne sortant
jamais sans cravate, allant même jusqu'à porter le
veston de temps à autre. Pas question que notre
sahib de père continue à manger accroupi par terre.
Il a même fait l'acquisition d'un canapé en rotin
pour notre salon. Le logis de Grand-mère paraît
bien terne à présent, en comparaison du nôtre.
Même s'ils se régalent de poissons aussi bons que
chez nous, ils les mangent assis sur une natte. Et il

ne s'agit pas seulement des repas; nous avons maintenant aussi des tables et des chaises pour étudier. Ce qui ne veut pas dire pour autant que nous ayons complètement cessé de repasser nos leçons à la lueur dune lampe-tempête, assis par terre dans la cour, en compagnie de nos oncles, sans oublier de nous balancer vigoureusement d'avant en arrière. Les vieilles habitudes ont la vie dure.

Un soir que j'étais couchée toute seule, pas encore endormie, à contempler le ciel par la fenêtre ouverte à côté de mon lit, je fus soudain tirée de ma rêverie par une série de cris. Aussitôt debout, je courus chez Grand-mère, d'où ils provenaient: dans la cour, oncle Felu, les bras au ciel, hurlait qu'on avait volé les boucles d'oreilles en or de tante Jhunu. Qui pouvait bien être l'auteur du forfait? Des regards soupçonneux s'échangeaient entre tous les membres de la maisonnée. Tante Jhunu alla jusqu'à m'entraîner à l'écart pour me murmurer à l'oreille: «Si c'est toi qui as fait ça, rends-les-moi! Je ne dirai rien à personne!»

Je secouai la tête pour lui signifier que je n'étais pas coupable. Mais j'eus l'impression qu'elle ne me croyait pas, si bien que je commençai à me demander si ce n'était pas moi, en fait, la voleuse. Si je n'avais pas enterré la paire de boucles d'oreilles quelque part dans la cour. À partir de cet instant, j'eus le cœur qui battait la chamade dès que quelqu'un de la maison tournait son regard vers moi.

Bientôt j'appris avec inquiétude qu'il avait été décidé de soumettre toute la famille à l'épreuve du riz consacré. Tout le monde devrait en absorber quelques grains; on reconnaîtrait le voleur à ce qu'il ne tarderait pas à vomir du sang. On fit venir l'imam de la mosquée du quartier pour consacrer les grains, ce qu'il fit en soufflant sur un bol plein de riz après avoir marmonné entre ses dents un assemblage de sons parfaitement incompréhensibles. Puis chacun d'entre nous dut prendre un peu de riz dans le creux de la main et se le mettre dans la bouche. Tout le monde mâchait ses grains en jetant des coups d'œil à droite à gauche, pour voir lequel d'entre nous allait vomir son sang. J'étais si anxieuse que je me mis à trembler de tout mon corps, au moment de mâcher mon riz. J'étais sûre que c'était moi qui allais vomir! Que tous allaient se pencher sur le résultat et y déceler des traces sanguinolentes. À la suite de quoi on ne manquerait pas de me battre jusqu'à m'arracher la peau, avec toutes les branches de la cour. Je me retrouverais rouée de coups, dans la boue. Alors j'irais piteusement déterrer les boucles d'oreilles de tante Jhunu, ne sachant plus trop si je les avais cachées au pied du cocotier ou vers l'escalier des cabinets. Je ne pouvais croiser le regard de tante Jhunu sans me sentir coupable, comme si je me voyais avec ses yeux à elle, comme si toute ma personnalité était tombée en son pouvoir.

Trois personnes furent exemptées de l'épreuve du riz consacré: Grand-père, oncle Shoraf et la servante Fulbahari. Les deux premiers étaient absents depuis plusieurs jours; quant à Fulbahari, se redressant toute droite, en fixant à sa taille le pan de son sari, elle avait refusé en disant: «Je ne suis pas une voleuse; ce n'est donc pas la peine que je mange le riz consacré. L'homme qui est venu souffler dessus, je le connais! C'est un beau salaud! Il m'est arrivé de travailler chez l'imam, je sais comment il est. Vous ne me ferez pas avaler un grain qu'il a touché! Plutôt mourir!» Et elle avait conclu son discours en crachant ostensiblement par terre. Pas question pour elle de se prêter à l'épreuve du riz.

«Comment peux-tu traiter notre imam de salaud, Fulbahari? Ne sais-tu pas que c'est un péché?» lui demanda Maman, ulcérée.

Le corps maigre de Fulbahari ressemble à une tige de bambou frottée d'huile, d'un noir bien luisant. Elle a le visage couvert de marques de variole. Un bidi pend à ses lèvres aussi noires que le reste. Elle en a toujours un coincé sur l'oreille, pendant qu'elle moud les épices, lave la vaisselle, nettoie les sols, balaie la cour. Dès qu'elle a fini ses travaux, elle va s'asseoir, adossée au mur extérieur de la cuisine, pour le fumer en paix.

Son refus de se soumettre à l'épreuve du riz a convaincu tout le monde de sa culpabilité. Puisqu'elle refuse d'avaler le riz de l'imam, on décide de procéder à l'épreuve du bol, sur la suggestion de tante Runu. C'est une parente, Jobeda Khatun, la femme d'oncle Kana, qui présidera au déroulement de l'épreuve. On lisse d'abord le sol de la cour avec de l'argile bien glissante, puis on pose au centre un bol en laiton. Enfin quelqu'un né sous le signe de la balance doit tenir le bol qui va se mettre à bouger tout seul, jusqu'à ce qu'il s'arrête devant le coupable qu'on veut démasquer.

Jobeda Khatun a été appelée, puisqu'elle est balance. Dès qu'elle met les mains sur le bol, celui-ci la tire jusqu'à lui faire traverser toute la cour et à la conduire devant notre cuisine, où il s'arrête net sous les fesses de Fulbahari, alors accroupie, penchée en avant, pour écraser des épices avec un rouleau de pierre. Derrière le bol et Jobeda Khatun, suit toute la famille. «Fulbahari, rends immédiatement les boucles d'oreilles!» hurle aussitôt oncle Hashem.

La réponse de Fulbahari ne se fait pas attendre. Se redressant comme un cobra, elle s'écrie : «Ce n'est pas moi qui ai volé! C'est parce que je suis pauvre que vous vous figurez que je suis une voleuse! Mais vous vous trompez : ce n'est pas parce qu'on est pauvre qu'on devient forcement voleur. J'aurais certes volé si j'avais été voleuse de nature, au lieu de me tuer au travail pour avoir de quoi manger. Il s'est trompé, votre bol, un point c'est tout!» Et pendant qu'elle se défend bec et ongles, la colère fait trembler les pendants bon marché qu'elle porte aux oreilles.

«Hé, Fulbahari! Ne sais-tu pas *que femme à langue*

*trop pendue, démarche de maquerelle, consomme ruine
de mari par foires et margelles?* lui décoche tante
Runu en lui allongeant un revers de main.

Mais personne n'est disposé à reconnaître que le
bol s'est trompé. «Fulbahari, rends immédiatement
cette paire de boucles d'oreilles!» ordonne Grand-
mère.

Ses mains toutes jaunes de curcuma, levées au ciel,
Fulbahari s'écrie encore, en faisant frémir ses lèvres
noires gercées par les bidis: «Le voleur est sûrement
parmi vous! Ce n'est pas moi, que je vous dis!»

Avant même qu'elle ait fini sa phrase, Maman
s'est jetée sur elle, pour la traîner par le chignon au
milieu de la cour, sous le manguier. On voit passer
d'abord une longue chevelure noire, aussitôt suivie
du reste de Fulbahari, qui, malgré tous ses efforts,
n'arrive pas à trouver prise au sol. Déjà oncle Tutu
ressort de la cuisine avec une branche enflammée
qu'il a retirée du fourneau et commence à en frapper Fulbahari de toutes ses forces. Le bidi qu'elle
avait coincé à son oreille est tombé à terre et a disparu, écrasé sous elle, tandis qu'elle est traînée par
toute la cour et hurle à perdre haleine: «Fulbahari
n'est pas une voleuse!»

Elle fut chassée de la maison le jour même. Je la
revois encore partir en boitant dans la venelle.
J'étais sûre que ce n'était pas elle qui avait volé le
bijou. Qu'elle avait raison: le bol s'était trompé!

Dès le lendemain, une femme d'âge moyen, habi-
tante du *bustee* du coin, répondant au nom de Toï-
toï, fut engagée à la place de Fulbahari. Elle
s'appelait en réalité Nurjahan. Mais voilà, elle avait
quelques canards qu'elle faisait rentrer chez elle
tous les soirs en les attirant au cri de toï-toï-toï…
On la voyait alors passer dans la venelle suivie par
sa procession de canards caquetants. Ce spectacle
quotidien avait inspiré oncle Tutu qui lança la
mode d'appeler Nurjahan du cri qu'elle utilisait
pour guider sa volaille. Et bientôt, à l'exception de

Grand-mère, tout le monde ne l'appela plus que Toï-toï. Ce petit bout de femme, avec des dents toutes rouges de bétel et d'arec, devint donc notre nouvelle bonne à tout faire.

Depuis tôt le matin jusqu'au soir, Toï-toï écrasait les épices, faisait la vaisselle, le ménage dans notre maison. Elle faisait aussi la cuisine, que nous ne partagions plus avec Grand-mère et les siens. Pour tout cela, elle gagnait cinq takas par mois, plus un repas par jour.

Il était on ne peut plus facile de trouver une domestique à ces conditions, qu'elle rentrât chez elle le soir ou qu'elle vécût à domicile. La réserve de bonnes à tout faire était là, à deux pas, avec le bustee qui regorgeait de femmes en quête de travail. Une de renvoyée, dix de retrouvées ! Une fois la prétendue voleuse Fulbahari rouée de coups, la place fut pour Toï-toï. Laquelle fut bientôt chassée en raison d'absences par trop fréquentes, et d'un manque d'assiduité au travail. C'est-à-dire qu'elle était un peu trop pressée de partir, le soir venu, sans doute pour aller s'occuper de ses enfants, Alek et Khalek, et… de sa douzaine de canards. « Cette femme n'est vraiment pas sérieuse dans son travail, avait dit Maman à Grand-mère. Elle me laisse préparer toute seule le repas du soir. Ce qu'il me faudrait, c'est une bonne à domicile…

– Donne lui encore une chance, histoire de quelques jours, avait conseillé Grand-mère. Nurjahan est une bonne fille, tu sais. Pas une voleuse ! »

Mais Maman n'avait rien voulu entendre. Elle remit à Toï-toï ses deux takas et demi de salaire, pour un demi-mois de service, en lui disant : « Tiens, voilà tes gages ! Je n'ai plus besoin de toi : j'ai trouvé une nouvelle servante. »

Personne ne songea à critiquer ce renvoi. Il y avait tant de filles au bustee ; il suffisait de tendre la main !

Après le départ de Toï-toï, Maman doit passer ses journées dans la cuisine, à entretenir le feu du four-neau, à trier et couper les légumes, à laver le pois-son et la viande, puis à les faire cuire. Elle s'arrache les cheveux, perdant tout son temps à chercher quelque chose, faute de savoir où les bonnes ont rangé les affaires.

« Va donc demander des allumettes à Aman-ud-Daula », m'ordonne-t-elle.

Depuis que Toï-toï n'est plus là, Maman me confie souvent de petites tâches. Elle sait qu'oncle Aman a toujours une boîte d'allumettes, puisqu'il fume. C'est pourquoi elle m'envoie auprès de lui. L'ennui, c'est qu'il habite dans l'espèce de cabane où oncle Shoraf m'a fait entrer il y a quelque temps pour me montrer *une chose amusante* ! Quand je pousse la porte, je constate qu'oncle Aman est couché sur son lit. Il ressemble beaucoup à Papa. Comme lui il a les cheveux qui frisent, un nez bien droit, de grands yeux, d'épais sourcils très noirs, le teint clair. Il est simplement moins haut de taille.

L'aspect de la pièce a complètement changé. Il n'y a plus ni fagots ni souris. Un des murs de tôle est recouvert d'une grande photo encadrée de mon oncle, peigné à la mode, chaussé de mocassins. À droite de ce cadre, figure un calendrier avec un portrait de fille. Dans un coin, un petit miroir et un peigne sont accrochés. Il y a aussi un porte-vête-ments sur lequel reposent, non pliés, chemises et pantalons.

« Kaku, Maman voudrait des allumettes ! dis-je en contemplant la photo du calendrier.

– Qu'est-ce qu'elle veut faire avec des allumettes, ta mère ? demande oncle Aman en se redressant sur son lit et en se grattant les poils de la poitrine.

– Elle a besoin d'allumer le fourneau pour faire la cuisine.

– Mais je n'en ai pas, moi, d'allumettes ! » s'écrie mon oncle.

Comme, à cette réponse, je m'apprête à ressortir,

il me tire en arrière pour me faire de nouveau rentrer dans sa chambre. «Doucement! Pas si vite!
Tiens, en voilà des allumettes!» me dit-il en riant de
toutes ses dents et en me sortant aussitôt de ses
doigts une petite boîte, comme par magie. Mais, au
moment où j'avance la main pour prendre la boîte, il
retire la sienne. Il recommence plusieurs fois ce petit
jeu. Telle une luciole, la boîte d'allumettes alternativement apparaît, disparaît. Je m'approche de plus
en plus d'oncle Aman, pour tenter de saisir la boîte
au vol, et lui m'attire de plus en plus près. Là, il se
met à me faire des chatouilles sur le ventre, sous les
bras, jusqu'à m'allonger sur son lit. Je me recroqueville tel un escargot dans sa coquille. Il m'attrape et me lance en l'air comme si j'étais une balle
pour jouer. Puis, alors que je retombe sur le lit, il
descend sa main dans mon short, de plus en plus
bas. À force de gigoter, je me retrouve les pieds à
terre, le dos au bord du lit, le short baissé jusqu'aux
genoux, eux-mêmes suspendus entre le lit et le sol.
Autour du cou, j'ai toujours mon talisman – la petite
boîte contenant le dessin des sandales du Prophète
avec un verset du Coran – destiné à me délivrer de
mes terreurs. Je vois mon oncle soulever son lunghi, découvrant à mes yeux comme un gros serpent
qui se dresse en ma direction pour me mordre de
ses crochets. J'ai beau tenter de me pelotonner sur
moi-même, je sens avec effroi le serpent me mordre
entre les cuisses. Une fois, deux fois, trois fois... La
frayeur me raidit comme un morceau de bois. Mon
oncle fixe mon regard éperdu de terreur en me
disant: «Tu veux des bonbons? Je t'en achèterai
demain. Tiens, les voilà, tes allumettes!... Et écoute-
moi bien, trésor: surtout, ne t'avise de raconter à
personne que tu as vu mon zizi et que j'ai vu ta
petite chatte! Ce sont de vilaines choses, il ne faut
pas en parler à qui que ce soit! C'est compris?»
    Sitôt dit, je me retrouve hors de la chambre, les
allumettes à la main. J'ai mal entre les cuisses,
envie de faire pipi... et je constate que mon short

est tout mouillé, comme si j'avais déjà fait. Quel est donc ce jeu dont je ne connais pas le nom ? Pourquoi oncle Shoraf, puis oncle Aman ont-ils l'un et l'autre voulu jouer avec moi de cette façon ? L'un et l'autre m'ont ordonné de n'en souffler mot à personne. Et j'ai l'intime conviction que non, il ne faut surtout rien en dire à quiconque. Bien que je n'aie que sept ans, il m'apparaît clairement que c'est là un jeu honteux, qu'il convient de taire absolument, de garder pour moi comme le plus grand des secrets.

Aujourd'hui encore, je me demande pourquoi je n'ai pas à l'époque informé quiconque de mon entourage de ces deux agressions dont j'avais été victime. Était-ce que je craignais pour la réputation de mes oncles ? Personne, que je sache, ne m'avait pourtant confié le soin de préserver leur honneur aux yeux du monde. Certes, mais ils étaient mes oncles, et on m'avait appris, et comme il était écrit en toutes lettres dans mon livre d'école : tu respecteras toujours tes aînés ! Je me fiais entièrement à l'image éminemment respectable que j'avais d'eux, prête à nier la réalité de ce qui s'était passé, à me figurer que tout cela n'était qu'invention de ma part, ou un cauchemar que j'aurais fait – à moins que mes agresseurs ne fussent en réalité d'autres personnes, des ennemis, qui auraient pris l'apparence de membres de ma famille ?

Qui m'avait rendue muette à ce point, qui m'avait enseigné à souffrir en silence, dans la plus absolue solitude ? Je savais sans doute confusément que si je m'étais plainte, on m'aurait soupçonnée d'être possédée par des djinns, on m'aurait prise pour folle, on m'aurait accusée de mensonge, d'abriter le diable en moi, plus personne ne m'aurait plus jamais prise sur ses genoux pour me câliner – au contraire on n'aurait pas arrêté de me battre, pour faire fuir le démon… C'est probablement dans le souci d'éviter ce sort funeste que je me gardai de rien dire.

Sans doute ne considérais-je personne de mon

entourage comme assez digne de ma confiance,
assez intime, pour lui révéler ma souffrance, pour
oser pleurer tout mon soûl, pour tout dire sans retenue, pour montrer mes blessures... Même Maman,
dans le sari de qui j'étais tout le temps fourrée, mon
refuge, mon arbre à l'ombre protectrice, ma source
d'eau pure, je ne pouvais imaginer de me confier à
elle. À qui l'aurais-je donc fait?

C'est l'époque où je commençai à me sentir
double, comme si coexistaient en moi deux person-
nalités différentes : la sociable, qui se joignait aux
autres pour aller voir la lanterne magique, jouer à
la marelle ou à colin-maillard ; la taciturne qui restait des heures le regard perdu dans le vague, au
bord de la mare, le long de la voie ferrée, sur l'escalier de la maison. Seule au milieu du tumulte de
la foule. Séparée de tous par mille et mille lieues de
distance. Une distance infranchissable, même pour
Maman. Une distance telle que, même si je faisais
un effort pour tendre la main, je ne pouvais saisir
tout autour de moi que du vide.

Chez le pîr

C'est en 1969 que nous quittâmes le quartier d'Akua et la mare à carpes le long de la venelle aveugle, la maison au toit à quatre pans de Grand-mère, cachée par une haie de dattiers et d'aréquiers, la cour, et son puits derrière son bouquet de cocotiers. Nous laissions aussi notre salon – une maisonnette au nord d'une autre cour, à l'opposé de notre chambre à coucher, avec les toilettes attenantes ; notre salle à manger-cuisine, donnant sur une troisième cour, avec d'un côté la chambre de mes frères et de l'autre la grange transformée à l'usage de mon oncle Aman – la provision de bois étant, depuis son installation, gardée dans une sorte de cabane peinte en rouge construite non loin du salon.

Cette année-là, donc, nous quittâmes, mes parents, mes frères, Yasmine et moi, tout cet environnement si familier pour emménager dans la vaste demeure d'Amlapara, où il suffisait d'appuyer sur un bouton pour que les pièces s'illuminent, pour qu'aux plafonds tournent les ventilateurs. Les pièces étaient immenses, et, avec les énormes colonnes qui soutenaient le toit, au-dessus de la véranda, cela avait vraiment un air de palais : n'y manquaient que le raja et son vizir ! Comme si nous avions profité de leur absence pour occuper leur magnifique résidence.

Les fenêtres, pourvues de vitres colorées – rouges,

bleues, jaunes, violettes –, étaient d'une hauteur
prodigieuse. Il fallait monter trente-huit marches
pour passer de la cour au vestibule. À l'intérieur, les
murs des pièces étaient creusés d'une grande quantité de niches, comme on en voit dans les temples.
Plus tard, Papa devait les fermer, de même qu'il
devait faire démolir l'escalier d'entrée, qui occupait tout le devant de la maison, pour aménager une
véranda rectiligne comme un préau d'école. Je soupçonne qu'en cela Papa était désireux d'imiter la
demeure d'un riche habitant du quartier, un certain
M. A. Kahar, dont la résidence avait des murs sans
niches et une véranda aussi droite qu'un couloir.
Papa a toujours eu un faible pour le luxe et les
manières des riches. De toute façon, Papa ne disant
jamais rien à personne de ses projets, il n'était pas
étonnant de voir un beau jour débarquer de pleines
bennes de sable, de ciment et de briques, destinées à
faire subir quelques transformations à la maison –
transformations dont pas un de nous, avant la fin
des travaux, n'aurait pu dire à quoi elles abouti-
raient. Il aimait cultiver le mystère...

Notre nouvelle maison était la plus haute du
quartier. Un vrai gratte-ciel. La veille de notre
emménagement, Chotda et moi étions venus y passer la nuit. Chotda avait apporté sa guitare. Il en
joua jusque très tard, pendant qu'allongée sur la
housse jaune de l'instrument, je m'amusais à tester
l'écho de la pièce. Je criais : «Chotda !» pour vérifier si le son reviendrait sept fois, attestant la présence des sept princes, fils du raja, cachés dans les
murs du palais, me faisant la nique à leur
manière... en répétant tout ce que je disais. J'étais
fascinée !

La maison était entourée d'un rempart de cocotiers et d'aréquiers, et il n'y avait pas moins de
trente espèces de fleurs et de fruits dans le jardin.
Je n'arrivais pas à croire qu'une maison si extraordinaire fût vraiment à nous.

Peu de temps après notre installation, survinrent
un certain nombre d'incidents. D'abord, des voleurs
s'introduisirent chez nous, en descellant les barreaux d'une fenêtre, et dérobèrent des bijoux et une
importante somme d'argent. Ensuite, Maman aper-
çut un jour, devant le cinéma Oloka, Papa en compagnie de Raziya Begum, sur un rickshaw.

Enfin, Dada et quelques amis à lui sortirent un
petit magazine, dénommé *La Page*, qui présentait un
mélange de poèmes, de nouvelles et de devinettes.
Dada y publia un poème de sa composition, intitulé
«L'arc-en-ciel», mais qu'il signa de mon nom à
moi, ce qui me valut de le voir imprimé pour la première fois, sous la forme Nasreen Jahan Taslima,
bien que tante Jhunu m'eût inscrite à l'école Vidyamoyi en abrégeant quelque peu, ce qui avait donné
Taslima Nasreen.

«J'imprimerai un autre poème sous ton nom,
dans le prochain numéro, me dit Dada.

– Et si je l'écrivais moi-même? lui répondis-je,
enthousiaste.

– Ne raconte pas de bêtises! Tu ne prétends pas
savoir écrire, tout de même!» s'écria Dada avec un
petit rire vexant, qui me jeta aussitôt dans la plus
profonde dépression. Je m'en allai précipitamment
ramasser des jujubes dont je me gavais sur la terrasse, après avoir bien taché ma robe. Mais qu'importe? À cette minute, tout m'était indifférent; ne
comptait plus qu'une chose: écrire moi aussi des
poèmes.

C'est à partir de ce jour que je pris l'habitude, dès
que mon frère aîné s'absentait de la maison, d'aller
ouvrir le tiroir de son bureau pour en sortir son
cahier de poésie que je dévorais avec passion, tout
en regrettant de n'être pas aussi douée.

À quelque temps de là, Papa revint à la maison
avec un électro-magnétophone d'occasion, fabriqué
en Allemagne, qui devait bien peser dans les vingt
kilos. Dada ne manqua pas d'inviter tous ses amis à

voir la merveille *made in Germany*. Lui qui avait
toujours eu un faible pour Hitler, il ne se lassait pas
de répéter cette formule magique – made in Germany. Il ne se sentait plus de joie, à l'idée de posséder un objet fabriqué au pays du grand homme. Ses
amis, qui n'avaient jusqu'à ce jour jamais connu que
notre classique *La Voix de son maître*, regardaient la
machine avec des yeux tout ronds, fascinés par le
mouvement du ruban d'une bobine à l'autre. Après
cette découverte, nous vîmes débarquer à la maison
une cohorte de voisins tels Narayan Sanyal pour
enregistrer une petite pièce de théâtre, Pintu pour
s'enregistrer à la guitare, Mahbub pour immortali-
ser son interprétation des chansons de Kazi Nazrul
Islam...

Je ne pouvais assister à toutes ces activités que de
loin, debout à la porte, en écartant un coin du rideau.
Jamais je ne reçus la permission tant espérée de
m'approcher, quand Dada, par exemple, enregis-
trait sa propre interprétation de poèmes de Tagore
ou de Nazrul qui lui avait valu une grande réputation dans la ville. Des journées entières, Dada et
Chotda, penchés sur l'électrophone, écoutaient les
chansons de Hemanto Mukhopadhyay et Manna
Dey. Mais, quand par hasard je m'enhardissais à
faire quelques pas en leur direction, Dada me mettait aussitôt en garde : « Ne touche à rien. Et file de
là ! Tu n'as rien à y faire ! »

Bien sûr, je trouvais le moyen de toucher à l'objet
sacré en l'absence de mes frères. Et, dans ces
moments-là, quand Yasmine voulait aussi y mettre
la main, je lui jetais un non moins sévère : « Ne
touche à rien ! Et file de là : tu n'as rien à y faire ! »
qui la tenait à distance. J'appuyais sur deux ou trois
boutons et la chanson commençait. Je n'avais plus
qu'à m'allonger confortablement et à me laisser
porter par la musique. Mon bonheur n'était terni
que par le regret de ne pas être Dada, de devoir me
cacher pour faire ce que je voulais.

À la suite du vol dont nous avions été victimes, Papa décréta que portes et fenêtres devraient rester fermées. Pas question d'ouvrir pour se donner un peu de fraîcheur, même si on crevait de chaud. Quant à la fenêtre endommagée, Papa y fit rajouter trois autres barreaux! On se serait cru en prison. Toutes issues fermées, la maison prenait des allures de cachot obscur, si bien que même en plein jour nous devions allumer l'électricité pour étudier ou prendre les repas. Belle impression que celle de se sentir comme des rats au fond de leur trou.

Quant à Maman, depuis qu'elle avait surpris Papa et Raziya Begum ensemble, elle ne quittait plus son lit. Refusant de faire la cuisine et même de se nourrir, elle restait à se morfondre dans la chambre où elle avait déménagé toutes ses affaires, décidée à ne plus vivre dans la même pièce que son mari. Quelqu'un de non averti aurait certainement pris Maman pour une grande malade. Elle ne se lustrait plus les cheveux à l'huile, ne se peignait même plus. Elle ne soignait plus les boutons de chaleur qui lui couvraient la peau, et ne changeait plus de sari, bien qu'il pût la transpiration. Elle ne parlait plus à personne, sinon, le soir, lors du retour de Papa à la maison, pour se plaindre d'une voix aigre: «Te voilà! Tu t'es payé du bon temps avec cette fille toute la journée, n'est-ce pas? Ah! je comprends maintenant pourquoi tu as acheté une si grande maison: c'est pour l'y installer, quand tu auras fini par l'épouser...»

Papa ne répondait jamais aux jérémiades de Maman. Comme s'il n'entendait rien. Comme si ces propos ne s'adressaient pas à lui. Comme si c'étaient des paroles en l'air, sans queue ni tête, des miaulements de chat ou le glouglou d'une marmite sur le fourneau. Bref, il ignorait totalement l'existence de Maman, et ses cris incessants lorsque, s'étant enquis des enfants, des domestiques, des animaux, il faisait calmement le tour de la cour. Sur quoi il appelait Moni, la nouvelle bonne, pour qu'elle lui serve son

repas du soir. Après avoir bien mangé et fait son rot,
il allait devant le miroir peigner ses cheveux lustrés
à l'huile de moutarde, puis ressortait de sa chambre.
Maman l'attendait au passage pour reprendre ses
récriminations sans fin : «Quand je pense à tout ce
que mon père a fait pour toi ! C'est grâce à lui que
tu es médecin aujourd'hui ! Sinon, tu serais resté
paysan comme tes aînés ! C'est l'appât du gain qui
t'a fait m'épouser ! Et maintenant que tu gagnes
bien ta vie, tu préfères aller t'amuser avec une
femme déjà mariée ! Mais Dieu te punira, te
détruira, tu verras ! Tu perdras tout : ta fortune, ton
orgueil ! Fini de jouer au riche ! je te maudis, tu
m'entends, je te maudis ! Puisse Dieu te châtier,
dans la proportion où tu as mangé le sel de mon
père ! Que les quatorze générations qui te suivront
périssent, rongées de lèpre ! »

Maman était en effet persuadée que Papa s'apprêtait d'un jour à l'autre à épouser Raziya Begum
et à vivre avec elle dans notre palais d'Amlapara.
Pendant ces moments de colère incontrôlée qui
s'emparait presque chaque soir de notre mère,
aucun d'entre nous n'osait montrer le bout de son
nez. Mal m'en prit le jour où me sortit de la bouche,
par inadvertance : «Pourquoi cries-tu autant ? On
n'est plus chez Grand-mère ici ! »

Aussitôt, comme un ouragan, Maman fondit sur
moi. M'attrapant par les cheveux, elle me projeta
contre le mur, tandis que la chaise sur laquelle j'étais
assise tombait à la renverse. Après m'avoir fait tourner un moment comme une toupie, elle m'assena
deux gifles magistrales, en me hurlant : «Qu'est-ce
que tu dis, espèce de saleté ? Est-ce que ton père t'a
jamais regardée ? Alors, quel besoin as-tu de prendre
son parti ? Tel père, telle fille sans doute ! Allez, vous
êtes bien du même sang ! De la même graine de
salaud ! Espèce de sale sorcière, qui me fais souffrir
depuis ta naissance ! Je n'ai que des malheurs depuis
que tu es venue au monde ! J'aurais dû te tuer au ber-
ceau, en te faisant bouffer du sel, tiens ! »

Ces mots terribles me firent immédiatement monter les larmes aux yeux. Et pas une fois, Maman ne
se retourna vers moi, ce jour-là.

De jour en jour, sa manière de parler se faisait
plus vulgaire, son allure de plus en plus négligée,
ses yeux de plus en plus cernés. Du matin au soir,
elle passait son temps à injurier toute la maisonnée.
Elle en était même venue à haïr ses enfants. À voir
dans les domestiques de véritables ennemis travaillant à la ruine de son foyer. Combien de fois,
par crainte d'être empoisonnée, victime d'un complot de ses proches, avait-elle jeté dans la cour les
repas que Moni venait lui servir dans sa chambre ?
Quand ses frères et sœurs venaient lui rendre visite,
elle leur décrivait avec force détails comment elle
avait surpris Papa et Raziya Begum amoureusement assis sur le rickshaw. Ces longs récits plaintifs
la laissaient en larmes, dans le désarroi le plus
total. Ah ! il s'était bien envolé, son rêve de se
construire une nouvelle vie, belle et douce, dans
une nouvelle demeure !
La situation était telle que nous en étions venus à
ne plus nous émouvoir de ce que Maman pouvait
lancer à la tête de Papa, qui restait de marbre en
toute circonstance. Elle pouvait lui cracher dessus
sans que cela nous parût en rien exceptionnel. Nous
nous contentions de pencher le nez sur nos tables
d'étude et de faire semblant de ne rien entendre ni
voir. Pour ma part, au cours de ces explosions de
violence, j'essayais de m'absorber dans un problème compliqué de mathématiques – un des
grands avantages des problèmes étant qu'il est tout
naturel, pour en trouver la solution, de faire pas
mal de gribouillis dans les marges de cahier. À me
voir griffonner des signes bizarres, tout le monde
devait croire que j'étais en train de me creuser les
méninges pour résoudre une opération particulièrement difficile. Personne ne se serait douté qu'en
réalité, afin d'échapper à la tension du moment,

j'évoquais sous forme de dessin le doux souvenir
d'un ciel d'après-midi chargé de nuages, animé par
le vol des mouettes, longuement contemplé du bord
d'un étang à la surface parfaitement calme, entouré
de champs déserts à perte de vue... Si j'entendais
quelqu'un s'approcher de moi, il me suffisait de bar-
bouiller le tout de quelques rapides coups de crayon,
pour le maquiller en ratures de problème d'algèbre.
Ni Papa ni Maman ne sauraient jamais le moyen que
j'avais de m'évader de ce présent douloureux.

Un soir, Papa avait à peine mis le pied dans la
maison que Maman était déjà partie à l'attaque :
« Ah ! Le voilà ce fumier ! Il en a terminé aujourd'hui
avec sa poule ! Cette salope, cette pute... ! » Papa,
qui ne s'était encore ni lavé, ni changé, ni décra-
vaté, se précipita dans la chambre de Maman en
rugissant : « De quoi te plains-tu ? Tu as le gîte et le
couvert ! Alors qu'as-tu à être sans arrêt sur mon
dos, hein ? Qu'est-ce que tu cherches, à la fin ? »

Frappée de stupeur en entendant Papa répondre
aux récriminations maternelles, contrairement à
son habitude, je suspendis mon souffle. Mon crayon
tremblait entre mes doigts, au-dessus de la marge
de mon cahier – un tremblement que je sentais me
remonter tout le long du bras. Mais bientôt, les cris
au secours de Maman me tirèrent de ma chaise et
me menèrent jusqu'au seuil de sa chambre, d'où
j'assistai à une scène terrible. Bien que je n'aie
jamais vu pareille horreur, je ne puis la comparer
qu'à l'attaque d'un tigre se jetant sur un humain
pour l'égorger. Tenant Maman par les cheveux, Papa
la traînait par terre en la rouant de coups de pied à
la poitrine et au ventre. De ses robustes chaussures
en cuir de marque, il la frappait, hors de lui, la cravate desserrée. Malgré ses efforts, Maman ne parvenait pas à lui échapper et à se réfugier sous le lit.
L'un après l'autre, Dada, Chotda et Yasmine me
rejoignirent à la porte. Comme de petites souris
craintives sorties de leur trou, nous regardions,
paralysés, le sang commencer à couler du nez et de

la bouche de Maman qui piaillait : « Il va me tuer !
Au secours ! Faites quelque chose ! » Mais aucun de
nous n'avait le courage d'avancer d'un pas, alors
que Maman gémissait pitoyablement, traînée dans
sa propre urine. « Tu recommenceras à me dire des
choses pareilles ? Hein ? Je ferais mieux de te tuer,
tiens ! criait Papa, hors d'haleine.

— Non ! Non ! Je ne le ferai plus ! Je t'en supplie !
Lâche-moi ! » suppliait à présent Maman sanglo-
tante, à genoux dans une mare de pisse, à moitié
déshabillée, ses mains jointes tendues vers Papa.

Papa lâcha enfin prise et ressortit de la chambre,
chassant devant lui quelques souris épouvantées.
Nous l'entendîmes envoyer balader violemment ses
chaussures. Maman passa tout le reste de la nuit par
terre à pleurer. J'avais grande envie d'aller la consoler en lui disant : « C'est fini, Maman ! Ne pleure
plus ! Tu verras, un jour je te vengerai ! » Mais je
manquai de courage. J'allai me coucher sans manger. Allongée sans parvenir à trouver le sommeil, je
rêvais les yeux ouverts : je rêvais que je quittais
pour toujours cette maison, que je partais très très
loin, pour une autre vie, pure et lumineuse.

Quelques jours après cet événement, oncle
Hashem, qui avait guetté Papa dans la rue, lui admi-
nistra une correction si féroce qu'il le ramena chez
lui à demi mort, et le jeta dans la cour tel un vulgaire sac de sable en rugissant : « Si tu lèves la main
sur ma sœur encore une seule fois, je jetterai ton
cadavre à bouffer aux chiens, tu m'entends ! »

Malgré son physique d'acier, Papa dut garder le
lit pendant une semaine entière avant de se remettre
de cette raclée. Moni allait lui porter ses repas. Sept
jours durant, il me fit appeler matin et soir à son
chevet pour me recommander de bien faire mes
devoirs. « Tu verras, si tu travailles bien maintenant
à l'école, tu réussiras quand tu seras grande ! » me
répétait-il.

Le dernier jour, il me convoqua de nouveau pour

me dire : « Apprends bien par cœur tous tes livres ! Il faut que tu sois toujours la première en classe. Ceux qui obtiennent les meilleurs résultats et toi, vous mangez la même chose, n'est-ce pas ? Alors, il n'y a aucune raison pour que tu ne sois pas première, toi aussi ! Ils n'ont pas plus de matière grise que toi, tu sais ! Ai-je tort… ?

– Non », dis-je en secouant énergiquement la tête.

Bien que j'aie maintes fois pensé que je manquais d'une certaine quantité de matière grise dans le crâne, je fis la réponse que Papa avait envie d'entendre. N'était-ce pas le parti le plus sûr ?

« Ma gentille petite fille veut bien me masser les cheveux, maintenant ? » demanda-t-il d'une voix très douce.

Appuyée sur le côté du lit, je plongeai les doigts dans l'épaisse chevelure paternelle. Comme si ces doigts n'étaient pas les miens. Comme si je n'étais pas cette fille debout au chevet de son père… Indifférente, je regardais ailleurs, par la porte ouverte, en direction de la pompe dans la cour, à côté de laquelle l'eau du bassin scintillait sous le soleil. J'étais soudain prise d'une envie de nager à grands mouvements dans l'eau pure, sans même penser que je n'irais pas loin, dans un réservoir de deux mètres de long. Voilà comment, en cet instant, je m'échappai, pauvre esclave de la maison, pendant que ma main courait maladroitement dans la chevelure de Papa, telle une souris à moitié assommée par la patte d'un chat.

« Là, là, ma chérie ! Ça fait du bien ! ne cessait de répéter Papa.

– *Ji* », réussissais-je à articuler, dans le plus grand embarras.

Maman, toujours très inquiète à l'idée que je puisse ignorer les bonnes manières, m'avait soigneusement enseigné qu'on ne devait pas répondre *oui* mais *ji* aux aînés, en signe de respect. Elle m'avait aussi appris qu'il fallait aller se prosterner aux pieds des aînés de la famille, le matin de la fête de l'*Îd*, geste

que je n'ai jamais pu accomplir avec qui que ce fût.
Maman avait beau me pousser devant Papa, je restais droite comme un piquet, incapable de faire ce
qu'on attendait de moi.

«Tire-moi plus fort sur les cheveux!» demanda
soudain Papa d'une voix plaintive.

Quand je me mis à masser plus vigoureusement
ses cheveux, qu'il avait très drus, frisottants, des
croûtes de sang remontèrent à la surface, qui s'écra-
saient entre mes doigts comme des grains de terre
noire. Je me demandai soudain avec angoisse si
Papa n'allait pas mourir. Je le voyais déjà allongé
sur ce lit, raide mort. J'imaginai que, tandis que je
continuerais à le masser, je constaterais tout à coup
qu'il avait cessé de respirer. Je resterais des jours et
des nuits à son chevet sans qu'il n'ouvre plus la
bouche pour me dire : «Ça suffit, tu t'es donné assez
de mal, ma chérie! Va faire tes devoirs, maintenant! Travaille bien à l'école, et tu verras, tu réussiras dans la vie!»

Le soleil a quitté la surface de l'eau du réservoir,
pour se poser sur le tronc du goyavier. Papa s'est
mis à ronfler. Je ne tarde pas à quitter la pièce sur
la pointe des pieds. Maman attend sur le pas de la
porte, un verre à la main. Elle me murmure à
l'oreille : «Tiens! Va porter ça à ton père!

– Il s'est endormi! je réponds à voix basse.

– Ça ne fait rien, va le lui porter quand même! Il
le boira à son réveil. Ton père adore la citronnade…»

En fille obéissante, je vais donc porter le verre en
question sur la table de chevet, près de Papa. Maman
a mis un beau sari rouge imprimé. Elle a recouvert
sous le pan orné de motifs ses cheveux joliment
noués en chignon. Après avoir, d'un regard débordant de compassion, contemplé du seuil son époux
endormi, elle se faufile dans la chambre jusqu'à son
chevet et se met à lui caresser la tête.

Je saisis l'occasion pour m'enfuir à toutes jambes.
Je monte sur la terrasse où je me régale de quelques

goyaves bien mûres, en regardant les filles du voisinage jouer à la marelle, dans la cour des Profullo.
Impossible d'aller me joindre à elles, tant que Papa
ne quitte pas sa chambre! Quand il est présent à la
maison, il exige que nous restions tous à portée de
son regard.

J'allais entamer ma dernière goyave, quand j'entends Papa m'appeler. Je descends en courant me
mettre à ses ordres, près de son lit. «Qui m'a apporté
ce verre? me demande-t-il, d'un ton peu engageant.

– Maman, je fais en baissant les yeux.

– Qu'est-ce qui lui prend? Est-ce que je lui ai
demandé quelque chose?» s'écrie-t-il en se redressant et en s'asseyant au bord du lit. On dirait qu'il
y a des flammes dans sa voix, il frappe dans ses
mains comme s'il s'apprêtait à me flanquer une
paire de gifles... Je reste muette.

«Enlève-moi ce verre et va le jeter dans la cour!»
m'ordonne-t-il, glacial.

Je m'exécute aussitôt sans discuter. Je cours renverser le contenu du verre sous le goyavier, tandis
que j'entends Papa hurler: «Je ne veux voir personne dans ma chambre! Dis-le bien à tout le
monde, j'interdis à quiconque d'entrer ici! Je ne boi-
rai ni ne mangerai plus rien de ce qui me sera servi
dans cette maison. J'ai parfaitement compris qu'elle
voulait m'empoisonner. C'est comme si j'abritais un
ennemi à l'intérieur de ma propre maison!»

Je me garde bien de commenter.

Le lendemain de cette nouvelle scène, tante Fozli,
de passage à la maison, s'efforce de réconforter
Maman en lui prodiguant force caresses. «Le moment
est venu de couper tes attaches avec le monde! lui
dit-elle entre deux sanglots. De renoncer à aller au
cinéma. À tous les péchés. Aux illusions de cette vie.
De ne plus t'intéresser uniquement à ton mari et à
tes enfants. Il est temps pour toi de venir sur le sen-
tier de Dieu! C'est là que tu trouveras la paix!»

C'est de ce jour que Maman ne chercha plus la paix dans les salles de cinéma, mais sur le chemin de Dieu, où elle fit ses premiers pas. Le chemin de Dieu, c'était plus concrètement le chemin de Nao-mahal, où résidait tante Fozli avec sa belle-famille. Son beau-père, un musulman non bengali, s'appelait Amirullah. Il enseignait dans une école coranique. Au moment de la Partition, il avait quitté avec femmes et enfants sa région d'origine, située en Inde, dans le district de Midnapur, pour venir s'établir au Bengale oriental. Il avait, du côté de Hajibari, près de Mymensingh, fait débroussailler un coin de forêt, où il s'était construit une maison de plain-pied dans laquelle il s'était installé. Au début, il avait travaillé comme employé dans les bureaux de la municipalité. Mais il avait bientôt abandonné cet emploi pour se consacrer à l'enseignement du Coran et de la loi islamique aux gens du voisinage, activité nettement plus lucrative, puisque ses élèves le payaient grassement – car tout le monde sait bien que Dieu aime et accueille plus particulièrement en Son paradis les croyants qui entretiennent généreusement ceux dont ils tiennent leurs connaissances sur Lui et Son Prophète.

Tante Fozli était tombée dans cette famille comme une météorite. L'entremetteur, à force d'errer à la recherche d'une fille digne de Mussa, le fils d'Amirullah, avait fini par atterrir au fond de la venelle aveugle, avec sa mare à carpes, chez Grand-mère. Il avait décidé que ce serait là ou jamais qu'il trouverait ce qu'il lui fallait.

Le lendemain même du jour ou l'entremetteur lui avait décrit la beauté de la jeune fille, Amirullah saisit son fils Mussa par le bras et se présenta chez Grand-mère avec, en outre, un plein pot de rosogollas.

« Qui demandez-vous ?
– Nous voulons voir la dénommée Fozli !
– Elle est à l'école. »

Tous les gens de la maison avaient les yeux collés aux fentes des murs de tôle pour observer les deux

visiteurs, vêtus de longues robes blanches, qui s'ex-
primaient en une langue étrangère. Dès que tante
Fozli revint de l'école, elle fut présentée à ces deux
hommes installés sur des chaises dans la cour, dont
elle se demanda pourquoi ils la dévoraient des yeux.
Ils la dévisagèrent tant et si bien que, effrayée, elle
se sauva jusqu'au bord du canal. Les yeux d'Amirullah brillaient encore, longtemps après qu'elle se fut
enfuie. N'ayant jamais vu de fille de cette beauté, il
joignit les mains devant Grand-père pour lui faire sa
requête : « Si vous êtes d'accord, je souhaiterais que
le mariage soit célébré dès aujourd'hui, sans plus
attendre ! Quitte à ce que la réception ne soit orga-
nisée que plus tard. »

Grand-mère, qui, derrière son rideau, écoutait la
conversation, avait une objection à émettre. D'un
signe elle indiqua donc à Grand-père qu'elle avait
quelque chose à lui dire. Mais celui-ci fit comme s'il
n'avait rien remarqué, sachant bien de quoi l'on se
préoccupait de l'autre côté du rideau. En effet,
Grand-mère ne se laissait pas enthousiasmer si facilement. Elle n'était pas prête à accepter que sa fille
soit mariée en deux temps trois mouvements, retour
de l'école, sans rien comprendre à ce qui lui tombait
dessus. Mais Grand-père, sourd aux objections de sa
femme, accepta d'emblée la requête d'Amirullah :
« Puisque tel est votre souhait, qu'on procède tout de
suite au mariage ! Je ne voudrais en aucun cas vous
décevoir, vous qui êtes un saint homme ! »

On partit illico à la recherche de tante Fozli dans
tout le quartier, puis, une fois qu'on l'eut retrouvée
et ramenée à la maison par la peau du cou, on l'em-
balla dans un sari rouge, prête pour la cérémonie !
L'aîné de ses frères, tout à fait mécontent de la tour-
nure que prenaient les événements, avait filé bou-
der sous un arbre. Il suivait personnellement les
études de tante Fozli qui, si elle continuait à fréquenter l'école, devait passer son brevet et s'inscrire au lycée d'ici trois ans. Et voilà que, sur un
coup de tête, Grand-père, prétextant que les filles

n'ont aucun besoin de faire autant d'études, prenait la décision de la marier, sans tolérer le moindre conseil. Déjà Amirullah, si content qu'il en avait oublié de toucher au thé et aux biscuits posés devant lui, commençait à chanter des versets du Coran, avant que les deux époux ne prononcent devant lui leur consentement au mariage, au modique prix de six takas que devaient payer les parents du jeune homme. Cela, bien que Grand-mère eût tenté de dire qu'il convenait d'augmenter la somme. « Laisse tomber ! lui avait aussitôt répliqué Grand-père, excédé. On ne va tout de même pas marchander avec un saint homme comme Amirullah ! »

La réception de mariage eut lieu quelques jours plus tard, avec le traditionnel pulao au menu. À la fin, un palanquin vint chercher tante Fozli pour la conduire dans sa belle-famille, où elle partit en pleurant à fendre l'âme, tandis que son frère aîné ne versait pas moins de larmes. Grand-mère pleura autant que le jour où, trois ans après le mariage de tante Fozli, Grand-père, sous le prétexte d'emmener promener son fils aîné, alla le marier sans crier gare à Halima, une grosse péquenaude, qui avait le suprême mérite d'être claire de peau. Boro-mama était le plus instruit des fils de la maison. Grand-mère le voyait déjà juge ou avocat. Dès son retour après la célébration si soudaine de ce mariage, Grand-père avait coupé la patate douce qui recouvrait de son feuillage tout un coin de la cour, de peur qu'un djinn ne profite de son ombre pour prendre possession de la nouvelle épouse au teint clair.

Évidemment, je n'ai pas été témoin de tous ces événements, puisqu'ils se sont déroulés bien avant ma naissance ; je les tiens des récits qu'on m'en a maintes fois fait du temps de mon enfance.

Tante Fozli avait toujours été du genre à passer son temps chez tous les gens du quartier. Du matin au soir, elle allait d'une maison à l'autre, pour le plaisir de bouger et de s'entretenir avec chacun. Amirullah de Midnapur ne tarda pas à en faire une parfaite bigote, constamment en train d'égrener son chapelet, tête voilée, dans une maison entourée de murs assez hauts pour empêcher toute personne extérieure à la famille d'apercevoir les femmes qui y vivaient. Voilà tante Fozli, qui à l'époque n'était même pas encore sortie de l'enfance, condamnée à écouter toute la sainte journée son beau-père lui enseigner doctement l'accomplissement de ses devoirs à l'égard de sa belle-famille, seul moyen pour elle, selon lui, de s'attirer la grâce de Dieu. La voilà acquiesçant à tout, en épouse et belle-fille modèle de respect et de modestie, nouvelle résidente d'une maison élue de Dieu, fréquentée par Dieu Lui-même, Qui aime à rendre visite à Ses chères créatures pour les entretenir de Ses desseins.

Une maison entourée d'arbres remplis de djinns, au point que tante Fozli fut souvent possédée, à la suite de son mariage. Les djinns restaient en elle pendant un jour ou deux, parfois même jusqu'à une semaine d'affilée. Les interventions d'Amirullah pour la délivrer la laissait effondrée à terre, signe, selon lui, que les djinns s'étaient enfin échappés de son corps.

Quand les djinns s'emparaient d'elle, tante Fozli commençait par rejeter le voile qui lui couvrait la tête, puis elle s'échappait de la maison sans porter de burkha, tenant des propos sans queue ni tête à tous les gens qu'elle rencontrait. Un jour, elle aurait même dit à son mari, croisé au carrefour voisin : « Où allez-vous de ce pas, Mussabhaï ? Voudriez-vous bien m'offrir des cacahuètes ? »

Chasser les djinns, ce n'est pas une mince affaire. Il fallait rattraper la possédée en pleine rue et la ramener de force à la maison. Puis son beau-père Amirullah devait, un bâton à la main, s'enfermer avec elle dans la pièce la plus obscure. Alors débu-

tait l'interrogatoire : «Pour quelle raison te com-
portes-tu ainsi ?

— Je m'ennuie ici. J'avais envie de me promener
par toute la ville. De manger des cacahuètes, des
gâteaux», répondait tante Fozli en s'esclaffant.

À vrai dire, ce n'était plus elle qui parlait par sa
bouche, mais le djinn Serafat, qui avait pris possession de son corps. Le responsable de toutes ces folies
– arracher son voile, jeter son burkha… –, c'était lui
et lui seul. C'était encore lui, si elle se mettait à danser comme une dingue, si elle disait tout ce qui lui
passait par la tête. Comment aurait-elle pu de son
propre chef se comporter de manière si choquante,
si impudique ?

Amirullah prenait une voix douce pour sermon-
ner le djinn : «Écoute, nous ne t'avons jamais causé
de tort. Pourquoi nous tourmentes-tu ainsi, mon
vieux ? Laisse-la donc tranquille ! Ce n'est encore
qu'une enfant ! Elle a tant de qualités ! C'est une
perle ! Je te supplie de ne plus l'importuner. Quitte-
la, s'il te plaît !»

De son côté, tante Fozli se mettait à bondir sur sa
couche, à danser en chantant, bras levés au ciel :
«Venez, mes compagnes ! Prenons-nous par la main
et dansons et chantons… !»

Baissant les yeux devant ce spectacle, Amirullah
insistait, sur un ton menaçant : «Fais attention,
mon vieux, je sais bien comment te chasser, moi !»

À ces mots, tante Fozli sautait à bas du lit. Puis,
soulevant son sari, elle tournait sur elle-même
comme une toupie, en disant, dans un éclat de rire :
«Je sais que tu es incapable de me faire du mal !

— Gare à toi ! Tu dépasses les bornes ! s'écriait
Amirullah en contractant les mâchoires.

— Qu'à cela ne tienne ! répliquait la possédée en
gesticulant. Je peux bien faire tout ce dont j'ai envie !
Je te préviens : si tu cherches à m'en empêcher, je
vous tuerai tous ! Je vous couperai la tête à coups de
tranchoir ! Ne me provoque pas !»

Cette fois, Amirullah serrait la main sur son

bâton. Avec la même force qu'elle mettait à gesticuler, il la frappait, sur le dos, sur les épaules, sur la tête. Tante Fozli n'avait jamais reçu pareil traitement de la part de son père. La seule fois où celui-ci lui avait donné une claque sur le dos, pour s'être assoupie un soir sur son livre d'école, il l'avait emmenée dès le lendemain dans une confiserie pour la régaler de tout ce qu'elle aimait.

Après ce genre de séance, tante Fozli avait l'impression que ses os avaient été réduits en poudre. «Je ne le ferai plus, je ne le ferai plus! hurlait-elle. Laissez-moi, je vous en supplie!

– Tu vas t'en aller, maintenant? demandait Amirullah au djinn, en soufflant comme un bœuf.

– Oui, promis, tout de suite! Je m'en vais! criait tante Fozli aux pieds de son beau-père.

– Quel est ton nom? demandait-il.

– Serafat.

– Où habites-tu?

– Sur le nim, dans la cour.»

Épuisée, tante Fozli s'affaissait au sol. Elle restait longtemps inerte, les yeux fermés. Puis, soudain, elle secouait la tête, comme pour se réveiller, et, reconnaissant son beau-père, elle tirait précipitamment son voile pour se couvrir le visage, en lui demandant: «Père, que faites-vous ici? Pourquoi la chambre est-elle si sombre?» Puis elle courait à la pompe en s'inquiétant: «On n'a pas encore donné à Père l'eau pour ses ablutions! Il se fait tard, pourtant!» Et à ces mots, la jeune belle-fille d'Amirullah redevenait elle-même, sous les regards et au grand soulagement de toute la maisonnée.

Le djinn Serafat s'en prenait souvent ainsi à tante Fozli, qui, à part ces moments-là, se montrait très obéissante et très pieuse. En temps normal, elle ne riait jamais, ne laissait jamais son voile glisser de sa tête. Les traces de coups sur son dos n'étaient dues qu'à ces séances qu'imposait le besoin de chasser d'elle le djinn qui la possédait. Des traces noirâtres sur son dos clair et bien fait, comme les taches à la surface de la lune.

Tante Fozli, cessant de caresser Maman, lui dit en s'essuyant les yeux au fichu qui lui couvrait la poitrine : « Oui, telle est la voie de la sérénité, Borobu. Tu devrais venir à la mosquée de mon beau-père de temps en temps. Pour écouter parler de Dieu et de Son Prophète. Tu aideras à ce qu'il y a à faire. Tu ne vas pas passer toute ta vie attachée comme ça à la vie matérielle ! À tout ce qui est si éphémère ! »

Voilà comment vient à Maman la volonté de se libérer de l'illusion du matériel. Comment elle va s'efforcer désormais de demeurer indifférente aux agissements de son mari, pour se consacrer uniquement à adorer Dieu, afin d'oublier tout le reste.

« Et tu sais, Borobu, si Père intercède en ta faveur auprès de Dieu, tu seras délivrée des affres de la tombe et tu auras tôt fait de traverser le pont qui mène au paradis. Pense à faire pencher la balance du bon côté, au jour du jugement dernier ! Que peux-tu espérer emporter de ce monde dans l'autre ? » continue tante Fozli.

Maman approuve de la tête. C'est vrai : elle n'a encore amassé aucun mérite en vue du Jugement dernier. Elle néglige même de faire les cinq prières quotidiennes ! Elle n'a pas descendu de l'étagère ni ouvert le Coran depuis si longtemps qu'il est certainement couvert de poussière. Elle n'a pas connu le bonheur en cette vie… Il ne faudrait pas le rater dans l'autre ! Cette pensée la fait trembler de peur, pendant que tante Fozli lui ouvre les yeux, en digérant son assiettée de riz au poisson avec force rots, avant de reprendre, sous son burkha noir, le chemin de la maison de son beau-père, à Naomahal, dans la localité de Hajibari.

Dès le lendemain, aussitôt l'épisode du petit déjeuner terminé, Maman se couvre de son burkha, pour filer à Naomahal. Depuis lors, elle s'y rend sans manquer un seul jour, durant des semaines, des mois.

Elle ne regarde plus personne autour d'elle. Tous les quatre, nous constatons que, chaque semaine un peu plus, Maman s'éloigne de nous. Va-t-elle un beau matin disparaître pour de bon ? Mais qui, parmi nous, aurait l'audace de faire obstacle à son chemin vers ce nouveau lieu dont elle semble ne pouvoir se passer – Naomahal, qui s'est emparé d'elle telle une drogue plus forte que l'opium ?

Un mois environ après avoir commencé à fréquenter assidûment la maison du *pîr* Amirullah, Maman, piquée par je ne sais quelle mouche sous son burkha, cachant son sari toujours chiffonné, ses cheveux toujours ébouriffés, vient m'attraper par le bras, alors que je joue avec des camarades près de la maison. « Viens, suis-moi », me dit-elle simplement.

La moindre occasion de sortir de la maison m'emplit toujours de joie. Aussi suis-je toujours prête à monter sur un rickshaw, pour n'importe quelle destination, réjouie d'avance par la sensation délicieuse du vent dans mes cheveux. Maman me fait mettre le pyjama de mon uniforme d'écolière – le seul pyjama dont je dispose, puisqu'en dehors de l'école j'ai encore l'âge de me balader en culottes courtes – par-dessus lequel elle me passe une tunique longue. La séance d'habillement se termine quand elle me couvre la tête avec cette bande de tissu, partie intégrante de notre uniforme, qu'à l'école nous portons fixée à la taille.

C'est sous cet accoutrement, à mes yeux complètement grotesque, que Maman m'embarque avec elle sur un rickshaw. Mais pas question pour moi, en exaspérant Maman, de gaspiller une occasion d'aller en promenade. Pendant tout le trajet jusqu'à Naomahal, je m'absorbe dans la contemplation des affiches de cinéma, la lecture des enseignes des magasins et le spectacle offert par la foule si diverse. Je regrette que nous arrivions si vite à destination. Si seulement je pouvais passer ma vie en rickshaw !

La maison du pîr Amirullah, dans la jungle de Hajibari, avait fini par s'étendre jusqu'à devenir une sorte de petite ville, construite de maisonnettes très espacées les unes des autres. Amirullah résidait dans un bâtiment plus élevé, aux murs crépis.

Depuis qu'elle était devenue disciple du pîr, Maman, délaissant le terme habituel de *talisab*[1], ne l'appelait plus que maître, puisqu'il avait acquis la primauté sur n'importe quel autre proche. Le premier devoir de Maman, chez le pîr, c'était d'aller se prosterner devant lui, qu'il fût endormi, en train de manger ou de faire ses ablutions avant la prière. Tous ceux qui fréquentaient sa maison devait agir ainsi : avant d'entreprendre quelque action que ce fût – allumer le fourneau, faire ses prières du matin... ou aller pisser –, il fallait qu'ils présentent leurs respects au pîr, en lui touchant les pieds. Cela était justifié par le fait qu'Amirullah était le serviteur bien-aimé de Dieu en personne, l'élu de Celui Qui aime à Se manifester aux croyants chers à Son cœur – et qui, en conséquence, ne manquait pas de Se manifester souvent auprès d'Amirullah. Bien sûr, personne ne savait exactement quand pareilles entrevues se produisaient. Selon Maman, ce devait être en pleine nuit ; ils devaient s'entretenir en arabe, qui, toujours selon elle, ne pouvait être que la *langue maternelle* de Dieu Lui-même. Elle était persuadée que si elle apprenait l'arabe en cette vie, elle pourrait peut-être un jour échanger quelques paroles avec Dieu en personne, quand elle aurait rejoint l'autre monde. Elle avait donc grande envie de l'apprendre. Elle regardait toujours les gens qui connaissaient l'arabe avec des yeux concupiscents, comme si elle voyait s'entrouvrir devant elle les portes du paradis. La seule pensée que son pîr passât ses nuits à converser avec Dieu la faisait presque défaillir dans une sorte d'extase. Elle se

---

1. Utilisé par une femme pour s'adresser au beau-père de sa sœur cadette.

disait que faire plaisir à Amirullah était, pour une
pécheresse comme elle, obstinée à courir les cinémas et les théâtres, le seul moyen envisageable de
s'attirer la pitié divine, si tant est que ce fût encore
possible.

Aussi, après s'être prosternée devant son maître,
Maman restait-elle souvent incapable de se relever,
à pleurer à longs sanglots. Ses yeux devenaient deux
torrents dont rien n'aurait su briser les flots, inon-
dant ses joues, sa gorge, son sari, jusqu'à son corsage…! Les grosses lèvres bien roses de tante Fozli
en frémissaient, lorsqu'elle prenait Maman par
l'épaule pour lui dire, du ton le plus apaisant :
« Pourquoi Dieu ne te pardonnerait-il pas, puisque
tu fais appel à Sa clémence ? Dieu est miséricordieux. Dieu est grand. Il ne te refusera pas Son pardon ! Dieu ne repousse jamais la main qui se tend
vers Lui. »

Maman était loin d'être la seule à vouloir faire
plaisir à Amirullah. Les jeunes femmes de son
espèce se bousculaient à sa porte. En fin d'après-
midi, lorsque le maître se reposait allongé sur son
lit, après avoir bu son thé, Maman et ses compagnes se battaient pour avoir l'honneur de masser
qui ses bras, qui ses jambes, qui sa tête. Maman
préférait les jambes. Si par bonheur elle parvenait à
s'en emparer, son visage s'illuminait d'un grand
sourire radieux. Les jambes, les pieds, étant ce qu'il
y a de plus impur dans le corps humain, s'abaisser
à caresser cette partie de l'individu, c'est considérer
ses impuretés mêmes comme sacrées, comme
douées du pouvoir de laver les souillures des autres.

Ces séances de massage duraient deux bonnes
heures, après quoi les masseuses se disputaient de
nouveau pour servir au maître qui un verre de jus
d'orange, qui une citronnade, qui une douceur,
avant que n'arrivent les plats de résistance, servis
dans de la somptueuse argenterie : les plus savoureux poissons, les plus tendres poulets, tout cela

accompagné du riz le plus délicat... À peine le
maître avait-il fait son rot que se tendaient vers lui
les chiques digestives dans des feuilles de bétel
argentées – son péché mignon –, que préparait à
son intention sa plus jeune épouse, pour ainsi dire
une enfant, assise à ses pieds sur une natte. Le
maître s'enfournait une chique dans la bouche, la
mâchait six ou sept fois entre ses dents, puis la
recrachait d'un coup net dans le crachoir placé à
côté de lui. Cette opération ne se faisait toutefois
pas sans que quelques projections de jus de bétel et
d'arec ne giclent jusque sur certaines femmes de
l'assemblée. Les bienheureuses se faisaient un bonheur de lécher les gouttes de la précieuse substance
qui les avait atteintes, tandis que les moins chan-
ceuses n'avaient plus qu'à se précipiter sur le crachoir, en une véritable bataille qui les opposait pour
savoir qui recueillerait les morceaux ou le jus tombés de la bouche du maître.

Ce spectacle me fit grand-peur. J'avais certes déjà
vu Maman à l'œuvre dans l'empoignade de la devanture d'un cinéma où les femmes ne ressortaient de la
queue qui leur était réservée, que chignons défaits,
échevelées comme l'Ogresse – cette folle redoutable
qui hantait les rues de Mymensingh –, en nage, boutons de corsage arrachés... Mais peu leur importait,
du moment qu'elles pouvaient brandir fièrement
leur billet !

Il n'y aurait sans doute pas pire bousculade pour
recevoir quelques gouttes d'ambroisie tombées du
paradis, pensais-je. Il faut dire que Maman ne
considère pas ces restes de chique comme de vul-
gaires crachats, puisqu'ils tombent de la bouche
d'un homme avec lequel Dieu Lui-même vient s'entretenir, à la faveur de la nuit, lorsque toute la maison est endormie. Un homme capable de parler –
mieux vaudrait dire en fait de marmonner – pendant des heures, en fermant les yeux, sur l'infinie
miséricorde divine, sur l'indicible grandeur de
Dieu, de rapporter tous Ses propos, tous Ses gestes

à l'égard de quiconque... Comment rater l'entrée
au paradis, après avoir absorbé l'ambroisie crachée
par la bouche d'un tel homme ?

Bien sûr, cette idée, c'est Amirullah lui-même qui
l'a suggérée à ses disciples en leur disant, avec le
regard malicieux de quelqu'un qui voudrait jouer à
cache-cache avec des enfants : «Vous voulez un ticket pour le paradis ? Alors, gardez surtout bien les
yeux ouverts, serviteurs zélés de Dieu ! Vous saurez
ainsi le moyen de Le contenter ! Sachez vous servir
de l'intelligence qu'Il a mise en vous ! »

Pendant que Maman ingurgite la sublime ambroisie, je reste seule, en dehors de toute cette agitation,
effrayée, rouge de confusion et de honte. En même
temps, j'ai la vague idée que si je reste derrière
Maman, accrochée au pan de son sari, j'aurai une
chance d'atteindre moi aussi le paradis.

Tante Fozli est assise quelque peu à l'écart de
cette foire d'empoigne, la contemplant avec indifférence, sans chercher à obtenir sa part. Pourquoi le
ferait-elle puisque, au dire de Maman, elle a déjà en
main son ticket pour le paradis ? Il ne lui reste plus
qu'à attendre tranquillement que se passe sa vie terrestre. Elle n'a jamais péché par la fréquentation
des cinémas ou des théâtres, elle ! La seule chose
qu'elle a encore à faire ici-bas, c'est de se pencher
pour murmurer à l'oreille de Maman : «Pourquoi
t'en tenir aux restes de chique de l'Élu de Dieu,
même les crachats purifient ! Voilà qui t'assurerait
encore bien plus de mérites ! »

Dès lors, cette idée ne cesse de lui trotter dans la
tête, à Maman.

Mais, avant d'aller si loin, elle m'installe dans
une des pièces voisines, un chapelet de cent grains
entre les mains, en me laissant un papier sur lequel
est écrit : «*Dieu est Unique et Muhammad...*» Car
telle est la principale raison pour laquelle il faut
venir chez le pîr : acquérir des mérites pour le jour
du Jugement dernier. Et Maman voudrait bien que
moi aussi j'en fasse provision, en suivant le chemin

de Dieu, au lieu de gaspiller mon temps à d'interminables parties de marelle. Moi, bien sûr, je vois les
choses différemment, car je préférerais rester enfermée pendant des heures dans des cabinets puant la
pisse plutôt que de me voir condamnée à égrener un
chapelet dans cette incroyable maison où il est
interdit à quiconque de jouer, de parler autrement
qu'en chuchotant, de laisser dépasser la moindre
parcelle de son corps du voile qui vous recouvre de
la tête au bout des orteils. Même la joie de la promenade en rickshaw ne saurait me faire avaler
pareil tourment !

À la tombée de la nuit, le maître réunit ses disciples pour les instruire. Maman vient alors me
chercher dans la pièce où elle m'avait laissée à réciter mon chapelet. Il faut que je sois moi aussi frôlée
par la parole de Dieu.

Dès que mon foulard glisse de ma tête, Maman ne
manque pas de me rappeler à l'ordre d'un bon coup
de coude dans les côtes. Elle a pris soin, pendant le
trajet en rickshaw, de me recommander de bien me
prosterner devant le maître dès que je le verrais, en
veillant à ce que mes cheveux ne soient pas découverts. Mais elle a été déçue : contrairement à ses
instructions, je ne me suis pas jetée aux pieds du
maître et, quand mon foulard a glissé, je n'ai pas eu
un geste pour le rajuster.

Dans la salle où se rassemblent les disciples,
Maman m'installe derrière elle, dans la foule des
femmes, assises dissimulées derrière une vaste ten-
ture qui les sépare des hommes. Par une fente du
rideau, j'aperçois le pîr, trônant devant l'assemblée,
d'énormes livres sous les yeux. Le corps penché sur
eux, il lit à haute voix des phrases en arabe, qui pro-
voquent des clameurs admiratives dans l'assistance.
Tout en essuyant ses verres de lunettes, le maître
explique : « Savez-vous la façon dont Dieu fera brûler dans les flammes de l'enfer ceux qui n'ont pas la
foi, ceux qui dédaignent la religion ? – Car, en effet,

si vous n'êtes pas de bons croyants, vous serez consumés dans le feu terrible de l'enfer! Un feu aussi dévorant que si le soleil s'approchait à une coudée au-dessus de votre tête! Et des milliers de serpents et de scorpions qui vous mordront atrocement! Vous n'aurez à boire que de l'eau bouillante et à manger que du pus! Dieu vous tirera la langue hors de la bouche jusque sur le sommet du crâne où Il vous la clouera! Puis Il vous jettera au feu, où votre corps s'embrasera, brûlera, mais sans que vous mouriez, puisque Dieu vous épargnera la mort afin de mieux vous châtier. Des serpents rouleront leurs anneaux autour de vous, vous immobilisant tandis que des scorpions vous piqueront les chairs. Les délices mondains ne sont que de courte durée, serviteurs de Dieu! Elle est devant vous, l'Apocalypse. Le courroux divin est imminent! Soyez prêts à l'encourir! Voici venu le temps redoutable du Jugement dernier! N'entendez-vous pas déjà le son de la trompe que sonne l'ange Israfil? Dieu ne tardera plus à vous faire connaître Sa volonté!»

Des pleurs montent de l'autre côté du rideau. Les hommes se frottent les yeux avec leurs mouchoirs, certains ont les épaules secouées de profonds sanglots. Qui peut être sûr d'être vraiment un bon croyant?

«À quoi bon les intérêts de ce monde, mes frères? Mieux vaut se préparer à comparaître devant Dieu! Mieux vaut suivre dès aujourd'hui Son chemin! La clémence du Tout-Puissant est votre seul espoir d'être délivrés des affres de la tombe, des cruautés de l'enfer! Car le feu qui y règne n'a rien du feu que vous connaissez en ce monde; son pouvoir est soixante-dix fois plus terrible!»

J'écoute bien sagement assise derrière Maman, chapelet en main. À mon grand désarroi, elle pleure elle aussi, soulevée de hoquets répétés. Je n'arrive pas à comprendre comment tous ces gens autour de moi peuvent, à la simple description des flammes de l'enfer, vagir tels de jeunes enfants que l'on menace-

rait d'une belle fessée. Sans doute vais-je aussi bientôt fondre en larmes ? Mais j'ai beau attendre, rien
ne coule ! La seule pensée qui me vienne, au tableau
du châtiment qui attend les humains en enfer, c'est
que Dieu est vraiment méchant…

Mes réflexions sont interrompues par la voix du
pîr, qui, après avoir bien terrorisé ses disciples avec
ses discours abominables, s'est levé de son siège,
dressant les bras au ciel, dans son invite à la prière :
« Ô Dieu, puisses-Tu accorder Ta clémence à Tes serviteurs ! Puisses-Tu pardonner tous leurs péchés ! Ô
Miséricordieux ! Ô Très Grand ! Ô Tout-Puissant !
Absous Tes humbles serviteurs de leurs fautes ! J'intercède auprès de Toi en leur faveur, mon Dieu,
pour que Tu leur dispenses Ta grâce ! » déclame-t-il
en montant progressivement la voix, jusqu'à couvrir
peu à peu la rumeur des sanglots de ses disciples.

Toujours assise derrière Maman, me sentant de
plus en plus mal à l'aise, je jette des coups d'œil à
droite et à gauche, sur les femmes qui m'entourent,
sur les hommes entr'aperçus par la fente du rideau,
n'en revenant pas de l'étrangeté de ce monde où me
voici plongée.

Papa ne tarde pas à avoir vent des visites de
Maman chez le pîr, et à apprendre qu'elle est devenue disciple d'Amirullah. Il annonce en grande
solennité qu'il n'est pas le moins du monde disposé
à tolérer qu'aucun membre de la famille fréquente
Naomahal. Quiconque enfreindrait son interdiction
formelle se verra aussitôt chassé de la maison.
Maman, qui n'est pas d'humeur à se laisser impressionner, a pour tout commentaire : « Je n'ai que faire
de rester chez cet infidèle, qui ne craint pas le nom
de Dieu ! Demeurer dans cette maison, c'est le plus
sûr moyen de m'interdire les portes du paradis ! »

Depuis qu'elle est disciple d'Amirullah, Maman a
tout à fait cessé de s'occuper de la cuisine à la maison. Notre servante Moni a beau la harceler de
questions pour savoir ce qu'elle doit préparer avec

les courses du matin – avec quel légume va-t-elle
préparer le poisson? Et la viande? Faut-il faire les
épinards? Et les lentilles, en bouillon clair ou en
épais brouet? –, elle n'obtient pour réponse qu'un:
«Fais comme tu veux!» parfaitement indifférent.

Moni n'y comprend goutte. Maman ne se comportait pas ainsi autrefois. Elle ne confiait à sa
bonne que le soin de trier et couper les légumes; ce
qui se passait ensuite dans la casserole était son privilège exclusif. À présent, tout le poids de la confection des repas repose sur les seules épaules de
Moni. Maman lui a même remis la clé de la réserve,
pour qu'elle puisse se servir à sa guise d'épices, de
légumes, de tout ce qu'elle veut pour cuisiner
comme elle l'entend. À Moni de s'arroger toutes les
initiatives en ce domaine. Inévitablement, une telle
liberté a bientôt pour effet que ladite Moni se prend
pour une vraie *madame*.

La plupart du temps, à peine rentrée de Naomahal, de ses orgies d'ambroisie et de ses séances de
terreur, Maman déroule son tapis et s'absorbe dans
les prières. Quand elle ne prie pas, elle égrène son
chapelet. Quand elle en a terminé avec le chapelet,
elle commence à psalmodier des pages et des pages
de Coran, puis c'est de nouveau l'heure de la
prière... En effet, ne se contentant pas des cinq
prières quotidiennes obligatoires, elle leur rajoute
toutes les oraisons possibles et imaginables. Son
esprit est en permanence à mille lieues de la vie du
foyer. Elle n'a même plus le temps de se demander
si ses enfants ont mangé. Les rares instants où elle
n'est pas occupée à ses dévotions, d'une voix lente,
comme elle ne l'a jamais eue, empreinte de gravité
comme elle ne l'a jamais été, Maman nous tient ce
genre de propos: «Mes enfants, il ne sert à rien de
faire des études. Cela ne fera que vous enchaîner à
ce monde. Mieux vaut penser au jour du Jugement!
Mieux vaut prier et jeûner comme il est prescrit! Ne
devenez pas des infidèles, à l'image de votre père.
Craignez Dieu! Dieu est miséricorde, Il vous par-

donnera vos fautes. Apprenez l'alphabet arabe, de manière à pouvoir lire le saint Coran. En vérité, c'est Dieu Lui-même qui vous conseille par ma bouche. Dieu Inspirateur de la Foi! Il voit tout, entend tout. Pas une feuille d'arbre ne bouge en dehors de Sa volonté.»

Quand elle nous tient ce discours, son visage prend des allures de feuille morte, desséchée par les rigueurs de l'été. Mes frères partis, elle poursuit pour ma gouverne, avec de profonds soupirs: «Ton père ne fait jamais ses prières. Celui qui vit sans prier est un infidèle. Je ne reste au foyer de cet infidèle que pour vous, mes enfants. Si je ne cuisine pas, c'est que ce serait un péché que de le nourrir de mes mains! Et si vous non plus ne rejoignez pas le chemin de Dieu, je n'aurai plus qu'à m'en aller d'ici, définitivement. Allez, il est l'heure! Viens faire tes ablutions, avant la prière!»

Lorsque Maman m'invite à ce genre d'activité, je me sens devenir raide comme un piquet. Je sais qu'après m'être lavé les pieds et les mains, il me faudra passer un interminable moment à côté d'elle, les mains tantôt sur la poitrine, tantôt sur les genoux, un coup debout, un coup agenouillée, un coup me prosternant jusqu'à terre... Je ne connais rien de plus désagréable. Cependant, comment échapper au décret maternel? Ishwarchandra Vidyasagar a bien traversé un fleuve à la nage, pour aller rendre visite à sa mère[1]!

Mais lorsque Papa, de retour à la maison, me trouve sur le tapis de prière, il m'appelle aussitôt: «Nasreen, viens par ici!»

Je ne me le fais pas dire deux fois. C'est une véritable libération. Debout, tête baissée, je me dis que, puisque j'étais occupée à quelque chose d'aussi sérieux que la prière – et non à quelque chose de

---

1. Allusion à un des hauts faits de la biographie du célèbre grammairien et réformateur social du XIXe siècle, que tous les écoliers bengalis apprennent.

futile, comme jouer ou bavarder –, je ne risque pas
grande réprimande. Erreur de ma part, car à peine
me suis-je approchée de lui qu'il me chope par l'en-
colure, me soulève et va me poser sans ménagement
devant ma table d'étude. «Qu'est-ce qui te prend de
t'occuper à ces bêtises, au lieu d'apprendre tes
leçons? gronde-t-il en grinçant des dents. Tu es bien
la fille de ta mère, va! Est-ce qu'il suffit d'appeler
Dieu à l'aide pour voir remplir son assiette? Ou est-
ce qu'il faut s'en occuper soi-même? Allez! Travaille! Et si je te revois ailleurs qu'à ta table, gare à
tes abattis, compris?»

J'entends Maman fulminer sur son tapis. Comment cet homme ose-t-il interrompre sa fille en
pleine prière pour la remettre de force devant ses
livres? Il a donc décidé d'en faire une infidèle à son
tour. Certes le maître lui a bien recommandé:
«Tu garderas en toute circonstance la tête froide,
Hamima!» – puisque notre pîr a trouvé bon d'attribuer un nouveau nom à Maman, qui n'est plus appelée à Naomahal que Hamima Rahman, au lieu de
Idulwara Begum. L'habitude du maître est en effet
de changer les noms de ses disciples, quel que soit
leur âge. C'est ainsi que Renu est devenue *Najiya*,
Hasna *Mutashema*, Rubi *Madeha*, etc. Bref,
Hamima s'efforce désormais de garder son calme,
selon les conseils de maître Amirullah. Mais ce n'est
guère dans sa nature. Et puis, il y a des limites. C'est
tout de même elle qui a mis au monde ses enfants! À
quoi bon rester dans cette maison si elle n'a pas la
moindre parcelle d'autorité sur sa progéniture?

Après s'être changé et avoir solidement noué son
lunghi sur son ventre, Papa revient vers moi pour
me dire, de manière que toute la maison entende:
«Je te préviens que si tu ne m'obéis pas en tout, je
ne tolérerai pas ta présence entre ces murs! C'est
moi qui t'assure le gîte, moi qui te nourris, moi qui
t'habille, tu dois donc m'obéir constamment à la
lettre! Sinon, tu n'as plus qu'à t'en aller, à mendier
de maison en maison! C'est clair? Si tu veux partir,

libre à toi. Libre à toi, si tu préfères quitter la demeure d'un infidèle. La porte est grande ouverte! À toi de choisir! »

Je comprends parfaitement que ces propos s'adressent en réalité à Maman. Ni Papa ni Maman ne m'ont demandé mon avis avant de m'envoyer qui faire mes prières, qui apprendre mes leçons. Je suis en fait soulagée de constater que mon avis ne compte pas dans cette guerre qui oppose Papa et Maman.

Dès que Papa quitte la pièce, Maman y fait son entrée. «Ah! ça oui, je vais m'en aller! hurle-t-elle. Vous ne pourrez pas m'en empêcher! Vous vous imaginez peut-être que je n'ai nulle part où aller! Mais je préférerais vivre dans les bois, avec les bêtes sauvages, plutôt que de rester chez pareil infidèle! Vous comprendrez votre malheur, le jour où je partirai! Je m'en irai sans crier gare, vous verrez! Sans avertir personne! Puisque ce démon veut faire ses enfants à sa ressemblance, rester ici, avec eux, voudrait dire que je renonce à tous les mérites que j'ai péniblement acquis en cette vie…»

Maman destine en fait ses propos à Papa. Mais, ne pouvant les lui lancer en face, elle vient les hurler devant moi, comme lui-même a fait l'instant d'avant. Puisqu'ils ne supportent pas que leurs ombres se frôlent, il ne leur reste qu'à venir me crier dessus.

À peine Maman a-t-elle fini de déverser son flot de menaces qu'elle me décoche une gifle à me démonter la tête: «Pourquoi t'es-tu levée en pleine prière? Tu ne crains donc pas Dieu? Comment oses-tu? C'est sans doute l'œuvre de Satan qui toujours essaie de détourner les fidèles de leurs prières! Et toi, bien sûr, dès que tu as entendu l'appel du diable, tu as bondi à sa rencontre, sans plus te soucier de prier Dieu! Mais tu verras, tu brûleras dans les énormes flammes de l'enfer, je te le dis! Tu crois peut-être qu'il t'en sauvera ton père?» me hurle-t-elle aux oreilles, tandis que je suis encore abrutie par la claque reçue.

La nuit passée, Maman reprend, avec un nouvel
élan, ses pieux conseils à mon adresse – puisque je
suis née un jour saint entre tous. Dès mon retour de
l'école, elle guette le moment où elle réussira à me
mettre la main dessus et à m'atteler à la lecture du
Coran. Les fins d'après-midi, le terrain d'à côté se
remplit de filles venues jouer à la marelle. À peine je
commence une partie avec elles, que l'appel maternel
retentit. C'est l'heure de faire les ablutions rituelles
en vue de la séance de lecture coranique. Je dois me
couvrir la tête d'un foulard, passer un pyjama pour
qu'on ne voie pas mes jambes... Pendant que le
groupe de mes camarades de jeu m'attend dehors, je
suis condamnée à lire : «*Alhamdulillah hi rabbilal
amin ar rahmanir rahim... kulhu allahu ahad alla-
hus samad...*»

« Mais qu'est-ce que tu me fais lire là ? je m'écrie
furieuse. Je n'y comprends rien de rien !

– On ne te demande pas de comprendre ! répond
Maman, imperturbable. Ce qui compte, c'est de lire
le saint Livre de Dieu, pour acquérir des mérites. »

Tout en ne pensant qu'au moment où enfin
Maman me libérera de cette lecture et où je pourrai
courir retrouver mes compagnes de jeu, je m'efforce de psalmodier les versets du Coran, selon les
indications maternelles, en faisant remonter les
sons du plus profond de mes entrailles – et en jetant
des coups d'œil répétés du côté de la fenêtre, pour
constater bientôt avec dépit que la nuit tombe ! Mes
partenaires à la marelle sont rentrées chez elles.
J'en ai la gorge nouée. La lecture se termine : toujours selon les recommandations de Maman, je
dépose un baiser sur le saint Livre, avant de L'enlever du lutrin et de Le ranger sur l'étagère la plus
haute de l'armoire.

Tous les matins, un certain Sultan Ustadji venait
me donner des cours d'arabe. Comme si cela n'était
pas suffisant, il fallait encore que je lise le Coran, en

fin d'après-midi. Les cours du matin étaient de toute
façon un objet de perpétuel désagrément. Ledit professeur s'installait avec moi sur la véranda toute
constellée de fientes de pigeon, pour m'enseigner
l'alphabet. Alors que je devais tordre le nez à cause
de l'odeur fétide qui régnait en cet endroit, Sultan
Ustadji me reprochait d'un ton acerbe : «As-tu
besoin de prendre ces airs de crapaud au moment
de lire la Parole de Dieu ?» Et il me gratifiait d'un
violent coup sur la tête, appliqué avec l'articulation
du pouce.

Un matin où, au lieu d'épeler correctement *alif
lam zabar – al, lam khara zabar – la, iyao pesh – hu*,
j'avais sorti quelque chose du genre *lam iyao pesh –
lahu*, faisant sauter une syllabe, le barbu était allé
casser une branche d'arbre bien dure dans le jardin. Revenu vers moi, il m'avait dit en contractant
les mâchoires : «Tends ta main !» Sachant qu'il fallait toujours obéir aux professeurs, j'obtempérai. Il
me frappa jusqu'à ce que ma main devienne toute
rouge. La même histoire se reproduisait souvent
l'après-midi, où il me fallait endurer les coups de
Maman, pour m'être assoupie ou trompée en lisant
le Coran. Elle était toujours prête à me tirer les
oreilles, à m'assener une claque dans le dos, à me
flanquer une retentissante paire de gifles, persuadée que je ne m'intéressais pas à ma lecture, que
j'avais l'esprit ailleurs – dans les études notamment,
qui enchaînent à ce monde, dans les futilités des
jeux avec mes camarades, dans l'indécence de la
musique ou de la danse… J'étais destinée à finir en
enfer, me répétait-elle inlassablement.

Non contente de m'avoir gâché l'après-midi en
me faisant lire le Coran, Maman, quand elle aperçoit Dada, lui demande à mots prononcés lentement et gravement : «Noman, tu n'as pas encore
commencé tes prières ?

– Tout de suite, Maman ! Je vais commencer tout
de suite ! répond-il tout sourire.

– Je vous préviens que, si vous ne faites ni prières ni jeûnes, je ne vais pas tarder à vous laisser tout seuls ! Je préférerais aller n'importe où, plutôt que de rester dans cette maison ! » s'écrie-t-elle.

Nullement impressionné par la menace, Dada, se balançant sur un fauteuil de la véranda, réplique d'un air toujours béat : « Croyez-moi, Maman ! Je vous jure que je vais les commencer dans un instant, mes prières ! Soyez tranquille ! »

Une semaine se passe, et Maman revient à la charge : « Tu m'as dit il y a une semaine que tu allais te mettre à faire tes prières chaque jour… je n'ai encore rien vu ! dit-elle à mon frère aîné.

– Ne vous inquiétez pas, Maman, je vais commencer à partir de vendredi », répond Dada très sérieusement.

« Dépêche-toi d'aller à la mosquée, pour la prière du vendredi, s'empresse de lui rappeler Maman, le jour venu.

– Je ne me sens pas bien aujourd'hui…, explique Dada en se grattant l'épaule. Je vous promets que j'irai régulièrement à partir de vendredi prochain. Qu'à partir de ce jour-là, je ferai tout ce qu'il faut pour plaire à Dieu ! »

Maman soupire de contentement. Voilà ce qu'elle aime à entendre. « Tu te souviens des prières que je t'ai apprises ?

– Bien sûr ! s'empresse de répondre Dada. Qui oublie ses prières n'est plus musulman, vous le savez bien, Maman ! »

Cette réponse comble Maman au point qu'au moment de notre repas elle sert à son fils si plein de bonnes intentions – si pieux en fait ! – la cuisse du poulet.

Mais le vendredi suivant, Dada lui sort tout un boniment : « Pas une feuille d'arbre ne bouge sans la volonté de Dieu. Rien ne se produit sans un ordre de Dieu. Personne ne peut rien faire sans en recevoir l'ordre du Tout-Puissant. Comment voulez-vous que j'aille faire ma prière si je ne reçois pas Son ordre ?

Or je n'ai rien reçu encore! Comment puis-je commencer sans Sa volonté? Comment en aurais-je le pouvoir? Prétendre en être doué serait le pire des péchés: dénier à Dieu Sa toute-puissance! *La sharika lahu* – Dieu est Un et Unique, il n'est de puissance que de Lui, se met-il à psalmodier. Nous sommes tous des marionnettes entre les mains de Dieu! Nous ne sommes donc nullement fautifs, pour ne pas accomplir telle ou telle action!»

Ne pouvant maîtriser Dada, Maman s'adresse à moi, qui suis à sa portée: «Et toi, as-tu fait ta prière?

– Mais Papa m'a dit de faire mes devoirs pour l'école…, je prétexte en courant m'asseoir à ma table d'étude.

– Tu as encore du lait qui te sort des trous de nez, et tu sais déjà si bien raconter des bobards…! me rétorque-t-elle. Tel père, tels enfants! Nul respect de Dieu… Comment Dieu pourrait-Il vous guider sur le droit chemin, quand vous êtes sous la coupe d'un démon de cette espèce? Qui ne vous laisse pas révérer le Tout-Puissant… Vous voilà complices du diable! continue-t-elle en sanglotant. C'est Satan qui est entré dans cette maison, faisant de vous tous des infidèles! Moi qui avais placé tant d'espoirs en mes enfants! Il les a corrompus! Ô mon Dieu, je t'en supplie, éloigne-moi d'eux…!»

Mais Dieu n'exauce pas Maman. Il ne l'éloigne pas de nous. Elle continue à habiter dans notre Sans-Souci entouré de murs, à l'ombre d'arbres chargés de fleurs et de fruits. Certes en dédaignant les menaces de Papa, puisqu'elle continue ses visites régulières chez le pîr de Naomahal. Persiste à revenir de chez Amirullah les yeux gonflés à force d'avoir pleuré aux assemblées du jeudi soir, au cours desquelles le maître commente le Coran et la Tradition pour ses disciples. Maman est en effet persuadée que le jour du Jugement est proche, qu'elle ne doit penser qu'à s'y préparer en acquérant des mérites le plus vite possible. Elle croit dur comme fer que le pîr Amirullah intercédera en sa faveur auprès de

Dieu afin qu'elle ait son ticket pour le paradis. Amirullah le lui a fait comprendre. Aussi a-t-elle plus ou
moins décidé de renoncer à entraîner à tout prix ses
enfants sur le chemin de Dieu. C'est sans espoir,
puisqu'ils ont été détournés de toute piété par leur
diable de père, et par leurs études qui les ont enchaî-
nés à ce monde. Maman ne veut plus se préoccuper
que de son avenir à elle. Au Jugement dernier, tout
le monde tremblera, dans la terreur d'un sort terrible ! Il ne sera plus temps alors de s'inquiéter du
sort d'autrui.

Maman se rend compte petit à petit que le chemin de Dieu sur lequel elle s'est engagée n'est pas
gratuit, contrairement à ce qu'elle avait d'abord
cru. Amirullah lui a fait comprendre que la route du
paradis est semée d'embûches qui ne peuvent être
levées qu'en payant un certain prix. Le Prophète
Lui-même n'a pas gagné le paradis sans débourser
une certaine somme. L'argent versé pour arriver à
la destination céleste porte un nom spécial – *hadiya*.
Or il n'est pas facile pour Maman de rassembler la
somme requise pour constituer son hadiya. En effet,
elle ne voit plus passer entre ses mains l'argent des
courses pour la maison. C'est Papa qui désormais
s'occupe de tous les achats nécessaires à la vie du
foyer. Tout est près de notre nouvelle maison : le
cinéma Oloka, jadis cher à Maman, mon école,
aussi bien que la pharmacie Taj où Papa examine
ses patients l'après-midi – tous ces lieux sont, pour
ainsi dire, à un jet de pierre de chez nous. C'est
pourquoi Papa peut se charger de toutes les commissions quand il rentre de son travail, en passant
par les nombreux marchés du coin.
Déterminée à prétendre qu'on lui a volé les bracelets qu'elle porte habituellement aux bras, et sa
chaîne en or, qu'elle porte toujours au cou, elle se
rend chaque après-midi à la bijouterie la plus proche
pour y revendre ses ornements les uns après les
autres, le produit de l'opération prenant aussitôt la

direction de la maison du pîr, au titre de hadiya.
Sans compter les kilos de riz et de lentilles, les litres
d'huile de moutarde qu'elle soustrait de la réserve
familiale, dans l'espoir réconfortant des mérites
supplémentaires que lui vaudra le fait de ne pas aller
écouter les mains vides le Coran et les explications
sur la Tradition. Comme Papa ne lui donne plus
d'argent de poche, Maman n'a même plus de quoi se
payer le rickshaw. Peu importe, elle va à pied jusqu'à Naomahal : elle le doit, elle a un besoin impérieux d'y aller. Ce ne sont pas nos petits ou grands
bobos – j'ai de la fièvre, Dada s'est cassé la jambe ou
Yasmine s'est fendu le crâne en tombant d'un
arbre… – qui la font renoncer à ses visites quasi quotidiennes. Car Maman ne s'en tient pas à l'assemblée
du jeudi soir ; de retour de l'école, je constate qu'elle
n'est pas là non plus le lundi, le mardi… Pas la peine
de se demander où elle est passée : chez son pîr ! Elle
est désormais absente de tous les petits événements
qui font la vie d'une famille, ce qui, bien sûr, ne fait
qu'irriter Papa davantage. Deux fois par jour, il
revient de son travail pour s'assurer que la maison
est encore debout. Il ne sort jamais sans avoir au
préalable posé un cadenas sur la porte de la réserve.
Dès neuf heures du soir, il fait de même sur le grand
portail noir. Toutes ces précautions rajoutent aux
tourments de Maman, car elle s'imagine que Satan
cherche à lui barrer le chemin de Dieu par tous les
moyens. Cet effroi la plonge encore plus dans la pensée de Dieu, la pousse à se consacrer avec plus de
dévouement encore au service du pîr Amirullah.
Papa peut bien cadenasser le portail : qu'à cela ne
tienne ! Elle retournera passer la nuit à Naomahal.
Ce qu'elle fait de plus en plus souvent.

Après avoir supporté une absence de sept nuits
consécutives, Papa envoie Dada à Naomahal avec
mission d'en ramener Maman. Accueillie avec une
certaine solennité à son retour, elle bénéficie des
attentions de chacun d'entre nous, pendant les jours
qui suivent. Sans elle, en effet, c'est toute la maison

qui va à vau-l'eau, situation dont elle est certes
confusément consciente. Aussi, un matin, déclare-
t-elle gravement devant nous, en présence de Papa :
« Si vous faites régulièrement vos prières, alors j'accepte de rester avec vous. Sinon, je repartirai. Je
pense que c'est clair ? »

Papa, enfoncé sur le canapé, prend la parole, en
essayant de garder un ton conciliant : « Fais tes
prières ; lis le Coran ; personne ne songe à t'en
empêcher ! Mais pourquoi aller ainsi chez ce pîr ?
Ceux qui n'y vont pas se verrait-il fermer les portes
du paradis ? Il y a les études des enfants... Tu ne
t'occupes plus du tout d'eux, puisque tu passes tes
jours et tes nuits là-bas, à Naomahal. Est-ce parce
qu'on veut être pieux qu'il faut pour autant abandonner foyer et enfants ? Qui a pu te mettre pareille
idée en tête ? C'est sans doute l'influence de tous ces
charlatans... »

Le sang de Maman ne fait qu'un tour. « Fais attention à ce que tu dis ! rugit-elle. Je t'interdis d'appeler charlatans ceux qui sont en fait les élus de Dieu.
Comment peux-tu oser ? Mais je te préviens : ta
langue va tomber, un de ces jours ! Je ne veux plus
garder aucune relation avec un infidèle de ton
espèce ! Tu as fichu ma vie en l'air. Heureusement
que Fozli est intervenue pour me mettre sur le chemin de Dieu, alors que j'en étais venue à courir tous
les jours au cinéma, incapable même de voir que
j'avais à chaque pied une sandale dépareillée, ou
que j'avais mis la droite au pied gauche et vice
versa. J'étais aveugle, mais, depuis que j'avance sur
le chemin de Dieu, mes yeux se sont ouverts. Tous
les intérêts, tous les attachements de ce monde ne
sont qu'illusions, mensonges. Je comprends maintenant que toutes les activités de ce monde nous
mènent à la ruine. Qui me conduira jusqu'au jour
du Jugement ? Certainement pas mon mari, ni mes
enfants, qui me sont devenus comme des étrangers !
Non, je n'ai plus d'ami, de parent, que Dieu Lui-
même... »

En effet, tante Fozli a expliqué à Maman : « À rester avec un impie de cette sorte, tu t'enfonces dans
le péché, Borobu ! Ton mari ne fait jamais ses
prières ; or ceux qui ne les font pas, ce sont des infidèles. Et ceux qui vivent sous le toit des infidèles,
Dieu les brûlera eux aussi, en même temps que les
infidèles, dans les flammes de l'enfer. »

Maman ne veut pas encourir les flammes de l'enfer. Elle estime qu'elle a déjà été suffisamment
consumée dans les feux de ce monde. Sans cesse, le
chapelet file entre ses doigts. Ses lèvres remuent en
cadence : « *Salliala saïyadena muhammadur rasulullah…* » Dans l'obscurité de la pièce, les grains du
chapelet luisent comme des yeux de chat. Maman
veille la nuit entière, sans quitter son tapis de prière.

En pleine nuit, ses pleurs me réveillent. Relevant
la tête de mon oreiller, je lui demande : « Pourquoi
tu pleures, Maman ? »

Elle reste sans répondre, continuant à pleurer.

« Maman, tu ne vas pas dormir ? Viens te coucher ! »

Elle continue à sangloter.

Elle ne se met au lit qu'après le lever du jour, lorsqu'elle s'est acquittée de la prière du matin. Je veux
savoir : « Pourquoi pleurais-tu cette nuit, Maman ?

– Je pleurais en pensant aux affres de la tombe,
me répond-elle. Que répondrai-je à l'ange, quand il
me demandera la part de bien que j'ai fait dans ma
vie ? Quand je serai dans ma tombe, écrasée par la
terre… »

Sa voix s'éteint.

Aussi bien que moi, Papa a compris que Maman
ne se laissera jamais enfermer à la maison. Il a
renoncé à sa lubie de cadenasser le portail noir.
Mieux vaut le laisser toujours ouvert, que Maman
rentre à la maison quand elle veut, pourvu qu'elle
rentre ! Je ne crois certes guère que ce désir de voir
Maman à la maison soit une preuve d'amour de la
part de Papa, mais plutôt le souci de la bonne
marche du foyer, la conscience de la nécessité

d'une présence permanente pour nous assurer une bonne éducation.

C'est sur ces entrefaites que nous parvient la nouvelle du décès de Sultan Ustadji, mon professeur d'arabe, et celui de Maman quand elle était petite. Papa en profite aussitôt pour annoncer : « Ce n'est plus la peine que tu prennes des leçons d'arabe ; mieux vaut que tu te concentres sur tes études à l'école ! »

À ces mots, Maman serre les dents. Elle se prosterne, touchant la terre de son front et prie Dieu : « Je T'en prie, Seigneur, donne la foi à mes enfants ! Délivre-les des affres de la tombe ! Sauve-les des flammes de l'enfer ! Accueille-les en Ton paradis ! Ô Miséricordieux ! Toi, le Maître du temps et de l'univers ! Ô Dieu tout-puissant ! »

Et Maman de continuer ses visites assidues chez le pîr, où elle se rend en cachant sous son burkha les fruits – noix de coco, goyaves, mangues, jaques et jamboses – dont elle entend régaler la famille du maître. Elle qui avait pratiquement déserté la cuisine recommence à la fréquenter. On la voit dans le poulailler choisir la volaille la plus tendre, qu'elle s'occupe de saigner elle-même puis de mijoter dans une sauce généreuse. Ce n'est pas pour nous bien sûr ! Le contenu de la marmite prend discrètement la destination de Naomahal pour nourrir le pîr Amirullah et ses proches. Ce sont aussi de vieux saris qu'elle emporte, lors de ses visites, pour les refiler à tante Fozli, qui lui en a demandé afin de confectionner des couvertures en patchwork.

Le maître a donné sa parole à Maman que, lorsqu'elle entrerait dans la tombe et que l'ange l'interrogerait, il répondrait lui-même à sa place. Il l'a aussi encouragée en lui disant qu'elle accéderait avant longtemps au rang de bienheureuse. Aux bienheureux, c'est Dieu Lui-même qui enseigne les secrets de la Connaissance. Le maître en a obtenu en rêve la certitude. Maman serait vraiment com-

blée si elle pouvait voir Dieu au moins une fois. Mais
comment Se montrerait-Il à si grande pécheresse ?
Cette pensée lui fait monter les larmes aux yeux.
Sous son burkha, d'une main elle serre la boîte
contenant le curry de poulet préparé pour le pîr, de
l'autre elle s'essuie les yeux, en essayant de retenir
ses sanglots.

Un soir, de retour de Naomahal, Maman mar-
monne entre ses dents en ôtant son burkha : «Ma
nièce Humayra s'est fait faire un pendentif avec une
médaille en or sur laquelle est gravé un verset du
Coran. Elle a commandé aussi six anneaux d'or fin
pour se mettre aux bras. Hélas ! personne ne me
donne rien, à moi ! Y a-t-il quelqu'un à ce point
abandonné sur cette terre ?...» Ces longues jérémiades ne se terminent que lorsqu'elle commande :
«Moni, sers-moi mon repas !»

Lorsque celle-ci obtempère, c'est une autre scène
qui commence : «Qu'est-ce qui te prend de me donner du riz froid ? Mais qu'est-ce que je vous ai fait à
tous ? Certes, quand je serai morte, vous serez bien
tranquilles ! Croyez-vous que je ne me rende pas
compte de ce que vous pensez ? Être négligée à ce
point dans son propre foyer ! Je n'ai même pas un
sari convenable à me mettre sur le dos !... Pour
en avoir, il faudrait que quelqu'un songe à m'en
acheter !»

Moni repart à la cuisine avec l'assiette réchauffer
le riz. Pendant ce temps, Maman vient me trouver à
ma table de travail et me crie, assez fort pour que
Papa entende, de la pièce d'à côté : «Les hommes
ont coutume de couvrir leur femme de bijoux ! Mais
ce n'est pas à moi que ça arriverait ! On ne me
garde ici que comme domestique ! Et encore, les
domestiques ont des gages ! Moi, je n'ai même pas
ça, avec tout le travail que je me tape dans cette
maison !

– Tu es notre mère ! Pourquoi devrait-on te
payer ? j'observe.

— Mais comment je vis, moi ? réplique-t-elle, furibarde. Personne ne me donne jamais rien. Mon père m'a mariée avec cet homme parce qu'il était médecin. J'aurais beaucoup aimé qu'il s'occupe de faire faire des études à mes frères et sœurs… Il n'a pas levé le petit doigt pour eux ! Comment peut-on être à ce point égoïste ? Il y a combien de temps que je n'ai pas reçu un sou ! Toutes les femmes mariées croulent sous les bijoux, et moi je vais comme une mendiante… Et occupe-toi des enfants ! Et surveille bien leurs études ! »

J'avais six ans quand tante Fozli avait rapporté de chez le pîr la nouvelle qu'une sorte de dragon avait fait son apparition sur la terre. Le monstre, envoyé tester la foi des humains, était armé d'une hache colossale, avec laquelle il coupait en cinq morceaux tous ceux qui se signalaient à lui par leur impiété.

Devant l'imminence du danger, chacun, chez Grand-mère, participa à des séances de prières deux fois par jour. Je me réveillais souvent en sursaut la nuit, après avoir fait le cauchemar que le dragon me tranchait les membres. « Tout le monde est très pieux dans la belle-famille de notre sœur. Le dragon ne pourra rien contre eux, fit remarquer oncle Shoraf.

— Oui, Fozli n'a aucun souci à se faire, approuva Maman. La famille du pîr Amirullah est guidée par une foi si solide ! »

Chaque jour qui passait, j'interrogeais Maman, mes oncles : « Pourquoi il ne vient pas le dragon ?

— Il peut arriver d'un moment à l'autre, m'expliquait Maman. J'ai entendu dire par le mari de Fozli que sa venue était le signe de l'imminence de l'Apocalypse.

— Et qu'est-ce qui va se passer, Maman, à l'Apocalypse ?

— Il se passera ce qui doit se passer…, répliquait-elle en un profond soupir. L'ange Israfil soufflera dans sa trompe. Et le monde sera détruit. Rien de la

création de Dieu ne subsistera, ni le ciel ni la
terre.»

Je m'imaginais cette destruction universelle : le ciel
s'approcherait de la terre jusqu'à l'écraser, toutes
les maisons seraient aplaties, les êtres humains écra-
bouillés comme des fourmis. Tous les arbres, même
les plus hauts, tels notre banyan, notre nim, nos
cocotiers et dattiers, seraient enfoncés au plus profond de la terre. Même ceux qui auraient survécu à
l'épreuve du dragon devraient mourir dans les atro-
cités de la fin du monde.

Un incident du même acabit s'était produit peu
de temps avant que nous ne quittions la maison de
Grand-mère pour nous installer à Amlapara. Un
beau jour, tante Fozli était arrivée pour nous informer qu'il était impie de porter des bijoux en or.
Aussitôt toutes les femmes de la maison se dépêchè-
rent d'enlever leurs ornements. Le mariage d'oncle
Hashem venait d'être célébré quelques jours auparavant. La nouvelle mariée était donc encore couverte de bijoux de la tête aux pieds, pour se laisser
admirer par toutes les femmes du voisinage qui
venaient soulever son voile, selon la tradition.

«Parul, enlève-moi tous ces bijoux! lui ordonne
tante Fozli. La fin des temps est proche. Dieu jugera
comme péché de se présenter devant Lui ainsi
parée!» Et, joignant le geste à la parole, elle entreprit de lui ôter ses ornements qu'elle jetait aussitôt
au loin comme si elle tenait par la queue autant de
rats crevés.

«Mais je croyais que c'était de mauvais augure
que d'enlever ses bijoux à une nouvelle mariée…?
s'était inquiété oncle Hashem.

— Tu te figures peut-être que tu en sais beaucoup
au sujet des bons ou des mauvais augures, hein,
Hashem? avait vertement répliqué tante Fozli. Dans
la nuit d'avant-hier, Père a vu en songe le Prophète
en personne. Et dans ce songe, le Prophète lui a
expliqué que tous les endroits du corps couverts par

des ornements en or seraient frappés d'atroces brûlures en enfer…»

Grand-mère avait discrètement appelé à l'écart
tante Fozli : «Et toi ? Qu'as-tu fait de tes bijoux ?

– Quelle importance, Maman ? Le père d'Humayra [1] les a pris pour les revendre !» avait-elle
répondu, tandis que Grand-mère plissait le front,
perplexe…

Voilà comment le port de bijoux est devenu sacrilège chez tous les disciples du pîr. Un jour, à quelque
temps de là, levant les yeux de mon livre vers le
visage de Maman, je le trouve empreint d'une très
grande tristesse ; l'idée me vient de lui demander :
«Puisque c'est sacrilège de porter des bijoux, comment se fait-il que toutes les femmes, dans la famille
du pîr, n'aient pas enlevé les leurs ?»

Maman ne me donne aucune réponse. Elle se
contente de me regarder comme si j'avais vraiment
le diable en moi. Comme si tout ce que je disais
était en réalité parole de Satan.

Quelques jours plus tard, Maman achète à crédit
une paire de bracelets à la bijouterie du quartier,
dont le propriétaire est un ami de Papa. Maman
s'est arrangée avec lui, en lui disant que Papa le
paierait par mensualités…

---

1. Nouvel exemple de l'usage des épouses bengalis qui dési-
gnent leur mari par une périphrase du style «le père de mes
enfants».

Religion

1

Quand Grand-père revenait de la mosquée, après la prière du vendredi, il avait toujours des fondants plein les poches. Des sortes de pastilles jaunes à base de mélasse de datte. L'usage était en effet de distribuer de ces fondants ce jour-là à la mosquée, une fois la prière accomplie. Dès que nous autres, les petits de la maison – oncle Felu, Chotku, Yasmine et moi –, voyions arriver Grand-père le long de la mare, nous courions à sa rencontre, prendre notre part de ces friandises.

Grand-père était bien loin de montrer la même générosité à l'égard des grands de la famille. Après la distribution de fondants, il rentrait dans la maison pour leur *passer un sacré savon*... selon sa propre expression. Il faisait alors trembler toutes les pièces en hurlant : « Apportez-moi un bâton ! Je veux que ceux qui ne sont pas allés ce matin à la mosquée se dénoncent ! Je m'en vais leur arracher la peau des fesses... ! » Les garçons avaient en effet obligation de faire au moins la prière du vendredi à la mosquée ; quant aux filles, étant donné qu'il n'était pas de règle qu'elles fréquentent ce genre d'endroit, elles devaient s'acquitter de la prière à la maison. Ce que Grand-père exigeait d'elles, c'était surtout que, pour sortir, elles prennent soin de se couvrir entièrement d'un burkha.

Les vendredis, Grand-père aimait à prendre son temps, selon son penchant naturel. Mais, à son

retour de la mosquée et avant sa sieste, il lui fallait
absolument faire le compte de qui avait séché la
prière hebdomadaire – le ou lesquels de ses fils
n'étaient pas allés à la mosquée, la ou lesquelles de
ses filles étaient absentes de la maison. Si une de
ses filles était sortie, il exigeait de savoir si elle avait
bien mis son burkha. Toutes ces questions avaient
le don d'irriter Grand-mère au dernier degré. Fort
heureusement, la sieste redonnait à Grand-père sa
bonhomie habituelle. Il renouait son lunghi et, le
soulevant un peu de la main droite, il prenait la
direction de Notun Bazar, en rythmant sa marche
d'un balancement de la main gauche, comme s'il
s'éventait. Il ne pensait plus alors à demander qui
était à la maison et qui était sorti. Sa seule préoc-
cupation était d'aller passer la fin d'après-midi au
restaurant, à bavarder avec les uns et les autres.
Plus question de se gâcher la vie avec la discipline
familiale.

À l'exception de Grand-mère, aucune des femmes
de la maison ne portait le burkha de plein gré.
Quand tante Runu ou tante Jhunu sortaient, elles
l'oubliaient souvent. Au retour, en arrivant le long
de la mare, elles avaient soin d'appeler Chotku, ou
un autre, pour demander si Grand-père était là. S'il
était absent, elles pouvaient rentrer tout de suite ;
dans le cas contraire, il leur fallait se réfugier chez
des voisins pour y attendre en toute sécurité son
départ dont on les prévenait aussitôt.

Grand-père n'avait envoyé à l'école coranique
que son fils aîné ; le reste de ses enfants fréquentait
l'enseignement général. Grand-père avait bien prévenu tout le monde – c'est-à-dire tous les garçons –
que *le savoir étant un inestimable trésor, il ne tolére-
rait pas la moindre négligence dans les études*. Pour
ce qui était des filles, *quel besoin de leur donner tant
d'instruction* ?

Malgré cela, tante Runu avait été jusqu'en premier cycle d'université. Grand-père ne cessait d'inviter à la maison des partis possibles, afin de la leur

présenter. Pour être sûre de ne pas leur plaire, elle se noircissait le visage en se frottant d'encre et de terre, et s'emmêlait les cheveux en une véritable tignasse repoussante. Notre voisine, la mère de Sulekha, venait souvent à l'heure de la sieste s'asseoir au bord du lit de Grand-mère lui dire, en se bourrant de chiques au bétel : « Allez-vous encore longtemps faire jouer à Runu les grillons du foyer ? Qu'attendez-vous pour la marier ? Après qu'Idun et Fozli ont fait de si beaux mariages… ! »

— Il vaut mieux qu'elle continue ses études ! répondait Grand-mère, tout en apprêtant les feuilles de bétel. Elle veut travailler. Il lui faut un diplôme. Elle ne souhaite pas être mariée avant d'être licenciée[1]. Les temps ont changé : les femmes de maintenant devront gagner leur vie ! Ce n'est pas bon de toujours dépendre de son mari… On ne sait jamais ce qui peut arriver ! »

En ce qui concerne tante Jhunu, les beaux partis se bousculaient encore davantage : elle avait le teint très clair ! Mais Grand-mère faisait la grosse voix : « Je veux qu'elle continue ses études elle aussi ! Je ne vois pas pourquoi on devrait se précipiter pour lui trouver un mari. De toute façon, il ne serait pas convenable de marier la cadette avant l'aînée ! »

Boro-mama, de son côté, après avoir réussi à l'examen de fin d'études coraniques, obtint à l'université de Dhaka une maîtrise d'arabe, grâce à laquelle il ne tarda pas à décrocher un emploi dans la capitale. Sa jeune épouse au teint clair alla l'y rejoindre. Comme ils n'avaient toujours pas d'enfants, les gens ne se privaient pas de commenter : « C'est bien beau d'avoir le teint clair ! Mais quand on n'est pas capable de donner des enfants à son

---

1. Le bengali permet ici un jeu de mots, car mariage se dit « *bié* », homonyme de l'abréviation BA, « Bachelor of Arts », diplôme universitaire correspondant à deux ou trois années d'études supérieures.

mari… » Et tout le voisinage de faire don à Boro-
mama de quantité d'amulettes et autres talismans à
suspendre à la taille de l'épouse stérile. À peine les
généreux donateurs avaient-ils tourné les talons que
Boro-mama s'empressait de jeter les gris-gris au
puits.

Dès qu'il avait des vacances, il revenait à la maison, tantôt avec sa femme, tantôt seul. Quand on
entendait le claquement de ses socques de bois dans
la cour, on oubliait qu'il n'était de retour que pour
quelques semaines ; c'était comme s'il n'était jamais
parti.

Oncle Hashem, lui, séchait les cours la plupart du
temps, pour aller se balader avec sa bande de
copains. Il renonça aux études, après avoir échoué
deux ou trois fois au brevet.

Boro-mama avait le projet de faire venir tante
Jhunu à Dhaka afin de l'inscrire à l'Eden College.
Quant aux autres – mes oncles Fakrul, Tutu, Shoraf
et Felu –, ils montraient aussi peu de sérieux dans
les études que dans les obligations religieuses. Ils
ne pensaient qu'à se baguenauder et ne rentraient à
la maison que tard le soir. Sous l'influence de ses
fréquentations, oncle Tutu s'était même mis à
fumer.

Grand-père sévissait souvent, les attachant à un
pilier de la maison pour leur administrer une correction. C'est ainsi qu'on *fait des hommes avec des
ânes*, disait-il. Mais, en dépit de tous ses efforts, personne ne donnait signe de pareille métamorphose.
Personne ne brillait aux examens. Après que Grand-
mère eut tenu conseil avec Boro-mama, il fut décidé
de les expédier l'un après l'autre étudier à Dhaka –
tel était, semblait-il, le dernier recours pour les inté-
grer à l'humanité !

Alors que Grand-mère avait ses premiers cheveux
blancs, sans doute sous la crainte de voir ses
enfants devenir des vagabonds, pareils à leur père
en sa jeunesse, celui-ci annonça qu'il partirait en
pèlerinage à La Mecque.

« Et où trouveras-tu l'argent pour y aller ? demanda aussitôt Grand-mère avec une vive irritation.

– Dieu Se chargera bien de m'en procurer ! » fut la réponse énigmatique de Grand-père.

À la fin des fins, Dieu ne procura rien ; ce fut Papa qui finança, étant convenu que Grand-père le rembourserait à son retour. L'année où Grand-père embarqua pour La Mecque, avec une valise en ferblanc – sur laquelle il avait fait écrire : *Mohammad Moniruddin Ahmed*, adresse : *Akua Madrassa Quarter, Mymensingh* – contenant ses vêtements de rechange et une provision de riz soufflé, fut aussi l'année où Neil Armstrong posa le pied sur la lune.

Grand-père à La Mecque, Neil Armstrong sur la lune !

Tout le monde à la maison vouait une véritable adoration à l'astre nocturne. Les nuits de clair de lune, les mères s'asseyaient dans la cour, leurs enfants sur les genoux, et leur chantaient : «*Approche-toi, approche-toi oncle Lune ! Viens dessiner ton croissant sur le front de ma petite lune*[1]...» Pareilles nuits, tout le monde voulait entendre des histoires dans la cour. Celles d'oncle Kana étaient particu-lièrement appréciées. Tante Runu chantait : «*Aujourd'hui clair de lune tous au bois sont allés promener...*» Pour la fin du Ramadan, une grande excitation s'emparait de la maison, à qui apercevrait la lune en premier. Dès qu'elle la voyait, Grand-mère prononçait le rituel *asslamu-alaïkum*.

C'était ce qu'elle s'était empressée de faire, cette année-là selon la tradition ; mais aussitôt Boro-mama avait bondi, sarcastique : «Maman, avez-vous oublié que Neil Armstrong lui a pissé dessus, à la lune ? Comment pouvez-vous continuer à la saluer si respectueusement, après pareil outrage ? »

---

1. Dans la tradition indienne, fondée sur la mythologie hindoue, la lune est vue comme un être masculin. Le mot «lune» est aussi employé comme terme affectueux appliqué aux enfants.

Tante Fozli qui avait coutume de venir passer quelques jours chez ses parents – avec la permission de son pîr de beau-père –, à la suite des séances d'exorcisme que lui valaient les djinns ou en cas de petits ennuis de santé du genre fièvre, migraines ou coliques, se trouvait justement là. Du tac au tac elle répliqua à son frère : « Mon beau-père dit qu'en vérité personne n'est jamais allé sur la lune ! C'est Dieu Qui a créé le soleil et la lune. C'est Lui qui les fait se lever, se coucher. La lune est sacrée ; c'est son apparition qui marque le début du jeûne de Ramadan, la célébration de sa fin. Cette histoire de marcher sur la lune, ce n'est que de la propagande de chrétiens !

– Qu'est-ce que tu nous chantes là, Fozli ? s'esclaffa Boro-mama. Est-ce que je ne t'ai pas donné des leçons de science, quand tu étais petite ? Est-ce que je ne t'ai pas appris comment la terre s'est formée ? Tu as donc tout oublié ?

– Les savants en savent-ils plus que Dieu Lui-même ? rétorqua tante Fozli en puisant de l'eau au puits pour ses ablutions avant la prière. C'est donc cela que tu penses ! Mais il n'y a de vérité que de Dieu, tout le reste n'est que mensonge ! »

Je n'aurais su dire qui avait raison, de tante Fozli ou de Boro-mama. Grand-mère était aux petits soins pour l'un comme pour l'autre. Si Boro-mama avait droit aux meilleures recettes, lors de ses séjours à la maison, on n'était pas en reste pour tante Fozli ni pour sa belle-famille, dont les visites suscitaient toujours un impressionnant déploiement de pompe. Pour ma part, je n'avais pas du tout le sentiment que tante Fozli aussi bien que Boro-mama fussent des parents proches ; que dire de la belle-famille ? Quand ils venaient chez nous, une mioche de mon espèce, brûlée au soleil, toujours la morve au nez, n'avait pas le droit de s'approcher de la maison plus près que le puits. Si je m'aventurais au-delà de cette limite, Grand-mère m'envoyait paître d'un :

« Ne viens pas nous tourner autour comme ça !
Attends que les visiteurs soient partis ! »

De loin, je voyais qu'elle avait étalé par terre tout
ce qui habituellement, dans la journée, restait soigneusement plié en tas sur un coin du lit, en fait de
coussins, de couvertures et de draps, afin d'installer
le plus confortablement possible le beau-père et le
mari de tante Fozli, au moment du repas. En un va-
et-vient incessant, elle apportait de la cuisine des
plats fumants pleins de viande et de poisson. Tante
Fozli, le pan de son sari tiré sur la tête, s'empressait
à remplir leurs assiettes. Le repas terminé, ils
mâchaient leur bétel, paresseusement allongés sur
le lit. Au tour de tante Fozli, de sa belle-mère, de ses
belles-sœurs et de ses filles – Humayra, Sufayra et
Mubashera – de s'asseoir pour manger. Grand-mère
n'avalait un morceau qu'après le départ des invités,
et après avoir servi les membres de sa propre
famille. C'est alors qu'on m'ouvrait la frontière. Que
j'étais autorisée à franchir en toute liberté la limite
du puits qui séparait notre cour de celle de Grand-
mère.

Tout en faisant les cent pas dans la cour, qui
résonne du claquement de ses socques, Boro-mama
poursuit la discussion : « Soit. Il n'y a de vérité que
de Dieu. Dans ce cas, il convient de suivre à la lettre
Sa parole. Ton mari aura le droit de coucher avec
les servantes qui travaillent chez vous : ce sera tout
à fait normal, puisque Dieu a dit : *"La ehellu lakan-
nisau min bayadu ola al tabadalla bihinna mina
azoazeu olao ayzabka husnu hunna illama malakatu
iyaminuka*[1]." – *Ce* qui signifie que faire l'amour
avec les servantes de la maison est tout ce qu'il y a
de plus licite. »

L'eau reste dans le seau. Tante Fozli, oubliant de
procéder à ses ablutions rituelles, rentre dans la

---

1. Transcription phonétique à partir du bengali de la surate
« An Nisa ».

maison en refermant bruyamment la porte derrière
elle. Tout en prenant son burkha sur le porte-vête-
ments, elle éclate en sanglots. Dès qu'elle pleure,
tante Fozli a les joues qui deviennent rouges comme
des mangues bien mûres. C'est très joli. Un beau
sujet de dessin !

« Maman, je m'en vais ! Je ne puis rester une
minute de plus dans cette maison ! Comment tolérer
de se faire insulter de la sorte ? » se met-elle à crier,
hors d'elle.

Grand-mère accourt pour arracher le burkha des
mains de sa fille. « Qu'est-ce que tu as, à te mettre
dans des états pareils ? lui demande-t-elle. Tu sais
bien que Siddiq ne contrôle plus sa langue, quand il
s'énerve ! Il finit par dire n'importe quoi. Tu ne vas
tout de même pas partir en pleine nuit, sous prétexte qu'il a eu des paroles un peu lestes ! Que va
penser ta belle-famille, si tu fais ça ? Attends au
moins que l'Îd soit finie, pour repartir ! »

Reprenant prestement le burkha des mains de sa
mère, tante Fozli lui dit, tout en l'enfilant : « Non,
pas une minute, je ne resterai pas ici une minute de
plus ! Est-ce que vous croyez que je viens dans cette
maison par plaisir ? Il y a tellement de bruit chez
nous, avec tout ce monde, que ça me donne mal à la
tête ; c'est pour ça que je viens ici. Mais, s'il me faut
essuyer des insultes de la part de mes frères, à quoi
bon… ? Je me faisais une joie de fêter l'Îd chez mon
père ! Je vois qu'il faut y renoncer ! Pourtant,
Miahbhaï a déjà eu l'occasion de parler avec le père
d'Humayra… Il sait bien qu'il n'est pas d'homme
plus pur en ce monde… ! »

Grand-mère ne parvient pas à retenir tante Fozli.
Oncle Hashem est chargé de la reconduire chez elle.
Cette nuit-là, il règne dans la maison un silence
funeste. Je reste seule à contempler la lune dans l'immensité du ciel, en me demandant comment l'homme
a pu aller jusque-là, sur ce tout petit disque… Maman
me racontait toujours qu'une vieille femme habitait
sur la lune, en permanence occupée à filer au rouet.

Mais voilà que Boro-mama prétend qu'il n'y a sur la lune ni vieille à son rouet, ni arbres, ni eau. Que ces ombres qu'on aperçoit à la surface de l'astre ne sont rien d'autre que des trous. Quoi qu'il en soit, je me sens une complicité secrète avec la lune. Où que j'aille, elle me suit. Que je marche le long du ruisseau ou que je reste immobile au bord de la mare, elle ne me quitte pas. Quand je me repose dans la cour de Grand-mère, elle se repose elle aussi. Elle nous avait bien suivies, tante Runu et moi, d'aussi loin que chez Shormila, de la même façon qu'elle s'attache à mes pas, quand je passe de la cour de Grand-mère à la nôtre, ou au bord de la mare…

Le matin de la fête de l'Îd, tous les membres de la famille vont l'un après l'autre se laver à l'eau froide de la pompe, en se savonnant énergiquement. On me fait mettre des vêtements et des chaussures neufs, on m'attache les cheveux avec des rubans rouges, on me parfume et on m'enfile dans les oreilles une mèche de coton imbibée d'huile à la délicieuse senteur. Les hommes s'habillent tout en blanc de pyjamas et de longues tuniques, et se couvrent la tête d'une petite calotte. Ils ont aussi du coton parfumé dans les oreilles. Toute la maison embaume. Nous partons vers l'immense terrain où a lieu chaque année le rassemblement de l'Îd. Après avoir étendu à terre de grands draps de lit, Papa, Dada et Chotda, ainsi que mes oncles, à l'exception de l'aîné, se tiennent prêts à la prière. La foule est d'une densité extraordinaire. Alors que tout le monde s'agenouille à l'instant où la prière commence, je reste debout à contempler ce fascinant paysage de milliers et de milliers d'hommes serrés les uns aux autres, qui me rappelle nos rassemblements dans la cour de école, lors des séances de gymnastique, où il faut se baisser pour toucher la pointe de nos pieds…

La prière terminée, les hommes, selon l'usage qui leur est réservé, se donnent l'accolade, du moins entre connaissances. Une fois, de retour à la mai-

son, j'avais proposé à Maman : « Donnons-nous l'accolade, à l'occasion de l'Îd ! » Maman avait paru
contrariée et elle m'avait dit : « Les filles ne font pas
ça ! Qu'est-ce que c'est que cette idée ? » Et, comme
j'insistais pour savoir pourquoi, elle m'avait répondu,
me laissant sur ma faim : « Ce n'est pas dans les
usages ! » Depuis lors, la question me turlupine :
pourquoi n'est-ce pas *dans les usages* ?

   Après la prière collective, on procède au sacrifice
des bœufs. Cela fait trois jours que le bœuf noir
qu'on a acheté cette année est attaché au banyan
dans la cour. Il a des sortes de larmes qui lui cou-
lent des yeux. J'ai le cœur brisé, à la pensée que
cette bête vivante qui rumine en balançant placidement la queue ne sera plus dans quelques instants
que quelques seaux remplis de morceaux de viande.
Assis à côté du bœuf, au pied de l'arbre, l'imam de
la mosquée du quartier aiguise son couteau. Oncle
Hashem apporte une branche de bambou. Papa
déroule une natte tout près de là, afin qu'on puisse
s'asseoir confortablement pour découper la viande.
L'imam donne le signal de l'exécution. Aussitôt,
Papa, aidé d'oncle Hashem et de quelques voisins,
entravent les pattes de l'animal, puis le font trébucher, afin de le jeter à terre. Le bœuf mugit à fendre
l'âme. Maman et mes tantes regardent la mise à
mort de la fenêtre. Une joyeuse excitation anime
tous les regards. Seul Boro-mama, qui est resté en
lunghi et n'a pas pris soin de se parfumer, se tient à
l'écart de l'horrible scène, et on l'entend s'écrier :
« Je me demande comment des êtres humains peuvent se réjouir de voir assassiner une pauvre bête
d'une façon aussi cruelle, sous prétexte que ça fait
plaisir à Dieu ! Tous des sans-cœur, vraiment… ! »

   Moi, j'ai envie de voir. Le bœuf se débat et réussit
à se relever, malgré les efforts pour le maintenir à
terre. Il faut le refaire trébucher de la même façon.
Aussitôt, l'imam applique son couteau sur la gorge
de l'animal en proclamant : « Dieu est grand ! » Le
sang gicle. Malgré sa gorge à moitié tranchée, le

bœuf continue un bon moment à mugir en battant
l'air de ses quatre pattes. Tout au long de son ago-
nie, j'ai le cœur serré. Maman, comme chaque
année le matin de l'Îd, m'a recommandé de regarder la mise à mort. J'ai bien vu que lorsque l'imam
écorchait la bête, elle avait des larmes plein les
yeux. Mes oncles Shoraf et Felu ne peuvent détacher
leurs regards du spectacle. J'en ai assez maintenant : je vais au magasin de Monu Miah, m'acheter
un ballon à flûte ! Pendant ce temps, la viande est
divisée en sept parts : trois pour le foyer de Grand-
mère, trois pour le nôtre, la dernière étant distri-
buée aux mendiants et aux voisins.

Mais le plus intéressant, le jour de l'Îd, c'est que
Papa s'adresse à nous avec indulgence, sans jamais
hausser le ton, sans nous rappeler à l'ordre pour que
nous fassions nos devoirs. Pas question de nous taper
dessus un jour pareil ! Après le repas de fête – pulao
avec viande rôtie, vermicelles au lait aromatisés au
safran –, nous sortons nous promener, l'esprit léger,
certains d'être à l'abri de l'ire paternelle. Mais le
reste de la maisonnée passe la plus grande partie de
la journée à apprêter la viande du sacrifice, à la cuire
dans de grandes marmites. Ce n'est que lorsque cette
cuisine est terminée, en fin d'après-midi, que Maman
et Grand-mère prennent leur bain, puis revêtent le
sari neuf qu'elles ont reçu pour la fête.

Tante Runu et tante Jhunu, qui se sont mises sur
leur trente et un, cherchent une occasion de s'échapper pour aller voir leurs amies. Chez nous, c'est un
défilé permanent de visites. Boro-mama, qui n'a
toujours pas quitté son lunghi et sa vieille chemise,
revient de faire un tour dans le voisinage en disant :
« Tout le quartier baigne dans le sang, tellement on
a sacrifié de ces bœufs ! Il aurait mieux valu distribuer ces bêtes à des paysans, qui s'en serviraient
pour les travaux des champs. Il y a tant de paysans
pauvres qui n'ont pas d'animaux de trait. Je ne
comprendrai jamais pourquoi les gens se comportent à ce point comme des ogres ! Pendant qu'une

seule famille se gave de viande, après avoir sacrifié un bœuf, combien de malheureux n'ont même pas un grain de riz à se mettre sous la dent!»

Inutile de supplier Boro-mama de prendre un bain et de passer des vêtements neufs, à l'occasion de l'Îd. Grand-mère insiste pourtant : «Tu n'as pas voulu célébrer l'Îd! Soit! Mais ce n'est pas une raison pour ne pas manger!

– Mais bien sûr que je vais manger! répond Boro-mama en soupirant. Servez-moi tout ce que vous voudrez, à part de la viande!»

Grand-mère était déjà sur le point de pleurer depuis un moment. Comment admettre que son fils aîné ne veuille toucher à la viande du sacrifice de l'Îd? Tout en s'essuyant les yeux avec le pan de son sari, elle assure que dans ces conditions elle n'y touchera pas non plus. A-t-on jamais vu une mère manger sans avoir d'abord nourri son fils?

Toute la maison est au courant du refus de Boro-mama de goûter à la viande de l'Îd. Les adultes sont gagnés par un sentiment de malaise. En remplissant nos assiettes, Maman nous confie : «Miahbhaï va retourner à Dhaka sans avoir mangé le bœuf du sacrifice. Il dit qu'il ne supporte pas cette pratique qui consiste à sacrifier des animaux, mais la viande qu'on achète au marché, ne s'obtient-elle pas, elle aussi, en tuant des animaux?»

La fête ne dure qu'un jour. Dès le lendemain, je dois renouer avec le quotidien de ma vie. Ce quotidien est fait, par exemple, des quolibets d'oncle Shoraf, qui se moque de moi parce que j'ai perdu mes dents de devant.

> *Ses dents sont tombées, la nana!*
> *Peut plus bouffer que du caca!*

Quand j'ai perdu mes dents, Maman les a jetées dans un trou de souris en chantant :

> *Souris ! Madame du Souris !*
> *J'échangerais bien mes caries*
> *Contre vos quenottes jolies !*

Tant que Madame du Souris ne me fait pas don
de ses jolies dents, je resterai condamnée à affron-
ter le sourire carnassier d'oncle Shoraf. Et tante
Runu me fera marcher à coups de

> *Pour faire repousser les dents,*
> *Il faut manger des excréments !*

Comment faire sans vomir ? Assise dans les cabinets, je me force à regarder sous moi, vers l'amas
d'étrons que j'ai produit, déjà entouré du bourdon-
nement de quelques mouches bleues. Avec les
doigts je me bouche le nez autant de temps qu'il est
possible... je ne vais certes pas battre le record de
mon frère aîné, qui ne s'enferme jamais pour moins
de deux heures ! Comment fait-il pour passer tout ce
temps dans pareille puanteur ? Je me le demande,
moi qui dois me réfugier dans ma chambre en me
bouchant les narines, quand le vidangeur fait son
apparition mensuelle pour nettoyer la fosse. Non
seulement je m'arrête de respirer, mais je ne cesse
de cracher de grands jets de salive, tant que je le
sais dans les parages. Grand-mère, elle, ne craint
pas de discuter longuement le tarif avec lui. Oui,
vraiment, tante Runu se fiche de moi, je pense,
furieuse. « Puisque tu as toutes tes dents, toi, lui
fais-je remarquer, ça veut dire que tu en as mangé,
de la merde !
– Bien sûr que j'en ai mangé ! me répond-elle
avec aplomb. Quand j'avais ton âge ! »
Oncle Shoraf est encore plus facilement dégoûté
que moi. La seule vision d'une poule en train de
déféquer, voire le seul fait d'entendre prononcer le
mot merde quand il mange, l'affecte à un tel point
qu'il en renverse aussitôt violemment son assiette !
Un jour, au début du repas, sans le faire exprès, je

sors : « Dis, c'est vrai, oncle Shoraf, que pour faire repousser les dents, il faut manger du caca ? » Son sang ne fait qu'un tour : après m'avoir allongé une mémorable calotte, il lance son assiette pleine de riz dans la cour, comme un vulgaire morceau de brique !

Moi, il m'est impossible de taper sur oncle Shoraf, quand il me chante : « *Peut plus bouffer que du caca...* », puisqu'il est plus âgé que moi ! Il est interdit de lever la main sur les aînés, nous apprend-on dès la plus tendre enfance. On ne peut même pas se plaindre à quiconque de ce que font les aînés, puisque, par exemple, après vous avoir déshabillée sans crier gare, ils vous interdisent formellement d'en parler à qui que ce soit. Les aînés probablement ne croiront jamais que, parmi eux, il y en a qui, profitant d'un après-midi où les petits ont le cœur gros, les attirent dans une pièce isolée, pour les mettre nus. Je sais bien qu'aller raconter ça ne me vaudrait qu'une paire de gifles. Et comment protester contre les coups des aînés, puisqu'il faut accepter humblement tout ce qui vient d'eux, les punitions comme les câlins ? Puisque tout ce que nous font les aînés, ils le font pour notre bien, nous dit-on.

Le circonciseur est venu à la maison couper le prépuce d'oncle Tutu et d'oncle Shoraf, rite de passage qui en fait de vrais musulmans. Après l'opération, on leur a fait mettre des lunghis neufs. Les premiers jours, je les vois marcher dans la maison en soulevant légèrement leurs lunghis, pour éviter que le frottement du tissu ne leur fasse mal au zizi. Cette nouvelle manière de marcher m'amuse bien et je ne peux me retenir de rire, ce qui me vaut aussitôt les taloches des deux nouveaux circoncis. Il m'est interdit de rire, interdit de jeter le moindre coup d'œil sur leurs lunghis quand ils marchent ! Ce sont en effet les aînés qui disposent du droit de tracer la frontière entre ce qu'il m'est permis et ce qu'il m'est défendu de faire.

Cette fois, Boro-mama a passé à la maison les vacances de l'Îd en entier. Il n'a guère quitté sa chambre, où il lisait des journées entières, allongé sur son lit, ne sortant dans la cour qu'en fin d'après-midi, comme nous en informait le choc de ses socques de bois sur la terre battue. Il est venu plusieurs soirs chez nous, discuter avec Papa. Boro-mama parle doucement, sans jamais élever la voix. Dès qu'il entend quelqu'un crier, il manifeste son impatience par une série de petits claquements de langue. C'est un de ces soirs-là que nous avons soudain entendu oncle Hashem hurler : « Au secours ! Je vais tomber ! » Toute la maisonnée étant accourue, nous l'avons trouvé accroché à la margelle à l'intérieur du puits. « Arrête de t'amuser à ce genre de bêtise, Hashem ! Un de ces jours, tu vas tomber pour de bon ! » s'est écriée Grand-mère, très fâchée.

Oncle Hashem ressort du puits en riant. Boro-mama le regarde avec incompréhension. « Quelle est cette sorte d'amusement ? Je ne vois pas ce qu'il y a d'intéressant là-dedans ! Est-ce que tu es devenu fou, Hashem ? » finit-il par lui dire.

Oncle Hashem connaît un autre jeu. Il lui arrive de nous attraper, oncle Felu ou moi, et de nous tenir au-dessus de l'ouverture du puits en menaçant de nous y jeter. À nos appels au secours, tous les gens de la maison ne tardent pas à venir voir ce qui se passe. Le plus choqué par ce genre de jeu, c'est toujours Boro-mama, qui ne manque pas de nous reprocher la futilité, l'imbécillité de pareils amusements.

À quelque temps de là, ayant appris que son frère aîné était toujours à la maison, tante Fozli vient en visite. Dès son arrivée, elle lance à Boro-mama : « J'ai à te parler. »

Boro-mama la prend par les épaules et lui dit d'un ton badin : « Pourquoi es-tu si fâchée ? Tu n'étais pas comme ça autrefois ! Enlève donc ce burkha ! Assieds-toi ! Prends ton temps ! »

« – Non, je ne suis pas venue ici pour m'asseoir ! réplique tante Fozli, sans se découvrir plus que la tête. Je repartirai dès que j'aurai dit ce que j'ai à dire. »

Là-dessus, elle s'assied au bord du lit, et commence son discours : « Ce que tu as dit l'autre jour – Dieu a enseigné que les hommes sont autorisés à coucher avec les servantes de la maison –, dans quel verset du Coran l'as-tu pêché ?... Car c'est faux ! Dieu n'a pas parlé des servantes. Le Coran emploie le terme esclave, et non servante. La relation avec les esclaves est licite, certes, mais, de nos jours, il n'y a plus d'esclaves ! achève-t-elle, triomphante.

– Ah ! c'était donc ça ! s'écrie Boro-mama en allongeant les jambes sur le lit, pour s'asseoir plus confortablement. En voilà une affaire si urgente que tu ne peux même pas prendre le temps d'enlever ton burkha avant de l'exposer ! Il y a bien de quoi se précipiter, en effet ! Soit ! Mais peux-tu me dire pourquoi la pratique ancestrale de l'esclavage a disparu de nos jours ? Allez, vas-y ! Qui l'a abolie ? Ton Dieu ? Ton Prophète ?... Eh bien ! ce sont les hommes qui l'ont supprimée, tu m'entends ? Heureusement que les hommes l'ont fait ! Sinon quelle honte, n'est-ce pas ? Mais, quoi qu'il en soit, réfléchis un peu : est-il normal que Dieu édicte pareille loi, qu'il s'agisse de servantes ou d'esclaves... ? »

Sans laisser Boro-mama poursuivre son argumentation, tante Fozli entreprend de défendre son point de vue : « Dieu a prescrit cela dans les temps anciens ! La sécurité des femmes n'était nullement garantie à l'époque... Les esclaves n'avaient aucun refuge hors de la maison de leur maître... C'est pour cette raison que Dieu... »

Cette fois-ci, c'est Boro-mama qui reprend la parole, avec vivacité : « Si tu penses que le Coran a été écrit pour ces temps anciens, parfait ! Dans ces conditions, laissons-le à ce passé lointain ! À quoi bon se casser la tête avec ça de nos jours ? Mais on peut se demander pourquoi Dieu ne s'est soucié que d'une époque particulière? Il y a de quoi s'interroger en effet! Dieu est réputé connaître le passé et le futur, tout voir, tout comprendre... Alors, pourquoi n'a-t-Il pas écrit qu'à l'avenir la pratique de l'esclavage disparaîtrait? Qu'il y aurait des lampes électriques, des voitures à moteur, des avions, des fusées...? Il aurait même pu écrire que l'homme irait marcher sur la lune! Je ne vois vraiment pas l'intérêt de se mettre martel en tête pour quelque chose qui ne convient plus du tout à notre temps! Tu prends ça beaucoup trop à cœur!»

Tante Fozli, qui fait une mine sinistre, se lève soudain. Le voile de son burkha à la main, elle s'écrie: «Je n'aurais jamais imaginé que tu puisses descendre si bas, Miahbhaï! Quelle honte! Je commets un péché rien qu'à te regarder!» Sur quoi, elle file de la maison de Grand-mère et vient se réfugier dans notre chambre à coucher, où elle s'affale sur le lit en gémissant: «Borobu, il faut que je me repose un moment! J'ai mal à la tête!» Maman va aussitôt dans la cuisine préparer pour sa sœur un de ses mets préférés: des crevettes au riz rouge.

Quand Papa et mon oncle discutent, c'est généralement le sujet foncier qui domine. Boro-mama dit: «Tu devrais acheter un terrain à Dhaka, Rojob Ali. C'est encore assez bon marché. Mais ça va vite augmenter!

– Oui, je vais y réfléchir... C'est une bonne idée!» répond Papa en soulignant son intérêt d'un mouvement de tête.

Pour ma part, j'ai très envie d'entendre mon oncle parler de la grande ville, de Dhaka. Qu'il me la décrive, qu'il me raconte tout ce qu'il y a là-bas. Mais je constate que pas une fois il ne tourne ses regards vers moi. Sans doute sa petite princesse s'est-elle trop maculée de poussière et de boue pour qu'il la remarque encore! Pourtant, un jour, la veille de son départ pour Dhaka, il m'adresse la parole directement. Revenant des toilettes, j'ai ramassé un bout de papier avec les signes de l'écriture arabe, qui traînait par terre, pour le remettre à Maman, selon ses instructions – puisque, dès que j'ai su mon alphabet arabe, elle m'a enjointe de veiller à ne laisser traîner dans la saleté aucun écrit en cette langue, puisqu'il s'agit du langage sacré de Dieu. Il faut donc soigneusement sauver tout papier de ce genre de la souillure et aller le jeter dans l'eau. C'est ce que j'ai pris l'habitude de faire : quand je trouve un de ces vénérables bouts de papier, je le ramasse, et, l'ayant bruyamment embrassé, je vais le faire flotter sur l'eau de la mare, comme un petit bateau.

Évitant donc de piétiner ma trouvaille, je vais, en petite fille bien sage, en avertir Maman, qui étend du linge dans la cour. «J'ai les mains prises, me répond-elle. Dis à ton oncle de s'en occuper !» Boro-mama prend le papier et le lit en marmonnant entre ses dents. Maman le regarde, fascinée. Connaître l'arabe est en effet le signe d'une grande piété. Même si Boro-mama ne fréquente jamais la mosquée, même les vendredis, et qu'il ne fasse jamais les prières, y compris à la fête de l'Îd. Qu'importe, puisqu'il sait la langue sacrée ?

«Qu'est-ce que tu veux faire avec ce papier ? demande-t-il.

– Je vais l'embrasser, puis aller le jeter dans la mare», je lui explique en me pendant au sari de Maman, sinon pour y trouver refuge, du moins pour fortifier mon esprit, au moment de répondre à mon oncle.

«Quoi ? Tu veux embrasser ça ? s'écrie-t-il en lançant le bout de papier loin de lui. Mais tu sais ce qui est écrit dessus, au moins ? C'est écrit : *"Fils de pute, je baise ta mère"*, là, ici, en toutes lettres !

À l'instant où elle entend ces mots, Maman devient rouge de honte. Elle en oublie le linge mouillé qu'elle avait mis sur son épaule, pour l'étendre. Fulbahari, qui revenait de la pompe avec une cruche pleine d'eau, s'arrête, comme frappée par la foudre. Grand-mère, occupée à arroser un pied de piment, laisse tomber son broc, dont le contenu se répand sur le sol de la cour. Quant à moi, je m'avance de deux pas en direction de mon oncle et lui demande, en le regardant avec des yeux tout ronds : « Mais, Boro-mama, l'arabe, c'est la langue de Dieu ! Comment est-il possible qu'on y écrive de si gros mots ?

– Je ne vois là rien d'impossible ! s'exclame-t-il en faisant claquer ses semelles de bois. L'arabe, c'est la langue des habitants des pays arabes. Eux aussi boivent de l'alcool, font de vilaines choses, tuent d'autres hommes ! Pourquoi n'utiliseraient-ils pas d'insultes ? Là-bas, les hommes se marient jusqu'à quatorze fois ! J'ai même entendu dire que certains ont une centaine de femmes… !

– Siddiq, ça suffit maintenant ! » l'arrête Grand-mère.

Et voilà qu'il s'arrête, obéissant à sa mère, le fils aîné, ex-étudiant à l'école coranique, expert en langue arabe, pour qui elle a toujours été aux petits soins – elle seule peut lui ordonner de ne pas aller plus loin…

2

Dès la fin de la guerre, en soixante et onze, Maman reprit le chemin de la maison du pîr. Celui-ci, évidemment, n'avait pas eu à se réfugier où que ce fût. Il avait pu rester en ville en toute sécurité, puisqu'il comptait même quelques Biharis parmi ses amis… Après tout, n'avait-il pas, comme eux, quitté l'Inde, au moment de la Partition, choisissant d'émigrer dans la nouvelle patrie des musulmans, le Pakistan ? Ce n'était pas pour voir ce pays se désintégrer, moins de vingt-cinq ans après. Aussi des disciples d'Amirullah avaient-ils, avec sa bénédiction et au cri de : « Dieu est grand ! » mis le feu à une dizaine de maisons de la localité de Naomahal, habitées par cette *vermine de Bengalis*. Le pîr avait pris soin de les encourager en leur affirmant : « Il n'y a nul péché à agir comme vous allez le faire… Serviteurs de Dieu, vous êtes les soldats de cette guerre sainte destinée à sauver l'islam des griffes de ses ennemis ! »

Bien que Maman ne soit guère familière avec cette idée de *guerre sainte*, elle ne pose pas de questions, puisqu'elle est elle-même disciple du pîr et qu'un disciple ne doit jamais mettre en doute les paroles et les actes de son maître. Elle aurait bien trop peur de l'indisposer ou de le blesser par des interrogations mal venues ! Non seulement elle ne pose pas de questions, mais elle s'empresse d'accepter de bonne grâce la décision inspirée que le pîr enjoint à tous ses disciples d'appliquer, une fois cette histoire de guerre sainte terminée : les femmes ne devront plus porter que des ensembles *salwar-kamiz* blancs. Aussitôt connue la volonté du pîr, Maman court s'acheter des mètres de tissu blanc uni pour se confectionner ses nouvelles tenues. Elle ne sortira plus de la maison qu'ainsi vêtue, puisque Amirullah a déclaré textuellement : « Toutes les femmes de ce pays devront porter le type de vêtements que portaient les épouses du Prophète. Elles ne devront pas garder les cheveux trop longs. Hommes et femmes devront porter les cheveux jusqu'aux épaules, à l'image du Prophète. » Aussi Maman coupe-t-elle en deux, trois coups de ciseaux ses longs cheveux, qui lui arrivaient au bas des reins et auxquels, pour leur donner plus d'épaisseur, elle avait coutume d'ajouter des mèches postiches. La voilà conforme aux vœux du maître : les cheveux aux épaules, enrobée d'un salwar-kamiz si large qu'il lui flotte autour du corps, la poitrine et la tête recouvertes par un foulard aussi uniformément blanc que le reste. Je ne reconnais plus ma mère ! Attristée par cette transformation, je lui demande : « Pourquoi t'habilles-tu comme ça, Maman ?

– Je ne veux plus être en sari. C'est le vêtement des femmes hindoues ! Des infidèles ! Pour une femme musulmane, c'est un péché que d'en mettre ! »

Quels que soient les ordres venus de chez le pîr,

Maman les exécute avec tout le zèle dont elle est capable. Maman a donc oublié son amie d'enfance, Amala, la fille des voisins hindous? Elle a oublié qu'elle l'accompagnait voir la procession de la fête des Chars[1], où elles achetaient du riz soufflé, de petits jouets et des poupées. Oublié qu'elle ne manquait jamais une Lakshmi Puja chez les Sarasvati, où elle se gavait de ce délicieux riz au lait[2]. Oublié ces fêtes de Durga, où, en bande avec ses amies, elle faisait le tour des effigies de la déesse qui ornaient toutes les demeures hindoues du quartier. Oublié aussi combien elle m'avait battue, folle de colère, le jour où je m'étais avisée de me couper les cheveux, afin qu'ils ne me descendent pas plus bas que les épaules. «Tu as l'air d'une vraie sorcière avec ces cheveux courts, m'avait-elle lancé. Dire que je me donnais tant de mal à te les lustrer à l'huile…!»

Voilà pourquoi je ne reconnais plus Maman. Quand nous sommes tous assis à table pour le repas, après nous avoir servis, elle va, son assiette à la main, s'asseoir par terre, ou sur le lit, pour manger à l'écart, car pour elle: «C'est impur de manger assis à une table! C'est une habitude de juifs et de chrétiens!»

Notre quartier ne compte guère que deux ou trois foyers musulmans; tous les autres sont hindous. Il y a donc presque chaque jour une fête dans le voisinage, tant les hindous ont de dieux et de déesses! Beaucoup d'entre eux viennent pousser notre portail noir pour demander la permission de cueillir dans notre jardin certaines feuilles, certaines fleurs

1. Fête hindoue annuelle très populaire, en juin ou juillet, où des formes de Vishnou sont promenées sur des chars décorés, tirés par des fidèles.
2. La Lakshmi Puja est une des principales fêtes hindoues, célébrée dans les familles. Le riz au lait – cuit très longuement, donc devenu très épais, aromatisé à la cardamome et à la cannelle, très généreusement sucré – est l'offrande aux divinités la plus courante, et, par conséquent, le mets offert à tous les invités à la cérémonie.

ou certains fruits, nécessaires à leurs offrandes. Que
m'importe qu'ils ramassent quelques *bilvas* tombés
dans le jardin ? Je déteste le goût de ce fruit ! Quand
Maman veut me faire boire la boisson qu'elle prépare à base de jus de bilva, je me pince le nez à cent
mètres ! Maman connaît bien les jeunes filles hindoues du voisinage qui viennent ainsi se servir chez
nous ; elle s'est même liée d'amitié avec quelques-
unes.

Oui, mais cela, c'était autrefois. Avant qu'elle
n'aille chez le pîr. Désormais elle chasse les hindous, dès qu'elle en voit un franchir le portail et elle
nous met en garde : «Ne laissez plus aucun d'eux
venir cueillir des fruits ou quoi que ce soit pour
leurs *pujas*. Ce sont des infidèles ! C'est pour nous
un péché que de les laisser se servir dans notre jardin pour aller commettre leurs idolâtries.

— Pourquoi les traites-tu d'infidèles ? je m'étonne,
choquée par la réaction de Maman. Je les connais
bien, ce sont de braves gens !

— Ceux qui ne sont pas musulmans, réplique-
t-elle en égrenant son chapelet, ce sont tous des infidèles. Les hindous, les bouddhistes, les chrétiens...
tous !

— Mais tiens, regarde ! Un enfant qui naît, dans
une famille hindoue, ou chrétienne ! j'ose dire, après
avoir pris la précaution de me mettre hors de portée
des mains maternelles. Ce n'est pas sa faute, tout de
même, s'il a tels ou tels parents ! Il aurait aussi bien
pu naître chez toi, ou chez l'imam de la mosquée ! Il
n'est pas responsable de ce que son père et sa mère
lui apprennent à faire des offrandes à des statues ou
à chanter des hymnes à Krishna. Que va-t-il lui arriver à cet enfant ? Ira-t-il en enfer ou au paradis ? »

Je vois les lèvres de Maman bouger : elle récite
son chapelet. Elle ne me donne pas de réponse. Je
me rapproche un peu d'elle pour lui répéter : «Dis-
moi, Maman, est-ce qu'il ira en enfer ou au paradis,
cet enfant ?

— S'il se convertit à l'islam, s'il est très pieux,

alors il ira au paradis. Sinon, en enfer! finit-elle par
me répondre.

– En enfer? Mais qu'aura-t-il fait de mal?

– Eh bien! il aura eu le tort de naître dans une
famille impie! répond Maman en semblant chercher ses mots.

– Mais tu dis toi-même que rien n'arrive en dehors
de la volonté de Dieu! je réplique du tac au tac, avec
la rapidité du guerrier qui décoche une flèche à son
adversaire. C'est donc Dieu Qui a fait naître cet
enfant dans une famille impie! C'est donc Lui Qui a
tort! C'est injuste de rejeter la faute sur l'enfant qui
n'a pas choisi de naître dans tel ou tel foyer!

Dans le feu de la discussion, je m'étais approchée
trop près. Lâchant son chapelet, d'un seul coup
Maman m'attrape et m'attire à elle et, avant que je
comprenne ce qui m'arrive, elle m'empoigne les
cheveux et me secoue de toutes ses forces en criant:
«Tu oses critiquer Dieu! Tu as un de ces culots! Qui
t'a appris à parler ainsi? Si je t'entends encore une
seule fois dire du mal de Dieu ou de Son Prophète,
écoute-moi bien, je t'étrangle, compris? Dire que
c'est moi qui ai mis au monde une saleté pareille!
Mais j'aurais dû te tuer tout de suite! Ça m'aurait
valu bien des mérites auprès de Dieu, pour sûr!»

Je ne parviens pas à comprendre ce que j'ai dit de
mal au sujet de Dieu et de Son Prophète. Je voulais
seulement expliquer à Maman qu'un bébé n'ayant
pas la capacité de décider où il va naître, de choisir
sa religion, on ne peut le tenir pour fautif s'il n'est
pas musulman. C'est bien plus assurément la faute
de Dieu, puisqu'Il est responsable de tout. Mais
Maman déteste qu'on évoque la responsabilité divine,
quand celle-ci ouvre la voie à la critique. Désormais, Maman déteste tant et tant de choses, que
rien de ce que je fais ou dis ne trouve grâce à ses
yeux. Pour tout ce qui vient de moi, elle n'a que le
mot péché à la bouche!

Quand je remplis directement mon verre à la
pompe et m'apprête à le boire, elle me reproche:

« Pourquoi bois-tu de l'eau debout ? C'est comme si tu buvais la pisse du diable ! »

Lorsque je reviens des toilettes, elle m'examine les mains. Si elles ne sont pas encore mouillées, elle me demande : « Tu t'es lavée ? Les hindous ne se lavent pas, eux. Tu ne vas tout de même pas faire comme eux ! Ne sais-tu pas que les infidèles finissent tous en enfer ? »

Devant la fenêtre, près de mon lit, il y a un arbre dont les fleurs sentent merveilleusement bon, après la tombée de la nuit. J'adore me coucher la tête de ce côté, pour profiter de ce parfum avant de m'endormir. Mais, chaque fois, Maman vient me faire changer de position : « Tu n'as pas honte de te mettre les pieds à l'ouest ! Ne sais-tu pas que c'est la direction de La Mecque ? Que c'est un péché ? Allez, fais-moi le plaisir de t'étendre les pieds de l'autre côté ! »

Quand elle me sort ce genre de choses, j'ai toujours envie de lui rappeler qu'à l'ouest, non loin de notre maison, il y a aussi un temple hindou. Mais je sais que pareille remarque ne me vaudra qu'une gentillesse du genre *graine de Satan*, ou une pluie de claques. Aussi je me couche dans le sens imposé par Maman. En me demandant combien il y a, sur les milliers de kilomètres qui séparent mes pauvres jambes de la sainte Mecque, de fleuves et canaux, montagnes et collines, temples hindous et églises chrétiennes… chiottes et pissoirs !

Cette religion qui obsède Maman me semble dépourvue de toute raison. Aux graves questions que je pose, je n'obtiens que les réponses les plus conventionnelles, qui sont loin de satisfaire ma curiosité. Dieu a créé l'homme avec de la glaise, et les djinns avec du feu. Les actes des uns et des autres seront pesés au jour du Jugement dernier. Les djinns vivent dans les airs, invisibles à l'œil humain. Dieu est lumière. Lui aussi est invisible. Il réside au-dessus de toutes choses, quelque part au plus haut des cieux. Où qu'Il soit, Il entend tout, Il voit tout.

Lors de la nuit de Shobebrat[1], Maman, après avoir
préparé les traditionnelles galettes qui accompagnent les vermicelles au lait sucré, se prépare à prier
jusqu'au lever du jour. «C'est aujourd'hui que Dieu
descend du Septième Ciel pour observer les actions
humaines, qui fait le bien et qui fait le mal sur la
terre, m'explique-t-elle.

— Mais pourquoi Dieu ne peut-Il pas les voir du
Septième Ciel, les êtres qui habitent sur la terre? je
rétorque aussitôt sans prendre garde. Quel besoin
a-t-Il de venir si près pour observer leurs actions,
Lui qui voit tout, entend tout?

— Il ne faut pas poser des questions à tout bout de
champ! enrage Maman en grinçant des dents. Tu
dois croire en Dieu comme une aveugle. Dieu est
tout-puissant. Il n'est de grandeur que de Dieu.
Dieu est miséricordieux. Il est Un et Unique.»

Ce sont là exactement les phrases que j'ai enten-
dues dans la bouche du pîr Amirullah. Maman
serait-elle devenue mainate? Comme celui qui était
enfermé dans une cage, suspendue à une branche
dans la cour de Grand-mère: il signalait toutes les
arrivées d'un: «Oh! un invité! apporte à manger!»
Ce en quoi il ne faisait que répéter ce que lui avait
appris tante Runu. Depuis qu'il savait dire ces
mots, il avait comme oublié sa propre langue, et se
contentait de répéter sans varier le peu qu'on avait
bien voulu lui entrer dans la tête.

Mais ce que Maman apprend chez son pîr, elle ne
se contente pas de le répéter sans fin; elle essaie de
l'inculquer, à moi tout particulièrement. Sans jamais
se lasser! Elle n'a de cesse de me contaminer avec
les enseignements d'Amirullah, même si, parfois, le
découragement semble la gagner et que je l'entends
dire: «Oh! et puis, faites comme vous le jugez bon!
Je ne cherche qu'à accomplir mon devoir en vous
édifiant. Puisqu'un jour prochain Dieu vous demandera, lors du Jugement dernier: "Quelqu'un vous a-

_____
1. Fête musulmane.

t-il jamais parlé de Moi ?" Au moins, vous ne pourrez pas dire non ! En fait, quand je vous parle de
Dieu, c'est Lui qui parle par ma bouche. Je ne suis
qu'un moyen pour vous faire connaître Sa Parole ! »

De temps à autre, Maman se pique de me faire réviser le peu d'arabe que j'ai appris avec Sultan Ustadji,
assise sur la véranda, tandis qu'elle nous écoutait de
sa chambre. Consciente de sa mission édificatrice,
elle m'interroge d'une voix douce : « Veux-tu bien me
réciter le premier article de foi, comme une petite
fille toute sage ?

— *La ilaha illallahu muhammadur rasulullah*, je
déclame comme une mitraillette.

— Et le deuxième ? me demande-t-elle en me laissant à peine le temps de finir.

— *Ashhadu an laïlaha illallahu wahdahu la shari-
kalahu wa ashhadu anna muhammadan abduhu wa
rasuluhu*[1] », je débite stoïquement, comme je resti-
tuerais n'importe quelle récitation à l'école, sans
comprendre un traître mot à ce qui me vient sur la
langue.

Mais, refusant de prêter attention à mon air stupide, Maman sourit d'aise. Elle a eu un sourire
moins radieux, le jour où je lui ai dit : « Tu sais,
l'autre jour, tu m'as dit que Dieu avait fabriqué
l'homme avec de la glaise...

— Pas *fabriqué*, *créé* ! m'a-t-elle aussitôt corrigée.

— D'accord, *créé*... Dans ce cas, nous devrions
avoir de la glaise dans notre corps... ! Je ne vois pas
où elle est ! On a de la peau, sous la peau de la
chair, sous la chair des os... »

Maman s'est mordu les lèvres, essayant en vain
de garder un ton caressant, mais bientôt emporté
par une vague de fureur : « T'imagines-tu que la
glaise dont S'est servi Dieu est la même que tu vois
dans les champs ? Espèce d'idiote ! »

Oncle Shoraf me faisait souvent la blague de se

---

1. La translittération ne permet pas d'identifier la surate cor-
respondante.

pincer la peau pour faire apparaître des traces blanches qu'il me montrait en disant : « Tiens, la voici, la glaise dont s'est servi Dieu pour nous faire ! »

La réponse de Maman m'a laissée un instant sans voix. Certes, il est bien possible que la glaise de Dieu soit différente de celle que nous voyons sur terre, puisque Dieu habite le Septième Ciel. En me voyant absorbée dans mes réflexions, Maman m'a dit : « Il n'y a pas de limites à la miséricorde divine. Tu dois sans cesse exprimer à Dieu une gratitude infinie. Tiens, par exemple, tu vois les noix de coco, n'est-ce pas – s'arrêtant un instant comme pour chercher du regard une approbation de la part des cocotiers dans la cour, avant de reprendre sa démonstration –, comme Dieu y a placé une eau délicieusement rafraîchissante ? Eh bien ! est-ce que l'homme a le pouvoir d'en faire autant ? Même chose avec la canne à sucre ! Dieu est à ce point généreux qu'il a rempli ces bâtons de sirop savoureux… »

Maman a posé son regard successivement sur chacun des arbres de la cour. « Et puis, il y a les jaques, a-t-elle repris. Tu as vu cette merveille – tous ces petits alvéoles garnis de suc et de chair succulente ? Voilà encore un don de la générosité divine ! Aucun homme ne pourrait atteindre à cette perfection. Rends grâces à Dieu pour tous Ses dons ! Lui qui nourrit Ses créatures de tant de fruits exquis… »

Après quoi est venu le tour du grenadier : « Et les grenades, n'est-ce pas là encore une preuve de la puissance divine ? As-tu jamais pensé à la bonté de Dieu en écrasant sous tes dents ces petits grains pleins de sucre ? Qui saurait témoigner d'autant de bonté ? »

Toutes ces descriptions de la générosité divine me rendent muette. C'est bien ce que cherchait Maman. Elle peut alors se sentir déborder de tendresse à mon égard…

Un autre jour, voyant Maman entièrement cachée sous un grand burkha noir, sur le point de partir à

Naomahal, déjà un pied dans la cour, je lui demande :
«Maman, pourquoi les femmes doivent-elles se
cacher sous ce genre de vêtement ?

– C'est pour préserver leur vertu !» me répond-
elle en se retournant sur moi. Puis, remontant
quelques marches de l'escalier, elle ajoute : «Dieu a
dit qu'il ne fallait pas que les femmes soient vues par
des étrangers à leur famille. Afin d'éviter le péché.»

Descendant deux marches à mon tour, j'insiste :
«Mais pourquoi Dieu n'a-t-il pas commandé aux
hommes de porter eux aussi le burkha ? Si des
étrangers à la famille les voient…»

Les yeux de Maman, qui a relevé son voile, scin-
tillent comme des braises et elle me réplique, furibarde : «Il faut se contenter d'obéir aux ordres de
Dieu ! Il n'a pas ordonné aux hommes de porter le
burkha, Il l'a ordonné seulement aux femmes. Il ne
faut pas discuter Sa volonté. C'est un péché que de
la questionner !»

Péché ! Péché ! Péché ! Aller à droite : péché ! Aller
à gauche : péché ! Poser une question : ce n'est
encore que péché ! Et celui qui commet des péchés,
Dieu le jettera en enfer, où serpents et scorpions le
dévoreront ! Je songe à la peur affreuse que j'ai des
serpents et des scorpions. Mais, en même temps, je
repense à ce que nous répète si souvent notre professeur de mathématiques, à l'école, quand il résout
un problème au tableau : «N'hésitez pas à poser des
questions, si vous en avez ! Celui qui ne pose pas de
questions, il a toutes les chances de ne rien comprendre !»

Les pécheurs, Dieu les jettera en enfer, où ils
n'auront à manger qu'un fruit horriblement amer,
qui leur fera sortir les boyaux par la bouche. C'est
par Grand-père que j'ai entendu parler pour la première fois de ce fruit, qui pousse sur l'arbre
dénommé *jakkum*.

«Dis, Grand-père, il est comment cet arbre ?

– Il est couvert d'épines ! Plusieurs couches

d'épines ! » m'avait-il répondu en en tremblant de frayeur.

J'avais la ferme impression que Grand-père y avait goûté au moins une fois dans sa vie, à ce fruit si répugnant. Et que, sachant de quoi il retournait, il ne tenait pas à renouveler l'expérience.

Mais, depuis son pèlerinage à La Mecque, Grand-père ne parle plus du fruit infernal ; il n'a plus à la bouche que la description des nourritures délicieuses du paradis. Les yeux fermés, un sourire de doux contentement aux lèvres, comme s'il avait devant lui tous les mets du ciel, il s'écrie : « Ah ! ce qu'on mange au paradis est si délicat qu'on en rote parfumé ! » Depuis ce jour-là, quand je vois Grand-père faire ses cinq prières quotidiennes, je le soupçonne toujours de n'être si pieux que dans l'espoir de se régaler au paradis de toutes ces nourritures à la saveur incomparable et dans celui de roter parfumé !

Le jour où Grand-père était rentré de pèlerinage, toute la maisonnée s'était rassemblée autour de lui, aussi fascinée que s'il revenait d'une entrevue avec Dieu en personne. Tantôt riant, tantôt pleurant, il nous avait raconté comment il avait tourné tout autour de la Ka'ba ; comment il avait embrassé la Pierre noire, dénommée *Hazre Aswad*, qui a pris cette couleur à force d'absorber les péchés des pèlerins ; comment il avait lancé une chaussure sur la montagne ; comment il s'était fait raser le crâne ; comment il avait revêtu un vêtement sans coutures ; comment il avait enfin il était allé se recueillir sur le saint Tombeau du Prophète, à Médine.

Les voisins aussi n'avaient pas tardé à venir en foule voir Grand-père de retour des lieux saints. Parmi eux, la mère de Sulekha lui avait dit : « Celui qui va en pèlerinage à La Mecque au moins une fois voit tous ses péchés pardonnés. Vous en avez de la chance… ! »

Assise par terre dans mon petit coin, j'intervins,

pour mettre mon grain de sel dans la discussion des
grandes personnes : « Ceux qui commettent de mau-
vaises actions, qui tuent des gens, comme ces poli-
ciers qui ont tué Mintu en lui tirant dessus, Dieu
leur pardonne-t-Il à tous sans exception, s'ils font le
pèlerinage ?

– Oui, à tous, quels que soient leurs péchés ! » avait
répondu Grand-père à Mlle Je-veux-tout-savoir.

Maman avait coutume de dire : « Il y a toutes sortes
de péchés. Mais, parmi eux, c'est le péché *kobira* qui
est le plus grand. C'est le seul qui soit absolument
impardonnable ! »

Aussi demandai-je : « Même le péché kobira leur
est pardonné à ceux qui vont à La Mecque ? »

Cette fois-là, Grand-père ne prit pas la peine de
répondre ! Et Maman, excédée, me tira par les bras
jusqu'à la pompe en me disant : « Ça fait déjà longtemps que Fulbahari a puisé de l'eau ! Allez, lave-
toi ! »

Je me douche près de la pompe, en prenant l'eau
froide dans le seau, à l'aide d'un petit pot en métal,
comme font les hommes de la famille. Seules
Grand-mère et ses filles d'âge nubile font leur toilette dans un petit édicule sans toit – trois côtés en
mur de tôle, le quatrième n'étant fermé que par un
rideau – qui sert aussi de pissotière. Je n'aime pas
aller dans ce genre de construction qui orne aussi
notre cour, car la seule vue du sol entièrement jauni
me soulève le cœur. Comme la pompe se situe du
côté de Grand-mère, bon prétexte, pour mes frères
et moi, d'y prendre nos douches ! Papa, lui, ne fréquente que notre « cabinet jaune », où, de grand
matin, Fulbahari apporte plusieurs seaux pleins
d'eau.

Bien sûr, il n'y a pas très longtemps que la pompe
a été installée dans la cour de Grand-mère. Au
début, on ne prenait qu'au seul puits l'eau pour la
lessive, pour la toilette et même pour boire. Par la
suite, la municipalité avait fait mettre des pompes

le long de la route. On envoyait les bonnes y remplir des cruches, dont l'eau servait à faire la cuisine et à se désaltérer. Mais, quand Maman était petite, c'était l'eau de la mare que la famille buvait. Il était alors évidemment interdit d'y laver les vêtements ou de s'y baigner. En entendant ces détails sur la vie telle qu'elle était à l'époque de l'enfance de ma mère, je me rends compte combien les temps ont changé.

Tandis que je me récure près de la pompe, c'est plus la senteur entêtante des jaquiers environnants qui me vient dans les narines que celle du savon parfumé. C'est la saison où leurs fruits mûrissent. Leur odeur suffit à me donner la sensation que quelque chose de visqueux me chatouille la gorge[1]. La première fois que j'avais, à mon souvenir, mangé du jaque, les morceaux de pulpe juteuse s'étaient coincés dans mon gosier et j'avais tout bonnement recraché le tout. À la suite de cet incident, pendant longtemps Maman ne m'a plus donné que le jus, qu'elle mélangeait à du lait, dans lequel elle faisait tremper du riz soufflé. Ça n'avait plus de mal à passer, certes, mais j'avais toujours autant de mal à supporter l'odeur! «Pince-toi les narines avec une main, et bois de l'autre!» me conseillait Maman, ce qui déclenchait mes rires, car cela me faisait penser au geste qu'on fait plus habituellement dans les cabinets rustiques, où la fosse n'est jamais couverte.

Tout en continuant ma toilette, j'entame une conversation intéressante avec le chien qui tire la langue, affalé dans la cour, non loin de moi: «Eh! du corniaud, le jaque et le caca ont la même couleur, non? T'es bien d'accord avec moi?»

Du corniaud continue à tirer sa langue toute rose, sans me donner de réponse. À force d'entrer dans les cuisines et de fourrer son museau dans les marmites, ce clebs s'est fait une sacrée réputation dans le quartier. À qui n'a-t-il pas au moins une fois volé

---

1. C'est effectivement la sensation que provoque dans la bouche la pulpe des fruits du jaquier, très prisés au Bengale.

de la viande ? Son forfait accompli, il faut le voir détaler ventre à terre ! Aussi les garçons du voisinage ne peuvent-ils pas le voir sans lui lancer des pierres.

Après m'être bien savonnée, je remplis le pot et commence à me verser l'eau sur la tête, tout en continuant mes efforts pour intéresser mon compagnon à la conversation : «Tu n'as pas envie d'aller en pèlerinage à La Mecque ? Tu seras pardonné pour tous tes pêchés ! Même le kobira…!»

Tandis que je me douche, des gouttes d'eau giclent sur mon interlocuteur, qui, poliment, sans aboyer, se lève, s'ébroue et s'en va faire un tour ailleurs. Pendant ce temps, à l'intérieur de la maison, Grand-père continue à abreuver ses auditeurs du récit des merveilles de La Mecque. Grand-mère est allée à la cuisine, préparer sa friandise favorite : des crêpes à la farine de riz.

C'est précisément le mois où Grand-père revint de pèlerinage que Boro-mama partit en avion travailler à l'étranger, à Karachi. Il nous envoya une photo de lui, prise là-bas, monté sur un cheval, un chapeau sur la tête, revêtu d'un costume à l'occidentale. Grand-mère fit encadrer ladite photo et l'accrocha au mur, à côté du coffre en bambou. Les voisins défilaient chez elle pour voir la photo du fils de la maison, grand voyageur comme ils n'en avaient jamais connu dans le coin.

Ayant pris dans la boîte que lui tendait Grand-mère une chique de bétel qu'elle s'était enfournée aussitôt dans la bouche, la mère de Sulekha s'était également servie un peu de chaux avec son doigt qu'elle léchait délicatement. Après avoir craché un premier jet dans la cour et jeté des coups d'œil à droite et à gauche, elle se rapprocha de l'oreille de Grand-mère pour lui dire dans le plus grand secret : «J'ai entendu dire que Siddiq était communiste ! Que c'était cela qui lui avait valu ce travail à l'étranger !»

Maman n'avait jamais parlé autant des serpents et scorpions de l'enfer, avant que de fréquenter assidûment la maison du pîr. Elle faisait certes ses prières, mais les expédiait en vitesse. Et si, à ce moment précis, Papa rentrait à la maison, Dada ou Chotda avaient besoin de quelque chose, ou si elle entendait un bruit de casse dans la cuisine, elle réduisait la séance au minimum exigé et se dépêchait de replier son tapis, n'hésitant pas un instant à renoncer aux rallonges. Quel changement ! À présent, même si un ouragan balayait la maison, Maman n'interromprait pas sa méditation. Et plus question de se passer des rallonges ! Elle prie, paumes ouvertes vers le ciel, tant qu'elle ne se sent pas sûre de s'être entièrement confiée à Dieu, dans l'espoir qu'Il exaucera sa prière, la délivrera des morsures des serpents et des scorpions.

Elles m'obsèdent ces bêtes-là ! Je ne cesse de penser à l'enfer, que je me représente comme un immense trou, d'où montent des flammes et les cris des humains aux prises avec les morsures des serpents et des scorpions, tandis que Dieu – visage très pâle, longue barbe blanche, vêtu d'un pyjama blanc et d'une longue tunique blanche, le sommet du crâne recouvert par une calotte blanche, un bâton à la main – regarde au fond du trou avec, tant sa joie est grande, un rire fracassant, comme celui des méchants dans les films.

J'ai en effet acquis une certaine familiarité avec le cinéma, car Maman, du temps qu'elle y allait, m'a emmenée trois ou quatre fois avec elle. J'ai vu quelques films à l'école aussi. Au cinéma, on dirait toujours que les méchants prennent plaisir à faire souffrir les gens. Bien sûr, je n'ose dire à Maman que Dieu doit être bien méchant, pour sans arrêt promettre aux gens les pires souffrances, comme Il le fait… Mais, tout à coup, je claque des doigts : j'ai une idée ! « Si des charmeurs de serpents vont un jour en enfer, ils feront tomber en leur pouvoir tous ces horribles serpents ! dis-je à Maman, toute fière de ma trouvaille. Tu les as vus, quand ils les font danser, n'est-ce pas ? Les serpents leur obéissent au doigt et à l'œil. »

C'était le temps où, à part le bengali et l'anglais, je commençais à me familiariser avec les enseignements de la science, à l'école. Où je dévorais les livres – romans, nouvelles, récits d'aventures – que j'allais dénicher sous les oreillers de mes frères, si bien que, sur le plan de la plupart des connaissances, j'étais en avance sur mon âge.

Maman m'avait enjointe de faire ma prière. Après être allée faire les ablutions rituelles à la pompe, m'être couvert la tête avec un foulard, être restée un moment debout tête baissée, puis agenouillée, puis assise sur mes talons, j'avais marmonné les formules d'usage en arabe. En ayant marre de toujours devoir répéter des choses que je ne comprenais pas, je lançai à Maman, une fois la corvée terminée : « Nos professeurs, à l'école, ne cessent de nous dire de ne jamais rien apprendre par cœur sans avoir d'abord compris de quoi il s'agit... et puis, tout ce que nous lisons est écrit en bengali. Quel inconvénient y aurait-il à faire les prières dans notre langue, au lieu de l'arabe ? Dieu ne connaît-il pas le bengali ?

– Tu parles trop ! me lança Maman, furieuse de mon audace. C'est à croire que ça t'amuse de m'exaspérer ! Dire que j'avais mis tant d'espoir en toi, qui es née un jour saint entre tous... ! J'étais sûre que tu serais très pieuse, ferais toutes les prières et tous les jeûnes ! Un vrai modèle de dévotion ! »

Voilà comment Maman évita de répondre à mon embarrassante question.

À présent, Maman passe des heures, seule dans une pièce sans lumière, à répéter : « *Allahu Allahu* » tout en balançant la tête alternativement à droite et à gauche. Elle a appris chez le pîr qu'il fallait faire monter les sons du plus profond des entrailles, et non se contenter de l'ordinaire voix de gorge. Pendant des heures, toute la maison résonne de ces interminables «*Allahu Allahu*»… Ils font peur à notre chat, qui préfère aller s'asseoir à distance raisonnable, sur le mur voisin. Cette étrange plainte qui n'en finit plus déclenche les aboiements du corniaud de service. Rien n'y fait! Maman continue, car, selon le pîr, ceux qui s'adonnent à cette pratique de dévotion, il leur pousse des ailes comme les anges. Grâce à quoi ils peuvent s'envoler vers un monde supérieur, où il n'y a que Dieu et Ses croyants les plus zélés, au-delà même du Septième Ciel. Là, Dieu prend Ses fidèles par le menton et les embrasse sur les lèvres avec amour, ce qui les plonge aussitôt dans une béate inconscience.

Dieu apparaît à Maman tantôt sous les traits du pîr Amirullah, tantôt sous ceux du répétiteur qui venait lui donner des leçons à domicile quand elle était petite, tantôt encore sous les traits de Sultan Ustadji, le professeur d'arabe, toujours vêtu d'une longue robe blanche. Maman essaie de chasser ces visages par de vigoureux mouvements de tête. Non, Dieu ne saurait avoir les traits de quiconque, Dieu est sans forme, sans visage, invisible. Plus elle voit Dieu lui apparaître sous les traits de ces hommes, plus elle secoue la tête avec violence pour se débarrasser de ces fantômes qui lui hantent l'esprit.

Un après-midi où elle s'adonnait à ce genre d'exercice, Papa rentra à l'improviste. Intrigué par le bruit bizarre qui emplissait toute la maison, il ne tarda pas à en découvrir l'origine.

Ce jour-là, Papa ne vint pas me réciter, selon son habitude, le vers sanskrit: «*L'étude est l'ascèse des écoliers*», qu'il aimait à me répéter dès qu'il me voyait à ma table de travail. Je le vis s'approcher de moi, tout embarrassé, une main à la bouche pour me dire à voix basse: «Ta mère est-elle devenue folle? Qu'est-ce qui lui prend?»

Tout en dissimulant prestement le texte de Tagore que je lisais – *Amal ou la Lettre du roi* – sous mon

livre de géographie, je lui répondis, en fixant la
carte du golfe du Bengale : «Elle fait ses prières…
– Décidément, cette femme est obsédée par le
paradis ! Mais qui a jamais prétendu que Dieu Se
réjouissait de voir un croyant abandonner sa famille,
toute vie sociale, pour ne faire que crier Son nom du
matin au soir ? Un poète n'a-t-il pas écrit : *"Qui a dit
que le ciel ou l'enfer étaient loin ? Ils sont en l'homme
l'un et l'autre, en l'homme, Dieu et le démon."* »

Papa s'avance encore plus près de moi. Plus il est
près, plus je m'appuie sur le livre de géographie, de
peur qu'il aperçoive celui de dessous. «Travaille
bien à l'école, reprend-il. De bonnes études, c'est la
meilleure richesse dans la vie ! C'est ce que tu garderas toujours avec toi. Moi, je me suis donné beaucoup de mal pour faire des études. Quand je rentrais
de l'école, je devais mener les vaches aux champs…
Le soir, je faisais mes devoirs à la lueur d'une petite
lampe à huile… Ça ne m'empêchait pas d'être premier. Maintenant, moi je veille à ce que vous ne
manquiez de rien. Vous devez donc vous consacrer
complètement à vos études, pour être les premiers.
Apprendre vos livres par cœur, de la première à la
dernière page ! »

Il n'y a rien à répondre aux paroles de Papa. Elles
n'appellent qu'un pesant silence.

Lorsque prennent fin ses exercices de dévotion,
Maman réapparaît à la lumière. Son visage aux
yeux gonflés, au nez épaté, aux lèvres noires, aux
joues osseuses, rayonnent de satisfaction.

J'entends Papa s'éloigner… Je peux ressortir
Rabindranath de dessous la géographie. Maman
aussi me grondait autrefois, quand elle me surpre-
nait à lire un livre qui n'était pas au programme.
Mais à présent elle ne jette pas un œil sur ce qui
compose ma table d'étude. Elle se moque bien que
je lise les textes au programme ou des romans !
Puisque pour elle, désormais, tout savoir terrestre
est méprisable.

Le visage illuminé d'un sourire étrange, comme si elle était folle, Maman s'avance vers le rosier dans la cour et le caresse de ses mains. Peu lui importe si les épines lui rentrent dans la chair : *rien ne s'obtient sans peine* ! Plus elle se pique les doigts, plus le rire prend possession de son visage. Ses pommettes lui font comme deux noix d'arec en haut des joues. Par-delà la porte fermée de ma chambre, ce rire, telle une biche bondissant dans la profondeur des bois, m'appelle vers le rosier, dans la cour aux trente-six sortes de fleurs et de fruits, que le chat, descendu de son mur, arpente en observant Maman.

« Qu'est-ce qui t'arrive, Maman ? Pourquoi est-ce que tu caresses les fleurs comme ça… ? Tu vas te…

– Tu as vu quelle belle couleur rouge Dieu a donnée à ces fleurs ? m'interrompt-elle. Comme les pétales sont fins et doux ! Réguliers de taille et de forme ! Et quel parfum ! Aucun pouvoir humain ne saurait créer pareille merveille ! Dieu nous donne tant de choses ! Sa générosité est vraiment sans limites ! »

Maman semble en extase, comme si elle voyait et sentait des fleurs pour la première fois de sa vie. Comme si, l'ayant ignoré jusque-là, elle venait de découvrir que le ciel et la terre, l'univers entier, étaient la création de Dieu. « Et en même temps, poursuit-elle, chaque fleur est unique, chaque parfum est unique ! À chaque espèce d'arbre une feuille de forme différente ! Chaque fruit a un goût particulier, tant est grande, illimitée, la puissance de Dieu ! »

Elle lève les yeux de la fleur qu'elle contemplait entre ses doigts et regarde en ma direction. Elle me regarde, mais ce n'est pas moi qu'elle voit, en fait ; car, ce qui l'intéresse, c'est de lire, sur mon visage, la toute-puissance du Créateur. Puis elle fixe le ciel ; là aussi, un sourire aux lèvres, empreint d'étrangeté, elle admire Son pouvoir… Elle me paraît si loin au-dessus de ce monde, si détachée de tout ce qui lui appartient !

Mais ce sera bientôt le soir. Maman va rentrer

dans la maison, comme chaque jour à cette heure,
pour en chasser le Malin et ses œuvres. Pour ce
faire, il faut souffler sur un coin de chaque pièce,
après avoir béni son souffle par la récitation du verset *Ayatul Kurshi*.

En fait, elles ne sont pas si faciles que ça à chasser, les œuvres du démon ! Déjà, d'énormes nuages
noirs s'amoncellent dans le ciel au-dessus de nos
têtes. Dans le fracas menaçant du tonnerre, un nuage
en bouscule un autre. Personne ne se doute qu'il ne
s'agit pas d'un orage comme un autre, que, dans un
instant, la tornade va fondre sur nous sans crier
gare, transformant le feuillage des cocotiers en la
chevelure d'une adolescente qui court, les jambes à
son cou. Que, soudain, le tronc du jujubier s'abattra
dans les branches du goyavier, qui iront s'emmêler
à celles du manguier, dont les fruits à peine naissants seront précipités à terre, jonchant toute la
cour. Personne n'a vu venir la tempête qui, en un
clin d'œil, fera s'envoler la toiture de tôle des voisins, laquelle viendra décapiter notre jaquier. Cette
même tornade qui déracinera en quelques secondes
tant d'arbres de notre jardin, dont nous tirions
abondance de fruits et de fleurs.

Maman pourra toujours appeler son Dieu au
secours, le prier à grands cris d'arrêter les éléments
déchaînés ! Maman, forte de toutes ses dévotions,
de ses cinq prières quotidiennes, de son mois de
Ramadan, de ses longues lectures du Coran, de ses
cheveux coupés jusqu'aux épaules, de ses tenues à
la mode des épouses du Prophète ! Maman, qui a
pratiquement en main son ticket pour le paradis,
comme le lui a dit son pîr, elle aura beau pleurer de
toutes ses forces, sa plainte atteindra peut-être le
Deuxième Ciel, voire le Troisième ou le Quatrième,
mais – hélas ! – pour bientôt retomber misérablement à terre, en pleine tourmente, sans avoir pu
toucher le Septième, où réside son Dieu tout-puissant.

Toutes portes et fenêtres fermées, épouvantées par le fracas des branches cassées, des toitures emportées, ayant l'impression que c'est toute la maison qui, à l'instant, va s'écrouler, Moni, Yasmine et moi nous collons à Maman, dans l'espoir qu'elle obtiendra notre salut commun, à force d'invoquer le Tout-Puissant. Nous l'entendons marmonner un incompréhensible : « *Wa qila iya ardublayi ma'aki wa iyasamau aqliya wa gidal mau wa qdial amru wastawat alal judiyi wa qila budallil kaomiz jalimin*[1]. »

Mais, soudain, à mon plus grand étonnement, elle arrête sa récitation pour me dire : « Moi qui ne sais même pas où est ton père, où sont Noman et Kamal ! »

On dirait qu'elle est redevenue ma maman d'autrefois ! Inquiète, anxieuse pour son mari et ses enfants. Comme si son personnage de mystique, détachée de tout, avait été balayé par la tornade !

Je la vois se prosterner de tout son long, front contre terre, comme une hindoue priant la déesse Kali, et je l'entends murmurer : « Dieu, je t'en supplie, où qu'ils soient, épargne-les ! »

Lorsque la tempête s'apaise, après ces interminables moments de terreur, j'ai au cœur – sans savoir pourquoi – la certitude que ni Maman ni Dieu ne sont pour rien dans ce calme retrouvé. J'aurai beau chercher, des mois durant, je resterai sans trouver d'où me vient cette intime conviction.

Les tornades du printemps s'éloigneront, les brûlures de l'été, les déluges de la mousson, les rigueurs de l'hiver... la chaleur reviendra. C'est alors qu'un jour, dans l'armoire de Maman, je tomberai sur une traduction du Coran. Que je la lirai. Car ce que je désirais par-dessus tout, c'était comprendre ce que je récitais : les surates Fati'ha, Nisa, Ekhlas[2]... La traduction bengali sous le texte en arabe – le vrai visage sous le masque !

---

1. Voir note p. 232.
2. Respectivement n°s 1, 4 et 112.

Il fait un soleil de plomb dehors. Tout le quartier est assoupi, blotti dans la quiétude de ce début d'après-midi. Rocket, notre chien, dort sur la véranda, allongé de tout son long. Les arbres eux aussi semblent totalement livrés au sommeil. Moni fait la sieste, à l'ombre du bilva, sur l'escalier qui monte jusqu'au toit en terrasse. À côté d'elle, est posé le seau contenant la lessive qu'elle a rincée. Elle n'a pas eu le courage de monter l'étendre.

Moi, je suis dans ma chambre, dans une main une gousse de tamarin que je suce et dans l'autre la traduction du Coran. Plus j'avance dans la lecture, plus mon sang se glace dans mes veines. «*La lune brille de sa propre lumière. La terre est immobile. Les montagnes la fixent comme autant de clous qui l'empêchent de tomber.*» Je lis, relis et relis encore. Je retourne les phrases dans tous les sens, penchant la tête un coup à droite, un coup à gauche… Pourtant je sais bien que la terre n'est pas immobile, qu'elle tourne autour du soleil. Le Coran contient donc des erreurs! À moins que ce ne soient nos livres d'école?

Me voici plongée dans la plus grande perplexité.

N'y aurait-il donc rien qui s'appelle force de gravité? Est-ce vraiment à cause des montagnes que la terre ne bascule ni à droite ni à gauche? J'ai pourtant lu, dans mes livres de science, que le globe terrestre tourne sur lui-même une fois en vingt-quatre heures. C'est donc que la terre n'est pas immobile!

Qui a raison? La science ou le Coran?

Je garde dans une main ma gousse de tamarin. Je suis assise jambes légèrement pliées devant moi, de manière à pouvoir appuyer le livre sur mes genoux. Un vent chaud vient soulever le rideau bleu de la fenêtre, mes cheveux, les pages du Coran.

Mon esprit aussi vagabonde sur ce vent. Plus il vole loin, plus il prend de l'envergure, plus mon existence me paraît minuscule. Je ne suis plus qu'une gouttelette, solitaire, désemparée, inerte. Le chant de la tourterelle me réveille, ramenant le

mouvement dans mes yeux. Je tombe sur un passage : «*La compagne de l'homme a été façonnée avec
un morceau d'une de ses côtes. Les femmes ont un os
du cou légèrement incurvé ; c'est pourquoi elles ne
parlent ni ne marchent jamais droit. Les femmes sont
des champs cultivés, où les hommes vont comme bon
leur semble. Si sa femme ne lui obéit pas, le mari la
chassera de sa couche et tentera de lui faire entendre
raison ; si elle n'obéit toujours pas, il la battra. Les
femmes recevront un tiers des biens de leur père, et les
hommes deux tiers. Les hommes peuvent se marier
quatre fois. Mais les femmes n'en ont point le droit.
Les hommes peuvent divorcer simplement en pronon-
çant trois fois* talak[1]! *Les femmes n'ont pas ce droit.
Dans les témoignages, celui d'un homme est l'équivalent de celui de deux femmes.*»

La lune brille-t-elle de sa propre lumière ? Le soleil
est-il immobile ou tourne-t-il ? Et la terre ? Certes, je
ne puis répondre à ces questions en me fiant à mes
seuls yeux. Par contre, pour ce qui est des êtres
humains, des hommes et des femmes, cela est plus
à ma portée. Un jour, Chotda et moi avons vu, par
la fenêtre de la chambre d'un étudiant en médecine
qui habite notre quartier, un squelette complet.
D'après Chotda, ce pouvait être le squelette d'une
femme aussi bien que d'un homme. Le squelette
humain compte deux cent six os. On nous l'a appris
à l'école. Je n'ai jamais constaté la moindre différence entre le cou de mon frère et le mien. Ils sont
aussi droits l'un que l'autre ! Chotda a l'habitude de
se faire craquer les articulations. Il s'étire souvent
les doigts des mains et des pieds. Il se prend le cou
et donne un tour sec à gauche puis à droite, et l'on
entend ses vertèbres craquer. De même quand il
s'étire le dos comme un chat. Mais cela ne lui suffit
pas : il faut aussi qu'il étire les autres. Il exerce donc
sur moi ses talents de chiropracteur. Eh bien ! mon
cou produit le même craquement que le sien ! Papa

---

1. Formule consacrée du divorce, chez les musulmans.

et Maman, mes frères et moi, nous avons exactement le même nombre de côtes dans la poitrine. Il
n'en manque pas une à Papa, qui aurait servi à
créer Maman ! Et si un homme se marie quatre fois,
va-t-il lui manquer quatre côtes dans le thorax ? Je
ne le crois pas. Qu'on ne me dise pas que la nouvelle épouse que Grand-père a gardée une fois une
quinzaine de jours à la maison a été créée avec une
de ses côtes, tout de même !

Et pour quelle raison, là où l'on reconnaît la valeur
d'un témoignage unique, dans le cas de témoin masculin, exigerait-on double témoignage, si le témoin
est une femme ? Les femmes sont-elles donc toujours
suspectées de mensonge ? Les hommes seraient-ils
seuls capables de dire la vérité ? Oncle Shoraf ne
ment-il jamais ? Lui qui avait avec tant de force nié
avoir pris les boucles d'oreilles de tante Jhunu, on
avait bien fini par les retrouver en sa possession : il
les avait cachées dans un nœud qu'il avait fait à son
lunghi ; un jour qu'il faisait la sieste, voilà que le
nœud s'était défait et que la paire de boucles
d'oreilles était apparue aux yeux de tous. Grand-mère
s'était empressée de les reprendre. Dès son réveil, le
voleur s'était enfui de la maison et, lorsqu'on l'avait
retrouvé, il avait fallu lui promettre qu'il ne serait pas
battu, pour qu'il accepte de revenir.

Je ne parviens pas non plus à comprendre cette
injustice qui interdit aux filles d'hériter plus d'un
tiers des biens de leur père, tandis que leurs frères
s'en voient attribuer les deux tiers. Au nom de quoi
Dada hériterait-il d'un tiers de plus que moi ? Ne
sommes-nous pas l'un et l'autre au même degré
enfants de nos parents ? Entre nous, je ne saurais
citer d'autre différence que celle-ci : le sexe de Dada
est allongé et le mien est aplati ! J'entends souvent
Maman regretter : « Noman n'est vraiment pas très
intelligent ! » Malgré ce défaut, il aura donc droit à
une part de plus, pour la seule et simple raison qu'il
a un zizi entre les jambes !

Je n'arrive décidément pas à croire que ce saint

Coran, qu'on m'a appris à embrasser au moment
de le descendre de l'étagère et au moment de l'y
remettre, prescrive de pareilles discriminations.
Sans doute n'ai-je jamais éprouvé beaucoup d'attrait pour ce livre, mais j'étais à mille lieues de penser qu'il pouvait contenir de telles inepties. Ainsi,
Dieu ne regarde pas les femmes avec les mêmes
yeux que les hommes! Dieu est donc comme le père
de Getu, qui passait son temps à battre sa femme,
sous prétexte qu'elle ne faisait pas ses quatre volontés! Je me souviens de ce jour où tout notre quartier
d'Akua résonnait des hurlements de la mère de
Getu: j'étais accourue derrière oncle Felu, sous le
bois de bambou, jusque dans leur cour, où s'était
déjà rassemblée une foule de voisins. Je n'avais
jamais vu le père de Getu, avec sa forte corpulence,
ses cheveux en brosse, ses yeux très noirs, qu'à la
devanture de la confiserie du quartier, où il vendait
le délicieux yaourt à la crème qui était leur spécialité. Mais ce jour-là, je vis un homme fou de rage,
avec pour seul vêtement son lunghi remonté au-dessus des genoux, pieds nus, tout le corps ruisselant
de sueur.

«Espèce de salope, tu te crois tout permis, hein!
Tu me fais bouffer n'importe quoi et, en plus, tu me
cherches…!» criait-il sur sa femme, en la rouant de
coups de pied dans le dos, la poitrine et la tête. Il
tenait aussi dans une main un bout de bois
enflammé qu'il était allé retirer du fourneau et dont
il la frappait sur tout le corps. Sous les brûlures, la
mère de Getu tressautait comme un poulet à qui
l'on vient de couper le cou. Et tous les spectateurs
assistaient à la scène, qui les bras croisés sur la poitrine, qui appuyé sur les épaules de la personne
devant lui, qui tenant son voisin par le bras…
Quelques-uns s'étiraient à leur aise, les mains croisées derrière la nuque. Beaucoup de femmes avaient
la main droite devant leurs lèvres, tandis qu'elles se
tenaient le coude avec la main gauche. D'autres se
tenaient la main gauche pendue à l'épaule droite et

la main droite appuyée sur la hanche. Mais, pendant que les membres cherchaient le repos, les yeux
dévoraient le spectacle avec avidité, admiratifs de
la force de l'homme, sans pitié à la vue du sang qui
coulait du nez, de la bouche, de la tête de la femme.
Ce n'est que lorsque, campé au centre de la cour
dans l'attitude du héros victorieux, le père de Getu
s'était écrié : « Je te répudie, talak, une fois ! talak,
deux fois ! talak, trois fois ! talak à jamais ! », qu'un
frémissement d'émotion avait parcouru la foule.
Impressionné par la violence du dénouement, tout
le monde en était resté les bras ballants.

La victime ne bouge plus, plus aucun gémissement
ne sort de sa bouche. Les regards des spectateurs
semblent encore attendre quelque chose. Peut-être
ont-ils faim d'un supplément de drame, avant
d'abandonner la mère de Getu, qui gît dans la cour,
avec son sari en lambeaux, ses cheveux, rougis par le
soleil faute de soin, pleins de terre et de boue ? Pourtant, un par un ils quittent les lieux : le public tourne
les talons et s'en va. Comme quand, au cinéma, le
rideau tombe, après la scène finale dont l'intensité
laisse les spectateurs tout étourdis. La femme répu-
diée en trois « talak ! » demeure seule dans la cour,
impeccablement lustrée à la bouse de vache[1], de sa
chaumière aux murs faits de panneaux d'une sorte
de roseau tissé, dont le toit est couvert par le feuillage de plants de courge. Le public n'est pas resté
sur sa faim. La scène finale valait vraiment le coup.
Tout le monde peut rentrer chez soi maintenant.
Comme oncle Felu, et moi derrière lui.

Sur le chemin du retour, les langues se délient :
« Quand une femme néglige sa cuisine, n'est-il pas
normal que son mari la batte ? Et quand, en plus,

---

1. Dans tout le Bengale rural, les murs et le sol des maisons en
terre sont fréquemment lustrés avec un mélange de bouse et
d'urine de vache, qui a pour vertu de les imperméabiliser et d'éviter les craquelures. C'est ici évocateur d'une demeure modeste
mais bien tenue.

elle ne cesse de lui chercher noise. Elle n'a eu que ce qu'elle méritait, à force de lui en faire voir, à son homme! Une sacrée mégère, oui! De toute façon, une femme laide à faire fuir n'importe quel mari... Un homme ne passerait pas deux nuits avec pareille sorcière!»

Après s'être relevée, la mère de Getu était venue pleurer, le reste de la journée, assise au bord de la mare. Toute seule : elle n'intéressait plus personne. À part moi, qui la regardais, le menton appuyé sur le rebord de la fenêtre, ne pouvant détacher mes yeux de ce désespoir, sur fond de paysage de mousson, partout débordant de l'eau des pluies. J'avais l'habitude de la voir souvent là, occupée à laver du linge, à prendre son bain en plongeant entièrement, après avoir savonné son sari sur elle. Comme elle ressortait de l'eau avec son vêtement tout mouillé, elle faisait, en marchant, un bruit caractéristique, qui m'indiquait son passage, même si je n'avais pas le temps de regarder. Elle tenait à la main sa lessive encore humide, qui dégouttait, laissant une traînée derrière elle. Aujourd'hui, elle n'a plus rien à laver – ni les lunghis de son mari, ni les couvertures de Getu qui fait encore pipi au lit... Elle est comme d'habitude au bord de la mare à carpes. Rien n'a changé tout autour; elle seule n'est plus la même, abandonnée de tous, immobile – comme prise sous une termitière[1].

Mais Maman vient me gronder de rester si long-temps à la fenêtre. «Qu'est-ce que c'est que cette maladie d'avoir tout le temps les yeux rivés sur les gens de rien, comme ça?» En effet, chez nous, pour parler des gens qui vivent dans les huttes du bustee, on emploie l'expression *gens de rien*, par opposition aux *gens bien*, qui habitent dans des maisons en dur. Quand des gens bien viennent en visite, on les

---

1. La comparaison a probablement pour origine le mythe bien connu d'un ascète resté si longtemps immobile que les ter-mites auraient édifié leur nid sur son corps.

fait asseoir sur des fauteuils dans le salon, où on leur sert dans les plus jolies soucoupes du *paes* préparé à leur intention. Et, lorsque les gens bien ont fini de déguster leur paes à la petite cuillère, on leur sert de l'eau puisée à la pompe dans des verres fins. Ensuite, c'est le tour du thé, apporté dans des tasses de faïence et accompagné de biscuits de marque. Par contre, quand arrivent des gens de rien, on les fait asseoir à même le sol, et on écoute ce qu'ils ont à dire sans leur offrir ni sucreries, ni biscuits, ni thé[1].

À peine une semaine après avoir répudié sa femme, le père de Getu, de la catégorie des gens de rien, s'est remarié avec une gamine encore en âge de jouer à la poupée. «Quel sale type que le père de Getu! Il a répudié sa femme pour trois fois rien!» s'est écriée Maman à cette nouvelle. Le mari de Fulbahari garde quatre épouses chez lui. «Le mari de Fulbahari est un sacré numéro! Il a je ne sais combien de femmes!» s'exclame-t-elle, l'air profondément choquée. Maman qui ne se prive pas de répéter à Papa qu'il a le diable au corps, qu'un de ces jours il finira par épouser cette Raziya Begum.

Pourtant, d'un autre côté, il ne faut surtout pas prononcer devant Maman un mot contre la Parole de Dieu! Dieu qui a donné aux hommes la permission de répudier leur femme quand cela leur chante, de se marier jusqu'à quatre fois s'ils en ont l'envie! Comment Maman ose-t-elle critiquer les hommes qui se comportent ainsi? N'est-ce pas manquer de respect à l'égard de l'autorité de Dieu? Ce faisant, n'a-t-elle pas conscience d'être dans le péché?

Le livre reste ouvert sur mes genoux; ses pages volent au vent chaud qui soulève le rideau de la fenêtre et mes cheveux fins d'enfant. J'ai l'impression que je viens, toute seule, à l'insu de tous, de

---

1. Un tel comportement n'est bien sûr pas propre à la famille de l'auteur, mais reflète l'usage prévalant dans l'ensemble de la société.

découvrir le trésor caché de quelque puissant génie. Que je viens d'apercevoir le redoutable serpent enroulé autour de la jarre aux pièces d'or. Mais est-on si sûr qu'elle contienne vraiment un trésor ? Qui sait si elle n'est pas vide ? Ne dit-on pas *jarre vide sonne limpide* ?

Mœurs et coutumes

J'ai très rarement vu Maman prendre ses repas en même temps que nous. Elle mangeait toujours la dernière, après avoir veillé à nourrir toute la maisonnée. Et encore mangeait-elle vraiment le minimum. Si elle avait fait du poulet, elle ne gardait pour elle que le peu de viande qu'il y a autour des os du cou, du bréchet, du croupion. C'est-à-dire ce qu'on aurait laissé à une servante. Sinon, tant pis ! Les domestiques ont leurs plats séparés. La viande et le poisson sont en principe réservés aux maîtres. Les bonnes ont leur bouillon de lentilles et leur poisson séché. Tel était l'usage, chez nous comme chez Grand-mère, où celle-ci ne mangeait qu'après avoir rassasié tout son monde, son mari, ses enfants du plus grand au plus petit. De même que les domestiques ne prennent leurs repas qu'après leurs maîtres : une bonne platée de pantabhat avec du sel et des piments verts, éventuellement arrosée d'un vieux reste de lentilles quasi immangeables.

Lorsque nous sommes à table, Maman ne permet à aucun domestique de rester dans la pièce. De peur qu'ils ne jettent le mauvais œil sur ce qui est dans nos assiettes. Un jour – je devais avoir sept ans – j'avais eu de violentes douleurs au ventre, en pleine nuit. J'entends encore Maman s'écrier : « C'est sûrement Fulbahari ! J'ai bien vu que, quand tu mangeais, cet après-midi, elle n'arrêtait pas de regarder dans ta direction ! Elle a dû te jeter un sort, ma parole ! »

Maman était allée chercher trois feuilles de bétel chez Grand-mère. Après les avoir frottées d'huile de moutarde, elle me les avait passées l'une après l'autre sur toute la surface du ventre, en marmonnant des choses du genre : « Éloigne-toi, sort souffleur de mauvais vents ! Éloigne-toi, œuvre de Fulbahari ! etc. » Après quoi elle avait enfilé les trois feuilles de bétel sur une allumette et fait brûler le tout sur la flamme d'une lampe à huile, en disant : « Mauvais œil, je te détruis par le feu !

– Qu'est-ce que c'est le mauvais œil, Maman ? »

Elle avait alors entrepris de m'expliquer : « Certaines personnes ont le don de jeter de mauvais sorts avec un seul regard. Un jour, une mendiante est venue dans notre cour : "Tiens, votre arbre croule sous les papayes !" s'est-elle exclamée en le contemplant. Eh bien ! à peine avait-elle passé son chemin, que l'arbre en question était tombé ! Sans orage ni rafale de vent. Il avait suffi qu'elle le regarde. Je suis sûre que Fulbahari a visé avec envie ton assiette… ! »

Certes, je commençai à avoir moins mal, après que Maman eut brûlé le mauvais œil. Mais faut dire que Papa, de son côté, m'avait fait prendre un médicament…

Selon Maman, notre quartier d'Akua ne comptait pas moins de trois femmes au regard jeteur de sorts. Il suffisait qu'elles contemplent un arbre pour qu'il se dessèche, qu'elles avisent quelqu'un pour que celui-ci soit affecté d'un mal qui pouvait lui être fatal. À la seule vue de l'une de ces trois femmes, les gens du quartier s'enfermaient chez eux.

Mais ces sorcières avaient aussi éventuellement des pouvoirs guérisseurs. C'est ainsi que, chez Grand-mère, deux arbres presque morts furent sauvés quand on les arrosa avec de l'eau sur laquelle l'une de ces trois femmes avait récité des formules magiques.

Si une fille était mordue par un chien, la mère de

Grand-mère, notre arrière-grand-mère maternelle, connaissait un médicament pour éviter que la victime ne tombe enceinte de chiots. On le préparait en introduisant dans une banane d'une qualité particulière quelque chose de mystérieux qui ressemblait à un piment rond. Pour assurer l'efficacité de ce médicament dont la fabrication demeurait secrète, il ne fallait pas manger une autre de ce genre de banane pendant trois mois. On était ainsi assuré de ne pas mettre bas une portée de chiots. On venait souvent demander à notre arrière-grand-mère de préparer cette concoction.

Mais un remède encore plus répandu, pour ces cas-là, c'était un mélange d'eaux puisées dans sept mares différentes. Si la victime de la morsure buvait cette eau, elle était sauvée de la rage et de la mise à bas de chiots. Quand je fus mordue par un chien, je n'eus pas droit à l'eau de sept mares, ni à la banane, puisque cela se passait après la mort de mon arrière-grand-mère. Papa me fit une série de piqûres dans le ventre – à la plus grande joie de mon oncle Shoraf qui ne cessait de me répéter en battant des mains : «Tu vas mettre bas des chiots ! Ha ! Ha ! Ha ! Elle est bien bonne...» J'avais très peur. Je n'arrêtais pas de me palper le ventre pour voir si j'y décelais la présence d'une portée.

Oncle Shoraf prétendait aussi que si l'on avalait un noyau de jujube on avait un jujubier qui vous poussait sur la tête. Comme il m'était arrivé d'en avaler par mégarde, je me passais souvent les mains sur le crâne pour vérifier qu'aucune pousse de jujubier ne me fendait le sommet de la tête.

Une autre croyance très répandue était que, si deux personnes se cognaient la tête l'une contre l'autre, il leur venait des cornes. Le seul moyen d'éviter ce désagrément était de se cogner une deuxième fois volontairement. Il m'était arrivé un jour de me cogner la tête avec mon oncle Fakrul, près de la pompe. Or nous ne nous étions pas cognés volontairement une deuxième fois. Je n'avais pas osé provo-

quer le choc de ma propre initiative, car cet oncle ne
m'était pas du tout familier. En effet, Boro-mama
l'avait emmené à Dhaka pour l'y faire étudier, juste
au moment où nous étions revenus. Lors de l'accident, oncle Fakrul venait de rentrer à la maison,
après avoir obtenu son diplôme de fin d'études
secondaires. Il attendait, pour s'inscrire à l'université, le retour de Boro-mama, qui, entre-temps, avait
été envoyé à Karachi. Cet oncle fraîchement émoulu
de la capitale me paraissait aussi loin qu'une étoile
dans le ciel : pas question de le toucher de quelque
manière que ce soit ! Encore moins de le cogner
exprès ! De son côté, il n'avait pas dû comprendre
que c'était à mon crâne qu'il s'était cogné… Il avait
dû croire que c'était au manche de la pompe. Au
moment du choc, il était occupé à se laver la tête et il
avait les yeux fermés pour éviter que le savon ne lui
rentre dans les yeux. Moi, je n'étais là que le temps
de remplir une cruche d'eau. Je passai l'après-midi
de cette journée à me regarder le front dans un
miroir !

Oncle Fakrul, après ses toilette et lessive, avait
passé la plus grande partie de l'après-midi près du
puits, où Grand-père avait laissé un tas de fibres de
jute. Maman lui ayant demandé pourquoi il regardait ce jute si attentivement, il lui avait répondu :
«Oh ! rien ! Je pensais simplement à l'effet que ça
ferait, si on mettait le feu à ce tas !»

Maman avait aussitôt à grands cris alerté Grand-
mère. Celle-ci, occupée à préparer le thé, se contenta
de rire. Oui, mais voilà ! Le tas de jute se mit bel et
bien à flamber, le soir venu. On chercha aussitôt
oncle Fakrul. Mais il n'était pas à la maison : après
avoir pris son thé, il était sorti faire une petite promenade. Grand-mère, de son côté, sans se demander qui était le responsable de l'incendie, avait
commencé à puiser des seaux d'eau au puits pour
tenter d'éteindre les flammes. En vain. Le feu attei-
gnit les plus hautes branches du cocotier. Tous les
arbres situés près du puits flambèrent les uns après

les autres. À son retour, lorsqu'on l'informa de l'incident, oncle Fakrul se montra consterné. «Quel
malheur! Et dire que j'avais tellement envie de voir
l'effet que ça faisait, de voir ce tas de jute brûler!
Dire que j'ai raté ça!» ne cessait-il de regretter.

On accusa bien sûr Fulbahari. Oncle Tutu affirma
sous la foi du serment qu'il l'avait vue fumer un bidi
près de la margelle. Elle avait certainement jeté
son mégot sur le tas de jute. Folle de rage, Maman
menaça la servante de la réduire en purée et lui
interdit catégoriquement de fumer tant qu'elle travaillerait pour nous. Après avoir obéi quelque
temps, Fulbahari ne tarda pas à reprendre son habitude; simplement, elle ne fuma plus qu'assise sur la
véranda de la cuisine.

C'est à partir de là – à l'âge où Maman exigea que
je commence à porter le pyjama – que je me pris
d'intérêt pour cette femme, dont le visage noir, couvert de cicatrices de variole, m'évoquait une tête de
lézard. J'éprouvais pour elle, sur le dos de qui
retombaient tous les méfaits commis dans la maison, une vive sympathie.

J'y repensai un matin, alors que nous avions
déménagé à Sans-Souci. Je venais de me lever et
j'étais en train de me laver les dents, sur la véranda.
Soudain me revinrent en mémoire, avec la plus
grande nostalgie, ces crêpes si délicieuses, cuites à
la vapeur, fourrées à la mélasse de datte, que Fulbahari préparait l'hiver… Elle les gardait au chaud
sous un linge dont, quand on l'ouvrait, on voyait
monter une fumée qui vous mettait l'eau à la
bouche! Tout cela était bien terminé, depuis que
nous avions quitté la mare à carpes au fond de la
venelle aveugle… En me brossant les dents, en ce
matin brumeux, je regrettais de ne pouvoir déjeuner d'une de ces crêpes fumantes. À quoi ressemble
l'hiver, si l'on n'a ni crêpes à la mélasse, ni fleurs de
shiuli plein le creux de sa chemise?

Notre bonne d'aujourd'hui, Moni, pose devant
moi un broc plein d'eau, pour que je puisse me rin-

cer la bouche et me laver le visage, après m'être
brossé les dents. Je ne lui ai pourtant rien demandé.
Fulbahari aussi avait cette habitude : par exemple,
si j'attrapais le hoquet, elle venait tout de suite
m'apporter un verre d'eau ; si je trébuchais et tombais par terre, elle accourait aussitôt, me prenait
dans ses bras et me caressait doucement.

Pour ce qui est du physique, Moni ne ressemble
pas à Fulbahari. Mais, comme elle, elle fait son travail sans bruit, avec ce don de vous fournir tout ce
dont vous avez besoin avant même que vous ayez eu
à le demander. Comment ces femmes peuvent-elles
travailler de la sorte, du matin au soir ? Voilà un de
mes plus grands sujets d'étonnement. Dès l'aube,
elles sont déjà à balayer la cour. Puis c'est le petit
déjeuner qu'il faut préparer et servir. Lorsque les
maîtres ont fini de manger, il faut laver la vaisselle
à la pompe. Et nous, il est temps de nous habiller
pour l'école : les servantes doivent nous lacer nos
chaussures, puis ranger nos vêtements d'intérieur
que nous avons laissés traîner n'importe où, voire
les laver s'ils sont sales. La nuit venue, elles ont à
préparer nos lits et tendre les moustiquaires. Elles,
elles ne se couchent que bien après nous, après
avoir mangé nos restes et fait la vaisselle du dîner.
Et elles dorment à même le sol, sans matelas ni
moustiquaire. Tant pis si elles sont dévorées par les
insectes et que le lendemain matin elles ont l'air
d'avoir attrapé la rougeole ! Par les nuits d'hiver,
elles n'ont à se mettre sur le dos que de vieilles couvertures rapiécées, alors que nous nous emmitou-
flons dans de douillets édredons.

Tel est l'usage immémorial, auquel moi aussi je
dois m'accoutumer, comme à celui de rosser ces
malheureuses sous tous les prétextes possibles. Je
dois m'habituer à les voir s'asseoir à nos pieds,
quand par hasard nous les emmenons avec nous
quelque part en rickshaw. Car, même s'il y a de la
place sur la banquette, il n'est pas question de les
installer à côté de nous. Une fois l'an, pour la fête

de la petite Îd, on leur donne un sari et une paire de sandales. Papa leur achète au bazar les saris les moins chers. Elles ne se lavent qu'avec le savon le meilleur marché. Pour se lustrer les cheveux, elles n'ont droit qu'à l'ordinaire huile de soja, alors que nous utilisons l'huile de noix de coco. Le soir, quand j'apprends mes leçons, assise à ma table de travail, elles m'éventent les jambes, pour chasser les moustiques. Si je dis que j'ai soif, elles courent me chercher un verre d'eau. Aucun d'entre nous n'aurait l'idée d'aller se servir, puisqu'elles sont là pour ça, pour nous éviter d'avoir à tendre la main! Puisqu'elles ont été dressées à prévenir le moindre de nos désirs! Puisqu'elles sont nées pour se dévouer au service de leurs maîtres, jusqu'à ce qu'elles s'en aillent les pieds devant. Pour peu qu'elles tombent malades, on leur en fait reproche, et, si elles meurent, on accuse leur manque de chance. Elles sont sales, et nous sommes propres. Elles sont au bas de l'échelle, et nous en haut. Elles appartiennent à la catégorie des gens de rien, et nous à celle des gens bien.

À l'école et dans les livres, j'ai étudié la prose et la poésie, aussi bien en anglais qu'en bengali. J'ai étudié la grammaire. La géographie, l'histoire. Les mathématiques et les sciences. Le monde autour de moi m'a enseigné l'échelle sociale, les gens de rien au bas et les gens bien en haut. Les beaux préceptes de mon livre de morale – *L'orgueil est un vilain défaut. Tu ne dois point mépriser les pauvres. La suprême valeur c'est l'être humain*, etc. –, la société s'est chargée de les bousculer sans ménagement, en me rappelant la vieille règle de l'exploitation des pauvres par les riches. Sans que je m'en rende compte, me voici moi aussi prise dans ces chaînes invisibles qui fixent à chacun son rang dans le monde.

J'ai fini mes ablutions matinales. Moni vient m'apporter une tasse de thé. Le thé du réveil, c'est une vieille habitude acquise chez Grand-mère, où il était de règle de prendre deux petits déjeuners : le premier, très léger, vers sept heures, et le deuxième, plus consistant, vers dix heures. L'un se composait donc d'une tasse de thé et de riz soufflé, que nous trempions dans le thé, puis mangions à la cuillère. L'autre de galettes fines à la farine complète, qu'accompagnait un reste de viande de la veille, ou des légumes frits, ou bien encore des œufs sur le plat.

Je porte la tasse à mes lèvres. Qu'est-ce que c'est que ce raffut dans la cuisine ? C'est Maman qui frappe Moni à coups de poing et à coups de pied. Qui lui arrache de dessus le dos une vieille chemise à moi qu'elle portait. Qu'a donc fait Moni, pour mériter pareil traitement ? Elle nous a chapardé un morceau de viande dans la casserole. Et, bien que Maman soit sûre de son fait, la bonne a osé prétendre : « C'est le chat qui l'a volé !

– Il a bon dos, le chat ! s'écrie Maman, le visage défiguré par la colère. C'est toi qui l'as mangée, cette viande ! Voleuse comme tu l'es ! Avec tout ce qu'on te donne à bouffer, ça ne te suffit pas, hein, saleté ? Et ne me dis pas qu'on ne te donne jamais de viande ! Il t'en faut un sacré culot, pour oser te servir dans notre casserole sans rien dire ! »

Mais tous les coups du monde ne feront pas avouer à Moni qu'elle a chapardé. Maman va chercher le balai et, le lui abattant de toutes ses forces sur le dos, elle continue : « Vas-tu reconnaître enfin que c'est toi, la voleuse ? »

Maman se démène tant et si bien que son sari lui tombe de la tête et de la poitrine. Mais elle s'en moque bien alors, de la pudeur ! Une seule chose la préoccupe : faire avouer Moni !

Celle-ci reçoit les coups sans bouger. Sa seule forme de protestation, ce sont les larmes qui roulent sur ses joues. C'est le moment que je choisis pour aller mettre mon grain de sel : « Tu n'as qu'à promettre que tu ne le feras plus ! je lui conseille.

– Je ne le ferai plus ! » dit-elle aussitôt.

Maman s'arrête, hors d'elle, pour m'ordonner d'aller me faire voir ailleurs.

Pareille scène n'est que pain quotidien pour Moni. Elle n'en veut même pas à Maman. Dès le lendemain, je l'entends qui se confie à elle : « J'étais encore au sein, mes sœurs, Nuni et Chini, étaient toutes petites, quand notre père a foutu le camp, nous laissant toutes les quatre sur le carreau. Il était soi-disant parti travailler comme menuisier à Jamalpur, mais on ne l'a jamais plus revu. Maman a su plus tard qu'il avait pris une nouvelle femme, là-bas. Pour avoir un fils. C'était son obsession, d'avoir un fils ! »

Maman l'écoute en somnolant à moitié. Moni lui cherche les lentes à la racine des cheveux ; elle observe le cuir chevelu, à l'affût des poux, adultes ou nouveau-nés. Quand elle en repère un, elle l'attrape sur un ongle de la main gauche, puis l'écrase avec une pression d'un ongle de la main droite.

« Papa a dû s'en aller parce qu'il était fâché contre Maman qui lui avait déjà donné trois filles, poursuit-elle. Si elle avait eu au moins un fils, il ne l'aurait pas laissée. Mais, après trois filles, c'était sans espoir. Dieu n'avait pas eu pitié d'elle ! Mais il ne s'agit pas de faire des reproches à Dieu ! Mon père n'avait pas de cœur, c'est ça le malheur ! Il fallait qu'il soit sans cœur pour nous abandonner comme il l'a fait ! S'il ne nous avait pas laissées, je ne serais pas forcée de travailler chez les autres maintenant... Il avait de quoi nous nourrir et nous habiller correctement. »

Moni s'interrompt un instant pour s'essuyer les yeux d'un revers de main, avant de reprendre : « Après, ma mère a fait le tour de nos oncles, maternels et paternels... en vain ! Pas un n'a accepté de la recueillir. Pourtant, ils n'étaient pas à tirer le diable par la queue ! Je me souviens... quelle bonne odeur de riz bien cuit sortait de leurs cuisines ! J'en ai encore l'eau à la bouche ! Pas un ne nous a offert même un repas ! Je hurlais tellement j'avais faim et Nuni et Chini, mes sœurs, pareil. Maman allait

arracher des plantes sur les étangs pour nous faire
à manger... Elle nous les servait bouillies. On
n'avait pas même une poignée de riz à mélanger
avec. Maman allait mendier l'eau de cuisson de riz,
à la porte des maisons. À force d'avoir la chiasse, il
ne nous restait plus que la peau sur les os! Nuni a
fini par tomber malade. Elle n'arrêtait pas de réclamer une assiette de riz avec du poisson. Mais comment aurait-on pu? Maman avait beau prier Dieu,
rien n'y a fait! Il est resté sourd. Et Nuni est morte.
Je me rappelle comment Maman a pleuré quand on
l'a portée au cimetière... Maman a fini par se
résoudre à chercher du travail chez les autres. Mais
voilà: quelle maîtresse de maison engagerait une
bonne avec deux enfants? C'est pour ça que
Maman a fini par nous placer, Chini et moi. Tel
était notre destin! Chini a eu la malchance de tomber dans une famille où le mari courait les bonnes.
Il arrêtait pas de la peloter. La femme l'a surpris et
elle a tout de suite chassé Chini. Maman a fait je ne
sais combien de maisons, dans l'espoir de la replacer. Mais toutes les maîtresses disaient la même
chose: nous ne voulons pas d'une fille qui a déjà
des seins! Enfin elle a fini par être prise dans une
famille dont le père travaille à l'étranger. La femme
est seule avec ses enfants.

– À droite, Moni, ça me gratte, là! ordonne
Maman. Allez, cherche! Il y a sûrement un pou par
ici. »

Tout en explorant le côté droit du crâne de Maman,
Moni conseille: «Maman nous passait toujours les
cheveux au peigne fin. Vous devriez en acheter un;
ce serait plus facile pour vous débarrasser des
poux! »

Moni est habillée d'une chemise douteuse, sous
laquelle elle porte un pyjama à moitié déchiré. Elle
est toujours pieds nus, sauf pour les fêtes, où elle
met des sandales. Le jour de l'Îd, après avoir pris sa
douche et passé des vêtements neufs, elle tend la
main pour que nous lui donnions un peu de talc.

Toute heureuse, elle court à la cuisine, où elle garde un fragment de miroir. C'est en se contemplant à son aise qu'elle va se blanchir tant bien que mal le visage. On dirait que c'est là son plus grand bonheur de l'année. Que ça lui suffit jusqu'à l'Îd prochaine. Après qu'elle s'est présentée devant les adultes de la famille, tout embarrassée de ses joues blanches, et les a salués comme il se doit, en se prosternant à leurs pieds, il est déjà temps qu'elle retourne à la cuisine. Pas question de négliger le repas de fête ; toute la journée il faudra cuire casseroles sur casseroles de pulao. En ce qui la concerne, le jour de fête se passera à souffler sur le foyer du fourneau et à laver les plats sales, pour qu'on soit toujours prêt à servir de nouveaux invités. Quand l'Îd est finie, les habits neufs de Moni sont déjà tout tachés par les épices, la cendre et la boue.

«Beaucoup disaient à ma mère de se remarier, poursuit Moni tout en écrasant un pou entre deux ongles. Mais elle n'en avait pas envie, de peur d'être de nouveau abandonnée ou chassée. Elle ne s'est jamais remariée, finalement. Quand j'aurai réussi à faire des économies, je retournerai avec Maman et Chini dans notre village, où je nous ferai construire une maison. Nous élèverons des poulets. On aura des œufs, des poussins... On n'aura qu'à les vendre au marché, ça nous suffira pour vivre !»

Ces projets font passer dans les yeux de Moni l'éclair merveilleux du rêve. Son salaire mensuel chez nous est fixé à cinq takas. Mais elle n'en a jamais vu la couleur. La somme reste avec Maman, qui lui a promis une paire de boucles d'oreilles en or, le jour où elle se mariera. Et même un ornement de nez.

«Je n'ai pas besoin de bijoux en or ! s'est pourtant écriée Moni. De toute façon, je n'ai pas envie de me marier... Si mon mari me laisse tomber... Ou s'il me chasse ! Je préfère que vous me donniez la totalité de ce que j'aurai gagné, quand je m'en irai de chez vous...»

Je vois, dans les yeux de Moni, passer un cygne au port majestueux. Au pays des rêves de Moni, sa mère, Chini et elle dorment dans des couvertures brodées, sous une moustiquaire bleue, après un abondant repas de riz chaud, servi avec un énorme plat de curry de viande! Comment saurait-elle rêver de mieux?

Une quinzaine de jours plus tard, un après-midi à mon retour de l'école, je trouve Moni seule dans la cour, en train de récurer la vaisselle avec des fibres de noix de coco mélangées de cendre. Ni Papa ni Maman ne sont à la maison. Aucune de mes camarades de jeu ne m'attend. J'ai soudain envie de m'appliquer moi aussi à faire briller les casseroles d'aluminium. J'en arrache quelques-unes des mains de Moni et je me mets à l'ouvrage. Très contrariée par mon initiative, et déjà verte de peur, elle finit par me dire, en ravalant sa salive: «Apa, si votre maman vient à le savoir, elle me battra. S'il vous plaît, laissez-moi faire mon travail tranquille!

– Personne n'en saura rien, je réplique. Tu n'as pas besoin de le raconter. Allez! finissons vite cette vaisselle, et puis on ira jouer à la marelle ensemble!»

Ma proposition anime les prunelles de Moni d'une excitation joyeuse. S'il lui est jamais arrivé de jouer à la marelle, ce n'est pas chez nous en tout cas. Chez nous, les domestiques ne sont pas autorisées à s'amuser.

«Vraiment, vous voulez jouer avec moi? me lance-t-elle, incrédule, tout en jetant des coups d'œil autour d'elle, bien que nous soyons seules. Mais si votre mère l'apprend, elle va me taper dessus!

– Mais puisque je te dis que personne ne le saura! Si on entend le bruit du portail, on arrêtera tout de suite.»

Et nous voici en train de jouer dans la cour, après avoir dessiné les cases du jeu sur la terre battue. La *fille bien* et la *fille de rien*. Je n'ai jamais vu Moni si ravie. Pour la première fois, elle oublie que je suis

la fille de ses maîtres. C'est comme si nous étions de
vieilles amies, comme si nous étions toutes deux des
filles de rien – ou toutes deux des filles de gens bien.
Nous avons déjà les mains et les pieds tout poussié-
reux, à force de sauter à pieds joints ou écartés
d'une case à l'autre, aller-retour… Nous sommes en
plein jeu quand nous entendons le portail noir tourner sur ses gonds. Nous avons tôt fait de nous enfuir
chacune de notre côté : Moni dans la cuisine, moi
dans ma chambre, directement à ma table d'étude,
après avoir plus ou moins effacé les cases de marelle
de quelques coups de pied. Moni se dépêche de porter à la pompe la vaisselle qu'elle aurait dû terminer
depuis longtemps. Mais, dans sa précipitation, la
pauvre trébuche et lâche à grand fracas tout ce
qu'elle tenait dans ses mains : verres, assiettes, bols
qui se brisent à l'instant par terre, en mille morceaux.

Maman arrive en courant et découvre le désastre.
Aussitôt elle attrape Moni par les cheveux et l'envoie valdinguer, la tête contre le manche de la
pompe. Du front éclaté de Moni, le sang se met à
couler en abondance. Accourue, je vois son regard
éperdu accroché au mien. Elle est chassée sur-le-
champ. Au moment de faire son maigre balluchon
avec deux chemises trouées et les sandales reçues
lors de la dernière fête de l'Îd, Moni demande à
Maman en s'essuyant les yeux : «Khala, s'il vous
plaît, je voudrais avoir mes économies !

– Tu en as du culot, toi, d'oser me réclamer tes
économies ! Non, mais voyez-vous ça ? Rachète-moi
d'abord ma vaisselle ! Et on en parlera après de tes
économies ! Allez ! fous-moi le camp d'ici, je ne veux
plus te voir ! »

Moni s'en va, son balluchon sous le bras. Tout ce
qu'elle remporte de cette maison où elle a travaillé
deux ans, c'est deux chemises pleines d'accrocs et
une paire de sandales de la plus basse qualité. Moni
retourne chez sa mère, qui ne tardera pas à la

replacer chez des gens bien, à cinq takas par mois.
Moni retrouvera ses rêves. Appuyée à une colonne
de la véranda, je la regarde s'éloigner. Disparaître
dans la nuit. Pas une fois elle ne se retourne. Cette
scène me rappelle le départ de Fulbahari, qui était
partie en boitant, sans se retourner davantage. Les
grillons chantent. L'humidité du soir tombe sur la
terre, sur l'herbe. Je reste là, seule dans l'ombre, à
me laisser mouiller. La rosée perle sur mes paupières. Un parfum de fleurs de shiuli, venu de chez
nos voisins Profullo, envahit notre cour.

Maman veut se défaire de toute attache mondaine,
matérielle, pourtant je la vois toujours rattrapée par
les intérêts égoïstes, les pensées mesquines de la vie.
Elle qui est affectée par la perte de sa belle vaisselle
en verre et en faïence, au point de ne pouvoir se
concentrer sur sa prière du soir !

Notre chien Rocket couine sur la véranda.
«Chasse-moi ce chien de là ! m'ordonne-t-elle, bien
qu'elle soit déjà assise sur son tapis de prière. Les
chiens font fuir les anges !»

Un missionnaire, au moment de quitter le pays,
après la guerre, avait confié son chien à Chotda. Il
avait connu Chotda, car celui-ci allait prendre ses
cours de guitare non loin des bâtiments de la mission. Chotda voyait souvent dans les parages un
chien énorme marcher docilement derrière le missionnaire – spectacle qui ne laissait pas de le fasci-
ner. Le chien avait toujours une balle dans la
gueule et, si le père lui tendait la main, il se dressait
sur ses pattes arrière pour lui présenter ses pattes
avant !

L'installation de ce chien chez nous mit la maison
en effervescence pour quelque temps. Dès qu'on
l'appelait, Rocket arrivait à la vitesse d'une fusée et,
si on lui tendait la main, il ne manquait jamais de
tendre la patte en retour. Papa avait favorablement
accueilli l'idée de prendre un chien. «C'est vrai que
ce serait bien d'avoir un chien à la maison ; il ferait
peur aux voleurs !»

Papa rapportait de chez le boucher des bas morceaux, des os avec un peu de viande autour, que l'on faisait bouillir pour en nourrir le nouveau venu. Celui-ci avait une mauvaise habitude : à la moindre occasion, il se précipitait dans le salon pour s'allonger sur le canapé. Avec ses pattes pleines de boue ! J'avais toujours vu des chiens chez Grand-mère, des chiens errants, qui allaient quémander de maison en maison, tête basse, quelque chose à se mettre sous les crocs ; ils remuaient la queue en signe de joie quand on leur jetait des restes de repas et, après de tels festins, ils allaient s'allonger de tout leur long et dormir à l'ombre d'un arbre. Mais, la plupart du temps, ils étaient surtout nourris de coups de pied, de jets de pierres et d'injures.

Quel étonnement pour moi de voir un chien avec des exigences de confort tout à fait humaines. Toujours à réclamer des caresses ! Mais Maman ne tarda pas à prévenir : « Les chiens, c'est impur ! Il faut les maintenir à distance ! » C'en fut fini pour le pauvre Rocket d'être admis à l'intérieur de la maison. Dans la journée, il devait rester attaché ; la nuit, on le lâcherait dans la cour, pour qu'il puisse chasser les cambrioleurs. À partir de ce moment-là, Rocket vécut seul dans son coin, sous l'auvent d'une cabane en tôle, au fond du jardin, qui servait de dépotoir. L'endroit était si isolé de la maison qu'il arrivait même qu'on oublie d'aller lui donner à manger. Sans doute effrayé de se retrouver détaché dans l'obscurité, il passait une grande partie des nuits à couiner misérablement.

De retour de l'école, je ne manquais pas de demander : « Est-ce qu'on a donné à manger à Rocket ? »

Maman me répondait toujours : « Oui, c'est fait.

– Quand est-ce que tu lui as donné ? insistais-je. J'ai l'impression qu'il a faim. Donnons-lui encore quelque chose ! »

Je soupçonnais en effet à son air qu'il n'avait rien reçu. En cachette de Maman, je finissais par aller porter la moitié de ma platée de riz dans sa gamelle.

Rocket, tout heureux, plongeait son museau dans la nourriture en remuant la queue. Et quand il avait fini d'avaler, il remuait toujours la queue, dans l'espoir d'un deuxième service !

Papa aussi s'inquiétait de temps à autre : « On dirait que ce chien a maigri ! Est-ce que tu oublierais de le nourrir par hasard ? » disait-il à Maman.

Celle-ci se fâchait. « Mais bien sûr que je le nourris ! rétorquait-elle entre ses dents. À force de manger sans arrêt, il va perdre ses poils, ce clebs ! Et puis, si tu t'en inquiètes tellement, tu n'as qu'à lui préparer toi-même ses repas ! »

Et Rocket continua à maigrir, au point de n'avoir plus que la peau sur les os. Il avait appris à se détacher tout seul ; une fois libéré de sa chaîne, il partait dans la rue, si le portail était ouvert, fouiller les tas d'ordures. Ce qui lui valait nombre de morsures de la part des chiens errants. Même un berger allemand comme lui, que pouvait-il faire contre toute une bande de corniauds ? Il revenait de ses expéditions couvert de plaies. « Ce chien est malade ! remarquait Maman. Il vomit tout ce que je lui donne à manger. C'est bien la peine de se donner tant de mal ! »

Chotda, lui, ne pensait qu'à gratter sa guitare, à passer et repasser en sifflotant, les mains dans les poches, devant la maison de nos voisins Pal, dont la fille, Dolly, venait se mettre à la fenêtre, lorsqu'elle l'entendait. Il avait souvent des copains qui venaient à la maison passer des heures à bavarder. Puis, après s'être bien tiré les cheveux en arrière, il sortait avec eux faire un tour. Avait-il encore l'esprit à se soucier de Rocket ?

Maman a beau s'égosiller à crier qu'*un chien, ça fait fuir les anges*, ça ne m'impressionne pas. Je ne bouge pas. Comme si je n'avais pas entendu ce qu'elle disait. Comme si je m'en moquais pas mal, que des anges entrent ou n'entrent pas dans cette maison. Comme si je me concentrais pour écouter le chant des grillons dans la nuit. Comme si je ne prêtais plus attention à la voix de Maman répétant

pour la millième fois à mon intention : «Elle ne
pense qu'à avaler des bouquins, cette fille!» Oui, je
me sens détachée de tout, indifférente à tout. Je ne
pense qu'à une chose, je n'attends qu'une chose,
dans le secret de moi-même, toute mouillée sous la
brume du crépuscule : et si Moni revenait? Et si,
n'ayant pu retrouver le chemin de son village, elle
revenait chez nous?

Après avoir renvoyé Moni, Maman doit se charger de la cuisine toute seule. Après deux jours, excédée, elle profite du retour de Papa pour exploser :
«Avec ta manie de ne pas tolérer que tes filles mettent leur nez dans la cuisine! Est-ce qu'elles ne vont
pas se marier? Est-ce qu'elles ne devront pas faire à
manger à leur mari, un jour? Chez moi, nous avons
toutes appris à faire la cuisine dès l'enfance! Et nos
filles à nous, elles passent leur temps à se baguenauder comme des garçons!
— Mais elles font des études, elles! répond Papa,
après s'être éclairci la gorge. Pourquoi iraient-elles
perdre leur temps à la cuisine? Est-ce qu'on n'a pas
quelqu'un, d'habitude, pour s'en occuper? Je ne
veux pas que mes filles touchent à quoi que ce soit,
tu m'entends? Je n'ai pas envie qu'elles ratent leurs
études, moi!
— Leurs études! Elles s'en moquent pas mal de
leurs études, je te prie de croire! Avec un père qui
n'est jamais là, elles ne font que s'amuser du matin
au soir!... C'est pour ça que j'ai besoin d'une bonne!
Il faut qu'on en retrouve une. Je n'y arrive pas toute
seule! Mais le problème, avec ces filles qu'on prend,
c'est que, dès qu'elles ont appris le travail, elles trouvent une raison pour s'en aller...»
Maman fait la grève de la cuisine. Le fourneau
reste éteint. Qui va s'occuper de préparer le bois?
Qui va moudre les épices? Qui va faire la vaisselle?
À manger? La lessive? Qui va balayer la maison?
Par cette grève, Maman veut faire comprendre à
Papa que le foyer ne peut plus fonctionner sans

domestique. Si Papa réclame son repas, il s'entend dire: «Tant qu'on n'a pas de nouvelle bonne…!» Bien sûr, Maman, en cachette, nous prépare à manger pour nous, les enfants. Elle fait moudre les épices, laver la vaisselle, cuire le riz, apprêter les légumes par une mendiante du coin, contre un repas par jour.

Jusqu'à ce que Papa ramène à la maison une pauvre sans-abri qu'il a trouvée couchée sur un trottoir de Notun Bazar. «Elle fera l'affaire en attendant de trouver mieux!» dit Papa en la présentant à Maman.

Assise sur un fauteuil de la véranda, Maman examine attentivement la trouvaille. La fille est debout, appuyée à la balustrade en bois. Elle doit avoir huit ans, neuf au maximum; elle a le nez dégouttant de morve, la peau couverte de moisissures, dirait-on, les cheveux rougis par le soleil faute de les lustrer à l'huile; ses culottes courtes repoussantes de saleté, qui ont dû être blanches à une époque, couleur poussière à présent, laissent voir des jambes entièrement maculées de boue séchée. Les rares endroits où l'on voit sa peau sont parcourus de crevasses, comme la terre d'un champ brûlé par la sécheresse.

«Comment tu t'appelles? demande Maman sur un ton rude.

— Renu», répond la petite fille en reniflant sa morve, qui lui ressort des narines à chaque expiration.

«Qu'est-ce que tu sais faire?»

Renu ne répond pas. Elle regarde les arbres, les canards et les poules dans la cour.

«Tu as déjà travaillé chez quelqu'un? s'enquiert Maman, en la détaillant de la tête aux pieds d'un regard inquisiteur.

— Non, réplique Renu en secouant la tête.

— Tu n'as pas de parents? s'étonne Maman, faisant la grosse voix comme si elle la grondait.

— J'ai ma maman. Pas de papa, répond Renu avec

indifférence, comme si le fait d'avoir des parents ou non n'avait aucune importance.

– Et tu as des frères et sœurs ? se radoucit Maman.

– Non, dit la petite avec la même indifférence

– Est-ce que tu pourras moudre les épices ? Laver du linge ? »

Renu fait signe que oui d'un mouvement de tête à peine perceptible.

« Et le riz, tu sais le faire cuire ? » demande encore Maman en tordant le nez, à cause de l'odeur qui se dégage de Renu.

Renu hoche de nouveau la tête.

Ça y est, elle a réussi l'examen. Elle est engagée. Maman l'envoie se savonner énergiquement et se doucher à la pompe. La toilette terminée, Maman lui verse un peu d'huile au creux de la main, pour qu'elle se lustre les cheveux. Enfin, elle lui donne de vieux vêtements à moi et lui refile à manger une grosse platée de pantabhat arrosé d'un reste de bouillon de lentilles que nous n'aurions sûrement pas touché. Dès que Renu a fini de se remplir le ventre, Maman lui ordonne de passer le balai dans toute la maison. Puis elle lui fait moudre des épices, cuire du riz. Tout cela en surveillant par-derrière sa manière de travailler.

Voilà comment les bonnes se succèdent à la maison. Moni partie, c'est le tour de Renu. Une fille de rien en remplace une autre. Car la ville en est pleine, ça court les rues, les gens de rien. Suffisamment pour que nous ne soyons jamais à court, pour que nos habitudes de confort ne soient pas trop perturbées.

Une fois que Renu est formée au travail, Maman peut reprendre le chemin de Naomahal. Revenir à la maison les yeux tout gonflés, à force d'avoir pleuré à l'assemblée du jeudi soir. Continuer à critiquer vertement son matérialiste de mari, uniquement préoccupé des biens de ce monde. Et en même temps filer une trempe mémorable à Renu, qui a gâché une pleine marmite de riz en le faisant trop cuire.

Maman est très lunatique. Les domestiques ont

toujours vécu dans la hantise de ses brusques
retournements d'humeur. Quand ça va mal, gare à
eux ! Mais, quand ça va bien, elle déborde de
marques d'affection. Le soir, elle essaie d'apprendre
l'alphabet arabe à Renu, qui, en suivant du doigt,
épelle : « *Alif…* » Renu a bien lu aujourd'hui ; Maman
lui fait cadeau d'une autre de mes vieilles chemises.

> *Méfie-toi, quand le maître est tendre !*
> *Il te décrocherait la lune, à l'entendre ;*
> *Tout à l'heure, la corde pour te pendre !*

Rocket est mort juste avant que Renu n'entre à
notre service. Maman a averti Papa de faire venir
l'éboueur, pour nous débarrasser du cadavre. Papa
nous a expédié un employé de la pharmacie où il a
son cabinet. Celui-ci a passé une corde autour du cou
de Rocket et l'a tiré hors de chez nous. Notre compagnon n'était plus qu'une traînée sur le sol de la cour.
Pour pleurer à mon aise, je me suis réfugiée dans les
toilettes. C'est le seul endroit de la maison où l'on soit
tranquille. C'est fini, Rocket ne bondira plus autour
de nous ! Il ne se dressera plus sur ses pattes pour
venir prendre délicatement le biscuit qu'on garde
entre les lèvres. Quand nous allions en promenade,
Rocket nous accompagnait, suscitant la curiosité des
gens du quartier, qui n'étaient guère accoutumés à
voir des bergers allemands. Rocket est mort de faim
et de maladie, sans bruit, en nous regardant de ses
yeux larmoyants. Sans que personne ne fasse l'effort
de l'amener au moins une fois chez le vétérinaire.
Moi, la grande perche de la famille, j'ai tellement
l'habitude de me faire envoyer paître, quand je veux
émettre un avis, que je n'ai pas eu le cran d'insister.
Peu après la mort de Rocket, Maman a ramené de
chez Grand-mère un jeune chiot. De race indigène.
J'avais bien envie de l'appeler Rocket lui aussi, mais
Maman a insisté pour Poppy. Et ce fut Poppy. Son
goût pour ce nom lui venait de notre séjour à Pabna,
où un des gardiens de la prison avait un chien qui

s'appelait ainsi. Maman a déjà des chèvres, des pigeons, des poules, des canards… maintenant son chien à elle, qu'elle n'oublie jamais de nourrir. On ne l'entend plus guère se plaindre de ce que les chiens font fuir les anges! Bref, rapidement, Poppy ne lâche plus d'une semelle sa maîtresse. Pour ma part, j'essaie d'apprendre au nouveau chien à jouer, à rapporter la balle : sans succès. Poppy n'est bon qu'à chasser les cambrioleurs! C'est ce qu'il faut à Maman : un bon chien obéissant – condition pour qu'elle le caresse, comme Renu. Renu qui fait des massages à Maman, le soir avant de dormir. Lui frictionne les cheveux. Maman en est si satisfaite qu'elle entreprend de lui enseigner l'écriture bengali, après l'alphabet arabe. Pourtant, Renu pleure souvent : elle pleure parce que sa mère lui manque, parce que, comme elle dit, elle en a le *cœur qui saigne*.

« Avec tout ce que je fais pour toi, tu trouves le moyen de pleurer! s'offusque Maman. Une vraie mentalité d'esclave! Pas la moindre reconnaissance! Ce n'est pas en te comportant ainsi que tu vas pouvoir faire quelque chose dans la vie! »

Mis au courant des *caprices* de Renu, Papa, après quelques recherches, ramène sa mère à la maison. « Tu n'as qu'à engager la mère aussi! propose-t-il à Maman. Elle sera sûrement capable de faire plus de travail! Tu emploieras la fille pour les petites tâches. »

Le lendemain, Papa rapporte un sari de coton imprimé, pour la mère de Renu. Après en avoir soigneusement examiné le tissage, Maman s'exclame : « C'est un très bon tissu! Tu as dû le payer cher! Je n'en reçois pas deux comme ça dans l'année! »

Pendant tout le temps qu'elle travaille, Maman est sans arrêt sur le dos de la nouvelle bonne, à la surveiller et à lui faire des remontrances. Au retour de Papa elle lui dit : « Elle ne m'inspire pas confiance, cette femme…

– Pourquoi? Qu'a-t-elle fait? s'enquiert Papa.

– Je l'ai vue cet après-midi discuter à voix basse avec un employé de l'épicerie, qui était venu livrer

des commissions.... Et je lui ai donné un corsage,
pour mettre sous son sari. Elle ne le porte pas ! Et
elle se balade comme ça devant des hommes ! »

Papa ne dit plus rien.

Ce qui a immanquablement pour effet d'exaspérer Maman.

Les mois passent, avec Renu et sa mère, tant bien
que mal. De nouveau, Maman rentre de chez son pîr
à des heures indues, passe des journées entières sur
son tapis de prière, à réciter le nom de Dieu, en
secouant la tête, un coup à droite, un coup à gauche.
Même quand elle est à la maison, on dirait qu'elle est
ailleurs. Petit à petit, tout le poids de la marche au
foyer retombe sur les épaules de la mère de Renu.
C'est à elle que Papa demande ce qu'il faut rapporter du marché – huile, sel, cumin noir ou carda-
morne... Quand elle a fini son travail, la mère de
Renu se fait un chignon, en fredonnant, ce qui a le
don d'énerver Maman. « Ne chantonne pas comme
ça, mère de Renu ! Les domestiques sont faits pour
travailler, pas pour chanter ! » lui lance-t-elle.

Et la mère de Renu s'arrête de chanter.

À quelque temps de là, en pleine nuit, au moment
où toute la maisonnée est endormie, et alors que je
viens de sombrer dans le sommeil à mon tour,
après avoir précautionneusement caché sous mon
matelas Devdas, le livre de Sharat Chandra[1] que je
suis en train de lire, et séché les larmes que cette
lecture vient de me faire verser en abondance, je
suis tout à coup réveillée en sursaut par un épouvantable vacarme. Il me faut du temps pour comprendre d'où vient ce raffut. C'est Maman qui
pousse des cris, des portes qui claquent à grand fracas. Une porte à laquelle on frappe violemment
aussi. Comme si on voulait l'enfoncer. La maison
est-elle attaquée par une bande de brigands ? J'en

1. Sharat Chandra Chatterjee, romancier bengali très appré-
cié (1876-1938).

suis clouée sur place par la peur, j'en ai des sueurs froides, j'en oublie de respirer ! Je fais semblant de dormir, afin que les brigands m'épargnent. J'entends quelqu'un courir sur la véranda. Puis encore un autre bruit de pas précipités. Des cris stridents viennent de par là. Quelqu'un d'autre qui parle en étouffant le son de sa voix, sans parvenir à se faire comprendre, dirait-on.

Yasmine aussi s'est réveillée. Elle me demande en murmurant : « Que se passe-t-il, *Boubou* ?

– Je n'en sais rien », je réponds à voix basse.

J'ai le cœur qui bat la chamade. Les membres glacés de frayeur. Peu après que l'agitation a diminué sur la véranda, Maman vient informer Dada et Chotda de ce qui s'est passé. Ce n'étaient pas des brigands. C'était Papa. Papa qu'elle a surpris à deux heures et demie du matin, au lit avec la mère de Renu, dans la cuisine.

Maman a toujours eu le sommeil très léger. Selon son habitude, elle s'était réveillée et avait entrepris de faire le tour de la maison, pour vérifier que toutes les portes et fenêtres étaient bien fermées, dans la crainte des cambrioleurs. C'est alors qu'elle avait remarqué que la porte de la chambre de Papa donnant sur la véranda était entrouverte. Elle avait été voir et avait constaté que Papa n'était pas sous la moustiquaire. Personne aux toilettes, ni sur la véranda ! Puis elle a entendu un bruit venant de la cuisine. Tendant l'oreille, elle a reconnu la voix de Papa et perçu un grincement provenant du châlit sur lequel la mère de Renu passait ses nuits.

Papa était allé coucher avec la bonne ! Je levai les yeux au faîte de la moustiquaire, incapable de manifester le moindre signe de vie. Yasmine ne bougeait pas non plus à côté de moi, les yeux grands ouverts, sans rien dire.

Notre maman, si détachée des intérêts de ce monde, passa le reste de la nuit à pleurer. Seuls étaient là pour l'accompagner les soupirs de Dada, Chotda, Yasmine et moi...

La religion encore...

Dès que j'entre chez le pîr, j'ai la chair de poule. Ce qui me fait peur, c'est surtout l'obsession que tous les arbres qui entourent sa maison soient hantés par des djinns, goules et autres fantômes. Et, lors de nos visites, chaque fois que je passe sous un arbre en serrant très fort les doigts de Maman, je me demande si un djinn ne va pas me sauter dessus...

À vrai dire, je n'entre pas ; c'est Maman, la disciple du saint homme, qui entre ; moi, je ne fais que suivre. Maman qui a renoncé au sari pour ne plus s'habiller qu'en salwarkamiz. Maman que je ne reconnais plus, au milieu de la demi-douzaine de femmes qui sont assises dans la chambre du pîr Amirullah, dissimulées de la gorge jusqu'au bout des orteils sous une longue tunique, les cheveux recouverts par un grand foulard. Une seule d'entre elles porte le sari. Elle a quatre amulettes suspendues au cou. Elle a ramené le pan de son sari sur sa tête, paraît extrêmement désemparée. Les deux mains sur les pieds d'Amirullah, elle lui confie : « Maître, si je n'ai pas de fils, mon mari va me répudier ! »

Le pîr Amirullah parle très doucement, tout en se peignant la barbe avec les cinq doigts de la main. Le regard fixé sur les poutres du plafond – un regard débordant de compassion – il dit : « Remets-t'en à Dieu ! Dieu est Seul à pouvoir donner quelque

chose ; moi je ne suis que Son intermédiaire. Tu
dois réciter le nom de Dieu en secouant la tête de
droite à gauche, au milieu de la nuit. Lui Qui est le
maître des deux mondes, confie ton tourment à Sa
Toute-Puissance ! Pleure devant Lui ! Comment
veux-tu qu'Il t'entende si tu ne pleures pas, Aleya ?
Mais Dieu, en Son infinie miséricorde, ne repousse
jamais Son serviteur qui tend les mains vers Lui. »

À ces mots, Aleya se prosterne sur les pieds du
pîr, et sanglote abondamment. Pour avoir un fils,
elle est prête à réciter le nom de Dieu en secouant
la tête non seulement autour de minuit mais, s'il le
faut, jusqu'au lever du jour. Lâchant sa barbe, Amirullah passe la main dans le dos d'Aleya, tout en
abaissant son regard sur ses cheveux découverts,
car le sari de la jeune femme a glissé sur ses épaules.
« Dieu est Un, poursuit-il. Un et Unique. Sans
forme. Invisible. Tout-puissant. Il n'a ni commencement ni fin. Il n'a ni parents ni progéniture. Il voit
tout et pourtant Il n'a pas d'yeux comme nous. Il
entend tout, et pourtant Il n'a pas d'oreilles comme
nous. Il peut tout faire, et pourtant Il n'a pas de
bras comme nous. Partout, à tout moment, Il brille
d'un éclat prodigieux. Il ne mange pas, Il ne dort
jamais. Il n'a pas de corps. Il ne peut Se comparer
à rien. Il a toujours été et toujours sera. Il comble
tous les vides, Lui Qui n'est que plénitude. Il est
éternel, Il ignore la mort, la destruction. Il est le
Créateur, à l'infinie miséricorde. Il est le Garant
suprême de l'honneur, et c'est Lui qui en fait don à
l'humanité. Élève les mains jusqu'à Lui et tu auras
un fils, tu peux en être sûre, et ton honneur sera
préservé dans la société humaine. »

Fort embarrassée de me trouver là, je me cache
tant bien que mal derrière Maman, et j'essaie de
concentrer ma pensée sur ce Dieu sans forme. Et
qui me fait penser au magicien venu dans notre
école nous montrer des tours : on l'a recouvert d'un
drap noir, puis, quand on a enlevé ce drap après un
instant, il n'y avait plus personne dessous, comme

si notre magicien s'était dissous dans l'air. Ah! si seulement moi aussi j'étais invisible! Je pourrais me balader dans toute la ville, longer seule les berges du Brahmapoutre, sans que personne ne me retrouve pour me ramener à la maison!

La jeune Humayra, ma cousine, vient relever Aleya, toujours écroulée sur les jambes du pîr, et l'emmène dans la cour. Une fois sous l'hibiscus, Aleya déplie un coin de son sari et en sort un billet de banque qu'elle remet à Humayra. Laquelle revient le glisser dans la main d'Amirullah, qui est expert en l'art de happer l'argent. Les billets affluent jusqu'à lui, passant de main en main, tel un bâton dans une course de relais. Le pîr rentre prestement les billets dans la poche de sa longue robe qui lui sert de tiroir-caisse. Je ne puis détacher mes yeux de ces doigts agiles qui font disparaître les billets les uns après les autres.

«Hamima, qui est là, derrière toi? Est-ce ta fille? demande soudain le pîr, en plantant son regard dans le mien.

– Oui, Maître, répond Maman, en me tirant de manière à m'amener devant elle. Elle est née le jour anniversaire du Prophète. Elle fait toujours les prières avec moi. Elle connaît bien l'écriture arabe et elle a déjà lu une bonne partie du saint Coran. Bénissez-la, je vous prie, Maître, pour que sa foi soit fortifiée… Allez! va te prosterner aux pieds du Maître!» m'ordonne-t-elle en me poussant dans le dos.

Mais je me raidis et n'avance pas d'un pouce. La simple idée de me prosterner aux pieds du pîr me fige sur place. Maman a beau faire, je ne bouge toujours pas. Au contraire, je recule! Mais, juste à ce moment-là, le pîr avance brusquement les mains et, comme s'il cueillait un fruit à un arbre, m'attire à lui, tout contre sa longue barbe blanche, sa grande robe qui lui enveloppe le corps. J'ai les yeux à hauteur de la calotte rebrodée du nom d'Allah qui lui couvre le sommet du crâne. Il me serre tellement fort contre lui que j'ai l'impression d'entrer dans les

plis de sa vaste robe. J'en ai la respiration coupée.
Il a fermé les yeux et récite quelque chose entre ses
dents, puis il fait longuement passer son souffle sur
tout mon visage, non sans m'arroser copieusement
de ses postillons.

Dès qu'il me lâche enfin, je cours me réfugier
derrière Maman, qui, elle, est aux anges. Tout en
m'essuyant la figure, j'entends le pîr demander à
Maman : « Est-ce que ta fille fait des études à l'école
– ce genre d'études qui enchaînent aux intérêts de
ce monde… ? »

– Oui, Maître, répond-elle en soupirant. Je n'ai
aucun contrôle sur ce que font mes enfants, hélas !
C'est leur père qui est responsable de cet état de
choses ! Pourtant elle a un grand désir de connaître
la vérité sur Dieu et Son Prophète. C'est pourquoi je
l'amène ici avec moi. Pour qu'elle se tourne chaque
jour un peu plus vers Dieu. »

Pendant que Maman donne ces explications, le
maître claque de la langue, pour lui signifier qu'il la
plaint d'avoir un mari aussi impie. Et, s'allongeant
sur sa couche, il ajoute : « Le problème, vois-tu, c'est
que ce genre d'études à l'école ouvre au diable les
portes du cerveau. Ce qui rend extrêmement difficile, par la suite, de revenir tout seul sur le chemin de
Dieu. Regarde Naziya, Nafisa, Munazzeba, Motiya…
elles allaient toutes à l'école avant, et puis elles y ont
toutes renoncé. Pour se consacrer aux études religieuses. Pour apprendre à suivre le chemin de Dieu.
Pour se préparer au Jugement dernier. Elles ont
bien compris maintenant que ce qu'on vous apprend
à l'école n'est que mensonges. Qu'elles s'enfonçaient
dans de terribles ténèbres. Qu'elles n'avaient
aucune chance, avec ce genre d'études, de trouver la
voie de la lumière, de la Vraie Connaissance. »

Après m'avoir fait signe de sortir dans la cour,
Maman entreprend de rafraîchir le maître avec un
éventail à main, en feuilles de palmier. À peine ai-je
mis le nez dehors qu'Humayra me tombe dessus tel

un oiseau de proie et m'entraîne vers une autre pièce, meublée de lits simplement tendus de draps, les couvertures et matelas restant dans la journée pliés dans un coin. C'est là qu'assises en tailleur les filles de tante Fozli récitent le chapelet et font leurs prières. Aucune d'elles ne fréquente l'école ; leur seul enseignement, qui ne fait que leur montrer le chemin de Dieu, elles le reçoivent à la maison.

Humayra doit avoir environ cinq ans de plus que moi. Elle a une bouille ronde comme un pample-mousse.

« Tu es la fille de l'aînée de nos tantes maternelles, me dit-elle, en me donnant une tape sur l'épaule. Tu es donc notre cousine. Pourquoi vas-tu à l'école, où l'on n'apprend que ce qui attache aux intérêts maté-riels de ce monde ? Ne sais-tu pas que cela mécon-tente Dieu, car c'est un péché à Ses yeux ! Il t'en tiendra rigueur, méfie-toi ! poursuit-elle en m'as-seyant d'autorité sur un des lits. Ton père est un infidèle, reprend-elle. À ta place, j'aurais peur que Dieu m'envoie en enfer à cause de lui ! »

Le seul fait d'évoquer l'enfer suffit à la faire trem-bler de terreur. Elle me saisit violemment les mains, sans que je comprenne ce qui lui arrive. J'en ai le cœur qui se glace. Je vois un brasier brûler dans un trou, où bout une marmite d'eau à la surface de laquelle flottent des corps humains. Soudain je me vois parmi eux... L'une après l'autre, sept jeunes filles s'approchent de moi et leurs regards compatis-sants pénètrent jusqu'au tréfonds de mon être. Comme si j'étais la créature la plus étrange du monde, en persistant à fréquenter l'école. Ce doivent être des anges venus me visiter en enfer, du paradis céleste, pour me plaindre de rôtir dans des flammes si atroces.

Soudain, une voix me tire de mon cauchemar. « Humayra, est-ce là une nouvelle venue sur le che-min de Dieu ? demande une grande fille.

– Oui, explique Humayra en poussant un soupir – un soupir d'autant plus profond, sans doute, que

je suis une proche parente, sa cousine maternelle –
mais son père l'en empêche ! »

Ses compagnes claquent de la langue, pour me
manifester leur pitié.

Ce bruit me fait penser à une troupe de chats en
train de laper du lait. Moi je serais le rat-moine
occupé à les compter : sept, six, cinq, quatre, trois,
deux, un. Un grand, un petit, un moyen, un autre
petit, encore un autre petit, et encore un, et un
moyen, le compte y est[1] ! Comme au rassemblement
dans la cour de notre école !

Mais, d'un coup de coude dans les côtes, Humayra
ne tarde pas à me ramener à la réalité. « Tu vois,
elles, m'explique-t-elle en me désignant successivement du menton chacune des autres filles, leurs
pères les ont mises eux-mêmes sur le chemin de
Dieu. Elles habitent ici en permanence. Elles passent leur temps à étudier le Coran et la Tradition. »

Puis, dans un nouveau soupir, elle ajoute : « Si
quelqu'un avait sagement conseillé notre oncle, il
n'agirait sûrement pas de manière si impie ! Il
aurait lui-même conduit ses enfants sur le chemin
de Dieu ! »

Je ne suis guère persuadée que Papa nous aurait
mis sur la voie de Dieu, même si quelqu'un avait été
à ses côtés pour lui dispenser de pieux conseils.
Mais Humayra me cite l'exemple d'un juge à qui
cela est arrivé. Éclairé par un dévot, il était lui-
même venu confier à Dieu sa fille âgée de seize ans,
Munazzeba, aujourd'hui assise parmi nous. Son
père est un juge de Dhaka. Humayra prononce le
mot de Dhaka de façon à sous-entendre que le juge
en question n'est pas d'un rang ordinaire. En fait
cette Munazzeba, jusqu'alors bonne élève, avait
commencé à récolter des zéros en série, dès lors
qu'elle était tombée amoureuse d'un vaurien de son
âge. On avait rapporté à M. le juge qu'on avait sur-

---

1. Allusion à un conte de fées populaire au Bengale.

pris sa fille couchée avec ce garçon, sur la pelouse d'un parc du quartier, après la tombée de la nuit. Déjà, dans tout le voisinage, les commérages allaient bon train. Le juge se vit dans l'obligation de retirer sa fille de l'école et de la confiner à la maison. C'est alors qu'il avait entendu parler du pîr Amirullah, qui accueillait sous son toit des jeunes filles pour leur enseigner le Coran et la Tradition et en faire de parfaites dévotes. Il leur était strictement interdit de sortir de la zone réservée aux femmes dans la maison, de se montrer à quelque homme que ce soit, à l'exception du pîr. Vivement intéressé, le juge de Dhaka était venu assister à une assemblée chez Amirullah, qui lui avait fait très forte impression. Il était ressorti de là conquis, bien décidé à confier sa fille à un si saint homme. Ce qu'il avait fait quelques jours après.

Le pîr avait aussitôt donné à la fille du juge, qui s'appelait Rubina, le nom de Munazzeba. Il n'avait pas tardé à la métamorphoser en stricte dévote, voilée de la tête aux pieds, ne mettant jamais le nez dehors, toujours plongée dans le Coran et la Tradition, toujours la première à fondre en larmes aux descriptions de l'enfer données par le Maître au cours des assemblées religieuses, et enfin toujours empressée à le masser des heures durant.

C'est l'entrée de Munazzeba dans la maison du pîr qui a lancé la mode dans les milieux aisés – hauts fonctionnaires de Police, avocats, hautes sphères de l'État... – de confier l'éducation des filles à Amirullah. Abraham avait bien en son temps obéi à Dieu qui exigeait qu'il sacrifiât son fils ; les pères de notre époque pouvaient au moins mettre leurs filles sur le chemin de Dieu ! Prendre ce chemin de Dieu, chez Amirullah, cela veut dire en somme tomber folle amoureuse de Dieu. Et c'est bien ce qui arrive à toutes les filles qui vivent dans cette maison. Pour la plus grande satisfaction du pîr, qui, dès lors, ne voit plus en elles des êtres humains, mais de véritables fleurs, descendues du paradis céleste.

Amirullah a fait débroussailler un terrain, sur
lequel on a construit des logements pour ces pensionnaires. Certaines chambres ont un simple toit
de tôle, d'autres un toit plat en ciment. Mais elles
sont toutes sans fenêtres, si bien que les filles souf-
frent abominablement de la chaleur. Cependant le
pîr a décrété, en son infinie sagesse : « En Arabie, du
temps de notre Prophète, les maisons étaient ainsi.
C'est donc une manière d'acquérir des mérites, que
de vivre dans ces conditions. Si vous pouvez endurer les souffrances qu'a vécues le Prophète, il témoi-
gnera lui-même pour vous, au moment du Jugement
dernier. »

Ces paroles font tomber les filles en pâmoison.
Quel besoin auraient-elles de fenêtres, puisque le
Prophète n'en avait pas ? Elles accepteraient même,
le cas échéant, de se passer de portes !

Après avoir laissé leurs filles aux bons soins du pîr
pendant deux ou trois ans, leurs pères viennent les
rechercher. Elles sont devenues si pieuses qu'elles
refusent de les suivre. Dans le cas de Munazzeba,
c'est sa mère qui est venue, son père étant gravement malade. Munazzeba a refusé de quitter le
Maître, expliquant qu'elle n'avait aucune envie de
retourner dans le monde souillé par le péché, qu'elle
était sûre, si elle désertait la maison du pîr, d'être
aussitôt reprise par le diable.

Les filles sont persuadées que c'est le pîr lui-
même qui leur fera traverser le pont qui donne accès
au paradis. Il a en effet toujours dit qu'il irait au
ciel en emmenant par la main ses disciples les plus
zélés, qu'il ne franchirait pas sans eux les portes du
paradis. Aussi, en ces temps d'apocalypse, les filles
ne veulent-elles pas demeurer un instant loin de
leur maître. Puisqu'il a dit qu'il ne tarderait pas à
rejoindre La Mecque avec ses disciples, étant donné
son vif désir de passer la fin des temps au pays du
Prophète.

Selon Munazzeba, Dieu Lui-même enverra un
véhicule pour les transporter jusqu'à La Mecque.

Bien qu'Humayra et ses compagnes songent avec
délices qu'il s'agira peut-être du cheval ailé du Prophète, elles ne savent pas encore comment elles arri-
veront jusqu'à leur sainte destination. En revanche,
elles sont sûres qu'on viendra les chercher bientôt.
Un ordre de préséance a même été établi. Après
enquête, Munazzeba a appris qu'elle ferait partie
du premier voyage puisqu'elle était en tête de liste –
liste que le pîr garde sous son oreiller.

Toutes les filles, chez le pîr, vivent dans la terreur,
à l'idée que l'apocalypse est pour demain. Cette terreur est contagieuse : moi aussi, je commence à me
demander si, en effet, je ne verrai pas la fin du
monde, d'un jour à l'autre. Pourquoi Papa s'obstine-
t-il à vouloir me faire faire des études, puisque, avant
même que j'aie grandi, le monde sera détruit ?
Puisque ce monde de poussière retournera à la poussière... Puisque les créatures seront jugées devant
Dieu, Qui, assis sur son trône, tiendra Lui-même les
plateaux de la balance sur laquelle seront pesés les
mérites de chacune. Rien que d'y penser, j'en ai le
cœur qui s'emballe ! Quand je serai devant Dieu, Il
ne manquera pas de me demander si j'ai régulièrement fait les prières et le jeûne de Ramadan, si j'ai
bien récité mon chapelet, si j'ai vraiment lu le
Coran. Si j'ai en tout obéi à Sa volonté. Que répondrai-je alors ? Je ne puis répondre oui, car Il décou-
vrirait sûrement mon mensonge ! Puisqu'Il a fixé
par écrit les événements de la vie de chacun de
nous ! Si c'est bien vrai, je me demande pourquoi
Dieu interroge Ses créatures quand elles arrivent
au ciel : à quoi bon ?

Quand je pense au champ du Jugement dernier,
je ne sais pourquoi, je revois toujours l'immense
terrain de terre rouge, près de chez mon oncle, à
Dhaka. Le magicien qui s'est fait disparaître sous le
drap noir, à l'école, n'aura certainement aucun mal
à franchir le pont qui mène au paradis. Je suis absolument fascinée par cette vision du magicien tra-
versant le pont céleste sans être vu. Au fait, ce

magicien, il était hindou, puisqu'il s'appelait Samir
Chandra. Est-ce à dire qu'un hindou pourrait franchir le pont? Mais Dieu, que fera-t-Il de lui ensuite?
Le renverra-t-Il en enfer, puisqu'il s'agit d'un infidèle, ou l'admettra-t-Il en Son paradis, puisqu'il
aura passé le pont? Si j'étais juge de l'affaire, je
l'admettrais au paradis. Pourtant j'ai maintes fois
entendu dire que tout hindou, quels que soient ses
mérites, est condamné à finir en enfer, de par la
volonté formelle de Dieu. Mais comment Dieu a-t-Il
pu prescrire pareille chose à l'avance? Et si tout est
écrit d'avance, à quoi bon un Jugement dernier? Ne
serait-ce donc qu'une gigantesque comédie? Pourquoi les hommes se démènent-ils tant pour faire
partie de la troupe?

Mais, pendant que toutes ces réflexions se bousculent dans ma tête, je n'ai pas remarqué qu'une à
une les filles qui étaient là ont quitté la pièce et sont
entrées dans la chambre du pîr. Même Humayra. Je
me retrouve ici, sans rien d'autre à faire qu'à
attendre que Maman vienne me chercher. Impossible de dire quand elle aura fini tout ce qu'elle
fabrique dans cette maison! Chaque fois que je l'ai
accompagnée, nous sommes rarement rentrées
avant la nuit. Il est arrivé aussi parfois que, pour
une mystérieuse raison, alors qu'il était prévu de
rentrer très tard, Maman remette soudain son burkha et me dise qu'il était temps de nous en aller.

Aujourd'hui, en tout cas, Maman ne semble pas
pressée, ni inquiète de me laisser des heures dans
cette pièce. Je l'aperçois dans la chambre du pîr,
qui va de l'une à l'autre de ses compagnes leur chuchoter quelques mots à l'oreille. Rien de tel que les
chuchotis pour attiser la curiosité. Si seulement je
pouvais entendre ce qu'elle leur dit! Je devine
cependant qu'il s'agit de se répartir les tâches: à
qui d'éventer le Maître, de lui masser les jambes, de
lui préparer son sirop, ses chiques de bétel, à qui de
lui tendre le crachoir... Je sais que Maman n'esti-
mera pas en avoir fini dans cette maison tant

qu'elle n'aura pas recueilli sur sa tête ou ingurgité un peu de l'ambroisie tombée de la bouche de l'ami de Dieu.

J'essaie de voir le visage de la femme à l'oreille de laquelle Maman chuchote à l'instant. Mais rien à faire ! Tout ce que je vois, c'est la forme d'un énorme postérieur, rond comme le cul d'une marmite. C'est alors que je me livre à cette comparaison que deux filles arrivant dans la pièce bondissent, telle une bourrasque d'orage, à la fenêtre en me passant sur le corps, sans paraître se soucier le moins du monde de ma personne. L'une d'elles s'écrie : «Eh ! regarde, le voilà ! Muhammad, le fils de Fatemaapa ! »

Et l'autre d'ajouter : «Et celui qui est à côté de lui, la main sur son épaule, c'est le fils de tante Hazera, Muhammad ! »

Je comprends bientôt que cette fenêtre, à laquelle d'autres donzelles se sont précipitées, donne sur la cour extérieure de la maison du pîr. C'est là que se tiennent les hommes, au bord du bassin, avant que ne commence l'assemblée des disciples. Seuls les hommes très proches parents du pîr ont le droit de pénétrer dans la cour intérieure où sont les femmes. En revanche, la cour extérieure est ouverte à tous.

«Et, tenez, là, c'est Muhammad, le fils de Nurun-nobibhaï ! » clame une nouvelle voix.

Des rires fusent du groupe des filles. Elles rient en se couvrant la bouche avec un coin de leur foulard, et c'est à qui apercevra quelque chose par-dessus une épaule, par-dessous un bras, entre deux têtes, sous un menton... Celles qui sont devant ne laissent pas approcher celles qui, derrière, tentent de se faufiler au premier rang, en protestant : «Pousse-toi un peu ! Laisse-moi voir ! Chacun son tour ! » Bien qu'étant la dernière des dernières, j'entr'aperçois à un moment quelques jeunes gens tout de blanc vêtus, en pyjama et longue tunique, calotte sur la tête : je me demande bien ce qu'ont ces oiselles à vouloir à tout prix les contempler, ces garçons occupés qui à

faire les ablutions rituelles, qui à chasser un mous-
tique, qui à bâiller, qui à se gratter le cul !

D'autres filles n'arrêtent pas de se joindre au
groupe agglutiné à la fenêtre. Pour voir la troupe des
Muhammad. Comment se fait-il qu'ils soient si nombreux à s'appeler du même nom ? Voilà la question
qui me chatouille la gorge, comme un pépin de
tamarin. La cohue ne fait qu'augmenter devant
l'unique fenêtre de la pièce – celle-ci a été construite
avant que le pîr n'interdise les fenêtres. Les filles, de
leurs chambres, n'ont donc pas l'occasion d'apercevoir les innombrables Muhammad qui fréquentent
la maison d'Amirullah.

Tante Fozli, elle aussi, a un fils qui s'appelle
Muhammad, son fils aîné, qu'elle a eu après
Humayra, Sufayra et Mubashera. La pauvre tante
Fozli a beaucoup souffert des djinns, lors de la venue
au monde de chacune de ses filles. Ils l'ont nettement
moins tourmentée, après la naissance de Muhammad. Oui, mais voilà qu'elle a ensuite enfanté trois
autres filles coup sur coup, et les attaques des djinns
ont repris de plus belle. Sa fille aînée, Humayra, ai-je
entendu dire, vient elle aussi d'être possédée par un
djinn, il y a quelques jours à peine. Pendant trois
jours et trois nuits. Mais c'est monnaie courante chez
le pîr ; chacune à tour de rôle, les jeunes femmes de
la maison tombent victimes des djinns et le Maître
doit intervenir, en s'enfermant seul avec elles, dans
une pièce complètement obscure, pour les délivrer
de leurs souffrances.

À l'école, j'ai connu, chez une de mes camarades,
élève de la classe juste au-dessus de la mienne, un
cas de possession par un djinn. Junthi, qui a une
très belle voix, était un jour assise au pied d'un
banyan, dans la cour de l'école, et chantait. La
cloche avait sonné la fin de la récréation, mais Junthi était restée à chanter au pied de son arbre. La
cloche du cours suivant avait retenti et Junthi avait
continué à chanter, cheveux au vent ! S'en aperce-
vant, le *maulavi* qui nous enseignait l'ourdou l'avait

éloignée de force du banyan et déclaré devant ses
collègues accourus qu'elle était possédée par un
djinn, tandis que la Junthi en question exigeait à
grands cris qu'il la lâchât. Le professeur d'ourdou
n'en avait rien fait : bien au contraire, tout en la
maintenant d'une poigne de fer, il avait entrepris de
chasser le djinn qui possédait la pauvre petite. Pour
ce faire, il avait sanctifié un peu d'eau en récitant
quelques versets du Coran appropriés, puis en avait
aspergé le visage de Junthi, avant de la frapper avec
une branche de nim enflammée jusqu'à ce que Junthi s'affale de tout son long, inconsciente. Avec
toutes les autres filles de l'école, j'avais assisté à la
scène sans en croire mes yeux, pleine de pitié à
l'égard de ma pauvre camarade...

J'en ai marre d'être dans cette pièce à attendre
Maman. J'ai peur d'être à mon tour victime de
quelque djinn. Qu'il me faille à moi aussi rester
enfermée dans le noir avec le pîr Amirullah, qui me
battrait jusqu'à ce que mon corps soit délivré...

Enfin, alors que je suis recroquevillée de peur et
que la troupe de filles a quitté la pièce depuis un
moment, Maman vient en courant me prévenir
qu'elle ne rentrera à la maison qu'après la fin de
l'assemblée des disciples. Comme j'ai déjà quelque
expérience de ce genre de situation, cette nouvelle
est loin de m'enchanter. L'assemblée se tient dans
une vaste salle, avec un coin barré d'un rideau et
accessible directement de la partie de la maison
réservée aux femmes. Le sol est recouvert de tapis,
où il faut s'asseoir sur les talons, comme pour la
prière. Le pîr Amirullah ira s'installer sur une sorte
de trône, posé sur une estrade. Lorsque, la main
droite levée, l'air profondément sérieux, il fait son
entrée dans la salle, où flotte une forte odeur de
benjoin, tous les assistants se lèvent et saluent :
« *Assalamu alaïkum iya rahamatullah !* » Le bruit fait
trembler toute la pièce. Le pîr répond d'une voix
grave : « *Walaikum assalam* », tout en agitant la main
pour faire signe aux disciples de s'asseoir. Du côté

des femmes, qui baigne dans l'odeur de poudre, tous
les yeux soulignés au khôl se tendent avec avidité
vers le Maître entr'aperçu par les fentes du rideau.
Certains regards aussi s'attardent sur les hommes
qui composent l'assemblée des fidèles...

S'adressant à l'un de ses disciples, le pîr dit, les
doigts dans sa barbe : «Comprenez-vous bien, Abu
Bakar, ce monde est un monde de mensonges ! À quoi
bon s'enrichir sur cette terre ? Personne a-t-il jamais
rien emmené avec lui des richesses de ce monde, au
moment de passer dans l'autre ? Dites-moi ! »

Abu Bakar est un petit homme au teint foncé, à la
barbe noire, assis au premier rang. Il donne la
réplique : «Non, Maître, bien sûr que nous n'em-
porterons rien des richesses de ce monde !

— Dans ce cas, que choisirez-vous, entre l'amour
de Dieu et l'amour des biens matériels ? veut savoir
le Maître, parcourant du regard les têtes rassem-
blées à ses pieds.

— L'amour de Dieu, bien sûr, Maître ! » répond
gravement Abu Bakar.

Les femmes derrière leur rideau ont toutes les
yeux fixés sur cet Abu Bakar. Son nom court sur
toutes les lèvres, lui qui a l'honneur d'être aujour-
d'hui l'interlocuteur privilégié du Maître. Un honneur insigne ! De l'avis général, il en a de la chance,
cet Abu Bakar ; le Maître intercédera certainement
en sa faveur auprès de Dieu, lors du Jugement dernier. Habituellement, l'assemblée dure environ une
heure. Mais voici que le pîr s'est lancé dans une
description de la pauvreté dans laquelle vivait le
Prophète, n'ayant en sa possession qu'une vieille
couverture. Ce sujet déclenche les pleurs de tout le
public. Celui qui pleurera le plus fort en verra son
prestige d'autant augmenté, tout le monde le sait
bien.

Un autre moyen d'accroître son prestige chez le
pîr, ce sont les rêves. Ainsi tante Fozli s'est vue en
rêve, assise au bord d'une magnifique fontaine, en
grande conversation avec le Prophète Lui-même.

Tout autour d'eux, voletaient des oiseaux blancs,
une douce brise les caressait... Bien que tante Fozli
n'ait pu se souvenir de ce qu'ils disaient, le Maître
lui a assuré que sa place au paradis était réservée.
Cet événement n'a pas été pour peu dans le prestige
de tante Fozli en cette maison, depuis lors. Tout le
monde lui posait des questions pour savoir comment était le Prophète, à quoi il ressemblait. De
bonne grâce, elle racontait et re-racontait son rêve,
les traits brillants en parlant de la lumière intense
que diffusait le corps du Prophète, de sa beauté prodigieuse, de la douceur incroyable de ses mains...
Quand elle s'adonnait à ces récits, ses yeux se refer-
maient doucement, comme si elle sentait encore sur
elle le délicieux contact! Le Prophète l'avait tirée
par la main et ils étaient allés tous deux se baigner
dans la fontaine... C'est alors qu'elle s'était réveillée.
À la suite de cela, de nombreux disciples du pîr se
mirent à rêver du Prophète, ce qui les sortait de
l'anonymat. Maman se désolait de n'avoir jamais
été visitée par un rêve de ce genre. Au moment de
s'endormir, elle s'efforçait de fixer sa pensée sur le
Prophète, afin de rêver plus sûrement de Lui. En
vain. Elle s'imaginait alors que c'étaient ses péchés
qui rendaient la chose impossible...

Lorsque l'assemblée s'achève, les disciples mâles
vont l'un derrière l'autre se prosterner devant Amirullah et lui glisser dans la main quelques billets. Il
n'y a pas de montant fixe pour la hadiya, chacun
donne en fonction de ses possibilités; c'est le Maître
lui-même qui l'a dit.

S'étant incliné aux pieds de son maître avec le
plus grand respect, Abu Bakar se relève et lui dit:
«Maître, j'ai grand-peur, vous savez! La fin des
temps est proche, le Jugement dernier est pour
bientôt. Je n'ai plus l'esprit à mes affaires. Dans
l'autre monde, mieux vaut entrer les mains vides!
Qui peut dire comment il sera jugé? On ne s'en soucie guère pendant toute la vie... Ayez pitié, Maître,
seule votre miséricorde peut nous sauver!»

Le Maître le rassure : il aura pitié !

Après avoir reçu la hadiya et les respects des hommes, le pîr entre dans le gynécée. C'est au tour des disciples femmes venues de l'extérieur de se prosterner aux pieds du Maître et de lui remettre l'argent de la hadiya. Après quoi, le Maître s'étendra sur sa couche et les jeunes filles de la maison se précipiteront pour le masser.

Trouvant que cela a assez duré, je tire Maman par son foulard en lui disant d'une voix étouffée : « Maman ! Allons-y ! Rentrons ! Papa me frappera si, en revenant, il voit que je ne suis pas là !

– Tu vas me laisser tranquille, à la fin ? » me rabroue Maman en me faisant lâcher prise.

Je me retrouve seule dans la cour sombre, sous un hibiscus. On m'a souvent dit que les djinns s'emparaient des filles qui n'avaient pas les cheveux couverts. Je m'empresse de couvrir les miens sous mon foulard. Je n'ai l'habitude de porter ni pyjama ni foulard ; je suis encore beaucoup trop petite ! À la maison, je suis toujours en robe. Mais pas question de franchir le portail d'Amirullah sans être vêtu comme il l'entend. Car son domaine est un havre de pureté en ce monde.

Sur le rickshaw qui nous ramène chez nous, je demande à Maman : « Est-ce que Dieu avait vraiment besoin de garder pendant tant d'années l'ange Israfil prêt à souffler dans sa trompe ? Dieu savait bien en effet quand viendrait l'heure du Jugement dernier. Il aurait pu attendre pour donner ses ordres à Israfil. Le pauvre ! Condamné à rester immobile pendant tout ce temps… !

– C'est Dieu qui a créé ce monde et l'autre, me répond Maman, de dessous son burkha. Israfil n'est qu'un ange. Les anges sont là uniquement pour obéir à la volonté de Dieu. Quant à toi, tu ne dois pas poser de questions sur les actes et les desseins de Dieu. Tu dois seulement redouter sa puissance.

– Mais ton pîr dit qu'il faut tomber amoureuse de

Dieu, Maman? Je ne comprends plus : que faut-il faire en vérité – en avoir peur ou l'aimer ? »

J'avais toujours eu du mal à prononcer claire-ment, sans hésiter, des mots tels que aimer, amour, amoureux... Comme si pesait sur eux un secret interdit. Un interdit dans le cas des hommes et des femmes seulement, certes. Car j'ai souvent entendu dire que c'étaient les gens peu recommandables qui tombaient amoureux. J'ai vu tante Jhunu aimer en cachette. Je sais que Dada écrit en douce des poèmes à une certaine Anita. Selon Dada, il y a *quelque chose* entre tante Jhunu et oncle Rasou. Mes camarades d'école ont, elles aussi, honte de pronon-cer le verbe aimer, elles préfèrent dire qu'il se passe quelque chose entre un tel et une telle. J'ai eu du mal au début à comprendre ce qui se cachait derrière ce quelque chose. Puis, quand j'ai enfin compris, je me suis mise comme les autres à parler de *quelque chose*. J'ai remarqué que c'était une expression uni-versellement partagée, où que j'aille.

Cependant, je n'ai jamais entendu, chez le pîr, qu'il y avait *quelque chose* entre Amirullah et Dieu. On ne se prive pas de prononcer le mot amour, au sujet de leur relation. Alors que, se gardant bien de dire, à propos d'Humayra et son cousin Atik, qu'ils étaient amoureux, on affirme, ou plutôt on chu-chote en secret, qu'il y a *quelque chose* entre eux deux. En même temps, on ne se gêne pas pour pro-clamer haut et fort qu'Humayra aime Dieu passion-nément.

Quand j'aborde ce problème, Maman me réplique invariablement : « Il y a un certain nombre de choses qu'on ne peut dire qu'au sujet de Dieu ! »

Mais je poursuis mon argumentation : « Tu as dit toi-même, Maman, que Dieu a tout écrit dans Son cahier, de la naissance à la mort de chaque individu, Même qui se mariera avec qui. De même, qui ira au paradis et qui en enfer. Si tel est le cas, tiens, par exemple, Abu Bakar, s'il est écrit qu'il ira au para-dis, il n'est pas possible qu'il aille en enfer, même

s'il commet des tas de péchés ? Et moi, si Dieu a
écrit que j'irai en enfer, quel besoin ai-je de faire
appel à sa pitié ? Est-ce à dire qu'il arrive à Dieu de
modifier ce qu'Il a écrit ? »

Lorsque je m'arrête, sans avoir repris mon souffle,
Maman, excédée, me rétorque : « Toi qui restes toujours muette devant les autres, quand tu es avec
moi tu te rattrapes !

— Mais, j'insiste, si Dieu est vraiment tout-puissant, c'est possible, n'est-ce pas ?

— Oui, c'est possible ! répond enfin Maman. Dieu
peut faire tout ce qu'il Lui plaît. Il suffit qu'Il exprime
Sa volonté pour qu'elle se réalise. Sans elle, rien ne
peut se faire dans le monde. Sans l'ordre de Dieu,
aucune feuille d'arbre ne bouge ! »

Maman a laissé glisser le haut du burkha noir qui
la recouvre de la tête aux pieds, comme pour examiner la route devant elle et repérer d'éventuels trous
où elle pourrait tomber. Fixant ses yeux que j'aperçois briller dans le noir, je lui demande : « Imagine,
est-ce que Dieu peut créer, par exemple... une fleur
à partir de rien ?

— Oui, répond Maman.

— Suppose que Dieu ait un mouchoir dans la
main ; est-ce qu'il peut en faire sortir un pigeon, par
exemple ?

— Oui, bien sûr !

— Mais le magicien qui est venu un jour dans
notre école, lui aussi il en est capable. Lui aussi
peut, comme Dieu, se dissoudre dans l'air ! dis-je
d'un air triomphant.

— Mais qu'est-ce que tu racontes ? s'emporte
Maman. Tu dois avoir vraiment perdu la foi, pour
sortir des horreurs pareilles ! Tu oses comparer un
magicien à Dieu ! Mais quel culot ! Espèce de sale
fille ! Et moi qui espère toujours tant et tant, lorsque
je t'emmène chez le Maître ! C'est ton père, certainement, qui t'apprend tout ça ! Je m'en vais te coudre
les lèvres, si tu continues une minute de plus ! »

La colère de Maman me coupe mon élan. Je ne réplique rien.

Je me souviens que Maman avait dit qu'un certain Abdul Kader Jilani était, sur l'ordre de Dieu, ressorti vivant de sa tombe. Je suis sûre que le magicien pourrait en faire autant. Mais ce n'est pas le moment d'aborder ce sujet. Je n'ai pas envie d'essuyer davantage de reproches ou d'injures. Pourtant une autre question me turlupine, et, au bout d'un moment, sans crier gare, elle me jaillit des lèvres : « Pourquoi est-ce que les djinns tourmentent tellement les familiers du pîr ? Cela ne nous est jamais arrivé à nous ! Pourtant, tu dis que Dieu Lui-même fréquente la maison d'Amirullah... Comment se fait-il que les djinns osent y venir, sans craindre la colère divine ?

— Cette fois-ci, ça suffit ! réplique ma mère en m'enfonçant un coup de coude bien senti dans le ventre. Dès qu'on sera à la maison, tu feras pénitence et, au moment de la prière, tu demanderas pardon à Dieu ! Tu n'as même pas peur de Lui ! C'est pour ça qu'il te vient toutes ces idées dans le crâne ! »

Je n'ai donc toujours pas de réponses à mes questions.

Je viens trouver Maman avec le livre de sciences que nous étudions à l'école : « C'est Dieu Qui a fabriqué Adam et Ève, n'est-ce pas, Maman ?

— Créé, Dieu crée, me corrige-t-elle.

— Pourtant, regarde, dis-je en montrant mon manuel où figure un dessin représentant les premiers hommes. Est-ce que notre ancêtre Adam, créé par Dieu Lui-même avec de la glaise, allait tout nu et avait le corps couvert de poils ainsi, tel un singe, dans le paradis ?

— Écarte-toi, allez ! Hors de ma vue ! me lance-t-elle en tordant le nez comme devant une terrible puanteur. Disparais de là ! Tout ce qu'il y a dans ce

livre, ce sont des mensonges ! Il n'y a de vérité que
de Dieu. Lui seul enseigne ce qui est vrai. »

Face à cette fureur, je n'ai plus qu'à m'écarter. Je
ne peux envisager de poser la question à Papa. Dès
que je me trouve auprès de lui, les mots se coincent
dans ma gorge. Où est la vérité : du côté de Dieu ou
du côté de la science ? Qui m'apportera une réponse ?
Je vois peu de logique dans l'enseignement de Dieu.
Logique – c'est un mot que j'ai appris récemment,
en entendant Papa dire : « Tu ne dois rien faire sans
logique ! Avant d'entreprendre quoi que ce soit, tu
dois d'abord interroger ta raison ; si elle te répond
qu'il est justifié de faire telle ou telle chose, alors
fais-la. Tout être humain est doué d'une capacité
qui s'appelle la raison. L'homme est un animal,
mais un animal rationnel. L'homme ne peut se distinguer de l'animal qu'à la condition de faire fonctionner son esprit. »

Bien sûr, Papa a entrepris de m'expliquer cela le
jour où, en jouant avec des allumettes, j'ai failli
mettre le feu à un tas de paille dans la cour. Selon
Papa, c'est toute la maison qui aurait pu s'évanouir
en fumée !

Je vois certes plus de logique dans les enseignements de la science. Quand je lis que Dieu a chassé
Adam et Ève du paradis, j'ai vraiment l'impression
de lire une histoire. Comme un conte de fées. Si je
fais part de cette impression à Maman, je m'attire
un : « Si tu continues à débiter pareilles insanités au
sujet de Dieu, un de ces jours ta langue va tomber,
tu vas voir ! »

Intriguée par cette menace, je m'enferme dans
ma chambre pour mener à bien un test. Il consiste
à répéter à plusieurs reprises : « Dieu, tu es Satan !
Dieu, tu es méchant ! Dieu, tu es vilain ! Dieu, tu es
un salaud ! » J'ai beau renouveler l'expérience plusieurs fois, rien ne se passe. Ma langue reste toujours à la même place. Voilà, j'ai la preuve qu'on
peut insulter Dieu sans danger pour sa langue :
Maman se trompe !

J'ai aussi acquis la preuve que Dieu ne nous donne pas ce qu'on Lui demande. Combien de fois Lui ai-je demandé, au moment de la prière, paumes des mains tendues vers Lui, de me donner des bonbons et autres friandises, comme celles que mes oncles allaient s'acheter à la boutique du coin ! Un cheval de bois, aussi beau que celui qui était à l'école de Rajbari… ! Mais personne ne m'a jamais rien donné de tel. Combien de fois aussi L'ai-je supplié de faire mourir de la lèpre oncle Aman et oncle Shoraf ! Pourtant, ils sont toujours bien en vie et même en parfaite santé.

Maman demande souvent à Dieu, dans ses prières, que Papa meure dans d'atroces souffrances. Cela n'empêche nullement Papa d'être en pleine forme. On ne le voit jamais couché, pas même pour un accès de fièvre. Moi, en revanche, il m'arrive fré-quemment d'être clouée au lit par ce genre d'incon-vénient : mais c'est toujours une grande joie, car me voilà pour un temps libérée des études ! Papa me parle plus gentiment, me caresse les cheveux… Enfin des moments où la tendresse de Papa n'est plus inaccessible. Il m'apporte des grappes de rai-sin, des oranges, dont je me régale couchée, sous le nez de mes frères et de ma sœur. J'attends qu'ils tendent la main pour leur donner royalement un grain ou une tranche. Maman me fait avaler des morceaux de gingembre au sel. Lorsqu'il faut se soigner, prendre des médicaments, la fête est finie ! Je n'ai plus du tout envie d'être malade quand Papa me bourre de pilules et autres gélules. Après lui avoir juré de les prendre, je m'empresse de les jeter par la fenêtre, ni vu ni connu, dès qu'il a le dos tourné. Certes, comme, au bout d'une semaine, je suis toujours fiévreuse, Papa commence à se douter de quelque chose. Il s'occupe alors lui-même de me faire absorber les cachets qui me restent en travers du gosier et que je recrache aussitôt. Mais Papa ne se décourage pas : il n'est pas du genre à me lâcher tant que les médicaments ne me sont pas rentrés dans le ventre !

En l'absence de Papa, Maman me soigne en me soufflant sur la poitrine, après avoir récité des versets du Coran. J'aime sentir son souffle chaud sur moi. C'est bien mieux que ces cachets horriblement amers. Mais elle me fait aussi avaler un grand verre d'une eau à l'aspect douteux – de l'eau sanctifiée par le Coran. Quand je guéris enfin, Maman prétend que c'est à cause de son souffle et de cette eau rapportée de chez le pîr... et Papa se réjouit que ses médicaments aient été efficaces.

En dehors des jours de fièvre, je me sens toujours aussi distante de Papa. Quand il s'approche de moi, c'est comme si je me retrouvais face à une divinité étrange, dont la vue me glace les sangs. Heureusement qu'il y a ces périodes de maladie, où, assis au bord de mon lit, il m'explique : « La fièvre est un symptôme de la maladie ; cela veut dire qu'il y a des microbes qui sont entrés dans ton corps et qui t'ont rendue malade ; ces médicaments que je te donne contiennent des substances qui détruisent les microbes ; quand ces substances pénètrent dans le corps, elles tuent les microbes, éliminant ainsi la maladie, tu comprends ? » J'apprécie la logique des explications de Papa et il me paraît alors moins lointain.

Quand des gens du bustee, derrière chez Grand-mère, tombent malades, ils ne se soignent qu'avec le souffle. C'est ainsi que pendant des jours Getu a été soigné par le maulavi du quartier, qui venait lui souffler sur tout le corps, après avoir récité des passages du Coran, et lui faisait boire de l'eau sanctifiée de la même manière. Et le pauvre Getu, âgé d'à peine six ans, a fini par mourir, enflé comme une outre. Le souffle du maulavi n'a pu non plus vaincre la folie qui avait frappé tante Jhunu. Maman, de son côté, avait demandé à un de ces experts en souffle de traiter Papa, afin de le délivrer de l'influence néfaste de Raziya Begum. Comme il n'était pas possible de

souffler directement sur Papa, le maulavi était venu
souffler, en son absence, sur sa chambre, aux quatre
coins de laquelle il avait dissimulé quatre fils de
coton noués. Avant de repartir, le maulavi avait
assuré Maman que son mari allait lui revenir très
rapidement. J'avais entendu Maman et Grand-mère
tenir des conciliabules à ce sujet. Quoi qu'il en soit,
Papa n'était revenu ni rapidement ni lentement,
Maman était bien placée pour le savoir ! Cela ne l'a
pas empêchée de continuer à croire aveuglément en
la puissance du souffle sanctifié.

Selon Maman, donc, tout ce qui est écrit dans
mes livres d'école est faux. Mais je ne peux pas le
croire. Avant qu'elle commence à fréquenter le pîr,
Maman n'avait jamais adressé aucun reproche à
mes livres d'école ; au contraire, elle se plaignait
souvent de n'avoir pas pu continuer ses études elle-
même. Il lui arrive encore de le regretter, mais ce
qu'elle regrette, ce ne sont pas les connaissances,
c'est l'incapacité, où la maintient son manque d'instruction, de trouver un emploi qui lui permettrait
d'être assez indépendante pour claquer la porte de
la maison et quitter Papa.

Quand je pense aux changements que je constate
en Maman, je ne laisse pas de me demander si elle
a raison ou si elle fait une grave erreur. Je ne comprends pas pourquoi elle en veut tellement à l'école
maintenant, cela me paraît complètement irration-
nel : après tout, beaucoup de gens instruits, passés
par l'université, ne se passionnent pas comme moi
pour ces questions concernant les origines du monde
et de l'homme ; la plupart ne remettent pas en cause
la Parole de Dieu, ils l'acceptent telle quelle – sinon,
comment continueraient-ils à faire leurs prières, à
jeûner durant le mois de Ramadan ?

Derrière chez Grand-mère, s'étend le bustee, le
quartier des gens de rien. Devant, ce sont les habi-
tations des gens instruits. Ils n'en sont pas moins
religieux que les autres, n'en traitent pas Dieu avec

moins de respect. Papa lui-même fait le jeûne du
Ramadan. J'avais d'ailleurs très envie de le faire
moi aussi, quand j'étais plus petite. Midi venu, Papa
me disait : «Il faut que tu manges quelque chose à
présent !

— Non ! répliquais-je en secouant la tête. Je jeûne.

— Soit ! mais tu peux bien rompre le jeûne maintenant. Ça ne t'empêchera pas de participer au repas
de rupture de jeûne ce soir, avec les adultes. Ainsi, tu
auras fait deux jeûnes dans la même journée !»

Je comprenais bien que cette argumentation ne
visait qu'à me faire manger. Si je tenais tant à observer le jeûne, ce n'était pas pour faire plaisir à Dieu
mais parce que j'avais remarqué que les enfants
étaient beaucoup plus gâtés par les adultes, pendant tout le temps qu'ils jeûnaient. D'autre part,
cela ressemblait fort à un jeu – jouer à jeûner !
Quand la partie était finie, il fallait s'asseoir devant
des plats remplis de riz soufflé, de pois chiches ger-
més, de boulettes de lentilles, de beignets d'aubergine, de jalebis bien chaudes... jusqu'à ce que la
sirène donne le signal de manger.

Le mois de Ramadan terminé, Papa distribue les
vêtements neufs qu'il a achetés pour chacun de
nous, les saris pour Maman ; déjà, il achète le bœuf
ou les chevreaux destinés au sacrifice de la grande
Îd. C'est à cela que se limite son activité religieuse.
Certes, il lui est bien arrivé d'engager un maulavi
qui est venu à la maison pendant un certain temps
lui donner des cours d'écriture arabe. Sans révéler
d'ailleurs à personne la raison de ce soudain
engouement. Je me souviens cependant de l'avoir
entendu dire à Maman, un soir, peu avant qu'il
engage son maulavi, qu'il avait vu, chez un de ses
patients, un homme tout à fait curieux : avec de
longs cheveux et une longue barbe, des vêtements
tout déchirés... L'homme avait écrit le mot Dieu en
arabe sur un bout de papier et voilà qu'on entendait
clairement ce même mot, comme s'il sortait du
papier... ! Papa avait pris le papier entre ses mains,

mais il avait beau eu le retourner dans tous les sens, il n'avait trouvé aucun truc. Et l'homme n'avait aucune machine dissimulée dans ses poches. Papa était vraiment plongé dans la plus grande perplexité – à la vive satisfaction de Maman, qui se mit à pousser des cris d'admiration devant un tel prodige.

Papa était tellement obsédé par ce qu'il avait vu là qu'il en oubliait de manger, en perdait l'appétit. Et c'est ainsi que, quelques jours plus tard, un maulavi des environs, connu sous le surnom de Voit-pas-la-nuit, se présenta un soir à notre porte, un alphabet arabe sous le bras, pour donner des leçons à Papa. Bien sûr, cette lubie lui passa vite. Après s'être efforcé d'épeler sérieusement les deux premières leçons, à partir de la troisième Papa proposa à son professeur de prendre le thé, prétextant qu'il n'avait guère envie d'étudier ce jour-là. On verrait bien le lendemain. Après avoir fait honneur à la collation, dans la salle extérieure, le maulavi prit congé. Il revint le lendemain, le surlendemain, plusieurs jours de suite, sans jamais trouver son élève ! Cinq jours plus tard, Papa se débarrassait de son professeur en lui payant l'intégralité d'un mois de salaire.

Voilà à peu près à quoi s'est limitée, à ma connaissance, l'emprise de la religion sur mon père – à deux jours ! Il ne lui en fallut pas plus pour redevenir comme avant : orgueilleux de lui-même, très strict, travailleur infatigable, coquet, soucieux de son élégance, avec ses cravates et ses vestons à l'occidentale, ses manteaux l'hiver et ses chaussures fermées toute l'année, toujours impeccablement cirées.

Boro-mama envoie chaque mois à l'adresse de Sans-Souci un numéro du magazine *Le Progrès*, qui nous sert surtout à faire des couvertures pour nos livres de classe. Tout au plus regarde-t-on les photos. Autrefois, Maman recouvrait nos livres et nos cahiers avec des emballages de ces biscuits que

Papa rapportait toujours en quantité à la maison.
Puis, mon sens esthétique commençant à s'affiner,
je me suis mise à découper des images dans des
calendriers – les plus beaux étant ceux du lait en
poudre Glaxo –, pour en venir aux illustrations du
mensuel de Boro-mama. Ce magazine est une
publication de l'ambassade soviétique, où mon
oncle travaille au centre culturel, en qualité d'édi-
teur adjoint.

Chaque fois qu'il vient en visite à Mymensingh, il
apporte quantité de livres, dont il laisse un certain
nombre chez nous. Sans doute dans l'espoir que mes
frères les lisent. Mais ni Dada ni Chotda ne les
ouvrent. Il n'y a que moi pour les feuilleter, les
après-midi paresseux. Défilent sous mes yeux *Lénine
pour les petits*, *L'Histoire de la Seconde Guerre mondiale*, *Origine et Raison du socialisme*, *La Mère*,
Enfance de Maxime *Gorki*, *À l'école de la terre*, etc.

Lorsque Boro-mama vient nous voir, Maman met
les petits plats dans les grands ; puis, après son
départ, elle se lamente : «Comme il a changé,
Miahbhaï! Un ancien étudiant de l'école coranique,
devenir communiste! Quelle honte!» La réaction
de Maman m'intrigue. «Qu'est-ce que ça veut dire
communiste, Maman?

– Qui ne croit pas en Dieu, voilà ce que ça veut
dire!» me répond-elle, la voix brisée.

C'est bien la première fois que j'entends dire qu'il
existe des gens qui ne croient pas en Dieu. Je n'en
reviens pas! J'avais certes entendu proclamer par
Boro-mama, avec beaucoup d'assurance, que Neil
Armstrong avait pissé sur la lune, que l'arabe était
une langue comme les autres, dans laquelle on pouvait aussi exprimer des grossièretés, mais personne
ne m'avait jamais dit qu'il ne croyait pas en Dieu.
J'aimerais bien savoir pourquoi il n'est pas croyant.
Mais comment faire? Boro-mama habite loin en
ville et, quand il vient nous rendre visite, il voit sa
petite princesse comme si elle était encore un
bébé... Il ne s'aperçoit pas qu'elle a grandi, mine de

rien, que mille questions se bousculent dans sa tête. La seule chose qu'il estime devoir faire à son égard, c'est lui fourrer deux ou trois bonbons dans la main, à cette petite écervelée décidément trop timide.

En tout cas, grâce aux livres laissés à la maison par mon oncle, j'ai acquis l'idée, bien que je sois encore à l'âge de porter des robes, que notre monde n'est pas qu'un univers de superstitions. Au moins, j'aperçois, au-delà de cet univers proche, un autre monde, plus vaste – un monde de raison. Sur la terre, il est des gens qui ne jeûnent pas pour le Ramadan, qui ne s'intéressent ni au Coran ni à la Tradition. Des gens qui ne font pas une seule puja de l'année. Qui ne se prosternent pas devant des statues d'argile. Qui ne fréquentent pas d'assemblées religieuses, qui ne se réunissent pas pour chanter les louanges de la divinité. Qui ne sont non plus, ni des bons pères ni des bonnes sœurs missionnaires, tout de noir vêtus. Oui, il existe autre chose que tout cela, sur notre terre.

Sur ces entrefaites, la maison est mise en révolution par la nouvelle en provenance de Boro-mama annonçant qu'il envisage de nous rendre visite prochainement en compagnie d'un étranger. Aussitôt, on entreprend un grand nettoyage : les sols brillent comme des miroirs, les lits ont droit à des couvre-lits tout propres, la table à une nappe, les fenêtres à de nouveaux rideaux...

Le jour dit, on nous fait passer à la douche de grand matin et nous habiller de nos plus beaux vêtements. Nous devons attendre sagement assis dans le salon. On nous a bien fait la leçon : quand le visiteur étranger, qui s'appelle Victor I. Piroïko, arrivera, il nous tendra la main et il faudra la lui serrer. Il faudra l'accueillir d'un aimable : «*How do you do* ?» comme on nous l'a appris. Là, nous aurons joué notre rôle, il ne nous restera plus qu'à disparaître. Il est décidé – en tout cas, Dada a décidé – que, puisqu'il est le seul parmi nous à savoir parler anglais, ce

sera lui qui déjeunera à la table de notre oncle et du
visiteur russe. Tout est parfaitement programmé.
Victor arrive, on se serre la main... mais j'ai beau
faire, le *How do you do*? tant répété ne veut pas me
sortir de la bouche. Peut-être cela me faisait-il trop
penser à notre jeu de *hadoudou*, qui sait? Même
aujourd'hui, je n'arrive pas à me débrouiller avec les
choses qu'on veut m'apprendre de force!

Après avoir fait honneur au repas très copieux
qui lui a été confectionné, Victor visite la maison. Il
va faire pipi derrière une sorte de cabane. De loin,
nous avons le grand étonnement de le voir pisser
debout!

Tel est mon premier contact avec un Blanc.

«Comment peut-on être si blanc?» s'écrie Maman,
qui a pourtant souvent vu des Anglais, dans sa jeunesse.

Cette visite dudit Victor laisse Dada émerveillé,
comme si elle avait sanctifié notre maison. Tout le
reste de l'après-midi, Dada le passe assis sur un fauteuil sur la véranda, songeur. Il a toujours sa chemise et son pantalon bien repassés, ses chaussures
bien cirées.

Mais le lendemain, lorsqu'elle rentre de Naomahal, Maman tient un discours différent: «Quelle
importance, d'avoir la peau si blanche? Vous avez
vu comment il pissait debout? Et il ne s'est même
pas rincé avec de l'eau après! Ce sont les démons
qui pissent debout! Mais c'est normal, un communiste! Ils ne croient pas en Dieu. Si j'avais su, je ne
me serais pas donné tout ce mal pour cuisiner!»

Car le monde, selon Maman, est plein de démons
partout.

Une timide favorite

L'école Vidyamoyi était l'école de filles la plus réputée de Mymensingh. Elle devait son nom à la sœur d'un maharaja, un certain Shashikanto ou Suryakanto, qui avait pris l'initiative de sa construction. C'était un énorme bâtiment de deux étages en brique rouge, posé sur une pelouse d'un vert éclatant, entourée de murs. La pelouse était plantée de banyans et de ficus. Sur un côté s'étendait un étang couvert de lotus. Tante Jhunu ayant étudié dans cette école, elle eut tôt fait, dès ma réussite à l'examen d'entrée, de me la décrire dans ses moindres détails. Je savais déjà tout de la disposition des salles de cours, qui enseignait quoi, et où se tenait le rassemblement pour l'appel…, avant de me retrouver assise par ses soins au premier rang de la classe de cours moyen. En me conduisant à l'école, le premier jour, elle m'avait chuchoté à l'oreille, réprimant un rire : «Tu verras, il est probable qu'une élève d'une grande classe vienne te trouver pour te dire…

– Me dire quoi, tante Jhunu ?»

Mais ma tante se contenta de se réjouir de mon air effrayé, sans rien dévoiler du mystère.

Il me fallut attendre le deuxième jour pour que quelque chose se passe. En début d'après-midi, nous avions une heure de récréation. Après avoir pris mon goûter, seule, debout près de l'escalier, je

regardais les autres élèves qui pour la plupart
jouaient à chat perché. C'est alors que je remarquai
une fille, manifestement d'une classe bien supérieure à la mienne, que je ne connaissais pas, et qui
pourtant, appuyée à la rampe, me dévisageait en
souriant. Embarrassée, je détournai les yeux, mais
j'avais à peine fait deux pas en direction de la salle
de classe, que je l'entendis m'appeler : « Eh ! toi, là-
bas, écoute un peu ! » Je sursautai.

Déjà, elle était à côté de moi et me demandait :
« Comment tu t'appelles ?

– Pourquoi me demandez-vous ça ? répondis-je.

– Mais parce que tu es très jolie, parbleu ! »
s'écria cette grande fille au teint couleur de miel, et
une longue tresse dans le dos. Puis, elle me prit la
main entre les siennes, en la pressant légèrement.
Je me dégageai aussitôt, raide comme un piquet.

« N'aie pas peur ! tenta de me rassurer l'inconnue.
Je ne vais pas te faire de mal ! »

Je n'osai lever les yeux. Mon cœur battait la chamade. Se collant encore un peu plus à moi, elle
murmura, pour être sûre que personne n'entende :
« Tu veux bien être ma *favorite* ? »

Je n'avais pas la moindre idée de ce que cela voulait dire. Terrorisée, je sentis les larmes me monter
aux yeux, puis rouler sur mes joues. Me les essuyant
avec ses doigts, la fille s'exclama : « Mais qu'elle est
bête ! Pourquoi tu pleures ? » Sur quoi, voyant monter dans l'escalier toute une troupe d'élèves, elle
s'écarta prestement.

Le plafond des salles de classe était tendu d'un
grand drap de couleur vive, que des *ayas* balan-
çaient à l'aide d'une corde, de l'extérieur, pour nous
éventer. Malgré cela, je transpirais rien qu'à l'idée
qu'une élève des grandes classes ait tenté de m'enlever, pour faire de moi je ne sais quoi, je ne sais où.

Le lendemain, la même fille vint me trouver au
même endroit, et me mit dans la main une goyave
bien mûre : « Dis donc ! Tu es drôlement timide, toi !

Tu n'es pas d'accord pour être ma favorite ? Allez… !
Dis oui ! Je serai très très gentille avec toi, tu verras !
   – Non ! » fus-je à grand-peine capable d'articuler.
   Toujours le sourire aux lèvres, elle essaya de nou-
veau de me prendre la main, mais je gardai le poing
fermé.

   À la sortie de l'école, plusieurs filles que je ne
connaissais pas vinrent me demander dans la plus
grande excitation : « Alors, c'est qui ta favorite ?
Cette grande fille, là-bas, n'est-ce pas ? »
   Tout cela me paraissait de plus en plus étrange.
Mes camarades n'arrêtaient pas de chuchoter à ce
sujet *qui était la favorite de qui*, personne ne voulant
révéler le nom de la sienne, comme s'il s'agissait du
plus grand secret au monde.
   Je dus donc recourir à tante Jhunu pour avoir le
fin mot de l'affaire. C'était une très ancienne coutume de l'école Vidyamoyi, que les élèves des
grandes classes établissent des relations de cœur
avec les plus belles élèves des petites. Elles devenaient leurs confidentes. Mais il fallait que cette
amitié reste secrète. Personne ne devait remarquer
qu'à la sortie, ou pendant la récréation, ou la pause
goûter, la grande fille et sa favorite se retrouvaient
discrètement, sous un arbre, au bord de l'étang ou
derrière un mur, pour se raconter leurs petites histoires, main dans la main, ou pour que la plus
grande donne ses menus cadeaux à la plus jeune.
   Mais j'étais sans doute trop bête, trop timide pour
faire l'expérience de pareille relation. Je n'arrivais
même pas à me faire des amies dans ma classe !
Personne ne me prenait pour partenaire de jeu. Et
quand c'était mon tour de venir au tableau, je restais bouche bée. Personne n'était aussi nulle que
moi. Même en cours de danse, de chant ou dans les
activités récréatives, je brillais par mon incapacité.
Un jour, en cours de bengali, le professeur me dit :
« Cite un nom de fleur ! » Souhaitant mentionner
celle qui répandait le meilleur parfum, je me retrou-

vai bien embarrassée, n'arrivant pas à me décider entre la rose, le jasmin, la fleur de shiuli ou de *bel*, ou bien encore cette fleur qui sent si bon la nuit... Mon silence prolongé finit par exaspérer le professeur qui lança : « Mais elle est idiote, cette fille ! »

En fait, j'étais muette. Et je ne pouvais donc articuler la fameuse phrase qu'il fallait prononcer debout – « *May I go to the bathroom ?* » – puisque l'usage était de poser la question en anglais aux professeurs, qui, selon leur humeur, pouvaient répondre oui ou non. En cas de réponse négative, on n'avait plus qu'à se rasseoir en retenant sa respiration, de manière éloquente.

Un jour, je me retrouvai en situation d'urgence. Même après la fin du cours, je me dirigeai vers les toilettes, dans un coin de la cour, à une allure normale afin que personne ne soupçonnât mon état. Je me mis dans la queue qui s'était déjà formée là, tout en m'efforçant de me retenir. Mais, gourde comme j'étais, je n'osai rien faire pour empêcher les filles venues après moi de me griller mon tour. Je sentais que je ne pourrais plus lutter longtemps. Finalement je fus emportée par l'assaut ennemi ! En un instant, mon pyjama blanc se retrouva fâcheusement coloré. Ne sachant où regarder, j'essayai de me confondre avec le mur... quand soudain quelqu'un me tira du péril. Ce fut cette grande fille qui s'approcha de moi pour me demander : « Que t'arrive-t-il ? Pourquoi restes-tu ici comme ça, toute seule ? » Oui, c'était bien celle qui avait essuyé mes larmes, qui m'avait offert une goyave délicieuse ! Ah ! si seulement le sol pouvait s'ouvrir sous nos pieds quand nous le lui demandons ! Que n'étais-je l'héroïne Sita, obtenant de la terre qu'elle la reprenne en son sein[1] ? Je sentais ma tête vaciller

---

1. Allusion à l'épopée indienne du *Ramayana*, dont Sita, l'héroïne, soupçonnée d'infidélité par son époux, bien qu'elle soit restée « pure », appelle la terre mère à s'entrouvrir sous ses pieds et à la reprendre, pour attester sa fidélité de femme. Sita était fille de la terre, puisqu'elle était née d'un sillon creusé par son père.

sur mes épaules, comme si elle allait rouler à terre d'un instant à l'autre. Comprenant ma détresse, la fille, après avoir pris l'avis de la principale, alla chercher mes affaires dans la salle de classe, puis, me les ayant remises, elle confia à Ramratiya, une femme qui s'occupait de nettoyer les toilettes de l'école, le soin de me ramener chez moi. Rien ne pouvait me mortifier davantage que le fait de m'être montrée dans pareille situation à la seule fille de mon école qui se fût intéressée à moi !

Je fis de mon mieux pour éviter que ma mésaventure ne connût trop de publicité à la maison. En vain. Comment cacher que je rentrais de l'école avant l'heure, avec un pyjama à la couleur suspecte, qui plus est accompagnée par la vidangeuse. Les adultes de la famille se mirent à rire en se pinçant le nez, tandis que les enfants éclataient carrément. Même Dada, qui avait pourtant acquis une solide réputation en ce domaine, se mit à danser en battant des mains :

> *À Vidyamoyi, Char-à-caca*
> *Y a pas loupé son pyjama !*
> *Car de l'école déjà, ah ! ah !*
> *L'a ramenée Ramratiya ! Ouah !*

Et pendant le mois qui suivit, il ne me traita plus à la maison que de *tranche-de-caca* ou *copine de Ramratiya*. Bien sûr, Maman le grondait parfois, tentant de me justifier : « Elle avait mal au ventre ce jour-là ! »

Ce n'était pas maintenant que j'allais devenir la favorite de quelqu'un ! Dès que j'apercevais de loin la grande fille, je prenais la direction inverse. Dès qu'on me regardait, j'étais persuadée qu'on pensait à la couleur de mon pyjama. Et j'en rougissais aussitôt jusqu'aux oreilles.

À la fin de la guerre, lorsque l'école rouvrit ses portes, on nous fit passer sans examen dans la classe

supérieure. L'hymne bengali – *Mon cher Bengale…* –
avait remplacé l'hymne pakistanais dans les rassemblements pour le salut au drapeau. Nous avions
toutes grandi, notre façon de parler, de penser,
avait quelque peu changé, acquis de l'assurance, un
certain entrain, comme un supplément de vie.
Comme si nous avions pris neuf années de plus en
neuf mois. Comme si nous n'étions plus des enfants,
mais déjà des jeunes filles. Certaines avaient vu leur
maison brûler, d'autres avaient perdu un frère, un
père, d'autres encore avaient une sœur violée, tombée enceinte, qui attendait avec anxiété la naissance
de l'enfant non désiré. Voilà le genre d'expériences
que nous avions traversées plus ou moins les unes
et les autres, dans un paysage de cadavres, dans un
vacarme de cris de douleur. Après tous ces événements, il n'était évidemment plus question de garder en mémoire le piteux épisode du pyjama taché !

Fini de rougir jusqu'aux oreilles quand la comp-
tine me désignait dans une partie. Fini de rester les
bras ballants quand sonnait la cloche et qu'il fallait
courir au gymnase ou bien occuper le terrain de
jeux, au moment de la récréation. Moi aussi je jouais
à chat perché, comme les autres. Certes, je continuais à obtenir un magnifique zéro au concours
annuel de sport, où brillaient tout particulièrement
Shahana et ses quatre sœurs – Hira, Panna, Mukta
et Jhorna –, nulles dans les études, en revanche.
Elles couraient comme des lapins et étaient aussi
bonnes dans toutes les épreuves : du cent mètres ou
du deux cents mètres jusqu'a ces courses du style
saut de grenouille, elles raflaient toutes les
médailles. Je n'arrêtais pas de dévorer des yeux
cette Shahana, tant ses prouesses me fascinaient. Et
je finis même par me lier d'amitié avec cette fille tur-
bulente.

Mais, au milieu de ces progrès de sociabilité, il
m'arriva encore une fois d'entendre mon cœur
battre la chamade, de devoir baisser les yeux, de
sentir rougir le bout de mon nez : *elle* m'avait

effleuré le bras et je m'étais mise à trembler de tout
mon corps, je me réveillai la nuit après avoir rêvé
d'*elle*, je passais mes journées le visage perdu dans
un sourire tout attendri à force de penser à *elle*...
Au moment de m'endormir, *son* visage flottait
devant mes yeux, *son* rire tintait à mes oreilles ; je
l'entendais parler, je *la* voyais marcher, agiter la
main, je voyais *sa* tresse dans *son* dos... je n'avais
jamais connu pareille beauté, pensais-je. Quand je
la regardais, j'oubliais tout. Un étrange frisson
s'emparait de moi.

Tout avait commencé ainsi : sur le chemin de
l'école, Chotda et l'un de ses copains, Milu, m'avaient
arrêtée pour me confier une lettre que je devais
remettre en main propre à une certaine Runi, élève
de terminale, pensionnaire à l'école. Milu était l'auteur de la lettre. On me recommanda bien d'agir en
sorte que personne n'ait vent de l'affaire, ni les
parents de cette Runi, ni ses camarades de classe.
Je trouvai donc la fille en question et lui remis discrètement la lettre. Elle ne la lut pas devant moi,
mais la glissa aussitôt dans son corsage. Pendant le
court instant que dura l'entrevue, je ne la quittai
pas des yeux. Des yeux d'une beauté extraordinaire.
Après qu'elle fut montée dans sa chambre, j'étais
restée un long moment appuyée contre le mur du
bâtiment de l'internat, encore sous le choc de tant
de beauté. Dès lors, je ne cessai plus de la chercher
des yeux parmi le millier d'élèves de Vidyamoyi.
Dans la salle de classe, assise près de la fenêtre, je
scrutais la pelouse, au cas où je la verrais soudain
apparaître à nouveau, ne serait-ce que l'espace
d'une seconde !

Deux jours plus tard, à la sortie des classes, Runi
vint me trouver, alors que j'étais au bord de l'étang
aux lotus, et me remit à son tour une lettre destinée
à Milu. Comme je restai sans bouger, la lettre à la
main, Runi finit par me demander : « Tu voulais me
dire quelque chose ? »

Je secouai la tête. Qu'aurais-je pu dire ?

«Tu es vraiment très timide, toi! Tu parles si peu! Viens avec moi, si tu veux. Montons à l'internat, bavarder un petit moment», proposa-t-elle.

Sur quoi, elle m'attira vers elle. Son corps sentait une odeur de fleur! Serait-ce elle, cette fleur du conte de fées, transformée en jeune fille? Je tremblais de bonheur. J'entendais mon cœur battre. Quelque part en moi, il y avait un lac et, sur ce lac, cent lotus s'ouvraient à la fois. Pourvu que Milu lui écrive encore, pourvu que Runi lui réponde chaque jour, me donnant l'occasion de la revoir, de me lier avec elle, de l'entendre me parler de sa voix légèrement enrouée, avec ses petits cheveux mousseux sur son front...

Je n'arrivais plus à m'intéresser aux études. Je ne cessais de remplir des pleines pages de mes cahiers avec le nom de Runi. Quand je faisais mes problèmes de maths, je me retrouvais invariablement à dessiner dans la marge les deux grands yeux noirs de Runi. Je commençai à collectionner les zéros. Toute ma vie – ma vie si limitée – ne tournait plus qu'autour de Runi. Délaissant le terrain de jeux, aux récréations, je préférais m'asseoir seule au bord de l'étang, totalement absorbée dans la pensée de Runi, dont même la surface de l'eau me renvoyait l'image. Sans fin je revivais ce moment où le bras de Runi m'avait effleurée dans un geste affectueux. Sans plus aucun intérêt pour mes poupées ou pour les parties de marelle, méprisant l'appel des comptines, je restais à l'écart sous mon arbre, n'attendant qu'une chose, dans le secret de mon cœur: sentir de nouveau sur mon bras la douce caresse de Runi.

En fin de compte, je n'eus jamais la possibilité de passer de longs moments d'intimité avec Runi. Et durant les trop rares instants, plutôt frustrants vu leur brièveté, où nous nous retrouvions, c'était elle qui parlait. J'étais sans doute trop éblouie pour dire un mot, quand nous étions assises côte à côte sur

les marches de l'internat ou sur son lit. Comme si la
fleur devenue princesse était sortie du livre de
contes… Je n'avais qu'un seul désir : l'aimer de tout
mon cœur, dans le secret le plus absolu, d'un
amour éperdu. Je souhaitais pouvoir lui raconter
toute mon histoire en un seul regard. Il me suffirait
d'un seul effleurement de nos mains, pour que
m'appartienne tout le bonheur du monde.

Mais quand j'étais assise tout contre elle, enivrée
par son parfum de fleur, ivre de tendresse, la timi-
dité me faisait baisser les paupières. Avant de rentrer à la maison, il me fallait bien sûr enlever les
bracelets et colliers, petits cadeaux de Runi. Papa
ne tolérait pas les ornements. Maman m'avait fait
percer les oreilles, dans l'espoir de me mettre des
boucles, mais quand Papa l'avait appris, il lui avait
passé un de ces savons ! Pas question de nous voir
porter le moindre bijou. J'avais, un jour au retour
de l'école, acheté des bracelets de verre à un vendeur ambulant sur le trottoir ; en les voyant, Papa
me les avait aussitôt confisqués et, les jetant par
terre avec rage, il les avait cassés en mille morceaux. Cela m'avait rapporté une belle paire de
claques, accompagnée par ces mots : « Et si je te
revois avec ce genre de choses, je te casse les os,
compris ? »

Le jour où je m'étais avisée de me passer les pieds
à la laque rouge[1], il m'avait aussitôt bondi dessus
en me disant : « Comment se fait-il que tu aies les
pieds en sang ? Tu t'es coupée… ? » Maman avait
tenté de me justifier en expliquant, sur un ton de
plaisanterie : « Pourquoi veux-tu qu'elle se coupe ?
Les filles adorent mettre ce genre de choses ! Juste
pour s'amuser ! »

Mais peu importe ! Je n'avais nul besoin de porter
sur moi les petits cadeaux de Runi, puisque j'avais
son amour au cœur, bien tellement plus précieux !

---

1. Usage ornemental surtout en vigueur chez les femmes hindoues.

Du temps où j'étais ainsi prise de passion pour cette
Runi, il m'arriva une nuit de me réveiller dans un
état second. Mon lit brillait, inondé de clair de lune.
Une force inconnue me tirait hors de ma couche,
dirigeant mes pas vers le pauvre grabat, étendu à
même le sol de la cuisine, d'une fille de rien, et me
faisant glisser sous sa couverture, dans la
pénombre.

Moni avait été réengagée chez nous depuis quelque
temps, mais elle avait grandi, était devenue une
vraie jeune fille. À la suite du regrettable incident
entre Papa et la mère de Renu, celle-ci avait été aussitôt chassée par Maman qui, après avoir essayé
diverses filles du bustee, en était revenue à Moni,
qu'on avait un jour retrouvée à demi morte de faim,
assise au bord de la mare, dans la venelle aveugle.

C'est avec le corps à moitié endormi de cette
Moni que je jouai, cette nuit-là, après l'avoir déshabillée, serrant entre mes mains les deux goyaves
soudain poussées sur sa poitrine. Personne n'avait
sans doute encore touché les jolis seins qui se
cachaient sous la chemise de Moni. J'étais certainement la première, à les caresser, à y poser des baisers, à les chatouiller de mon nez. Pressais-je contre
mon cœur une vieille amie, après une trop longue
séparation ? Ou Moni était-elle une poupée rapportée de la fête des Chars – ma poupée vivante ?

Personne ne sut nos jeux clandestins de cette nuit,
dans lesquels, oubliant les parties de marelle, la cuisine de dînette, les mariages de poupées… je décou-
vrais avec émerveillement les trésors du corps
– j'ignorais jusqu'alors qu'il contînt un double
caché ! – au rythme du galop impétueux de la vie.

Je n'en revenais pas qu'une fille aussi peu dégourdie que moi ait pu provoquer en secret pareil événement. C'en était fini de faire le facteur pour Runi
et Milu ! C'était mon tour d'écrire des lettres sur ce
papier orné de fleurs et de feuilles avec des oiseaux
voletant à la ronde, que j'allais chaparder dans le
tiroir de Dada. Des lettres auxquelles Runi répon-

drait. Des lettres où je sentirais le parfum de la fleur qu'elle était auparavant dans le conte.

Mes émois demeuraient bien sûr inconnus à la maison. Je commençai à mener une double vie. L'une, officielle, où je recevais les claques et taloches de Papa et Maman, et l'autre, tout intime, où m'éloignant des amusements de l'enfance, je plongeais tête la première dans le lac de l'amour.

Mais : «*Chatranam adhyayanam tapah*[1]. Il n'est qu'une ascèse pour les écoliers : l'étude, me serine Papa. Il n'est rien de plus précieux que le savoir. Tous les grands esprits en sont d'accord. Qu'ont-ils dit à ce sujet ? »

Inutile pour moi de répondre, car Papa a trop envie de le répéter lui-même : «Ils ont dit : l'effort est toujours récompensé. Tu dois donc en mettre un coup, n'est-ce pas ? Fini de t'amuser, de paresser ! Ne pense qu'à t'instruire. À devenir savante. Tu verras comme on te respectera plus tard ! Comme tu te sentiras fière ! Tu ne dois pas étudier pour me faire plaisir, mais pour toi-même. Même les fous savent bien leur intérêt ! Et si tu n'étudies pas sérieusement, dans l'idée que, puisque tu es nourrie logée chez ton père, tu n'as pas besoin de faire tant d'efforts, que tout te tombera rôti, alors tu sais comment tu finiras, n'est-ce pas ? Tu finiras mendiante dans les rues. Voilà pourquoi il faut te consacrer entièrement à apprendre. À accumuler le savoir. À t'élever, digne de l'humanité. Tu verras, tous tes efforts paieront un jour. Les cultivateurs ménagent-ils leur sueur pour obtenir une bonne récolte ? Si tu passes ton temps à t'amuser, à bavarder, à faire des bêtises, tu n'obtiendras rien de bon. Comment les gens deviennent-ils médecin ou ingénieur, avocat ou juge ? En travaillant jour et nuit d'arrache-pied ! Tu ne dois pas aller te coucher avant dix heures du

---

1. Maxime sanskrite, dont le sens est donné à la phrase suivante.

soir. Est-ce que tes répétiteurs viennent régulièrement ? »

Là, c'est à moi de répondre : « Oui.

– Si tu n'as pas de bons résultats au prochain
examen, je t'arrache la peau du dos, compris ?
menace Papa. Te voilà prévenue ! »

Le couinement de ses chaussures m'indique que
Papa s'est éloigné. C'est dans ses habitudes que de
venir à ma porte me déverser une pluie de conseils.
Il s'est promis de faire quelque chose de ses enfants,
il veut absolument qu'ils aillent loin. Après son
médiocre résultat, tout juste passable, à l'examen de
fin d'études secondaires, Dada a eu tellement peur
qu'il ne s'est pas montré à la maison trois jours
durant. Et, de fait, Papa l'attendait avec une solide
baguette de roseau à la main (après avoir pris la précaution de se doucher copieusement à l'eau froide
pour ménager sa tension !). Les camarades de Dada
qui avaient obtenu le même genre de notes s'étaient
tous vu offrir des friandises par leurs pères, tout à
la joie de voir leurs fils tirés d'affaire, même si
c'était de justesse.

Lorsque, trois jours plus tard, Papa avait fini par
retrouver Dada dans la rue, il l'avait ramené à la
maison en le tirant par l'oreille. Il avait mis les
points sur les i : s'il n'obtenait pas un bon résultat
au bac sciences, Dada serait chassé de la famille.
Papa engagea trois répétiteurs pour lui venir en
aide. Cela ne permit pourtant pas à mon frère de
dépasser la mention assez bien. Et ce n'est pas en
soulignant le fait qu'il avait frôlé la mention supérieure qu'il pouvait calmer Papa. En effet, dans la
foulée, il se présenta deux fois en vain au concours
d'entrée en fac de médecine, sans même avoir son
nom sur la liste d'attente. C'est à cette époque-là
que Papa commença à avoir de sérieux problèmes
de tension, pour lesquels il se bourrait de médicaments. Après un crime aussi impardonnable, Dada
ne tarda pas à remarquer que c'était tout juste si
Papa ne lui reprochait pas sa présence à la maison.

Bien qu'il affectât le plus grand détachement, il devait drôlement souffrir devant sa platée de riz arrosée d'un peu de jus accompagné de quelques os, pendant que Papa donnait les meilleurs morceaux à Chotda.

Chotda avait droit aussi à quatre répétiteurs : un pour les mathématiques, un pour la physique, un pour la chimie et un pour l'anglais. Il allait prendre ses cours chez eux tous les après-midi. Le mien par contre se déplaçait chez nous. De même que celui de Yasmine. Ils venaient en fin d'après-midi, après l'école. Plus j'avançais en âge, plus j'avais de répétiteurs. Alors que Dada et Chotda devaient, selon les ordres de Papa, rester à leurs bureaux jusqu'à minuit, la limite que m'avait assignée la volonté paternelle était dix heures, et huit pour Yasmine. Étant donné leur âge, Papa n'exigeait pas de mes frères qu'ils étudient en lisant à haute voix ; mais c'est ce que Yasmine et moi devions faire, de manière que Papa puisse, de sa chambre, savoir si nous travaillions ou dormions. Souvent, j'avais les paupières qui papillotaient dès huit heures ; Papa ne tardait pas à venir me trouver pour me dire, en me secouant par le bras : « Allez, va donc te mettre une goutte d'huile de moutarde dans chaque œil ! Ça t'empêchera de t'endormir ! » Et je ne coupais pas au supplice.

Chotda, de son côté, passait la plus grande partie de la soirée à dormir sur sa table, jusqu'à ce que le grincement du portail noir se fasse entendre. Je me précipitais alors vers lui pour le réveiller en le secouant sans ménagement : « Vite, réveille-toi, voilà Papa ! » Chotda émergeait avec le plus grand mal ; découvrant un livre tout humecté de salive, il levait vers moi des yeux rouges comme du piment séché, le bas du visage maculé de bave. Il se mettait mécaniquement à lire, tout en remuant frénétiquement les jambes. Il ne lisait pas, en vérité, il se contentait d'émettre un son entre ses dents, qui donnait le change. De loin, Papa pouvait penser que son génie de fils allait encore une fois lui décrocher le premier prix, pour son plus grand prestige.

Tant que Papa était à la maison, chacun parlait à voix basse. Il régnait un calme de cimetière, comme si les quatre enfants du foyer se préparaient tous à devenir de grands philosophes ou de grands savants.

À Dada, Papa adressait ce genre de propos : « Cet âne a été incapable de faire quoi que ce soit ! J'aurais tellement voulu qu'il fasse des études de médecine ! Mais il a échoué chaque fois… Il ne te reste plus qu'à passer une licence quelconque et à trouver un emploi dans un bureau, voilà ce qui t'attend ! Essaie au moins de te faire admettre dans une université ou une autre. Tu vois, ton ami Jahangir, lui, il est en fac de médecine à présent ! Et Fayçal aussi. Ne me dis pas que tu avais moins de cervelle qu'eux ! Que tu mangeais moins bien qu'eux ! Je t'avais donné trois répétiteurs, mais ça n'a servi à rien. Tu devrais avoir honte ! À ta place, je n'oserais plus me montrer nulle part, tiens ! »

Mais, quand venait le tour de Chotda, c'était du genre : « Oublie tout ce qui n'est pas les études, Kamal ! Tu vis à présent la partie la plus précieuse de ta vie, sais-tu ? Tu as décroché les félicitations du jury au brevet. Ton avenir dépend maintenant de ton résultat au bac. Si tu veux être en tête de la compétition, il te faut améliorer encore tes notes. Tu vas faire des études de médecine. C'est normal, pour un fils de médecin ! Je ne veux plus te voir perdre ton temps à bavarder avec les copains. Tu dois donner un sacré coup de collier. J'avais beaucoup espéré que mon fils aîné serait médecin comme moi. Il n'en a pas été capable. Maintenant, tous mes espoirs reposent sur toi. Concentre-toi sur tes études, fiston ! Dix-huit heures par jour. C'est de toi, de tes résultats que dépend l'honneur de ton père, tu comprends ? Regarde, moi qui étais fils de paysan, je suis devenu médecin. Toi, maintenant, il te faut devenir un médecin encore plus diplômé, plus réputé que moi, tu m'entends ? »

Après avoir déversé ce flot de conseils de chambre en chambre, dès tôt le matin, Papa part à son travail. Son franchissement du portail noir est ponctué, à l'intérieur de la maison, par le bruit de quatre chaises qui raclent le sol. L'un des futurs philosophes court sur le terrain de jeux. Un autre s'affaire à tourner les boutons du poste de radio. Un autre encore se met à chanter à tue-tête, pendant que le dernier se jette paresseusement sur son lit. Décidément, ce portail noir nous sauve la vie, dirait-on, ses gonds bruyants nous avertissant des entrées et sorties de Papa, un son caractéristique que nous savons parfaitement identifier. Les yeux fermés nous savons ainsi si c'est Papa ou quelqu'un d'autre qui arrive.

Certes, Papa, comme l'ogre des contes de fées, connaît toutes sortes de ruses. Par exemple, il quitte la maison le matin en déclarant qu'il ne reviendra que le soir, alors qu'il revient à midi, ou l'inverse. Aussi n'accordons-nous qu'une confiance limitée à ses dires. Nous préférons rester sur nos gardes vingt-quatre heures sur vingt-quatre. Il lui arrive même d'essayer d'ouvrir le portail noir sans faire de bruit, afin de pouvoir nous surprendre tous les quatre. Et il ne se contente pas de nous faire sursauter en se plantant derrière nous sans crier gare : il y a toujours punition à la clé. Je me souviens qu'un jour il m'avait surprise à éplucher des légumes sur la véranda de la cuisine : il m'avait aussitôt asséné quelques bons coups sur le dos, tout en me ramenant d'une poigne de fer à ma table d'étude. Que de fois ne m'a-t-il pas trouvée à jouer avec d'autres filles dans la cour ? Après m'avoir bien giflée et chassé mes camarades de jeu, il me rasseyait manu militari devant mes livres et cahiers.

En recevant une de ses raclées, que de fois j'ai souhaité la mort de Papa, qu'il soit frappé d'une maladie foudroyante...

Nous avions chaque année trois examens, un à la fin de chaque trimestre, celui du troisième trimestre comptant pour passer dans la classe supérieure. À l'examen du premier trimestre, en anglais, j'obtins à peine la moyenne. Toutes les notes inférieures à la moyenne étaient inscrites à l'encre rouge – signal de catastrophe ! – et non à l'encre noire, réservée aux notes supérieures.

Ce piteux résultat m'attrista pour tout le reste de la journée. Et la peur ne tarda pas à m'assécher la bouche, sans que tous les verres d'eau du monde y puissent rien. Je me collai à Maman, dans l'espoir que, s'attendrissant sur mon sort, elle me soutienne, le moment venu. Je lui fis même des avances en lui disant que, finalement, elle avait raison : les études à l'école, qui vous enchaînent aux intérêts de ce monde, sont la pire chose qui soit. Mais je ne pensais qu'au moment où il faudrait montrer mon carnet à Papa et aux coups qui ne tarderaient pas à me pleuvoir sur le dos.

« Mets une chemise épaisse ! Ça te protégera ! » me conseilla Maman. Sitôt dit, sitôt fait, et je commençai à cuire… Mais, à ma grande surprise, Papa, au lieu de me battre, décréta le plus calmement du monde qu'il allait dès ce jour me donner lui-même des cours d'anglais. J'aurais cent fois préféré qu'il m'arrachât la peau des fesses ! C'était comme si le tigre du conte m'annonçait en me caressant le dos : « À partir d'aujourd'hui, je m'en vais te dévorer un petit peu chaque jour » ! Mais comment échapper à la volonté paternelle ? *Le juge change, la loi reste.*

Le soir, de retour à la maison vers huit heures, après avoir quitté ses patients, Papa enlève chemise et pantalon pour se mettre en lunghi. Puis, chaussant ses lunettes sur son nez et prenant au passage la baguette de roseau rangée sous son matelas, notre nouvel expert-pédagogue vient s'asseoir à côté de moi, à ma table de travail. Moi, j'ai un œil sur mon livre et un autre sur la baguette entre ses mains.

Papa a décidé de mettre l'accent sur la gram-

maire. Je tremble presque constamment car, si j'ai
le malheur de laisser échapper un bâillement le
roseau s'abat aussitôt sur mon dos. Le passé, le présent, le futur… toutes leurs variétés et sous-variétés,
Papa s'efforce de me les rentrer dans la cervelle :
c'est comme s'il m'ouvrait le crâne et me le bourrait de connaissances, puis le refermait en tapant
dessus à grands coups de roseau, pour être bien sûr
qu'elles n'en ressortiront plus jamais. Sans grand
succès, car dès le lendemain je me trompe, avec,
comme à mon habitude, un œil sur la baguette lui-
sante et l'autre sur mon livre, essayant de me tenir
droite, selon les instructions paternelles : « Il faut se
tenir bien droit, ce sont les gens paresseux qui se
tiennent de travers ! »

Dès la moindre erreur de ma part, c'est parti !
Plus mon dos déguste, moins ma tête marche ; les
fautes s'accumulent. Les larmes me montent aux
yeux, ce qui me vaut une nouvelle volée. Je voudrais
boire un verre d'eau, Papa refuse. Je n'ai pas le
droit de satisfaire le moindre besoin naturel. « Ce ne
sont que des prétextes pour ne pas étudier ! » ne
cesse-t-il de crier.

Quand la leçon est finie, Maman me passe une
crème sur le dos, pour calmer la douleur. « À quoi
ça sert de te battre comme une vache ? Il y en a qui
comprennent tout de suite ; et les autres, on a beau
les rouer de coups, ils n'y arrivent jamais ! Je me
demande comment tu réussiras à ton examen, à
force de lire toute la journée des romans. Quand
ton père est là, vous êtes tous sagement assis à vos
tables, mais dès qu'il a le dos tourné, c'est une vraie
foire ! Et toi, tu n'es pas en reste ! Un vrai diable ! Tu
ne rêves que plaies et bosses ! C'est bien fait pour
toi, va, si tu te fais battre jusqu'au sang ! »

Pour éviter les coups, je ne me préoccupe plus
que d'apprendre par cœur ma grammaire anglaise,
du matin au soir, au détriment des autres matières.
Les zéros pleuvent sur mes devoirs. Le redoutable
professeur de mathématiques m'expédie au coin, à

genoux. Le cours de sciences, je suis condamnée à le passer debout sur un banc, en me tirant les oreilles. D'autres me font tenir debout sur une jambe, comme les hérons, devant le tableau, pour que toute la classe profite du spectacle. Je commence à me bâtir une solide réputation de reine des cancres.

On ne saurait dire que ce que je perds de ce côté me vaut des profits de l'autre. Les rugissements de Papa ont le don de me faire paniquer et je réponds n'importe quoi à ses questions, si bien que les coups redoublent. À l'examen du deuxième trimestre, j'obtiens en anglais une note carrément catastrophique, du genre deux sur vingt ! Même Maman fait la grimace en commentant : « Quand j'étais en cinquième, notre professeur nous avait demandé si l'une d'entre nous savait dire *bouse de vache*[1] en anglais ? Eh bien ! j'étais la seule à le savoir ! Je fus capable de le dire, devant toute la classe : *cow-dung*. Ah ! si seulement j'avais pu continuer mes études, je serais sans doute professeur d'anglais aujourd'hui ! »

À la vue de ma note d'anglais, Papa a eu une telle montée de tension qu'il a fallu le transporter à l'hôpital. Papa à l'hôpital, cela veut dire la foire à la maison ! Quand le chat n'est pas là, les souris dansent. Nos tables d'étude ne tardent pas à se couvrir de poussière. Du matin au soir, ce sont les grandes réjouissances : séances de bavardages, discussions animées, chansons et musique… En fin d'après-midi, tout le monde se retrouve sur la terrasse, ordinairement zone interdite à pareille heure. Je passe des nuits à lire romans ou nouvelles, sans plus avoir à masquer la lumière dans ma chambre : quel confort ! quelle liberté !

---

1. Substance très importante dans la vie des Bengalis, à la campagne : séchée, elle sert de combustible domestique ; mélangée à l'urine de vache, elle est employée pour lustrer les murs et les sols des maisons en terre sèche. Mais la question du professeur pouvait aussi contenir quelque malice : en effet, l'expression correspondant au français *ne rien avoir dans le citron* se dit en bengali *avoir de la bouse de vache dans la tête*.

Mon grand fournisseur de livres, c'est une camarade d'école, Mamata. Un vrai rat de bibliothèque.
Je me suis liée d'amitié avec elle. Toujours assise au
dernier rang, elle passait les heures de cours à lire,
à l'abri des regards des professeurs. Un jour, elle a
même oublié de sortir de la salle de classe, après la
cloche, et elle est restée à lire là, toute seule. Au
point que le factotum chargé de fermer les classes
avec des cadenas chaque soir l'a bel et bien enfermée sans que ni lui ni elle ne s'en rendent compte.
Elle a donc dû passer toute une nuit ainsi prison-
nière. J'ai été la première à la découvrir, car j'étais
arrivée dans la classe très en avance, ce matin-là.
Elle dormait à poings fermés sur un banc. Elle m'a
expliqué que la veille au soir, au moment de sortir de
la classe, elle avait trouvé porte close de l'extérieur.
Elle avait eu beau appeler, personne n'était venu la
délivrer, puisque l'école se trouvait entièrement vide.
Je frissonnais de peur, rien qu'à l'idée qu'elle ait pu
passer toute une nuit seule, enfermée là.

«Et que s'est-il passé ensuite? lui ai-je demandé,
anxieuse.

– Ensuite? Que veux-tu qu'il se soit passer? a-
t-elle ri. J'ai fini de lire mon livre, puis je me suis
endormie, très tard.

– Quel livre?»

Mamata m'a montré un recueil des œuvres de
Nihar Ranjan Gupta: *Kiriti Omnibus* [1]. Je n'en revenais pas: elle n'avait pas pensé une minute à l'angoisse de sa mère!

À la suite de cet incident, sa mère l'a retenue à la
maison pendant deux jours. Quand je l'ai revue, je
lui ai rendu son livre qu'elle pensait avoir perdu.
Depuis, elle me passe systématiquement tout ce
qu'elle lit. Je suis la seule de ses camarades à jouir
de cette faveur.

---

1. Histoires d'un détective, dénommé Kiriti Ray, très appréciées des jeunes lecteurs bengalis. L'auteur (1911-1986) était un
spécialiste de la littérature pour adolescents.

Le séjour de Papa à l'hôpital se prolonge. Maman va tous les après-midi lui porter une gamelle, pour son repas. Un jour, il annonce à Maman qu'il veut voir ses deux filles. Échafaudant déjà plusieurs hypothèses, toutes plus inquiétantes les unes que les autres, sur cette lubie soudaine, je déclare à Maman : « Je me sens fiévreuse aujourd'hui ! Et puis... mon répétiteur va venir ! Tu n'as qu'à y aller avec Yasmine seulement. » Mais pas moyen de convaincre Maman, fermement décidée à m'amener au chevet de mon père. Et nous voilà dans la petite chambre d'hôpital puant le désinfectant. Papa a le visage couvert d'une barbe déjà bien avancée. Lui que je n'avais jamais connu que rasé de près ! On croirait qu'il a soudain vieilli. Il me fait signe d'approcher, tout contre son lit, et me chuchote d'une voix affaiblie : « Vous êtes sûrement en train de vous dire : *"Yama s'est retiré en son repaire, nous voilà libres comme l'air* [1] *!"* »

Papa sait donc que je l'avais surnommé Yama ! Il y a déjà des années que je ne l'appelle plus Papa – je ne l'appelle jamais en fait. Ce surnom de Yama a été définitivement adopté avec l'aval de Chotda, le jour où Papa a refusé à celui-ci l'argent pour l'achat d'une paire de chaussures.

Je crains déjà que Papa ne bondisse de son lit tout blanc pour me briser les os, et me faire passer le goût de lui donner des surnoms. Mais, à ma vive surprise, je l'entends me demander : « Ma chérie, dis-moi un peu ce que tu as mangé, aujourd'hui !

– Des œufs, je réponds, encouragée par le ton de sa voix.

– Quand je rentrerai à la maison, je vous achète-

---

1. Yama est le dieu de la mort, chez les hindous ; un euphémisme pour rendre l'idée de mourir est : « *Aller dans la demeure de Yama.* » D'autre part, ce dieu préside aux divers châtiments ou récompenses qui attendent les humains après leur mort. Il est communément représenté avec un grand bâton, symbole de sa mission punitive. L'absence de Yama, c'est donc l'absence de punitions.

rai vos poissons préférés, de gros *rui*. Du poulet
aussi. Les mangues commencent à être bien sucrées
en cette saison, je vous en rapporterai de pleins
paniers ! »

J'en ai le souffle coupé ! Et Papa d'ajouter, en
frottant sa joue piquante contre la mienne : « Je sais
que tu es très intelligente, ma petite fille ! Je l'ai
bien compris, quand je t'ai donné des cours. Dis-
moi voir, c'est quel temps : *"My father has been
crying for more than two hours ?"*

– *Present perfect continuous !* dis-je, toute penaude.

– Comme elle est mignonne ! Elle a tout retenu
de mes leçons, ma chérie ! » s'exclame-t-il en me
caressant le dos, qui se ressent encore des coups de
baguette que j'ai reçus pendant ces fameux cours
d'anglais. Soudain, je me sens gagnée, intérieure-
ment, par un grand élan de tendresse envers mon
père. Mais je reste incapable d'en manifester si peu
que ce soit.

Le retour de Papa à la maison mit un terme à la
sarabande des souris. Du moins le soir. Il marqua
aussi une grande étape dans ma vie, puisqu'il fut
décidé de me changer d'école. Non que Papa nour-
rît des doutes sur l'enseignement dispensé à Vidyamoyi, mais une nouvelle école – Residential Model
School – venait de s'ouvrir à Mymensingh, promettant d'être la meilleure de la ville. La nouvelle de ce
changement fut un coup très rude, car je m'étais
fait beaucoup d'amies à Vidyamoyi, dont Mamata,
la dévoreuse de livres. C'était comme si le ciel me
tombait sur la tête. J'essayai désespérément d'échapper à la terrible décision. « Je n'ai pas envie de quitter Vidyamoyi, osai-je dire.

– On ne te demande pas ton avis ! C'est moi qui
décide ! répondit Papa sans appel.

– Mais Vidyarnoyi est une très bonne école !
m'écriai-je, au bord des larmes.

– Oui, mais Model est encore meilleure, insista
Papa.

– Mais je ne veux pas changer d'école! arrivai-je à articuler, en rassemblant tout mon courage, yeux fermés, mâchoires contractées.

– Tu feras ce que je te dis, un point c'est tout!» conclut Papa en ajustant le nœud de sa cravate devant le miroir.

Une des épreuves de l'examen d'entrée à Model School consistait à écrire une rédaction sur le thème : *votre but dans la vie.* Tout en écrivant, je remarquai que la langue anglaise se prêtait à merveille sous ma plume à l'expression de la colère et du ressentiment. Le bengali peut certes avoir la violence de l'orage, mais il verse trop facilement dans la sentimentalité. Aussi préférai-je m'exprimer en anglais, du moins pour cette occasion.

J'écrivis sans détour que mon but dans la vie était tout sauf d'étudier dans cette école. Les bâtiments étaient affreux. L'école que je fréquentais jusqu'à présent était excellente et je n'avais aucune envie de la quitter. Je n'étais pas du tout satisfaite de la manière qu'avait mon père de toujours vouloir m'imposer ses quatre volontés. Devais-je me laisser noyer dans le Brahmapoutre, si un jour mon père venait à le décider? Jamais il ne tenait aucun compte de mon avis. Ma vie, à qui appartenait-elle? À lui ou à moi? Si j'avais mon mot à dire, ce que je pensais tout à fait légitime, je suppliais les autorités de l'école de bien vouloir ne pas m'admettre. J'étais sûre que, prenant ma requête en considération, on renoncerait à m'infliger pareil supplice.

Je m'abstins de traiter les autres sujets. À l'idée d'avoir par ce moyen raison de mon père, je me sentais soudain toute heureuse. Après avoir passé le reste de la durée de l'épreuve assise les bras croisés, je sortis dans le couloir et Papa se précipita sur moi : «Alors, comment ça s'est passé?

– Bien! répondis-je impassible.

– Tu as pu répondre à toutes les questions? demanda-t-il, déjà tout sourire.

– Oui, fis-je telle une petite fille modèle.

– C'est très dur, tu sais ! Il y en a deux cents comme toi qui se sont présentées. Ils n'en prendront que trente », m'expliqua-t-il, le front en sueur, très inquiet.

Moi qui n'avais pas l'habitude de mentir, pour une fois j'avais bien réussi mon coup : j'avais eu le temps de me préparer, pendant que je restais bras croisés dans la salle d'examen !

Papa m'emmena directement à son cabinet de Notun Bazar dans la pharmacie qu'il avait achetée et qu'il avait pompeusement appelée *Refuge de la Recouvrance*. Il m'assit sur son fauteuil, puis me fit apporter par un de ses employés des friandises de la confiserie voisine, qu'il me porta lui-même à la bouche en me disant : « Tu sais, c'est très important que tu fasses de bonnes études ! Il faut que tu sois la première dans toutes les matières. Tu vas devoir travailler d'arrache-pied à partir de maintenant ! » Je me composai un air très attentif tout en sachant pertinemment que Papa allait tomber de haut, d'ici peu de jours. Mais je ne laissais rien transparaître de ma satisfaction à cette pensée.

À quelque temps de là, Papa revint à la maison avec la bonne nouvelle que j'avais réussi à l'examen d'entrée dans la nouvelle école. J'en eus le vertige ! Comment était-ce possible ? Papa aurait-il le pouvoir de réaliser tous ses vœux ? Du moins, en ce qui me concernait.

Lorsqu'il me conduisit lors de la rentrée dans cette espèce d'école plantée au milieu d'un désert, il me dit : « Je n'ai aucune intention de te noyer dans le Brahmapoutre, tu sais ! Tu es ma fille. Née de mon sang. Je serai toujours la dernière personne à te vouloir du mal. Si jamais tu tombais dans le fleuve, la première personne à plonger à ton secours, ce serait moi. Tu peux en être sûre ! »

La nouvelle école comptait encore fort peu d'élèves. Il ne devait guère y avoir plus de cinq ou six professeurs. Je m'assis dans la classe en essuyant les

larmes au bord de mes paupières. Impossible de m'y
faire ! Je ne cessais de penser à mes camarades que
j'avais laissées à Vidyamoyi.

Yasmine non plus ne se plaisait pas à l'école de
Rajbari, où on l'avait inscrite, après que l'école
Maryam, dirigée par les missionnaires, eut fermé,
juste après la guerre. Elle n'arrivait pas à s'accoutumer à réciter : « *Le palmier, debout sur un pied,
plus haut de toute la feuillée…* » au lieu de : « *Twinkle
twinkle little star* » ou de : « *Humpty Dumpty sat on a
wall…* » Était-ce par regret de ce temps où les
bonnes sœurs la prenaient sur leurs genoux pour la
câliner ou par nostalgie d'un endroit familier, toujours est-il que Yasmine, dès qu'elle en avait l'occasion, allait voir son ancienne école, à peine à cinq
minutes de chez nous. Elle restait là un long
moment à contempler la porte fermée au cadenas,
constatant avec tristesse que déjà un banyan plan-
tait ses racines dans un mur. Pour lui changer les
idées, Papa fit installer une balançoire dans notre
cour. Elle y passait des heures à se balancer les
yeux fermés, en chantant les comptines anglaises
apprises à Maryam.

Un jour, pendant la pause goûter, alors que je
venais d'abandonner sur la balustrade du préau ma
part de cake aux fruits, que Papa s'obstinait à
m'acheter quotidiennement – la chose la plus nutri-
tive au monde selon lui – et que, de mon côté, je
m'obstinais à ne pas toucher, je sentis une main sur
mon épaule et j'eus l'extrême surprise de voir Runi.
« Tu connais Rebecca-apa ? La doctoresse de cette
école. C'est ma sœur aînée. Eh bien ! à partir de
maintenant, je vais habiter chez elle, ici, dans son
logement de fonction. C'est une bonne nouvelle,
n'est-ce pas ? »

Je m'étais reculée d'un pas, comme si j'avais vu
tomber une étoile filante dans la cour, juste devant
moi. J'oubliai de lui répondre, me prenant à penser
que l'amour, s'il était très fort, était capable de faire

apparaître devant vous la personne aimée. Runi
s'avança pour se rapprocher de moi. Je me reculai
jusqu'au mur...

«Mais qu'est-ce qui te prend?» s'étonna-t-elle,
tout en me posant la main sur le bras. De nouveau,
je sentis ce frissonnement de tout mon être, que je
n'aurais su nommer. Mon cœur battait trop vite,
mon souffle s'emballait... Je me cachai le visage
entre mes mains.

«Tu ne veux pas aller avec nous en pique-nique?
On y va toutes avec l'école, dans la propriété du
zamindar de Dhanbari. Je suis tellement contente, à
l'idée de faire un grand voyage!» reprit Runi.

Petit à petit je relevai mes yeux sur les siens. Ils
étaient comme un ciel où j'aurais été oiseau
déployant mes ailes. Je contemplai son sourire
inimitable. Comment résister à ce sourire, comment
ne pas l'aimer? Mais cet amour – je ne sais quel
terme employer: amour, affection, tendresse? – me
prenait toujours autant au dépourvu. Plus Runi
s'avançait vers moi, plus je me recroquevillais sur
moi-même. Je me sentais pareille à un brin d'herbe
sur lequel se pencherait l'arbre le plus haut de la
forêt. N'aurait-il pas alors la conscience la plus
aiguë de sa petitesse? Comme si j'éprouvais le sentiment de ma totale insignifiance dès que Runi me
témoignait quelque affection.

Je restai longtemps immobile, après le départ de
Runi. On aurait cru que, tout à coup, les environs,
les bâtiments même de la nouvelle école, qui me
paraissaient un désert l'instant d'avant, s'animaient
soudain d'une vie exubérante.

Il faut payer dix takas de participation aux frais,
pour le pique-nique. À ma demande, Papa répond
avec le plus grand calme: «Tu n'as pas besoin d'aller en pique-nique.

– Mais je le dois absolument! je me récrie.

– Et depuis quand est-ce obligatoire? réplique-
t-il d'un ton coupant. Depuis quand le pique-nique

fait-il partie des programmes? Est-ce que ça t'empêchera de passer dans la classe supérieure, si tu
n'y vas pas?»

C'est son dernier mot.

Pendant que toutes mes camarades se pâment de
joie à l'idée de partir en pique-nique, je suis la seule
à me tordre de douleur, comme un oiseau blessé.
C'est une certaine Aïsha qui vient à mon secours en
me proposant: «Tu n'as qu'à m'emprunter les dix
takas.» J'accepte aussitôt et peux enfin voir mon
nom sur la liste.

On nous conduit à Dhanbari de grand matin, en
camion. Runi fait le voyage dans le car, où ont pris
place les professeurs et les élèves plus âgées, et sur
le toit duquel on a arrimé les ustensiles de cuisine et
les provisions. Une fois arrivée à destination, je me
tiens seule, à distance respectable de Runi, évitant
de croiser son chemin, mais sans la quitter des yeux
une seconde.

Le soir, au retour à la maison, Papa m'attend en
faisant les cent pas sur la véranda.

«Puis-je savoir pourquoi tu rentres si tard de
l'école, aujourd'hui? s'empresse-t-il de me demander en m'attrapant au passage.

– Nous sommes allées en pique-nique», dis-je en
regardant le bout de mes pieds.

Papa m'entraîne aussitôt dans la cour vers le
jaquier dont il casse une branche pour me frapper.
J'ai une longue habitude d'offrir mon dos aux
baguettes du châtiment. J'ai mal, mais cela ne
m'impressionne plus. Après avoir passé sa colère,
Papa veut savoir: «Et qui est-ce qui t'a donné l'argent pour y aller?»

Avec le plus grand mal à tirer un son de ma gorge,
je parviens à répondre, puisqu'on ne peut laisser
sans réponse les questions posées par les parents:
«C'est une fille de ma classe qui me l'a prêté!» Cela
me vaut une retentissante paire de gifles. «Tu oses
aller en pique-nique en empruntant de l'argent!
hurle Papa, hors de lui. Tu vas voir, je m'en vais te

la faire passer cette lubie de pique-nique! Et par le trou du cul! »

Le lendemain matin, avant de partir à son travail, Papa me jette, en plus de la somme destinée à payer mon aller et retour en rickshaw à l'école, un billet de dix takas pour rembourser mon emprunt, en l'accompagnant de l'avertissement suivant: «Et si à partir d'aujourd'hui tu ne m'écoutes pas, si tu ne fais pas ce que je dis, je te préviens que je te casserai sur le dos toutes les branches que je pourrai trouver dans le jardin! »

Quelque temps après le pique-nique, une nouvelle frénésie s'empara de l'école, avec l'organisation d'une soirée culturelle, chacun devant monter sur scène pour présenter, selon ses capacités, un programme de danse, de chant ou de déclamation.

Pendant que Chotda avait le dos tourné, j'avais trouvé l'occasion d'apprendre quelques chansons découvertes dans son cahier et de gratter un peu sa guitare. Quand mes camarades m'entendirent les chanter lors des répétitions, toutes insistèrent jusqu'à ce que je promette de faire de même pour le grand jour. Bien que j'eusse les bras et les jambes qui tremblaient de trac, je ne m'en tirai pas trop mal, d'après les avis qu'on me rapporta après mon passage sur scène. Il est vrai que je m'étais, entre-temps, fait un nom dans ma nouvelle école, grâce à de beaux succès scolaires. Selon mon professeur d'anglais, j'étais excellente et celui de bengali m'avait dit plusieurs fois: «Tu es un véritable poète! »

L'épisode de la soirée culturelle fut suivi par celui de mon recrutement chez les scouts féminins, les *Girls'guide*. On commença par nous donner un entraînement physique. J'appris à jouer du tambour qu'on m'attachait autour du cou pour les répétitions de la parade du jour de la victoire, sur l'esplanade de la Circuit House.

Mais quoi que je fasse, quelles que fussent mes performances, je ne me défaisais pas de ma timi-

dité. Je gardais la tête basse et le regard fuyant.
Quand le professeur de danse voulut me confier un
rôle dans un drame de Tagore, *Chitrangada*, qu'il
voulait mettre en scène avec des élèves de l'école, je
m'enfuis à toutes jambes. Mais, après avoir assisté
aux répétitions, je n'eus de cesse de mettre moi-
même la pièce en scène à la maison, avec Yasmine
pour complice et Maman, Moni, Dada, Chotda et
Poppy pour spectateurs !

Amours

Quelque temps après son admission en deuxième année, au collège Ananda Mohan, Chotda proposa que nous accueillions à la maison une de ses condisciples, surnommée Baby, originaire du village de Netrakona, qui avait des difficultés de logement. La proposition fut approuvée sans difficulté. Et ladite Baby ne tarda pas à se présenter avec sa valise à Sans-Souci, où on l'installa dans ma chambre. Elle partagerait mon lit ; on lui donna une table et une chaise pour qu'elle puisse étudier à son aise. Baby était grande, de teint plutôt clair, avec de magnifiques yeux irrésistibles : en deux jours, elle avait conquis toute la maisonnée. Il ne m'était encore jamais arrivé de vivre dans pareille intimité avec une étrangère. L'irruption de Baby, pleine de vivacité et d'entrain, fut dans ma vie, si monotone, comme une grande vague soulevant une mer jusque-là toujours calme. Quand Baby racontait comment sa jeune sœur Manjuri s'était un jour cassé la jambe en tombant d'un arbre, ou comment elle était venue toute seule de Netrakona pour faire des études à la ville, ou comment un de ses frères qui, affecté de troubles mentaux, passait des journées entières sur la berge du fleuve, les pieds dans l'eau, avait un jour disparu... j'avais l'impression d'avoir vécu tout cela moi-même, de connaître cette sœur et ce frère autant que les miens. Et le jour où Baby, assise au coin du fourneau dans la cuisine, nous expliqua qu'après la disparition de cet enfant fou, sa mère, ayant complètement cessé de s'alimenter et devenue grabataire, maigre comme un clou, avait un soir demandé à Baby – qui avait obéi – de la porter à l'étang voisin pour la baigner ; que, de retour à la maison, sa mère avait revêtu un sari tout blanc et s'était recouchée, pour ne plus jamais se relever ; qu'elle était morte quelques jours après, Maman, au bord des larmes, s'exclama : « Considère-moi comme ta mère ! J'ai trois filles maintenant ! »

De retour à la maison, le soir, Papa ne manquait pas d'interroger Baby : « Comment vont tes études ? Il faut que tu aies mention très bien, n'est-ce pas ?
– D'accord, *khalujan*, ça devrait marcher. »

Mais trois mois s'étaient à peine passés que Baby dut quitter la maison avec armes et bagages. Parce que Maman avait, un après-midi, surpris Chotda couché, avec Baby assise au bord du lit, occupée à lui caresser les cheveux. « Ainsi, tu cachais bien ton jeu, espèce de démon ! avait explosé Maman. Tu n'arrêtais pas de m'attendrir avec les histoires de ton frère et de ta sœur ! Mais c'était un vrai serpent que j'entretenais dans mon propre foyer ! Dont le but était de dévoyer mon fils ! Quel culot ! »

Baby eut beau se jeter en larmes aux pieds de Maman, en l'assurant qu'elle faisait un massage à Chotda parce qu'il avait la migraine, et demander pardon en promettant de ne jamais recommencer, rien n'y fit : Maman demeura inflexible.

Curieusement, la personne que le brusque départ de Baby laissa le plus indifférente, ce fut Chotda lui-même.

Chotda devait bientôt passer son bac scientifique, dont l'obtention lui permettrait de s'inscrire en fac de médecine, selon le vieux rêve de Papa d'avoir un fils médecin comme lui. C'est alors qu'il disparut. Il ne revint pas à la maison un jour, deux jours, une semaine entière : pas la moindre trace ! Fou d'inquiétude, Papa, après avoir pris un congé, se mit à chercher par toute la ville. Il était à l'époque en poste à Tangaïl, en qualité de médecin-chef; il partait à son travail très tôt le matin, en car, et ne rentrait à la maison que tard le soir.

Mymensingh étant une petite ville, Papa ne tarda guère à retrouver son fils. Qui n'était plus le même car entre-temps il s'était marié! Oui, il avait osé épouser en secret, avec la complicité d'un ami, une de ses camarades de collège, une fille hindoue, dont il était tombé amoureux. Il s'était installé avec elle chez cet ami providentiel.

«Quelle catastrophe! s'écria Papa, en se prenant la tête à deux mains. Tous mes espoirs sont réduits à néant. Comment mon fils a-t-il pu faire une chose pareille? Qui a bien pu lui mettre dans la tête pareilles idées? À quelques mois de son examen! Je voulais tellement qu'il entre en fac de médecine! Qu'il réussisse brillamment dans la vie! Il est devenu fou, ma parole! Il a sacrifié son avenir! J'ai eu beau lui répéter de ne pas sortir avec des copains! De faire passer ses études avant tout!»

Maman versa des brocs d'eau froide sur la tête de Papa, qui sentait sa tension remonter. Mais, sans se soucier des effets sur son état – son cœur avait commencé à donner des signes de faiblesse, depuis quelques mois –, Maman se lamentait: «Mon fils! Mon cher fils adoré! Qui sait où il est, ce qu'il mange? Les salauds l'ont sûrement envoûté! Avait-il l'âge de se marier? Mon Dieu, je vous en supplie, rendez-moi mon fils!» Puis, s'essuyant les yeux, elle tira Papa de son abattement: «N'ai-je pas raison?»

Papa ne put que secouer la tête en signe d'acquiescement. Maman avait certes raison de se lamenter. Voilà qu'ils avaient une belle-fille hindoue, une certaine Geeta Mitra.

Maman cessa carrément de faire la cuisine. Pour ma part, je restai couchée toute la journée à compter les poutres du plafond. Dada était à Dhaka, où il étudiait à l'université. Je me sentais très seule. En l'absence de mes frères, la maison paraissait totale-

ment déserte. Moni somnolait sur la véranda, alors
que les rayons du soleil déclinaient sur la cour que
ne fréquentait plus personne.

Assise au chevet de Papa, Maman soupirait : « Une
fille hindoue ! Comment Kamal a-t-il pu épouser
une fille hindoue ? Elles n'arrêtent pas de tourner
autour des garçons ! Ça faisait quelque temps que je
trouvais Kamal un peu bizarre. Si seulement j'avais
su la raison ! J'aurais pu le mettre en garde… Il n'y
a plus que Dieu Qui puisse me ramener mon fils !
Mon Dieu, je Vous en supplie ! Il n'est pas possible
que mon fils se marie à une fille hindoue. Il y avait
tant et tant de filles de grandes familles musulmanes auxquelles il pouvait prétendre ! On aurait
fait un mariage grandiose ! Après qu'il aurait terminé ses études… Mais il nous reviendra. L'erreur
est humaine ! »

Geeta Mitra qui comme moi avait été élève à
Vidyamoyi, avait un visage tout rond, comme une
graine de tamarin, avec de magnifiques yeux de
biche qui illuminaient son teint foncé. Elle dansait à
toutes les fêtes organisées à l'école. Elle était même
venue chez nous à plusieurs reprises, avec sa tante
qui nous donnait des leçons à domicile. Yasmine et
moi, nous avions été à l'époque enthousiasmées par
cette fille espiègle, qui avait toujours des tas d'histoires amusantes à raconter, qui parlait de nous
emmener en cachette au cinéma, de nous donner
des cours de danse, qui grimpait aux arbres… Tout
le contraire de Baby qui aimait coudre, faire la cuisine, en parfaite petite ménagère, heureuse de rester à la maison. Nous qui étions très surveillées par
nos parents, surtout notre père, avions été conquises
par cette audacieuse Geeta. Il est vrai qu'à l'époque,
du moins en ce qui me concerne, j'étais d'une telle
candeur qu'il n'était pas bien difficile de forcer les
portes de mon cœur.

Une année – l'année où elle avait absolument
voulu me confectionner de ses mains une tunique,
qui fut passablement ratée – le jour de l'Îd, Geeta

était venue me chercher à la maison en me disant :
« Viens ! Je vais t'emmener dans un endroit extraordinaire ! »

J'acceptai aussitôt avec le plus grand empresse-
ment, et nous voilà sur un rickshaw ! Nous nous
rendîmes d'abord chez un juge très riche, dont la
fille Ruhi était une amie de Geeta. Il ne fallut pas
moins de deux heures, que je passais assise sur le
canapé comme une poupée, de discussions et de
chuchotis entre Geeta et son amie pour convaincre
la mère de celle-ci de la laisser partir avec nous.
Ruhi se dépêcha de se poudrer et de se farder
copieusement, puis nous prîmes enfin en rickshaw
la route de cet *endroit extraordinaire*, dont je n'avais
pas la moindre idée. Finalement, nous nous arrê-
tâmes devant une maison du quartier de Gulkibari.
Un inconnu à face de chacal nous fit entrer puis
referma la porte à clé derrière nous.

C'était une maison toute silencieuse, entourée
d'un très vaste terrain. Une fois entrée, je constatai
avec étonnement qu'il n'y avait personne d'autre à
l'intérieur que la tête de chacal qui nous avait ouvert
la porte. Ruhi passa aussitôt dans la seconde pièce
avec cet homme inquiétant. Assise sur le canapé de
la première pièce, je les entrevis sur un lit, serrés l'un
contre l'autre. Je n'en croyais pas mes yeux. Au bout
d'un moment, Tête-de-chacal s'allongea et attira
Ruhi contre sa poitrine. L'instant suivant, il bondis-
sait vers nous avec une bouteille de Fanta qu'il mit
entre les mains de Geeta, en lui disant : « Geeta, allez
vous installer sur la pelouse ! » Et, après nous avoir
poussées dehors, le voilà reparti, non sans refermer
la porte de la chambre derrière lui.

« Qui est cet homme ? demandai-je à Geeta d'une
voix tremblante, une fois que nous nous retrou-
vâmes sur la pelouse.

— C'est Khurrambhaï… Il est très riche, tu sais ! Il
a même une voiture ! me répondit-elle avec un sourire mystérieux.

— Mais il s'est enfermé avec Ruhi dans la

chambre! dis-je en ravalant ma salive. Qu'est-ce qu'il va lui faire? J'ai peur! Viens, partons d'ici!

– Mais arrête! Tu es folle! Qu'est-ce qui te prend?» s'écria-t-elle en illuminant son visage au teint sombre de l'éclat de toutes ses dents.

Le temps passa. L'après-midi commençait d'être fort avancé. Prise d'un malaise grandissant, je ne cessai de répéter de plus en plus souvent que j'avais envie de partir. Tête-de-chacal venait de temps à autre nous apporter une nouvelle bouteille de Fanta. Mais ce n'était pas de nature à me rassurer. En outre, je commençais à avoir l'estomac dans les talons. À un moment, je me dirigeai vers le portail en pleurnichant: «Ouvre-moi! J'ai envie de partir. J'en ai marre!»

Geeta non plus n'en menait pas large. Elle finit par aller frapper à la porte de la chambre à coucher pour annoncer: «Khurrambhaï, elle veut s'en aller! Nous allons devoir vous laisser...»

Il sortit bientôt, une cigarette à la main, torse nu, pieds nus. «Geeta, pourrais-tu nous prendre quelques photos?» lui demanda-t-il, l'entraînant à l'intérieur et me laissant seule sur le pas de la porte.

J'aperçus Ruhi assise au milieu du lit. Alors qu'elle s'était fait une queue de cheval pour sortir, je la vis les cheveux dénoués, tout en désordre. Elle n'avait plus de rouge sur les lèvres et le fard avait coulé du pourtour de ses yeux. Je ne laissais pas de m'inquiéter pour elle. Tête-de-chacal avait-il tenté de la déshabiller? S'était-elle volontiers prêtée à ce jeu ou avait-elle résisté? Cet homme l'avait-il maintenue de force dans la chambre? J'aurais voulu savoir où était la vérité.

Après avoir mis l'appareil photo entre les mains de Geeta, l'homme retourna sur le lit où il prit Ruhi dans ses bras, pendant que l'amie de celle-ci appuyait sur le bouton, sans se départir d'un sourire plutôt embarrassé. Puis l'homme fit tomber Ruhi à la renverse et se coucha sur elle. Geeta appuya de nouveau

sur le déclencheur. Elle photographia encore quand
l'homme pressa contre sa joue celle de Ruhi...

Il faisait nuit depuis longtemps lorsque Geeta
raccompagna chez elle d'abord son amie, puis moi
en me recommandant vivement de ne dire à personne d'où je venais. Mes parents avaient eu leur
fête d'Îd gâchée par ma disparition, qui les avait
plongés dans la plus grande angoisse. Moi, j'étais
déjà prête à recevoir leurs coups. Livide, je m'avançai vers eux pour leur présenter mon dos...

Et voilà qu'à présent cette Geeta qui m'avait offert
cette *journée extraordinaire* était la femme de mon
frère! Baby, qui ne la portait pas dans son cœur,
proclamait qu'elle n'était pas recommandable.
Geeta le lui rendait bien, puisqu'elle la disait infré-
quentable et qu'elle s'était beaucoup réjouie de son
départ de chez nous.

«Je le renie, hurla Papa en parlant de Chotda. Moi
qui ai fait tant de sacrifices pour lui, c'est comme
s'il m'égorgeait!

– Il nous a marié une vraie paria! renchérit
Maman, cessant de sangloter pour un instant. Une
fille de bûcheron! Ces hindous de la plus basse
espèce vont se retrouver beaux-parents d'un médecin! Alors que la mère et les tantes sont obligées
d'aller se doucher à la pompe sur le trottoir, tellement ils sont miséreux... De vrais mangeurs de tortue[1]! La pire catégorie d'infidèles! Notre réputation
est perdue! Plus personne ne nous respectera!
Notre fils a déshonoré toute la famille! Se marier
avec une espèce de danseuse! Quelle horreur!
Pourquoi a-t-il fallu que je mette au monde pareil
enfant?»

Ainsi se succédaient sans fin les vagues des lamentations maternelles. Ce fut assurément la pire des

1. Injure communément adressée par les musulmans aux
hindous, dont beaucoup, effectivement, au Bengale, mangent de
la chair de tortue d'eau.

crises que traversa notre famille. Papa envoya chercher Grand-mère, Grand-père, tante Runu et oncle
Hashem. Boro-mama, tante Jhunu et Dada firent le
voyage en urgence de Dhaka. Tous étaient catastro-
phés. Le conseil de famille, auquel Yasmine et moi
n'avions pas même le droit d'assister de loin, siégeait
en permanence. Les adultes y parlaient à voix si
étouffée que même en tendant l'oreille je n'arrivais
pas à saisir un traître mot de ce qu'ils se disaient.

Mais le lendemain du conseil de famille fut mar-
qué par un événement terrible. Papa et oncle
Hashem ramenèrent Chotda à la maison, et l'en-
chaînèrent dans le salon. Après lui avoir enserré les
jambes et les bras avec des chaînes, ils les fermèrent
au cadenas et Papa glissa les clés dans la poche de
sa chemise. Il rugissait à faire trembler les murs et
les arbres. Quand, par une fente du rideau, j'aperçus
Chotda dans cette pitoyable situation, j'en eus la
chair de poule et des sueurs froides. Yasmine ne
quittait plus son lit, où elle ne cessait de pleurer, la
tête enfoncée dans son oreiller. Maman faisait les
cent pas sur la véranda en égrenant son chapelet à
toute vitesse et en marmonnant des prières.

« Dis-nous si oui ou non tu es prêt à te débarrasser
de cette Geeta ! entendait-on Papa rugir à cadence
régulière. Je te préviens que si tu ne renonces pas à
elle, je te renierai ! Tu ne seras plus mon fils !

– Vous n'avez qu'à me renier si vous voulez, mais
je ne renoncerai pas à Geeta ! » répondait Chotda
avec le plus grand calme.

Papa, les yeux exorbités, la chemise collée au
corps tellement il transpirait, les deux mains sur les
hanches, haletait. Sa tension devait atteindre des
sommets.

« Je m'en vais te garder prisonnier à la maison.
Tu ne pourras plus aller nulle part. Sauf au collège,
pour tes études. Car tu dois absolument passer ton
examen.

– Ce n'est pas moi qui ai voulu revenir dans cette
maison ! répliquait crânement Chotda. C'est vous

qui m'avez ramené ici en me racontant des mensonges. J'ai épousé Geeta. Je vous prie de me laisser
repartir. Je veux retourner auprès d'elle. Je ne vous
demande rien d'autre. Que de me laisser partir!
    – Renonce d'abord à cette fille! grondait Papa
avec des flammes dans les yeux. Je suis capable de
te tuer, tu sais! Je te fouetterai à mort, tu m'entends?»

Papa a donné à Chotda deux heures pour réfléchir. Celui-ci les a passées appuyé au mur derrière
lui, les mâchoires serrées. Tour à tour Grand-mère,
tante Runu, Maman sont allées tenter de le fléchir:
«Voyons, tu es un bon garçon! Tu vas obéir à ton
père! Tout le monde sait qu'à ton âge les garçons
font des erreurs; ton père te pardonnera, si tu
reviens à la maison pour continuer tes études et
passer tes examens. Tu dois absolument travailler
dur pour devenir un grand docteur. Tu t'es marié,
soit! La fille n'a qu'à rentrer chez son père elle aussi.
Vous devez terminer vos études tous les deux. Plus
tard, ton père célébrera votre mariage, avec beaucoup d'invités. Tu es encore étudiant. Comment te
débrouillerais-tu tout seul pour vous faire vivre, ta
femme et toi? Ce n'est pas avec ton niveau d'études
actuel que tu trouverais une bonne situation! Tu ne
veux tout de même pas finir comme porteur!
Comme tireur de rickshaw? Ton père est un grand
médecin, que tout le monde connaît et estime en
ville. Tu dois lui obéir. S'il te renie, tu n'auras plus
droit à ta part d'héritage. Tu es intelligent. Alors, va
dire à cette fille de rentrer chez ses parents.
Explique-lui que ton père promet de te marier,
quand tu en auras l'âge, avec la fille de ton choix.»
    Mais elles ont beau faire, Chotda garde les
mâchoires serrées. La seule chose qu'il réclame,
c'est qu'on le libère de ses chaînes. Papa n'est pas
homme à renoncer. En bon fils de paysan, il sait
mener les bœufs à la baguette. Il ne saurait tolérer
que son propre fils joue son avenir sur un coup de

tête. Coûte que coûte, il le ramènera à la raison. Lorsque les deux heures se sont écoulées, il revient, fouet en main, devant son fils aux mâchoires serrées.

«Quelle est ta décision? Vas-tu m'obéir oui ou non? redemande-t-il d'un ton neutre.

– Laissez-moi partir! répète Chotda, avec une détermination farouche.

– D'accord. Je te libère. Mais à condition que tu n'avances pas d'un pas sans que ce soit sur mon ordre. Je t'interdis d'aller retrouver cette Geeta!

– J'ai dit ce que j'avais à dire et je n'en démordrai pas! s'écrie Chotda, en desserrant à peine les dents. Je ne veux pas rester dans cette maison. Je veux retourner auprès de Geeta, un point c'est tout.

– Et comment subviendras-tu à vos besoins? demande Papa en agitant le fouet entre ses mains.

– Cela, ce n'est pas votre affaire!» répond Chotda imperturbable.

À sa place, je me serais certainement rendue. N'est-il pas stupide de provoquer le tigre quand on traverse son territoire?

Cette fois-ci, c'est au tour de Papa de serrer les dents, pendant qu'il abat le fouet à grands coups sur le dos de son fils, tombé tout cru dans la gueule du fauve. À chaque coup, j'ai l'impression que la lanière va me frapper moi. Que mon sang va bientôt couler de mes blessures. Je ferme les yeux. J'attends que les coups cessent, mais je les entends toujours. Maman, Grand-mère, Boro-mama, tante Runu ressortent du salon. Les regards sont vides, le sol paraît se dérober sous les pieds... On dirait une troupe de morts vivants échappés de leur tombe, errant désespérément dans les ténèbres de la nuit.

Puis, soudain, Maman retourne en courant dans la pièce. On entend des cris: «Maman! Maman!» qui se mêlent aux coups cinglants du fouet. Puis on entend aussi la voix de Maman qui supplie: «Arrête! Arrête! Tu vas le tuer! Ce n'est tout de même pas ce que tu veux! Tu ne veux tout de même pas tuer mon fils!»

Tout en continuant à frapper, Papa réplique : « Si, bien sûr que je veux le tuer ! Quel besoin ai-je de garder en vie un fils pareil ?

– Laisse-le ! Qu'il s'en aille où bon lui semble ! continue à supplier Maman, entre deux sanglots. Ça ne servira à rien de le tuer ! Il a un défaut dans la tête, depuis l'enfance… C'est pour ça qu'aujourd'hui il préfère une paria à sa propre famille. Il n'a qu'à partir ! Laisse-le s'en aller ! »

Chotda n'est pas libéré. Il est gardé prisonnier dans sa propre chambre, fermée avec un nouveau cadenas, dont Papa a sur lui la clé en permanence. Il est interdit de donner à manger au détenu, et même de le laisser aller aux toilettes, aussi longtemps qu'il ne changera pas d'avis. Chotda, fou furieux, essaie de briser porte et fenêtres, sans succès. Par crainte des voleurs, Papa a transformé notre maison en une vraie forteresse.

Toute la nuit, je l'entends gémir. Comme moi, chacun dans la maisonnée l'écoute, sans pouvoir fermer l'œil. Très tard, Yasmine m'appelle : « Boubou, je n'arrive pas à dormir !

– Moi non plus ! » je lui réponds en me tournant vers elle…

Après que Chotda fut resté quatre jours à jeûner, Maman vint en cachette lui passer à manger entre les barreaux de la fenêtre. Elle-même n'avait rien avalé tant que son fils avait été privé de nourriture. Papa gardait l'oreille tendue vers la chambre de Chotda, dans l'espoir d'entendre enfin des paroles de reddition. Mais rien ne venait.

Papa avait interdit d'allumer le fourneau dans la cuisine. Quand Maman lui avait demandé comment allaient survivre les autres membres de la famille, il avait répondu qu'il suffirait de se sustenter d'une poignée de riz soufflé et d'un peu d'eau. Toute personne surprise à cuisiner serait flagellée. Mais c'était sans compter sur les trésors d'ingéniosité dont est capable une mère pour nourrir son enfant. Par ailleurs, j'ai toujours soupçonné Papa d'avoir été tout à fait conscient du manège auquel se livrait Maman derrière son dos, mais qu'il avait affecté de n'en rien voir.

Papa prolongea son congé, dans l'attente de la capitulation de Chotda. Mais celle-ci ne venait toujours pas et nous devions continuer à assister à ce terrible combat de deux fauves...

Ce fut Papa qui dut finalement concéder la victoire et libérer Chotda. Lorsque celui-ci eut quitté la maison, Papa nous serra très fort contre lui toutes les deux, Yasmine et moi. Je crus qu'il allait nous étouffer. «Promettez-moi que vous allez réussir de brillantes études! Allez, promettez!» nous dit-il, la voix tremblante. Et, incapables de prononcer le moindre mot, nous en fîmes toutes les deux la promesse d'un mouvement de tête.

«C'est sur mes deux filles que reposent à présent tous mes rêves! poursuivit-il. Vous devez me jurer que vous ne suivrez pas l'exemple de vos frères! Allez, promettez!»

Nous hochâmes de nouveau la tête, toujours incapables d'émettre un son.

«Je n'ai épargné aucun effort pour élever mes enfants du mieux possible. J'avais placé tant d'espoirs en Kamal! C'était un élève incroyablement brillant... Il avait obtenu les félicitations du jury à son brevet. Vous savez combien j'étais fier de lui. Et voici tous mes rêves, toute ma fierté en morceaux! Vous êtes le dernier espoir qui me reste. Mon ultime raison de vivre. Alors, promettez-moi que vous me laisserez le goût de vivre! Que vous vous consacrerez de tout votre cœur à vos études!»

Papa s'arrêta, la voix brisée. Nous renouvelâmes notre promesse de la même manière silencieuse.

«Je ne voulais pas tuer mon fils! reprit-il au bout d'un moment. Croyez-vous que ça ne me fasse pas mal de le frapper? De le laisser sans manger? Mais c'était mon ultime tentative pour le ramener dans le droit chemin. J'ai d'abord essayé les caresses : il n'a pas compris. Puis j'ai essayé les coups : il n'a toujours pas voulu comprendre ! Promettez-moi que vous, vous comprendrez ! »

De grosses larmes roulaient sur ses joues. C'était la première fois que nous le voyions pleurer.

Mais Papa n'était pas du genre à se satisfaire de vagues promesses données sur un signe de tête. Aussi dit-il à Maman : « Je ne pense pas que ce soit bon pour nos enfants de rester ici. C'est pour eux que j'ai acheté cette grande maison, pour qu'ils puissent se consacrer à leurs études dans le meilleur environnement possible. Je voulais qu'ils aient chacun leur chambre, qu'ils ne soient pas les uns sur les autres, afin d'éviter les bagarres. Je ne les ai pas laissés se baguenauder avec les autres enfants du quartier afin qu'ils donnent tout leur temps, toute leur attention à leurs études. Mais ça n'a pas donné de bons résultats… »

Puis, s'allongeant sur son lit, il ajouta : « À quoi me sert cette maison, à présent ? Je vais la vendre. Puisque, malgré ma vigilance, Noman a raté ses études à force de traîner avec ses copains. Puisque Kamal est allé gâché sa vie avec cette fille… Je me dis maintenant que mes deux filles ne vaudront pas mieux, si elles restent ici. »

Maman assistait à la défaite d'un homme habitué depuis des années à toujours réussir, à ce que rien ne lui résiste. De son côté, elle avait fait toutes ses prières avec le vœu que son fils se détache de cette fille impie qu'il avait épousée. Que son fils cherche le repentir en se tournant vers la religion. En devenant pratiquant à son tour. Mais ses oraisons n'avaient rien donné. Chotda avait quitté la maison sans se retourner une seule fois.

Deux jours après le départ de Chotda, Papa rapporta à la maison deux valises qu'il remplit de nos livres, cahiers et vêtements, puis il nous confia moi à l'internat de la Model School, et Yasmine à celui de Bharateshwari, à Mirzapur. Ni l'une ni l'autre,

nous n'osâmes nous révolter. Maman nous laissa
aller, figée comme une statue de pierre devant le
portail noir. Je n'eus pas un geste, ne prononçai pas
un mot : je savais que si je la touchais du doigt seulement, la pierre tomberait en poussière, telle une
vieille rose fanée dont les pétales tombent au
moindre choc.

Je n'avais pas encore treize ans. Je n'avais aucune
habitude d'aller ou de me trouver nulle part sans
ma mère. C'était toujours elle qui me coiffait, qui
m'aidait à manger[1], qui passait des nuits à mon
chevet quand j'avais de la fièvre, pour me mettre
des compresses sur le front, elle qui me gardait les
plus belles goyaves, mangues ou noix de coco de
nos arbres, qui me confectionnait mes vêtements.
Elle encore qui, les soirs où je n'arrivais pas à m'endormir, venait me chanter des berceuses en battant
la mesure avec de petites tapes sur mon dos. Il lui
arrivait de m'appeler « Raju », à cause d'une de ces
berceuses qu'elle me chantait :

> *Marchande de sable, viens chez nous,*
> *Fermer les yeux du petit Raju !*

Je me retrouvai privée de sa présence, privée de
tout mon environnement familier, sur un pauvre lit,
fait d'une planche de bois sur quatre pieds, de par
la volonté suprême de notre père. « Comment se
fait-il que tes parents te mettent ici ? Vous habitez à
deux pas ! » s'étonnèrent les filles de l'internat en
me voyant arriver. Je les regardai sans répondre,
encore abasourdie. J'avais l'impression d'être une
bête curieuse, enfermée dans une cage au zoo.

La seule chose dont j'avais envie de parler, comment la leur confier ? Cette pensée qui me tournico-

---

1. Au Bengale, où l'on mange avec les doigts, il n'est pas rare
que les mères continuent longtemps à nourrir leurs enfants
elles-mêmes en roulant entre leurs doigts une boulette de riz
mélangée d'autres aliments, qu'elles portent ensuite à la bouche
de leurs fils ou filles.

tait sans fin dans la tête. Chotda avait pour jeu favori quand il était plus jeune d'écraser les fourmis rouges, en disant : « Ce sont des fourmis hindoues ! » Un jour que, par mégarde, j'avais écrasé une fourmi noire, il m'avait copieusement rossée en me reprochant : « Pourquoi est-ce que tu écrases les fourmis noires ? Ce sont les fourmis musulmanes ! Tu ne dois tuer que les rouges, les hindoues ! » Comment ce même Chotda avait-il pu épouser une fille hindoue ? Lui sacrifier ses études, sa vie confortable à la maison, ses frère et sœurs, ses parents ? Comment avait-il pu pour elle saccager la vie de tout un foyer ?

Une semaine après, je reçus la visite de Maman. Elle était venue supplier la principale de me laisser rentrer chez nous. Celle-ci ne put accéder à sa demande, étant donné que sur le registre de l'école ne figurait que le nom de Papa. Maman repartit en pleurant.

Papa me rendait souvent visite l'après-midi. Il m'apportait toujours des biscuits, du chanachur, toutes sortes de friandises. Il ne me les remettait pas sans me demander : « Comment vont tes études, ma chérie ? »

Je n'osais pas lever les yeux. J'avais le plus grand mal à articuler un : « Bien ! » accompagné d'un hochement de tête.

« Il y a des filles de ton âge, à l'internat ? » s'enquérait-il d'une voix pleine de sollicitude.

Je lui faisais signe que oui.

« Tu vas voir, tu seras bien ici pour travailler. Dès la fin des classes, tu dois revenir à l'internat sans tarder, prendre ta douche, manger et te mettre à tes devoirs ou à la révision de tes leçons. Tu n'as que ça à faire ici ! C'est pour ton bien que je t'ai mise à l'internat. Si tu ne le comprends pas maintenant, tu le comprendras plus tard, quand tu seras grande. Un père ne se soucie que du bien de ses enfants, n'est-ce pas ma chérie ? »

Les larmes me montaient aux yeux. Je me forçais à fixer le soleil afin que Papa pense que ces larmes n'étaient pas dues à l'envie de pleurer. Je me gardais bien de rien lui montrer de mon envie désespérée de rentrer à la maison. Je n'avais pas le droit de recevoir d'autres visites que les siennes. Pas même celles de Maman. J'aurais tellement aimé m'enfuir à toutes jambes. Oui mais voilà! la porte était surveillée par un immense gardien à moustaches! Ni Runi ni sa sœur Rébecca, dont la présence aurait peut-être quelque peu allégé ma peine, n'habitaient plus à l'école.

L'après-midi, lorsque les cours étaient terminés, qu'elles avaient mangé et fait la sieste, certaines pensionnaires allaient jouer au badminton, pendant que d'autres préféraient participer à une séance de commérages sur la vie privée des professeurs qui suscitait toujours un intérêt inépuisable: qui était marié avec qui, qui avait divorcé, qui était célibataire, qui était tombé amoureux de qui... Je ne comprenais pas grand-chose à tous leurs racontars et surtout je me demandais comment elles faisaient pour être au courant des affaires domestiques, des moindres pensées de nos professeurs, ce dont j'étais parfaitement incapable. En tout cas, ces parties de badminton et ces bavardages, dont je me contentais d'être l'auditrice et la spectatrice, me faisaient passer le temps.

Le soir venu, nous devions nous asseoir à nos tables pour travailler, sous la surveillance de la principale qui faisait des rondes pour voir si nous étudiions sérieusement. Il m'arrivait souvent de mouiller les pages de mes livres de mes larmes à ces moments-là, où je regrettais particulièrement la maison. Ce qui m'attristait, c'était surtout l'approche du moment où je devrais me coucher toute seule, sans que personne n'appelle sur moi le marchand de sable.

Quelle faute avais-je donc commise, pour être condamnée à cet exil interminable? C'était Chotda qui était tombé amoureux, qui s'était marié sans la permission parentale… Pourquoi fallait-il que je paye pour lui ? Il ne faisait pas pour moi l'ombre d'un doute que j'étais victime d'une énorme injustice de la part de Papa.

J'avais aussi assisté de loin aux amours de mon frère aîné. Nous étions à Sans-Souci depuis à peine trois jours qu'il était tombé amoureux d'une fille du quartier, une certaine Anita, qu'il avait aperçue sur un toit en terrasse, sa longue chevelure épaisse et noire flottant au vent. Il ne lui en avait pas fallu davantage. Mais, pour son malheur, Anita et sa famille avaient déménagé six mois plus tard à Calcutta. C'est cet événement qui poussa Dada à se lancer dans l'écriture de poèmes.

Certes, quand il eut fait la connaissance de Shila, le flot des odes à Anita commença à se tarir. Dada avait deux copains dénommés Farhad. Pour les distinguer, on appelait l'un deux le Gros Farhad et l'autre le Petit Farhad. Shila, une grande fille au visage poupin, était la sœur du Gros Farhad. Dada disait tout le temps qu'elle lui rappelait Olivia, une héroïne de film, dont il avait couvert les murs de sa chambre des photos découpées dans des magazines. Entre les pages de ses livres, de ses cahiers, sous la nappe de sa table, sous son oreiller, sous son matelas, ce n'étaient partout que photos de la belle Olivia. Yasmine et moi ne manquions pas de remettre à notre frère tous les portraits d'elle qui nous tombaient sous la main. Il passait des heures à les contempler en faisant remarquer, si quelqu'un entrait dans sa chambre : « Le menton de Shila est exactement comme ça ! Et le nez, c'est à cent pour cent celui de Shila ! Et les yeux… Shila aussi, quand elle rit, a une fossette sur la joue gauche ! »

Et voilà Dada de nouveau l'esprit tout occupé à composer des poèmes, passant ses journées à écouter des chansons d'amour par Hemanto Mukhopadhyay. Il avait fini par s'acheter un violon, à force d'économiser sur l'argent que Papa lui donnait pour payer son rickshaw et ses goûters. Il avait même pris des leçons avec un professeur. Il passait de longs moments à sortir des sons douloureux de son instrument, tout en pensant amoureusement à sa belle Shila. Laquelle demeurait indifférente. Finalement, ce ne furent pas les mélodies au violon qui la séduisirent, mais les poèmes.

C'est à Maman que Dada parle en premier de la beauté de Shila, de ses talents culinaires, de son don pour la couture. Bref, la belle-fille idéale. Il veut épouser Shila et Maman se charge de relayer, avec douceur et ménagements, le vœu de Dada aux oreilles de Papa. Tant et si bien que celui-ci se décide à voir la fille en question.

Shila vient donc à la maison. On la fait asseoir face à Papa, dans le salon, pendant que Dada reste dans sa chambre. Il ne cesse de remuer nerveusement les jambes, comme le balancier d'une pendule, dont le tic-tac serait le choc de ses genoux. À aucun moment, il n'ose apparaître dans le salon, pendant que Maman sert les vermicelles au lait sucré, apporte le thé sur un plateau, avec toutes sortes de friandises, qu'elle pose sur la table devant le canapé où Shila est assise. Papa, un sourire énigmatique aux lèvres, discute avec Shila tout en mangeant.

Quand vient le moment du départ, Papa conduit lui-même Shila jusqu'au rickshaw. Debout devant le portail noir, il lui fait au revoir de la main.

Toute heureuse, dans son sari neuf, les lèvres rougies par la noix d'arec, berçant déjà le rêve d'avoir une belle-fille, Maman accourt auprès de Papa : « Elle est belle, n'est-ce pas ? On dirait Madhubala[1] ! s'enthousiasme-t-elle.

— C'est vrai ! reconnaît Papa.

— Et elle est vraiment gentille ! poursuit Maman.

— Certes ! acquiesce Papa.

---

1. Actrice de cinéma, très populaire dans les années 1950.

– Notre fils a bien l'âge de penser à se marier !
Mieux vaut qu'il se marie dès que possible !

– Il n'est pas question que mon fils épouse cette
fille ! » déclare Papa.

Le jugement est sans appel.

Shila est mariée deux mois plus tard à un homme
bedonnant, le visage plein de moustache, dépassant
à peine le mètre cinquante, de vingt-trois ans son
aîné, qui a su mettre la biche en cage.

Les pleurs de Dada me rappelèrent ceux de tante
Jhunu, que l'on avait dû envoyer à Dhaka, auprès
de Boro-mama, après une tentative de suicide, cau-
sée par une affaire de cœur.

Les deux sœurs, Runu et Jhunu, qui avaient à
peine un an de différence, étaient inséparables. On
les prenait pour des jumelles. Elles partageaient
tout, les larmes comme le rire. Elles n'avaient aucun
secret l'une pour l'autre. Jusqu'au jour où Runu
disparut. On apprit à quelque temps de là qu'elle
s'était enfuie pour épouser un certain Rasou, dans
le village duquel elle habitait désormais. Cette nouvelle plongea Jhunu dans un chagrin terrible. En
effet ce Rasou n'était autre que le répétiteur à domicile de tante Jhunu. Une sorte d'idylle secrète s'était
nouée entre eux, faite d'attouchements furtifs, pendant les heures de cours, à la maison. Quoi d'étonnant, dans ces conditions, à ce que Jhunu ait eu
envie de mourir, lorsqu'elle apprit que c'était avec
sa sœur Runu que son répétiteur s'était marié ? Elle
se sentit tellement blessée, tellement offensée que la
mort lui apparut comme le seul moyen d'échapper
à la honte qui l'accablait.

Je me souviens qu'après son suicide manqué –
oncle Hashem avait réussi à enfoncer la porte de la
pièce où elle s'apprêtait à se pendre –, tante Jhunu
passait ses journées au bord de la mare, à ruminer
son ressentiment à l'encontre des hommes. « De
vraies bêtes sauvages ! ne cessait-elle de répéter.
Pires que des porcs ! Aujourd'hui ils te disent qu'ils

t'aiment, et demain ils diront la même chose à une autre ! »

Elle se négligeait, elle jadis si soucieuse de sa beauté.

« Parmi les quatre filles de Grand-mère, tante Fozli mérite dix-huit sur vingt, tante Jhunu quatorze, tante Runu dix, quant à Maman… » Dada distribuait ainsi des notes de beauté, à l'instar d'un maître d'école.

« Quant à Maman ?

– Quant à Maman… un beau zéro tout rond ! » disait-il en mâchouillant son crayon.

J'ai souvent entendu ce genre de dialogue entre tante Jhunu et la mère de Getu :

« Tu vois, mère de Getu, nous subissons le même sort. Mais si Dieu existe, Il ne le tolérera pas. Il les jugera, ceux qui nous font souffrir de la sorte, disait tante Jhunu, bientôt interrompue par la voix de Grand-mère qui, de la fenêtre, lui demandait ce qu'elle avait à chuchoter ainsi avec la mère de Getu. « Il faut qu'elle raconte tout à tout le monde, celle-là !

– Dieu s'en moque bien, en vérité ! Et, de toute façon, Il est beaucoup trop partial, pour juger en notre faveur ! Voyez le père de Getu, eh bien ! après m'avoir presque tuée, il s'est remarié et il vit tout heureux, lui ! Tandis que moi, qui n'ai plus de père chez qui trouver refuge et qui ai été rejetée par mes frères, je traîne ma misère…

– C'est bien pour ça que je n'ai plus envie de vivre ! Si seulement on m'avait laissée mourir ce jour-là… ! Si seulement je pouvais les tuer, ces deux-là, avant de me supprimer… ! Pourquoi seraient-ils heureux, pendant que nous souffrons à cause d'eux ? »

Tante Jhunu et la mère de Getu continuent à parler, tandis que l'obscurité du soir tombe sur la venelle aveugle ; la clarté de la lune se perd dans les jacinthes d'eau qui recouvrent la mare. La mère de Getu s'est assoupie. Tante Jhunu n'a pas envie de bouger... Quel besoin en aurait-elle, pour qui le ferait-elle ?

Pourtant, au bout d'un moment, elle se lève et court à la maison, d'où elle rapporte un panier plein de papiers : les lettres de Rasou, pieusement conservées dans une malle où elle range ses vêtements. Ces lettres qui sentent la naphtaline, Jhunu a envie de les brûler maintenant.

« Mère de Getu, faisons donc du feu, il fait froid ! » dit-elle.

Et bientôt les cendres des billets doux consumés retombent sur les cheveux de la nouvelle ascète, tout emmêlés, car elle ne les coiffe plus depuis la nouvelle de la trahison de son amour[1].

Le visage de la mère de Getu est tout rougi par les flammes. Le spectacle de ce feu lui donne la nostalgie de l'époque où elle préparait à manger pour les siens, sur le fourneau de sa cuisine. Elle sent la bonne odeur du riz s'échappant de la marmite bouillonnante. « Dire que je dois mendier pour manger maintenant ! Combien de coups de pied me faut-il recevoir des hommes pour une poignée de riz ? Ah ! pour sûr, la faim au ventre, ça vous ôte le goût de l'amour ! L'amour, c'est fait pour les riches ! Pour nous, un seul être compte : celui qui nous remplira notre gamelle... »

Mais tante Jhunu n'a pas du tout envie d'entendre parler d'histoires de panse ! Elle qui a perdu l'appétit depuis tant de jours déjà ! Dès qu'elle porte une boulette de riz à sa bouche, elle est prête à vomir.

La dernière lettre est à moitié brûlée, quand le feu s'éteint. Tante Jhunu reste dans l'obscurité revenue, cette moitié de lettre à la main. Elle a soudain envie de la relire. Sans doute est-ce la lettre où

---

1. Beaucoup d'ascètes ou de fakirs, dans le sous-continent indien, gardent les cheveux longs, sans jamais se peigner. Dans ces cheveux qui s'emmêlent, les ascètes shivaïtes en particulier mêlent de la terre et de la cendre.

Rasou lui écrivait qu'il tenait à elle plus qu'à sa propre vie.

Juste avant le départ de tante Jhunu pour Dhaka, elle me demanda de l'accompagner, un après-midi. Personne d'autre n'eut vent de l'escapade. Le rickshaw nous déposa devant une maison à un étage, sur la façade de laquelle un panneau indiquait : Dak Bungalow. Tante Jhunu marcha jusqu'à la chambre numéro douze, à la porte de laquelle elle frappa, tandis que je la rejoignais. Des gouttes de sueur lui coulaient du front jusqu'au bout du nez. Un homme ouvrit : je reconnus Jaffar Iqbal, pour l'avoir vu une ou deux fois, puisqu'il habitait à deux maisons derrière celle de Grand-mère. Très maigre, un bouc au menton, il avait exactement l'allure des fantômes dans mon imagination. Il referma prestement la porte derrière lui et je me retrouvai seule sur la véranda, face au Brahmapoutre, que je passai tout le reste de l'après-midi à contempler, avec le jeu des remous sur le courant, et le chant des bateliers qui venaient jusqu'à mes oreilles. J'étais toujours à la même place, comme hypnotisée, lorsque le disque rouge du soleil couchant disparut derrière l'horizon, dans les eaux du fleuve.
C'est alors que tante Jhunu ressortit de la pièce et vint me dire, en me caressant les joues et le menton : «Écoute ! Si quelqu'un te demande où tu es allée, tu diras que c'était chez une de mes amies ! Compris ? »
Sur le rickshaw qui nous ramenait à la maison, elle revint à la charge : «Et si on te demande le nom de cette amie, qu'est-ce que tu diras ? »
Je la regardai fixement, sans expression, dans l'attente d'une réponse. «Tu diras que c'était Fatema, qui habite à Kalibari. Non, pas Kalibari ! Brahmapolli plutôt ! D'accord ? »
Je ne promis rien. Mais sans doute fut-elle rassurée à la pensée qu'étant peu loquace je ne risquais guère de vendre la mèche...

Retour à la maison

Cela faisait quatre mois que j'étais pensionnaire quand Maman me ramena à la maison. Non sans mal! Il lui était en effet théoriquement interdit de me rendre visite. Mais elle sut trouver le bon moyen de me récupérer, en venant souvent pleurer dans le giron de la principale de l'école: «Son père a décidé de se remarier, c'est pour cela qu'il a voulu la mettre en pension, expliquait-elle. Ce n'est qu'une machination, vous comprenez? Un de ces jours, il va vendre la maison et aller s'installer ailleurs avec sa nouvelle femme. Je vous en prie, laissez-moi reprendre ma fille... Mes deux fils sont partis de la maison... Je n'ai personne! Si elle reste avec moi, son père n'osera peut-être pas vendre... Ni se remarier!»

Ces lamentations finirent par émouvoir la principale, qui me remit entre les mains maternelles. Maman usa du même stratagème pour faire sortir Yasmine de son pensionnat de Mirzapur. Le soir de cette journée où elle nous délivra de nos prisons respectives, Maman attendit avec terreur le retour de Papa à la maison.

Lorsqu'il nous vit, en effet, il sursauta comme en face de fantômes. Déjà Yasmine et moi tentions tant bien que mal de nous protéger des coups en nous blottissant derrière Maman. «C'est moi qui les ai mises au monde! J'ai tout de même le droit de les avoir à mes côtés ! » lança-t-elle, avant que Papa eût desserré les mâchoires.

Finalement, Papa s'abstint de tout commentaire, mais dès le lendemain il cessa d'approvisionner la maison. Maman n'eut bientôt plus, pour nous nourrir, que le recours d'aller chercher de quoi manger au restaurant de Grand-père. Elle en revenait en grommelant : « C'est sûr, le salaud s'est mis en tête de se remarier ! C'est pour ça qu'il a d'abord voulu éloigner ses deux filles. Mais je ne le laisserai pas faire, tant que j'aurai un souffle de vie ! Dire que c'était une espèce de mendiant, que mon père a eu la bonté de recueillir dans la rue ! » Assez fort pour que Papa entende, de sa chambre.

Papa avait aussi cessé de nous donner l'argent pour payer nos trajets en rickshaw de la maison à l'école. La distance étant trop grande pour être parcourue à pied, nous cessâmes d'aller en classe. « On verra bien combien de temps il supportera ça ! » disait Maman.

En effet, lorsqu'il eut constaté que nous n'allions plus à l'école depuis trois jours, Papa sortit de son silence. Le matin du quatrième jour, après s'être douché à l'eau froide et habillé, prêt à partir à son travail, il m'appela : « Alors, tu penses que tu n'as plus besoin d'étudier, c'est ça… ? » me lança-t-il, après s'être raclé la gorge.

Je ne trouvai rien à répondre.

Je n'avais pas l'habitude que Papa me demande mon avis. Ni de prendre des décisions me concernant.

« Si tu n'en as plus besoin, poursuivit-il sans croiser mon regard, dis-le carrément ! Comme ça, de mon côté, je n'aurai plus à m'en préoccuper. Tes frères me l'ont bien dit, chacun à leur tour, qu'ils ne voulaient plus faire d'études ! Alors que je lui envoie chaque mois de l'argent, voilà que Noman vient de m'écrire qu'il ne se présenterait pas à ses examens à cette session, qu'il préférait attendre la prochaine. Quant à ton autre frère, ce n'est même pas la peine

d'en parler : sa vie est finie ! Si c'est le même chemin que vous voulez emprunter, dites-le tout de
suite ! Car, dans ce cas, il n'y a pas de sens à continuer de faire des frais pour vous envoyer à l'école. »

Ne sachant plus où me mettre, je détournai les
yeux vers la cour où l'herbe avait poussé, vers la
pompe couverte de mousse, la queue d'un corbeau
perché sur le goyavier... Je n'ouvrais jamais la
bouche devant mon père. Au contraire, j'avais,
depuis toute petite, acquis la ferme conviction que,
face à lui, il n'y avait de salut que dans le silence.
Qu'il n'y avait pas de meilleur moyen de l'apaiser
que de garder la plus parfaite immobilité. Mieux
valait le laisser parler en ayant l'air de l'écouter,
tête basse, sans émettre le moindre son. De lui, il
fallait être prête à tout accepter avec la plus grande
passivité, les coups comme les caresses. Comment
aurais-je pu le croire, quand il m'affirmait que, si
telle était mon envie, il me laisserait partir comme
Chotda ? Je savais pertinemment que, si je disais
vouloir suivre l'exemple de mon frère, il commen-
cerait par m'arracher la peau des fesses.

« Pourquoi ne vas-tu pas à l'école ? » hurla-t-il soudain, à me faire trembler. Je cessai de regarder la
queue du corbeau. Cette fois-ci, il me fallait vraiment répondre quelque chose ! Non qu'il ignorât ce
que j'allais dire, mais il fallait qu'il l'entendît à nouveau de ma bouche.

De manière à lui signifier que je le considérais
comme responsable de la situation et que je n'avais
pour ma part rien à me reprocher, je rassemblai
toutes mes capacités vocales pour lui dire : « Je n'ai
pas de quoi payer le rickshaw...

– Et pourquoi ça ? rugit-il. Tu es vraiment la fille
de ta mère, va ! Elle trouve bien de quoi te nourrir,
est-ce qu'elle ne peut pas aussi ramasser de quoi
t'envoyer à l'école ? »

Sur quoi, il me lança en pleine figure deux billets
d'un taka qui tombèrent à mes pieds. Après avoir
l'espace d'une seconde songé à les laisser là où ils

étaient, lorsque je vis l'air furibond de Papa, je me
jetai sur eux. Je n'étais pas Chotda pour oser lui
tenir tête. Certes, le fait qu'il acceptât notre retour
à la maison était en un sens une défaite pour lui,
mais il était évident qu'il n'en voulait rien laisser
transparaître.

Il avait dû renoncer à nous garder pensionnaires,
mais il s'acharna à transformer la maison en une
vraie prison. Interdiction totale d'ouvrir les fenêtres
donnant du côté de la rue ! À quelques jours de là,
nous vîmes déverser dans la cour de pleines charre-
tées de briques, de sable et de ciment et bientôt les
ouvriers commencèrent à doubler en hauteur le mur
d'enceinte de la propriété, de manière qu'aucun
contact ne fût plus possible avec l'extérieur. Il va de
soi qu'il était strictement interdit de monter sur la
terrasse, notre lieu de loisirs préféré, notre unique
observatoire de la vie environnante.

La proclamation de la terrasse comme zone interdite eut pour principal effet de m'y attirer encore
plus. Papa était à peine sorti que je m'y précipitais.
Les gonds du portail noir, le soir venu, me ramenaient comme un vent de tempête à ma table de travail, écolière appliquée. Plus je me sentais limitée
dans mes mouvements, plus je sentais grandir en
moi un violent désir de briser tout ce qui pouvait
m'enfermer. Plus je grandissais, plus se creusait
l'écart entre mon moi intérieur et mon moi extérieur : l'un plein d'audace et d'élan, l'autre amorphe
et languissant.

Il me fallut quelque temps pour comprendre que
Papa prenait ce débordement de précautions à mon
sujet parce qu'il craignait que je fusse la proie de
quelque garçon du coin avec qui je m'enfuirais un
jour ou l'autre.

En ces mois de réclusion, entre les murs de l'école
et ceux de la maison, il n'y eut que le séjour chez
nous de Ratan pour emporter ma solitude dans un
flot de joie et de vitalité. Ratan était un garçon ori-

ginaire du village d'Elenga, dans le district de Tangaïl. On l'installa dans la chambre de Dada.

Il adorait jouer avec nous aux gendarmes et aux voleurs, l'après-midi, lorsque nous rentrions de l'école. On écrivait d'abord sur différents bouts de papier : voleur, policier, bandit... Puis on les pliait et on les jetait en l'air, avant d'en piocher un au hasard. Si j'héritais du papier policier, il me fallait deviner lequel de mes deux partenaires était voleur et lequel était bandit, par exemple. Si je me trompais, il hurlait à faire trembler toute la maison : « Échec ! »

Ratan était le fils d'un ami de Papa, médecin comme lui. Il allait de soi qu'il avait porte ouverte chez nous, car son père avait beaucoup aidé Papa, dans sa jeunesse, quand il était à court d'argent, bien avant ma naissance. Ratan devait avoir dans les deux ans de plus que moi. Il n'arrêtait pas de courir comme un garnement dans toute la maison, cheveux et chemise au vent. Tout de suite, il s'était comporté en fils de la famille. Dès qu'il rentrait de l'école, il jetait sa serviette sur son épaule et allait prendre sa douche. Déjà naturellement clair de peau, il en revenait blanc comme un sahib. Puis il passait un long moment à se peigner. Dès qu'il avait terminé, il se dirigeait vers la cuisine pour demander à Maman : « Khala, qu'est-ce que vous avez préparé à dîner ? J'ai tellement faim ! »

Maman aimait beaucoup la mère de Ratan, surnommée Boulboul. Pendant qu'elle servait son repas à Ratan, elle ne manquait pas de lui parler d'elle. « Est-ce que ta mère est toujours aussi belle ? » lui demandait-elle chaque fois. Je n'ai en effet jamais entendu Maman chanter à ce point les louanges de la beauté de quelqu'un.

Mais, après que Ratan m'eut pendant quelques mois aidé à mieux vivre l'interdiction de monter sur la terrasse, avec ses parties de gendarmes et voleurs, de dominos, et ses réussites, vint le jour de son départ. Avant de nous quitter, il déposa un papier soigneusement plié sur ma table, en me disant de ne l'ouvrir que lorsqu'il serait hors de la maison. Puis, il me dit au revoir en me flanquant une claque amicale sur le dos, selon son habitude.

Lorsqu'un peu plus tard je dépliai le papier laissé sur ma table, je vis qu'il s'agissait d'une lettre. Ratan y disait qu'il m'aimait très fort. Que si je n'acceptais pas son amour, il perdrait le goût de la vie. Sa lettre était bizarrement écrite, espiègle comme lui : par exemple, au lieu de : « *À bientôt, je reviendrai* », il s'était amusé à écrire : « *Ah ! bient'eau, j'heureux viendrai…* »

La lecture de ces lignes me fit aussitôt battre le cœur. De peur, surtout. Je serrai la feuille de papier dans mon poing, puis allai la relire, enfermée dans les toilettes. Je ne cessai de regarder les mots *je t'aime* comme un miséreux une platée de riz. La seule pensée que cette lettre me fût adressée me donnait des frissons. Je craignais que quelqu'un ait vu Ratan me la remettre. Ce serait une catastrophe ! Il ne fallait surtout pas qu'elle tombe entre les mains de quiconque. J'avais l'impression de marcher dans le vide. Certes, déchirer la lettre eût été le meilleur moyen de se défaire de tout souci, mais je n'avais nulle envie de recourir à pareil expédient. Je voulais la garder. Je la dissimulerai entre les pages de mon livre d'histoire, sous mon oreiller… Si je gardais précieusement cette lettre chiffonnée, trempée de sueur entre mes doigts, ce n'était guère que je ressentisse de l'amour pour celui qui me l'avait écrite. Non, c'était de la lettre elle-même que j'étais amoureuse, et d'elle seule.

Pour mon malheur, Papa tomba dessus quelques jours plus tard, en examinant mes affaires de classe, histoire de voir où j'en étais de mes études. Il ne me dit rien de particulier, mais il prit aussitôt sa meilleure plume pour écrire à son ami médecin de Tangaïl qu'il veille à ce que son fils Ratan ne s'avise pas de jamais revenir chez nous.

Je me répétai en mon for intérieur que cela

m'était bien égal. Mais je plaignais cet ami de mon père, que je n'avais jamais vu, de recevoir une lettre si peu amène. Je m'en culpabilisai même, comme si j'étais cause de la ruine de leur vieille amitié. Comme si c'était ma faute si Ratan m'avait écrit. Comme si tout le mal venait de moi seule.

C'est à l'époque où Papa s'activait à me maintenir en état de réclusion qu'il décida, devant l'augmentation du coût de la vie, de ne plus nous faire manger de riz qu'à un seul repas. Nous dînerions de galettes de blé le soir.

«Ça y est! Il a dû se remarier, cette fois-ci! Il a besoin de faire des économies de ce côté, pour pouvoir nourrir sa nouvelle femme de l'autre!» réagit Maman.

Il ne me fallut pas longtemps pour comprendre que Maman se trompait, car, le long du chemin pour aller à l'école, je voyais chaque jour de plus en plus de mendiants, affluant de la campagne. Un jour, j'entendis le tireur de rickshaw dire: «Les gens des villages arrivent dans la ville comme les eaux de la crue! Il n'y a plus personne dans les campagnes... Plus rien à manger! Pas la moindre récolte!»

Du haut de mon rickshaw, je regardai, interdite, la foule des réfugiés, qui erraient par toute la ville, avec chacun une écuelle ou un plateau à la main. Ils avaient les yeux exorbités par la faim, les os qui semblaient vouloir leur sortir de la poitrine; ils avaient tous le ventre si creux qu'il semblait rejoindre leur dos. On aurait dit une caravane de squelettes. Quelques-uns étaient lâchés par la longue procession, cherchant leur souffle, vacillant au bord d'un caniveau. Certains s'attroupaient devant les maisons d'apparence opulente, comme devant notre portail noir, en criant: «Du riz! du riz! Du pantabhat, du riz tourné, ne serait-ce qu'une poignée!» Émue par tant de misère, moi qui avais le ventre plein, je voulus, de retour à la maison, leur porter de quoi manger. Mais j'eus la mauvaise surprise de

trouver le baril où nous gardions notre provision de
riz fermé avec un cadenas. Un cadenas énorme, de
l'espèce la plus solide.

« Maman, donne-moi du riz, que j'aille le porter
aux mendiants devant chez nous ! On dirait que ça
fait des jours qu'ils n'ont pas mangé ! » allai-je supplier Maman, occupée à réciter ses prières.

Je dus attendre qu'elle ait terminé tout son rituel
et replié son tapis, pour m'entendre dire qu'il n'y
avait plus de riz. Je ne comprenais pas. C'était la
première fois que je voyais ma mère refuser l'aumône. Aucun mendiant n'était jamais reparti de
chez nous sans avoir reçu au moins deux poignées
de riz. Était-il possible que nous n'ayons même pas
une platée de pantabhat à offrir ?

Il me revint à l'esprit que la veille, pendant le
repas, lorsque j'avais demandé à Maman de me resservir du riz, alors qu'il n'en restait plus un seul
grain dans mon assiette, elle m'avait répondu que
ce n'était pas possible, qu'il n'y en avait plus.

Moi qu'il fallait toujours forcer à manger, qui faisait toujours la dégoûtée, voilà que pour une fois
que j'en redemandais, Maman ne pouvait pas m'en
redonner ! Elle qui devait toujours me faire avaler
des tas d'histoires avant que je consente à avaler un
morceau ! Il fallait qu'elle s'ingénie à décorer tout le
tour de mon assiette d'une guirlande de petites boulettes de riz mélangé de poisson, puis qu'elle déploie
des trésors d'imagination – « Celle-ci, c'est le tigre,
celle-ci le lion, celle-ci l'éléphant et celle-ci l'ours…
alors, l'ours, c'est toi qui vas le manger… et voilà !
bravo ! Ils ont tellement peur quand ils te voient !
Allez, maintenant, au tour de l'éléphant… » – pour
me faire ingurgiter quelque chose. Parfois, elle me
prenait aussi par surprise, pendant que j'étais en
train de lire, par exemple. Mais aucune ruse ne faisait effet très longtemps.

Je n'avais sans doute jamais laissé une assiette
vide jusqu'à ce jour de mil neuf cent soixante-qua-
torze, où Maman ne put me resservir une cuillerée

de riz. Je la regardai avec incrédulité. Étions-nous brusquement devenus pauvres ?

Mais je ne tardai pas à remarquer que Papa et Maman ne mangeaient plus que des galettes de blé, matin et soir. Notre bonne aussi. Seules Yasmine et moi avions droit à deux petites assiettes de riz par jour. Le baril était quasiment vide.

« C'est la famine dans tout le pays ! » entendis-je Papa dire sur un ton de vive anxiété.

Les mendiants étaient toujours plus nombreux dans les rues. Ils ne demandaient même plus une poignée de riz à la porte des maisons, mais seulement une louche d'eau de cuisson, un peu d'écume. C'est ainsi qu'un jour un squelette se présenta au portail noir. C'était un petit garçon qui ne devait pas avoir plus de huit ou neuf ans. Je ne pus soutenir sa vue. Il n'avait même plus la force de demander quoi que ce soit. Il n'avait plus de voix. J'appelai Maman, pour qu'on lui donne tout de suite quelque chose à manger. N'importe quoi. Ma part de ce jour, s'il le fallait. Je la lui cédais volontiers.

Bouleversée elle aussi, Maman lui servit une assiette de riz. Je le reverrai toujours porter la nourriture à sa bouche avec cette main qui n'avait plus que les os. Il avait le plus grand mal à avaler, à force d'être resté sans manger des jours et des jours. J'avais vu bien des pauvres, mais c'était la première fois que je voyais des gens mourir de faim. D'habitude, nous jetions tant de restes aux chats, aux chiens, aux corbeaux... Et à présent les gens périssaient d'inanition à notre porte !

Le soir, en mastiquant ses galettes, Maman raconta : « Quand j'étais petite, il y a eu une famine pareille. Des avions venaient larguer des sacs de farine de lentilles au-dessus de la ville. Nous courions les ramasser pour les rapporter à la maison. Le riz était devenu introuvable !

– Comment en aurait-on trouvé ? intervint Papa, sortant de son mutisme. Il n'y en avait plus ! Les

gens avaient de l'argent, mais il n'y avait plus de riz
à vendre. Des centaines de milliers de gens sont
morts à cause de ça. On m'a raconté que les rues de
Calcutta étaient pleines de cadavres. Les gens mangeaient même la moelle qu'il y a à l'intérieur des
troncs de bananiers. Combien de gens de notre village ont vendu leurs filles pour un peu de riz, à
l'époque! Qui sait? Va-t-on revivre la famine de
quarante-trois?»

je commençai à me demander ce qui allait nous
arriver si nous n'avions plus du tout de riz. Allions-
nous devenir des squelettes, comme ce garçon qui
s'était présenté à notre portail? À cette pensée, je
n'avais plus envie que de me coucher, recroquevillée sur moi-même, pour attendre la mort.

C'est alors que parvint de chez le pîr la nouvelle
que Dieu avait envoyé un terrible monstre sur la
terre, pour éprouver la foi de ses créatures. Je me
voyais déjà décapitée d'un coup de son arme tran-
chante, appelant au secours mes parents en vain,
pendant que retentissait le rire fracassant de mon
bourreau. Pour chasser ce cauchemar, j'essayais de
toutes mes forces de croire pieusement en Dieu,
répétant mentalement, selon les indications de
Maman: «*Dieu est Un et Unique, et Muhammad est
Son Prophète.*» Mais tout de même, quel mystère
que cette foi qui consistait à croire sans voir ni
comprendre! Ce qui me paraissait assurément
moins mystérieux, c'était que mon corps ne serait
bientôt plus qu'un squelette rongé par la famine.

«Toi qui as toujours gaspillé tant de nourriture,
eh bien! sache que c'est un péché contre Dieu que
de laisser tomber un seul grain de riz par terre! me
dit Maman, avant d'ajouter, anxieuse: Je ne sais
même pas si mon fils a quelque chose à se mettre
sous la dent! Au prix que coûte le riz, aujourd'hui!
– Ne te fais pas de souci! J'envoie régulièrement
de l'argent à Noman!» tenta de la rassurer Papa.

Mais en réalité, c'est pour Chotda que Maman
s'inquiétait. Personne ne lui envoyait d'argent à lui.

Personne ne savait ce qu'il devenait. Maman ne put retenir ses larmes. Agacé, Papa ne trouva qu'à lui conseiller d'aller se coucher, tandis que lui-même se retirait dans sa chambre.

Dès l'aube, il y a foule devant notre portail. Maman distribue l'eau de cuisson du riz, au fond de laquelle traînent quelques grains. L'après-midi, le garçon-squelette, qui s'appelle Israïl, vient manger chez nous. On entend des manifestations passer dans la rue, aux cris de : «On veut à manger! On veut vivre décemment!» Ce sont les militants communistes qui s'arrêtent dans chaque maison bourgeoise, déployant un grand carré de tissu rouge devant la porte, pour recueillir les dons de riz qu'ils vont redistribuer aux victimes de la famine.

Ils viennent chez nous aussi, un bandeau rouge sur le front. Au portail noir, l'un d'eux me demande : «Va chercher l'un de tes parents! Dis-leur qu'on vient collecter du riz pour les pauvres!» Tout excitée, je cours trouver Maman : «Maman! Maman! Donne-moi du riz! Il y a toute une troupe devant chez nous... Ils réclament du riz!

– Est-ce pour cela qu'il faut absolument leur en donner? Et vous, comment est-ce que je vais vous nourrir ensuite?

– Il y a beaucoup de gens qui donnent quelque chose. Ils ont déjà collecté une grande quantité de riz. Va voir! Ils t'appellent!» dis-je à Maman en la tirant par le bras.

De derrière le battant du portail, Maman leur demande : «Que voulez-vous?»

Un des jeunes du groupe s'avance pour répondre : «Nous voulons du riz, madame. Il y a des tas de gens qui meurent de faim. C'est pourquoi, nous les étudiants, nous allons de maison en maison, pour collecter du riz, que nous distribuerons ensuite aux plus pauvres. Donnez quelque chose vous aussi! Si peu que ce soit!»

Derrière lui, le groupe d'étudiants reprend en

chœur : « Que les uns mangent, les autres pas, nous ne l'admettons pas ! » Cet enthousiasme me remplit d'exaltation. Je pousse Maman du coude en lui chuchotant : « Allez, donne-leur du riz ! On n'a qu'à casser le cadenas sur le baril !

— Mais ton père va me tuer ! me répond-elle à voix basse.

— Ne t'en fais pas ! L'important, c'est de donner du riz ! Viens, allons casser le cadenas ! »

Maman, un peu effrayée par la foule des manifestants, finit par me dire : « Ah ! si seulement on pouvait faire prévenir ton père… ! Je ne sais que faire face à eux… »

Les jeunes commencent à se presser à l'ouverture du portail entrebâillé. Maman n'arrive toujours pas à prendre une décision. Moi, je n'ai pas pu attendre plus longtemps : j'ai déjà ramassé une brique dans la cour et je suis dans la réserve, en train d'essayer de casser le cadenas de notre baril de riz. Trois coups, quatre coups… le solide cadenas cède.

Je vois que le baril est à moitié plein. Je remplis un gamcha et je cours au portail le remettre aux étudiants. Maman me regarde faire, stupéfaite.

La troupe se remet en route en chantant ses slogans. En la regardant s'éloigner, fascinée, je me sens envahie par une immense joie. Cette fois-ci, mon moi conquérant, fort et audacieux, est sorti de sa coquille. Je n'ai pas peur de le montrer au grand jour. De vivre mes rêves. Je m'étonne moi-même ! Est-ce bien moi ?

Maman referme le portail en soupirant : « Ton père va te mettre en morceaux, tu vas voir !

— Oh ! j'ai l'habitude ! C'est presque tous les jours que je reçois une correction ! » je lui rétorque, encore toute à mon bonheur.

Maman m'a toujours décrit les communistes comme des monstres. S'ils étaient vraiment si monstrueux qu'elle le dit, pourquoi prendraient-ils la peine de collecter du riz pour les pauvres ? Quel mal y a-t-il à sauver les miséreux de la famine ?

Certes, les communistes ne croient pas en Dieu, mais ils aident les malheureux : n'est-ce pas le contraire d'un crime ? J'aimerais tellement me joindre à leur troupe pour participer à la collecte de riz qui permettra de maintenir en vie des garçons comme cet Israïl. J'ai envie de ne plus manger, tant que la famine n'aura pas cessé. Mais il y a mes désirs et la réalité imminente : le retour de Papa à la maison et la punition redoutable qui m'attend. Il a gardé sous son matelas le fouet acheté pour ramener Chotda dans le droit chemin.

Dès son retour, ainsi que je m'y attendais, Papa va jeter un œil au baril de riz. Il voit le cadenas cassé qui pend au couvercle. Aussitôt, comme je le prévoyais, toute la maison résonne de ses rugissements. Assise dans ma chambre, je retiens mon souffle. Je le vois déjà aller chercher son instrument de torture sous son matelas, je me vois déjà couverte de sang. J'en ai le dos qui me cuit, tendu comme un arc, sous l'effet anticipé de la douleur. Je ne vois plus rien devant moi, à croire que je suis devenue aveugle. À part mon dos meurtri, je ne sens plus mon corps, aussi léger qu'une plume emportée par le vent. Je suis nue, telle la statue de Mirabai dans la cour de l'école de Rajbari. C'est moi qui me suis mise à nu, débarrassée de tout, moi qui n'ai ni proche, ni ami, dans la solitude absolue. Ce monde n'est pas fait pour moi. Je préfère m'éteindre à cette vie [1]…

La maison paraît vide de tout mouvement, comme si personne n'y habitait. Chacun de ses habitants s'est sans doute réfugié dans son trou, au rugissement du tigre ! Je suis seule à attendre à ma place que l'on m'appelle à franchir le pont du Jugement dernier, que sonne l'heure de reconnaître tous mes péchés. Mais je crois sincèrement, de plus en plus, ne pas avoir péché. C'est là la première certitude que je me sois jamais donnée à moi-même. J'ai

---

1. L'auteur emploie ici le terme bouddhique de *nirvana*, dont le sens propre est *extinction*.

trouvé la foi, la foi en moi-même, en osant relever la tête. Je répète la réponse que m'inspire cette foi : « Il est écrit dans nos livres qu'il faut nourrir les affamés ; c'est ce que j'ai fait ! »

Mais la voix de Maman me tire de mon extase : « Tu n'as pas besoin de crier comme ça ! s'exclame-t-elle. C'est moi qui ai cassé le cadenas. Mes filles pleuraient, tellement elles avaient faim ! Que pouvais-je faire d'autre ?

– Qu'est-ce que c'est que cette histoire ? Pleurer de faim ? Est-ce qu'elles n'avaient pas mangé à midi ? gronde Papa.

– Ce n'est pas avec les rations que tu donnes qu'elles risquent de se remplir le ventre ! rétorque Maman. Et puis, je n'ai pas pu me retenir, j'ai eu envie de prendre un peu de riz moi aussi ! J'en avais assez des galettes de blé ! C'est comme ça qu'elles n'ont pas eu leur compte !

– Tu en as du culot ! hurle Papa. Tu aurais pu me demander mon avis avant d'aller casser le cadenas !

– Et comment ? Y a-t-il encore quelqu'un à la maison que je puisse envoyer pour te prévenir ? » répond Maman en montant le ton.

Papa cesse ses rugissements. Peu à peu la maison semble s'étirer, comme au réveil d'un long sommeil. Ses habitants peuvent ressortir de leurs trous. On entend des bruits de vaisselle dans la cuisine. Les pas de Maman sur la véranda.

Maman que je vois chaque jour franchir le seuil du portail noir, son burkha étrangement renflé au niveau du ventre. Un jour, je me décide à la suivre comme une ombre jusqu'à la rue, où je la vois monter sur un rickshaw qui tourne à gauche, au carrefour près de chez nous. Elle ne va donc ni chez Grand-mère, ni à Naomahal, qui sont dans la direction opposée.

« Maman, où vas-tu ? Le rickshaw que tu as pris a tourné à gauche ! Chez qui es-tu allée ? je lui demande à son retour.

– Occupe-toi de tes affaires! me répond-elle, avec un mouvement d'agacement. Tu as la langue trop bien pendue!»

J'ai toujours vu Maman facilement agacée par les questions. Je me souviens qu'une fois elle m'a gratifiée d'une cuisante paire de gifles, qui m'a fait heurter le fer de la fenêtre avec la tête, simplement parce que je lui avais demandé ce qu'elle avait rapporté la veille de chez le pîr, empaqueté dans une sorte de balluchon.

Plusieurs jours après avoir laissé ma question sans réponse, Maman me demande soudain: «Tu veux m'accompagner là où je vais?

– Oui!» je m'empresse de dire en bondissant de joie.

Et nous voilà toutes les deux parties. Après avoir dépassé Golpukur, nous nous enfonçons dans une ruelle en face de l'école Mritunjay. Sur cette ruelle, se trouve un bustee, où Maman me fait entrer dans une hutte de cinq ou six mètres carrés, dans laquelle j'ai la surprise de me trouver nez à nez avec Chotda et Geeta Mitra. Maman sort aussitôt de dessous son burkha quelques boîtes. La grande est pleine de riz. Je n'en crois pas mes yeux.

«Attention! Tu dois garder le plus grand secret sur ce que tu as vu aujourd'hui! me dit Maman en faisant les gros yeux.

– Je ne dirai rien à personne! je promets en ravalant ma salive.

– Comme ça, tu pourras faire la cuisine, Afroza! Vous avez des lentilles, n'est-ce pas? j'entends Maman dire, pendant qu'elle range les boîtes qu'elle a apportées.

– C'est qui, Afroza?

– La femme de ton frère est devenue musulmane. Elle a pris ce nouveau nom», m'explique alors Maman, sur un ton de vive satisfaction.

Afroza est assise sur le lit bas, le pan de son sari ramené sur la tête. Chotda est à côté d'elle, l'air triste. À part le lit, il n'y a rien d'autre dans la pièce

qu'un petit fourneau et quelques ustensiles de cuisine.

Où est-il passé le fringant jeune homme toujours
peigné à la mode, pantalons à pattes d'éléphant, qui
ne marchait jamais qu'en sifflant ? Son air triste me
bouleverse. Le voilà condamné à vivre dans cette
misérable hutte ! Je m'en veux soudain de n'avoir
pas levé le petit doigt, au moment où il subissait les
tortures paternelles. De n'avoir pas pipé mot. Qui
d'autre que Papa pouvait attacher son propre fils
avec des chaînes, pour le battre ? Lui seul était
capable d'une chose pareille ! Et nous, nous n'avions
su que pleurer en cachette sur le sort funeste imposé
à notre frère !

« Chotda, beaucoup de lettres sont arrivées pour
toi à la maison, dis-je en arrivant à peine à articuler.

– Ah bon ? fait-il, occupé à allumer le fourneau.

– L'autre jour, j'ai vu passer ton professeur de
guitare, Katan-*da* devant chez nous. Il m'a demandé
où tu étais. Je n'ai rien pu lui dire. »

Sans faire de commentaire, Chotda alimente en
bois le fourneau. Bientôt, l'eau bout dans la marmite. Il arrive à grand mal à entretenir le feu. Je me
frotte les yeux, pour savoir si je rêve, tant la scène
me paraît improbable. Chotda ne manifeste aucun
intérêt pour son professeur ni pour son courrier. Il
me semble maintenant qu'il a énormément changé
en l'espace de ces quelques mois. Sa seule préoccu-
pation, comme s'il n'y avait pas tâche plus urgente
en ce monde, c'est d'alimenter le fourneau pour le
repas, et son seul plaisir de regarder ce que Maman
a apporté dans ses boîtes : du riz, des épices, du
poulet déjà cuisiné… Il paraît affamé. Il avait souvent autrefois de brusques fringales, mais se nourrissait avec la plus grande irrégularité. Même
quand il rentrait à la maison, après ses longues
séances de bavardage avec ses copains, il oubliait
de finir son assiette, toujours trop occupé à nous
raconter toutes sortes d'histoires.

Je ne peux détacher mon regard du visage de Chotda, que cela paraît embarrasser. Il y a si long-temps que je ne l'ai pas vu ! Je me souviens de l'his-toire du roi Édouard VIII, qui renonça au trône par amour. Au-delà de l'amour, la pauvre hutte de mon frère me semble être un lieu d'héroïsme, bien au-dessus des soucis ordinaires. Tout le monde n'est pas capable de renoncer aux biens matériels. Le détachement est réservé à un petit nombre. Chotda a jadis écrit à Dolly Pal qu'il ne souhaitait rien d'autre que vivre avec elle au pied d'un arbre. Sans doute avait-il écrit la même chose à Geeta Mitra dans sa fameuse lettre de trente-deux pages. Quelle différence y a-t-il à vivre sous un arbre et dans cette hutte de misère ? Chotda a su prendre le risque, dédaignant la richesse et la gloire ! C'est un homme libre à présent, que personne n'exploite ni ne gou-verne, à qui personne ne dit qu'il est temps de ren-trer, de se mettre à sa table de travail... Comme j'aimerais moi aussi briser mes chaînes et me rendre libre ! Car je sens des chaînes invisibles m'enserrer le corps, aussi fort que celles dont Papa a ligoté son fils prisonnier.

À la longue, Chotda prit l'habitude de venir tous les après-midi à la maison, quand Papa était à son travail. Geeta Mitra le suivait sur la pointe des pieds, dissimulée sous le pan de son sari. Après avoir soi-gneusement refermé la porte au verrou derrière eux, afin que personne ne puisse les surprendre, Maman leur servait à manger. Et quand ils repartaient, elle ne manquait pas de leur remplir un sac de provi-sions. Yasmine et moi étions chargées de faire le guet, en cas de retour inopiné de Papa. Pendant qu'il était chez nous, Chotda passait son temps a errer de pièce en pièce. S'arrêtant devant le poste de radio, la pendule, l'électrophone, il répétait : « Ah ! si seule-ment je pouvais emporter ça chez moi ! »
En le voyant ainsi tourner dans la maison, je sou-haitais ardemment qu'il revienne un jour y vivre.

J'espérais le revoir bientôt dormir à sa table, sur ses livres de classe. Prendre sa douche à la pompe, en se frottant vigoureusement au gant de crin. Rentrer tard le soir, tous les soirs, en sifflant, cheveux au vent, sa guitare sur l'épaule.

Mais, petit à petit, Chotda déménageait ses affaires une par une. Il avait emporté sa guitare, ses vêtements, tout ce qu'il y avait dans sa malle. Puis ce fut le tour de la radio, de la pendule sur le mur... Yasmine et moi fîmes semblant de n'avoir rien remarqué. Je comblai le vide laissé par la radio, en empilant à la place de vieux livres et magazines. J'accrochai au mur un joli calendrier plein de couleurs...

Nous étions trois membres de la maisonnée à jouer aux aveugles, à ne pas remarquer que des objets familiers disparaissaient, et surtout à souhaiter qu'il ne prît pas à Papa de vouloir écouter les nouvelles à la radio ni de chercher l'heure à l'horloge. J'étais prête à répondre à toute enquête sur ces disparitions en disant qu'un cambrioleur avait dû s'introduire dans la maison. Maman et Yasmine devaient certainement tourner le même genre de réponse sur le bout de leur langue.

Le jour où, en rentrant de l'école, je vis Chotda emballer l'électrophone dans la housse du canapé, je fis également semblant de ne m'apercevoir de rien. Lorsqu'elle le vit à son tour, Maman lui dit : « Non, ne prends pas ça ! Ton père sera fou de rage !

– Mais il ne marche pas bien ! s'écria Chotda, d'un ton sans appel. Je vais le porter à réparer. »

Le repentir et la compassion que nous éprouvions toutes trois à l'égard de Chotda pouvaient certes nous faire jouer les timorées, en pensant à la réaction de Papa, mais nous interdisaient de nous opposer aux desiderata du banni. Chotda repartit ce soir-là avec la superbe machine made in Germany. Sans doute nous fallait-il faire quelques sacrifices pour expier nos fautes.

À quelque temps de là, un jour, l'incident tant redouté se produisit : le brusque retour de Papa, en plein après-midi. Je sentis mon sang se glacer dans mes veines. Chotda et Geeta Mitra se cachèrent dans la première pièce venue. Le bruit de la porte refermée précipitamment au verrou résonna dans toute la maison à la manière d'une bombe. Papa n'avait pas pu ne pas l'entendre. Maman se tenait devant cette porte comme si c'était elle qui venait de la fermer, sous le coup d'une absolue nécessité. Ne sachant quelle contenance adopter, elle se mit à débiter des phrases totalement dénuées de sens, vu l'heure, du genre : «*Tu ne t'es pas encore lavé les mains pour manger!*» Ou : «*J'ai laissé passer l'heure de la prière du soir!*» bien qu'il fît encore grand jour.

D'habitude, quand Papa rentrait à l'improviste, il venait surveiller la manière dont nous faisions nos devoirs du soir, voir si personne n'était monté sur la terrasse, si toutes les portes et fenêtres étaient bien fermées... Lorsqu'il s'était assuré que tout était en ordre, selon sa volonté, il venait à côté de ma table me parler un moment des grands hommes, de leur acharnement au travail, origine de leur réussite, avant de repartir ausculter ses patients.

Mais ce jour-là, il semblait vouloir s'éterniser, arpentait les pièces de long en large... Chaque minute rythmée par son pas pesant semblait durer un siècle. Quand il s'arrêta devant Maman et la porte fermée, Maman lui demanda s'il voulait manger ou boire quelque chose. Sans répondre, Papa poussa les battants de la porte, qui ne bougea pas puisqu'elle était fermée de l'intérieur. Constatant que personne ne manquait à l'appel à l'extérieur de cette pièce, Papa demanda qui se trouvait là. J'avais envie de crier à Papa que c'était moi qui m'y étais enfermée l'instant d'avant, et que je m'en étais échappée par magie, comme était capable de le faire P. C. Sarkar, le grand illusionniste.

«Qui est là ?» hurla Papa en secouant la porte.

Maman s'écarta, son rôle de gardienne étant ter-

376 Enfance, au féminin

miné. Une odeur de brûlé venait de la cuisine. Yasmine était penchée sur ses livres, immobile comme
une statue de pierre. La peur me donnait envie d'aller aux toilettes.

Quand il entreprenait quelque chose, Papa n'était
pas homme à renoncer à aller jusqu'au bout. Je
l'entendais répéter sa question de plus en plus fort.
Jusqu'à ce que, n'y tenant plus, j'abandonne le livre
de géométrie dans lequel je feignais de m'absorber,
pour courir m'enfermer dans les toilettes. Je voulais
m'éloigner du terrible événement qui n'allait pas
manquer de se produire, n'en rien voir au moins.
Mais mon stratagème n'avait pas échappé à Papa
qui vint frapper violemment à la porte : « Sors de là !
Veux-tu sortir de là ? »

Dès que j'entrouvris, il me bondit dessus comme
un fauve et me hurla aux oreilles : « Vas-tu me dire
qui est dans cette pièce ? »

En un instant, j'étais devenue assassin pris en fla-
grant délit. C'était moi la coupable. Papa me
secouait en me traînant tout le long de la véranda
jusqu'à la porte de la pièce fermée. Cette fois-ci, ma
dernière heure était venue.

Heureusement Maman était là pour jouer les sau-
veurs, comme si souvent. Me tirant de la gueule du
tigre, elle articula comme une mécanique : « C'est
Kamal et sa femme qui sont là... Elle s'est convertie.

– Quoi ? Qu'est-ce que tu dis ? Qui ça ? demanda
rudement Papa, comme s'il n'avait pas compris.

– Kamal. C'est Kamal et sa femme, répéta Maman.

– C'est qui, ça, Kamal ? Je ne connais aucun
Kamal, moi ! répliqua Papa, avant de rugir : Fais-les
immédiatement sortir de ma maison ! Immédiatement ! »

Je restai sur la véranda, immobile, incapable du
moindre mouvement, les yeux fixés sur l'index de
Papa qui désignait le portail noir.

Déjà Chotda, tirant sa femme par la main, était
sorti par la porte de derrière et courait vers son salut.

Premières règles

Un après-midi, alors que j'allai me changer après être rentrée de l'école, je constatai que mon pyjama était taché de sang. Aussitôt, je m'inquiétai : que m'était-il arrivé ? M'étais-je coupée ? Mais où ? Et comment ? Je ne sentais aucune douleur, ce qui m'affola encore davantage. Je me mis à trembler, craignant déjà d'être sur le point de mourir !

Je courus à la recherche de Maman, que je trouvai dans le potager, occupée à ramasser des choux-fleurs. Je me jetai dans ses bras, où je fondis en larmes.

« Maman, je me suis coupée ! Je n'arrête pas de saigner ! réussis-je à articuler entre deux sanglots.

– Où t'es-tu coupée ? Où ça ? » me demanda-t-elle en m'écartant doucement.

Je désignai mon entrejambe.

« Ne pleure pas ! m'encouragea Maman en me caressant les cheveux.

– Mets-moi vite du Dettol ! lui dis-je en m'essuyant les joues.

– Ne t'inquiète pas ! Ça va passer ! » se contenta-t-elle de me répondre avec un petit sourire.

Je ne comprenais pas. Je saignais, et Maman n'avait pas l'air de s'en soucier le moins du monde. Elle ramassa tranquillement ses légumes et se dirigea vers la cuisine. Pourquoi n'allait-elle pas chercher du désinfectant et des pansements ? Pourquoi gardait-elle aux lèvres ce sourire narquois ?

«Tu es grande maintenant. Ce genre de chose arrive aux filles quand elles grandissent! dit-elle tout en secouant la terre de ses choux-fleurs.

– Ce genre de chose? Quelle chose? répliquai-je excédée par ce sourire goguenard qui ne la quittait pas.

– De perdre du sang, comme ça! Ça s'appelle les règles. La menstruation. Ça arrive chaque mois aux grandes filles, aux femmes. À moi aussi, m'expliqua-t-elle, comme amusée.

– Et à Yasmine aussi? m'écriai-je, anxieuse.

– Pas encore! Mais ça lui arrivera, quand elle aura ton âge.»

C'est ainsi que, par un bel après-midi, je sus que j'étais devenue femme. «Tu n'es plus une gamine. Tu ne dois plus t'amuser, traîner dehors comme les enfants, tu comprends? Tu dois rester à la maison, comme les grandes filles! Tu ne dois plus courir, tu dois rester tranquille! Et ne pas t'approcher des garçons!» m'avertit Maman.

Puis elle alla chercher un de ses vieux saris dont elle déchira quelques bandes de tissu qu'elle plia et me donna, avec un cordon de pyjama, en me recommandant, d'un air redevenu grave: «Il faut que tu te mettes ces bandes entre les jambes en les faisant tenir avec ce cordon que tu t'attacheras autour de la ceinture. Car tu vas perdre du sang pendant trois jours, peut-être même quatre ou cinq. Tu ne dois pas avoir peur. Ça arrive à toutes les femmes. C'est tout à fait normal. Quand une bande de tissu sera tachée de sang, tu devras la laver et la faire sécher, après en avoir mis une autre. Mais attention! Tu dois faire tout cela discrètement sans que personne ne te voie. C'est une question de pudeur! Et tu ne dois en parler à personne!»

Le discours maternel ne me rassura aucunement. Quelle chose affreuse! J'allais donc devoir saigner ainsi, et chaque mois! Et pourquoi cela était-il réservé aux filles? Ne pouvais-je être épargnée? La nature était-elle partiale, à l'image de Dieu?

Il me fallait donc m'accoutumer à l'idée que j'avais grandi, que j'étais comme ma mère et mes tantes, que je n'avais plus l'âge des jeux de gamine. Fini le temps des caprices! Je devrais porter le sari et aider Maman à la cuisine, marcher lentement, parler doucement – puisque j'étais grande! C'était comme si l'on venait de me tirer de force du vaste terrain de jeux de l'enfance, de nos cases de marelle! Je n'étais plus la même qu'avant... J'étais une autre, affreuse, dégoûtante. Il me semblait que le peu de liberté que j'avais s'envolait loin de moi à l'instant, telle une touffe de coton emporté par le vent. Je me demandai si j'étais plongée dans un cauchemar. Ou si ce que je venais de vivre, tout ce que Maman m'avait dit était bien la vérité. Si seulement il s'était agi d'un mauvais rêve, que je me fusse réveillée en étant comme avant! Pourquoi ne pouvais-je effacer ce cauchemar? Je souhaitais de toute mes forces que ce sang coulé entre mes jambes fût un men-songe. Un simple accident, dû à une blessure interne, qui ne se reproduirait jamais. Que je pusse rendre ses lambeaux de sari à Maman en lui disant que je n'en avais plus besoin, puisque j'étais guérie.

Enfermée dans la salle de bains, je me tapai la tête contre le mur, indifférente à la douleur du corps, comme si celui-ci n'était qu'un véhicule transpor-tant mon cœur blessé, d'où voulait s'épancher tout le chagrin du monde. Je gardai à la main les mor-ceaux de sari donnés par Maman. Il me semblait que c'était ma destinée que j'avais là, au bout des doigts. Une destinée horrible, tellement injuste!

J'entendis frapper à la porte et la voix de Maman qui me chuchotait: «Qu'est-ce que tu fais? Dépêche-toi! Fais ce que je t'ai dit, et sors de là!»

Maman ne voulait donc même pas me laisser pleurer tout mon compte de larmes, le visage caché entre mes mains tant j'avais honte, tant j'avais de rage contre mon sort, tant j'avais peur... J'en voulais terriblement à Maman. À toute la famille, comme si j'étais soudain la victime de leur complot commun.

Comme s'ils m'avaient choisie moi, pour me jeter
aux ordures. Je devais sentir bien mauvais ! Misère
de moi, misérable que j'étais !

Je me demandais comment cacher cet atroce événement qui venait de s'abattre sur moi. Comment je
pourrais désormais marcher, courir, de peur que
les gens ne découvrent que j'avais ce paquet de linge
entre les jambes, sous mon pyjama ? Ce paquet de
linge plein de sang ! Je me détestais. De dégoût,
j'avais envie de me cracher dessus ! Je me sentais
comme une attraction foraine, un monstre, un être
d'une espèce unique, ne pouvant inspirer que des
haut-le-cœur. Je me croyais atteinte d'un mal
secret, incurable.

Était-ce donc cela, grandir ? Mais, au cours des
jours suivants, je ne remarquai pas de changements
particuliers en moi. Je n'étais finalement pas si différente. J'avais toujours des envies de faire une partie de marelle ou de quatre coins, bien que Maman
m'eût conseillé d'éviter tout effort physique violent,
de ne pas sortir de la maison, de peur que des garçons ne me regardent de la terrasse des voisins.

J'avais beau lui dire, contrariée : « Mais qu'est-ce
que ça peut faire, Maman ? », elle me rétorquait
invariablement : « Tu es grande, maintenant. Ça
n'est pas convenable ! »

Qu'est-ce que c'était que cette histoire de convenances ? Je ne reçus jamais de réponse claire à ce
propos. Tout ce que je voyais, c'était que Maman
n'avait de cesse de me protéger des regards de tout
homme extérieur à la famille. Comme en proie à
une véritable passion consistant à me cacher, à me
garder enfermée. Si jamais mes oncles venaient
nous voir avec des amis à eux, elle m'envoyait aussitôt dans ma chambre. De peur que ces garçons ne
me regardent. Étais-je si monstrueuse ?

Pendant les jours de ces premières règles, je tou-
chai une fois par mégarde le Coran, posé sur une
étagère de l'armoire de Maman. Elle me dit aussi-

tôt : «Tu ne dois pas poser la main sur le saint Coran tant que tu es impure !

— Impure ? Qu'est-ce que ça veut dire ? m'écriai-je, tout étonnée.

— Ça veut dire qu'une femme est impure, pendant la période de ses règles. Il lui est alors interdit de toucher la Parole de Dieu. De faire ses prières ou le jeûne.»

Que de fois avais-je entendu Maman prononcer ce mot d'*impur*, à propos des chiens. Comme eux, les filles étaient donc impures, au moins une fois par mois. D'une impureté que même les ablutions rituelles ne sauraient laver. Me voilà donc tombée dans une mare puante, salie du bout des orteils à la pointe des cheveux ! Quand il me fallait laver mon paquet de linge sanguinolent, j'en avais envie de vomir. Je me haïssais. J'aurais mille fois préféré être victime d'un djinn. Que ne pouvais-je enfermer cette vilaine chose dans une boîte, que j'enterrerais quelque part, dans un endroit du jardin où jamais personne ne posait le pied ?

Je redoutais de marcher, de rester immobile. Je vivais dans la hantise permanente que ce paquet de linge ne me sorte d'entre les jambes et ne tombe par terre, devant tout le monde. Je serais objet de dégoût ou la risée de tous, à cause de ce corps qui me faisait honte.

Je ne pouvais ôter ma chemise, même par un après-midi brûlant, selon les ordres de Maman, bien que je n'eusse encore en fait de seins que deux petites noix de cajou. Et cette rivière de sang qui me coulait au creux des jambes ! Désemparée, je restai couchée, à ruminer mon malheur.

Ces trois jours de pertes de sang m'avaient laissée épuisée, abattue. Papa vint me voir, alors que j'étais dans mon lit et me houspilla en roulant des yeux de taureau furieux : «Qu'est-ce que tu as à rester tout le temps couchée ? Veux-tu bien te mettre au travail ?»

382 Enfance, au féminin

Voyant que je me traînais à grand-peine à ma table d'étude, Papa se fâcha : « Et remue-toi un peu ! Tu n'as rien dans les veines, ma parole ! Il faut manger ! »

Maman intervint alors, dans le rôle du sauveur, une fois de plus. Elle appela Papa dans la pièce d'à côté, où je les entendis chuchoter. Leurs chuchotements dont je devinais le contenu me brûlaient les oreilles. J'essayais de lire, mais les lettres se mélangeaient sous mes yeux. Je sentais le rouge me monter aux joues, jusqu'aux oreilles. J'entendis Papa se rapprocher de moi et sentis sa main se poser sur mon épaule – sa main ou son fouet ? « Si tu veux te reposer, tu peux... C'est peut-être mieux que tu te couches un moment. Tu as bien le temps d'étudier plus tard dans l'après-midi. Allez, va te recoucher ! Le corps a besoin de repos à certains moments. C'est normal. Certes il ne faut pas jouer les Kumbhakarna[1] en dormant tout le temps ! Ça suffit qu'il y ait déjà l'un de vous qui soit si paresseux, ton frère aîné, Noman. C'est à cause de ça qu'il a raté ses études. Ne fais pas la même chose que lui, n'est-ce pas ? Ce serait une épouvantable catastrophe. Tu verras, si tu réussis bien tes études, tu deviendras quelqu'un ! »

Cela dit, il me prit dans ses bras et me porta jusqu'à mon lit. Puis, s'asseyant à mon chevet, il me chuchota, tout en me caressant le front : « Tu sais, je n'ai plus que deux enfants maintenant ! Mes deux filles ! Vous êtes ma fierté. Tous mes espoirs, ma raison de vivre. J'aurai atteint le but de mon existence, quand vous serez prêtes à vous débrouiller par vous-mêmes dans la vie. Si tu me déçois, il ne me restera plus qu'à me suicider, tu sais ! Alors, repose-toi maintenant. Et, dès que tu te sentiras mieux, remets-toi à étudier. Ne dit-on pas que *le corps est bon travailleur, jamais rechignant au labeur* ? Je suis là pour veiller à ce que vous ayez tout ce dont vous

1. Un des monstres de l'épopée indienne du *Ramayana*, qui a la particularité de dormir presque en permanence.

pouvez avoir besoin. Afin que vous ayez les meilleures conditions pour vous consacrer à vos études,
puisque tel est votre devoir à votre âge. Après l'âge
d'étudier, viendra l'âge d'exercer un métier, tu verras ! Puis l'âge de la retraite ! À chaque période de la
vie correspond un état différent. N'est-ce pas ? »

Papa me débitait son discours habituel en me
rejetant les cheveux vers la nuque, de ses doigts
rugueux. Lui qui était toujours peigné avec soin ne
pouvait supporter que les cheveux nous retombent
sur les yeux. C'était son geste de tendresse habituel,
que de nous recoiffer ainsi. Mais que sa main était
rêche ! C'était comme si on m'avait gratté la peau
avec du papier de verre !

J'avais tellement envie d'être enfin grande, assez
grande pour atteindre la targette de la porte !

Maintenant, je suis certes assez grande pour la
faire coulisser, en me haussant sur la pointe des
pieds. Mais voilà que ces pertes de sang m'ont soudain fait grandir si vite que j'en éprouve un sentiment de peur. Peur d'être enfermée, recluse,
soustraite à tous les regards. Maman ne cesse de me
donner de quoi cacher mon corps. Je n'ai plus l'âge
de porter des culottes courtes, je dois cacher mes
jambes sous un pyjama, même à la maison. Je dois
me couvrir la poitrine d'un foulard, par-dessus la
chemise. Bref, il faut que je cache tous les signes
indiquant que je grandis. Pour éviter que les gens
ne me taxent d'impudeur, d'indécence. Car la
société déteste par-dessus tout ces défauts chez les
filles. Les filles pudiques, modestes, réservées, on
n'a aucun mal à leur trouver un mari ! Et Maman
espère bien, justement, qu'on n'aura guère de mal à
me trouver un beau parti. Mamata, le rat de bibliothèque, vient bien de se marier !

Quand je lui avais demandé si elle connaissait
son futur mari, elle m'avait répondu que non. Son
époux était venu la chercher à dos d'éléphant, sous
les yeux admiratifs de toute la ville ! Ce qu'il venait

chercher, c'était aussi une dot considérable : des kilos d'or de bijoux, trente mille takas en liquide, un poste de radio, une montre-bracelet... Et maintenant Mamata se retrouve au service de ses beaux-parents. Finies les études ! Il ne tardera pas à lui faire passer le goût de la lecture, son cornac. On peut lui faire confiance pour ça !

Les ennuis de mes premières règles étaient à peine passés qu'un homme, officier de police dans un coin perdu, se présenta chez nous, un gros poisson à la main [1], pour dire à Papa qu'il souhaitait marier son fils avec moi. Lorsqu'il sut l'objet de la visite, Papa eut tôt fait de leur indiquer d'un geste à lui et à son poisson la direction du portail noir, sans prononcer un seul mot. Cela au grand déplaisir de Maman, qui reprocha à Papa : « Mais qu'est-ce qui t'a pris ? Le moment n'est-il pas venu de penser au mariage de ta fille ? Elle a l'âge, maintenant ! Pourquoi attendre plus longtemps ?

– Je suis assez grand pour décider moi-même quand le moment sera venu de marier ma fille ! coupa court Papa. Personne ne t'a demandé de jouer les chefs ! Ma fille est loin d'avoir terminé ses études. Je veux qu'elle soit médecin. Et pas un simple docteur en médecine comme moi, mais un spécialiste. Je ne veux plus entendre un seul mot au sujet de son mariage, compris ? »

Ces propos de Papa me réconcilièrent avec lui. J'eus tout à coup envie de lui préparer de mes mains une bonne citronnade. Il devait avoir grand-soif ! Mais je n'avais pas l'habitude de l'approcher sans qu'il m'eût d'abord appelé, de rien lui donner sans qu'il me l'eût d'abord demandé. Je ne trouvai pas en moi l'audace de faire sauter le couvercle des vieilles habitudes.

---

1. Selon la coutume en vigueur au Bengale, surtout dans le monde rural, la demande en mariage doit s'accompagner d'un cadeau consistant en un beau poisson, dont les Bengalis, grands piscivores devant l'Éternel, sont très friands.

Maman, remarquai-je, était très excitée par ma récente entrée dans le monde des *adultes*. Un jour, elle revint du marché avec un burkha noir qu'elle me tendit en disant : « Essaye voir ça, ma grande, c'est pour toi que je l'ai acheté. Regarde si ça te va !

– Qu'est-ce que tu dis ? me récriai-je, rouge de rage. Tu veux me faire porter cette espèce de machin !

– Mais bien sûr ! Tu es grande maintenant ! Toutes les femmes portent le burkha pour sortir, tu le sais bien ! entreprit-elle de m'expliquer tout en vérifiant sur moi si le vêtement était bien à ma taille.

– Il n'est pas question que je porte le burkha, répétai-je fermement.

– N'es-tu pas musulmane ! C'est Dieu Lui-même Qui a institué l'obligation pour les femmes musulmanes d'être voilées, m'expliqua Maman sur un ton caressant.

– C'est bien possible, mais moi, en tout cas, je refuse !

– Mais tu as vu tes cousines, les filles de tante Fozli... ? Elles portent toutes le burkha et ça leur va très bien, crois-moi ! Ce sont vraiment des filles très bien élevées. Et toi aussi, tu en es une ! Tu verras, si tu mets le burkha, les gens n'auront que des compliments à la bouche à ton sujet ! »

Maman accompagna ces derniers mots de force caresses dans le dos. D'habitude, il n'en fallait pas plus pour me faire fondre comme cire à la flamme. Mais ça ne marcherait pas aujourd'hui. Il était temps que j'apprenne à dire non avec la plus grande fermeté. Je le répétai en moi-même pour renforcer ma détermination : non ! non ! non !

« Non, je ne veux pas ! dis-je à haute voix, après un instant d'hésitation.

– Comment ça, non ? s'énerva Maman.

– Je te dis que je ne porterai pas le burkha ! » répétai-je en prenant la précaution de me mettre prestement hors de portée de Maman.

Pas assez vite, toutefois, pour éviter complètement la claque que Maman me destinait, de la même main qui me caressait l'instant d'avant, et qui s'abattit sur mon dos. «Tu iras en enfer! me menaça-t-elle. Je t'avertis que tu n'y échapperas pas. Je n'apprécie pas du tout ton comportement. J'ai eu beau t'emmener souvent à Naomahal, ça ne t'a pas ouvert les yeux! Tu n'as pas vu que les filles de ton âge, et même de plus jeunes, y sont toutes en burkha? Comme elles sont jolies habillées de cette façon! Et elles font toutes leurs prières tous les jours, et le jeûne de Ramadan! Tandis que toi, plus tu grandis, plus tu te crois au-dessus de tout ça, n'est-ce pas? Eh bien! tu en seras punie dans les flammes de l'enfer, tu peux en être sûre!»

Je laissai parler Maman, bien décidée en moi-même à ne pas porter de burkha, dussé-je me faire arracher la peau du dos! J'allai m'asseoir à ma table de travail, rentrant la tête entre mes épaules. Je ne lisais rien du livre ouvert sous mes yeux, les lettres étant comme obscurcies par l'ombre des ailes d'un vautour tournoyant dans les airs au-dessus de moi, prêt à fondre sur sa proie.

Maman faisait les cent pas sur la véranda. Assez fort pour que je l'entende de ma chambre, elle marmonnait: «Cette fille est un vrai démon! À la voir ainsi, on ne le croirait pas! Mais en vérité elle discute tout ce que je dis. Je n'ai jamais vu ça! Je me demande où elle trouve tant de culot! Il aurait sans doute fallu que je la batte comme fait son père, pour qu'elle m'obéisse! Qui veut la fin veut les moyens...»

Quand Maman veut les moyens, elle se transforme en une vraie furie. Je ne la reconnais plus! Elle n'est plus la tendre mère qui réussissait à me faire avaler mes repas avec des trésors de patience et d'ingéniosité, qui m'apprenait sans fin comptines et chansons, qui me veillait des nuits entières quand j'avais de la fièvre. Aussi me fais-je toute petite, jusqu'à me confondre avec la poussière, réprimant en toutes les fibres de mon corps une colère cachée, comme un diamant dans la roche.

Parfois j'ai envie de prendre du poison pour mou-

rir. Sérieusement. Le monde est trop cruel. Mieux
vaut mille fois mourir que de continuer à vivre
femme en ce monde. L'autre jour, j'ai lu dans le
journal qu'une fille avait soudainement changé de
sexe. J'aimerais tellement me réveiller un beau
matin en constatant que je suis devenue un garçon !
Que je n'ai plus ces affreux morceaux de chair qui
me poussent sur la poitrine ! Que je puisse me promener à mon gré, le torse simplement couvert
d'une chemise de coton fin ! Rentrer tard le soir à la
maison, après avoir passé ma journée à me baguenauder, à aller au cinéma, à fumer ! Maman me servirait la plus belle tranche de poisson, puisque je
serais un garçon – continuateur de la flamme familiale. Les garçons savent pouvoir toujours compter
sur l'indulgence de leur mère. Personne ne me seri-
nerait de me couvrir la poitrine avec un foulard, de
me cacher le corps sous un burkha ; personne ne
serait là pour m'interdire de monter sur la terrasse,
de regarder à la fenêtre, d'amener des camarades à
la maison pour bavarder, de sortir quand il me plaît.

Mais qui me transformerait en garçon ? Je ne puis
le faire moi-même ! Qui à part Dieu puis-je prier de
me rendre ce service ? Si seulement il y avait quelqu'un d'autre à qui l'on puisse adresser des prières !
Bien sûr, il y a les trente-trois millions de dieux et
déesses des hindous… Mais pourquoi m'écoute-
raient-ils, puisque je suis d'une religion différente ?
Et notre Dieu à nous, j'en ai souvent fait l'expérience, ne sait pas donner ce qu'on lui demande.
Dieu est une belle attrape, va ! Mieux vaut ne
confier ses désirs qu'à soi-même. Aussi je ne cesse
de me répéter : « De deux choses l'une : ou bien tu
meurs, ou bien tu deviens un garçon ! »

Puisqu'une des phrases favorites de Papa est : « *Il
suffit de vouloir pour pouvoir…* » Je m'efforce donc
de rassembler toute ma force de volonté. De vouloir
de toute la force de mon être…

Fulbahari

Mon envie d'être transformée en garçon s'éva-
nouit le jour où je vis arriver à Sans-Souci la mère
de Fulbahari. Elle était devenue un vrai squelette.
Atteinte d'une jaunisse, elle disait avoir été sauvée
par les prières d'un fakir. Mais, étant donné son
état, personne ne voulait plus lui donner de travail
à domicile. Elle en était réduite à mendier un peu
de nourriture de maison en maison. Quand elle se
laissa tomber assise sur la véranda de notre cuisine,
puis se releva péniblement, en agrippant l'un des
piliers, elle donnait l'image d'une fatigue si grande
qu'elle pouvait à peine supporter le poids de la vie.
On aurait dit que celle-ci l'écrasait appuyant sur
son échine de tout son pesant de misère.

C'était la mère de la même Fulbahari qui travaillait autrefois chez nous. Je voyais encore celle-ci
se traîner dans la cour en direction de la mare,
après qu'elle eut été rouée de coups. Je me revoyais
également assise sur un tabouret bas à regarder
cette femme, aujourd'hui mendiante, moudre les
épices, penchée sur la pierre, pilon en main, dans
une odeur de curcuma, de piment, de coriandre, de
cumin, d'oignon, d'ail et de gingembre mélangés.
Elle travaillait une grande partie de la matinée à
écraser tous ces ingrédients, dont venait ensuite
prendre livraison un employé du restaurant de
Grand-père. Après la pause du déjeuner, elle recom-
mençait ce même travail la plus grande partie de

l'après-midi. Ses mouvements me fascinaient, au point qu'un jour je lui demandai : « Tu veux bien me laisser moudre un peu moi aussi ? »

Elle me regarda en découvrant dans un sourire ses dents noircies par les chiques, puis me dit : « Vous n'y arriverez pas, Apa ! C'est un travail très dur, vous savez ! »

La mère de Fulbahari et Maman sont du même âge. Mais elle m'appelle Apa et me vouvoie, puisque je suis la fille de ses patrons. Il n'est donc pas convenable que j'écrase moi-même les épices ; c'est un travail pour les gens de rien. Les gens de rien se salissent les mains aux travaux les plus durs et les plus dégradants. Depuis mon plus jeune âge, j'ai appris à faire la différence entre les gens de rien et les gens bien. Bien que la mère de Fulbahari soit plus âgée que moi, c'est elle qui me doit le respect, puisque c'est moi qui appartiens au clan des gens bien. Je sais qu'il ne faut pas sauter sur les genoux de gens de rien comme elle, qu'il faut éviter de les toucher, qu'il ne faut rien manger qui soit cuisiné de leurs mains. Qu'ils n'ont pas le droit de s'asseoir sur les fauteuils ou le canapé, qu'ils doivent rester debout, ou s'ils veulent s'asseoir, qu'ils doivent le faire par terre, *idem* pour se coucher. Qu'ils doivent accourir dès qu'on les appelle, obéir sans ouvrir la bouche à tous les ordres qu'on leur donne.

Sans quitter des yeux la bouche noire de la mère de Fulbahari, je lui demande à brûle-pourpoint : « Comment tu t'appelles, mère de Fulbahari ? »

Comme elle ne répond rien, je songe que ma question a dû se perdre dans le bruit du frottement de la pierre sur la pierre. Je la répète plus tard, dans l'après-midi, à l'heure où toute la maisonnée fait la sieste, même le chat le plus voleur du quartier : « Comment tu t'appelles ? »

La mère de Fulbahari s'arrête de travailler et me regarde. Des gouttes de sueur perlent sur son front, au bout de son nez, de son menton. «*Femme qui*

transpire du nez caresse bien son mari », ai-je maintes
fois entendu dire par tante Jhunu. Cela n'a pas
empêché le père de Fulbahari de mourir jeune… Là
où il était, il ne risquait guère d'avoir besoin de
caresses ! Aussi cette maxime de tante Jhunu faisait-
elle bien rire la mère de Fulbahari, qui ne montrait
pas seulement ses dents noires, mais toutes ses gen-
cives, tandis que ses joues prenaient la forme de
deux noix d'arec bien rondes.

Posant un regard placide dans mes yeux dévorés
de curiosité, elle me répond : « Je n'ai pas d'autre
nom que celui que vous connaissez, ma sœur : tout
le monde m'appelle mère de Fulbahari. »

Déjà fort satisfaite de relever ce que je considère
comme la bêtise de cette réplique, je lui dis, très
fière de moi : « Mais avant la naissance de Fulbahari, comment t'appelait-on ?

– Je n'ai jamais eu d'autre nom que celui que
vous connaissez, je vous dis ! me répète-t-elle, en
essuyant la sueur de son visage au pan de son sari.

– Mais les gens, comment est-ce qu'ils t'appelaient,
en ce temps-là ? Tiens, par exemple, tes parents ?

– Oh ! depuis le temps qu'ils ne sont plus là… est-
ce que je m'en souviens ? soupire-t-elle.

– D'accord, mais tout de même, quand ils étaient
encore de ce monde, ils te donnaient bien un nom ?
Comme les miens m'appellent Nasreen, par exemple.

– Non que je vous dis ! Je n'ai jamais eu de nom !
Ils devaient m'appeler : *ma fille ! gamine ! singe*… ou
je ne sais quoi ! »

Je la regarde avec incrédulité, la tête toute remplie du frottement de la pierre sur la pierre.

Un peu plus tard, je vais trouver Maman pour lui
faire part de la nouvelle, comme s'il s'agissait de
quelque chose d'extraordinaire « Tu sais Maman, la
mère de Fulbahari n'a aucun nom à elle !

– Hum ! fait-elle sans manifester ni enthousiasme, ni étonnement.

– Mais Maman, ça n'existe pas des gens sans
nom !

– Tu n'as pas la langue dans ta poche, toi! Avec moi, en tout cas! s'impatiente Maman. Allez, lis ton livre, au lieu de raconter n'importe quoi! Lis à haute voix!»

En fille obéissante, je me mets à lire en me balançant d'avant en arrière. Je profite d'un instant d'inattention de Maman pour interroger Fulbahari: «Ta mère n'a pas de nom?»

Elle non plus ne semble pas le moins du monde étonnée que sa mère n'ait pas de nom. Elle se contente de scruter mon regard, cherchant à comprendre pour quelle raison mystérieuse je suis tellement curieuse de savoir pourquoi.

«C'est comme ça! me dit-elle avec une certaine irritation. Elle n'en a pas besoin! Qu'est-ce que ça peut leur faire, aux pauvres, d'avoir un nom ou pas?»

Maman dit toujours que Fulbahari a la colère mauvaise. Elle parle comme les hommes, avec la même grosse voix! Quoi qu'il en soit, ce qu'elle vient de me dire me plonge dans la plus grande perplexité. Pourquoi les pauvres n'auraient-ils pas besoin de noms? À la réflexion, Fulbahari doit avoir raison: les pauvres ne vont pas à l'école, où il faut bien s'inscrire sous un nom... Comme les pauvres ne possèdent pas de maisons, ils n'ont pas besoin d'apposer leur nom sur un titre de propriété... On peut donc vivre sans nom, en tout cas si l'on est pauvre. Il n'y a d'ailleurs pas que le nom qui manque aux pauvres: ils n'ont pas non plus de matelas, de couvertures, de viande, de poisson dans leurs assiettes, de chaussures ou de sandales aux pieds, de vêtements, de savon, de poudre pour se faire beaux...

Comment font-ils? Je me sens pleine de compassion pour Fulbahari, pour sa mère sans nom aussi. Je regarde Fulbahari accroupie en train de laver le sol avec de vieux chiffons mouillés. Elle a un bidi coincé sur l'oreille; elle le fumera lorsqu'elle aura terminé son travail. J'ai déjà remarqué qu'en ces moments où elle fume son bidi, c'est là qu'elle paraît le plus heureuse. Personne ne l'empêche de fumer à la maison. Les femmes de rien peuvent bien fumer, mais il n'est pas question qu'une fille de bonne famille se mette la cigarette au bec. Quant aux hommes, qu'ils appartiennent au clan des gens bien ou à celui des gens de rien, ils peuvent faire ce qu'ils veulent, sans restrictions.

«Est-ce que tu sais lire? je demande soudain à Fulbahari toujours en train de frotter le sol.

– Non», me répond-elle en secouant la tête.

Je griffonne un O[1] sur un papier et je le montre à Fulbahari en lui disant: «C'est un O; allez, lis: O!

– O», répète-t-elle après moi, s'arrêtant de travailler, le regard brillant de curiosité.

J'écris alors son nom sur le papier et le lui montre: «Et là, vois, c'est ton nom que j'ai écrit: Fulbahari!»

Elle examine les signes sur le bout de papier comme s'il s'agissait de la photo d'un autre monde. Profitant de ce que Maman ne reparaît toujours pas, Fulbahari s'assied par terre et me demande, avec un sourire de petit enfant émerveillé: «Alors, c'est ça mon nom, Khala?»

J'ai envie de lui apprendre l'alphabet, à lire et à écrire, afin qu'elle puisse elle-même tracer les lettres de son nom: «Dis-moi, Fulbahari, pourquoi est-ce que tu m'appelles Khala? Je suis beaucoup plus jeune que toi!»

À cette question, elle me regarde avec une expression qui montre qu'elle ne voit pas où je veux en venir.

«Mais comment voulez-vous que je vous appelle autrement? me dit-elle. Vous êtes des gens bien. Quelle importance que vous soyez plus jeune? Les gens bien comme vous, même les bébés, nous ne devons jamais les appeler par leur nom, nous autres! Nous sommes nés pauvres, nous devons suivre ce que nous portons écrit là! ajoute-t-elle en se désignant le front.

1. Première lettre de l'alphabet bengali.

– Mais ton front n'est pas différent du mien! dis-je en me passant la main dessus. Les pauvres ont-ils le front de travers?

– Vous voyez bien que c'est une façon de parler! me répond-elle en souriant. Quand je dis le front, je veux dire le sort, la destinée[1]! »

Puis reprenant le nettoyage de la pièce, elle ajoute: «Après la mort du père, elle est vraiment allée de travers notre destinée, puisque nous voilà réduites à travailler chez les autres comme domestiques! Les études, ça n'est vraiment pas pour nous!

– Tu n'as plus ton père? Il est mort quand? Comment?

– C'est le vent qui l'a fait mourir, me répond-elle sans lever les yeux vers moi.

– Le vent? Qu'est-ce que c'est que cette histoire? Depuis quand le vent fait-il mourir les gens?

– Le vent des djinns, Khala! Ça lui a fait perdre l'usage de ses membres! Il s'est couché et il ne s'est jamais plus relevé… »

Elle a fini son travail. Encore bouleversée par ce que je viens d'entendre, je la regarde passer dans la pièce voisine: le vent des djinns peut faire mourir quelqu'un! Maman, que j'interroge bientôt à ce sujet, me le confirme: toute créature prise dans le vent des djinns se retrouve paralysée.

Quelle chose étrange que ces fantômes! Il n'y a que mon oncle Shoraf qui en ait vu! Cela ne m'est jamais arrivé à moi qui aurais tant aimé entendre au moins une fois le rire lumineux d'une goule! Mais j'ai eu beau passer de longs moments à regarder par un trou des volets, en direction du bois de bambous, rien de tel ne m'est jamais apparu.

C'est à moins d'une semaine de là que le vent des djinns attrapa le jeune Getu, qui perdit brusquement l'usage de sa jambe droite. Sa mère vint comme une

1. Le jeu de mots est facile en bengali, où le mot *front* a pour sens second courant celui de *destinée*.

folle chez Grand-mère, pleurer toutes les larmes de son corps, car son ex-mari ne lui donnait pas la permission d'aller voir son fils. Quand elle avait tenté de le faire, le père de Getu l'avait repoussée à coups de balai. Elle n'avait plus jamais pu voir son fils, depuis sa répudiation.

Chez Grand-mère, tout le monde assista les bras croisés aux lamentations de la mère de Getu. Tante Jhunu vint un instant auprès d'elle pour la gratifier de quelques soupirs compatissants tout en se faisant refaire sa natte, puis repartit dans sa chambre, pendant que Grand-mère continuait à préparer ses chiques au bétel. Sur quoi oncle Tutu, excédé par les plaintes de la mère de Getu, vint lui hurler aux oreilles de déguerpir. Les pleurnicheries des bonnes femmes lui étaient insupportables !

La mère de Getu n'eut plus qu'à se lever et à partir, toute seule. Pas tout à fait, puisque je la suivis, à l'insu de tous. Jusque sous les bambous, dont j'avais d'habitude une sainte terreur. Je ne pensais plus au vent des djinns, capable de me paralyser pour toujours ! J'agissais en fille effrontée, espiègle, irrespectueuse, dévergondée… Je la suivis jusque sur la voie ferrée, comme son ombre. Elle s'assit sur le rail, continuant à pleurer. Je restai debout derrière elle. Dans son désespoir, elle n'avait pas remarqué ma présence. Aussi sursauta-t-elle lorsque je lui dis : « Ne pleure pas, mère de Getu ! Et ne reste pas assise sur la voie, un train peut arriver à tout moment ! Tu verras, un jour, Getu, quand il sera grand, tuera son père pour te venger et reviendra vivre auprès de toi ! »

S'arrêtant de pleurer, la mère de Getu se retourna et me vit derrière elle, tout échevelée, les jambes grises de poussière. Moi, je voyais la cour de la maison du père de Getu toute sanglante, après que son fils l'eut tué à coups de tranchoir, comme j'avais entendu Maman menacer de découper Raziya Begum ou Fulbahari parce qu'elle s'était endormie dans la cuisine et avait laissé brûler le curry de poisson. Et cette vision ne me faisait pas trembler le moins du monde.

Moins d'une semaine après la mort de Getu, ce fut au tour du père de Thanda, le confiseur, d'être victime des djinns. Il dut fermer boutique et rester au fond de son lit, à cracher du sang. On eut beau lui faire souffler dessus par le pîr, lui faire boire de l'eau sanctifiée par la récitation du Coran, il ne donnait aucun signe de guérison. Sachant bien qu'il ne fallait guère espérer guérir du vent des djinns, toute sa famille était déjà résignée à le voir mourir.

Un jour, cependant, Papa alla examiner le mourant. Après l'avoir longuement ausculté, il lui ordonna des médicaments contre la tuberculose, qui ne tardèrent pas à le remettre sur pied. Personne n'en croyait ses yeux : un homme pris dans le vent des djinns avait réussi à s'en sortir ! On n'avait jamais vu ça ! À peine une semaine plus tard, la confiserie rouvrait ses portes. Cet événement me guérit de ma peur panique du vent des djinns, d'autant mieux que Papa ne semblait pas du tout étonné que le père de Thanda ait finalement survécu. J'étais sûre que Papa aurait pu aussi sauver Getu.

Le père de Thanda était, par on ne sait trop quelle cuisse, oncle maternel de Fulbahari. Bien sûr, si on lui parlait de cette relation, il jurait ses grands dieux qu'il n'en était rien. Mais Fulbahari me confia un jour, en fumant son bidi : « Il a une boutique, il ne gagne pas mal sa vie... C'est pour ça qu'il ne veut pas admettre que nous sommes de sa famille. Puisque nous travaillons comme domestiques... Chez les pauvres aussi, il y a le haut et le bas ! »

La mère de Thanda répandait dans tout le quartier le bruit que c'était l'eau du pîr de Sharshina qui avait guéri son mari. Ce n'était pas l'avis de Fulbahari qui ne cessait de répéter : « Ce sont les médicaments de votre père qui ont sauvé mon oncle ! Tout le monde dit qu'on ne survit pas au vent des djinns... Il en a bien réchappé, lui, pourtant ! » Ful-

bahari n'accordait guère de crédit à la rumeur
publique. Et quand elle disait ce qu'elle avait à dire,
elle le disait haut et fort, en redressant le cou.

Après la naissance d'oncle Hashem, au moment
de la famine de quarante-trois, Grand-mère avait
mis au monde coup sur coup deux garçons qui, l'un
et l'autre, étaient morts tout petits, victimes du vent
des djinns, m'apprit Maman, à qui la maladie du
père de Thanda avait remémoré l'événement. Les
nourrissons ne cessaient d'avoir la diarrhée et ne
tétaient plus le sein. Le médecin traditionnel vint
leur souffler dessus, après avoir déclaré que c'était
le djinn du jujubier des Sahabuddin qui était la
cause de tout cela. Il recommanda à Grand-mère de
garder toujours sur elle du cuir et du fer, matériaux
propres à repousser les djinns. À partir de ce jour-là,
elle ne se sépara plus jamais, où qu'elle aille, d'un
morceau de cuir et d'un vieux bout de ferraille.
Avant de rentrer dans la maison, elle prenait soin de
se donner des coups de balai pour chasser d'elle les
djinns qui auraient pu se cacher sous ses bras ou
toute autre partie de son corps. La perte de ses deux
fils en bas âge ne découragea pas Grand-mère, qui,
lorsque Maman eut des enfants à son tour, lui
imposa les mêmes méthodes de lutte contre les
djinns : les coups de balai et le feu par-dessus lequel
il fallait sauter en rentrant dans la maison.
    Lorsque, après ma naissance, Papa avait remar-
qué le manège de Maman sautant par-dessus un feu
allumé devant la porte de la maison, il s'était écrié :
« Qu'est-ce que c'est que ça, encore ?
    – C'est pour éviter que le vent des djinns ne des-
sèche les enfants en les empêchant de téter, et leur
donne la diarrhée… », avait-elle répondu, au plus
grand agacement de Papa.
    Quelle qu'en soit la raison, les quatre enfants mis
au monde par Maman survécurent sans problème
particulier. Aucun d'entre nous ne refusa le sein
maternel, sous l'emprise du terrible vent des djinns !

Certes Maman prétend, même auprès de Papa, que c'est grâce à sa prière si souvent répétée pour nous préserver des maladies et pour s'en sauver elle-même : «*Alhamdu lillahillazi khalakas samawati wal arda wa zayalaz zulumate wannur, summalla-jina qafaru birabbihim iyadilun* [1]… » Quand Maman débite pareils propos, Papa fait comme s'il n'avait rien entendu.

Après la guérison du père de Thanda, il semble que les djinns s'attaquèrent moins aux habitants du bustee. Papa en sauva encore quelques-uns avec ses prescriptions, ou en les envoyant à l'hôpital.

Peu après avoir été chassée de chez nous, Fulba-hari eut de forts accès de fièvre. Personne ne parla du vent des djinns, pour l'occasion. «Dieu ne lui a donné que ce qu'elle méritait ! Une femme sans pudeur, effrontée comme pas une ! Et faisant la fière avec ça ! Puisse-t-elle en mourir, de sa fièvre !» dit l'imam de la mosquée du coin, en attachant une amulette au bras du père de Thanda.

Quand je fis part de mon intention d'aller voir Fulbahari, Maman me tira les oreilles et s'écria : «Elle a les jambes qui la démangent, hein, d'aller sans cesse se baguenauder…»

Quelque temps après, j'appris que Fulbahari allait être mariée à un vieil homme du bustee, tout édenté, âgé d'au moins soixante-dix ans, et qui avait déjà trois épouses à la maison. La mère de Fulba-hari était venue demander de l'argent à Grand-mère, pour le mariage de sa fille. Je vis Grand-mère sortir un billet de cinq takas du coin de son sari et le lui mettre dans la main. Après avoir ainsi fait le tour de quelques maisons, la mère de Fulbahari put lui acheter un sari rouge pour la cérémonie. Elle donna au vieux la dot exigée de deux cents takas.

Fulbahari soudain me paraissait très loin. Je ne risquais plus de la voir jamais sur notre véranda, ni de bavarder avec elle, les après-midi de paresse.

1. Voir note p. 232.

Non seulement elle avait été chassée de chez nous,
mais, mariée désormais, elle ne travaillerait plus
comme domestique chez les autres… Elle travaillerait pour son mari et sa belle-famille. Je n'arrivais
pas à me l'imaginer dans la situation de devoir obéir
à un mari : ça ne lui allait pas du tout ! Je revois
encore la gifle qu'elle avait allongée à un jeune qui
s'était avisé de lui lancer une parole grivoise, alors
qu'elle passait devant lui dans la venelle. J'en avais
laissé échapper mon ballon de mes mains !

Mais ce que je revois aussi, c'est la mère de Fulbahari, repartant de chez Grand-mère, après nous
avoir annoncé : « Son mari l'a tuée ! Il l'a étranglée !
Je n'ai même plus la force de pleurer ! À quoi ça servirait ? Est-ce que ça me rendrait ma Fulbahari ?
Dieu jugera… »
On aurait dit qu'un énorme python ouvrait sa
gueule en ma direction pour m'avaler. Qu'une
énorme meule m'écrasait sous son poids, au son
que faisait la mère de Fulbahari en écrasant ses
épices tous les jours.

Les chemins de la poésie

Au royaume de la faim la terre est prosaïque;
La pleine lune luit comme un morceau de pain [1],

avait récité Boro-mama, un soir, dans la cour de
Grand-mère, inondée de clair de lune. La comparaison avait interrompu oncle Kana dans l'histoire
qu'il était en train de raconter : «Qui a le ventre
assez grand et assez faim pour manger ce morceau
de pain ? avait-il demandé en riant.

— Des milliers et des milliers de pauvres qui meurent de faim !» avait répondu Boro-mama, en mar-
telant la cour de ses socques de bois.

Ce pain de lune, décroche-le !
J'en mangerais bien un tout petit peu
Et donnerais le reste aux miséreux,

murmurai-je, pour moi-même. Mais oncle Kana
avait l'oreille fine. «Vous êtes tous devenus poètes,
à ce que j'entends ! Qui a dit : *"Et donnerais le reste*
aux miséreux" ? Qui ça ?»

Toute confuse, je me cachai vivement le visage
entre les mains. J'avais en effet pour mauvaise habitude de composer de petits vers de mirliton à propos de tout et de rien. Quand Maman me faisait
réciter ce poème que nous apprenions tous à

---

1. Vers célèbres d'un poème de Sukanto Bhattacharya (mort en
1947), poète bengali très engagé dans le mouvement communiste.

l'école : «*Le palmier, debout sur un pied, plus haut de toute la feuillée…*», je m'amusais à ajouter de mon cru : «*et le banyan, debout sur cinq pieds, plus haut d'au moins sept coudées!*»

En classe, quand je devais réciter une poésie, il m'arrivait fréquemment d'oublier le vrai texte et de débiter à la place la parodie que j'avais inventée et qui me trottait dans la tête.

À l'occasion du nouvel an bengali[1], les filles les plus espiègles de l'école avaient pour coutume de donner des surnoms à leurs camarades. Elles les écrivaient sur des bouts de papier qu'elles accrochaient aux murs de grand matin, en cachette, si bien qu'il était presque impossible d'identifier les auteurs de ces facéties. Toutes les élèves se rassemblaient devant les murs pour découvrir les nouveaux surnoms de l'année qui commençait. Je vis ainsi sur un de ces papiers que j'étais Pastèque-Fendue, sur un autre Sainte Nitouche…

Ce petit jeu n'était pas toujours gentil. Par exemple, la plus jolie fille de ma classe, une certaine Dilruba, fut une année surnommée, sur un de ces papiers, Catin. J'étais si naïve que je ne compris même pas ce que cela signifiait. Quand je lui posai la question, je fus très étonnée de la voir aussitôt au bord des larmes, sans me répondre. Émue par son désarroi évident, j'allai m'asseoir à côté d'elle et lui caressai le dos dans un geste consolateur. J'avais certes déjà entendu ce mot dans la bouche de Maman, lorsqu'elle s'emportait contre une servante, mais je n'en connaissais pas le sens précis. Toujours est-il que cet incident nous valut, à Dilruba et à moi, de devenir de bonnes amies, par un après-midi cafardeux.

Dès lors, elle me raconta les histoires de ses frères et sœurs : Lata, Pata, Tona et Tuni. À force d'entendre parler d'eux, j'en fis de vrais personnages sur lesquels brodait mon imagination. Je finis par aller chez Dil-

---

1. À la mi-avril.

ruba, qui me les présenta pour de vrai. J'échangeai
même quelques mots avec eux. Mais, en les voyant, je
constatai qu'il existait un sérieux décalage entre leur
réalité et leur existence de personnages dans les histoires que mon amie me racontait ou dans celles que
je fabriquais à leur sujet. Les personnages imaginés
m'étaient beaucoup plus proches que les véritables.
Plutôt que de rencontrer la vraie Lata et de lui
demander si elle allait mieux, je préférais interroger
Dilruba : «Et ensuite, que lui est-il arrivé ?» Et Dilruba répondait : «Lata n'allait toujours pas mieux.
On fit venir le médecin traditionnel hindou, le médecin traditionnel musulman, le médecin à l'occidentale, rien n'y fit. Lata se desséchait inexorablement.
Elle était devenue maigre comme un fil. On avait du
mal à la retrouver dans sa chambre, depuis qu'elle
n'était plus qu'un fil ! L'un était d'avis de jeter ce fil
dans les flots de la rivière[1]. L'autre de se le passer
autour du cou. Ce fut cette solution qui fut finalement
retenue. Celui qui l'avait pendue à son cou l'em-
brassa, Lata rouvrit les yeux, sourit et on sut tous
qu'elle était guérie !» Quand Dilruba racontait ses
histoires, elle ne touchait plus terre. Elle ne me voyait
plus devant elle, elle ne voyait plus que les fruits de
son imagination.

Après m'avoir ainsi rassurée sur le sort de Lata,
Dilruba me montra son cahier de poésies. Je fus
particulièrement frappée par un poème de sa composition intitulé «Brin d'herbe» :

> *Brin d'herbe,*
> *Veux-tu bien jouer avec moi ?*
> *J'ai passé à la fête toute ma journée…*
> *Tout ce que j'ai, je te le donnerai,*
> *Si tu parles avec moi une fois !*
> *C'est très tard que je viens près de toi, je sais,*
> *Mais, même si tu rejettes l'importune,*
> *La renvoyant à sa triste infortune,*

---

1. Évocation des rites funéraires des hindous.

Sois sûr que je retournerai vers toi.
Dussé-je en chemin me perdre cent fois !

« Dilruba, tu veux bien m'apprendre à écrire des
poèmes, dis ? » la suppliai-je aussitôt, penchée sur
son cahier.

Dilruba avait de toutes petites lèvres minces, très
roses, des cheveux bouclés, noués en une sorte de
chignon. Quelques mèches rebelles lui retombaient
sur le front, sur le cou, les oreilles. Elle n'était ordinairement pas très causante. Encore plus timide que
moi. Plutôt que de prendre part à l'excitation des
jeux sur la pelouse de l'école, elle préférait toujours
rester à la fenêtre, à contempler l'immensité du ciel.

« Mais ça ne s'enseigne pas, d'écrire des poèmes,
me répondit-elle, gênée, semble-t-il, de ne pouvoir
m'aider. La seule chose à faire, c'est de regarder
longuement le ciel : tu verras, au bout d'un moment,
tu auras les larmes aux yeux. Si tu peux pleurer
beaucoup, tu seras capable d'écrire », ajouta-t-elle.

Comme elle était souvent distraite pendant les
cours, il arrivait fréquemment à Dilruba de devoir
rester debout en se tirant les oreilles, près de la
porte. Ce qui n'était pas forcément pour lui déplaire,
puisque, de là, elle pouvait à loisir contempler son
ciel bien-aimé. Décidément, elle me fascinait et je
ne perdais pas une occasion de marcher à ses côtés,
de bavarder avec elle, la main posée sur son épaule.

Mais la méthode de Dilruba ne fonctionnait pas
avec moi : j'avais beau fixer le ciel, les larmes ne
venaient pas... et je n'écrivais pas une ligne. Ce fut
la contemplation en pensée du visage de Dilruba
qui un jour m'inspira ce petit poème que j'écrivis
sur un vieux bout de papier ramassé dans la cour,
et qui avait dû servir à emballer quelque friandise :

Je veux bien jouer avec toi, Dilruba !
Tu sais jouer à la marelle ?
Un jour, quittant les cases de notre jeu,
Nous nous perdrons à tire-d'aile,

Très loin, très loin, aussi loin que tu veux !
Au-delà des sept mers et des sept rivières, dis-moi, tu
                                            [iras ?

Quand je lui donnai à lire mon chef-d'œuvre, Dilruba eut un délicieux sourire qui me rappela un peu
celui de Runi. Un sourire vaut toutes les paroles,
ainsi que l'a écrit avec raison Rabindranath Tagore.
Mais je n'étais pas devant Dilruba la plante timide
que j'avais été devant Runi, qui, dès qu'elle l'approchait, rétractait et refermait ses feuilles et ses pétales.
Dilruba m'avait ouvert les portes d'un monde nouveau : un monde où on jouait avec les mots. Elle
écrivit dans son cahier :

> *J'irai quand tu me diras viens !*
> *Au risque de perdre mon chemin !*
> *À une condition seulement :*
> *Tiens-moi la main tendrement !*

Ce n'était pas là une condition bien exigeante :
aimer, être tendre, c'était à peu près la seule chose
que je savais faire ! J'avais trouvé en Dilruba une
amie de cœur, avec qui je pouvais partager mon goût
des mondes imaginaires, prête à naviguer comme
moi au-delà des sept mers et des sept rivières ! Sur
les ailes de l'imagination seulement.

Quelle ne fut pas ma surprise quand Dilruba
m'apprit que son père avait arrangé son mariage !

« Non ! lui dis-je aussitôt, en fixant son visage que
la nouvelle avait rendu blême et ses yeux qu'on
aurait dit brusquement éteints. Tu dois dire non !
Que tu ne veux pas te marier ! »

Elle se contenta de sourire tristement, telle une
grande malade affaiblie par la fièvre. À partir du lendemain, on ne la vit plus à l'école. Je me retrouvai
seule. Elle me manquait tant que, assise dans la
classe, je ressentais physiquement son absence.
J'éprouvais la même douleur pendant les récréations,
après l'école, tout le temps. Je regardais le ciel à sa
recherche. S'était-elle envolée, fâchée contre moi,

pour une raison que j'ignorais? Ce fut alors que je pleurais pour la première fois en contemplant le ciel.

Deux jours avant son mariage, Dilruba vint me rendre visite à Sans-Souci. Sans doute cherchait-elle désespérément à échapper à la réalité, en partant avec moi pour quelque forêt magique, pour le monde des rêves! Elle avait ouvert le portail noir: debout à la fenêtre, je la vis s'avancer. Et puis, très vite, je la vis s'en retourner, sans que nous nous soyons parlé. Papa lui avait interdit l'entrée de la maison. Il l'avait renvoyée car, à ses yeux, il ne pouvait exister aucune bonne raison pour qu'une jeune adolescente vienne rendre visite à une de ses camarades, en plein après-midi, au lieu de consacrer son temps à étudier. Après lui avoir demandé son nom, son adresse, le motif de sa venue, il lui avait purement et simplement désigné du doigt le portail et lui avait signifié sur un ton sans appel qu'elle n'avait qu'à s'en retourner chez elle: «Veux-tu sortir d'ici tout de suite! N'as-tu pas autre chose à faire qu'à bavarder, vilaine fille!»

La vilaine fille était ressortie, la catin. J'ignorais alors que je ne la reverrais plus jamais. Qu'elle serait mariée à un homme beaucoup plus âgé qu'elle, qui lui brûlerait son cahier de poésies, qui lui interdirait de continuer ses études, pour l'enfermer dans une existence consacrée à faire la cuisine tous les jours et un enfant tous les ans. La seule chose que je savais, c'est que je continuerais à voir le ciel avec ses yeux, à pleurer à force de m'absorber dans cette contemplation et que je continuerais à écrire des poèmes. À détester ce monde, cette société. Cet emprisonnement irrémédiable. Je continuerais à sentir sur mes membres le poids de chaînes invisibles. Je vivrais comme un oiseau aux ailes coupées, enfermé à jamais dans une cage inviolable.

À moins qu'elle ne soit disposée au fond de moi, cette cage dans laquelle on me force à entrer tout entière, en me tapant dessus à grands coups, dès que je suis prête à m'envoler...

Rêves et colères

1

Mubashera, ma cousine, fille de tante Fozli, mourut sans crier gare, laissant en état de choc toute la famille. J'avais eu assez souvent l'occasion de la voir, soit quand elle venait chez nous, soit quand Maman m'emmenait chez le pîr, à Naomahal. Toutes petites, nous avions même joué ensemble avec ma dînette, dans la cour de Grand-mère. Chez elle, il n'était pas bien vu de s'amuser à ce genre de jeux, aussi jouions-nous, quand nous nous retrouvions là-bas, à la bataille de Karbala : Mubashera tenait le rôle de Hassan, son frère Muhammad celui de Hussaïn. L'un et l'autre lançaient de furieux coups dans l'air, avec les pieds et les mains, contre Eyazid et Mabiya, dont personne ne voulait jouer les rôles de méchants. Quant à moi, je devais me contenter d'être l'unique spectatrice de leur parodie de guerre.

Je ne m'étais jamais sentie proche des enfants de tante Fozli. Était-ce parce qu'ils ne parlaient pas comme nous, mais avec une sorte d'accent ourdou ? Ou que, dès l'âge de cinq ans, ils étaient obligés de faire les cinq prières quotidiennes et le jeûne de Ramadan ? Ou que les filles portaient le burkha dès l'âge de neuf ans ? Et qu'elles n'allaient pas à l'école, n'étaient pas autorisées à mettre un pied hors de la maison, sous peine, leur avait-on enseigné, de mécontenter Dieu ? Toujours est-il que je ne m'entendais guère avec elles.

Mubashera devait avoir dans les quinze ans, quand, pour plaire à Dieu, un certain Abu Bakar fit don de son aciérie au pîr Amirullah. Le pîr n'eut pas de mal, dès lors, à trouver du travail à ses disciples préférés. C'est à la même époque que mes oncles Tutu et Shoraf, qui venaient d'abandonner leurs études, tout le contraire de brillantes, prirent le chemin de Naomahal, probablement dans l'espoir d'y gagner un emploi. Tante Fozli ne se sentait plus de joie à l'idée d'amener ses frères dans la voie de Dieu. Tous deux renoncèrent à la chemise et au pantalon, pour ne plus s'habiller qu'en tunique longue et pyjama, la tête couverte de la calotte musulmane. Pour parfaire le tableau, ils se firent pousser barbe et moustache. En disciples zélés, ils passaient des heures à écouter les pieux conseils de leurs nièces, Humayra, Sufayra et Mubashera, qui les exhortaient, au nom de Dieu, à se défaire de leurs ultimes attachements aux intérêts de ce monde.

Je me souviens qu'un jour où j'étais entrée brusquement dans une pièce où oncle Tutu prêtait l'oreille à des exhortations de ce genre dispensées par Humayra, il m'avait renvoyée dehors, très fâché contre moi. Sans doute avais-je eu le tort de l'entrevoir couché sur le lit, pendant qu'Humayra lui massait la poitrine, pour mieux faire passer les enseignements divins. Pourtant, j'avais déjà entendu parler par Maman de ces séances seul à seul, dans des pièces obscures, avec massages à l'appui, qui semblaient être la règle de la transmission des connaissances de cet ordre.

Mubashera avait été chargée d'éduquer oncle Shoraf en matière de piété. Quoi de plus touchant qu'une nièce élevée dans les préceptes les plus stricts de la religion conseille son oncle désireux de suivre le même chemin? Mais il arriva qu'un djinn s'emparât de Mubashera, lors d'une des séances. Un djinn d'une espèce un peu particulière : un djinn pleureur, qui faisait donc sans cesse sangloter sa victime, lui ôtait le goût de manger, lui donnait de

continuelles nausées, la détournant même des
devoirs de la religion, et l'attirant constamment à
l'écart sous un arbre.

Finies les séances d'enseignement divin! Mubashera, d'habitude si vive, ne quittait plus son lit, où
elle languissait de jour en jour. Elle était déjà brûlante de fièvre, quand on la soumit au traitement
destiné à exorciser le djinn qui la tourmentait. On
lui fit boire de l'eau sanctifiée par des prières, on lui
souffla dessus après avoir récité un grand nombre
de surates. La fièvre ne passait toujours pas. Tante
Fozli restait jour et nuit à son chevet, à lui appliquer des compresses sur le front. Quand Mubashera commença à respirer difficilement, tante
Fozli n'y tint plus : «Cette fois-ci, il vaudrait mieux
la faire examiner par un docteur! dit-elle.

– Un docteur! Que ferait un docteur, là où les
prières ont échoué? s'exclama son mari.

– Même s'il doit échouer lui aussi, il n'y a pas de
mal à essayer! En vérité, la guérison est entre les
mains de Dieu! Les remèdes ne sont que des inter-
médiaires», ajouta tante Fozli pour amadouer son
époux.

À plus de minuit, le Dr Rojob Ali prit sa trousse et
s'en alla à Naomahal, pour examiner la malade,
qu'il trouva allongée, livide, sur un lit tout blanc, et
amaigrie par sept jours de fièvre continue. Il l'aus-
culta soigneusement, prit sa tension, écouta son
cœur, puis demanda à rester seul avec elle pendant
une dizaine de minutes. Après quoi, il lui fit une
piqûre, puis rappela tante Fozli et les autres en leur
disant, l'air soucieux : «Il faut attendre, pour voir
comment elle réagit au traitement...»

Et il repartit sans prendre d'honoraires, selon son
habitude quand il examinait des gens de la famille.

Mubashera mourut dans la nuit même. Tante
Fozli pleurait à sanglots étouffés auprès du lit de la
morte, car, dans la maison du pîr, il était jugé indé-
cent de pleurer trop fort les disparus. En effet, la
mort étant une décision de Dieu, mourir signifiait

retourner auprès de Dieu. Pleurer un mort aurait
donc été prendre le risque de déplaire à Dieu,
comme se plaindre de Sa décision. Il était donc au
contraire prescrit d'accueillir la mort comme un
événement joyeux. Aussi, quand, ne pouvant plus se
retenir, tante Fozli commença à hurler sa douleur,
Zohra, la fille aînée du pîr, fondit sur elle pour lui
fermer la bouche.

« Allons ! Allons ! Qu'est-ce qui te prend ? la ser-
monna-t-elle. Ta fille a rejoint Dieu ! Tu devrais être
contente ! Regarde comme son visage est lumineux... elle est déjà sur le chemin du paradis ! Dieu
n'a fait que reprendre ce qui lui appartient. Ce serait
un péché de pleurer maintenant. Si tu ne peux t'en
empêcher, au moins verse tes larmes sans faire de
bruit ! »

Terrifiée à l'idée de commettre un affreux péché,
tante Fozli n'eut plus qu'à presser son foulard sur
sa bouche et à réprimer ses sanglots.

Maman rentra de Naomahal en larmes. « Mubashera est morte, annonça-t-elle à Papa le soir.

– On aurait sans doute pu la sauver, si elle avait
été traitée plus tôt, s'écria Papa. Quand je l'ai vue
cette nuit, il était déjà trop tard.

– Il n'y avait rien à faire, si son heure était venue !
soupira Maman en s'essuyant les yeux. Le temps
que Dieu lui avait imparti était épuisé. Elle ira sûrement au paradis. Jusqu'à son dernier souffle, elle a
appelé Dieu ! »

Papa écoutait les paroles de Maman en se désha-
billant.

« Elle était enceinte ! dit-il brusquement.

– Enceinte ! entendis-je Maman répéter, de la
pièce d'à côté, d'où je m'efforçais de ne rien perdre
de la conversation.

– Oui, parfaitement, enceinte ! La fille de ta
sœur ! Mubashera ! répéta Papa qui rangeait ses
vêtements sur des cintres.

– Mais comment est-ce possible ? Elle n'était pas
encore mariée ! Comment peux-tu dire une chose

pareille d'une fille qui était un modèle de pureté? s'emporta Maman. Tu verras, un de ces jours, tu en perdras ta langue, à débiter de telles horreurs!»

Papa écoutait sans réagir, pendant qu'il passait son lunghi. Maman marchait de long en large dans la pièce. Sous le rideau de la porte, je ne voyais que leurs pieds: les pieds au teint foncé de Maman et les pieds en chaussettes de Papa.

«Elle avait probablement essayé de se débarrasser de l'enfant... Il y a eu infection, septicémie, dit-il enfin, sur un ton neutre.

– Non, tu mens! Et tu en perdras ta langue, tu verras! répliqua Maman, ulcérée. Dieu te jugera.»

Je n'entendis plus que le bruit d'une porte violemment claquée.

La mort est un événement bien simple, ne cessais-je de penser. Aujourd'hui, j'inspire, j'expire... demain, peut-être, à la même heure, je serai allongée sur un lit tout blanc... Aujourd'hui mes bras, mes jambes bougent... Demain ils seront immobiles à jamais. Je ne verrai plus de rêves. Tout sera fini. Maman dit toujours qu'à la mort l'âme s'envole vers Dieu. Seul le corps reste sur terre. Tout est dans l'âme. Comment l'âme s'envole-t-elle? Comme une colombe toute blanche. Mais Maman dit aussi que l'âme est invisible. Il y a tant de choses invisibles dans le monde, selon Maman!

Après la mort de Mubashera, oncle Shoraf se détourna du chemin de Dieu. Sans doute parce qu'il n'y avait plus personne pour l'y guider. Il se rhabilla en chemise et pantalon, et s'intéressa de nouveau aux biens de ce monde. Peut-être garda-t-il quelque temps comme souvenir, au fond d'une malle, un morceau de tissu maculé de sang?

2

Dada abandonna ses études à l'université de Dhaka et revint vivre à Mymensingh, où il avait trouvé du travail dans une firme pharmaceutique étrangère. « C'est pour Maman que j'ai décidé de me mettre à travailler, expliqua-t-il. Personne ne s'occupe d'elle. Elle ne reçoit pas un sou. Je voudrais qu'elle ait une existence un peu plus heureuse. »

Avec son premier salaire, il lui acheta quatre beaux saris. Et il lui commanda chez le bijoutier des bracelets en or. Quand il donna les saris à Maman, elle fondit en larmes. Elle qui avait abandonné ce type de vêtement depuis longtemps déjà se remit à le porter pour faire honneur aux cadeaux de son fils aîné. Elle semblait soudain beaucoup plus belle, en sari. Elle serra Dada dans ses bras en lui disant, la voix secouée de sanglots : « Ne m'achète plus rien, tu m'entends, mon petit ? Je n'ai besoin de rien. Mieux vaut que tu fasses des économies pour plus tard. Il faut penser à ton avenir ! »

Le retour de Dada et sa sollicitude à son égard mirent du baume au cœur de Maman, qui retrouva quelque fierté et un peu de joie. Elle n'aurait plus besoin de tendre la main devant son coureur de mari ! Son fils subviendrait à ses maigres dépenses. J'avais rarement vu Maman si rayonnante, si pleine d'assurance.

Puisque c'est un péché de vivre sous le toit d'un infidèle, tante Fozli avait même été jusqu'à amener Maman au tribunal, pour qu'elle entreprenne les démarches en vue d'un divorce. Maman avait rempli et signé tous les papiers nécessaires. Mais quand ceux-ci avaient été mis entre les mains de Papa, sa réaction immédiate avait été de les déchirer en grommelant : « Qu'est-ce que c'est encore que ces bêtises ? »

Bien que Maman prétendît ne plus supporter de partager le foyer d'un homme aussi impie, elle ne partit jamais nulle part. Ses velléités de grand départ ne dépassaient pas le stade de la menace verbale. Je ne sais pourquoi elle n'alla jamais jusqu'au bout de son vœu : était-ce parce qu'elle n'avait aucun lieu où se réfugier ? Est-elle restée à cause de la maison, des arbres qu'elle avait elle-même plantés dans notre jardin ? Par attachement pour nous tous ?

« Mon fils est rentré de Dhaka, après avoir étudié à l'université ! Il y a vraiment de quoi être très fier ! » ironisait amèrement Papa après le retour de Dada.

En fait, il avait envoyé son fils à Dhaka dans l'espoir de le voir revenir une licence en poche, et non un simple certificat attestant qu'il avait fréquenté les bancs de la fac de sciences pendant deux ans. « Tu devrais mourir de honte ! » lui répétait-il à tout propos. Dada écoutait les sarcasmes paternels en prenant un air mi-contrit, mi-indifférent.

Dès son retour, il réaménagea sa chambre, d'où il enleva le lit de Chotda, qu'il laissa debout contre le mur, sur la véranda. Nous fûmes tous stupéfaits de la colère de Papa, lorsqu'il constata l'initiative prise par Dada. Il se mit à hurler à faire trembler toute la maison : « Laisse ce lit là où il était ! Et où couchera-t-il s'il revient ici ? Tu vas me faire le plaisir de le remettre en place tout de suite !

– Comme si Kamal allait revenir ! soupira Maman. J'ai entendu dire qu'il avait quitté la ville… Il serait allé s'installer à Islampur. Qui sait s'il mange à sa faim ?

– Qu'est-ce que ça peut me faire à moi, qu'il mange ou qu'il ne mange pas ! s'écria Papa, réagissant aux paroles de Maman comme l'huile au feu. Il peut bien crever ! Je m'en fiche complètement ! C'est toi qui l'as pourri à force de lui passer tous ses caprices ! Ah ! on peut dire que tu t'y entends, pour pourrir les enfants !

– C'en est trop ! Ne t'imagine pas que je vais entendre ça sans réagir ! répliqua Maman en montant sur ses grands chevaux. Je ne te dois rien, tu

sais! C'est grâce à mon fils que je mange et que j'ai
de quoi m'habiller, maintenant! Je ne dépends plus
de toi pour vivre! Quand je pense que tu as chassé
ton autre fils de la maison, sans l'ombre d'un
regret! Ce n'est plus la peine de faire des histoires
parce qu'on a sorti son lit de la chambre!»

Mais Maman peut toujours discourir! Papa a toujours pensé, continue et continuera de penser que,
dans cette maison, c'est lui et lui seul qui sait ce qui
doit ou ne doit pas être fait.

Dada, qui a acheté les œuvres poétiques de Tagore,
passe de longs moments à les lire à haute voix lui-
même ou à me les faire lire. Alors que j'enchaîne
leur lecture, Dada corrige ma prononciation, me
conseille pour l'intonation – où faut-il mettre plus
d'ardeur, de force, de passion, où faut-il au contraire
se faire doux, discret, où faut-il accélérer le débit, où
faut-il le ralentir? «Si tu ne peux pas épancher ton
cœur dans la lecture, ne lis pas de poésie!» répète-t-il.

Dada organise des soirées poétiques dont Yasmine et moi sommes les deux seules participantes.
Les deux auditrices et les deux récitantes. Dada est
le juge.

Le retour de Dada à la maison marqua pour moi le
commencement d'une nouvelle époque, pendant
laquelle il exerça une influence déterminante. Il me
fit cadeau d'un agenda à couverture rouge de la
firme pharmaceutique où il travaillait, avec comme
consigne d'y écrire chaque jour deux ou trois
poèmes, que je devrais lui montrer le soir. Et chaque
soir, j'attendais anxieusement le verdict. Il y en avait
de trois sortes: à la lecture des uns, il s'écriait:
«Bien!» à d'autres: «Très bien!» à d'autres encore:
«Ça, c'est de la merde, pas de la poésie!»

Mon cahier de poésies faisait le tour de mes
camarades d'école. Dès que l'une avait fini, elle le
passait à l'autre qui l'emportait chez elle pour le
lire avant le lendemain. Il m'arrivait de ne récupérer mes œuvres qu'un mois après, le temps qu'elles

aient été lues à la ronde. Je me souviens qu'à la lecture d'un de mes poèmes, intitulé « L'oiseau libre », Dada s'était exclamé : « Ah ! si seulement j'avais des accointances avec un magazine, je l'aurais fait publier, celui-ci ! »

Mais il ne s'agissait pas que de poésie. Dada organisait aussi des soirées « nouvelles ». Il en lisait une, puis c'était mon tour. Il lui arrivait de relire plusieurs fois la même phrase en poussant des exclamations louangeuses. Je l'imitais, quand je lui succédais. Nous continuions la séance jusqu'au retour de Papa à la maison.

Les soirées « chant » étaient nettement moins réussies. J'arrivais à peine à chanter deux vers avec des croassements de corneille. Découragée, je n'allais pas plus loin. Quant à Dada il chantait faux ; on aurait dit une vache en train de meugler. La meilleure à ce genre d'exercice, c'était sans conteste Yasmine. Dada disait même qu'il allait lui offrir un harmonium[1].

Dada avait racheté un électrophone. Il nous arrivait, les jours de congé, de passer des après-midi entiers à écouter de la musique. Un jour, je remarquai qu'une chanson avec ces paroles : « *Au souvenir des jours effacés, je me retourne sur le* passé... », faisait pleurer Dada, qui n'avait pas vu que j'étais entrée dans sa chambre.

« Dada, je t'ai vu pleurer ! lui dis-je quand la chanson fut terminée.

– Mais non ! Qu'est-ce que tu racontes ? » se contenta-t-il de répondre en s'essuyant les yeux.

Mais je l'avais bien vu, moi ! Pleurait-il encore pour Shila ?

Je ne pus effacer de ma mémoire cette scène de mon frère aîné, pleurant à cause d'une chanson. Je

---

1. Les chanteurs indiens, notamment les spécialistes des chants de Tagore, de Nazrul Islam ou de certains chants classiques, s'accompagnent le plus souvent avec un harmonium portatif.

savais donc qu'il cachait au fond de son cœur une
peine qui ne voulait pas guérir.

Je reste assise à côté de lui, près de la fenêtre. Les
lis sont en fleur. On entend un passant jouer de
l'harmonica dans la rue, devant chez nous. C'est
Dulal qui, du matin au soir, se balade à toute vitesse
en jouant de son instrument. On n'a pas besoin de
le voir pour savoir que c'est lui. Il ne parle jamais à
personne, ne s'arrête jamais pour quiconque dans
la rue. Il ne cesse de courir comme s'il avait quelque
part un travail urgent à faire. Mais ce n'est pas le
cas. Tout le monde dit qu'il est fou.
    « Est-ce que Dulal est vraiment fou ? je demande à
Dada.
    – Je ne pense pas. »
    Puis il se lève en soupirant, le visage illuminé par
un sourire, tel le soleil lorsqu'il fend les nuages :
« Allez ! Si on faisait une partie d'échecs ? Voyons
qui va gagner aujourd'hui ! Mets vite les pièces ! »
    Je suis rassurée, puisque Dada paraît de nouveau
de bonne humeur. Je sors l'échiquier et y dispose
les pièces. C'est Dada qui m'a appris à jouer, mais,
depuis le début, c'est toujours moi qui gagne. Je
sais qu'il lui arrive de profiter d'un moment d'inattention de ma part pour faire disparaître une de ses
pièces. Ensuite il ne veut plus jouer, me reprochant
de tricher... Les parties se terminent souvent avec
l'échiquier renversé et moi qui crie : « Tu as perdu !
Tu as perdu ! » Dada feint alors la surprise : « Quoi ?
Comment est-ce possible ? Mais non ! C'est toi qui
étais en train de perdre ! »
    Je n'aurais pas dû lui voler son tour. C'est moi
qui, en l'énervant avec mes tricheries, l'ai poussé à
renverser l'échiquier ! Jamais, au grand jamais, il
ne reconnaîtrait que je joue bien, que j'ai remporté
la victoire à ses dépens !

    Je me suis fait un nom à l'école, grâce à mes
excellents résultats. Je figure en effet parmi les trois

meilleures élèves. Tout le monde le sait, sauf Papa qui ne veut pas le croire : pour lui, il ne fait aucun doute que je suis une fumiste de première. Sinon, je serais la meilleure en toutes les matières à tous les examens. C'est pourquoi il ne se départit jamais de son attitude soupçonneuse, dès qu'il s'agit de considérer mes études.

Maman, de son côté, se préoccupe surtout de rendre Dada heureux. Elle ne cesse de lui cuisiner tous les plats qu'il aime. Elle a tant à faire avec son fils aîné qu'elle en oublie d'aller aussi souvent chez le pîr !

Depuis que Dada gagne sa vie, sa voix a commencé à compter dans la maison. Il prend des initiatives, comme de nous emmener tous au studio voisin pour une photo de la famille. Il réunit des photos de chacun, pour confectionner un album. Il fait même agrandir certains clichés pour les encadrer sous verre et les accrocher aux murs. « Tu as vu ? J'ai l'air d'un vrai héros de film ! » J'acquiesce pour lui faire plaisir. Mais c'est vrai que je le trouve beau, que je suis fière d'avoir un grand frère comme lui.

Il a aussi fait encadrer et mis au mur du salon deux portraits que j'ai dessinés : l'un de Tagore et l'autre de Nazrul Islam. Il les fait admirer par tous les visiteurs en leur disant : « C'est ma sœur qui les a faits ! » Il m'a même acheté des couleurs et des pinceaux pour m'encourager à pratiquer la peinture. Je songe à entreprendre des études aux Beaux-Arts quand je serai grande. La parole du maître d'école qui m'avait prise sur ses genoux va-t-elle se réaliser ?

À chaque dessin que je montre à Dada, il s'exclame : « Ah ! heureusement que je t'ai appris à dessiner quand tu étais toute petite ! J'ai vraiment bien fait ! »

Un jour, je lui confie mon désir d'entrer aux Beaux-Arts afin de devenir une véritable artiste. Sa seule réaction est de s'exclamer : « Si Papa entend une chose pareille, il va te tuer ! Il n'acceptera jamais que tu sois une artiste ! Il te dira que tous les artistes sont des crève-la-faim... »

Dada ne prenait pas soin que de Maman. Il lui arrivait souvent de nous acheter des vêtements pour nous aussi, de nous emmener au cinéma. Je ne tardai pas à devenir une passionnée du septième art et à harceler Dada pour qu'il m'emmène voir tel ou tel film. À tel point qu'il finit par me dire un jour : « D'accord, mais d'abord il te faut écrire une demande en bonne et due forme ! Ta demande sera ensuite examinée et on verra si on peut la satisfaire... »

J'écrivais en commençant en anglais : « *Dear Sir* »... la formule de politesse finale étant : « *Your obedient servant* », que j'avais trouvée dans un guide de la correspondance, à la page intitulée : « Comment rédiger en anglais une lettre pour solliciter une augmentation de votre directeur »...

J'enviais Dada aussi fort que je l'aimais. De pouvoir aller à n'importe quel moment là où il le souhaitait, faire ce qui lui chantait. Il partait se promener dans les rues de la ville avec la moto qu'il s'était achetée. Il voyageait souvent. J'aurais adoré l'accompagner. Sortir du cercle très limité dans lequel piaffait ma vie. Un jour, Dada promit de m'emmener voir les montagnes, au nord, à Joyram-kura.

Dès cette promesse, je ne cesse plus d'attendre dans la plus grande excitation. Mais Dada ne cesse, lui, de repousser le jour : « Non, pas ce mois-ci, le mois prochain ! » Cela ne m'empêche pas de garder espoir, l'espoir que demain, un jour, levés avant tout le monde, nous partirons en direction des montagnes, très loin, chevauchant la solitude des grands espaces, sous les gouttes de rosée de l'aube naissante.

Quelques mois après le retour de Dada à Mymensingh, Papa fut nommé au Mitford Hospital, à

Dhaka. La nouvelle de son transfert le mit d'une humeur exécrable. Il dut se résoudre à partir en confiant à son fils aîné la responsabilité de la maison. Il revenait de Dhaka en train tous les deux jours, très tard le soir, pour repartir dès l'aube le lendemain. Il avait obtenu là-bas un poste de professeur de médecine légale. Il devait autopsier des cadavres devant les étudiants.

Je fus sans conteste, dans la famille, la plus heureuse de ce changement. L'éloignement de Papa tombait juste au moment de ma vie où j'avais besoin de déployer mes ailes. C'est ainsi qu'un après-midi j'eus une soudaine envie d'aller faire une grande promenade au bord du Brahmapoutre. Bien que le fleuve fût tout près de chez nous, nous n'avions jamais la permission d'aller marcher sur ses berges. Quand j'étais petite, on me disait que je risquais de me faire enlever, que le Foting-ting habitait au bord du fleuve, qu'il me dévorerait à coup sûr, s'il me voyait par là-bas. Depuis que j'avais commencé à grandir, on me disait qu'il n'était pas convenable que des filles de mon âge se risquent hors de la maison.

Sans avertir quiconque, je sortis avec Yasmine. Maman faisait la sieste, Dada était absent, Papa à Dhaka, c'était le moment ou jamais ! Je n'avais plus peur du Foting-ting depuis belle lurette. Qu'est-ce qui aurait pu m'empêcher d'aller me promener au bord de mon cher fleuve ? J'en rêvais depuis si longtemps ! D'y passer un long moment, les pieds trempés dans son courant puissant.

Nous voici donc toutes les deux le long du fleuve, cheveux et chemise au vent, qui mugit à nos oreilles. Le sable brille au soleil de ce début d'après-midi. C'est cet instant, cet instant de bonheur pur, qu'un garçon choisit pour me planter au cœur une flèche empoisonnée. Il venait en face de nous... Sans que j'aie rien dit ou fait d'impoli, ou d'inconvenant, avant que j'aie réalisé ce qui se passait, il me passa les mains sur les seins et sur les fesses, l'espace de

quelques secondes, puis continua son chemin en
riant aux éclats, tandis que ses compagnons applau-
dissaient vivement son exploit.

J'eus l'impression fulgurante que mon corps ne
m'appartenait plus, qu'il était devenu un jouet à leur
disposition. Le fleuve était à tous ; moi aussi, j'avais
comme tout le monde le droit de me promener le
long de ses berges. De quel droit cet inconnu et ses
camarades m'infligeaient-ils pareille agression,
pareille humiliation ? Je serrai les poings. J'avais
une furieuse envie de les battre. De leur arracher la
peau du dos. Mais que faire face à toute une bande
de garçons beaucoup plus âgés que moi ?

« Boubou, viens, rentrons à la maison, me dit Yasmine d'une voix toute tremblante. J'ai peur ! »

De retour à la maison, furieuse, je trouvai Maman
en grande conversation avec oncle Aman.

« Comment ça va, ma mignonne ? » me demanda-
t-il en me voyant.

Après lui avoir jeté un regard haineux, je tournai les
talons sans dire un mot, et je courus m'enfermer dans
ma chambre. Je fondis en larmes sur mon oreiller, des
larmes de rage, la rage de l'impuissance. Je me gardai
bien de montrer mes pleurs à quiconque. De laisser
entrevoir quoi que ce soit du tourbillon de douleur qui
m'entraînait vers un abîme de désespoir.

« Pourquoi oncle Aman est-il venu ? demandai-je
à Maman.

– Il veut suivre le chemin de Dieu. Je le conseille,
me répondit-elle avec un sourire attendri.

– Ne lui donne pas trop de conseils ! Tu sais que
Mubashera en est morte, de donner des conseils ! »

Ma voix devait être si ténue, quand je prononçai
ces mots, que Maman ne m'entendit pas. À moins
qu'elle n'ait pas eu envie d'entendre ce qui l'aurait
dérangée ?

Je constatai bientôt qu'il ne se passait pas de soirs
sans qu'oncle Aman vînt à la maison s'attarder lon-

guement à chuchoter avec Maman dans sa chambre dont elle fermait la porte contrairement à son habi-tude. Un jour que j'entrai brusquement, je vis oncle Aman sauter d'un bond à bas du lit, sur lequel Maman était étendue, sous la moustiquaire.

«Maman, qu'est-ce que tu fais dans le noir? m'écriai-je prise d'une anxiété indéfinissable.

– Rien... Aman a quelques soucis avec sa femme... Ça le rend triste. Il vient se confier à moi pour allé-ger un peu sa peine. Et moi je lui donne de pieux conseils, pour l'amener sur le chemin de Dieu. Tu comprends?

– J'ai faim! Sers donc le repas!» dis-je, de mau-vaise humeur.

C'était en vain que j'essayai par ce stratagème d'attirer Maman hors de sa chambre, loin d'oncle Aman. Moni était là pour me servir à manger.

«J'ai la migraine! Je dois me reposer un moment. Tu ne peux donc pas me laisser un peu en paix?» répliqua Maman avec irritation.

Je ressortis de sa chambre. Dès que je fus sur la véranda, je respirai à pleins poumons le vent frais. Je me sentais mal à l'aise, à la pensée que cet homme qui m'avait déshabillée, alors que j'avais à peine sept ans, venait peut-être de faire la même chose avec Maman. J'avais peur.

Le manège d'oncle Aman n'avait pas non plus échappé à Dada, qui, alerté, surveillait du coin de l'œil ses allées et venues à la maison.

3

Dans son armoire, Maman réservait une étagère aux livres, tandis que toutes les autres débordaient de vêtements entassés dans le plus grand désordre. Sur l'étagère-bibliothèque, figuraient plusieurs ouvrages consacrés à l'enseignement de la tradition cora-nique, ainsi que les œuvres du pîr Amirullah, parmi lesquelles il y avait même un opuscule en anglais,

intitulé *Who am I?* Car notre pîr connaissait aussi
l'anglais. Maman m'avait souvent chanté sa science
en tous les domaines, y compris sa capacité à parler
couramment l'anglais. Quand elle abordait ce sujet,
ses yeux brillaient d'un éclat inhabituel.

J'avais failli remarquer que, pour posséder toutes
ces connaissances, ce maniement aisé de l'anglais,
le pîr Amirullah avait dû faire le genre d'études que
nous faisions, et auxquelles elle reprochait sans
cesse de nous enchaîner aux intérêts matériels de
ce monde. Mais, sentant qu'elle me fustigerait pour
mon impertinence, je ravalai ma phrase tout rond.
Je savais trop bien que Maman se refusait à entrer
dans la moindre discussion au sujet de Dieu et de
Son Prophète. Qu'elle ne tolérait pas davantage la
moindre pointe de critique à l'égard du pîr. La
meilleure manière de la combler de joie, c'était
pour moi d'acquiescer placidement à tout ce qu'elle
disait. Or on m'avait toujours enseigné que les
enfants avaient pour suprême devoir de faire plaisir
à leur mère. Et je savais d'autre part que c'était là
le meilleur moyen de m'épargner les claques et
calottes qu'elle distribuait généreusement, et de me
faire donner les meilleurs morceaux au moment des
repas. Aussi préférais-je, dans le désir d'éviter les
coups, plus encore que dans celui de manger la
meilleure part à table, me coudre les lèvres avec un
fil invisible.

Selon Maman, ceux qui ne respectent pas à la
lettre les enseignements du Coran et de la Tradition
ne peuvent en aucun cas être considérés comme
musulmans. À leur mort, seules les attendent les
flammes de l'enfer. Sans espoir de pitié. C'est
simple. Les comptes de Dieu ne sont pas compliqués. Pas de prières ni de jeûne ? en enfer ! Pas de
burkha pour la femme ? en enfer ! Adultère ? en
enfer ! Celui qui ne se rince pas après avoir uriné ?
en enfer ! Celui qui rit trop bruyamment ? en enfer !

Même traitement pour celui qui pleure trop fort. Les flammes de l'enfer sont là pour tout purifier !

Les voyous aiment faire mal physiquement, tandis que les gens plus malins se plaisent aux tortures morales. Mais celles-ci sont beaucoup plus douloureuses que les coups. Dieu aurait donc le goût de la violence, plutôt que de la malice. Comme le père de Getu. Ou comme Papa qui souvent veut que je lui obéisse à la lettre. Et qui, si je ne le fais pas, me bat comme plâtre. La différence, entre Dieu et Papa, c'est que ce dernier tient à ce que je fasse des études pour que je devienne un être humain accompli, tandis que Dieu ne souhaite me voir étudier que la Tradition. Mais je sens la même distance infranchissable entre Papa et moi qu'entre Dieu et moi. Je suis beaucoup plus heureuse quand Papa n'est pas à la maison ; quant à Dieu, je me sens toujours mal à l'aise à Son égard, vu qu'Il n'a pas de forme, qu'Il peut être partout. L'un et l'Autre me tirent dans des directions si résolument opposées que j'en perds tout sentiment d'existence personnelle, que j'en suis écartelée en permanence. Quand il est content de moi, Papa m'achète tout ce que j'aime le mieux manger. Il paraît que Dieu régale de la même façon les croyants les plus pieux, avec de la viande de colombe, des raisins, du vin… versé dans les coupes par d'exquises jeunes filles. Grand-père se voit déjà, régalé par les nourritures célestes, roter parfumé. Pour ma part, je déteste que quelqu'un rote, parfumé ou pas !

Un jour qu'en l'absence de Maman je feuilletais un de ses livres sur la Tradition, je remarquai que les termites avaient commencé à le dévorer. Notre vieille maison était si humide que, dès qu'on ne tournait pas les pages d'un livre pendant quelque temps, les termites s'y mettaient. J'avais horreur de ces insectes au ventre gras. J'allai chercher une vieille chaussure de Papa et j'en écrasai les termites de quelques coups appliqués sur les pages. Un œil sur les bestioles écrasées et l'autre sur les lettres imprimées, je lisais le texte qui disait quelque chose du genre : «*Tous les biens de ce monde sont objets de jouissance, mais le plus précieux est une épouse au vertueux caractère.*»

Allongée par terre, je tenais dans une main le livre et de l'autre la vieille chaussure, qui me servait à châtier les termites sous lesquels les saintes paroles de la Tradition devenaient illisibles :

«*Puisque j'ai enseigné à se prosterner au moment de la prière, il est normal que je prescrive à toutes les femmes mariées de se prosterner aux pieds de leur époux.*

«*Si une femme critique un acte quelconque de son époux, elle perd aussitôt le bénéfice de soixante-dix ans de dévotion, même dans le strict accomplissement des prières et des jeûnes.*

«*Le mari peut battre sa femme pour quatre raisons : soit qu'elle refuse de rejoindre la couche conjugale après que son mari lui a fait don de tout ce qui convient à sa parure ; soit qu'elle refuse l'invitation de son époux à s'unir à lui ; soit qu'elle néglige les ablutions rituelles et les cinq prières quotidiennes ; soit qu'elle se rende chez quelqu'un sans la permission de son mari.*

«*Toutes les femmes qui acceptent avec bonne grâce le remariage de leur époux, Dieu les considère saintes à l'égal des martyrs.*»

Les insectes ont quitté la page du livre et se dirigent vers moi. Sans doute veulent-ils me dévorer! Tels les vers à bois qui rongent nos meubles avec de petits crissements la nuit, tandis que les termites mangent sans bruit le papier des livres. Y compris les saintes paroles du prophète Muhammad. Les termites seraient-ils musulmans? Il semble qu'eux aussi se répartissent entre les différentes religions, car il y en a qui se régalent des œuvres de Sharadindu[1].

1. Sharadindu Bandyopadhyay (1899-1970), écrivain de confession hindoue, comme le nom l'indique clairement pour les Bengalis.

Les livres ont été mes meilleurs camarades, depuis
la disparition de Dilruba. J'avalais les uns après les
autres les ouvrages de la bibliothèque. Bankim
Chatterji, Sharat Chandra Chatterji, Bibhuti Bhu-
shan Banerji, Tagore[1]... Je lisais tout ce qui me
tombait sous la dent. Je lisais partout où je pouvais
trouver un peu de tranquillité : sur la terrasse, sur
l'escalier de la terrasse, à ma table de travail, couchée dans mon lit... Dès que Papa était dans les
parages, je cachais ces bouquins hors programme
sous les livres d'école. Je reprenais les premiers
tard dans la nuit, lorsque tout le monde dormait,
allongée sous ma moustiquaire, à la lueur d'une
petite lampe, pendant que Yasmine dormait à
poings fermés à côté de moi.

«Tu passes tes journées à te tourner les pouces ou
à faire n'importe quoi, me reprochait souvent
Maman. La mort de ta cousine Mubashera aurait au
moins pu te mettre sur le droit chemin... Te faire
prier Dieu ! Ne sais-tu pas que nous allons tous mourir un jour ? » Je ne répondais jamais à de pareils
propos. Je me contentais de laisser passer l'orage.

Je m'étais bien souvent entendu dire qu'il n'y
aurait pas de salut au Jugement dernier pour ceux
qui n'auraient pas respecté le Coran et la Tradition.
Mais longtemps j'avais ignoré en quoi consistait précisément ce qu'on appelait la *Tradition*. Maintenant
que je le savais, je ne risquais plus de me laisser
impressionner. Inutile de chercher des diamants
dans la merde. Je refermai le livre rongé par les termites et je me dépêchai de le remettre en place. Les
termites pourraient continuer tranquillement leur
œuvre, à l'insu de Maman. Où aurait-elle trouvé le
temps de lire ? Elle était bien trop occupée à amener oncle Aman sur le chemin de Dieu ! Je m'abs-

1. Ce sont parmi les plus grands auteurs de la littérature bengali, de la seconde moitié du XIXᵉ et de la première moitié du
XX siècle, devenus des classiques.

tins de lui parler des termites. Qu'ils mangent, puisqu'ils avaient faim. Cela ne me concernait pas le
moins du monde.

Je ne voyais pas le rapport entre la mort de ma
cousine et l'obligation pour moi de prier Dieu, ce
pour quoi je n'éprouvais aucun attrait. Tout cela
n'était que le produit de l'imagination. Le Coran
n'était que l'œuvre d'un homme ignorant et envieux,
tel mon oncle Shoraf. Ou ce garçon qui m'avait pelo-
tée sur les bords du Brahmapoutre. Si la Tradition
était bien due au Prophète, celui-ci devait être
comme le père de Getu, hideux, méchant, cruel. Et
je plaçais Dieu et Son Prophète au même rang.

J'avais certes reposé le livre sur son étagère, mais
désormais il me semblait que j'avais des milliers de
termites qui me trottaient par la tête, où ils dévoraient en silence toutes les provisions de mots qui y
étaient emmagasinés.

Un après-midi, nous voyons arriver la mère de
Getu. J'aurais eu du mal à la reconnaître, si elle
n'avait pas gardé la même voix cassée. Maman est
assise sur un fauteuil, sur la véranda. Bien qu'occupée à réciter son chapelet, elle écoute attentivement
la mère de Getu lui conter ses malheurs. Je me suis
toujours demandé comment Maman pouvait à la
fois murmurer les prières qui doivent accompagner
l'égrenage du chapelet et écouter quelqu'un lui
raconter ses histoires. Aurait-elle deux esprits dis-
tincts? L'un pour Dieu et l'autre pour ce monde? Il
est vrai que le monde de Maman est très petit…

La mère de Getu s'est arrêtée de parler. Voici
qu'elle relève son sari, pendant que les grains du
chapelet défilent à vitesse accélérée entre les doigts
de Maman. Elle relève son sari pour montrer ses
pieds, ses jambes, jusqu'à ses cuisses: toute cette
partie de son corps porte d'affreuses traces de brûlures. Cette fois-ci, ce n'est pas l'œuvre du père de
Getu, mais de l'homme avec qui, il y a environ deux
ans, elle s'est remariée, un certain Safar Ali. Cet

homme l'a brûlée avec des tisons pris dans le fourneau de la cuisine.

Pourquoi ? Parce qu'il est son mari et qu'un mari
a le droit de faire ce qu'il veut de sa femme. Telle
est la réponse qui s'impose à moi, spontanément,
pendant que Maman et la mère de Getu tombent
d'accord pour dire que Safar Ali a agi ainsi parce
que c'est un salaud.

J'ai grande envie de dire à Maman que Safar Ali
a battu sa femme, suivant l'enseignement de la Tradition. Les mots dansent sur mes lèvres, mais je les
ravale. À moins que ce ne soient les termites qui les
aient dévorés entre-temps. Qui sait ?

La mère de Getu est venue quémander une place
de servante chez nous. Il n'est plus question qu'elle
se remarie, avec ces marques de brûlures. Quel
homme voudrait encore d'elle ? Maman, qui a ralenti
la course des grains entre ses doigts, lui répond :
« J'ai déjà quelqu'un pour faire la cuisine. Je n'ai
pas besoin de toi. »

Le soir est descendu sur la maison. Je ne distingue
plus les visages. La seule chose que je voie encore,
ce sont les grains bleus du chapelet de Maman, qui
brillent comme des yeux de chat dans la pénombre.

Maman ne donne pas de travail à la mère de
Getu, mais elle lui dit : « Tu ne vas pas repartir le
ventre vide ! Prends une assiette de riz avec des lentilles, avant de t'en aller ! »

– Est-ce que ça ferait du tort à la pureté du
Mahabharata de garder la mère de Getu chez nous
pour travailler [1] ? je m'écrie soudain, irritée de voir
Maman ne faire aucun effort pour aider la pauvre
femme.

– Mais le Mahabharata est impur de nature ! »

---

1. *Ne pas nuire à la pureté du Mahabharata* – la célèbre épopée hindoue, considérée comme un livre saint – est une expression courante pour dire que cela ne créerait aucun ennui, ne
dérangerait personne. La réponse de la mère, qui joue sur un
registre différent, détournant le sens global de l'expression, s'explique par son hostilité à tout ce qui n'est pas musulman.

réplique Maman le plus sérieusement du monde,
me clouant ainsi le bec.

La mère de Getu reste debout sur la véranda, sans
bouger. Un nuage de moustiques vole autour d'elle.
Mais sans doute la peau brûlée est-elle devenue
insensible aux piqûres ? La seule sensation qui lui
reste, à la mère de Getu, ce doit être la faim au ventre.
Que leur reste-t-il d'autre, aux pauvres comme elle ?

À la place de cette femme, je ne serais pas demeu-
rée là plus longtemps, dans l'espoir d'une poignée
de riz aux lentilles. J'aurais quitté cette maison et
marché très vite dans la rue. Comme Dulal. Je n'aurais pas besoin d'harmonica. Les plaintes de douleur accumulées en moi pendant toute la durée de
ma vie suffiraient. Mais cette douleur se changerait
en une colère flamboyante, qui de tout mon corps
jetterait des étincelles. J'arriverais chez Safar Ali. Il
sursauterait en me voyant, irait chercher des tisons
ardents. Mais avant qu'il ait pu me frapper, sous
mon seul regard son corps s'embraserait et un feu
irrésistible le consumerait, dont les flammes danse-
raient sur lui. Je le regarderais brûler jusqu'à ce
qu'il devienne cendres. Alors seulement ma faim
serait apaisée.

De ce feu de la colère, j'ai tant de fois rêvé brûler
oncle Shoraf et oncle Aman, comme aujourd'hui
Safar Ali. Puisque je dois me contenter de rêver !

Après la guerre

1

Les hindous rentrent dans leurs maisons restées abandonnées pendant toute la durée de la guerre. Ils reviennent des camps de réfugiés qui avaient été établis à Calcutta à leur intention. Ils reviennent dans leur pays, pour retrouver leurs demeures pillées. Leurs cours, occupées pendant des mois par les chiens errants, reprennent vie.

Du haut de notre terrasse, j'observe leur retour. Il me fait penser à celui des eaux abondantes dans le lit du Brahmapoutre, à la saison des pluies. À un jardin qui refleurirait. Aucun des revenants ne semble éprouver de regret pour tous ces biens volés pendant leur absence. Ils semblent suffisamment heureux de retrouver l'endroit où ils avaient toujours vécu. De nouveau, leurs demeures résonnent à la nuit des hymnes à Krishna. De nouveau, au crépuscule, leurs femmes font le tour rituel des pièces de la maison, une lampe à huile à la main. Oui, ce sont vraiment des revenants.

Environ une semaine après leur retour, un groupe de combattants de la libération, fusil sur l'épaule, franchit notre portail noir, suivi par une quinzaine de personnes du voisinage. Quand je les invite à entrer, avec un sourire aimable, je constate qu'aucun d'eux ne sourit; au contraire, ils paraissent tous nettement hostiles, comme s'ils se trouvaient en face d'ennemis héréditaires. Ils passent l'inspection de chacune des pièces en criant: «Où sont les

choses que vous avez pillées ? Où donc ? Que chacun reprenne ce qui lui appartient ! »

Et nous voyons, médusés, des gens que nous
avons l'habitude de croiser dans les rues du quartier, s'emparer de notre vaisselle en étain, de nos
chaises et de nos tables... Maman était en train de
graisser sa machine à coudre : elle se retrouve avec
la fiole d'huile à la main, regardant stupéfaite un
voisin emmener la machine sur son épaule. Moi
non plus, je n'en reviens pas... Que se passe-t-il ?

Lorsque nos visiteurs sont repartis, Maman
s'écrie : « On n'a jamais que ce qu'on mérite ! C'est
normal ! » Cette remarque s'adresse à Papa, à ce
que je comprends. Après notre retour de la campagne où nous nous étions cachées, Maman avait
été très étonnée de trouver la maison pleine d'objets
nouveaux. « Pourquoi as-tu acheté tout ça ? s'était-
elle étonnée. Et pourquoi des choses d'occasion
seulement ? Et ce baril de mélasse à moitié tournée,
que comptes-tu en faire ? »

Papa demeurant muet, Maman avait ajouté : « Ne
me dis pas que tu es allé prendre tout ça chez des voisins hindous ? » sans obtenir davantage de réponse.

Moi aussi j'avais été très surprise de voir ce baril
de mélasse. J'étais choquée à l'idée que Papa ait pu
aller se servir dans les maisons abandonnées du
quartier. Il avait pourtant donné refuge à un garçon
hindou, Prodip, pendant une partie de la guerre.
Prodip avait pris un nom musulman, Alam, pour ne
pas risquer de se faire emmener par les Pakistanais.
Après la guerre, Papa lui avait même donné un
emploi de caissier dans sa pharmacie. Comment
avait-il pu participer au sac des demeures hindoues ?

Quand, plus tard, j'interrogeai Dada à ce sujet, il
me dit, après un moment d'hésitation, qu'ils avaient
récupéré ces objets dans la rue, alors que les Biharis s'apprêtaient à les brûler.

« Papa a fait ça ? demandai-je en lui pressant le
bras. Dis-moi la vérité !

– Pas lui seulement ! Nous tous ! » me répondit-il, en jetant du blé aux poules dans la cour.

Au retour de Papa, j'observe avec bonheur sa contrariété, quand il apprend le pillage dont nous venons d'être victimes. Je l'ai rarement vu penaud, mais presque toujours triomphant, agressif, orgueilleux, jusqu'à en être inhumain.

Alors qu'il demeure assis sur la véranda, la tête entre les mains, Maman lui lance : « Quel besoin avais-tu d'aller prendre un baril plein de vieille mélasse ? Dieu punit tous les crimes. Maintenant, ç'a été notre tour d'être pillés... J'ai perdu ma machine à coudre ! Que j'avais réussi à acheter à force d'économiser... »

Un malheur n'arrive jamais seul. Le lendemain même de cette expédition qui avait laissé notre maison sens dessus dessous, les gens du comité de vigilance emmenèrent Dada, après l'avoir interpellé dans la rue. Le cheikh Mujib, au lendemain de l'indépendance, avait institué ce genre de comité pour lutter contre les actes terroristes. Ils avaient tout pouvoir d'arrêter n'importe qui et de le tabasser.

Papa eut beau essayer d'obtenir la libération de Dada, on le vit revenir seul à la maison. Finalement, Dada fut relâché quinze jours plus tard, faute de preuves. Après cette mauvaise expérience, Dada devint un farouche opposant du cheikh Mujibur Rahman. « On était bien mieux du temps du Pakistan, ne cessait-il de répéter partout. Il y avait au moins plus de sécurité dans les rues ! »

De fait, les critiques se faisaient de plus en plus vives à l'égard du Père de la nation, même chez ses plus chauds partisans. Les abus des comités de vigilance, dont avaient fréquemment à souffrir des innocents, choquaient particulièrement l'homme de la rue.

2

Dans les années qui suivirent l'indépendance, le mécontentement ne fit que grandir. Le cheikh Mujib fonda un parti unique, le *Bakshal*[1], interdisant les activités de tous les autres groupements politiques.

« Qu'est-ce que c'est que ce gouvernement qui n'est même pas capable d'assurer la survie des citoyens ? D'empêcher la famine ? » ne cessait de répéter Papa.

Bientôt, les fondamentalistes, qui avaient soutenu le régime pakistanais en son temps, ressortirent de leurs trous pour murmurer à chaque oreille : « Pareille indépendance n'a pas la moindre valeur ! Il n'y a qu'une chose à faire : revenir au sein du Pakistan ! »

Boro-mama soupirait amèrement : « Je me demande ce qui va arriver à notre pays ! Le gouvernement actuel est en train de faire ce que même les Pakistanais n'avaient jamais osé faire ! Au palais présidentiel, toutes les fêtes musulmanes sont célébrées en grande pompe. Mujib est allé à la Conférence islamique. Et dire que l'Union soviétique nous a tellement aidés, pendant la guerre ! Tout ça pour aller nous jeter dans les bras des pays islamiques ! Maintenant, c'est même notre amitié avec l'Inde qui est remise en question. Il ne faudrait pas oublier que nous n'aurions jamais gagné l'indépendance sans l'intervention de l'armée indienne ! »

Je ne comprenais guère la politique. Je savais seulement que les discours du cheikh Mujib avaient quelque chose d'exaltant, au moment des célébrations nationales. Comment oublier le fameux : « *Notre combat d'aujourd'hui, c'est le combat pour l'indépendance. Notre combat d'aujourd'hui, c'est le com-*

---

1. Ligue des paysans et des travailleurs du Bangladesh.

bat pour notre liberté[1]!» Ce n'était pas un simple slogan, mais un poème à vous soulever une tempête dans les veines. Je ne pouvais pas oublier l'enthousiasme des jours qui suivirent la fin de la guerre, en décembre soixante et onze.

Puis, un jour, toute la ville se mit à trembler. Les gens discutaient avec fébrilité sur le pas de leur porte. Comme si le ciel allait nous tomber sur la tête l'instant d'après. Certains avaient l'oreille collée à leur transistor. Les visages étaient graves. Les yeux ronds de stupeur. Tout le monde avait cru que c'en était bien fini d'être pendu aux bulletins d'informations à la radio!

Dès que quelque chose allait mal dans le pays, nous avions pour habitude d'écouter les nouvelles à la BBC, personne ne faisant confiance aux sources nationales. Ce jour-là, donc, Papa me dit – ce qui me remplit de fierté – de tourner l'aiguille du poste sur la longueur d'onde de la radio anglaise. Pour une fois que mon père me demandait de faire autre chose que d'étudier! Certes, ce qui me valait cet honneur c'était l'absence de Dada, en déplacement pour son travail, et celle de Chotda, toujours en exil.

Quand l'aiguille arriva près de la station de la BBC, Papa me fit signe d'aller plus doucement, et bientôt on entendit une voix à peine perceptible, brouillée, qui disparaissait tout à fait par moments. Au milieu de cette confusion, nous pûmes tout de même entendre plusieurs fois ces mots: «Le cheikh Mujib a été tué.»

Tous les membres de sa famille qui se trouvaient en sa compagnie, en leur résidence du 32, Dhanmondi, à Dhaka, avaient été assassinés par balles. Nous étions complètement abasourdis. Si Chotda

---

1. Phrases symboles du début de la lutte pour l'indépendance, prononcées en mars 1971, dans un célèbre discours, par le cheikh Mujibur Rahman, orateur de grand talent.

avait été à la maison, il serait allé s'asseoir sur la
véranda en pinçant les lèvres. Dada, lui, aurait probablement dit : « Cheikh Kamal et cheikh Jamal, les
deux fils aînés de Mujib, faisaient régner la terreur
sur le campus de l'université de Dhaka. Ils s'y pro-
menaient sans cesse, revolver en poche. Il ne faut
pas exagérer ; combien de temps les gens allaient-ils
encore supporter ça ? »

Lorsqu'elle sut la nouvelle, Maman s'écria : « Quelle
barbarie ! Ils ont tué jusqu'à ses belles-filles… et son
plus jeune fils, Rasel. Ils les ont tous massacrés ! Ils
n'y étaient pour rien, eux, dans la politique ! Quelle
horreur ! Quelle cruauté !

– Est-ce que nous allons redevenir pakistanais ? »
ne pus-je m'empêcher de lancer à l'adresse de Papa.

Mais il ne me répondit pas. Il s'était pris la tête à
deux mains, bouleversé.

« Maman, dis-moi, est-ce qu'on va être rattachés
au Pakistan à nouveau ? » redemandai-je, en changeant de destinataire. Comme si Papa et Maman
avaient réponse à tout.

Plus tard dans la matinée, j'écoutais, de la porte
du salon, la conversation de Papa avec des voisins
venus à la maison. De loin, car soit parce que j'étais
trop petite, soit parce que j'étais une fille, il ne me
laisserait pas approcher, encore moins me mêler à
leur discussion.

Je contemplais, accrochée au mur, la photo du
cheikh Mujib index levé. Je me sentais profondément émue en pensant qu'il était mort. Je n'arrivais
pas à le croire.

On n'entendait plus l'hymne *Joy Bangla !* à la
radio du pays. J'avais peur. Je faisais des cauche-
mars, dans lesquels je voyais la guerre recommencer, je nous revoyais fuir sur un char à buffles. Les
routes encombrées de canons, leurs bas-côtés jon-
chés de cadavres. Les soldats allaient-ils de nouveau
pouvoir descendre qui ils voulaient à chaque coin de
rue ? Fouiller les maisons en pleine nuit ? Le serpent

allait-il de nouveau me glisser dessus, jusque dans mes chairs, mes os, mon sang, la moelle de mes os ?

Les temps ont changé en l'espace d'une nuit[1]. Désormais, le nom même de Mujib est interdit. On ne doit plus crier : « Joy Bangla ! »

« Nous sommes entrés dans une sale époque ! s'écrie Papa, d'autant plus désespéré qu'Abu Ali, son bras droit à la pharmacie, vient de s'éclipser avec deux cent mille takas.

– Quand on est avare, il ne faut pas s'étonner si les fourmis mangent votre fortune ! Dieu ne permet pas qu'on amasse de l'argent au détriment de sa femme et de ses enfants ! commente Maman. Je t'ai dit si souvent d'aider ma mère, après le vol dans cette maison des bijoux qu'on lui avait confiés. Mais tu n'en as rien fait ! Bien mal acquis ne profite jamais ! Tel est le jugement de Dieu ! »

Je poursuis mes études. Je continue à dissimuler les livres hors programme sous les livres de classe. Papa continue à rêver pour ses filles d'un avenir brillant dû aux succès scolaires. Je continue à monter sur la terrasse en cachette, d'où je peux voir une part de la vie du quartier, observer les garçons, leurs coiffures, les fossettes sur leurs joues, les éclairs dans leurs yeux, les sentiments sur leurs visages.

Maman continue ses visites chez le pîr, à Naomahal. Oncle Aman ses visites à Maman, à la faveur de la nuit tombante. Maman continue à lui délivrer ses pieux conseils. Elle a préparé sa valise qu'elle garde sous son lit. Elle est prête à partir à n'importe quel moment.

Elle ne cesse d'œuvrer afin que son nom figure sur la liste des premiers partants pour La Mecque, quand le jour du Jugement approchera. De mon côté, je ne pense plus, comme quand j'étais petite, que si Maman mourait, je ne pourrais plus vivre.

1. La nuit du 15 août 1975, pendant laquelle Mujibur Rahman et sa famille furent assassinés.

Papa a de nouveau été nommé à Mymensingh, où il enseigne à la faculté de médecine. C'est un professeur redouté de ses étudiants. Il continue à examiner les malades chaque après-midi, dans son cabinet. Envoyés par Raziya Begum, qui a fini par divorcer de son Chakladar, les patients se pressent de plus en plus nombreux dans sa salle d'attente.

Aucun d'entre nous ne sait ce qu'est devenu Chotda. Papa a fait remettre son lit en place, dans le secret espoir qu'il revienne vivre parmi nous, un de ces jours.

Dada prend toujours soin de la maison et erre par toute la ville, à la recherche d'une fille au beau visage, brillant comme une feuille de bétel, avec qui il se marierait.

Et moi, dans mon coin, je continue à grandir.

Glossaire

Akika : cérémonie des musulmans, au cours de laquelle son nom est officiellement attribué à l'enfant.

Amma : « mère » ; peut s'utiliser à l'égard de toute femme à qui l'on veut témoigner son respect et, éventuellement, une certaine affection.

Apa : terme respectueux pour appeler la sœur aînée ou toute femme plus âgée que soi ou à l'égard de laquelle on veut se montrer déférent, chez les musulmans, sachant que le code des convenances bengali interdit l'usage du nom propre avec les aînés ou les supérieurs dans l'échelle sociale. Apa s'ajoute éventuellement au nom, lorsqu'on s'adresse à une femme, dans le contexte d'une relation à la fois familière et respectueuse.

Aya : bonne d'enfants, nounou.

Bhaïjan : à peu près équivalent de bhaïsab.

Bhaïsab : terme respectueux pour appeler un frère aîné ou tout homme d'un certain âge ou d'un certain rang social.

Bidi : petite cigarette roulée non dans du papier, mais dans une feuille de tabac.

Bihari : désigne, dans la bouche des Bengalis, les musulmans indiens, en majorité originaires de la province du Bihar, qui, en 1947, lors de la Partition, ont opté pour le Pakistan et se sont donc réfugiés au Bengale oriental, plus proche de chez eux que le Pakistan occidental. Ils ne parlent pas bengali, mais une langue plus proche de l'ourdou. Durant les événements de 1971, ils soutinrent l'armée pakistanaise qui les laissa occuper les propriétés des Bengalis hindous, qui avaient fui en Inde ou se cachaient à la campagne.

Bilva : arbre dont le fruit à écorce très dure contient une pulpe comestible amère et astringente, à vertus digestives ; les feuilles jouent un rôle dans le culte hindou, notamment du dieu Shiva.

Borobu : terme respectueux pour désigner l'aînée des belles-filles, dans une maison bengali.

Boro-mama : désigne l'aîné (boro) des oncles maternels (mama).

Boubou : terme très familier désignant la sœur aînée.

Burkha : long voile porté, par-dessus leurs vêtements, par les femmes musulmanes, recouvrant tout leur corps.

Bustee : quartier fait de petites maisons de construction sommaire, voire de huttes, sans confort, avec éventuellement, toilettes et points d'eau collectifs, où vivent les gens pauvres ou les réfugiés.

Chanachur : mélange de pois chiches, cacahuètes, vermicelles à la farine de lentilles, etc., relevé par des épices ; se consomme en amuse-gueules.

Chotda : désigne communément le plus jeune parmi les frères aînés ; c'est donc ainsi que Taslima appelle son second frère, dont le nom est Kamal, puisqu'il n'est pas d'usage, au Bengale, que les cadets appellent leurs aînés par leur nom.

Dada : frère aîné ; c'est ainsi que Taslima appelle le plus âgé de ses deux frères, dont le nom est Noman. S'emploie aussi pour appeler un homme plus âgé ou d'un rang plus élevé que soi, sur un ton respectueux et affectueux.

Dak Bungalow : résidence destinée à héberger les fonctionnaires en tournée dans les villes de province.

Dal : nom générique de toutes les légumineuses et les diverses préparations culinaires à base de ces graines.

Danguti : jeu d'enfants qui se joue avec deux bâtons : un grand, le dang et un plus petit, le guti. Celui qui manie le grand bâton doit renvoyer le plus loin possible le petit bâton lancé dans sa direction par son adversaire ; on compte les points en mesurant avec le grand bâton la distance à laquelle le petit bâton a été renvoyé.

Dhoti : vêtement traditionnel des hommes bengalis hindous ; longue pièce de coton blanc très fin, portée nouée autour de la taille et couvrant les jambes.

Dulabhaï : terme respectueux pour désigner le beau-frère, mari d'une sœur.

Gamcha : pièce rectangulaire de coton, généralement de couleurs vives, au tissage assez lâche, qui, surtout dans les campagnes, sert à de multiples usages : serviette pour se sécher après le bain ou pour éponger la sueur, turban pour se protéger du soleil, pagne autour de la taille, balluchon… et souvent filet de pêche pour attraper les petits poissons et crustacés des étangs.

Garam-masala : mélange d'épices, incluant clous de girofle, cardamome et cannelle.

Îd : nom de deux fêtes musulmanes ; on distingue la petite Îd (îd al-fitr), qui marque la fin du mois de jeûne du ramadan et la grande Îd (îd al-Adhâ), qui commémore le sacrifice d'Abraham.

Jalebi : friandise faite d'une pâte légère, frite dans l'huile, sous forme de plusieurs cercles, puis trempée dans un épais sirop de sucre.

Kaku : terme affectueux pour désigner un oncle paternel moins âgé que le père ; s'utilise aussi pour appeler un homme plus âgé, sur un registre qui mêle la familiarité et le respect.

Kaliya : préparation culinaire avec une sauce épicée épaisse.

Kazi : juge, spécialiste de la loi islamique ; il préside au mariage et à tous les actes de la vie familiale ayant portée juridique.

Khala : désigne la tante maternelle ou une femme plus âgée que soi, à qui l'on veut témoigner du respect et, éventuellement, une certaine affection.

Khalujan : terme affectueux désignant l'oncle par alliance, époux de la tante maternelle.

Korma : plat de viande rôtie avec beaucoup d'épices.

Lunghi : sorte de long pagne de coton, noué autour de la taille. C'est pour les hommes pauvres l'unique vêtement du bas, le torse étant éventuellement couvert par un tee-shirt. Les hommes des classes moyennes ou aisées le portent comme vêtement de détente, à la maison.

Mahua : arbre à fleurs, avec lesquelles on prépare une boisson alcoolisée.

Mama : oncle maternel.

Mashi : tante maternelle, plutôt en contexte hindou ; peut être aussi un terme de respect.

Maulavi : professeur et spécialiste de tradition islamique et d'études coraniques.

Miahbhaï : une des manières de désigner avec respect le frère aîné, ou tout homme de manière très respectueuse.

Muktibahini : «Armée de libération»; c'est ainsi qu'on désigne communément les combattants de la guérilla pour l'indépendance du Bangladesh.

Munshi : lettré en langue ourdou.

Nim : arbre dont les petites branches, aux fibres amères et astringentes, sont utilisées pour se nettoyer les dents, dans les villages; les feuilles, également de goût très amer, sont utilisées comme médicament.

Paes : chez les hindous, riz au lait sucré, aromatisé de cardamome et de cannelle. Les musulmans font plutôt la même préparation avec des vermicelles très fins, à la place du riz basmati.

Paisa : la monnaie du Bangladesh, le taka, se divise en cent paisas.

Pantabhat : reste de riz bouilli la veille, gardé jusqu'au lendemain dans de l'eau; la chaleur du climat suffit à le rendre sur, légèrement fermenté, en une nuit; il constitue souvent le repas du matin des gens modestes et des domestiques.

Penjabis : c'est ainsi que les Bengalis, la plupart du temps, appelaient les Pakistanais, parce que la majorité des soldats de l'armée pakistanaise étaient originaires de cette région du Pakistan occidental.

Puja : culte hindou consistant à faire des offrandes, accompagnées de prières et de gestes rituels, adressées à telle ou telle divinité.

Pulao : plat de riz épicé, accompagné de viande.

Pyjama : pantalon de toile de coton fin, blanc pour les hommes, coloré pour les femmes, porté bouffant autour de la taille, avec différentes largeurs de jambes selon le style des différentes régions de l'Inde.

Rosogolla : sucrerie la plus prisée des Bengalis; c'est une boulette de caséine fixée dans une consistance spongieuse, trempée dans un sirop de sucre.

Rui : poisson d'eau douce à la chair très appréciée des Bengalis.

Sahib : désigne les étrangers en général et plus particulièrement les Européens, les Blancs. Ajouté au nom, ce terme devient honorifique, correspondant plus ou moins à notre «monsieur».

Salwar-kamiz : vêtement de femme, originaire du Penjab et autres régions du nord-ouest de l'Inde et du Pakistan, où il est l'habit traditionnel des femmes musulmanes, les hindoues portant le sari ; c'est un ensemble, composé d'une sorte de pyjama ample, serré à la cheville, et d'une longue tunique.

Shiuli : arbuste et ses fleurs très parfumées.

Taka : unité monétaire du Bangladesh.

Zamindar : grand propriétaire terrien.

Chronologie du Bangladesh

1947 : Indépendance de l'Empire britannique des Indes, qui aboutit à la création de deux États séparés sur une base religieuse – la Partition. L'Union indienne, à majorité hindoue, et le Pakistan, à majorité musulmane. Le Pakistan est géographiquement constitué de deux territoires distants de plus de deux mille kilomètres : le Pakistan occidental et le Pakistan oriental – l'actuel Bangladesh. Culturellement et linguistiquement la partie orientale est profondément éloignée de la partie occidentale.

1952 : Au Pakistan oriental, le mouvement pour la reconnaissance officielle de la langue bengali comme langue d'État, dans cette partie du pays, prend de l'ampleur.

1969-1971 : De violentes émeutes voient la montée de la revendication d'indépendance.

1971 : Proclamation de l'indépendance du Bangladesh, le 26 mars. Début de la répression féroce de l'armée pakistanaise et de la guérilla des Mukti-bahini. C'est l'intervention militaire indienne, en décembre, qui chasse les troupes pakistanaises et libère le pays.

1972 : Le cheikh Mujibur Rahman devient président du nouvel État.

1975 : Mujibur Rahman et une grande partie de sa famille sont assassinés lors d'un coup d'État militaire, le 15 août.

Remerciements

Le traducteur tient à exprimer ses remerciements à Taslima Nasreen, qui l'a accueilli, dans son exil new-yorkais, et lui a généreusement accordé son temps pour lui expliquer notamment les passages écrits en dialecte et les mots d'origine arabe. Il tient aussi à remercier M. Bikash Chandra Sarker, qui, comme pour les précédentes traductions, a su lui apporter une aide précieuse.

Table

Composition réalisée par INTERLIGNE

IMPRIMÉ EN FRANCE PAR BRODARD ET TAUPIN
La Flèche (Sarthe).
N° d'imprimeur : 3586 – Dépôt légal Édit. 5695-08/2000
LIBRAIRIE GÉNÉRALE FRANÇAISE - 43, quai de Grenelle - 75015 Paris.

ISBN : 2 - 253 - 14900 - 4   ✦ 31/4900/2